KB166057

증편 한국구비문학대계

6-16

전라남도 여수시

이 저서는 2008년 정부(교육과학기술부)의 재원으로 한국학중앙연구원(한국학진흥사업단)의 지원을 받아 수행된 연구임.(AKS-2008-AIA-3101)

증편 한국구비문학대계

6-16

전라남도 여수시

이경엽 · 한미옥 · 송기태 · 임세경

한국학중앙연구원

역락

발간사

민간의 이야기와 백성들의 노래는 민족의 문화적 자산이다. 삶의 현장에서 이러한 이야기와 노래를 창작하고 음미해 온 것은, 어떠한 권력이나 제도도, 넉넉한 금전적 자원도, 확실한 유통 체계도 가지지 못한 평범한 사람들이었다. 이야기와 노래들은 각각의 삶의 현장에서 공동체의 경험에 부합하였으며, 사람들의 정신과 기억 속에 각인되었다. 문자라는 기록 매체를 사용하지 못하였지만, 그 이야기와 노래가 이처럼 면면히 전승될 수 있었던 것은 그것이 바로 우리 민족의 유전형질의 일부분이 되었기 때문이며, 결국 이러한 이야기와 노래가 우리 민족을 하나의 공동체로 묶어 주고 있는 것이다.

사회와 매체 환경의 급격한 변화 가운데서 이러한 민족 공동체의 DNA는 날로 희석되어 가고 있다. 사랑방의 이야기들은 대중매체의 내러티브로 대체되어 버렸고, 생활의 현장에서 구가되던 민요들은 기계화에 밀려 버리고 말았다. 기억에만 의존하여 구전되던 이야기와 노래는 점차 잊히고 있다. 한국학중앙연구원이 1970년대 말에 개원함과 동시에, 시급하고도 중요한 연구사업으로 한국구비문학대계의 편찬 사업을 채택한 것은 바로 이러한 시대적 상황에 대한 우려와 잊혀 가는 민족적 자산에 대한 안타까움 때문이었다.

당시 전국의 거의 모든 구비문학 연구자들이 참여하였는데, 어려운 조사 환경에서도 80여 권의 자료집과 3권의 분류집을 출판한 것은 그들의 헌신적 활동에 기인한다. 당초 10년을 계획하고 추진하였으나 여러 사정으로 5년간만 추진되었으며, 결과적으로 한반도 남쪽의 삼분의 일에 해당

하는 부분만 조사하게 되었다. 그럼에도 불구하고 한국구비문학대계는 주관기관인 한국학중앙연구원의 대표 사업으로 각광 받았을 뿐 아니라, 해방 이후 한국의 국가적 문화 사업의 하나로 꼽히게 되었다.

21세기에 들어서면서 한국학중앙연구원에서는 미완성인 채로 남아 있는 구비문학대계의 마무리를 더 이상 미룰 수 없다는 생각으로 이를 증보하고 개정할 계획을 세웠다. 20년 전의 첫 조사 때보다 환경이 더 나빠졌고, 이야기와 노래를 기억하고 있는 제보자들이 점점 줄어들고 있었던 것이다. 때마침 한국학 진흥에 대한 한국 정부의 의지와 맞물려 구비문학대계의 개정・증보사업이 출범하게 되었다.

이번 조사사업에서도 전국의 구비문학 연구자들이 거의 다 참여하여 충분하지 않은 재정적 여건에서도 충실히 조사연구에 임해 주었다. 전국 각지의 제보자들은 우리의 취지에 동의하여 최선으로 조사에 응해 주었다. 그 결과로 조사사업의 결과물은 '구비누리'라는 이름의 데이터베이스에 탑재가 되었고, 또 조사 자료의 텍스트와 음성 및 동영상까지 탑재 즉시 온라인으로 접근할 수 있는 시스템을 갖추었다. 특히 조사 단계부터 모든 과정을 디지털화함으로써 외국의 관련 학자와 기관의 선망의 대상이 되고 있다.

이제 조사사업의 결과물을 이처럼 책으로도 출판하게 된다. 당연히 1980년대의 일차 조사사업을 이어받음으로써 한편으로는 선배 연구자들의 업적을 계승하고, 한편으로는 민족문화사적으로 지고 있던 빚을 갚게 된 것이다. 이 사업의 연구책임자로서 현장조사단의 수고와 제보자의 고귀한 뜻에 감사를 표하지 않을 수 없다. 아울러 출판 기획과 편집을 담당한 한국학중앙연구원의 디지털편찬팀과 출판을 기꺼이 맡아준 역락출판사에 감사를 드린다.

2013년 10월 4일

한국구비문학대계 개정・증보사업 연구책임자 김병선

책머리에

구비문학조사는 늦었다고 생각하는 지금이 가장 빠른 때이다. 왜냐하면 자료의 전승 환경이 나날이 달라지고 있기 때문이다. 전승 환경이 훨씬 좋은 시기에 구비문학 자료를 진작 조사하지 못한 것이 안타깝게 여겨질수록, 지금 바로 현지조사에 착수하는 것이 최상의 대안이자 최선의 실천이다. 실제로 30여 년 전 제1차 한국구비문학대계 사업을 하면서 더 이른 시기에 조사를 했더라면 하는 아쉬움이 컸는데, 이번에 개정·증보를 위한 2차 현장조사를 다시 시작하면서 아직도 늦지 않았다는 사실을 실감했다.

구비문학 자료는 구비문학 연구와 함께 간다. 자료의 양과 질이 연구의 수준을 결정하고 연구수준에 따라 자료조사의 과학성이 결정되기 때문이다. 실제로 1차 조사사업 결과로 구비문학 연구가 눈에 띠게 성장했고, 그에 따라 조사방법도 크게 발전되었다. 그러나 연구의 수명과 유용성은 서로 반비례 관계를 이룬다. 구비문학 연구의 수명은 짧고 갈수록 빛이 바래지만, 자료의 수명은 매우 길 뿐 아니라 갈수록 그 가치는 더 빛난다. 그러므로 연구 활동 못지않게 자료를 수집하고 보고하는 일이 긴요하다.

교육부에서 구비문학조사 2차 사업을 새로 시작한 것은 구비문학이 문학작품이자 전승지식으로서 귀중한 문화유산일 뿐 아니라, 미래의 문화산업 자원이라는 사실을 실감한 까닭이다. 따라서 학계뿐만 아니라 문화계의 폭넓은 구비문학 자료 활용을 위하여 조사와 보고 방법도 인터넷 체제와 디지털 방식에 맞게 전환하였다. 조사환경은 많이 나빠졌지만 조사보고는 더 바람직하게 체계화함으로써 누구든지 쉽게 접속하여 이용할 수 있는 데이터베이스를 구축했다. 그러느라 조사결과를 보고서로 간행하는 일은 상대적으로 늦어지게 되었다.

2차 조사는 1차 사업에서 조사되지 않은 시군지역과 교포들이 거주하는 외국지역까지 포함하는 중장기 계획(2008~2018년)으로 진행되고 있다. 한국학중앙연구원 어문생활연구소와 안동대학교 민속학연구소가 공동으로 조사사업을 추진하되, 현장조사 및 보고 작업은 민속학연구소에서 담당하고 데이터베이스 구축 작업은 한국학중앙연구원에서 담당한다. 가장 중요한 일은 현장에서 발품 팔며 땀내 나는 조사활동을 벌인 조사자들의 몫이다. 마을에서 주민들과 날밤을 새우면서 자료를 조사하고 채록하여 보고서를 작성한 조사위원들과 조사원 여러분들의 수고를 기리지 않을 수 없다. 조사의 중요성을 알아차리고 적극 협력해 준 이야기꾼과 소리꾼 여러분께도 고마운 말씀을 올린다.

구비문학 조사를 전국적으로 실시하여 체계적으로 갈무리하고 방대한 분량으로 보고서를 간행한 업적은 아시아에서 유일하며 세계적으로도 그 보기를 찾기 힘든 일이다. 특히 2차 사업결과는 '구비누리'로 채록한 자료와 함께 원음도 청취할 수 있는 데이터베이스를 구축해서 세계에서 처음으로 인터넷과 스마트폰으로 이용할 수 있는 디지털 체계를 마련했다. '구슬이 서 말이라도 꿰어야 보배'인 것처럼, 아무리 귀한 자료를 모아두어도 이용하지 않으면 소용이 없다. 그러므로 이 보고서가 새로운 상상력과 문화적 창조력을 발휘하는 문화자산으로 널리 활용되기를 바란다. 한류의 신바람을 부추기는 노래방이자, 문화창조의 발상을 제공하는 이야기 주머니가 바로 한국구비문학대계이다.

2013년 10월 4일

한국구비문학대계 개정·증보사업 현장조사단장 임재해

한국구비문학대계 개정·증보사업 참여자(참여자 명단은 가나다 순)

연구책임자

김병선

공동연구원

강등학 강진옥 김익두 김헌선 나경수 박경수 박경신 송진한 신동흔 이건식 이경엽 이인경 이창식 임재해 임철호 임치균 조현설 천혜숙 허남춘 황인덕 황루시

전임연구원

이균옥 최원오

박사급연구원

강정식 권은영 김구한 김기옥 김영희 김월덕 김형근 노영근 류경자 서해숙 유명희 이영식 이윤선 장노현 정규식 조정현 최명환 최자운 한미옥

연구보조원

강아영 고호은 공유경 기미양 김미정 김보라 김영선 박은영 박혜영 백민정A 백민정B 서정매 송기태 신정아 오소현 윤슬기 이미라 이선호 이창현 이화영 임세경 장호순 정혜란 황영태 황은주 황진현

주관 연구기관 : 한국학중앙연구원 어문생활사연구소

공동 연구기관 : 안동대학교 민속학연구소

일러두기

■ 『증편 한국구비문학대계』는 한국학중앙연구원과 안동대학교에서 3단계 10개년 계획으로 진행하는 "한국구비문학대계 개정·증보사업"의 조사보고서이다.

■ 『증편 한국구비문학대계』는 시군별 조사자료를 각각 별권으로 간행하는 것을 원칙으로 한다. 서울 및 경기는 1-, 강원은 2-, 충북은 3-, 충남은 4-, 전북은 5-, 전남은 6-, 경북은 7-, 경남은 8-, 제주는 9-으로 고유번호를 정하고, -선 다음에는 1980년대 출판된 『한국구비문학대계』의 지역 번호를 이어서 일련번호를 붙인다. 이에 따라 『증편 한국구비문학대계』는 서울 및 경기는 1-10, 강원은 2-10, 충북은 3-5, 충남은 4-6, 전북은 5-8, 전남은 6-13, 경북은 7-19, 경남은 8-15, 제주는 9-4권부터 시작한다.

■ 각 권 서두에는 시군 개관을 수록해서, 해당 시·군의 역사적 유래, 사회·문화적 상황, 민속 및 구비 문학상의 특징 등을 제시한다.

■ 조사마을에 대한 설명은 읍면동 별로 모아서 가나다 순으로 수록한다. 행정상의 위치, 조사일시, 조사자 등을 밝힌 후, 마을의 역사적 유래, 사회·문화적 상황, 민속 및 구비문학상의 특징 등을 중심으로 설명하고, 마을 전경 사진을 첨부한다.

■ 제보자에 관한 설명은 읍면동 단위로 모아서 가나다 순으로 수록한다. 각 제보자의 성별, 태어난 해, 주소지, 제보일시, 조사자 등을 밝힌 후, 생애와 직업, 성격, 태도 등을 중심으로 서술하고, 제공 자료 목록과 사진을 함께 제시한다.

- 조사 자료는 읍면동 단위로 모은 후 설화(FOT), 현대 구전설화(MPN), 민요(FOS), 근현대 구전민요(MFS), 무가(SRS), 기타(ETC) 순으로 수록한다. 각 조사 자료는 제목, 자료코드, 조사장소, 조사일시, 조사자, 제보자, 구연상황, 줄거리(설화일 경우) 등을 먼저 밝히고, 본문을 제시한다. 자료코드는 대지역 번호, 소지역 번호, 자료 종류, 조사 연월일, 조사자 영문 이니셜, 제보자 영문 이니셜, 일련번호 등을 '_'로 구분하여 순서대로 나열한다.
- 자료 본문은 방언을 그대로 표기하되, 어려운 어휘나 구절은 ( ) 안에 풀이말을 넣고 복잡한 설명이 필요할 경우는 각주로 처리한다. 한자 병기나 조사자와 청중의 말 등도 ( ) 안에 기록한다.
- 구연이 시작된 다음에 일어난 상황 변화, 제보자의 동작과 태도, 억양 변화, 웃음 등은 [ ] 안에 기록한다.
- 잘 알아들을 수 없는 내용이 있을 경우, 청취 불능 음절수만큼 '○○○'와 같이 표시한다. 제보자의 이름 일부를 밝힐 수 없는 경우도 '홍길○'과 같이 표시한다.
- 『증편 한국구비문학대계』에 수록된 모든 자료는 웹(gubi.aks.ac.kr/web)과 모바일(mgubi.aks.ac.kr)에서 텍스트와 동기화된 실제 구연 음성파일을 들을 수 있다.

차례

민요

3. 소리면

■ 조사마을

■ 제보자

설화

민요

4. 쌍봉동

▌조사마을

▌제보자

민요

근현대 구전민요

현대 구전설화

민요

근현대 구전민요

여수시 개관

여수시는 행정구역상 1읍 6면 20동으로 구성되어 있다. 여수시의 면적은 502.80km^{2}이며, 인구는 2011년 7월 31일을 기준으로 111,529세대 293,200명이다.

지리적으로 전라남도의 동남부에 있으며, 서쪽으로는 고흥군, 북쪽으로는 순천시, 동쪽으로는 경상남도 남해군과 접해 있다. 소백산맥의 지맥 끝부분에 위치한 반도로 침강해안의 지형을 이루고 있고, 많은 굴절로 이루어진 여수반도의 해안선의 길이는 385km이다. 높지 않은 여러 산들이 이어져 있어, 지리산, 백운산에서 묘도의 봉화산(246m), 영취산(561m), 호랑산(401m), 전봉산(379m), 고악산(335m), 구봉산(388m) 등을 거쳐 돌산의 대미산(396m), 봉황산(441m) 등으로 뻗어지고 있다. 또한 시의 주변으로는 돌산도, 경도, 묘도, 화태도, 백야도 등 크고 작은 섬들이 많이 분포한다. 여수시는 우루과이의 몬테비데오와 대척점이다.

여수지역의 기후와 기온을 보면, 여수반도와 그 부근 도서는 한반도의 남해안의 중앙적 위치를 차지하므로 기후가 온화하여 해에 따라서는 눈을 구경하지 못하는 경우도 있다. 기온은 지형의 수직, 해류의 방향, 산맥의 방향 등에 따라 대체로 남쪽일수록 높으나 특히 위도의 영향을 크게 받는다. 돌산, 거문도 등은 난대림이 무성하며 곳에 따라서는 아열대식물이 자생하는 곳도 있을 정도이고, 거문도에서는 1월 평균기온이 3.2℃로서 이국적인 정경을 나타낸다. 또한 여수의 근해에 난류인 쓰시마 해류가 지나므로 기온이 온화하여 피한 휴양지로 이름난 마산(馬山)보다도 1월 평균기온이 더 높다.

여수지역에서는 아직 구석기 시대의 유적지가 발견되지 않은 관계로 신석기 시대부터 사람들이 살기 시작한 것으로 보인다. 삼한시대에 여수지역은 마한 54 소국 가운데 원지국(爰池國)이 있었던 곳으로 비정되며, 여수지방이 기록으로 처음 등장하는 것은 『삼국사기』 권37의 잡지 지리편의 백제(百濟)조(條)이다. 백제는 전국을 5방제로 나누어 다스리면서 지금의 여수지역에, 남방 구지하성(久知下城) 아래 삽평군(揷平郡)에 영속된 현으로서 원촌(猿村)현과 돌산현을 두었다. 통일신라는 757년(경덕왕 16)에 전국을 9주 5소경으로 나누고 전국의 지명을 중국식 지명으로 바꾸었는데, 원촌현은 해읍(海邑)현이라 하고 돌산현은 여산(廬山)현이라 하였다. 통일신라 말엽 여수지역은 모두 후백제 견훤의 휘하에 들게 되었고, 고려의 후삼국 통일 직후인 940년(태조 23)에 전국을 주, 부, 군, 현제로 고치면서 여수지방의 해읍현과 여산현은 다시 여수현과 돌산현이 되면서 비로소 여수(麗水)라는 이름이 처음 사용되었다.

이후 여수는 1350년(충정왕 2)에 현령이 배치됨으로써 승주(순천) 속현에서 떨어져 나와 여수현으로 독립했으나, 조선의 개국을 맞아 오흔인(吳欣仁) 현령이 조선 태조에게 반기를 들면서 1396년(태조 5)에 폐현되어 다시 순천부에 속하게 되었다.

이렇게 행정상으로 여수의 이름이 사라졌다가 다시 여수라는 이름을 찾으려는 지역민들의 끊임없는 노력으로 1695년에야 다시 여수도호부가 신설되어 그 명칭을 찾았지만 1년도 못 넘기고 혁파되어 순천부에 예속되었다. 그리고 세 번째 복현은 1750년(영조 26)에 이루어졌으나 이 또한 1년도 못가 폐현되었다. 이를 삼복삼파(三復三破. 3번 복현 3번 폐현)라고 한다. 1896년이 되어서야 돌산군이 신설되고, 1897년 5월 16일에 여수군이 신설되어 행정지명을 되찾게 되었다. 1998년 여수시, 여천군, 여천시로 나누어졌던 3려가 통합되면서 여수라는 이름으로 다시 하나가 되었다.

여수시의 삼복삼파(三復三破) 역사에 대해 살펴보면, 태조 이성계의 역성혁명(易姓革命)에 항거한 여수현령 오흔인(吳欣仁)의 5년 반기로 조정에서는 그 죄 값으로 여수(麗水)라는 큰 고을을 1397년(태조5년)에 폐지시키고 돌산 나루터 구실만 하도록 순천부에 예속시켜 버리니 여수라는 지명도 500년간 사용하지 못하게 되었다. 여수시의 1차 복현운동은 숙종 때 지역대표 4사람이 서울로가 신문고를 치고 고통을 아뢰었으나 상소가 무산돼 억울하게 죽임을 당하였다. 여수민은 끈질기게 추진하여 숙종의 윤허를 얻어 여수 도호부로(1696년) 승격하게 되었고 300년 만에 현을 찾았다. 그러나 그것도 잠깐, 여수현령 최극태가 암행어사에 끌려가 다시 순천부로 환속되었다. 2차 복현운동은 그로부터 3년 뒤 1725년 순천 유생이었던 지평 이근의 상소로 영조 1년에 여수 도호부가 설치되었다. 1년 후 좌의정 홍치중, 어영대장 이봉상의 간계로 일 년도 넘지 못하고 또 다시 혁파되었다. 이 사실을 두고 후에 순천 아전배들의 훼방이라고 전한다. 그 후 1750년(영조 26) 여수현은 여수 도호부로 세 번째 복현되었다. 24년 만에 복원된 것은 여수 백성들의 피나는 노력에 의해 이루어진 결과였다. 백성들이 상소 하였고 임금은 사리를 밝게 판단하여 승지 이형원에게 여수 도호부사겸 전라좌도 수군절도를 하게 하였다. 그러나 또 순천 아전배들의 농간에 1년도 못되어 여수현은 혁파되고 순천부로 환속하게 되었다.

1864년(고종 원년)에 정종선이 임금에게 올린 상소가 효시가 되어 501년이 지난 1897년에 담양군수 유기완의 차개비지운응시지고여(此豈非地運應時之古嶼) 즉, '이 어찌 땅의 운이 시대의 운을 따라가지 않으리오'라는 호소로 삼복삼파 끝에 여수(麗水)의 완전한 복현과 지명(地名)을 되찾을

수 있게 되었다.

조선 성종 10년(1479) 여수에 전라좌도수군절도사영이 설치되었다. 그 후 선조 25년(1592)에 임진왜란을 당하여, 전라좌도수군절도사 이순신을 총사로 하여 이 고장을 중심으로 전라도 일대 주민들의 슬기와 단결로 국난을 극복한 빛나는 역사의 고장이 되었다. 그러나 여수는 임진왜란을 중심으로 한 전라좌수영시대의 역사적 사실 외에는 역사왕조의 중심권에서 멀리 떨어져 항상 권외에서 맴돌고 있던 지방이다. 따라서 역대왕조의 중심문화권의 큰 영향을 받지 못했기 때문에, 이충무공 관계 이외에는 이렇다 할 뚜렷한 역사적 사실이나 유적·유물을 남기지 못하고 오늘에 이르고 있다.

결과적으로 조선시대에 여수지역은 행정상으로는 순천보다 하위이거나 그 속현(屬縣)으로 내려오면서 주로 수군기지로서의 역할을 담당하였다. 그러다가 근대적인 취락으로 발전하게 된 것은 개화기 이후로서 일본의 침략시기와 일치한다. 1914년 일제의 군·면의 폐합 방침에 따라 돌산군을 여수군과 통합하였고, 두남면·남면·화개면·옥정면·삼산면과 광양군 태인면에 속하던 묘도를 합하여 여수면·돌산면·소라면·율촌면·쌍봉면·화양면·삼일면·남면·화정면·삼산면 등 10개 면으로 개편, 관할하여 훗날 삼려지역의 행정구역 기초가 되었으며, 1931년 여수면이 여수읍으로 승격됨에 따라 1읍 9면이 되었고, 1949년 여수읍이 시로 승격됨에 따라 여천군은 9개 면만 관할하였다.

해방 당시 여수읍의 인구는 약 22,000명이었는데 이 중 일본인이 2,000여 명 정도였고, 시가지는 종고산(鐘鼓山)의 남사면 산록으로 연등천(蓮嶝川)에서 관문동에 이르는 곳이 중심지였으며, 종포·역전·언내 등은 독립마을로 떨어져 있었다. 돌산·세동(덕양)·율촌·나지개(나진포) 등은 지방행정의 면(面) 중심지로 큰 취락을 이루었으나 촌락 형태를 벗어나지 못했다. 이에 반해 일본인들의 진출이 빨랐던 어촌은 오히려 도시 형태를 갖추었는데, 안도(安島)·연도(鳶島, 所里島)·거문도(巨文島) 등은 일본 어민들에 의하여 제빙공장·어시장·무선전신시설 등이 갖추어졌다.

1960년대 후반에 삼일면의 광양만에 위치한 지역이 유리한 입지조건으로 여천공업단지가 조성되어 호남정유·남해화학 등을 비롯한 많은 공장과 여수·호남화력과 같은 50만, 60만kw 규모의 큰 발전소가 건설되면서 공업도시로서의 면모를 갖추어갔다.

1971년 쌍봉면의 용봉리·시전리·선원리·여천리·화장리·안산리·소호리·웅천리의 8개 리가 출장소의 관할 대상이 되었으며, 1976년 삼일면이 석유화학 공업단지가 되어 이 지역을 전라남도가 직접 관장하는 전라남도 여천지구 출장소가 설치되어 쌍봉면의 주삼리·봉계리와 삼일면 전 지역을 관할하였다.

1980년 12월 1일에는 삼일면이 읍으로 승격되어 이의 배후도시로 쌍봉면의 학용리·안산리·선원리 일대가 개발되었고, 1986년 전라남도 여천지구 출장소 관할구역인 삼일읍과 쌍봉면 전 지역이 여천시로 승격되었다.

1987년 여천시 묘도동 일부를 광양군 태금면으로 시·군 사이의 경계를 조정하는 한편 화양면 용주리 일부를 여천시로 편입함으로써 삼려 지역은 여수·여천시와 1읍 6면 9출장소로 구성된 여천군으로 행정구역이 정립되었다. 한편 돌산으로 오랜 동안 군(郡) 행정 취락으로 발전해 오다가 1980년 12월 1일에 읍으로 승격되면서 시가지가 정비되었다.

1998년 4월 1일을 기하여 여천시·여천군과 통합한 여수시는 현재 행정구역상 1개 읍(돌산)과 6개면(율촌·소라·화양·남·화정·삼산면) 20개 동으로 이루어져 있으며, 행정리는 191리 582통이며 반은 3,367반이다. 1읍 6면 20동 중 가장 면적이 넓은 곳은 돌산읍(71.70km^2)이고, 그 다음은 화양면(70.05km^2)과 소라면(60.44km^2)이다. 반면에 면적이 가장 좁은 곳은 중앙동(0.49km^2)이고 그 다음은 서강동(0.65km^2), 동문동

(0.90km^2), 한려동(0.93km^2)의 순이다.

여수시의 교통을 보면, 여수시는 반도에 위치하고 있기 때문에, 반도에 위치한 다른 도시들과 비슷하게 육상교통망이 크게 발달하지 못했었다. 그러나 일찍부터 남해안의 중심 항구로 발달했고, 60년대 중반 석유화학 공업단지가 조성되면서 현재는 반도에 위치한 다른 도시들에 비하면 육상교통망이 잘 갖추어진 편이다.

순천시와 연결되어 있는 국도 제17호선이 타 지역과 통하는 주된 통로가 된다. 고속도로는 연결되어 있지 않으며, 때문에 타 지역에서 여수로 접근하기 위해서는 남해고속도로가 지나는 순천시를 통해 국도 제17호선을 이용해야 한다. 하지만 현재 국도 제17호선 우회도로가 건설되고 있으며 순천완주고속도로의 여수 연장이 추진되고 있다. 또한 인접한 경상남도 남해군과 연륙교 연결이 가시화되고 있고, 현재 고흥군과 여수시 사이의 섬과 섬들을 잇는 12개의 연륙/연도교가 건설되고 있다.

여수지역에 거주해온 대표적인 성씨들은 『여수지(麗水誌)』와 『호남여수읍지(湖南麗水邑誌)』를 통해서 대략 그 면모를 알 수 있다. 『여수지』에 의하면 쌍봉면의 39개 성씨, 삼동면의 24개 성씨, 삼북면의 27개 성씨, 덕안면의 27개 성씨, 구산면의 23개 성씨, 율촌면의 29개 성씨, 화양면의 26개 성씨가 등장하고, 『호남여수읍지』에는 현내 동부의 19개 성씨, 여수면의 17개 성씨, 삼일면의 11개 성씨, 소라면의 13개 성씨, 율촌면의 10개 성씨가 보인다.

여수지역의 동족마을은 웅천동 송현마을의 창원 정씨, 화장동의 신안 주씨, 호명동 호명마을의 남양 홍씨, 소라면 현천리의 경주 정씨, 소라면 복산리 마산마을의 해주 오씨, 율촌면 산수리 봉두마을의 장흥 위씨, 신풍리 구암마을의 연안 차씨, 화양면 이목리 벌가마을의 밀양 박씨, 이천리 오천마을의 진주 강씨, 남면 화태리 화태마을이 밀양 박씨, 화정면 백야도 백야마을의 장흥 고씨 등이다.

1. 돌산읍

▌조사마을

전라남도 여수시 돌산읍 죽포리 죽포마을

조사일시 : 2011.1.25
조 사 자 : 이경엽, 한미옥, 송기태, 임세경

전라남도 여수시 돌산읍 죽포리 죽포마을 전경

여수시 남동쪽의 돌산읍을 이루고 있는 돌산도는 우리나라에서 여덟 번째로 큰 섬으로, 과거 여천군 면적의 21%를 차지하여 위치상 남해안의 중심부 역할을 하고 있다. 서쪽의 가막만, 남쪽의 외해인 남해, 북쪽의 여수반도를 바라보는 도서였지만 현재는 돌산대교로 여수와 연결되어 있다. 이러한 반도적 위치는 항구 발달에 유리하여 천혜의 어장을 형성할 수 있는 자연적 조건을 갖추고 있으며 과거 공동 어장을 중심으로 한 연근해 어업과 최근 양식업의 증가는 돌산의 지리적 특징을 잘 활용한 것이라 할 수 있다.

2008년 12월 현재 면적은 71.77km²이며, 총 5,664가구에 14,873명의 주민이 살고 있다. 돌산도·송도·금죽도 등 3개의 유인도와 항대도·서근도 등 19개의 무인도로 이루어져 있다.

'돌산'이라는 명칭은 1899년 돌산군수 서병수가 편찬한 돌산 최초의 역사서인 『여산지(廬山志)』에 "돌산도에는 섬 가운데 이름 난 팔대 명산이 있어 그 이름을 식산이라 하였고, 방언에는 섬 가운데 돌이 많은 산이 많아서 돌산이라 칭한다."라고 하였다는 유래가 기록되어 있다. 여기서 돌산의 다른 이름이었다고 하는 식산의 한자 '식'자는 돌(突)자와 비슷한 파자(破字)인 팔대산(八大山)이 조합된 형태로, 돌(突)자가 잘못 쓰이면서 비롯된 이름으로 보인다.

돌산읍은 백제시대에 돌산현이라 불렀고, 신라시대 여산현을 거쳐 고려시대에 다시 돌산현이 되었다. 1896년 돌산군 두남면이라 개칭되었고, 1914년 행정구역 개편에 따라 여수군 두남면이 되었다. 1917년 두남면이 다시 돌산면으로 개칭되었으며, 1980년 여천군 돌산읍으로 승격되었다. 1998년 여천시·여천군·여수시가 여수시로 삼여통합됨에 따라 여수시 돌산읍이 되었다. 군내리·신복리·금성리·율림리·죽포리·서덕리·금봉리·둔전리·평사리·우두리 등의 법정리를 관할하고 있다.

죽포리는 뒤로는 산이 감싸고 있고, 앞으로는 너른 바다가 펼쳐져 있는 전형적인 포구마을이다. 갓 농사를 통해 비교적 부유한 생활을 하고 있는 죽포는, 과거에는 벼와 보리 농사 외에 고구마를 심어 근근이 먹고 사는 가난한 동네였다. 때문에 옛날부터 죽포에는 유명한 말이 있는데, 바로 "뒨죽포에다가 날 여워주라고 한께 석달부자다고 안여워준다고 했다"는 말이다. 이 말인 즉, 죽포는 바닷일로 먹고 살 것이 없어서 겨우 농사를 지어서 먹고살기에 쌀이 있는 석 달 동안만 배불리 먹고 나머지 달에는 죽만 먹고 사는 배고픈 곳이며, 그렇기 때문에 가난한 죽포로 딸을 시집 보내기 싫어했다는 의미라고 한다. 과거 죽포리의 모습이 어떠했는지를 단적으로 보여주는 재미있는 말이라고 여겨진다. 하지만 돌산 갓김치가 전국적으로 유명해진 지금은 갓 농사를 통해 일 년 내내 고수익을 올리는 동네가 되어, 죽만 먹는 죽포가 아닌 돈 잘 버는 '돈동리'라고 부른다고 한다.

▌제보자

김미자, 여, 1936년생

주 소 지 : 전라남도 여수시 돌산읍 죽포리 죽포마을
제보일시 : 2011.1.25
조 사 자 : 이경엽, 한미옥, 송기태, 임세경

김미자 제보자는 1936년에 돌산 대복에서 태어났다. 초등학교를 중퇴하고 집안일을 돕다가 친척 어른의 중매로 이곳 죽포로 19세 때 시집왔다. 시집 온 후 단 한 번도 외지에 나가 산 적이 없으며, 평생을 농사를 지으면서 살아왔다. 2남 2녀의 자녀를 두었다.

제공 자료 목록
06_12_FOS_20110125_LKY_KMJ_0001 자장가

김윤자, 여, 1938년생

주 소 지 : 전라남도 여수시 돌산읍 죽포리 죽포마을
제보일시 : 2011.1.25
조 사 자 : 이경엽, 한미옥, 송기태, 임세경

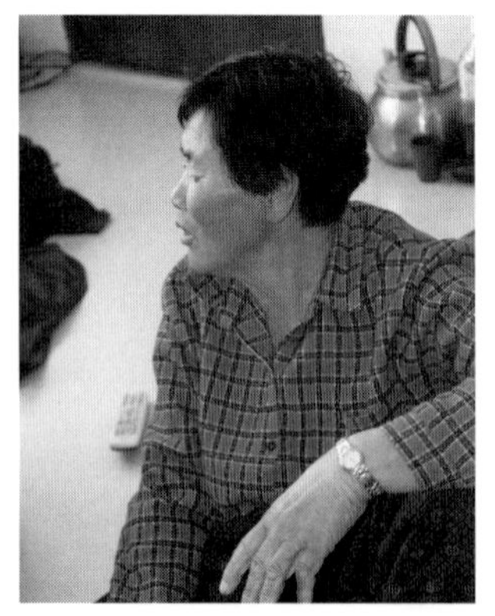

김윤자 제보자는 1938년에 이곳 죽포리에서 태어난 죽포 토박이다. 학력은 초등학교 3학년 중퇴가 전부다. 일제강점기에 초등학교를 다닌 까닭에 일본어만 하다가, 초등학교 중퇴 후에 한글을 배웠다고 한다. 20세 때 같은 마을 청년과 혼인을 하였으

며, 같은 동네로 시집을 갔기 때문에 가마를 타고 동네 한 바퀴 도는 것으로 대신하였단다. 2남 2녀의 자녀를 두었으며, 현재는 죽포에서 혼자 생활하고 있다.

제공 자료 목록
06_12_FOT_20110125_LKY_KYJ_0001 죽포마을 유래
06_12_FOT_20110125_LKY_KYJ_0002 죽포마을 효자비
06_12_FOT_20110125_LKY_KYJ_0003 죽포마을 형성담
06_12_FOT_20110125_LKY_KYJ_0004 죽포리 감굴적
06_12_FOS_20110125_LKY_KYJ_0001 물레노래
06_12_FOS_20110125_LKY_KYJ_0002 아리랑 타령(1)
06_12_FOS_20110125_LKY_KYJ_0003 아리랑 타령(2)
06_12_FOS_20110125_LKY_KYJ_0004 아리랑 타령(3)
06_12_FOS_20110125_LKY_KYJ_0005 아리랑 타령(4)
06_12_FOS_20110125_LKY_KYJ_0006 밭 맬 때 부르는 노래

노추자, 여, 1942년생

주 소 지 : 전라남도 여수시 돌산읍 죽포리 죽포마을
제보일시 : 2011.1.25
조 사 자 : 이경엽, 한미옥, 송기태, 임세경

노추자 제보자는 1942년에 돌산 대복에서 출생하였다. 19세 때 이곳 죽포로 시집을 왔다. 농사만으로 먹고 사는 생활은 매우 어려웠다고 하며, 그러나 지금은 갓 농사로 고수익을 올리며 살고 있다고 한다. 2남 4녀의 자녀를 두었으며 모두 외지에서 살고 있다.

제공 자료 목록
06_12_FOS_20110125_LKY_RCJ_0001 아리랑 타령

류순자, 여, 1935년생

주 소 지 : 전라남도 여수시 돌산읍 죽포리 죽포마을
제보일시 : 2011.1.25
조 사 자 : 이경엽, 한미옥, 송기태, 임세경

류순자 제보자는 1935년에 평사에서 출생했다. 제보자가 어렸을 적에는 여자아이들은 학교를 보내지 않던 시절이었는데도, 제보자는 부모님 덕분에 초등학교는 졸업했다고 한다. 그러니 죽포마을 여자노인 중에서 가장 고학력자다. 20세 때 이곳 죽포로 시집을 왔으며 2남 1녀의 자녀를 두었다.

제공 자료 목록
06_12_FOS_20110125_LKY_RSJ_0001 물레노래
06_12_FOS_20110125_LKY_RSJ_0002 아리랑 타령
06_12_FOS_20110125_LKY_RSJ_0003 시집살이노래(아리랑 타령)
06_12_FOS_20110125_LKY_RSJ_0004 명 잣으면서 부르는 소리

박정임, 여, 1937년생

주 소 지 : 전라남도 여수시 돌산읍 죽포리 죽포마을
제보일시 : 2011.1.25
조 사 자 : 이경엽, 한미옥, 송기태, 임세경

박정임 제보자는 1937년도에 묘도의 대동마을에서 출생하였다. 학교는 초등학교를 중퇴하였으며, 18세 때 죽포리의 앞에 있는 마을로 시집을 갔다고 한다. 이후 40대 초반에 이곳 죽포로 이사 와서 지금까지 벼와

갓 농사를 지으면서 살았다고 한다. 현재 농사는 짓지 않고 쉬면서 소일하고 있지만, 평생을 일을 하느라 고생을 참 많이 했단다. 2남 3녀의 자녀를 두었으며, 모두 외지에서 살고 있다.

제공 자료 목록
06_12_FOT_20110125_LKY_PJY_0001 도깨비에 홀려 죽은 사람(1)
06_12_FOT_20110125_LKY_PJY_0002 도깨비에 홀려 죽은 사람(2)
06_12_FOT_20110125_LKY_PJY_0003 도깨비에 홀려 죽은 사람(3)
06_12_FOT_20110125_LKY_PJY_0004 도깨비와 메밀묵
06_12_FOT_20110125_LKY_PJY_0005 죽포마을 당제
06_12_FOS_20110125_LKY_PJY_0001 아리랑 타령

서경수, 남, 1936년생

주 소 지 : 전라남도 여수시 돌산읍 죽포리 죽포마을
제보일시 : 2011.1.25
조 사 자 : 이경엽, 한미옥, 송기태, 임세경

서경수 제보자는 1936년 2월 2일에 죽포리에서 출생하였다. 농사일을 하는 부모님 때문에 어린 시설부터 평생을 농사일을 하면서 살아 왔고, 외지에 나가 살아본 적이 없는 죽포리 토박이다. 2남 3녀의 자녀를 두었다. 죽포에서는 비교적 젊은 측에 속하는 서경수 제보자는 마을의 경제형편이나 역사에 대해 매우 깊은 관심을 가지고 있었으며, 조사자들에게 적극적으로 마을을 홍보하려는 모습도 보여주었다.

제공 자료 목록
06_12_FOT_20110125_LKY_SKS_0001 죽포리 사교 유래

06_12_FOT_20110125_LKY_SKS_0002 죽포리 효자비

심정환, 남, 1928년생

주 소 지 : 전라남도 여수시 돌산읍 죽포리 죽포마을

제보일시 : 2011.1.25

조 사 자 : 이경엽, 한미옥, 송기태, 임세경

심정환 제보자는 1928년 1월 1일에 죽포리 1408번지에서 태어났다. 이후 단 한 차례도 외지에서 산 적이 없는 진정한 죽포 토박이다. 학교는 돌산죽포사립학교를 3학년까지만 다니고 가정형편이 어려워서 중퇴를 하고 말았다. 그러나 학력과 상관없이 마을에서 한학에 조예가 깊고 유식한 어른으로 통하고 있다. 2남 3녀의 자녀를 두었다.

제공 자료 목록

06_12_FOT_20110125_LKY_SJH_0001 무술목

06_12_FOT_20110125_LKY_SJH_0002 돌산읍 지명 유래

06_12_FOT_20110125_LKY_SJH_0003 돌산 죽포리 사교 오층

06_12_FOT_20110125_LKY_SJH_0004 돌산 장수

06_12_FOS_20110125_LKY_SJH_0001 모심는 노래

정남엽, 여, 1936년생

주 소 지 : 전라남도 여수시 돌산읍 죽포리 죽포마을

제보일시 : 2011.1.25

조 사 자 : 이경엽, 한미옥, 송기태, 임세경

정남엽 제보자는 죽포리 인근 마을인 둔전에서 1936년도에 출생하였

다. 19세 때 지금의 남편을 만나 이곳 죽포로 시집와서 지금까지 살고 있다고 한다. 농사만 짓고 살다가 돌산 갓김치가 유명해지면서 갓 농사를 하면서 돈을 벌었다고 한다. 5남 2녀의 자녀를 두고 있다.

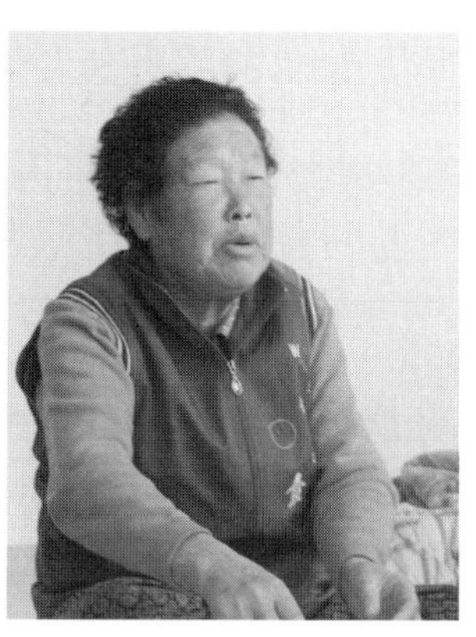

제공 자료 목록

06_12_FOT_20110125_LKY_JNY_0001 죽포리 본산 전설

06_12_FOT_20110125_LKY_JNY_0002 지지곱지와 영등할매에 관한 경험담

06_12_FOS_20110125_LKY_JNY_0001 물레노래

06_12_FOS_20110125_LKY_JNY_0002 아리랑 타령(1)

06_12_FOS_20110125_LKY_JNY_0003 아리랑 타령(2)

06_12_FOS_20110125_LKY_JNY_0004 아리랑 타령(3)

06_12_FOS_20110125_LKY_JNY_0005 자장가

조선엽, 여, 1931년생

주 소 지 : 전라남도 여수시 돌산읍 죽포리 죽포마을
제보일시 : 2011.1.25
조 사 자 : 이경엽, 한미옥, 송기태, 임세경

조선엽 제보자는 1931년 신덕에서 태어났다. 학교는 다니지 못하고 집안일을 거들다가, 19세 때 이곳 돌산읍 죽포리로 시집을 왔다. 시집 와서는 먹고 살 것이 없어서 고생을 많이 했다고 하며, 주로 논과 밭농사로 살았지만 바닷일을 하지 않았기 때문에 돈이 없어서 힘이 들었단다. 딸만 4명을 두었으며, 모두 시집가서 도시에서 살고 있고,

남편과 사별하고 혼자서 살고 있다.

제공 자료 목록
06_12_FOS_20110125_LKY_JSY_0001 아리랑

주양엽, 여, 1927년생

주 소 지 : 전라남도 여수시 돌산읍 죽포리 죽포마을
제보일시 : 2011.1.25
조 사 자 : 이경엽, 한미옥, 송기태, 임세경

주양엽 제보자는 1927년에 돌산읍 성두리에서 태어났다. 어린 시절에는 가난했기 때문에 학교는 다니지 못했지만, 한글은 주위 사람들의 도움으로 깨우칠 수 있었다고 한다. 19세에 이곳 죽포리로 시집을 와서 2남 5녀의 자녀를 두었으며, 특히 두 아들에 대한 자랑이 대단하였는데, 큰 아들은 서울에서 경찰을 하고 작은 아들은 비료공장 회사에 다니고 있다면서 좋아하셨다. 죽포리로 시집을 온 이후 단 한 번도 이곳을 떠나 외지에서 산 적이 없었으며, 쌀농사만 짓고 먹고 살았다고 한다. 남편과는 오래 전에 사별하고 혼자 생활하고 있다.

제공 자료 목록
06_12_FOS_20110125_LKY_JYY_0001 아리랑(1)
06_12_FOS_20110125_LKY_JYY_0002 아리랑(2)

죽포리 할머니, 여, 1940년생

주 소 지 : 전라남도 여수시 돌산읍 죽포리 죽포마을

제보일시 : 2011.1.25
조 사 자 : 이경엽, 한미옥, 송기태, 임세경

죽포리 할머니는 본명을 밝히기를 거부하여, 동네 지명을 따서 그래도 죽포리 할머니로 붙였다. 1940년에 출생하였으며, 민요 몇 편과 마을에 관한 간단한 정보를 알려 주었다.

제공 자료 목록
06_12_FOT_20110125_LKY_JPR_0001 향일암 유래
06_12_FOS_20110125_LKY_JPR_0001 아리랑 타령
06_12_FOS_20110125_LKY_JPR_0002 시누이노래

죽포마을 유래

자료코드 : 06_12_FOT_20110125_LKY_KYJ_0001
조사장소 : 전라남도 여수시 돌산읍 죽포리 죽포마을 1512번지 죽포노인정
조사일시 : 2011.1.25
조 사 자 : 이경엽, 한미옥, 송기태, 임세경
제 보 자 : 김윤자, 여, 74세
구연상황 : 죽포마을 노인정은 1층에는 70대 후반의 여성 노인들이, 2층에는 60~70대의 여성 노인들이 쉬는 곳으로 나눠져 있다. 이에 조사자들은 1층과 2층으로 팀을 나눠 조사를 하였는데, 조사자들이 2층에 올라갔을 때는 마침 점심식사를 준비하기 위해, 5~6명의 할머니들이 해산물을 다듬고 있었다. 조사자들이 조사의 취지를 말씀드리고 옛날 노래나 이야기 좀 들려달라고 하자, 저녁이나 돼야 노래가 나오지 지금은 나오지 않는다고 하였다. 이에 조사자가 마을 이름에 얽힌 유래담에 대해 묻자 그에 대한 간단한 이야기를 들려주었다.
줄 거 리 : 옛날에 죽포는 '댓개'라고 불렀다. 일이 하나도 없던 예전에는 '둔전댓개'라고 불렀는데, 지금은 돌산 갓이 나와서 잘 사는 곳이 되었다.

전에는, 댓개. 옛날 이름은 댓개라. 요새. (조사자 : 댓개라고는 왜 부르는 거예요?) 전에 일이 하나 없응께. 쩌 너메가(너머가) 둔전이거든. 전에 일이 하나 없응께, 여기 와서. 저리 저리 넘어가면 둔전 댓개 그랬어. 전에는 일이 하나 없응께, 둔전 댓개 하고 댕겼는디, 지금은 돌산갓이 나갖고, 참 뭉태로(뭉텅이로, 덩어리로) 넣드만 뭉태로 넣어. (조사자 : 여기 죽포도 그래요? 댓개도?) 어이. 댓개도 그래. 댓개가 젤로 많제. 지금도 갓 때문에 정신이 없어.

죽포마을 효자비

자료코드 : 06_12_FOT_20110125_LKY_KYJ_0002
조사장소 : 전라남도 여수시 돌산읍 죽포리 죽포마을 1512번지 죽포노인정
조사일시 : 2011.1.25
조 사 자 : 이경엽, 한미옥, 송기태, 임세경
제 보 자 : 김윤자, 여, 74세
구연상황 : 죽포마을과 향일암 유래에 대해서 설명해주신 후, 또다시 할머니들이 자신들끼리만 알 수 있는 이야기를 나누었다. 이에 조사자가 다시 마을 역사와 관련해서 물어보자 그런 것은 할아버지들한테 물어봐야 한다고 하면서 말씀을 해주시지 않았다. 그러면서 마을 입구에 있는 효자비와 관련한 이야기를 자연스럽게 이어서 해주었다.
줄 거 리 : 옛날에 이 마을에서는 정월 영등시에 바다에 홍합을 땄다고 한다. 어느 해 어머니와 아들이 홍합을 팔러 가기 위해 배를 탔는데 여수 종포라는 곳에서 그만 배가 파선이 되고 말았단다. 그래 어찌어찌 해서 아들은 물에서 나왔는데, 어머니가 보이지 않아서 어머니를 구하기 위해 다시 바다로 들어갔다가 그만 아들과 어머니 모두 죽고 말았다고 한다. 그래서 그 아들을 위해 마을 입구에 효자비를 세웠다고 한다.

전에 설 쇠면 정월달이네. 영등시가 있어! (조사자 : 영등!) 영등시(바다에 물이 많이 나오는 시기)가 있는디, 영등시에 전에 홍합을 땄다네. 홍합을 따갖고 인자, 정월에 한 배로 폴러(팔러) 갔다네. 폴러 가갔고, 저 여수 종포에서 배가 파산이 돼버렸어. (바닷물 속으로) 들어가 부렀는디. 자기가 나와서 본께, 어멈이 안나와. 그런께 다시 들어가 갖고. 어멈 잡을라고 들어가 갖고. 자꾸 잡아 댕길란게 못나오고, 그 사람이 죽어논께. [일하던 손으로 왼쪽 옆을 가리키면서] 여기 효자비가 있네. 아, 여기 여기. 한 전설이래.

(조사자 : 물 많이 나오는 시기가 영등시에요?) 영등시. 정월하고 이월하고 그 사이가 영등시야. 그래 인자 음력이라, 양력 아니고. 바다에 가면 요런 것, 뭐 홍합…

죽포마을 형성담

자료코드 : 06_12_FOT_20110125_LKY_KYJ_0003
조사장소 : 전라남도 여수시 돌산읍 죽포리 죽포마을 1512번지 죽포노인정
조사일시 : 2011.1.25
조 사 자 : 이경엽, 한미옥, 송기태, 임세경
제 보 자 : 김윤자, 여, 74세
구연상황 : 죽포마을 당제 이야기에 이어서 자연스럽게 당산나무인 '조산나무' 앞에까지 물이 들어왔다고 하면서 마을 형성기의 이야기를 들려주었다.
줄 거 리 : 옛날에 이 마을 당산나무인 조산나무에까지 물이 들어와서 그 나무에 배를 댔다고 한다. 그런데 옛날에 지금 마을 앞에 보이는 산을 가지고 와서 바닷물을 막아버렸다고 한다. 그래서 지금처럼 가운데에 산을 두고 죽포와 이웃마을의 두 마을로 나눠지고 되었다고 한다.

전에 전에 막 거시기 되면서 바닥이 됐드라네. 조산나무에 물이 와부러. 물이 와갖고, 인자 배를 거그다 댔다네. 근디 그 나무는 이미, [목소리가 작아져 청취불능] 배 달아 맨 나무는 시방 무너져갖고......

(조사자 : 그러니까 그 당산나무 있는 데까지, 옛날에는 물이 들어와서 배를 묶었다?) 아. 그랬는디 인자 [손을 뻗어 뒤쪽을 가리키며] 요요 산 있는가? 우리 앞에서 보면 뱃머리. 바다 쪽으로 저 산은, 인자 저 산은 만들았다네. 그래갖고 인자 저 물을 가돴다는구만. 그래갖고 여기는 인자 둘이 되고.

(조사자 : 누가 산을 막았대요?) [청중이 이야기에 끼어들어] 옛날 사람이. 그런 거는 인자 우리가 모르지. 아 옛날인께. 그거이 또 백 년 전에 죽은 할머니들도 "그게 언제 됐냐?" 물으면, "그게 백 년 됐단다." 하고. 또 백 년 전에 할머니들도 또 그러면 "그게 백 년 됐단다." 그러고.

(조사자 : 아 사람이 막은 것이 아니라, 언제 막았는지 모르니까.) 그건 모르지. (조사자 : 옛날에 그래갖고, 산이 막아져서 지금 여가 둘이 되었다고요?)

[마을회관에 있는 할아버지들에게 물어보라고 이야기를 중단함]

죽포리 감굴적

자료코드 : 06_12_FOT_20110125_LKY_KYJ_0004
조사장소 : 전라남도 여수시 돌산읍 죽포리 죽포마을 1512번지 죽포노인정
조사일시 : 2011.1.25
조 사 자 : 이경엽, 한미옥, 송기태, 임세경
제 보 자 : 김윤자, 여, 74세
구연상황 : 조사자가 당 영험담에 대해서 간단히 이야기를 들려주고, 그와 관련된 이야기가 마을에 있는지 물었다. 그러자 제보자가 그런 이야기는 없다고 하면서, 마을 앞산에 관한 이야기를 해주었다.
줄 거 리 : 죽포마을 앞에는 큰 높은 산이 있다고 한다. 그런데 그 산에는 '감굴적'이라는 동굴이 있는데, 지금도 가면 거기에 굴 껍데기가 있단다. 그리고 옛날에는 감굴적까지 물이 들어찼다고 한다.

저 앞산 있는가. 큰 높은 산. 저 산에 감굴적이 있네. 굴적. 물이 그까지 들어갔다네. 굴껍덕(생굴의 껍질), 굴껍덕이 있어. [손을 뻗어 앞쪽을 가리키며] 물이 거까지 찼다고. 그런께로 거그가 지금도 가믄, 지금도 그것이 있다고. 그거이 전설이여.

도깨비에 홀려 죽은 사람(1)

자료코드 : 06_12_FOT_20110125_LKY_PJY_0001
조사장소 : 전라남도 여수시 돌산읍 죽포리 죽포마을 1512번지 죽포노인정
조사일시 : 2011.1.25
조 사 자 : 이경엽, 한미옥, 송기태, 임세경
제 보 자 : 박정임, 여, 75세
구연상황 : 마을 효자비 이야기에 이어 할머니들이 이런 이야기는 마을 할아버지들에게

물어보면 잘 가르쳐 줄 것이라고 하면서 여전히 해산물 다듬기에 여념이 없었다. 이에 다시 조사자가 옛날에는 바닷가에 도깨비불이 많이 보이지 않았냐고 묻자, 할머니들이 옛날에는 참 도깨비불이 많이 나왔다고 하면서 이야기를 이어주었다.

줄 거 리 : 제보자가 밤에 길을 가다가 어느 밭에서 도깨비가 권투를 하면서 싸우는 것을 봤다고 한다. 그런데 그 앞을 지나가야 집으로 갈 수 있는데 너무 무서워서 그 앞을 건너지 못하다가, 결국 죽을 힘을 다해서 그 앞을 지나가서 한 집에 들러서 도움을 요청했다고 한다. 그래서 그 집의 아저씨와 함께 도깨비가 싸우는 곳으로 가봤더니 이웃동네 남자가 혼자서 나무를 치고 싸우고 있더란다. 그것이 도깨비가 씌워서 그런 것인데, 그 남자는 그것도 모르고 계속 손에서 피가 나도록 나무를 치고 있으니, 이웃 아저씨가 그 남자 뺨을 때리고 나서야 겨우 남자의 정신이 돌아왔다고 한다. 그런데 예전에도 마을에 한 여자가 도깨비에 씌워서 혼자서 빗자루를 들고 온 천지를 쓸고 다녔는데 결국 그 여자는 얼마 못가 죽고 말았단다.

나는 저그 도깨비를 만나갖고 싸우는 걸 한번 봤어! 밤에, 밤에. 나 봉인살 때 [손으로 마을을 가리키듯이] 저 건네 봉임살 때 그랬는디 여기 죽포로 인자, 와서 [앞에 청중에게 물으며] 전에 여기에 사택에 거시기 안 살았는가? 왜, 도팔이 의사 뭣이냐! (청중 : 잉 창혁이!) 잉 그 사람 살 때 그래갖고, 인사드리러 왔다가 가는디. [손으로 앞의 청중을 가리키면서] 저~ 이 사람 밭 옆에 밭에, 그 벌 하나 없는가? 저 건네 밭에. [팔을 위로 쭉 뻗으며] 김가들 벌안. 김가들 벌 안에서. 오마 키가 장정만한 사람이 나오는디. [앞 할머니의 옆구리를 주먹으로 가볍게 치면서] 나무를 기양 치고 받고 권투를 하는디, 오마 무서와서 철상 갈 수가 있는가! 못가! 아유, 그래서 아구, '내가 저그를 어찌 지내갈꼬' 땀이 줄줄줄줄 온 몸에 그냥 식은땀이 나더라고! 응. 그랬는지 인자 저 ○○○라든가, 보자 그러면 또 오고, 또 오고. 그냥 이 나무로 갔다가 저 나무로 갔다가 그냥 권투를 해 댕기는디 잠은 오드라고.

그런디, 나는 그 키 큰 사람 하난가 댕기는디, 그 사람은 못이기는 갑서! 아 그래갖고 인자 아무리 생각해 봤자 가야만 되겄고. 그래서 인자, 온 몸에 옷이 철벅철벅허니 돼부러. 얼마나 무서봤든가! 그래갖고는 인자, 그냥 할 수 없이 '내가 저그로 내가 죽더라도 내가 저기를 지내가야겄다.' 그러고 인자, 막 억지로 가는디. [손을 뒤로 하고 뒤에서 누군가가 잡아당기는 흉내를 내며] 뒤에서 막 요골 끄는 거야. 옷을. 아, 앞으로 갈라면은 뒤로 끌어가고, 앞에 발바닥이 안 떨어지고 막 그러는 거야. 아이구 그래갖고는 인자 아이고, 오늘 안으로는 못 가겄어.

그래갖고는 인자 어거지로 어거지로 온디. 그만 인자 잠깐만 올라가면은 집이 한 채 있었어. 그래갖고는 인자 어찌 '내가 저 집이만 가면은, 나가 저 집의 식구들을 잠 디꼬 나가야겄다.' 그러고 막 어거지로 나 마음적으로 그렇게 끄시가 그러고. (청중 : 그것이 맘적으께 그러는 갑다.) 글지! 무서운게, 온 몸이 무서우니까, 그냥 땀이 벌뚝벌뚝 일면서 입으로 후자꾸만 분께 발자죽이 요리 앞으로 가야된디, 뒤로 떨어진단께. 아 그래갖고는 인자, 포도시(겨우) 그 집으로 들어간께. 집으로 들어갔는디. 아이고 인자 그런다고 날 잠(좀) 들여다(데려다) 달라 그런께. 그 집 아저씨가 나와 갖고는 인자 가요. 인자 그 아범 심(힘)으로, 인자 그 권투 받는 걸 인자 옆으로 갔네. 옆으로 간께 잉, 우리 유제(이웃) 아범이라 말이여. 우리 유제, 그 한영이라고, 저기 저, 공동 산 옆에 살던 아범이 봉림에 와서 살았어.

(청중 : 그 아범이 구신(귀신)으로 보이데?) 아 그때 도채비하고 씨름을 한거라 그걸. 아 그래갖고는 "왜 이러냐"고 해도 왜 이러냐고 해도 탓도 안허데. 탓도 안하고 우리말은 듣도 안하고 나무를 들고는, '니가 이기는가 보자 나가 이기는가 보자' 금서 막 권투를 해 댕기는라. 피가 다 터지도록.

(청중 : 도채비야!) 응. 결국 도채비, 도채비 동네에서 거기에서 살아 갖고. 달고 왔는 모양이라. (청중 : 아이고 거기도 도채비 동네지!) 아, 그러

게 그거이 거기가 도채비 동넨디, 아 우리 집 옆에 바로 집 옆에 유제 살았네. 그랬는디 도채비를 달고 왔는 모양이라. 그냥 여자가, 아니 온 천지로 빗지락을 들고 댕김서 도채비로, 도채비하고 사는 거야. 막, 온 밭으로 다 싸질러 다니면서. 그래갖고 예전에 불이 꺼진다드만.

전에는 [두 손으로 모양을 만들어 보이며] 호롱불을 안 썼는가? 째깐한(작은) 호롱불을 썼어! 잉 그랬는디. (청중 : 도채비가 달고 가면 그 불이 꺼져부러.) 어! 우리 그 불이 꺼져 불드랑께. 우리 불이! 불이 꺼져부리길래 '아이고, 이게 어쩐일이냐' 하고 내가 밖으로 나온께. 여자가 빗지락을 들고 그 넓은 밭을 하하 때목을 치고 그냥. 아이, 도채비 보고 산 단께 살어! 그러드만 결국에는 죽었어. 결국에는 그리 죽대. ○○네 각시가 그리 죽어. 그랬는디, 아범도 도채비를 만나 갖고 그러 드란께. 그러니까 정신 차리라고 뺨을 그 아범이 때려 불고, 인자 회초리를 둘이 들고는 그러드란께. 우리 눈에는 안 보이는데 지 눈에는 천지가 도채비가 있어 갖고. 그런디.

"저것들 다 때려 바사야(부서야) 된다."고 그러네.

바사야 된다고 그랬는디, 손에 피가 그렇게 나도록 받어. 근디

"뭔 사람이 뵈이야?"고.

그래갖고는 인자, 그 아범이 뺨을 몇 대 쌔래부셔(때려버렸어). 정신 차려라고.

우리가 온게 막 구르드라고. 도채비가 가부렀는 갑서. 우리가 거기서 둘이서 거가 있으면서, 막 악을 쓰고 막 뺨을 때리고. 그래 논께라(그렇게 하니), 나도 그런 걸 한 번 봤네. 흐흐.

도깨비에 홀려 죽은 사람(2)

자료코드 : 06_12_FOT_20110125_LKY_PJY_0002
조사장소 : 전라남도 여수시 돌산읍 죽포리 죽포마을 1512번지 죽포노인정
조사일시 : 2011.1.25
조 사 자 : 이경엽, 한미옥, 송기태, 임세경
제 보 자 : 박정임, 여, 75세
구연상황 : 박정임 할머니의 도깨비에 홀린 어떤 남자 이야기에 이어서, 조사자가 도깨비 덕분에 부자된 사람도 있다고 했더니, 제보자가 "맞다"고 하면서 도깨비 덕에 부자된 이야기를 들려주었다.
줄 거 리 : 옛말에 도깨비를 잘 사귀어 놓으면 도깨비가 집으로 물건을 가져다 주어서 부자가 된다고 한다. 그런데 옛날에 마을에 어떤 여자가 살았는데 도깨비에 홀렸다고 한다. 어느 날 도깨비가 여자를 등에 업고 물을 건너면서 "닿냐?" 하면서 자꾸 묻더란다. 그러더니 아주 높은 나무 위에 여자를 앉혀놓았는데, 사람들이 겨우 그 여자를 나무에서 내려다 놨지만 결국 그 여자는 얼마 못가 죽고 말았단다.

도채비를 잘 사귀어 놓으면, 사과 놓으면 별걸 다 갖다 준다네. 별걸 다 갖다놓고, 나도 모르게. 나도 모르게. 어디서 도채비가 갔다가 놔두는가, 자고 나가면 별것이다 집에가 있고 그런다네. 어쨌든 도채비가 잘 사과놓으면 부자 돼.

(청중 : 업고 가고.) 웅, 여자를 업고가. 업고 기면서 물에 '닿냐 닿냐 닿냐?' 그런다네. 그래갖고 그 여자를 업어다가. (조사자 : 그러니까 도채비를 잘 사겨두면, 부자되게, 도채비가 여자를 업고 가는 거예요?) 응. 여자를 업고 가서 저 나무위에, 젤로 큰 나무 위에 꼭대기에다가 치마를. 전에는 우리들이 치마를 많이 입었거든. 치마로 딱 둘러쓰고 옹그라 앉았어! (조사자 : 도채비가?) 도채비가.

[청중에서 아니라고 하자] 아니. 사람이. 도채비가 업어다가 앉혀노면, 그 여자가 도채비가 정신으로 가버리고, 이런 사람정신이 없어. 도채비한테 빠져갖고 그런께로, 둘러쓰고 옹그라졌는 것을 사람이 올라가서, 인자

그걸 사람을 띠꼬(데리고) 내려와요. 인자 막 뺨을 쌔리고(때리고) 인자 정신들 오르라고 막 뺨을 쌔리고 그러믄은. 인자, 여자가 인자 정신이 좀 돌아와. 그러믄 인자 디꼬 오고 그러드만, 결국에는 도채비가 업어다 날르드만 죽었어!

(조사자 : 그 도채비 덕분에 부자 됐다는 이야기예요?) 그런 부자 되는 사람이 있는디. 그 사람은 정신이 없고, 안되고 그냥 생명이 앗어가 버리드라고. 몇 번 업어다 날으드만.

도깨비에 홀려 죽은 사람(3)

자료코드 : 06_12_FOT_20110125_LKY_PJY_0003
조사장소 : 전라남도 여수시 돌산읍 죽포리 죽포마을 1512번지 죽포노인정
조사일시 : 2011.1.25
조 사 자 : 이경엽, 한미옥, 송기태, 임세경
제 보 자 : 박정임, 여, 75세
구연상황 : 도깨비 덕에 부자된 이야기를 듣기 위해 조사자가 다시 한 번 물어봤지만, 이번에도 제보자는 그런 말은 있기는 있다고 하면서도, 도깨비 때문에 죽게 된 사람 이야기를 다시 한 번 들려주었다.
줄 거 리 : 옛날부터 도깨비가 보이는 사람은 이사를 가도 도깨비가 따라온다고 한다. 옛날 마을에 어떤 사람에게 도깨비가 자꾸 보여서 강 건너 마을로 이사를 갔다고 한다. 그래서 물 건너에 있는 시내로 이사를 갔는데 거기에도 도깨비가 따라와서 수채구멍에 사람을 거꾸로 쳐박아놓고는 하였단다. 그리고 도깨비를 떼어내려면 도깨비가 말 뼈다귀를 싫어하기 때문에 말 뼈다귀를 허리춤에 차고 다니면 된다고 한다.

(조사자 : 뭐 그런 말도 있잖아요. 도채비 덕분에 부자가 되면…) 맞네! 맞네! 그런 말 있네. 옛날 전설에 그런 말. (조사자 : 돈 좀 벌면 얼른 그 집 나가버려야 된다고?) 아니, 근디 이사를 가도 도채비가 뵈이는 사람은. 이사를 가도 도깨비가 뵈기는(보이는) 사람은 이사를 가도 하다하다 도채

비가 업어다 날랐다 한게. 저리 강 건네로 이사를 가불면은. [나가는 친구분에게 잠깐 말을 걸어 이야기가 잠시 중단]

그런데 저 시내로 가부렀거든. 인자 물 건네 가부렀다고. 가불면 안온다고 시내로 가벼렸는디. 인자, 시내로 가도 그것이 항시 따라 다닌갑제. 그래갖고는 수채구녕에다가 인자 맨날 사람을 넣어 놓더라라네. (조사자 : 도채비가?) 응, 그래갖고 그랬단 말이 있어.

(청중 : 그런 사람은 다 죽어부렀제!) [제보자가 앞 청중 말에 동의하며] 다 죽어부러!

(조사자 : 도채비를 떼내야 되잖아요? 어떻게 떼 내요?) 굿을 무당을 데려다가 씻김굿을 해. 저, 뭐야 말. 잉, 말. 뭐 말 빼따구를 싫어한다고 허드만. 근께로 그 말 빼따구를 차고 댕기고 그런다고 그래. 그 도채비를 실어다 나른 사람이. 그런다고 옛날에 그런 말들이 있기는 있어.

도깨비와 메밀묵

자료코드 : 06_12_FOT_20110125_LKY_PJY_0004
조사장소 : 전라남도 여수시 돌산읍 죽포리 죽포마을 1512번지 죽포노인정
조사일시 : 2011.1.25
조 사 자 : 이경엽, 한미옥, 송기태, 임세경
제 보 자 : 박정임, 여, 75세
구연상황 : 도깨비 이야기가 끝난 후, 다시 할머니들이 해산물 다듬기에 집중하였다. 이에 조사자가 분위기를 환기시키기 위해 도깨비가 메밀묵을 좋아하는 것이냐고 묻자, 앞에 할머니 한 분이 그렇다고 동감해주었다. 이에 박정임 제보자가 거기에 대해 추가 설명을 해주었다.
줄 거 리 : 옛날부터 명절 때가 되면 도깨비가 더 이상 쫓아오지 말라고 항상 메밀묵을 쒀서 뿌린다고 한다. 도깨비 메밀묵을 쑬 때는 사람들하고 절대로 말을 해서는 안되며, 메밀묵을 다 던지고 난 후에야 말을 할 수 있단다. 지금도 여수에 가면 어장하는 사람들은 메밀묵을 쒀서 바다에 던진다고 한다.

(조사자 : 바닷가 사람들은 고기 많이 잡히라고 도깨비한테 뭣을 준다던데요?) 메밀묵. 메밀묵은 도채비가 오지 말라고 쫓는 것이지. 그거이. 긍게 도채비 오지 말라고 메밀묵을 주는 것이라. 아, 그러면 고기도 잘 잡히고. 하믄(그렇지). 옛날에는 항시 그랬어. 명절, 미신을 믿는 사람은, 요새도 미신을 지키는 사람은 메밀묵을 해갖고 명절 때 전부 던져.

그래갖고 메밀묵을, 도채비 메밀묵을 쑤면 사람하고 말을 안 해. 묵 쓸 때는. 말을 안하고 수건 싹 동축을 해갖고 다 던져놓고 말을 해. 요새도 미신을, 미신. 여수로 가믄은 메밀묵을 해갖고 폴더라고. 거 던지라고. 어장을 한 사람은 다 해.

죽포마을 당제

자료코드 : 06_12_FOT_20110125_LKY_PJY_0005
조사장소 : 전라남도 여수시 돌산읍 죽포리 죽포마을 1512번지 죽포노인정
조사일시 : 2011.1.25
조 사 자 : 이경엽, 한미옥, 송기태, 임세경
제 보 자 : 박정임, 여, 75세
구연상황 : 도깨비 이야기가 끝나자 다시 할머니들이 해산물 다듬기에 집중하였다. 이에 조사자가 마을에 예전부터 당산제를 모셨는지를 물어보자, 옛날에는 모셨다고 하면서 마을 당제에 관한 이야기를 들려주었다.
줄 거 리 : 죽포 마을에는 옛날에 당제를 모셨다고 한다. 마을 중앙에 조산나무라고 해서 명절 때면 그곳에 메구도 치고, 정월 보름이면 제를 모셨다고 한다. 그래서 지금도 그 앞으로 죽은 송장도 지나가지 못한다고 한다. 그러나 지금은 당제를 모시지 않는다고 한다.

(조사자 : 혹시 마을에 옛날에 당제 모셨어요?) [손을 뻗어 앞을 가리키며]당제. 응. 맞어. 에, 모셨어. 우리 조산나무에. 여기요 조산이라고 큰 나무여 안보이던가? 있어. 근디 제만은 그때는 꼭 모시고. 명절 때도 꼭 메

구를 쳐갖고. (청중 : 송장도 그리로는 못 지내가고.)

(조사자 : 언제 모셨어요?) 정월 보름날. 설에 메구치고 모시고.

(조사자 : 당산할머니예요? 할아버지예요?) 당산할아버지라고 그래. 근디, 그리 모시다가 인자, 세상이 개량돼부러서. 안모셨어. (청중 : 작대기 놔두고 공을 들여갖고.)

죽포리 사교 유래

자료코드 : 06_12_FOT_20110125_LKY_SKS_0001
조사장소 : 전라남도 여수시 돌산읍 죽포리 죽포마을 1512번지 죽포노인정
조사일시 : 2011.1.25
조 사 자 : 이경엽, 한미옥, 송기태, 임세경
제 보 자 : 서경수, 남, 75세
구연상황 : 조사자가 마을의 보물인 사교 오층에 대해서 이야기를 더 해달라고 하자, 옆에 있던 서경수 어르신이 사교에 대해서 좀 더 자세한 이야기를 들려주었다.
줄 거 리 : 지금으로부터 4~5백년 전에 마을에 들어온 김씨, 서씨, 정씨, 박씨가 두문포 다지끼미라는 곳에서 돌을 채석해서 목도를 한 후 가져와서 만든 다리가 사성교라고 한다. 돌이 얼마나 컸던지 돌 하나에 일톤이 넘는데, 그 옛날에 사람이 어찌 인력으로 그것을 가지고 온 것인지 놀랍다고 한다. 그리고 과거에 지하수나 수도가 없을 때 사교 다리 놓기 전부터 있었던 동대샘에서 길러다 먹었다고 한다.

사성이요. 그 다리가 어찌 됐냐 그러믄요. 그 다리가 김씨, 서씨, 정씨. 세 분이든가? 박씨. 네 분이 저 분포 가믄 큰 철하김이라고 그 밭. 거그가 있어요 산이 있어요. 바위산이. 그거 돌을 깨가지고 인자 소를 소를 채고 목도를 허고 그래갖고 갖다 놨다는 건데. 그 돌이 하나에 일 톤 넘을 거요. 일 톤. 일 톤만이나 될거요. 그런게 그 때 사람이 인력으로 어떻게 올 거요. 인력으로 온거지 소같이 해갖고. 그래갖고 그 다리를 놨다 해서 역사가 한 사오백년 됐네요.

근디 인자 그 어르신들 흔적을 냉기기 위해서 그 성씨를 다 그때 비가 있었는디. 바람에 비바람에 망가지고 그래갖고 지금 저그 뭐이냐 철 합판을 가지고 글을 써서 만들어 논거 있어요. 저그.

(조사자 : 아까 어디 산에서 그랬다고요?) 저 두문포 다지끼미라는 바닷가에. 두문포 다지끼미라는. 거그서 그 돌을 채서 해가지고 가져왔다는. (조사자 : 거기서 돌을?) (청중 : 옛날에 여 수도가 없고 뭐 지하수도 없고 그럴 때는 거 물을 저 동대샘이라고. 동대 거 샘 거그. 거그도 돌로 깨서 그 사각을 맞차서 샘을 만들었다는. 우리 죽포 동리가 전부 다 물을 떠 먹다시피 인자 그런 또 샘이 있어요. 그거도 상당히. 거 다리 노기 전에부터 근게 물이 되아갖고 있어.)

(조사자 : 그 샘 이름이 뭐라고요?) (청중 : 동대. 동대 샘물이라 그랬어.) 죽포리 동대샘이라고 그렇게 명이 있어. 그 동쪽에 있다고 해서 동대. (조사자 : 여기 지금 마당에 있는 이 다리가 이쪽으로 옮겨논 다린데 본래 있던 다리는 장소가 저기 그럼 큰 길가에?) 저기 저 삼거리 삼거리 저 건너.

죽포리 효자비

자료코드 : 06_12_FOT_20110125_LKY_SKS_0002

조사장소 : 전라남도 여수시 돌산읍 죽포리 죽포마을 1512번지 죽포노인정

조사일시 : 2011.1.25

조 사 자 : 이경엽, 한미옥, 송기태, 임세경

제 보 자 : 서경수, 남, 75세

구연상황 : 죽포마을 동대샘이 있는 위치에 대해 이야기를 하다가, 갑자기 서경수 어르신이 동대샘에 있는 효자비에 대해서 말을 이어갔다.

줄 거 리 : 동대샘에 가면 효자비가 있다. 그 효자비는 지금으로부터 70여 년 전에 여수시에서 돌산으로 오는 장배가 있는데, 그 배는 달바끼미 앞에만 가면 파산을 했다고 한다. 70여 년 전 당시에 유경식이란 마을 사람이 어머니와 함께 배를 타고 오다가 배가 파산이 돼서 바다에 빠진 어머니를 못찾게 되자, 어머니

를 찾겠다고 다시 바다로 들어갔다가 죽었다고 한다. 그렇게 해서 효자비를 세워놓게 되었단다.

거기 가믄 거 효자비가 있고. 효자비. 예. 효자비는 어떻게 됐냐 그러믄은. 아 한 칠십년 전에 장배라고 있었어요. 장배. 돌산. 여수시에서 오는 배가 있는디. 저 저그 달바끼미 앞에 그 가면은 우두리 거그서 가다 파산을 했드래요. 배가 엎어져부렀어. 그래갖고 인자.

[잠시 제보자와 청중이 배가 파산한 곳에 대해 서로 다른 이야기를 한다] 그래 배가 넘어져부렀는디. 인자 사람들이 다수는 살고 헤엄치는 사람들은. 유경식이란 유경식이란 분이 즈그 모자하고 같이 가다가 바닷가에 나와 본게 즈그 모친이 안 뵈여. 그래 그 나온 사람들이 만류를 불구허고 우리 어머니가 여기 있은게 가 인자 건져야겄다, 그러고 들어갔는디. 사람들이 얼마나 많소. 붙잡지에. 그래갖고 즈그 어머니도 못 찾고 자기도 죽어부렀어요.

그래갖고 효자비를 세워줬어. 인제 얘기 들은 바 우리는 그때 쬐깐헌, 낳도 안 허고. 막 낳았을 때구만. 한두 살 그때.

무술목

자료코드 : 06_12_FOT_20110125_LKY_SJH_0001
조사장소 : 전라남도 여수시 돌산읍 죽포리 죽포마을 1512번지 죽포노인정
조사일시 : 2011.1.25
조 사 자 : 이경엽, 한미옥, 송기태, 임세경
제 보 자 : 심정환, 남, 83세
구연상황 : 조사자가 상할머니들이 모여있는 마을회관 1층을 나와, 길 건너편에 있는 남자노인정에 들렀다. 그곳에서 몇 분의 남자 노인들이 모여 쉬고 계셨는데, 조사자가 여수가 이순신과 관련이 많은 곳이니 혹시 아는 이야기가 있으면 해달라고 청하자 심정환 어르신이 흔쾌히 이야기를 시작해주었다.

줄 거 리 : 여수 돌산은 과거에 무술목이라고 불렀다. 이곳이 지금은 소나무가 심어져 있지만, 임진왜란 당시에는 소나무도 없고 자갈만 있는 곳이어서 바다가 이어진 것으로 착각해서 왜구들의 배가 들어왔다가 막혀서 많이 죽었다고 한다.

인자 요기 이순신 장군 뭐 얘기를 허신게 말이지. 우리 돌산은 요리 들어오믄 무술목이라고도 그래요. 무술. 무술목이라 그런디. 이 저거이 그 당시 일본 사람들이 쪼께 갈라험서. 바다에서 먼 바다에서 본게. 그냥 저리 맥힌거이 안 보였더래요. 지금 인자 소나무를 심어논게 그랬지. 그 당시는 소나무도 없고 이 자갈만 이래 있어논게 더구나.

(조사자 : 바다가 이어진 것으로 보여요?) 바다 맹이로 뭐 이렇게 뵈갖고. 쪼께 올라오고 난게 딱 맥혀갖고 있거든. 그래서 그게 무실목이 아니고. 아이 이놈의 데가 무슨 목이냐. 그런거라 말이여. 예. 그래서 왜놈들이 쪼께 갈 때 여그가 무슨 목이냐 그러고 그래서 인자 많이 왜놈들이 많이 죽어부렀지요. 인자 그랬다는 말씀이 있고.

돌산읍 지명 유래

자료코드 : 06_12_FOT_20110125_LKY_SJH_0002
조사장소 : 전라남도 여수시 돌산읍 죽포리 죽포마을 1512번지 죽포노인정
조사일시 : 2011.1.25
조 사 자 : 이경엽, 한미옥, 송기태, 임세경
제 보 자 : 심정환, 남, 83세
구연상황 : 심정환 제보자가 임진왜란 당시 돌산의 지형 때문에 바다로 착각한 왜구들이 들어와 많이 죽은 이야기를 한 뒤에, 곧바로 죽포와 돌산 지역의 지명유래담을 해주었다. 이야기를 하면서 별다른 제스처는 없었지만, 카랑카랑한 목소리에 정확한 발음으로 이야기를 재미나게 들려주었다.
줄 거 리 : 죽포는 과거에 마을 뒤로 대나무가 둘러있어서 죽포라고 했으며, 뒷산인 수죽산은 대가 많이 나오는 곳에서 물이 나오기 때문에 붙여진 이름이라고 한다. 또한 맞은 편 봉황산은 큰 새가 날개를 펴고 있는 형국이어서 봉황산이라고

부르고, 방죽포는 왜정 때 갯물이 마을 중앙의 당산나무에까지 들어왔기 때문에 붙여진 것이고, 돌산이란 지명은 귓돌 돌자를 쓰는데 길이 빵빵 돌게 되어 있어서 돌산이라고 불렀다고 한다.

이 부락 부락 우리 죽포 이름은. 왜 죽포라고 했냐. 한문으로 쓰믄 이 대 죽잡니다. 그래 채전 포자란 것이 있어요. 채전 포자요. 큰 입구 안에다가 이 포 자 쓴 거이 있어요. 그래서 채전 포자. 그거이. 그래서 옛적에는 우리 죽포가 마을 뒤로 대나무가 빵 이러게 둘러 있었더라요. 그래서 이 죽포라 했고.

이 뒷산을 수죽산이라고 했어요. 왜 그러냐 그러믄 대 많이 있는 디는 물이 정수가 있답니다. 그래서 수죽산이다. (조사자 : 물 수자?) 어. 대나무 밑에 나는 좋은 수죽산이다. 그렇게. 뒷산 이름이 그렇게 됐고. 죽포는 인자 채전 포자를 써서. 대죽 밑에다가 죽포다 그랬고.

이 건네 이 큰 높은 산이 봉황산이요. 이 산이 이리 큰 새가 날개를 이리 피고 있는 형국이란 말입니다. 형국이 이렇게 되어 있어요. 그래서 봉황산이고. 이거 봉림정. 봉림정은 저이. 지금은 요. 요새는 저 봉림이라고 그러고. 죽포리, 두문, 방죽, 봉림 그랬습니다. 옛적에는. 근디 옛적에는 편지 오므는 죽포리 봉림. 또 죽포리 두문. 죽포리 방죽. 그렇게 편지 써 오고 했습니다.

그런디 요새는 인자 단일 부락이 전부 돼갖고. 그냥 돌산읍 봉림, 방죽포, 두문. 그래도 다 편지가 가지요. 이 방죽이라는 저그는. 방죽포는 옛적에. 왜정 초기까지 한 됐을 때 이 개가. 갯물이 여까지. 여 당산나무 밑에까지 들어왔다 그래요. 그래서 저그를 인자 방파제. 방제를 했어. 그래서 방제 헌 땅이다 그래갖고 거 그 부근에 사는 사람들은 방죽이라 그랬거든요. 방죽을 했거든. 그래서 방죽포라. 그래갖고 이 거그는 이 채전 포자가 아니고 이 저 개 포자. 삼수변에다 쓴 개 포. 그래서 방죽이라고 그러고.

요쪽 작은 부락 두문포는 저그는 인자 이 방죽이 아니고 쪼금 작게 막었다고 그래서 막을 두자를 썼어요. 나무목변에다가 흙토 인자 그래서 두문이라 그랬어요. 크게 막으믄 방죽. 방죽이라 그러고. 작게 막으믄 두문이라 그러고 그런 겁니다. 집도 우리 가정이 사는 디는 집 택자 거든에. 큰 집을이 지어 노므는 관이라고 그러거든. 관이라 그래. 그렇게 해서 이름이. 각 부락 이름이 붙어 있고.

(조사자 : 어르신, 아까 돌산은 돌고 돈다고 해서 돌산이고 그런 것은 무슨 말씀인가요?) 에 이 지금. 지금도 이. 지금 인자 동네가 옛적 그 전에 좋은 질이 다 딱아져 있습니다만은. 옛적에는 이 빵빵 다 돌게 돼 있었드래. 예. 자잘한 소로지만은. 소로지만은 그래 그래서 그러고. 이 이름이 돌산이라 해서 귓돌 돌자에 썼거든에. 에 그래서 돌고 돈게 돌산이다 그렇게 했다는.

돌산 죽포리 사교 오층

자료코드 : 06_12_FOT_20110125_LKY_SJH_0003

조사장소 : 전라남도 여수시 돌산읍 죽포리 죽포마을 1512번지 죽포노인정

조사일시 : 2011.1.25

조 사 자 : 이경엽, 한미옥, 송기태, 임세경

제 보 자 : 심정환, 남, 83세

구연상황 : 모심을 때 부르는 소리가 끝난 후, 제보자가 곧바로 죽포마을에서 자랑할 만한 이야기를 들려주었다. 심정환 제보자는 구연하는 동안 점잖게 앉은 채 큰 동작은 보여주지 않았지만, 발음이 정확해서 듣는 이로 하여금 편안하게 들을 수 있게 해주었다.

줄 거 리 : 돌산에는 '사교오층'이라는 옛 고적명품이 있다. 사교는 돌의 두께가 두 자에 이르는 두꺼운 돌다리를 말하는데 현재는 보존을 위해 노인정 마당에 놓아두고 있다. 또, 오층은 마을 중앙에 있는 당산(나무)을 이르는 말로, 과거에는 정월 보름에 당산제를 모셨는데 사람들이 돌을 쌓아 보기 좋게 만들었는데

언젠가 사람들이 거기에 시멘트를 발라버렸다고 한다. 그것을 본 어떤 사람이 여기 시멘트가 못쓰니 벗겨 버리라고 해서 지금은 시멘트를 떼어 버리고 돌만 놓아두었는데 그것을 오층이라고 한단다.

여그는 뭐이냐 그러믄 사교 오층이라고 허는 그러헌 옛 고적 명품이 있지요. 오층. 일층이다. 단층. 단층이라고 허는. 여그는. 지금 이 부락. 나인자 거슥 된지는 몇 천년이 된지 모르겄습니다마는. 에, 이 돌 두께가 약일 메타는 못 되고. (청중 1 : 약 칠십 센치.) (청중 2 : 두 자, 두 자.) 두 자. 한 두 자까?

(조사자 : 돌다리처럼 해 논거?) 어. 인자 그거이 인자 옛적 여그는 뭐 옛적에는 사람만 댕기고. 인자 저 뭐 무겁다는 거이 저 소나무 업고 댕기고 그랬는디. 지금은 땀프차네(덤프트럭이네) 뭔 차네. 굵은 뭐 몇 십톤짜리 인자 차가 댕긴게. 저 아까운 돌 부러지기 전에 이 어르신네들이 해논 물건 소중허게 띠어 놓는 것이 좋다. 그래갖고 띠어 놓고 인자 세멘으로 야물딱지게 해 놓고.

(조사자 : 이 마당에 있는거 말씀이신가요?) 예. 그러고 오층은 저 이 당산. 우리 옛적에는 우리 나 어려서 대부분 다 인자 나 손 밑에 사람들도 인자 아껴요마는(알겠지요마는). 우리는 저그서 제를 모셨습니다. 인자 정월 보름 거석에(그때에). 그러고 해서 제를 모시고 그런디. 뭐 인자 세상따라서 ○○○○○○○○○ 인자 세상 따라서 산다고 뭐 제도 인자 안 모시고 그럽니다마는. 거그가 능은 능인디. 능으로 내려와. 능이. 능으로 내려왔는데. 인공이 들었제. 사람 능으로 사람 인공이 들어서 누울 조자 조상. 그래서 조상이라고 그럽니다. 그래서 인자 사람 공이 참 들었겄지에.

그러기 좋게 좋게 그전에 참 어르신네들이 자잘한 돌로 보기 좋게 좋게 쌓는디. 아니 지금 세상은 대차 주기 좋은 세상에 뭐 그냥 어이 그래놔 둘 수가 있냐. 처음에 이 칠십 이년도에 새마을사업 그 당시 아 세멘을 준게 세멘을(시멘트를) 볼라 놨네. 아 그러고 그냥 산디. 한참을 근디.

나 인제 집이 뽀짝(바짝) 바로 앞이에 거가 있는디. 밥 먹고 나온게. 사진을 조기 저 건네 큰 산을 보고 사진을 찍고 그래.

에, "선생님! 아 이 좋은 이 여그 당산 여그 그냥 찍어가지고 갈라고 그러냐"고 근게.

"안 된다"는 거야. 세멘을 볼라갖고 인제 파했다. 세멘. 세멘을 발라갖고. 그래갖고 인자 그것도 인자 없애부리고. 막 이런 인자 막 굵은 돌을 골라갖고 싼다고 쌓는디. 오르고 오층이 안 되가지고 있습니다.

(조사자 : 아 그 당산을 오층이라고 그래요?) 예. (조사자 : 저 길가에 있는 거 말씀하시죠? 큰 길가에?) 여그 요, 여기. 큰 나무 선디. (조사자 : 그 인자 조산으로 인제 인장으로 만들어 논?) 예. (조사자 : 근데 오층이었어요, 거기가?) 예. 층이 오층 됐어요. (조사자 : 그래서 오층이고. 그럼 그 다리는 사교에요?) 사교. (조사자 : 다리 이름이?) 예. 네 개. (조사자 : 다리가 네 개라고?) 네 개.

돌산 장수

자료코드 : 06_12_FOT_20110125_LKY_SJH_0004
조사장소 : 전라남도 여수시 돌산읍 죽포리 죽포마을 1512번지 죽포노인정
조사일시 : 2011.1.25
조 사 자 : 이경엽, 한미옥, 송기태, 임세경
제 보 자 : 심정환, 남, 83세
구연상황 : 조사자가 서경수 제보자들의 간단한 인적사항을 조사하는 도중에, 가만히 듣고 계시던 심정환 어르신이 조사자들에게 오교를 가서 보라고 하면서, 거기에 있던 돌 두 덩이에 관련된 이야기 한 편을 들려주었다.
줄 거 리 : 오교에 가면 굵은 돌 두 덩이가 있다. 그런데 과거에 마을에 정씨 어르신이 있었는데, 그 분은 잡곡재라는 곳에서 왔다고 한다. 그 잡곡재에도 큰 당산나무가 있었는데 거기에 있던 커다란 돌을 정씨 어르신이 칡넝쿨로 묶어 이곳 오교 앞에 가져다 놓았다고 한다. 그만큼 돌산에는 힘이 장사인 사람들이 많

이 나왔는데, 이승군이라는 힘이 센 사람도 역시 돌산사람이라고 한다.

그 오교 저그 오층. 아 그거 올라가시믄요. 굵은 돌이 두 덩이가 있습니다. 한 가운데가. 그런디 인자 이 어르신네들한테 듣기로. 인자 들어서 안 거인데. 그거는 정씨. 나라 정자 정씨. 이라는 그 기분 존 어르신이 계셨던 모양이라. 그래서 그분네가 어디서 가져왔냐. 여수서 오자믄 저 못 단게 잡곡재란 데가 있어요. 잡곡. (청중 : 잡곡이라고. 왜 잡곡이라 했는가.) 아니 그 인자 그 고개를 넘는다 해서 잡곡이거든. 있는데. 거그서. 거그도 이 큰 당산나무가 있어요. 있었습니다 그 전에. 근디 없어져부렀지마는. 거그서 인자 이 칡넝쿨. 칡넝쿨이라는 것이 뭐 얼마나 ○○○ 그 돌이 좋아서 아이 뭐 있다가 저그 잠 갖다 놨으믄 좋것다 싶어서 칡넝쿨을 이리 저 걸어갖고 이렇게 한나를 오른손을 요래 칡넝쿨 잡고 뒷손을 요리 돌을 잡고 그래갖고 갖다 놨다고 헌 돌인데. 우리 저 이 돌산이 옛적에 그런 장사가 났고.

그 후에 이 지금 살었이믄 그 동생이 몇 살 먹고 인자 칠십 여달이나 아홉이나 되고. 칠십 여달이나 아홉이나 되고 그러겄구만. 그거이 나로 봐서 인자 고종사촌이요. 고종사촌 동생인데 장사요. 돌산 장사라고 그랬습니다 그때. 이승군씨라고. 이승군이라고. 돌산 장사 이승군씨라고 혹 아실란가?

(조사자 : 씨름도 하고 그러셨습니까?) 아니 씨름도 안 했어. 그때는 뭐 씨름도 뭐 귀허고 그런게 씨름도 안 했지마는. 참 마 하여간 우리 또래. 우리 또래가 뭐 본다믄 나이도 한 댓살 덜 먹었는데. 아 우리 또래가 여섯이 잡어 땡겨도. 이거 이 저 대꾸리라고 있어. 나무 댕김서 저 이 묶으는 이 대꾸리란 것이 있어요. 대꾸리로 인자 준게. 대꾸리 이 나무토막, 토막으로 인자 그 동생이 잡고 나머지는 우리가 잡고. 여섯이 잡었는디도 잡어 땡기믄 한 손으로 물레에가 앉어서. 물레에가 앉어서 요 좋다고 요

땡기믄.

(조사자 : 그러게 힘이 쎘네요.) 그만큼 기운이 좋아. (조사자 : 아까 그 정씨 그분이 가져온 돌이 지금 오층 거기에 있다고요?) 응. 거기에 있어. (조사자 : 그 돌을 뭐라고 불러요?) 아, 돌을. 그래 그 뭐라고는 안 부른디. 그거이 인자 하여간 그 정씨이란 분이 갖다 놨다는. (청중 : 갖다 놨다느나 그 말만 들은 거여.)

(조사자 : 그거 뭐 들돌인가요?) 아니여. (청중 : 아니요. 들도 못 해요.) 납작헌, 납작헌디. (조사자 : 그 돌을 어디 여수에서 가져왔다고요.) 여그여 저 고개. 잡곡재. (조사자 : 지금 보니까 지금 거기에는 나무가 이렇게서 있잖아요. 옛날 오층일 때도 나무가 가운데 있었습니까?) 아 없었지. 없었어. 예. 없었는데 사쿠라. 사쿠라 나무 한나 있지요. 올라가봤나요? (조사자 : 예. 아까 들어오면서 살짝 봤습니다.) 그 사쿠라 나무 그것은 참 나가 심었다 그러믄 안 곧이 들을거요마는. 나 열여섯 살 먹어서 심은 거여.

죽포리 본산 전설

자료코드 : 06_12_FOT_20110125_LKY_JNY_0001
조사장소 : 전라남도 여수시 돌산읍 죽포리 죽포마을 1512번지 죽포노인정
조사일시 : 2011.1.25
조 사 자 : 이경엽, 한미옥, 송기태, 임세경
제 보 자 : 정남엽, 여, 76세
구연상황 : 죽포 마을 앞산인 본산 이야기에 이어서, 그와 연관된 이야기가 조사자의 개입이 없어도 계속 이어졌다.
줄 거 리 : 죽포마을 본산에 성이 있는데, 그 성 안에는 바닥에 물이 고인 구덩이가 있다고 한다. 그런데 그 구덩이에 실꾸리를 빠뜨리면 저 멀리 불무섬으로 나왔다고 하는데, 그 성안 구덩이와 불무섬 사이에 통이 있어서 그것을 통해서 실꾸리가 나오는 것이라고 한다.

성안에, 또 이를테면 성안에 있어. 성 성 성이. 성이 있는디. 그 성안에다가 갖다가 물이, 이런 구덩이 있거든. 그럼 거기다 여먼 저 바닥(바다)으로 빠진다고 그래. 실꾸리를 여믄.

(청중 : 저 산이 아니고 요 산이지.) [제보자가 청중과는 다른 방향을 가리키며] 요 산이지 요 산. (청중 : 전에 요 산에서) (조사자 : 산 이름이 뭔디요?) (청중 : 본산. 본산인디.)

(조사자 : 거기에 성이 있고?) 그 산에서 빠지면 나오지를 못해, 사람이. 거기 바다가 불무섬 통안이 있거든. 근디, 그 통안으로 나온다고, 전에 그런 전설이. 빠지믄 바로 나오지를 못해. (청중 : 옛날에는 꼭대기로, 그 산 꼭대기로 가믄) [제보자가 한 손으로 동그란 원을 그리며] 요만허니 강이 있어. 꼭대기에, 근디 그 강에서 빠지면, 저 불목동 거스그로 나온다 그래. 사람이 못 살고, 사람이 그리 빠져 나간다 그래. 그리 빠져 나간다 그래. 거기 해안통이 있어, 줄이 나온다고. 그런 전설이 있어. 옛날 전설이. 그런디 우리는 몰라.

지지곱지와 영등할매에 관한 경험담

자료코드 : 06_12_FOT_20110125_LKY_JNY_0002
조사장소 : 전라남도 여수시 돌산읍 죽포리 죽포마을 1512번지 죽포노인정
조사일시 : 2011.1.25
조 사 자 : 이경엽, 한미옥, 송기태, 임세경
제 보 자 : 정남엽, 여, 76세
구연상황 : 노래가 끝난 후, 조사자가 영등달과 영등 할머니에 대해서 묻자, 할머니들이 영등달에 하는 풍속에 대해서 이야기를 이어갔다.
줄 거 리 : 옛날에는 영등달이 되면 영등할머니를 위해서 찹쌀떡을 해서 상에 올려놓았다. 그 찹쌀떡을 '지지곱지'라고 부르며, 영등할머니를 위한 상은 영등달에 세 번 차린다. 그런데 아무 때나 지지곱지 떡을 해서 먹으면 눈이 아프거나 한다. 영등할머니가 내려올 때는 딸이나 며느리를 데리고 내려오는데, 딸을

데리고 올 때는 바람이 불고 며느리를 데리고 올 때는 비가 온다고 한다. 하지만 이런 풍속도 지금은 하지 않는다고 한다.

(조사자 : 떡을 할 때, 찹쌀가루로 그걸로 뜨거운 물에다?) 응. 지지곱지로 해(지지곱지라고 해). 지지곱지. 지지곱지! [양손을 비비서 뭔가를 만들어 시늉을 하면서] 만들어갖고. 납작하게 해갖고. 고물을 맨들어갖고. 물을 펄펄 끓여갖고. 집어 여갖고(넣어가지고). 디쳐(데쳐) 내. [끓는 물에 데쳐서] 익으면 들여내갖고(꺼내가지고) 고물도 묻히기도 그래.

(조사자 : 주로 어떤 고물을 묻혀요?) 팥고물도 묻히고, 녹두고물도 묻히고. 그래갖고. 풍당 넣고, 삶아 가지고 둥둥 떠. 그러면 건져갖고 먹으면 맛있어!

(조사자 : 이렇게 납작해가지고 물에 넣을 때, 뜨거운 물에 넣을 때 구멍이 안 만들어요?) 인자 그런 디고 허고 안뚫기도 허고. (청중 : 그때 배가 고픈게 오만천지가 다 맛있어.) 그래갖고 인자, 놔 놨다가, 영등달 할머니가 올라가는 날. 인자, 한나(가득) 지어갖고 먹는 사람, 어쩐 사람, 떡을 그래.

(조사자 : 그 지지곱지, 여기 여수 돌산에서는 반드시 올라가나요? 그 상에, 그거 빠지면 안돼요?) 하. 전에는 다 했어. 전에는 했드만 지금은 안하지. (청중 : 그걸 그냥 아무 때나 하나 먹으면은, 입이 비뚤어져 불고, 눈이 아프고 그래.) (조사자 : 그럼, 언제 먹어야돼요? 올려놓고?) 영등살. 할미 올라가는 날. 손 올라가는 날. 세 번이 올라가거든. 열아홉 날이지. 열 아흐렛날. 그래갖고 할미가 내려옴서, 기양 미너리(며느리) 디꼬(데리고) 내려오면, 바람을, 비가. [손을 들어 비가 쏟아지는 흉내를 내며] 밉다고. 치마를 팔랑팔랑 좋으라고 딸을 디꼬 내려오고. 미너리 데꼬 오면 인자 비를 맞고 홀촌해갖고. 미너리가 그리 무섭다네 전에. 바람이 불면 딸을 디꼬 왔구나! 또 비가 오면, 또 미너리 디꼬 왔구나! 그래. 바람영등이

내렸네. 바람이 불었싸믄. 비가 왔으믄 물영등이 내렸네.

향일암 유래

자료코드 : 06_12_FOT_20110125_LKY_JPR_0001
조사장소 : 전라남도 여수시 돌산읍 죽포리 죽포마을 1512번지 죽포노인정
조사일시 : 2011.1.25
조 사 자 : 이경엽, 한미옥, 송기태, 임세경
제 보 자 : 죽포리 할머니, 여, 77세
구연상황 : 죽포 마을 유래담이 끝나자 할머니들이 다시 해산물 다듬기에 집중하였다. 이에 다시 조사자가 인근 향일암의 유래에 대해서 묻자, 잘 모른다고 하면서도 이런 저런 애기들을 해주었다. 그 중 한 할머니가 향일암과 자신의 할아버지와의 관계에 대해서 자세한 이야기를 들려주었다.
줄 거 리 : 향일암 자리에 옛날 제보자의 할아버지가 거기에 막을 치고 살면서 공부를 했다고 한다. 그러면서 동네 아이 하나를 데리고 있었는데, 할아버지가 나이가 많이 들자 집에 들어와 살게 되었는데, 그때 어떤 중같이 생긴 사람이 그 아이를 데리고 막을 친 향일암 자리에 살게 되었단다. 이후 중들이 계속 거쳐가면서 지금의 향일암 절이 완성되었으며, 원래는 '죽포 향일암'이라고 해서 죽포마을에서 관리를 했다고 한다.

아이고, 옛날에는 우리 할아버지가 거그다가 막을 쳤다대. 옛날에는. (청중 : 거가 뭔 산을 이름 하는가 몰르겄어.) 그래, 막을 쳐갖고, 우리 할아버지가 거기 공부를 하다가. 거기 인자 동네가 저 애기를 하나 디꼬(데리고) 우리 할아버지가 공부를 함서, 디꼬 있었어. 그 사람이, 그 사람이 옛날에 중맹이로. 우리할아버지는 늙은께 집이 들이앉아 불고, 그 데꼬 있던 그 사람을 거기다 맽겼어. 맽겨갖고 그 사람이 인자, 째깐씩(작게) 째깐씩 해갖고. 사람이 와 갖고, 절을 째깐하게 짓어. 재깐하게 지.

그래갖고 그 사람이 중놀이를 하고 있다가. 인자 새 중들이 거치고(거쳐가고) 새 중들이 많이 들어오고 그랬어. 우리 할아버지가 그래. 그러고

또 그 중이 또 우리집을 행상 물어보러와. 우리 할아버지한테로.

(청중 : 그 항일암이 죽포 향일암이네.) 우리 요 마을에서 그 절을 관리를 했거든. 논까지 있는가 함 그래갖고. 여기서 할머니들이 참. (청중 : 저 논이 그재(아직까지) 있네.)

자장가

자료코드 : 06_12_FOS_20110125_LKY_KMJ_0001
조사장소 : 전라남도 여수시 돌산읍 죽포리 죽포마을 1512번지 죽포노인정
조사일시 : 2011.1.25
조 사 자 : 이경엽, 한미옥, 송기태, 임세경
제 보 자 : 김미자, 여, 76세
구연상황 : 조사자가 또 다른 자장가를 들려달라고 하니, 역시 김미자 할머니가 말로만 들려주었다. 조사자가 그것을 노래로 불러달라고 재차 부탁하였으나, 또 다시 가락 없이 사설만 읊어주었다.

자장자장 우리애기는 잘도잔다
우리 애기는 꽃밭에서
꽃비게(꽃베게) 베고 꽃이불 덮고
둥글 둥글 둥글 이고
넘 애기는 쇠똥 밭에
쇠똥 비게 비고 쇠똥 이불 덮고
둥글 둥글 둥글 인다
자장 자장 우리애기 잘도 잔다

물레노래

자료코드 : 06_12_FOS_20110125_LKY_KYJ_0001
조사장소 : 전라남도 여수시 돌산읍 죽포리 죽포마을 1512번지 죽포노인정
조사일시 : 2011.1.25
조 사 자 : 이경엽, 한미옥, 송기태, 임세경

제 보 자 : 김윤자, 여, 74세

구연상황 : 마을 관련 이야기가 끝난 후 할머니들이 또다시 해산물 다듬기에 빠지셨다. 이에 조사자가 제보자들의 간단한 생애 조사를 한 후, 민요 조사를 위해 할머니들에게 옛날에 시집살이 하면서 불렀던 노래를 부탁했다. 그러자 할머니들이 "무슨 노래야!"면서 당시 시집 살면서 일하던 풍경을 들려 해주었다. 이에 다시 조사자가 물레 돌리면서 무슨 노래를 불렀냐고 묻자, 가락을 붙이지 않은 물레타령을 들려주었다.

물레야 자새야

오리 뱅뱅 돌아라

아리랑 타령(1)

자료코드 : 06_12_FOS_20110125_LKY_KYJ_0002

조사장소 : 전라남도 여수시 돌산읍 죽포리 죽포마을 1512번지 죽포노인정

조사일시 : 2011.1.25

조 사 자 : 이경엽, 한미옥, 송기태, 임세경

제 보 자 : 김윤자, 여, 74세

구연상황 : 놀 때 불렀다던 아리랑 타령 이야기를 하는 도중, 여전히 해산물 다듬기에 열중이던 김윤자 제보자가 갑자기 또 다른 아리랑 타령을 불렀다.

산천이 고와서

내리 체다(쳐다) 봤냐

임 산고 향라고

내리 체다 봤네

아리 아리랑 스리 스리랑

아라리가 났네

아리랑 음음음

아라리가 났네

아리랑 타령(2)

자료코드 : 06_12_FOS_20110125_LKY_KYJ_0003
조사장소 : 전라남도 여수시 돌산읍 죽포리 죽포마을 1512번지 죽포노인정
조사일시 : 2011.1.25
조 사 자 : 이경엽, 한미옥, 송기태, 임세경
제 보 자 : 김윤자, 여, 74세
구연상황 : 조사자의 개입이 전혀 없이 제보자들이 돌아가면서 앞소리를 매기면서 아리랑 타령을 이어갔다.

서산에 지는 해는
지고 싶어서 졌냐
날 버리고 가는 님은
가고 싶어 가냐
아리 아리랑 스리 스리랑
아라리가 났네
아리랑 음음음
아라리가 났네

아리랑 타령(3)

자료코드 : 06_12_FOS_20110125_LKY_KYJ_0004
조사장소 : 전라남도 여수시 돌산읍 죽포리 죽포마을 1512번지 죽포노인정
조사일시 : 2011.1.25
조 사 자 : 이경엽, 한미옥, 송기태, 임세경
제 보 자 : 김윤자, 여, 74세
구연상황 : 역시 조사자의 개입 없이 흥이 난 할머니들이 서로 돌아가면서 앞소리를 매겼고, 이에 청중들이 뒷소리를 받아서 노래가 계속해서 이어졌다.

세월 가기는

바람 절(결) 같고
사람 늙기는
물에 물절(물결) 같네
아리 아리랑 스리 스리랑
아라리가 났네
아리랑 음음음
아라리가 났네

아리랑 타령(4)

자료코드 : 06_12_FOS_20110125_LKY_KYJ_0005
조사장소 : 전라남도 여수시 돌산읍 죽포리 죽포마을 1512번지 죽포노인정
조사일시 : 2011.1.25
조 사 자 : 이경엽, 한미옥, 송기태, 임세경
제 보 자 : 김윤자, 여, 74세
구연상황 : 앞의 노래에 이어서 김윤자 제보자가 "또 한 자리 할게." 하시면서 곧바로 아리랑 타령 앞소리를 이어갔다.

물레야 방아야
뱅뱅뱅 돌아라
어리정 저리렁
잘도나 돈다
아리 아리랑 스리 스리랑
아라리가 났네
아리랑 음음음
아라리가 났네

밭맬 때 부르는 노래

자료코드 : 06_12_FOS_20110125_LKY_KYJ_0006
조사장소 : 전라남도 여수시 돌산읍 죽포리 죽포마을 1512번지 죽포노인정
조사일시 : 2011.1.25
조 사 자 : 이경엽, 한미옥, 송기태, 임세경
제 보 자 : 김윤자, 여, 74세
구연상황 : 아리랑 타령에 대한 이야기로 또 다시 웃음꽃이 피었다. 이에 다시 조사자가 시집살이 관련 노래에 대한 사설을 잠시 읊어주자, 할머니들이 또 다시 그것과 관련한 노래를 불러주었다.

밭에 가면 바래기 원수
집이 가면 시누 원수
두 원수를 잡어다가
당사실로 목을 매서
대천 한바다에 띄워놓고
니도 네 간장 녹였응께
나도 니 간장 녹에(녹여)보자

아리랑 타령

자료코드 : 06_12_FOS_20110125_LKY_RCJ_0001
조사장소 : 전라남도 여수시 돌산읍 죽포리 죽포마을 1512번지 죽포노인정
조사일시 : 2011.1.25
조 사 자 : 이경엽, 한미옥, 송기태, 임세경
제 보 자 : 노추자, 여, 70세
구연상황 : 앞서 김윤자 할머니의 앞소리에 이어 옆에 있던 노추자 할머니가 앞소리를 받아서 아리랑 타령을 이어갔다.

한 뱃속에 난 손꾸락도

질고(길고) 짜리고(짧고) 헌데
눈물로 만내(만나)갖고
놀리가 있냐
아리 아리랑 스리 스리랑
아라리가 났네
아리랑 음음음
아라리가 났네

물레노래

자료코드 : 06_12_FOS_20110125_LKY_RSJ_0001
조사장소 : 전라남도 여수시 돌산읍 죽포리 죽포마을 1512번지 죽포노인정
조사일시 : 2011.1.25
조 사 자 : 이경엽, 한미옥, 송기태, 임세경
제 보 자 : 류순자, 여, 76세
구연상황 : 김윤자 제보자가 물레노래를 짧게 부르고 끝내자, 옆에서 듣고 있던 류순자 할머니가 뒷사설을 말로 하시면서 "노래를 끝을 맺어줘야지." 하면서 물레노래를 새로 불러주었다.

넘의 집 귀동자
밤이슬 맞는다

아리랑 타령

자료코드 : 06_12_FOS_20110125_LKY_RSJ_0002
조사장소 : 전라남도 여수시 돌산읍 죽포리 죽포마을 1512번지 죽포노인정
조사일시 : 2011.1.25
조 사 자 : 이경엽, 한미옥, 송기태, 임세경

제 보 자 : 류순자, 여, 76세

구연상황 : 물레노래를 부른 후, "옛날노래는 쎄부렀다."면서도 굳이 노래는 이어서 불러 주지 않았다. 이에 조사자가 물레노래 말고 삼 삶을 때는 무슨 노래 부르냐고 하니, "옛날 노래는 싹 까먹었다."고 하였다. 이때 해산물을 다듬던 류순자 제보자가 갑자기 '간다 못간다 얼마나 울었나' 소리를 불렀다. 이 노래는 놀면서 부르던 노래라고 하였다.

간다 못간다 얼마나 울었나
정거장 마당이 한강수가 되었네
아리 아리랑 스리 스리랑
아라리가 났네
아리랑 음음음
아라리가 났네

시집살이노래(아리랑 타령)

자료코드 : 06_12_FOS_20110125_LKY_RSJ_0003
조사장소 : 전라남도 여수시 돌산읍 죽포리 죽포마을 1512번지 죽포노인정
조사일시 : 2011.1.25
조 사 자 : 이경엽, 한미옥, 송기태, 임세경
제 보 자 : 류순자, 여, 76세

구연상황 : 놀면서 자주 부른다는 아리랑 타령에 대해서 서로 웃으면서 이야기를 나눈 뒤, 잠시 있다가 조사자가 강강술래 노래를 불러보자고 했더니 잘 모른다고 하였다. 이에 다시 조사자가 남편이나 시어머니 욕하는 노래가 없냐고 하니, 할머니 한 분이 '시어머니 잔소리'라는 노래를 불러주었다.

시어머니 잔소리 헐대로 하세요
와다구시[1] 복장은[2] 클대로 컸네

---

1) 일본어로, 나[私]를 뜻하는 말.
2) 심중에 품은 뜻은

시아버님 죽으라고 고소를 한께
친정어마니 죽었다고 전보가 왔네
아리 아리랑 스리 스리랑
아라리가 났네
아리랑 음음음
아라리가 났네

명 잣으면서 부르는 소리

자료코드 : 06_12_FOS_20110125_LKY_RSJ_0004
조사장소 : 전라남도 여수시 돌산읍 죽포리 죽포마을 1512번지 죽포노인정
조사일시 : 2011.1.25
조 사 자 : 이경엽, 한미옥, 송기태, 임세경
제 보 자 : 류순자, 여, 76세
구연상황 : 자장가 노래가 끝난 후 제보자들이 젊은 시절 애기 재울 때의 이야기로 꽃을 피웠다. 이에 조사자가 과거 여성들의 생활풍속에 대해서 물으면서, 옛날에 삼 삶으면서 부르는 노래 좀 들려달라고 부탁하였다. 이에 류순자 할머니가 삼 삶을 때는 노래 부를 정신이 없다고 하면서, 명 잣을 때 노래는 있다고 하면서 불러주었다.

잠아 잠아 오지마라
씨어마니 눈에 난다
씨어마니 눈에 나면
우리서방님도 눈에 난다
아리 아리랑 스리 스리랑
아라리가 났네
아리랑 음음음
아라리가 났네

아리랑 타령

자료코드 : 06_12_FOS_20110125_LKY_PJY_0001
조사장소 : 전라남도 여수시 돌산읍 죽포리 죽포마을 1512번지 죽포노인정
조사일시 : 2011.1.25
조 사 자 : 이경엽, 한미옥, 송기태, 임세경
제 보 자 : 박정임, 여, 75세
구연상황 : 류순자 할머니의 시집살이 노래에 이어서, 곧바로 박정임 할머니가 또 다른 아리랑 타령을 불러주었다.

놀세 놀세 젊어서 놀세
늙고야 병이 들면
나만 못노니라
아리 아리랑 스리 스리랑
아라리가 났네
아리랑 음음음
아라리가 났네

모심는 노래

자료코드 : 06_12_FOS_20110125_LKY_SJH_0001
조사장소 : 전라남도 여수시 돌산읍 죽포리 죽포마을 1512번지 죽포노인정
조사일시 : 2011.1.25
조 사 자 : 이경엽, 한미옥, 송기태, 임세경
제 보 자 : 심정환, 남, 83세
구연상황 : 돌산의 지명 유래에 대한 이야기가 끝나자, 조사자가 돌산에서 꼭 반드시 들어야할 이야기가 무엇이냐고 물었다. 이에 심정환 제보자가 과거 모내기 방법에 대해서 설명하시면서 노래를 곁들여주었다.

저 건네 갈미봉에

비가 묻혀 오는데
우장을 쓰고
여기 꽂고 저기 꽂고
서마지기 논배미가
반달겉이나 아남네

물레노래

자료코드 : 06_12_FOS_20110125_LKY_JNY_0001
조사장소 : 전라남도 여수시 돌산읍 죽포리 죽포마을 1512번지 죽포노인정
조사일시 : 2011.1.25
조 사 자 : 이경엽, 한미옥, 송기태, 임세경
제 보 자 : 정남엽, 여, 76세
구연상황 : 앞의 류순자 할머니가 역시 짧게 노래를 끝내자, 조사자가 옆에서 흥얼거리면서 따라하시던 정남엽 할머니에게 새로 한 번 불러달라고 부탁하였다. 이에 제보자가 물레노래를 새롭게 불러주었다.

물레야 방아야
오리뱅뱅 돌아라
우리집 귀동자
밤이슬 맞는다.

아리랑 타령(1)

자료코드 : 06_12_FOS_20110125_LKY_JNY_0002
조사장소 : 전라남도 여수시 돌산읍 죽포리 죽포마을 1512번지 죽포노인정
조사일시 : 2011.1.25
조 사 자 : 이경엽, 한미옥, 송기태, 임세경

제 보 자 : 정남엽, 여, 76세

구연상황 : 김윤자 할머니가 아리랑 타령을 부르면서 마지막에 "누가 하나 받어."라는 말씀을 하셨다. 이에 옆에 있던 정남엽 제보자가 앞소리를 받아 불렀고, 앉아있던 청중들이 자연스럽게 뒷소리를 받아 주었다.

물 긷는 소리는
오봉당(두레박질 소리의 의성어) 소리
날오라는 손길은
깜박깜박 헌다
아리 아리랑 스리 스리랑
아라리가 났네
아리랑 음음음
아라리가 났네

아리랑 타령(2)

자료코드 : 06_12_FOS_20110125_LKY_JNY_0003
조사장소 : 전라남도 여수시 돌산읍 죽포리 죽포마을 1512번지 죽포노인정
조사일시 : 2011.1.25
조 사 자 : 이경엽, 한미옥, 송기태, 임세경
제 보 자 : 정남엽, 여, 76세
구연상황 : 김윤자 할머니의 앞소리가 끝난 후, 조사자가 앞서 부른 타령들의 사설을 확인 하였다. 이에 다시 정남엽 할머니가 또다시 소리를 하신다면서 앞소리를 받아서 이어갔다.

우리집 서방님은
장개로 잘난께
우리집 서방님은
논두럭을 간다

아리랑 타령(3)

자료코드 : 06_12_FOS_20110125_LKY_JNY_0004
조사장소 : 전라남도 여수시 돌산읍 죽포리 죽포마을 1512번지 죽포노인정
조사일시 : 2011.1.25
조 사 자 : 이경엽, 한미옥, 송기태, 임세경
제 보 자 : 정남엽, 여, 76세
구연상황 : 노래가 끝나자 옆에 있던 할머니가 웃으면서 사설에 대한 이야기를 들려주었다. 이에 다시 정남엽 할머니가 그 사설을 노래로 불러주었다.

너무(남의) 집 서방님은
안경를 썼는데
우리집 저문둥이는
쌍다락지(쌍다래끼) 났네

자장가

자료코드 : 06_12_FOS_20110125_LKY_JNY_0005
조사장소 : 전라남도 여수시 돌산읍 죽포리 죽포마을 1512번지 죽포노인정
조사일시 : 2011.1.25
조 사 자 : 이경엽, 한미옥, 송기태, 임세경
제 보 자 : 정남엽, 여, 76세
구연상황 : 시집살이 관련 노래가 끝나자 조사자가 애기 재울 때 부르는 노래를 들려달라고 부탁하였다. 이에 할머니들이 처음에는 말로 사설만 불러주다가, 조사자가 재차 노래로 불러달라고 하자 약간의 가락을 붙여서 노래로 불러주었다.

자장자장 우리애기는 잘도잔다
넘애기는 쇠똥밭에
둥글둥글 둥글고
우리애기는 꽃밭에서

둥글둥글 둥글인다
자장자장
칭이(챙이. 채) 끝에 싸래기냐
옹구전에 반애기냐(반애기는 독을 덮는 것)
자장자장 자장자장 잘도잔다

아리랑

자료코드 : 06_12_FOS_20110125_LKY_JSY_0001
조사장소 : 전라남도 여수시 돌산읍 죽포리 죽포마을 1512번지 죽포노인정
조사일시 : 2011.1.25
조 사 자 : 이경엽, 한미옥, 송기태, 임세경
제 보 자 : 조선엽, 남, 80세
구연상황 : 죽포마을 회관 1층에는 70대 후반부터의 여성 상노인들이 모여서 쉬고 있었다. 조사자가 방문목적을 말씀드리고 재미있는 이야기를 부탁드렸지만, 처음에는 특별한 이야기가 없다고 하지 않았다. 이후 조사자가 옛날에 불렀던 물레 노래 등 이것저것 물어보니 과거 생각이 난 듯 이런 저런 노래를 토막토막 부르다가, 어느 할머니가 '각씨야 방 씰어내라' 소리를 하니, 조사자가 그 노래를 불러달라고 부탁하였다. 이에 할머니들이 웃으면서 조사자의 요구에 맞춰서 노래를 이어주었다. 이 노래는 미영을 잣으면서 불렀다고 한다.

각시야 잠자자 방 씰어내라
밍만 잡고서 말고 말일인가
아리 아리랑 스리 스리랑
아라리가 났네
아리랑 응응응
아라리가 났네
각시야 잠자자 방 씰어 내라

세월아 세월아 오고가지를 말어라
아까운 이내 청춘 다 늙어진다
세월이 갈라거든 너 혼차 가지
아까운 이내 청춘을 왜 다리고 가는가
아리 아리랑 스리 스리랑
아라리가 났네
아리랑 응응응
아라리가 났네

각시야 잠자자 방 씰어내라
야밤중 새비리 산을 넘어간다
열두시에 만나자고 우도마끼(시계) 사준게
일이삼사 몰라가지고 새로 한 시가 됐네
아리 아리랑 스리 스리랑
아라리가 났네
아리랑 응응응
아라리가 났네

일곱세 부모 조실 여덟폭 치마
아잘잘잘 끌고서 임의 마중을 갔네
울타리 밑에서 연애 걸어 논게
속 모리는 우리 오빠가 니정 나정 띤다
아리 아리랑 스리 스리랑
아라리가 났네
아리랑 응응응
아라리가 났네

갈라거든 가그라 너 한나 뿐이냐
산을 넘고 물을 건넌게 또 사랑가 있더라
아리 아리랑 스리 스리랑
아라리가 났네
아리랑 응응응
아라리가 났네

아리랑(1)

자료코드 : 06_12_FOS_20110125_LKY_JYY_0001
조사장소 : 전라남도 여수시 돌산읍 죽포리 죽포마을 1512번지 죽포노인정
조사일시 : 2011.1.25
조 사 자 : 이경엽, 한미옥, 송기태, 임세경
제 보 자 : 주양엽, 여, 85세
구연상황 : 잠시 제보자들이 노래에 대한 기억을 더듬는 동안 조사자가 손자에게 불러줬던 자장가 한 수 불러달라고 하였다. 그때 한쪽에 있던 주양엽 제보자가 손으로 자신의 다리를 때리는 것으로 박자를 맞추면서 노래를 불러주었다. 이런 노래는 밭을 맬 때도, 시어머니 시집살이를 살 때도 항상 불렀다고 한다.

갈라믄 가그라 니 한나 뿐이냐
산을 넘고 물을 건네 또 사랑이 있네
갈라믄 가그라 니 한나 뿐이냐
산을 넘고 물을 건네 또 사랑이 있네
아리 아리랑 스리 스리랑
아라리가 났네
아리랑 응응응
아라리가 났네

우리나 부모는 날 낳았다 뿐이네
허혼(청혼)편지 받어 논게 넘의 자석 됐네

아리랑(2)

자료코드 : 06_12_FOS_20110125_LKY_JYY_0002
조사장소 : 전라남도 여수시 돌산읍 죽포리 죽포마을 1512번지 죽포노인정
조사일시 : 2011.1.25
조 사 자 : 이경엽, 한미옥, 송기태, 임세경
제 보 자 : 주양엽, 여, 85세
구연상황 : 노래가 끝난 뒤 잠시 조사자가 제보자들에 대한 간단한 인적사항에 대해 이야기를 나눈 후, 마을의 농사에 대해서 이것저것 묻는 도중에, 박선례 할머니가 "뒨죽포에다가 날 여워주라고 한께, 석달부자다고 안여워준다고 했다."고 하였다. 조사자가 그 말에 대해 물으니, 옛날에 이 죽포마을은 농사만 짓고 살았기 때문에 이곳으로 딸을 시집보내면 쌀이 나오는 석 달 동안만 배부르게 먹고 나머지 달에는 가난하게 산다고 해서 딸을 시집보내기를 꺼려했다는 의미라고 하였다. 또 박선례 할머니가 그 내용을 담은 노래도 있다고 하자, 이내 뒤쪽에 앉아있던 주양엽 할머니가 이야기에 얽힌 노래를 불렀다.

뒨전 죽포다가 나를 숭거주란게
석달 부자라고 나를 아니 숭구네
시퍼런 저 갱물이 나눈 정 겉으믄
사랑하는 니를 두고 돈벌이 갈랴
사람이 늙으믄 맘조차 늙으냐
맘은 아니 늙고 요내 몸만 늙는다

아리랑 타령

자료코드 : 06_12_FOS_20110125_LKY_JPR_0001
조사장소 : 전라남도 여수시 돌산읍 죽포리 죽포마을 1512번지 죽포노인정
조사일시 : 2011.1.25
조 사 자 : 이경엽, 한미옥, 송기태, 임세경
제 보 자 : 죽포리 할머니
구연상황 : 앞서의 할머니들이 돌아가면서 아리랑 타령 앞소리를 매기면서 노래는 부르는 중간에, 마을 할머니 한 분이 가만가만 혼잣소리로 또 다른 아리랑 타령을 흥얼거리셨다. 하지만 다른 사람들의 노랫소리에 묻혀서 자세한 사설은 들리지 않았다.

사쿠라 꽃잎에
님을 생각 없고

시누이노래

자료코드 : 06_12_FOS_20110125_LKY_JPR_0002
조사장소 : 전라남도 여수시 돌산읍 죽포리 죽포마을 1512번지 죽포노인정
조사일시 : 2011.1.25
조 사 자 : 이경엽, 한미옥, 송기태, 임세경
제 보 자 : 죽포리 할머니
구연상황 : 밭 맬 때 불렀다는 시집살이 관련 노래에 이어서, 할머니 한 분이 시누이가 물에 빠진 이야기로 이루어진 또 다른 시집살이 관련 노래를 말로 들려주었다. 노래가 본격적으로 불러지기 전까지 가사가 정확히 기억나지 않아서 할머니들끼리 서로 한참동안 이야기를 나누었다.

건져주소 건져주소
나를 건져주소
먼에(먼저) 빠진
나는 뒤쳐놓고

나중 빠진
지고 처는
건져가네 건져주네

[시누가 물에 떠내려가면서 자기 각시 건지는 오라버이를 보고 한탄하며 부른 노래라고 한다.]

2. 삼산면

▌조사마을

전라남도 여수시 삼산면 거문도 서도리 장촌마을

조사일시 : 2011.1.25
조 사 자 : 이경엽, 한미옥, 송기태, 임세경

전라남도 여수시 삼산면 거문도 서도리 장촌마을 전경

여수시 삼산면 서도리는 면소재지 마을인 거문리에서 해상으로 약 3km 북서쪽에 떨어져 있고, 巨文島(三島 : 東島, 西島, 古島) 중 서도의 북단에 위치하고 있다. 또한 거문도(삼도)의 관문인 돌팍목(서도와 동도 사이의 목)을 지나 여객선이 제일 먼저 기항하는 첫 동네이기도 하다. 거문도에서 두 번째로 높은 음달산(해발 237m)이 마을이 남서쪽에 웅장하게 솟아 있고, 상도령(음달산 산맥) 북편은 지대가 낮고 토질이 좋을 뿐만 아니라

물이 많아 농경지로서 대단히 좋은 조건을 지니고 있어 서도리의 80%의 전답이 이해포 들녘에 형성되어 있다. 특히 녹산곶(녹산등대가 있는 서도의 최북단)에서 엄목단을 지나 비암곶(코바위)에 이르는 이금포구와 이해포구의 해안선은 여러 가지 형태의 굴곡을 이루며 깊이 파고 들어와 주변의 수려한 경관과 맑은 해수, 경사가 완만한 모래밭은 많은 피서객들을 유혹하고 있다. 이러한 좋은 입지적 조건을 가지고 있는 본 서도리가 거문도 내항을 바라보고 동남쪽으로 자리 잡고 있는 연유가 있다. 해발 10m 이내의 아주 낮은 지대에 마을이 형성되어 있어 북풍을 막아줄만한 산이 없는데다 예부터 어장을 하기 위해서는 큰도, 작은도, 돌파목 등 3개의 통로를 이용하여야 했기 때문이라고 말하고 있다.

서도리 장촌마을은 1550년경부터 전주이씨(입도조로부터 15대), 김해김씨(입도조로부터 13대), 밀양박씨, 선산김씨, 경주김씨 등이 입도하여 마을을 형성하였다고 전해지고 있다. 장촌은 옛날에는 '진짝지' '장작리'라 불렸으며, 마을의 터가 길고 박식한 어른들이 많다고 하여 장촌리라고 하였단다. 이후 1914년 본면이 여수군에 이관되면서 서도리로 개칭되었다.

현재 160호가 살고 있고, 1970년대는 340호로 870여 명이 살았을 정도로 규모가 매운 큰 마을이었다.

장촌마을은 전통 민속 발굴 보존에도 지역 주민들의 관심이 대단하다. 거문도 술비소리는 이곳 주민들에 의해 발굴되었고, 이곳 주민들로 구성원이 되어 수시로 재현하고 있다. 정월대보름에는 뱃골 부인네와 돌팽이 부인네들의 줄다리기와 매생이 심기와 윷놀이, 섣달 그믐날 저녁에는 나쁜 나이(아홉수)든 동네 어른들이 동각(지금의 리사무소)에서 밤을 고스란히 세워 액을 면했던 액땜 풍속이 있었으나 지금은 행하지 않는다. 장촌리의 거문도 뱃노래(술비소리)는 1972년에 전라남도 무형문화재1호로 지정되어 현재에 이르고 있다. 거문도 뱃노래는 거문도에서 멸치잡이를 할 때 부르던 노동요다. 거문도는 지리적으로 좋은 어장을 끼고 있는 지역으로 예로부터 다양한 어로활동이 이루어졌다. 이곳은 난류가 북상할 때 서해와 동해로 분류하는 지점이고, 또 가을 추운 연안수가 확장되면 서해 해류와 동해 해류가 합류해서 동중국해로 후퇴하는 합류 지점이다. 따라서 거문도 일대에는 멸치를 비롯한 다양한 어종이 몰려드는 어장이 형성된다. 멸치잡이 노래는 이런 배경에서 성립되었다.

전통적으로 거문도 사람들은 멸치잡이를 하면서 일의 동작을 맞추고 피로를 덜기 위해 작업 과정마다 노래를 불렀다. 출어를 앞두고 부르는 <고사소리>, 어장으로 노를 저어나가면서 부르는 <놋소리>, 그물을 당기면서 부르는 <월래소리>, 고기를 배에 퍼 실으면서 부르는 <가래소리>, 고기를 싣고 돌아오면서 부르는 <썰소리>, 그리고 줄을 꼬면서 부르는 <술비소리> 등, 고기잡이의 전 과정에서 부르는 노래가 전승되고 있다.

거문도 뱃노래는 지역을 대표하는 무형문화재답게 각종 공연활동을 활발하게 하고 있다. 매년 진남제, 거문도풍어제 등의 지역축제, 문화행사에서 공연하고 있고, 방송 출연과 타 지역 문화행사 참가를 통해 대외적인 활동도 왕성하게 하고 있다. 또한 거문중학교 하계 특별 전수교육과 대학생 체험교육 등의 전수활동도 하고 있다. 거문도 뱃노래의 앞소리를 전승하고 있는 예능보유자는 정경용(1947년생)이다.

장촌마을에서 전승되고 있는 거문도 뱃노래와 더불어 서도리에서 중요한 마을이 바로 인근 덕촌마을이다. 덕촌은 거문리로부터 400m 떨어져 있는 서도리에 위치해 있으며, 덕촌이라는 명칭은 처음 입향조가 새나무(억새풀)가 무성하였던 이곳에 터를 닦고 촌락을 형성하였다고 하여 '샛덤불' 또는 '샛덥풀'이라 불러오다가, 1914년 여수군에 이관되면서 덕촌리로 개칭하였다. 추씨가 최초로 입도하여 촌락을 형성했다고 구전되어 오고 있으며, 이후 김해김씨, 밀양박씨, 전주이씨, 초계최씨 등이 차례로 들어와 마을 중심부를 흐르는 소하천을 경계로 북쪽 마을을 애님이, 남쪽

마을을 냇섭이라 부르며 터전을 일구어 왔다.

덕촌마을은 영국군과 일본군들이 점거하였던 흔적이 많은 마을로 광무 8년(서기 1904년) 노일전쟁이 발발하던 해에 거문도 등대를 착공하여 2년 후인 광무 10년(1906년)에 준하였고, 1885년 영국군이 거문도를 점거하였을 당시 이 마을 대심포(유림해수욕장)에 일본인들이 요리집과 주점을 차려놓고 영국군인들을 상대로 장사를 하였다고 한다.

전라남도 여수시 삼산면 초도리 대동마을

조사일시 : 2010.8.20
조 사 자 : 이경엽, 한미옥, 송기태, 임세경

여수 삼산면은 3개 섬(古島, 東島, 西島)이 바다에 떠있는 산(山)과 같아서 三山이라 칭하였을 것이라는 설과, 거문도(巨文島), 초도(草島), 손죽도(巽竹島)를 3개의 산으로 상징하여 삼산면(三山面)이라 칭하였을 것이라는 설이 있다. 총 면적은 27.48km^2, 인구 1,043(2003년 말 현재)명이며, 6개 법정리와 10개 행정리로 이루어져 있다. 주요 섬은 거문도(巨文島), 초도(草島), 손죽도(巽竹島), 평도(平島), 광도(廣島) 등이며, 작은 섬들이지만 해발고도 200~300m의 산지가 대부분이고 평지는 거의 없다. 주요농산물은 보리·고구마에 지나지 않으며 주민의 대부분은 어업에 종사한다. 연안의 해역은 멸치·도미·삼치의 주 어장을 이루고 있다. 주민들은 대체로 거문도·초도·손죽도에 거주하며, 거문도 동쪽 해역에 있는 백도(白島)는 무인도이나 기암절벽이 수려하여 관광명소로 알려져 있다.

삼산면 초도리는 총 면적 7,705km^{2}의 섬으로, 대동·진막·의성 등 3개 마을로 구성되어 있으며, 어업을 주된 생업으로 한다. 밭에서는 자급을 위해 보리, 고구마 등을 생산한다. 조도(鳥島)라고도 한다. 여수에서 남서쪽으로 77km, 거문도에서 북쪽을 18km 해상에 위치하며 주변에는 솔거섬, 안목섬, 말섬 등의 작은 섬들과 손죽도, 평도, 광도 등의 큰 섬들이 산재해 있다. 최고봉인 상산봉(339m)에서 바라본 일출과 모세의 기적을 연상시키는 진막-목섬 간 바다 갈라짐 현상은 초도만의 자랑이다. 꽃길로 조성된 일주도로와 기암고석이 빚어낸 해안 절벽, 유람선을 타고 2시간가량 소요되는 무인도(22개) 체험 코스가 있다. 북서쪽에 대동해수욕장, 남서쪽에 정강해수욕장이 있다.

조선 초 1441년(세종23)부터 흥양군(현 고흥군)에 예속되어 초도라 칭하였으며, 풍헌(지금의 면장)을 두어 삼도(거문도, 초도, 손죽도)를 다스렸다. 세종대부터 50여 년간 왜인(대마도인)들의 요청을 받아들여 거문도, 초도 부근 바다에 한해서 어로 행위를 허가한 적도 있었다. 본래 전라좌수영(全羅左水營)에 딸린 섬으로 1895년 돌산군 삼산면에 편입되고, 1914년 여수군에 편입되었으나, 1949년 여수군이 여수시로 승격됨에 따라 여천군으로 이관되었고, 1998년 여천군이 여수시로 통합되면서 현재 여수시 삼산면 초도리로 불린다. 풀이 많은 섬이라 하여 초도라 부르게 되었으며, 최초 입도자는 임진왜란 전의 염씨 형제로 알려져 있다. 많은 인재를 배출했으며 민선 3기 여수시장(김충석)을 배출하기도 하였다. 주생활권은 여수시이며, 부생활권으로는 고흥 녹동, 그리고 연계생활권으로는 순천 벌교를 들 수 있다.

삼산면 초도리 대동마을은 여수에서 서남쪽으로 약 90km, 면소재인 거문도의 거문리에서 북동쪽으로 25km 떨어져 있는 초도에 위치해 있는 마을이다. 삼산면의 도서 중에서 가장 최고봉인 상산봉(上山峰. 해발 339m)을 중심으로 북서쪽에 위치한 이 마을은 지대가 완만하고 토질이 비옥하여 본 면에서는 유일하게 벼농사를 지어왔던 마을이다.

구전에 의하면 임진왜란 전에 염씨 형제가 입주하였고, 이어서 방씨와 장씨 등이 입도하였으며, 그후 정씨, 김씨 등이 들어와 마을을 형성하였다고 전하나, 처음 입도한 염씨 일가는 현재 한 가구도 없고 녹항(鹿項.

사슴목)에 묘만 남아 있다.

대동마을은 초도의 관문으로서 대표적 역할을 하는 마을이다. 각 행정기관 출장소들이 있으며 초도초등학교와 거문중초도분교가 자리 잡고 있는 초도 제일의 마을이다. 해안선이 다채롭고 수심이 깊으며 물이 맑아 청정해역으로서의 명성을 지니고 있으며, 전복, 소라, 톳, 돌김 등이 많이 채취되는 까닭에 주민들의 생계에 많은 보탬을 주고 있다. 또한 포구의 길게 뻗은 방파제는 수많은 낚시꾼들의 낚시터로 각광받고 있으며, 감성돔, 우럭, 볼락, 꽁치, 고등어 등 어종이 다양하다. 특히 약 300여m에 달하는 방파제 끝의 등대는 관광객과 주민들의 휴식처로 이용되고 있으며, 육지 해안에서 바다 멀리 고기를 잡으러 나온 배들의 피난처 및 휴게소 역할을 하고 있다.

총 96호에 257명의 인구가 거주하고 있으며, 이중 남자가 128, 여자가 129명이다. 마을의 주요 성씨는 김씨가 가장 많이 살고 있고, 이외에 강씨와 박씨, 변씨, 그리고 기타 성씨로 이루어져 있다. 주요 생산물로는 고구마와 문어, 낙지, 미역과 톳 등이 있다.

대동마을은 오랜 동안 모셔온 당제가 매우 유명한 곳으로, 당제는 음력 정월 초하룻날 상당과 하당에서 제를 모셨으나 지금은 모시지 않는다. 이곳 당은 워낙 영험해서, 아들을 낳지 못한 사람들이 이곳 대동마을 당에서 제를 모시고 아들을 낳기도 하였다는 이야기는 어느 곳을 가도 들을 수 있을 정도이다.

전라남도 여수시 삼산면 초도리 의성마을

조사일시 : 2010.8.21

조 사 자 : 이경엽, 한미옥, 송기태, 임세경

삼산면 초도리는 총 면적 7,705km^{2}의 섬으로, 대동·진막·의성 등 3

개 마을로 구성되어 있으며, 어업을 주된 생업으로 한다. 밭에서는 자급을 위해 보리, 고구마 등을 생산한다. 조도(鳥島)라고도 한다. 여수에서 남서쪽으로 77km, 거문도에서 북쪽을 18km 해상에 위치하며 주변에는 솔거섬, 안목섬, 말섬 등의 작은 섬들과 손죽도, 평도, 광도 등의 큰 섬들이 산재해 있다. 최고봉인 상산봉(339m)에서 바라본 일출과 모세의 기적을 연상시키는 진막-목섬 간 바다 갈라짐 현상은 초도만의 자랑이다. 꽃길로 조성된 일주도로와 기암고석이 빚어낸 해안 절벽, 유람선을 타고 2시간 가량 소요되는 무인도(22개) 체험 코스가 있다. 북서쪽에 대동해수욕장, 남서쪽에 정강해수욕장이 있다.

전라남도 여수시 삼산면 초도리 의성마을 전경

조선 초 1441년(세종23)부터 흥양군(현 고흥군)에 예속되어 초도라 칭하였으며, 풍헌(지금의 면장)을 두어 삼도(거문도, 초도, 손죽도)를 다스렸다. 세종대부터 50여 년간 왜인(대마도인)들의 요청을 받아들여 거문도, 초도 부근 바다에 한해서 어로 행위를 허가한 적도 있었다. 본래 전라좌수영(全羅左水營)에 딸린 섬으로 1895년 돌산군 삼산면에 편입되고, 1914년 여수군에 편입되었으나, 1949년 여수군이 여수시로 승격됨에 따라 여천군으로 이관되었고, 1998년 여천군이 여수시로 통합되면서 현재 여수시 삼산면 초도리로 불린다. 풀이 많은 섬이라 하여 초도라 부르게 되었으며, 최초 입도자는 임진왜란 전의 염씨 형제로 알려져 있다. 많은 인재를 배출했으며 민선 3기 여수시장(김충석)을 배출하기도 하였다. 주생활권은 여수시이며, 부생활권으로는 고흥 녹동, 그리고 연계생활권으로는 순천 벌교를 들 수 있다.

1999년 9월 통폐합으로 인해 초도초등학교(본교) 학구가 된 의성마을은 학교에서 남동쪽으로 2.4km 지점에 있으며, 상산봉 줄기를 타고 내려온 산맥은 동서로 갈라져 내려와 마을을 감싸고 있으며 해안선은 깊숙하게 파고 들어와 있어서 북풍과 남풍을 막아주고 있다. 산 전체가 키가 작은 송림으로 덮여 있어 사철 푸르고 마을 동남쪽 솔거섬의 무인 등대는 의성 포구를 드나드는 선박들의 뱃길을 안내해주고 있다. 의성마을은 경촌과 본동으로 나누어져 있는데 동편이 본동이며 남편이 경촌이다. 경촌 앞 해변에는 수천 년 동안 바닷물에 씻긴 자갈이 질펀하게 깔려 있어 해안 경관을 한층 더해 주고 있다.

의성마을에는 염씨 일가가 최초로 입도하였다고 하나 현재 염씨 후손은 한 가구도 살고 있지 않다. '의성'이라는 마을의 명칭유래는 1896년 당시에는 이성(利成) 또는 이성금(利成金)이라 불렀는데 내력인즉, 마을공동묘지 부근에 '솜널'이라는 큰바위가 있는데 이 부근에서 철이 많이 나왔다고 하여 강씨 성을 가진 사람이 이성금이라 지어 부르게 되었다고 하며, 이후 여수군으로 이관되면서부터 의성리라 부르게 되었다고 한다.

총 61가구에 85명이 거주하고 있으며, 이 중 남자가 16, 여자가 81명으로 여자가 압도적으로 많다. 주요 성씨로는 이씨가 27호로 가장 많고, 이어 박씨가 14호, 김씨가 10호, 기타 성씨 9호가 있다. 주 생산물로는 낙지와 마늘, 미역, 톳, 문어, 낙지 등이 있다.

전라남도 여수시 삼산면 초도리 진막마을

조사일시 : 2010.8.19
조 사 자 : 이경엽, 한미옥, 송기태, 임세경

전라남도 여수시 삼산면 초도리 진막마을 전경

삼산면 초도리는 총 면적 7,705km²의 섬으로, 대동·진막·의성 등 3개 마을로 구성되어 있으며, 어업을 주된 생업으로 한다. 밭에서는 자급을 위해 보리, 고구마 등을 생산한다. 조도(鳥島)라고도 한다. 여수에서 남서쪽으로 77km, 거문도에서 북쪽을 18km 해상에 위치하며 주변에는 솔거섬, 안목섬, 말섬 등의 작은 섬들과 손죽도, 평도, 광도 등의 큰 섬들이 산재해 있다. 최고봉인 상산봉(339m)에서 바라본 일출과 모세의 기적을 연상시키는 진막-목섬 간 바다 갈라짐 현상은 초도만의 자랑이다. 꽃길로 조성된 일주도로와 기암고석이 빚어낸 해안 절벽, 유람선을 타고 2시간 가량 소요되는 무인도(22개) 체험 코스가 있다. 북서쪽에 대동해수욕장, 남서쪽에 정강해수욕장이 있다.

조선 초 1441년(세종23)부터 흥양군(현 고흥군)에 예속되어 초도라 칭하였으며, 풍헌(지금의 면장)을 두어 삼도(거문도, 초도, 손죽도)를 다스렸다. 세종대부터 50여 년간 왜인(대마도인)들의 요청을 받아들여 거문도, 초도 부근 바다에 한해서 어로 행위를 허가한 적도 있었다. 본래 전라좌수영(全羅左水營)에 딸린 섬으로 1895년 돌산군 삼산면에 편입되고, 1914년 여수군에 편입되었으나, 1949년 여수군이 여수시로 승격됨에 따라 여천군으로 이관되었고, 1998년 여천군이 여수시로 통합되면서 현재 여수시 삼산면 초도리로 불린다. 풀이 많은 섬이라 하여 초도라 부르게 되었으며, 최초 입도자는 임진왜란 전의 염씨 형제로 알려져 있다. 많은 인재를 배출했으며 민선 3기 여수시장(김충석)을 배출하기도 하였다. 주생활권은 여수시이며, 부생활권으로는 고흥 녹동, 그리고 연계생활권으로는 순천 벌교를 들 수 있다.

초도리 진막마을은 여수의 서남쪽으로 약 90km, 면소재인 거문리(古島)에서 북서쪽으로 23.5km 떨어져 있는 초도의 서쪽에 위치한 마을이다. 최고봉인 상산봉(해발 339m)을 중심으로 정서쪽에 위치한 이 마을은 지대가 급경사로 마을 주변의 농경지는 대부분이 비탈길이며 답지는 계단식으로 조성되어 있다. 상산봉에서 시작된 계곡물은 북쪽 당산 아래로 흘러 내려와 마을 중심부를 지나 바다로 유입되는데, 1976년 6월에 수력발전소를 시설하여 전깃불을 밝혔을 정도로 수량이 풍부하다. 그리고 남서쪽으로 뻗어 내려온 산맥은 초도에서 20m 떨어져 있는 외향도(밖목섬)

쪽에서 머무는데, 동쪽에는 납대기가 있고 오목하게 파고 들어온 포구에 정강부락이 자리 잡고 있다. 외향도에서 북서쪽 1.3km 해상에 거북이가 물에 떠있는 형상의 내항도(안목섬)가 있는데 진막마을과는 불과 300여m 거리다. 수심이 아주 낮아 영등 시(1년 중 가장 간만조차가 큰 때)에는 바다의 밑이 드러나 이 섬을 걸어서 왕래할 수 있어 이 마을에서는 '모세 기적의 목'(목은 섬과 섬 사이의 좁은 통로를 말함)이라고 부르고 있다.

총 43호에 128명이 거주하고 있으며, 주요 성씨로는 김씨와 박씨가 가장 많고, 그 외에 강씨와 최씨 등으로 구성되어 있다. 주 생산물로는 소라와 전복, 낙지, 삼치 등이 유명하다.

▌제보자

강중방, 남, 1934년생

주 소 지 : 전라남도 여수시 삼산면 초도리 대동마을
제보일시 : 2010.8.20
조 사 자 : 이경엽, 한미옥, 송기태, 임세경

일제시대 때 초등학교 2학년까지 다니고 해방되었다고 한다. 초등학교를 초도에서 다니고, 이후부터 계속 대동리에서 거주했다. 외지로 나간 적이 없다. 배를 탔다 연평도까지 가서 조기를 잡아오고는 했다.

제공 자료 목록
06_12_FOT_20100820_LKY_KJB_0001 당제의 영험함
06_12_FOT_20100820_LKY_KJB_0002 도깨비불
06_12_FOT_20100820_LKY_KJB_0003 물고기를 좋아하는 도깨비
06_12_FOT_20100820_LKY_KJB_0007 일본 사람들이 박은 쇠말뚝
06_12_FOT_20100820_LKY_KJB_0008 초도의 호랑이
06_12_FOT_20100820_LKY_KJB_0009 돌산 장수
06_12_FOT_20100820_LKY_KJB_0010 해몽과 만선
06_12_FOT_20100820_LKY_KJB_0011 할미바우

김삼월, 여, 1924년생

주 소 지 : 전라남도 여수시 삼산면 초도리 의성마을
제보일시 : 2010.8.21
조 사 자 : 이경엽, 한미옥, 송기태, 임세경

집에서 쉬고 계시는 김삼월 할머니가 마을에서 전해내려오는 2편의 이야기를 해 주셨다.

제공 자료 목록
06_12_FOT_20100821_LKY_KSY_0001 복을 막는 바람재
06_12_FOT_20100821_LKY_KSY_0002 동태샘의 효능

김종술, 남, 1929년생

주 소 지 : 전라남도 여수시 삼산면 초도리 대동마을
제보일시 : 2010.8.20
조 사 자 : 이경엽, 한미옥, 송기태, 임세경

김종술은 대동마을에서 태어나 현재까지 대동마을에 거주하고 있다. 젊은 시절에는 고기잡이를 하며 생계를 꾸렸다.

제공 자료 목록
06_12_FOT_20100820_LKY_KJS_0001 작은 예미의 샘
06_12_FOT_20100820_LKY_KJS_0002 초도 간지서

남성현, 남, 1951년생

주 소 지 : 전라남도 여수시 삼산면 거문도 서도리 장촌마을
제보일시 : 2011.1.25
조 사 자 : 이경엽, 한미옥, 송기태, 임세경

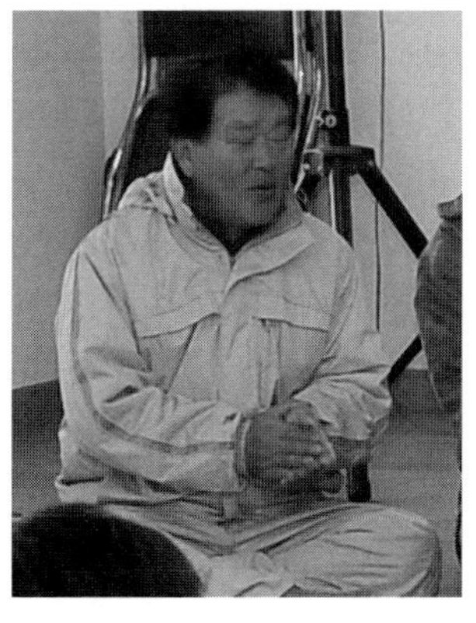

남성현 제보자는 거문도 토박이다. 거문도 뱃노래 전수보존회의 원년 어르신들이 돌아가시기 전인 20여 년 전 제보자의 나이 40세를 전후해서 전수회의 회원으로 참가하기 시작했다. 슬하에 2남 1녀의 자녀를 두고 있으며, 거문도에서 문화해설사 역할도 겸하고 있다.

제공 자료 목록
06_12_FOT_20110126_LKY_NSH_0001 김재열 씨의 월북

박갑재, 남, 1926년생

주 소 지 : 전라남도 여수시 삼산면 초도리 진막마을
제보일시 : 2010.8.19
조 사 자 : 이경엽, 한미옥, 송기태, 임세경

박갑재는 초도리 진막마을에서 태어났다. 일제 시대 때 초도에서 소학교를 졸업하고 학업을 일본으로 갔다. 중학교 진학을 위해 일본으로 갔을 때 대동아 전쟁이 발발했다. 이후 일본에서 학업을 계속하다가 19세에 다시 초도로 돌아와 강부단씨와 결혼했다. 결혼 후 초도에 정착해 살면서 7-8년간 학교 선생님을 하기도 하고, 당시 의료기관이 없던 초도에서 가정의학 상식을 기본으로 의사 노릇을 하기도 했다.

이렇게 초도에 거주하다가 집을 팔아 돈을 장만하여 대구로 이주할 계획으로 여수로 향하는 배에 올랐으나, 배에서 가진 돈을 모두 도둑맞아 빈손으로 대구에 도착했다. 대구에서 날품을 팔아 겨우 생활을 유지하다가 병을 얻어 더 이상 생계를 꾸릴 수 없게 되어 대구에서의 4년간의 생활을 정리하고 다시 초도로 돌아왔다.

초도에 돌아와서는 방치되어 있던 땅을 사서 목장을 만들어 염소와 소 등을 키우며 목장을 운영했다. 이때 목장의 이름을 빈 손에서 시작했다고 하여 '맨주먹농장'이라고 불렀다. 처음에는 작은 규모의 농장이었던 것을 점차 키워 7남매의 자녀들을 모두 농장을 하면서 키우고, 현재까지 농장을 운영하고 있다. 슬하의 7남매는 현재 모두 출가하여 여수, 진해, 김해 등지에 거주하고 있다.

박갑재는 젊은 시절을 일본에서 생활하면서 견문을 넓히고 많은 이야기를 알게 되었다. 이를 바탕으로 초도에 돌아와서 마을 사람들에게 많은 이야기를 들려주었다고 한다.

제공 자료 목록

06_12_FOT_20100819_LKY_PGJ_0001 초도 산봉우리의 지명 유래(상산봉, 비봉산, 만금산)
06_12_FOT_20100819_LKY_PGJ_0002 초도의 입도조 방씨
06_12_FOT_20100819_LKY_PGJ_0003 초도 명칭 유래
06_12_FOT_20100819_LKY_PGJ_0004 의성리 황남춘의 문맹퇴치
06_12_FOT_20100819_LKY_PGJ_0005 강동기 공적비와 박정남 공적비
06_12_FOT_20100819_LKY_PGJ_0006 바람지재
06_12_FOT_20100819_LKY_PGJ_0007 용굴
06_12_FOT_20100819_LKY_PGJ_0008 이승만 바위
06_12_FOT_20100819_LKY_PGJ_0009 꿩 잡아 부자가 된 머슴
06_12_FOT_20100819_LKY_PGJ_0010 코 없는 할아버지와 입 큰 할머니
06_12_FOT_20100819_LKY_PGJ_0011 임(林)씨가 마(馬)씨를 구시동으로 이사 보낸 까닭
06_12_FOT_20100819_LKY_PGJ_0012 일본말을 몰라 일본인과 싸운 할아버지와 할머니

이귀순, 남, 1936년생

주 소 지 : 전라남도 여수시 삼산면 거문도 서도리 장촌마을
제보일시 : 2011.1.25
조 사 자 : 이경엽, 한미옥, 송기태, 임세경

이귀순(李貴淳) 제보자는 1936년에 여수시 삼산면 서도리 833번지에서 태어났다. 그의 집안은 거문도에서 11대째 살고 있는 거문도의 서도리 토박이로, 제보자의 11대 조상은 본래 고흥 녹동 앞바다에 있는 섬에서 살다가 이곳 서도리 장촌으로 입도하여 지금에 이르고 있다고 한다. 이귀순은 고기

잡이와 마늘농사를 짓던 부모에게서 7남매 중 막내로 태어났지만, 서도초등학교를 졸업한 후 가정형편 상 상급학교로 진학을 하지 못해 애를 태워야만 했다고 한다. 그러나 배움에 대한 열의로 섬 내에 있는 고등공민학교(사립)를 다니면서 중학교 과정을 마치고, 16세 때 몰래 부산으로 가서 공부를 더 하고자 하였다. 그러나 부산에서는 그의 중학졸업을 인정해주지 않아서 다시 부산에 있는 해동중학교 2학년으로 편입해서 학교를 다닐 수밖에 없었다고 한다. 당시에도 역시 생계를 위해서 혼자 아이스깨끼 장사를 하는 등 매우 어려운 시기를 보냈다고 한다. 졸업 후 리 서기로 잠시 생활하다가, 육이오 사변 이후 서울로 올라가 서라벌예고에 입학하여 2기로 졸업을 하였다.

여순반란사건 당시에 가족들이 좌익에 연루되었다는 죄로 공무원 생활을 할 수 없게 되자, 할 수 없이 31세에 원항어선 기관사로 취직하여 해외로 떠돌이 생활을 시작하였다. 결국 1988년에 영구 귀국하여 현재 서도리에서 거문도 뱃노래 보존회장을 맡고 있으며, 거문도 뱃노래의 뮤지컬 제작을 구상하는 등 거문도 뱃노래의 현대화 작업을 위해 분주한 나날을 보내고 있다.

제공 자료 목록

06_12_FOT_20110125_LKY_LGS_0001 삼호팔경
06_12_FOT_20110125_LKY_LGS_0002 거문도 명칭 유래
06_12_FOT_20110125_LKY_LGS_0003 거문도에서 만든 어유
06_12_FOT_20110125_LKY_LGS_0004 영국군이 주고 간 선물
06_12_FOT_20110125_LKY_LGS_0005 거문도를 지킨 신직개
06_12_FOT_20110125_LKY_LGS_0006 고도리 영감
06_12_FOT_20110125_LKY_LGS_0007 장촌마을 표지석 유래
06_12_FOT_20110125_LKY_LGS_0008 거문도뱃노래전수관 현판 유래
06_12_FOT_20110125_LKY_LGS_0009 거문도와 울릉도의 교류
06_12_FOT_20110125_LKY_LGS_0010 장촌마을 제삿날이 같은 이유

이만조, 남, 1945년생

주 소 지 : 전라남도 여수시 삼산면 초도리 의성마을
제보일시 : 2010.8.21
조 사 자 : 이경엽, 한미옥, 송기태, 임세경

이만조는 주민들로부터 초도에서 꼭 만나 볼 제보자로 추천받았던 인물이다. 이만조 제보자는 젊었을 때 타지에서 공무원 생활을 하다가 갑자기 병을 얻어 귀향하게 되었다고 한다. 갑자기 찾아온 병에 상심하여 인생을 포기할 생각까지 한 적이 있지만 기적적으로 건강해져 제2의 인생을 살게 된 스토리는 설화에 가까울 정도로 드라마틱하다. 병에서 나은 후로는 고향인 이곳에서 어업을 하며 생계를 꾸려가고 있다. 청소년 시절에 4H를 조직한 것, 라디오 프로그램 전설 따라 삼천리에 마을의 지명 전설을 올렸던 일 등 마을의 역사를 소상하게 기억하고 있으며 이야기도 생생하게 전달하는 능력을 갖춘 화자이다. 마을지명, 마을역사, 풍수담, 도깨비담 등 여러 편의 이야기를 들려주었다.

제공 자료 목록
06_12_FOT_20100821_LKY_LMJ_0008 솔거섬과 치섬
06_12_FOT_20100821_LKY_LMJ_0009 궁무섬
06_12_FOT_20100821_LKY_LMJ_0010 진내섬, 동글섬, 녹항
06_12_FOT_20100821_LKY_LMJ_0011 예미, 납떼기, 수리망태, 동태샘 지명유래
06_12_FOT_20100821_LKY_LMJ_0012 용섬
06_12_FOT_20100821_LKY_LMJ_0013 바람재
06_12_FOT_20100821_LKY_LMJ_0014 상실바위의 혈서
06_12_FOT_20100821_LKY_LMJ_0015 이승만섬
06_12_FOT_20100821_LKY_LMJ_0016 풍어제 금기
06_12_FOT_20100821_LKY_LMJ_0017 바다에서 건진 해골 안 묻어주고 죽은 어부

06_12_FOT_20100821_LKY_LMJ_0018 도깨비 배
06_12_FOT_20100821_LKY_LMJ_0019 공동묘지 도깨비불
06_12_FOT_20100821_LKY_LMJ_0020 효자비
06_12_FOT_20100821_LKY_LMJ_0021 초도 입향조
06_12_FOT_20100821_LKY_LMJ_0022 상산봉 봉화터

이현엽, 여, 1929년생

주 소 지 : 전라남도 여수시 삼산면 초도리 대동마을
제보일시 : 2010.8.20
조 사 자 : 이경엽, 한미옥, 송기태, 임세경

이현엽은 완도군 금일읍에서 태어나 16살에 금일읍 사람과 결혼을 했다. 결혼할 당시는 일제 시대로 큰애기 공출을 보낸다고 하여 일찍 결혼을 했다고 한다. 그렇게 결혼생활을 하다가, 육이오 전쟁 중에 남편이 인민군에게 죽임을 당해 혼자가 되었다. 이후 대동마을 사람과 재혼하여 현재까지 대동마을에 거주하고 있다.

제공 자료 목록
06_12_FOT_20100820_LKY_LHY_0001 당제를 지내고 아들을 얻은 사람
06_12_FOT_20100820_LKY_LHY_0002 도깨비불
06_12_FOT_20100820_LKY_LHY_0003 메밀범벅을 싫어하는 도깨비

정경용, 남, 1947년생

주 소 지 : 전라남도 여수시 삼산면 거문도 서도리 장촌마을
제보일시 : 2011.1.25
조 사 자 : 이경엽, 한미옥, 송기태, 임세경

정경용 제보자는 1947년도에 여수시 삼산면 서도리에서 출생하였다. 초등학교를 졸업한 후 줄곧 고향을 떠나지 않고 살아온 서도리 토박이로, 현

재 거문도 뱃노래의 앞소리를 전승하고 있는 예능보유자다. 정경용 제보자는 1972년 당시 거문도 뱃노래 보유자였던 김창옥과 함께 멸치잡이를 하면서 어로작업에 대한 다양한 지식을 공유하고 뱃노래를 직접 배웠다. 그는 음악적 재능이 뛰어나서 뱃노래의 예술성을 잘 구현하는 것으로 평가받는다.

제공 자료 목록

06_12_FOS_20110125_LKY_JKY_0001 거문도뱃노래 / 고사소리
06_12_FOS_20110125_LKY_JKY_0002 거문도뱃노래 / 놋소리(1)
06_12_FOS_20110125_LKY_JKY_0003 거문도뱃노래 / 월래소리(1)
06_12_FOS_20110125_LKY_JKY_0004 거문도뱃노래 / 가래소리(1)
06_12_FOS_20110125_LKY_JKY_0005 거문도뱃노래 / 썰소리, 어영차소리(1)
06_12_FOS_20110125_LKY_JKY_0006 거문도뱃노래 / 술비소리
06_12_FOS_20110125_LKY_JKY_0007 거문도뱃노래 / 놋소리(2)
06_12_FOS_20110125_LKY_JKY_0008 거문도뱃노래 / 월래소리(2)
06_12_FOS_20110125_LKY_JKY_0009 거문도뱃노래 / 가래소리(2)
06_12_FOS_20110125_LKY_JKY_0010 거문도뱃노래 / 썰소리, 어영차소리(2)
06_12_FOS_20110125_LKY_JKY_0011 거문도뱃노래 / 액막이소리

정용현, 남, 1949년생

주 소 지 : 전라남도 여수시 삼산면 거문도 서도리 장촌마을
제보일시 : 2011.1.25
조 사 자 : 이경엽, 한미옥, 송기태, 임세경

정용현 제보자는 서도리 장촌마을 토박이다. 30여 년 전부터 거문도 뱃노래 보존회에서 총무일을 맡아보고 있다. 본 직업은 공무원

이지만 민박과 뱃일도 함께 겸하고 있으며, 슬하에 2남의 자녀를 두고 있다.

제공 자료 목록
06_12_FOT_20110126_LKY_CYH_0001 고두리 영감제 유래
06_12_FOT_20110126_LKY_CYH_0002 영국 해군들이 사용했던 시설
06_12_FOT_20110126_LKY_CYH_0003 영국 해군의 병영
06_12_FOT_20110126_LKY_CYH_0004 영국군 묘지

최귀덕, 여, 1918년생

주 소 지 : 전라남도 여수시 삼산면 거문도 서도리 장촌마을
제보일시 : 2011.1.25
조 사 자 : 이경엽, 한미옥, 송기태, 임세경

최귀덕 제보자는 현재 94세로 서도리 장촌마을에서 최고령이다. 1918년 음력 2월 8일에 장촌마을에서 출생하여 다시 본 마을로 혼인을 한 제보자는, 단 한 차례도 외지로 나가 살아본 경험이 없기에 어찌 보면 장촌마을의 진정한 토박이라고 할 수 있다.

19세 때 혼인하여 2남 2녀의 자녀를 둔 최귀덕 할머니는, 어린 시절 초등학교를 다니던 오빠가 가르쳐준 창가를 지금까지도 생생하게 기억하고 있었다. 오빠는 당시 오빠의 친구와 함께 해방을 노래하는 창가를 몰래 부르면서 어린 귀덕에게도 외워두고 몰래 부르라고 하였단다. 오빠가 학교를 다니는 동안 최귀덕 할머니는 가난한 형편에 학교는 가지 못하고, 당시 서도리에 있던 야간학교에 가서 한글을 익혔다고 한다. 고령의 나이에도 불구하고 매우 정확한 기억력과 발음으로 조사자들의 감탄을 자아내게 한 제보자다.

제공 자료 목록
06_12_MFS_20110126_LKY_CGD_0001 거문도 노래(창가)

당제의 영험함

자료코드 : 06_12_FOT_20100820_LKY_KJB_0001
조사장소 : 전라남도 여수시 삼산면 초도리 대동마을 모정
조사일시 : 2010.8.20
조 사 자 : 이옥희, 임세경
제 보 자 : 강중방, 남, 77세
구연상황 : 조사자가 마을에 옛날부터 내려오는 도깨비 관련 이야기에 대해 묻자, 모정에 앉아있던 나이 지긋하신 강중방 할아버지가 나서서 자신이 도깨비를 봤다고 하였다. 이에 조사자가 그 이야기를 좀 자세히 해달라고 하자, 제보자가 이야기를 들려주었는데 실제로는 도깨비가 아닌 초도에서 지내는 당제의 영험함에 대한 것이었다.
줄 거 리 : 옛날에 초도에서 당제를 지낼 때는 횃불을 만들어 가지고 가서 제를 모셨다. 그런데 횃불을 켜고 가다가 초집에라도 불똥이 떨어지면 불이 나는 것이 정상인데, 당제를 모실 때 켠 횃불은 그 불똥이 초집이나 나무에 떨어져도 절대로 불이 나지 않았다고 한다. 그만큼 당이 영험했다는 것이다.

옛날에 여기 저 뭐이냐. 그 당지(당제) 모실 때 그기 횃불을 써갖고 가지 안해? 횃불을 써갖고 가믄 그 횃불에서 불덩어리가 초집에 떨어져도 불이 안 나드라. 인자 거 그런 것은 다 그런 것이 미신이라 그 말이여. 아, 확실히 눈으로 다 봤는디 그 불똥이 떨어졌어도 불이 안 나. 초가집인디. (조사자 : 신기하네요.) 예. 그래가지고 신기하다고. (조사자 : 근게 당제를 지낼려고 횃불을 키고 가는데 불똥이 떨어져갖고, 초가집에 떨어져도 불이 안 난다는 거잖아요.) 이분은 직접 갖고 댕긴 분이여. (조사자 : 어르신, 보셨어요? 그러는 거.) (청중 : 아, 보릿대에다가 탁 때려부러도 불이 안 난단게요.)

도깨비불

자료코드 : 06_12_FOT_20100820_LKY_KJB_0002
조사장소 : 전라남도 여수시 삼산면 초도리 대동마을 모정
조사일시 : 2010.8.20
조 사 자 : 이옥희, 임세경
제 보 자 : 강중방, 남, 77세
구연상황 : 앞서의 당제에 대한 이야기가 끝나자 조사자가 도깨비 이야기를 들려달라고 부탁하였다. 그러자 제보자가 젊은 시절에 도깨비불을 봤던 경험을 들려주기 시작하였다. 제보자는 앉아서 이야기를 한 관계로 특별한 움직임은 없었지만, 구연하는 동안에는 최대한 양 손을 움직여서 청중들의 관심을 이끌려고 노력하였다.
줄 거 리 : 제보자가 초등학교를 막 졸업한 즈음에 자신보다 두 살 더 먹은 마을 형이 있었는데, 사람이 참 묘하였다고 한다. 섣달그믐날과 정월대보름날에는 도깨비불이 잘 보이는데, 그 무렵에 마을 형이 제보자에게 "아무개야, 도깨비 불 보러 가자." 하면서 동네를 막 도는데, 갑자기 불이 확 날아와서 이 집 저 집으로 옮겨붙었다가 꺼졌다고 한다. 그래서 이상하다 하고 여겼는데 그 해에 불이 옮겨붙었던 집의 가족들이 사고를 당하거나 우환에 시달렸다고 한다. 그래서 옛날부터 도깨비불이 집으로 들어가면 좋지 않은 일이 생긴다고 하였다.

옛날에는 그걸 보믄, 우리 쪼그만 했을 때 소학교, 초등학교 졸업하고 그 후에 나보담 두 살 더 묵은 형이 있었어. 김상영이라고 있어. 그 사람이 참 묘하거든. "야 아무야. 도깨비불 보러 가자." 인자 그때 정월달 정초에 인자 섣달그믐날 그럴 때 많이 보러 다닌디, 섣달그믐날하고 정월보름날하고 인자 보러 다닌디, 아 막 가서 돌아선게 대차 불이 김상영이 "아, 저 불 잠 보라고." 그러드라고. 나 인자 보도 못하게 생전에 못 볼 불인디. 인자 준태 집이서 확 날아갖고 저 볼테 편에가 탁 붙으드라고 그 불이. 그래 거그서 떨어. 거그서 또 다시 떨어져갖고 조삼영이네 집으로 들어가드라고. 그래갖고 조삼영이 집으로 들어갔는디 거그서 딱 꺼져부러. (청중 : 그거이 도깨비불이여.) 응. 그거이 도깨비불이라. 아, 그래서 김상영이가 나보고 뭐라 그니 "아이, 아무도 그런 소리 하지 마라. 봤다

고.” 그란디 그 우게는 또 영감네가 많이 있어. 본 사람네가.

근디 가만히 그 해를 지내고 보니까 그 해 불 난 집이 준태 즈그 아버지가 돌아가셔부렀어. 그러고 인자 그 불이 내려와서 그 인영이네 보릿대에 딱 붙었는데. 어쨌냐 그믄, 그 보릿대서 불이 났어 또. 그래갖고 인영이네 그 여기 저 거식에 가갖고. 뭐냐 고흥 어디가 풍랑인가. 그때가 왜정 거슥헐 때라, 6·25 때라 인자 딱 갇혀븐 거여. 인자 그래서 여기 그 아는 사람이 휴가 나왔어. 군인이. 휴가 나와갖고 그 사람이 인자 가서 데려왔는디. 인자 그런 일을 당했제. 조삼영이네 집은 어쨌냐 그믄 조상숙이가 벌고서 큰 ○○을 봤어. 죽을라다 살아났어. 그런 일을 당한걸 보고는 ‘아, 그것이 미신불인갑다.’ 그런 생각을 했어. 그라고는 인자 뭐 잘못 봤지. (청중 : 도깨비불이 집으로 들어가믄은 그거이 안 좋잖아.) 응. 그런 것이 안 좋대. (조사자 : 진짜 신기한 이야기네요.) 그거이 그렇게 신기해. 나가 직접 인자 봤으니까. 그거이 한 60년 전이네, 60년 전.

물고기를 좋아하는 도깨비

자료코드 : 06_12_FOT_20100820_LKY_KJB_0003
조사장소 : 전라남도 여수시 삼산면 초도리 대동마을 모정
조사일시 : 2010.8.20
조 사 자 : 이옥희, 임세경
제 보 자 : 강중방, 남, 77세
구연상황 : 앞서의 도깨비불에 대한 이야기가 끝난 후, 잠시 이야기가 중단되었다. 이에 다시 조사자가 도깨비가 고기를 좋아해서 많이 잡게 해주었다는 그런 이야기는 들은 적이 없냐고 묻자, 제보자가 그에 관해서 이야기를 들려주었다.
줄 거 리 : 옛날에 제보자의 집안에 목수일을 하는 어른이 있었다. 그 분이 의성리에 살았는데, 하루는 일을 마치고 오면서 고기를 ‘조랑’에 담아 어깨에 메고 길을 걷고 있었다. 의성리 쪽에 바람재가 있고 그 바람재를 넘어가면 어린아이들이 죽으면 묻어두는 곳인 가장산이 있는데 그곳을 지나가는데 도깨비가 나와서

자꾸 고기 하나 주라고 해서 던져주고 또 던져주고 하면서 집으로 왔다. 그래 집에 돌아와 보니 부인이 고기는 어떻게 했냐고 묻길래, 도깨비가 자꾸 달라고 해서 하나씩 던져주고 왔다고 하였다. 그런데 다음 날 아침 그 길에 나가 보니 고기가 그대로 땅에 떨어져 있었다고 한다. 제보자도 젊어서 그런 똑같은 경험을 당한 적이 있었다고 한다.

(조사자 : 도깨비가 고기를 좋아하나요?) 인자 그건 잘 모르겄는데 그 뭐이냐 그 우리 집안에 어떤 어른이 목수질을 해 목수. 배를 지고 인자 집도 지고 그런 사람인데. 의성리 가서. 저 너머 동네. 저 너메 마을에 가서 일을 하고 오면서 인자 고기를 조랑이라고 있어 조랑. 고기 담은 조랑. 근게 거기다가 담어갖고 짊어지고 오는디 저기 바람재 넘어가믄 그 가장 산이 있어요. 어린애들 죽으믄 거그다 그냥 묻은 데가 있어. 욱에도 있고 밑에도 있고.

근게 그 그쯤 오니까 그냥 도깨비가 한나 달라고 그냥 주라고 그냥 그러드래. 아, 그래서 또 한나 던져, 던져 주고. 또 오다가 또 즈그 집까지 오도록까지 그걸 던져 줬대요. 그래갖고 아침에 일찍 가서 간게, 가보니까 고기가 그대로 다 있드라네.

(청중 : 나도 어디서 돼지 다리 한나 메고 오다가 하도 도라고, 주라고 해싼게 놔두고 주고 와브렀어.) (조사자 : 아, 어르신도요?) (청중 : 그란게 집이 와서 처가 "괴기 어쨌소?" 그래. "아이 뒤에서 맨날 주라고 잡아당겨싼게 줘브렀다." 그랬네. 아침 일찍허니 가등만 갖고 왔어. 가만히 있드라네. 잡아댕김서 주라 헌단게. 그란게 에이 줄란게 들러붙지 마라고 와붓어 그냥. (조사자 : 모습도 보여요? 도깨비 모습도?) 아이, 그건 잘 모르제. (조사자 : 어르신은 잡아댕겼다면서요.) (청중 : 잡아댕김서 주라 헌단게. 그냥 줘블고 와브렀어.) 아마도 그런 것이 다 옛날에 술묵고 그런 것 같애. 뭐 어디가 도깨비가 고기를 주란다고 잡아대니고 그랄 거인가. 말이 안 맞제.

일본 사람들이 박은 쇠말뚝

자료코드 : 06_12_FOT_20100820_LKY_KJB_0007
조사장소 : 전라남도 여수시 삼산면 초도리 대동마을 모정
조사일시 : 2010.8.20
조 사 자 : 이옥희, 임세경
제 보 자 : 강중방, 남, 77세
구연상황 : 앞의 이야기가 끝난 후 잠시 이런 저런 이야기를 나누는 도중에 대동리 마을 이장이 자리를 함께 했다. 조사자들이 조사의 취지를 알리고 협조를 구했지만 특별한 이야기가 나오지 않고 시간만 흘러갔다. 그러다가 제보자가 어느 산에 있었다는 쇠말뚝 이야기를 시작하자, 청중들이 모두 집중해서 들었다.
줄 거 리 : 초도에 있는 성산봉에는 쇠말뚝이 박아져 있었다고 한다. 그 쇠말뚝이 나온 곳은 진주강씨네 묘 뒤였는데, 그곳에 큰 바위가 있었고 일제강점기 때 일본인들이 그 바위를 들어보니 피가 나왔다고 한다. 그래서 일본사람들이 그 바위를 치워버리고 그 자리에 쇠말뚝을 박았다고 한다.

저 상산봉에 큰 높은 봉에 쇠말을 쇠말뚝을 박어갖고 해놨는데 우리 한국 사람이 와서 저 철거를 했지요. (조사자 : 왜 거기다가 쇠말뚝을 박아놨을까요?) 거기가 그 뭐이냐. 그 봉이 좋으니까. 이런 마을에서도 큰 사람이 나올지도 모르니까 그러니까 헌 거이죠. 그니까 옛날에 저 뭐이냐, 진주강씨네 그 묘 뒤에 근게 나도 인제 강씨지만은 묘 뒤에 거그가 큰 바우가 있는디, 독을 떠니까 일본놈이 독을 떠니까 피가 나왔다는 그런 얘기 전설도 있어요.

(조사자 : 진주강씨네 선산이 어디에 있는데요?) 진주. (조사자 : 진주에 강씨들 선산이 있는데. 그 묘 뒤에 인제 바위를 뜯어. 그래갖고 그 이후로 뭐 안 좋고 그랬을까요?) 인제 그런게 저 높은 사람이 없제. 강감찬이라는 사람백에 뭐 없제. (조사자 : 그 이후에. 그것도 일본 사람들이 그렇게 뜯어버리고.) 지력 좋은 곳은 전부 일본 놈들이 말뚝, 쇠말뚝 이리 해붔다 안 그럽디까.

초도의 호랑이

자료코드 : 06_12_FOT_20100820_LKY_KJB_0008
조사장소 : 전라남도 여수시 삼산면 초도리 대동마을 모정
조사일시 : 2010.8.20
조 사 자 : 이옥희, 임세경
제 보 자 : 강중방, 남, 77세
구연상황 : 앞의 이야기가 끝나고 새로운 이야기가 나오지 않아서 잠시 판을 끊고 이런 저런 이야기를 나눴다. 어느 정도 시간이 지난 후 조사자가 호랑이 바위는 왜 호랑이 바위라고 부르냐고 묻자, 제보자가 그에 관한 이야기를 들려주었다.
줄 거 리 : 옛날에 대동리 산에 호랑이가 새로 들어와서 앞 쪽 산을 보고 울었다고 한다. 그러면 두 산 사이에서 소리가 울려서 더욱 크게 들렸다고 한다. 그런데 앞 쪽 산에는 전부터 다른 호랑이가 살고 있었는데, 새로 들어온 호랑이의 그 커다란 울음소리에 놀라서 그만 전에 살던 호랑이가 그 산을 나가고 말았다고 한다.

옛날에 그 노인네가 얘기가 맞는 말인가 어쩐가는 모른디 호랑이가 여기를 들어와서 이쪽 산에서 저 산을 보고 우니까, 인자 거리가 좁으니까 울릴 거 아니요. 그래서 울리니까 '아, 나보다 더 쎈 호랑이가 있다.'라고 나갔다는 그런 전설이 얘기가 있어요.

실질적으로는 인자 안 들어오고. (조사자 : 그니까 있던 호랑이가 나갔다는 얘기죠?) 예. (조사자 : 새로 들어온 호랑이 때문에.) 예. 인자 산이 울린게 인자 그 울린 소리에 놀래갖고 저보다 큰 놈이 있으까. 이라고 나갔다 그러드라고. 전설이 있어요.

돌산 장수

자료코드 : 06_12_FOT_20100820_LKY_KJB_0009
조사장소 : 전라남도 여수시 삼산면 초도리 대동마을 모정
조사일시 : 2010.8.20

조 사 자 : 이옥희, 임세경
제 보 자 : 강중방, 남, 77세
구연상황 : 앞의 이야기가 끝난 후, 잠시 동안 초도의 옛날 생활에 대한 이야기를 주고받았다. 조사자가 제보자에게 힘센 장사 이야기를 들려달라고 하자, 돌산에 있었다는 장수이야기를 들려주었다.
줄 거 리 : 여수 돌산에 힘이 센 장수가 있었는데, 본래는 죽포 사람이라고 한다. 그 장수가 힘이 얼마나 센지 엄청나게 무겁고 큰 기름 드럼통 하나를 쉽게 들었다고 한다. 그런 드럼통은 씨름판의 장수가 들어도 꿈쩍하지 않는데, 그 돌산장수는 힘이 세서 금방 들어올렸다고 한다. 그가 나중에 서울대공원에서 죽었다고 한다.

돌산 장수가 어떠냐 그믄은 인자 그 속담에 얘기를 들어볼 때 도라무, 기름 도라무 한나를 이렇게 들었다 그 말이여. (조사자 : 어마어마하게 장사였네요.) 어. 근디 그렇게 인자 그렇게 그런 사람 보고 인자 장사라 그란 거여. 기름 한 도람 된 것을 이러게 들어 올린 사람이 어디가 있것소. 지금 여 씨름판 장수들 뜰썩도 못 해. 들 들 못해. 들란가 모르겄네. 그래서 돌산 장사.

(청중 : 그 분이 어디가서 죽었냐그믄 저그 서울 대공원에 가서 죽었어.) (조사자 : 아, 어째서요?) (청중 : 사람 패믄 죽이고, 죽것고. 맞어서 죽어. 저 서울 가가지고. 그 양반이. (조사자 : 돌산이면은 여순데요.) 여수 앞에 대교. (청중 : 저 죽포. 죽포가 자기 고향이라.) (조사자 : 아, 그러면 나이가 뭐 얼마나.) (청중 : 많죠 지금 꼬부라게 노인 돼브렀어. 엄청나게 많지. 키도 크고.)

해몽과 만선

자료코드 : 06_12_FOT_20100820_LKY_KJB_0010
조사장소 : 전라남도 여수시 삼산면 초도리 대동마을 모정
조사일시 : 2010.8.20

조 사 자 : 이옥희, 임세경

제 보 자 : 강중방, 남, 77세

구연상황 : 앞서의 힘센 장수 이야기를 계속 이어가기 위해서 또 다른 장수 이야기는 없냐고 묻자, 제보자가 그런 이야기는 옛날 책에나 나오지 현실에서는 없다고 하였다. 조사자가 다시, 혹시 바다와 관련된 이야기는 없냐고 하자 제보자가 고기를 많이 잡는 꿈에 대한 이야기를 들려주었다.

줄 거 리 : 바다에서 고기를 잡으러 갔을 때 꿈 해석을 잘하면 고기를 많이 잡아서 돈을 벌 수 있다고 한다. 제보자가 과거에 중선배 선장으로 다닐 때, 하루는 꿈에서 지인인 평호씨 아내를 보듬는 꿈을 꾸었다고 한다. 꿈에서 깨어난 뒤에 그게 무슨 꿈인지 몰라서 그냥 지나갔는데, 나중에 알고 보니 평풍도에서 고기가 많이 잡혀서 만선이 되었다고 하였다. 당시 자신은 추자도에 있었는데, 그 꿈이 바로 평풍도에 가서 고기를 잡으라는 꿈이었음을 알지 못해서 고기를 많이 잡지 못한 적이 있었다는 것이다. 꿈을 꾸어도 어떻게 해석하느냐에 따라 만선을 할 수도 있고 그렇지 못할 수도 있다는 것이다.

(조사자 : 고기 잡으러 가면 어쩔 때 혹시 꿈같은 거 어떤 꿈 꾸면은 고기 많이 잡는다 그런 얘기도 혹시 있을까요?) 있어. 꿈 얘기를. 꿈을 해석을 잘 하믄 고기 저 돈을 벌어요. 고기도 잡아. 그거 해석을 못하믄 아주 안된 거여.

아, 저가 인자 그 꿈을 꿔 본 경험인데. 제가 중선배 책임자로 다닐 때, 선장으로 다닐 때 그런 꿈을 꿨어요. 꿈 꿨는디 여그 평호씨. 평호씨 아내를 나가 보둠고 빙빙 돌고 인자 그라다 깨났는디 일어나본게 꿈이여. '아, 이거 이 꿈이 뭔 꿈인지 모르겄다.'고 해석을 못해갖고 뒤로 이 가만히 소식을 들어본게. 욱에 평풍이란 데가 있어 평풍. 평풍에서 고기가 잔뜩 나와갖고 만선이 됐어. 근디 나는 어디가 있었냐믄은 그때 그 추자도. 추자도 욱에가 있었어요. 아, 그런 꿈을 저 평호 처를 보둠고 돌았으니까 평풍도로 가란 것인디 그걸 해석을 못하고 못 잡은 적이 있어. 확실히 나가 해본 경험인디.

(조사자 : 그러면은 혹시 이렇게 꿈 해석을 어르신은 못해갖고 그랬지

만.) 응. 못 해갖고 인자. (조사자 : 잘 해갖고 한 사람. 그런 사람 혹시 이야기 들어보셨어요?) (청중 : 그런 사람 우리가 뭐 알아야지 몰라.) 책임자들은 그런 꿈 꾸기를 원해요. 그러믄 인자 꿈대로 해석을 해갖고 인자 거가서 좋다고 그래.

(조사자 : 평풍이라는 곳이 있는 거에요?) 평풍도(병풍도). 응. 조도 바깥에. 저그 저 진도 바깥에. (조사자 : 병풍도.)

할미바우

자료코드 : 06_12_FOT_20100820_LKY_KJB_0011
조사장소 : 전라남도 여수시 삼산면 초도리 대동마을 모정
조사일시 : 2010.8.20
조 사 자 : 이옥희, 임세경
제 보 자 : 강중방, 남, 77세
구연상황 : 앞의 이야기에 이어서 꿩이나 뱀에 관한 피해 등등 섬 생활에 대한 이야기를 이어갔다. 그러면서 섬에서는 바다에 나가는 기간이 정월에서 7월까지이고, 7월에 들어와서 한 달 쉬는 동안에 섬에 아이들이 많이 생긴다고 하면서 그래서 섬에는 동갑들이 많이 있는 것이라고 설명해주었다. 잠시 그런 이야기를 나누다가 조사자가 할미바우 이야기를 해달라고 하자, 제보자가 그에 관한 이야기를 더해주었다. 제보자가 이야기를 하는 도중에 옆의 청중이 말을 이어나가서 제보자의 말소리가 중첩되기도 하였다.
줄 거 리 : 초도의 할미바우는 그 돌이 서로 보듬고 있어서 부부바우라고 하는데, 그 형상이 남자가 여자를 보듬고 있는 것처럼 생겼다.

(조사자 : 할미바우 이야기 좀 해주세요. 부부바우.) 아, 돌. 그 돌이 이러게 생겼다 그 말이여. 꽉 보둠고 있다 거여. 딱 보둠고 있어. 몸이. (조사자 : 둘이가?) 남자가 여자를 딱 보둠고 이라고 있다 그 말이여.

복을 막는 바람재

자료코드 : 06_12_FOT_20100821_LKY_KSY_0001
조사장소 : 전라남도 여수시 삼산면 초도리 의성마을 마을회관
조사일시 : 2010.8.21
조 사 자 : 이옥희, 임세경
제 보 자 : 김삼월, 여, 87세
구연상황 : 초도에 관한 이런 저런 이야기를 나누던 중, 초도 바람재의 지명유래에 대해서 물었다. 이에 제보자가 바람재에 관한 옛 전설을 들려주었다. 무릎이 좋지 않아 자세가 불편한지 한쪽 다리는 쭉 펴고서 이야기 구연을 하였다.
줄 거 리 : 초도의 의성리와 대동리 사이에 바람재라고 하는 곳이 있는데, 옛날부터 그곳에 바람이 많이 불어서 바람재라고 했다. 그런데 과거에 그곳에 성을 쌓은 적이 있었는데, 바람이 의성리 쪽으로만 불어서 모든 복이 의성리로만 간다고 하여 대동리 사람들이 화가 나서 그곳에 성을 쌓아버렸다고 한다. 지금은 그 성도 없애 버리고 대동리와 의성리 사이에는 도로가 나있다고 한다.

(조사자 : 왜 바람재라고 하나요?) 거가 바램이 많이 불어. 바람재에 바램이. 저 대동리 오는 재. 바람이 많이 분닥해서 바람재여. (조사자 : 바람이 많이 불면 좋아요? 안 불면 좋아요?) 인자는 다 편안하게 됐어. 옛날에는 거그다 다물(담)을 성을 쌌어. 왜 그랬냐 하믄 [웃음] 대동리 마을하고 의성마을에서 서로 동네에서 질투가 나갖고 복이 의성으로 다 넘어와 분다고 우체국도 지고 그러니까. 대동리는 우체국이 없지. 그란께 걍 여자들이 흙을 여다가(넣어서) 막 쌈스롱 걍 그란디 다 없어져불었어 다 치와불고. 인자 행로를 닦아서 질을 빤하니 내놨어. (조사자 : 대동에서 거그다가 다물을 쌓어요?) 응. 그란디 이 동네에서는 야문 사람들이 많안게.

동태샘의 효능

자료코드 : 06_12_FOT_20100821_LKY_KSY_0002
조사장소 : 전라남도 여수시 삼산면 초도리 의성마을 마을회관

조사일시 : 2010.8.21
조 사 자 : 이옥희, 임세경
제 보 자 : 김삼월, 여, 87세
구연상황 : 조사자가 의성리에 좋은 샘이 있냐고 물었다. 이에 제보자가 초도에서 유명한 동태샘에 관한 유래담과 효능에 대해서 이야기를 들려주었다.
줄 거 리 : 초도 의성리에는 동태샘이라는 유명한 샘이 있다고 한다. 동태샘의 물은 시원하고 효능이 좋다. 옛날에 마을에 살던 한 선생님이 그 샘을 지금의 모습으로 만들어놓은 것이라고 한다. 그 선생님은 자손들을 따라서 서울로 올라가서 섬을 떠났다고 한다.

(조사자 : 의성에 좋은 샘이 있다던데요?) 샘? 약수 있어. 저 동태샘이라고 여그서 쭉 나가믄 물도 선하고 샘이 있어. (조사자 : 동태샘이 어떤 효능이 있어요?) 옛날에 그 선생님이, 그 샘 있는데 거가 아침에는 일찍이 해떠오는 데를 보고 찬송도 부르고 노래 부르고 노래, 박수친 노래 부른디 그란 선생님이 서울 가갖고 그런 저가 샘이라. 그 샘에서 물 질어다가 정신들이고 그 샘인디 시방 샘 만들어서 해놓기는 해놨어. 거거 가믄 평상 쳐놓고 자고 그래. 그 사람이 참 서울 가가지고 떠불고 없어. 서울 가 자손이 있어.

작은 예미의 샘

자료코드 : 06_12_FOT_20100820_LKY_KJS_0001
조사장소 : 전라남도 여수시 삼산면 초도리 대동마을 모정
조사일시 : 2010.8.20
조 사 자 : 이옥희, 임세경
제 보 자 : 김종술, 남, 82세
구연상황 : 앞의 이야기가 끝난 후 조사자가 청중들과 초도에서 방목해서 키우는 소에 관해서 이런 저런 이야기를 나누었다. 이야기 도중에 예미 사람인 제보자가 오자 청중들이 조사자를 대신해서 제보자에게 이야기를 좀 해줄 것을 권했다. 제보자가 웃으면서 무슨 이야기를 하냐고 하자, 조사자가 예미에 무슨 샘이

있다고 들었는데 그것이 무엇인지 이야기를 들려달라고 부탁하였고, 제보자가 그에 관해서 이야기를 시작하였다.

줄 거 리 : 작은 예미 샘은 옛날부터 매우 깨끗하고 수질이 좋아서 마을 사람들의 식수원으로 사용되었다고 한다. 옛날 조상들은 마을 제사를 모실 때면 그곳의 물을 막아놓고 그 물을 길어서 제사 음식을 장만했고, 뱃고사를 지낼 때도 그 물로 제를 모셨다고 한다.

샘이요. 그 옛날 말허자믄은 나이 먹은 조상님들 어르신들이 한 백년 전 그때부터 자연수 만들어서 해놨는디 참 물 수질이 좋아요. 그대로 흘르니까. (청중 : 전부 다 인력으로 파갖고. 그 둘레를 벽돌. 깨끗한 돌로 뺑 둘러서 안 흘러지게 해갖고. 요즘은 그 자동 펌프가 있어서 물 쏘는데 그때는 두룸박이라고 있어. 두룸박으로 해갖고 이렇게 떠서 인자 식수도 하고 물이 많으니까 빨래도 하고 또 여러 가지 집에 필요한, 그때는 지하수라는 것이 없었거든. 그 지역이 물이 제일 좋은, 잘 나오니까 그 지역에서 해갖고 인자 할머니네들이 그릇 갖고 동우 갖고 거그 가서 질러갖고 갖고 와서 가정에 동우에다가 까득허니 채워서 딱 마개 덮어 놓고 그런 생활을 했어. 그런 후로 인자 차츰 차츰 우리가 개인집에도 물이 자기들이 파갖고 사용하고. 또 마을에 위치 좋은 데다 파갖고. 거기는 멀고 그라니까. 마을 안에다 파갖고 인자 하다가 지금은 인자 상수도가 지금 개발이 돼갖고 카만히 있어도 복구만 틀믄 물 나오는 세상이 돼브렀지. (조사자 : 그 샘을 뭐라고 불러요?) (청중 : 작은님. 작은님 샘이라 그러제.)

우리 본 마을이 예미고 거 거쪽 걸어서 가기 때문에 작은 예미라 그래. (조사자 : 작은 예미. 작은 예미에 샘이 있는 거에요?) 예. 샘이. (조사자 : 거기에 그 샘물을 먹어 가지고 뭐 병이 낫고 그런 건 없고?) 옛날에 우리 조상들이 물이 좋으니까. 특별히 그 명절 때 1월 그 뭐 그 선달 설이나 정월대보름 그때 물을 막아놨다가 깨끗헌 사람 정해갖고 물을 퍼다가 조상들한테 제사를 모시고 그런 물. (조사자 : 그런 물이에요.) 좋은 물이에요.

(청중 : 거기도 옛날에는 그 범선이라고 돛단, 중선배를 했는데 ○○ 때가 되면은 고사를 모셔야 되는데. 그 안에 뭔 벌레나 뭐 이런 그 쓰레기 못 들어가게 딱 덮어 놨다가 목욕을 한 다음에 가서 뚜껑을 열고 깨끗한 물 떠다가 인자 그 조상들한테 밥을 지은 거에요. 밥을. 밥을 깨끗하니 지어갖고 인자 반찬하고 요렇게 해갖고 인자 제사 모신다.)

초도 간지서

자료코드 : 06_12_FOT_20100820_LKY_KJS_0002
조사장소 : 전라남도 여수시 삼산면 초도리 대동마을 모정
조사일시 : 2010.8.20
조 사 자 : 이옥희, 임세경
제 보 자 : 김종술, 남, 82세
구연상황 : 앞의 이야기가 끝난 후에 조사자가 모정에서 마주 보이는 산의 이름을 묻자, 제보자가 마주보이는 산을 비롯해서 인근에 있는 산들의 명칭과 유래에 대해서 간단하게 들려주었다.
줄 거 리 : 대동리 모정에서 마주보이는 산은 응달이고, 그 옆으로는 양지쪽이라고 부른다. 그리고 양지쪽 위에 작은 성이 있는데, 과거 전쟁이 나서 비행기가 다닐 때는 모두 그 성으로 몸을 숨겼다. 그래서 그 성을 '간지서'라고 부른다. 그 성은 일제강점기 때 만들어진 것으로, 그 위에서 보면 손죽도와 멀리 완도, 고흥까지도 보인다고 한다. 일제 때 B29비행기가 뜨면 간지서에서 공습을 울려 사람들이 모두 피할 수 있게 하였다.

(조사자 : 이 산을 뭐라고 불러요, 여기 뒤에를.) 저 저쪽에는 응달이라고 하고. 여그 요쪽으로는 양지쪽이라고 그러지. 양지쪽 인자 햇빛 쬐이는. 그라고 저그 우에 가믄은 요만한 성이 있어 성이. 옛날에 여기 이렇게 소나무 안 짙었을 때 옛날에는 그냥 걸어다닌 데가 그렇게 불편함이 없었는데. 저기서 인자 그 막 그때 그 어르신들이 막 전쟁이 나고 비행기가

댕기고 어차믄 거그가 가서 전부 다 이렇게 몸을 숨기고 하는 그 성이 있어 성. 그걸 보고 인자 간지서라 그러거든. (조사자 : 간지서.) 응. 간지서. 초도 양지쪽 간지서. 그 옛날 조상들이 전부 다 그 부근에서 돌을 인자 주어다가 이렇게 딱 사각으로 딱 싸갖고 나무 비다가 이렇게 위장도 하고. 거가 있으믄은 손죽도 요리 전부 다 보이거든. 제주도 저쪽은 안 보여도 저 고흥군이나 완도군 데는 다 눈으로 인자 볼 수 있지. 그때는 쌍안경도 없고 하니까.

(청중 : 그거이 왜정시대여. 왜정시대 인자 우리도 다 알죠. 왜정시대. 초등학교 다닐 때. 소학교 다닐 때 인자 저기 거기다가 인자 그 간지선으로 지어갖고 청년들이 거가서 인자 망을 봐 망. 인자 비행기. 옛날에 그 일본 비행기 이십구라고 비행기가 있어. 이십구. 그 비행기가 날아오믄 인자 거기서 간소에서 징을 쳐. 징을 치믄 그 소리 듣고 초등학교 우리들이 쪼간했을 때 그 소리 듣고 우리가 막 그 꼬랑으로 이 도피한단 말이여. 조까 있다 또 징을 쳐. 비행기가 멀리 가브렀다 그라믄 또 나와서 인자 교실에 가서 공부하고.

(조사자 : 일제시대 때 그거를 만들어 가지고.) (청중 : 응. 일제시대 때 만들었어. 진 거여 마을에서.) (조사자 : 예. 마을에서요.) (청중 : 응. 돌 갖다 돌로 쌓아서 그런 거여.) (조사자 : 그러면 그 소리하는 신호도 있고 다 그랬겠네요.) (청중 : 징으로 신호를 했지.) 그 징을 치믄은 그거이 잘 들리거든. 들리니까 인자 듣고 아하 뭔 비행기가 온단가 소리를 잘 전달하믄 그 장소에서 전부 다 도피를 하라믄 인자 전부 다 나무 밑으로 어디로 다 숨어. 그라믄 싹 이상 없이 지나가믄 또 해제 징 딱 치거든. 그것도 세 번 치는 거 있고, 다섯 번 치는 거 있거든. 그래갖고 인자 해제되믄 인자 공부하고. 그때 당시에는 제대로 어르신들이 공부할 시간이 이렇게 주어지질 않기 때문에 조금 공부 하다 징소리 나믄 그냥 구석지로 들어가야 돼. 안 죽을라믄. 그런 생활을 허고.

김재열 씨의 월북

자료코드 : 06_12_FOT_20110126_LKY_NSH_0001
조사장소 : 전라남도 여수시 삼산면 서도리 장촌마을 남성현 씨 댁
조사일시 : 2011.1.26
조 사 자 : 이옥희, 임세경
제 보 자 : 남성현, 남, 60세
구연상황 : 조사자들이 거문도 뱃노래 조사를 마친 후 보존회 부회장님 댁에서 민박을 하였다. 민박에 들어가서 부회장님과 이런 저런 이야기를 하다가 마을에서 들었던 김재열 씨의 월북에 대해서 묻자 그에 대해서 간단히 이야기를 들려주었다.
줄 거 리 : 김재열 씨는 거문도 사람으로 일본 명치대를 졸업하고 서울대 교수까지 지낸 유명한 사람이다. 6·25가 터지자 김재열 씨가 좌익의 편에 서서 인민위원회 서울시 부위원장을 맡았고 분단이 되면서 북한으로 월북하였다. 이후 남은 가족을 데리고 월북시키려고 시도하다가 발각되면서 마을 전체가 간첩사건으로 고초를 받았다.

(조사자 : 어제 회장님 말씀으로도 명대 졸업하고 온 사람이 일본 유학 갔다 온 사람이 있으니까 함부로 못 건들었다고 얘기하드라고요.) 그런 측면도 있었을 거고. 하여튼 폭정은 안 했다 그래요 여기서. 그렇게 들었습니다 저희들은.

근디 인자 김재열 씨 그분이 그 서울대학교 화학과 교수를 하셨을까 그랬을 거요 그때. 그래갖고 있다가 저희들이 듣기로는 6·25 사변이 터지고 인민위원회 서울시 부위원장인가 하셨다 그래. 대단한 거물이었지. 그래갖고 그 월북을 허신 바람에 그 가족이 남어있어서 계속 이쪽에서 난중에 연결이 돼가지고 우리 동네가 간첩 동네가 돼버린 거여. 그 양반이 월북을 안 했으믄은 그런 직위에 있었고 서울대학교 교수까지 하고 당시에는 그랬으니까 뭐가 좀 인자 위쪽으로 행동을 좀 했으믄은 큰 보탬이 됐을 건데. 이런 지역들에. 뭐 이런 조그마한 섬들에 뭐 관직 갖고 벼슬하믄 많이 도움 주잖아요. 그러고 실지 다 지역들에 일들을 그렇게 해 주셨

는데. 그분이 머리가 좌향좌를 했기 때문에 우리 지역이 엄청 그렇게 손해를 본 거지. (조사자 : 그러믄 실제로 간첩 동네다 해갖고 불이익을 상당히 봤던 모양이네요.) 완전히 죽 돼서 살았지. (조사자 : 경찰들이 아주 집중적으로 감시하고. 그러믄 남어 있던 가족들도 월북 해브렀습니까?)

아니 대동월북 할라다가 김용주 사건 안 있소. 옛날에 간첩이 여기서 잡혀서. 그때가 대동월북 할라고 왔다가 대동월북을 못 하니까 동료들 쏴 죽이고 자기만 그래서. (조사자 : 김동주란 분은 어디 분이신데요?) 김용주. 간첩으로 왔다가. (조사자 : 북한에서 내려왔어요?) 그랬지. (조사자 : 김재열 씨 그분 가족들 대동월북 할라고 내려왔던 모양이네요.) 가족 중에 한 사람을 대동월북 할라고 하다가. (조사자 : 그 사건이 몇 년도 사건인데요?) 가만있어. (조사자 : 오십년대 사건인가요?) 아니 아니여. (조사자 : 육십년댄가요?) 칩십 육년? 칠년인가 육년인가 그랬을 거요 아마. 그런 일이 있었어.

(조사자 : 그분이 또 월북해서는 그쪽에서 어떤 활동했는지.) 그런 건 모르지. (조사자 : 언제 죽었는지 이런 것도 모르구요.) 예. 모르죠. 우리들은 모르지. 그 인자 그분이 노래를 지었다 안 그럽디까. 그 할머니 말씀이. (조사자 : 그니까 그 청년 때 아마 지으신 것 같네요.)

그런데 가기 전에는 아마.

초도 산봉우리의 지명 유래(상산봉, 비봉산, 만금산)

자료코드 : 06_12_FOT_20100819_LKY_PGJ_0001
조사장소 : 전라남도 여수시 삼산면 초도리 진막마을 박갑재 씨 댁
조사일시 : 2010.8.19
조 사 자 : 이옥희, 임세경
제 보 자 : 박갑재, 남, 85세

구연상황 : 조사자들이 진막리 박갑재 씨의 집을 찾아가서 조사의 목적과 취지에 대해서 설명한 후 협조를 구하였다. 조사는 제보자의 집 안방에서 이루어졌는데, 조사자들이 갑자기 찾아와서 생각이 나지 않는다며 이야기해주기를 부담스러워 하였다. 이에 조사자가 상산봉의 지명유래에 대해서 듣고 싶다고 하자, 제보자가 상산봉과 함께 초도의 유명한 바위에 관한 유래담을 간단히 들려주었다.

줄 거 리 : 초도에는 상산봉, 비봉산, 만금산의 세 개가 가장 높은 산이라고 한다. 그 중 상산봉은 제보자가 어린 시절부터 그렇게 들어왔기 때문에 상산봉이라고만 알고 있으며, 비봉산은 날 비(飛)자 봉황 봉(鳳)자를 써서 봉이 날아가는 형태라고 해서 비봉산이라고 붙여진 것이라고 한다.

이 위에 높은 산 상산. 상산봉. (조사자 : 상산봉이죠. 그러면은 왜 상산봉이라고 하는지. 뭐 그런 이야기도 듣고 싶구요. 거기 뭐 어떤 재미난 이야기는 없는지. 뭐 이런 것들 들으러 왔습니다.) [왼쪽을 가르키며] 우리 상산봉이라는 우리 엄마 어린애 적부터서 듣는 말 이게 상산봉이고. [오른쪽을 가르키며] 여기는 인제 비봉산. 저 산은 비봉산이고. [앞쪽을 가르키며] 저 앞에 진막마을에서 보믄 그 건네 거기 가서 [잠시 생각을 하며] 에 뭐야. (청중 : 보통 깔끄막이라 그런디.) 아니 거기는 만금산. 만금산이라 그러고. 거기는 초도 이렇게 그렇게 높지는 않지만 산이 봉우리가 세 개죠. 상산, 비봉산, 만금산.

(조사자 : 비봉산이면은 뭐.) 날 비(飛)사, 새 봉(鳳)자. (조사자 : 새 봉자. 새가 날아가는 그런.) 그렇죠. 봉이 날아가는 마 그런 형태다 해서. 그래서 비봉산이라는 말 얘기를 들었죠. 그 옛날 사람들허고.

초도의 입도조 방씨

자료코드 : 06_12_FOT_20100819_LKY_PGJ_0002
조사장소 : 전라남도 여수시 삼산면 초도리 진막마을 박갑재 씨 댁
조사일시 : 2010.8.19
조 사 자 : 이옥희, 임세경

제 보 자 : 박갑재, 남, 85세

구연상황 : 초도에 있는 세 개의 봉우리에 대해서 이야기를 간단히 나눈 후, 제보자가 옛날 초도의 생활풍속에 대해서 이야기를 이어갔다. 그러자 조사자가 초도에 처음 들어온 입도조가 누구인지 그에 관한 이야기를 들려달라고 부탁하였다. 이에 제보자가 “처음에 입도조?”라고 하면서 입도조에 관한 이야기를 이어주었다.

줄 거 리 : 초도에 맨 처음 들어온 입도조는 방씨라고 한다. 얼마 전까지 섬에 방씨네 손이 더러 있었지만 지금은 아무도 없단다. 그리고 방씨가 처음 섬에 들어와서 무슨 나무를 심었지만 무슨 나무인지는 잘 모른다고 한다.

(조사자 : 초도는 처음에 이렇게 뭐 섬에 들어온 사람에 대해서 전하는 말이 있나요? 섬의 입도조라고 해야 될까요.) 처음에 맨 처음에 입도를, 그거는 뭐이냐. 방씨라고 허는 성씨가. 방씨가 가장 먼저 입도 했다는 그런 말이 있어요. 그래서 방씨네 손이 더러 있었어요. 있다가 지금은 없습니다만. (조사자 : 방씨네 손이 있고 방씨가 제일 먼저 들어왔다더라. 그런 거 외에 혹시 뭐 또 전하는 얘기 있을까요?) 거까지는 모른디요. 뭐 들어와서 뭣을 어떻게 생활했다는 뭐 그런 것은 듣지도 못했었구요. ‘맨 첨에 입도하신 분이 방씨였다.’ 인자 그런 말은 들었지요. (조사자 : 혹시 어디 쪽에 정착했는지도 모르시구요. 여기도 뭐 진막 있고, 의성 있고, 대동 있고, 그렇지 않습니까. 근데 방씨가 처음 들어온 데가 어디다더라 그런 얘기도 없구요?) 그렇죠. 인제 그니까 우리 초도 전체로 봐서 방씨가 먼저 입도 했다는 그것만 알아요.

초도 명칭 유래

자료코드 : 06_12_FOT_20100819_LKY_PGJ_0003

조사장소 : 전라남도 여수시 삼산면 초도리 진막마을 박갑재 씨 댁

조사일시 : 2010.8.19

조 사 자 : 이옥희, 임세경

제 보 자 : 박갑재, 남, 85세

구연상황 : 초도 입도조에 관한 짧은 이야기에 이어서, 조사자가 초도의 명칭 유래에 대해서 물었다. 그러자 제보자가 웃으면서 "풀이 많아서 초도."라고 하며 간단히 그 유래담에 대해서 들려주었다.

줄 거 리 : 초도는 풀 초(草)자라는 이름 그대로 풀이 많아서 초도라고 불렀다고 한다. 그리고 옛날에는 진막리에서 대동리로 가는 곳에 길이 없고 오솔길이었는데, 오솔길에는 칡넝쿨이 상당히 높게 타고 올라갔었다고 한다. 그러나 지금은 그것을 모두 파헤쳐서 길을 만들었다고 한다.

(조사자 : 초도는 왜 초도라고 합니까?) 인자 글자 그대로 풀 초(草)자. 풀이 많이 있다고. (조사자 : 풀이 많아서 옛날에도 초도라 그랬나요?) 옛날, 아주 옛날부터서 초도. 그니까 저 옛날에 뭐이냐. 여기는 지금 이렇게 길이 좋게 만들어서 이렇게 차도 다니고 합니다만, 옛날에는 아주 조그막한 오솔길이었단 말입니다. 그 오솔길도 맨 첨에 얘기 들어보믄 길이 없으니까 진막마을에서 대동리에 가자믄 길이 없으니까 여기 막 이렇게 지금은 파브러서 그런데 상당히 높았던 모양이에요. 넘어갈라믄 막 그냥 칡넝쿨 막 타고 막 넘어가고 그랬다는 그런 인자 얘기를 들었거든요. 예. 칡넝쿨 타고 넘어가고 그랬었다는. (조사자 : 타잔이네요. 타잔. 칡넝쿨 타고.) 네. 타잔 타잔같이. [제보자와 조사자 일동 웃는다.]

의성리 황남춘의 문맹퇴치

자료코드 : 06_12_FOT_20100819_LKY_PGJ_0004

조사장소 : 전라남도 여수시 삼산면 초도리 진막마을 박갑재 씨 댁

조사일시 : 2010.8.19

조 사 자 : 이옥희, 임세경

제 보 자 : 박갑재, 남, 85세

구연상황 : 제보자의 생애이력과 일제강점기 당시의 생활상에 대해서 한동안 이야기가 이어졌다. 이에 조사자가 초도의 이름난 인물에 대한 이야기를 들려달라고 하니, 제보자가 의성리 황남춘의 공덕비에 관한 이야기를 시작하였다.

줄 거 리 : 초도 의성리에 가면 황남춘 공덕비가 세워져 있다. 황남춘은 과거 초도에서 학교를 설립한 후 문맹퇴치를 위해 앞장선 사람이라고 한다. 그래서 섬사람들이 그 공덕을 기려서 공덕비를 세웠고 제보자는 황남춘이 세운 보통학교의 2회 졸업생이다.

(조사자 : 혹시 이렇게 그러면 초도에서 이름난 어떤 인물에 대한 이야기 있을까요? 이름난 효자라든가, 이름난 열녀라든가.) 초도에 인물로 봐서는 지금 의성리 가믄은 황남춘 씨 공덕비가 있거든요. 객선머리에 가자믄요.

그분이 인자 어떤 분이냐믄은 "문맹퇴치하기 위해서 사람은 배워야 산다. 배우지 못하면은 고생뿐이다. 그래서 아는 것이 지식이니까 실제 배워야 된다." 그래서 이 학교를 그때는 그 당시에는 인자 학교는 없었는데 학교를 설립. 설립자가 황남춘이에요. 황남춘 외에 몇 분 이렇게 있는데. 그래서 그분의 인자 공적비가 거기에 비가 있고.

(조사자 : 그 분은 어떤 초등학교에 그러면 설립자였으까요?) 거게도 인자 그 당시에 뭐이냐, 심상소학교로 우리도 심상소학교 그랬죠. 우리가 2횐디요. 거가 2회 졸업생인데 인자 그렇게 그분이 학교 건립에 대해서 굉장히 큰. (청중 : 큰일 했네요.) (조사자 : 지금 살아계세요? 돌아가셨죠?) 돌아가셨죠. (조사자 : 그럼 살아계셨다면 몇 세 정도 되셨을까요?) 지금까지 살아계신다믄 몇 세나 됐냐고? 한 백 세가 넘었겠제.

강동기 공적비와 박정남 공적비

자료코드 : 06_12_FOT_20100819_LKY_PGJ_0005
조사장소 : 전라남도 여수시 삼산면 초도리 진막마을 박갑재 씨 댁
조사일시 : 2010.8.19
조 사 자 : 이옥희, 임세경
제 보 자 : 박갑재, 남, 85세

구연상황 : 앞서의 초도의 인물 황남춘 이야기에 이어서, 제보자가 계속해서 초도의 인물인 강동기, 박정남 등에 대해 이야기 해주었다.

줄 거 리 : 초도 대동리 객선머리에 가면 강동기 씨 공덕비가 세워져 있다. 강동기 씨는 초도의 발전을 위해 청년사업도 많이 해서 마을사람들의 신망을 얻어 공덕비가 세워지게 된 것이다. 그리고 진막리에도 박정남 씨의 공덕비가 세워져 있는데, 박정남 씨는 박정희 대통령의 새마을 가꾸기 당시에 수력발전소를 진막에 처음 세워서 전깃불을 들어오게 한 인물이다.

대동리 객선머리에 나가자믄 강동기 씨라고 거그도 공덕비가 있거든요. 그 지방 발전을 위해서 청년사업도 많이 하고 상당히 부락에서 그 신망을 많이 얻고. 그래서 그 공이 크다 해가지고 공덕비가 하나 또 있어요. 강동기 씨.

그러고 또 진막에도 한나 공덕비가 있는데 박정남 씨라고. 그분은 인자 박정희 대통령이 한참 새마을 가꾸기를 할 때 남이 안헌 일을 많이 했거든요. 여기에 수력발전을 맨 처음에, 수력발전소가 진막마을에 수력발전소가 있었어. 그래서 전깃불을 봤죠. (조사자 : 그때가 몇 년돕니까?) 그때가 한 40년 전. 한 45년쯤 됐겠네요. (조사자 : 수력발전소로 어떻게 전기를 만든 거에요? 수력발전소라면 어떤 식으로 전기를 만드는.) 그니까 저 뭐이냐. 물레방아 식으로 인자 저수지를 만들어서 그래서 물을 막 통관을 만들어 세게 물이 내려가는 압력으로 인해서 물레방아 식으로 물 압력으로 해서 이렇게 세게 돌아가니까 발전된 거여. 발화. 저기 인자 발화가 돼가지고.

그것이 아주 소규모였기 때문에 부락 전체적인 혜택을 보지 못하고. 그래서 이것이 안 되겠다 그래서 다시 자가발전. 그때 인자 진막에서 가장 먼저 그 발전기 기계를 사다가 전깃불을 봤죠. 맨 처음에 적은 부락이지만 가장 먼저 전깃불을 켜고 살았던 데에요. (조사자 : 그분이 강동기 이분하고.) 아, 아니요. 박정남 씨요. 박정남.

바람지재

자료코드 : 06_12_FOT_20100819_LKY_PGJ_0006
조사장소 : 전라남도 여수시 삼산면 초도리 진막마을 박갑재 씨 댁
조사일시 : 2010.8.19
조 사 자 : 이옥희, 임세경
제 보 자 : 박갑재, 남, 85세
구연상황 : 제보자와 조사자간에 초도의 역대 인물 및 발전 상황에 대해서 잠시 동안 이야기가 이어졌다. 이후 조사자가 화제를 전환하기 위해 초도의 지명 유래에 대해 이것저것 묻던 중, 제보자가 바람지재에 대해서 이야기를 들려주었다. 제보자는 시종일관 방 안에 앉아서 약간의 손동작 외에는 별다른 동작을 취하지 않고 구연을 해주었다.
줄 거 리 : 초도의 대동리에서 의성리로 넘어가는 길목에 재가 있는데 '바람지재'라고 한다. 그 바람지재라는 이름은 바람을 막는다고 해서 붙여진 이름인데, 과거에 바람이 의성리 쪽으로만 불어서 대동리 복이 모두 의성리로 넘어간다 생각하였다. 그래서 두 마을 간 싸움이 나서 그곳에 돌로 성을 쌓아버렸다고 한다. 그런데 그렇게 쌓고 보니 두 마을간 교통이 너무 불편해서 결국 성을 허물어 버렸고 지금은 그곳에 도로가 생겼다.

여기 저 대동에서 의성리 넘어가는 그 재 이름이 바람지재. 바람지재라고는 이름이 있죠. 그 재 이름이 인제 바람. '바람은 막어, 막은다. 바람은 막은다.' 그런 뜻에서 그랬는가. 바람지재라고는 이름이 있죠.

(조사자 : 바람지재라고 부르는데 뭐 바람을 막으니까 그렇게 부르는.) 그래서 한 때는 거기를 그냥 의성리. '대동에서 대동리 복이 말이요 의성으로 다 넘어간다.' 그래서 거기를 막어. 한때 좀 싸기도 하고 일부 싸기도 하고. 그러니까 의성리 그 마을에서는 복을 '오는 복을 막아블믄 안 된다.' (조사자 : 그래서 대동에서 의성으로 바람이 넘어가니까 그 바람을 복이라고. 복이 넘어가는 걸로 생각을 한 거네요.) 그러니까 인자 복이 넘어가니까 인자 그래서 벽을 싼다고 막 인제 그래. 일부 좀 싸다가 말았지.

(조사자 : 그래서 또 의성 쪽에서는 왜 싸냐 해가지고 결국은 그러다가.) (청중 : 또 복은 뭐 안 넘어온다고 또 막어분다고 또.) 인자 이거이 도로를

섬 일주도로를 인자 내는데, 그 옛날 말인데 인자 어쩔 수 없이 막 그 재를 막 팠죠. 파야 인제 이렇게 상당히 경사진데 어느 정도 파야 차가 다닐 수 있기 때문에. 그거 물론 못허게 집어 치우고 인자 파브런 것이죠. (조사자 : 그러면 지금은 그렇게 바람지재라고 부르는 곳이 이미 다 이렇게 도로로 돼버렸네요.) 지금도 다 여그 바람지재라고 거그랑은 다 알고 있어. (조사자 : 부르긴 하는데 그래도 예전보다는 많이 낮아지고 인제 도로로 나버리는. 뭐 지금도 그런 얘기도 하고 그럴까요?) (청중 : 그라제, 항상 그래 불러.) (조사자 : 그 항상 복이 넘어가는 거라고.) (청중 : 아니 그런 말은 인제 치워브렀는디.) (조사자 : 그런 말은 안 하고 그냥 바람지재라고 부르기는 하고.) 응. 그렇제. (조사자 : 뭐 실제 그렇게 복을 막은 그때가 뭐 언제쯤이었을까요?) 상당히 오래 됐어요. 한 60년도 넘었을 거요. (조사자 : 직접 보시지는 않고 예전에 그랬다고 들으신.) 예. 그러죠. (청중 : 우리도 보기는 봤제, 거기 삼리 걸어댕긴 덴게.) (조사자 : 이렇게 보를 좀 막고 그런 것도 직접 보고 그러셨을까요?) (청중 : 싼다고 막 그래 쌌등만.)

용굴

자료코드 : 06_12_FOT_20100819_LKY_PGJ_0007
조사장소 : 전라남도 여수시 삼산면 초도리 진막마을 박갑재 씨 댁
조사일시 : 2010.8.19
조 사 자 : 이옥희, 임세경
제 보 자 : 박갑재, 남, 85세
구연상황 : 앞의 바람지재에 관한 이야기에 이어서, 조사자가 계속해서 초도의 여러 지명에 관해서 질문을 던졌지만 잘 모른다고만 하고 긴 이야기는 해주지 않았다. 이에 다시 조사자가 용이 못된 이무기 이야기가 있냐고 묻자, 제보자의 부인이 옆에서 이런 저런 이야기를 거들었다. 그때 제보자가 생각났다는 듯이 용

굴에 관한 이야기를 시작하였다.

줄 거 리 : 초도의 진막리에서 해안도로를 타고 가다보면 그 앞에 내항도가 있고 그 밖에 외항도가 있다. 내항도를 목섬이라고 하고 외항도를 밖목섬이라고 하는데, 밖목섬에 용굴이 하나 있단다. 밖목섬 산봉우리에 구멍이 하나 뚫려있어 바다가 보이게 되어있다. 옛날에 그 궁멍에 무엇을 빠뜨렸는데 저 멀리 거문도 근처의 삼부도에서 발견되었다고 한다.

저 진막으로 가서는 해안도로 쑥 가자믄 이 앞에는 인자 외항도. 아니, 내항도가 있고 저 밖에 외항도. 인자 내항도를 목섬이라 허고, 외항도를 밖목섬이라고 그란디 밖목섬 거기가 용굴이 한나 있어요. 요 산 봉우리 욱에가 막 이런 구멍이 막 저 아래 물이 보이게끔 푹 뚫어있어. 그거를 용굴이라고 옛날부터 그거이 전설이죠. 그런 것이 틀림없이 있기는 있죠. (조사자 : 외항도에요.) 외항도에가.

(조사자 : 뭐 그러면은 거기서 옛날에 용이 살아서.) 그건 모른다. 거 용굴이란 말만 들었어. 그것은 인제 옛날 거기서 뭣을 빠뜨렸는데. 저 멀리 거문도 못 가서 삼부돈가 어데 거기 가서 발견이 됐다 인자 그런 말은. (청중 : 영만이.) 영만이. 그런 말 들었는가? (청중 : 어. 거가 빠졌는디. 어디 영만인가 어딘가 떴다 그러등만.) 뭣이 빠졌는고. 사람이 빠졌는가? (청중 : 몰라. 뭣이 빠졌는가.) 하도 오래돼서 잊어브렀구만. (청중 : 오래돼브러서.)

(조사자 : 영만이. 영만이가 뭐 섬이름 지명.) 어. 섬이름이 영만, 영만이. 손죽도 밖에 거문도 못 가서. 거문도 못 가서 거문도하고 초도하고 한중간 지점에. (조사자 : 중간 지점에 또 섬이 하나 있는데.) 어. 그 영만이는 인자 이 손죽도 소속.

(조사자 : 뭐 빠뜨린 게 옛날에 거기서 발견된 적이 있다 그런 얘기가 있구요.) 응. 그런 말. (조사자 : 혹시 뭐 용굴에 거북이 뭐 그런 관련 이야기는 없을까요?) 그런 말은 못 듣고. (청중 : 용이라면은 큰 구렁이 대맹이

아니요. 용이.) (조사자 : 밖목섬 남쪽에 있는 섬?) 응. 그러니까 반목섬. 반목섬 그걸 보고 인자 외항도라고 하는데. 외항도.

이승만 바위

자료코드 : 06_12_FOT_20100819_LKY_PGJ_0008
조사장소 : 전라남도 여수시 삼산면 초도리 진막마을 박갑재 씨 댁
조사일시 : 2010.8.19
조 사 자 : 이옥희, 임세경
제 보 자 : 박갑재, 남, 85세
구연상황 : 앞서의 초도 지명유래와 용굴에 대한 이야기를 나누던 중, 제보자가 곧바로 '이승만 바위'라는 이름에 얽힌 이야기를 이어갔다. 이승만 바위라는 이름은 제보자 자신이 직접 지어 붙인 것이라고 한다.
줄 거 리 : 초도 진막리에서 완도에 속하는 섬인 언도 쪽을 보면 자잘한 섬들이 있다. 그런데 거기에 동상같이 생긴 바위가 하나 있는데, 마치 사람 머리와 같이 생겨서 제보자가 이승만 바위라고 이름 붙였다고 한다.

저 그라고 여그 진막에서 저 언도 쪽, 언도라믄 거그는 인자 이 완도에 속하는 섬인데, 저 언도 그 가에가 잘잘한 섬이 있는데 그 뭐이냐. 동상같이 생긴 바위가 있어. 이 머리가 있고 이렇게. (조사자 : 아, 사람 동상같이?) 응. 그렇게 생긴 바위가 있어. 그래서 그것을 이름을 내가 지었구만. 이승만이. 이승만 바위라고. (조사자 : 이승만 바위라구요?) 지금도 모도 이승만 바위라고 이렇게. (조사자 : 어째서 이승만 바위라고 했는지.) 우리나라 제 1대 대통령 아니라고. 그래서 '아 저 동상 보기가 좋다!' 그래서 이승만 바위라고 이름 짓자고 헌거. 그 전에 바위 이름이 없었는데 그래서 이승만 바위라고. 그런데 지금도 인제 모도 이승만 바위라고 다들 불러.

꿩 잡아 부자가 된 머슴

자료코드 : 06_12_FOT_20100819_LKY_PGJ_0009
조사장소 : 전라남도 여수시 삼산면 초도리 진막마을 박갑재 씨 댁
조사일시 : 2010.8.19
조 사 자 : 이옥희, 임세경
제 보 자 : 박갑재, 남, 85세
구연상황 : 앞선 이야기가 끝나고 제보자가 다시 초도의 유명한 인물에 대해서 이야기를 길게 이어갔다. 이에 조사자가 분위기를 바꾸기 위해서 옛날에 들었던 웃긴 이야기를 좀 들려달라고 하자, 제보자가 웃으면서 "꿩 잡는 이야기 좀 할까?" 하면서 이야기를 시작하였다. 옆에서 부인은 빙긋이 미소를 지으면서 남편의 이야기를 경청하였다.
줄 거 리 : 옛날에는 남의 집 머슴살이만 40년을 넘게 한 사람이 있었다고 한다. 그런데 머슴을 살아도 만날 그 모양으로 가난하게 사니, 머슴이 매일 어떻게 하면 부자가 될 수 있을까를 고민하다가 하루는 그 고을에 꿩이 많은 것을 보고 꿩을 잡아다 팔면 부자가 될 것이라고 생각하였다. 그리고는 아주 부드러운 명주그물을 사다가 바닥에 깔고 그 위에 콩을 쫙 뿌려놓으니 꿩 수만 마리가 날아와서 그 콩을 먹더란다. 그래 이 남자가 이제 됐다 하고 그물을 들썩이니 놀란 꿩 수만 마리가 한꺼번에 움직이는데 모두 그물에 걸린지라 그물과 함께 꿩이 공중으로 뜨게 되었단다. 그런데 문제는 이 남자가 그물의 끝을 바닥에 걸어놓지 않고 자신의 몸에 걸어놓은지라 꿩과 그물 그리고 이 남자가 한꺼번에 공중에 뜨게 되어서, 할 수 없이 꿩이 나는 대로 같이 하늘높이 날아가서 멀리 미국 땅에까지 가게 되었단다. 그리고 미국에서 그 꿩을 팔아서 큰 부자가 되었다고 한다.

꿩 잡는 얘기 하까요? (조사자 : 예. 좋아요.) 옛날 옛날 그 다 없이 사는 그런 실정이지마는 남의 집 머슴을 한 40년간 살았는데, 그 오랫동안 머슴 생활 살었지만 산 것이 노상 그 팔자여. 노상 그 팔자. 그래서 그 지방에가 인자 육지거든.

어느 육지지방이었던가 아조 그 들녘에가 막 꿩이 많이 있었던 모양이에요. 꿩이 막 수만 마리 이렇게 꿩떼가 몰려다니고. 그래서 어느 날 인자 생각을 했던 모양이에요. 그 머심이가. '저 꿩을 어떻게 한꺼번에 많이

잡었으믄은 돈이 될거인디.' 하고 연구를 막 몇 달 동안 연구를 했던 모양이여.

그래서 연구한 결과가 이 그물 말이여. 아주 부드러운 그물을 명주 그물. 아주 짐승이 얼씬만 해도 막 걸리는 그런 부드러운 그물을 상당히 많이 준비하고 또 장에 가서 콩을 한 두어 가마니, 꿩이 콩을 잘 먹는다는 말을 듣고 그래서 그 넓은 들녘인데. 넓은 들녘이라 둘레에 어떤 나무도 없어. 아무 완전히 그냥 들녘이라고. 넓은 논에다 인자 막 콩을 막 뿌려놨던 모양이여. 그래 과연 막 꿩이 처음에는 얼마 안 왔는데, 인제 두 번째 뿌릴 때는 막 그냥 막 무진장 떼가 모여 들어서 막 줏어먹고. '아 이제 됐다.' 허고 그물을 쫙 펴놓고 그물을 사방에다 인자 줄을 ○○하게 말이여. 사방 ○○하게 해서 멀리서 말이여. 그 줄이 한 너댓 개 사방에다 하니까 한 너댓 개 돼서 저 먼데서 인자 숨어가지고 보고 있는 거여.

콩은 많이 뿌렸놨는데 꿩떼가 모여 들어서 한참 먹고 있는 그 틈에 말이여. 막 소릴 질르면서 막 그냥 그거를 막 움직였던 모양이여. 그러니까 꿩이 놀래서 그냥 뭐 후탁탁 헌 판에 전부 다 그물에가 모다 걸려가지고 그냥 하늘로 올라가브렀어. (조사자 : 그물이?) 그물이. 그란디. 그물 그 줄 끄터리를 어디 묶을 디가 없으니까 자기 몸뚱이에다 묶어놨던 모양이여. 그래서 사람도 막 차고 그냥 올라가브렀어. 공중으로. 한하고 차고 올라가서 이놈이 막 한정없이 완전 바다로 욱으로 날라간 거여.

그래서 꿩도 인자 이렇게 수 천 천만마리지만. 밑에 막 무거운 것이 달려있으니까. 오래 날다 보니까 힘이 빠지고 그래서 인자 조금 내려왔던 모양이여. 그니까 발이 그냥 물에가 달라니까. 또 막 소리를 지르믄 막 또 막 놀래서 또 올라가고 막. 그런데 결국에는 뭐 산을 넘고 바다를 건너. 그래서 어디까지 갔냐믄 미국 아주 그냥 워싱턴 아주 유명한 그런 도시 거까지 가서 겨우 인자 꿩이 힘이 없으니까 내렸던 모양이여. 아, 그래서 거 모도 그 시민들이 그냥 신기해가지고 말이여. 와서 구경을 하는데 인자 꿩 한 마리 아조 비싸게 막 굉장히 많은 꿩이니까. 그거 팔아서 부자가 됐다는 그런.

코 없는 할아버지와 입 큰 할머니

자료코드 : 06_12_FOT_20100819_LKY_PGJ_0010
조사장소 : 전라남도 여수시 삼산면 초도리 진막마을 박갑재 씨 댁
조사일시 : 2010.8.19
조 사 자 : 이옥희, 임세경
제 보 자 : 박갑재, 남, 85세
구연상황 : 앞서의 웃긴 이야기가 끝나자 조사자와 제보자, 제보자의 부인이 모두 박장대소를 하면서 웃었다. 이에 조사자가 할아버지가 쉬는 동안 할머니에게 이야기 하나 들려달라고 하자, 남편을 가리키면서 "여기가 이야기 박사여!"라고 하며 할아버지에게 다른 이야기를 새로 해달라고 재촉하였다. 이에 제보자가 코 없는 할아버지 이야기를 시작하였다.
줄 거 리 : 옛날에 콧구멍만 있고 코가 없는 할아버지와 입이 아래로 쭉 찢어진 할머니가 육칠십 세가 되도록 같이 살았다. 그런데 서로 얼굴이 보기 안 좋으니까, 하루는 할아버지는 초를 녹여서 코를 만들고 할머니는 병원에서 입을 꼬매서 보기 좋게 얼굴을 고쳤다. 그래 할아버지가 초로 만든 코가 보기 좋아서 담뱃대에 불을 붙여서 담배를 피웠다. 담배를 한 삼십 분 정도 피우니까 연기가 코로 들어가서 열이 받은 초로 만든 코가 그만 녹아 내려버렸다. 그것을 본 할머니가 너무 우스워서 웃다가 할머니의 입도 그만 다시 찢어져버렸다.

옛날에 할아버지가 코가 없어. 구멍만 두 개 뚫어 있지. 이거 이렇게 좀 덩실한 코가 없다고. 그거이 날 때 막 어떻게 됐는가. (조사자 : 콧구멍은 있는데 코가 없는 거네요.) 있는데 코가 없고. 그러고 할머니는 아래가 그냥 입이 이렇게 짝 째져가지고 있어. 그래서 서로가 보기 안 좋거든. 그래서 나이가 인자 상당히 많아졌는데. 한 육칠십 됐든 모양이여. 이거이 세상은 좋은 세상이 돌아오는데 인자 '우리가 평생 먼 재미로 사는가.' 인자 그 할아버지가 연구한 결과 어떻게 좀 코를 인자 초 있잖아. 불 쓰는

초. 고거를 고것을 녹여가지고 어떻게 해서 인자 구멍을 내서 코 이렇게 둥실허게 붙였던 모양이여. 그래가지고 할머니. 인자 자네는 병원에 가서 입을 꼬매라고. 수술해서. 그래서 할아버지는 인자 코 만들어서 인자 거울 보니까 참 참말로 보기가 좋고. 인자 할머니도 입을 꼬매가지고 보니까 상당히 '아, 이제는 참 사람 살만 하다.' 이래서 할아버지는 아주 뽐낸다고.

그 옛날에 담뱃대. 지다란 담뱃대. (조사자 : 곰방대.) 고거를 한 삼십분 정도 막 빨았던 모양이여. 그런게 그것이 열이 오르니까, 그니까 늘 요리 인자 콧구멍은 뚫어 놨으니까 막 연기 푹푹 나오고 말이여. 이렇게 길게 빨아서 근사하게 말이여. 연기도 막 내 뿜은다고. 그래서 할머니가 보고 "아, 좋다."고 말이여. 얼마나 그것을 할아버지는 할머니 자랑 할라고 그냥 계속 막 다 타들어가믄 또 담배를 대통에다 집어 넣어서 또 빨고 또 빨고. 아, 얼마나 오래 빨았든가 그냥 열이 생겨가지고 코가 내려앉아브렀어. 그래서 할머니가 보고 어떻게 우스운지. 내려앉아 브리니까 어떻게 우스워. 그니까 그냥 꼬맨 입이 다 찢어져브렀어. 다시 찢어져브렀어. 그래서 '우리가 평생 이 꼴로밖에 못 살겠다. 이거 어쩔 수 없다.' 그래서 그냥 모든 것을 포기하고 그대로 살았다는.

임(林)씨가 마(馬)씨를 구시동으로 이사 보낸 까닭

자료코드 : 06_12_FOT_20100819_LKY_PGJ_0011
조사장소 : 전라남도 여수시 삼산면 초도리 진막마을 박갑재 씨 댁
조사일시 : 2010.8.19
조 사 자 : 이옥희, 임세경
제 보 자 : 박갑재, 남, 85세
구연상황 : 앞서의 이야기가 끝나자, 조사자가 제보자가 잠시 쉴 수 있도록 재미있는 이야기 한 토막을 들려주었다. 조사자의 이야기가 끝나자마자 "내가 한나 해줄

게.” 하면서 새로운 이야기를 시작하였다. 제보자는 이야기판이 길어지자 힘이 든 듯, 침대에 몸을 비스듬히 기울인 채 이야기를 이어갔다.

줄 거 리 : 옛날에 수풀 림(林)자를 쓰는 임씨네가 사는 부락이 있었다. 그 임씨네가 부락에서는 아주 부자로 잘 살고 있었는데, 어느 해부터인가 임씨네가 자꾸만 망해갔었단다. 그래서 점을 쳐보니 마을에 혹시 마씨가 살고 있지 않냐고 하였단다. 그래서 가만히 보니 마씨가 몇 년 전부터 이사 와서 살고 있다고 하니, 말이 풀을(수풀 림) 다 뜯어먹으니 임씨가 살 수가 없는 것이라고 하였다. 그래서 임씨네가 마씨를 마을에서 쫓아내려고 하였지만 그럴 듯한 구실이 없어서 고민을 하다가 다시 점쟁이한테 물어보니, 마씨는 말이니까 구시동으로 가야 잘 산다고 하였단다. 즉, 말이 음식을 먹는 구시(구유)로 가야 배불리 먹을 수가 있으니 구시동으로 가야 잘 산다고 하라고 했단다.

에 뭐이냐. 임씨네가 임씨네만 모아서 사는 부락이 있는데. 임씨부락 수풀 림(林)자 임씨네. 그런데 아주 부자로 잘 살거든 그 마을이. 그란디 잘 사는 그 가운데 어디 한 사람이 그 마을로 이사를 왔어. 이사를 왔는디. 그 이사 오자마자 그냥 점점 그 임씨네 그 마을이 점점 그냥 망해져가네. (조사자 : 왜 그랬을까요?) 아, 그래서 이 1년, 2년, 몇 년 지날수록 그냥 점점 망해지는 거여. 그래서 그것이 웬일인고 하고 인자 어떻게 뭐 무슨 점도 해보고 별놈의 짓을 다 해봤던 모양이여.

그래서 그니까 이 마을에 말이여. 혹시 마가란 사람이 혹시 와서 사냐고. 마가. 말 마(馬)자. (조사자 : 말 마(馬)자가.) 그래. 이 최근에 이사 온 사램이. 그 사람이 성씨가 마가였던 모양이여. 그 한 사람 최근에 이사 와서 그 사람 때문에 이 부락은 못 산다고 말이여.

“아니, 왜 그라냐?” 그러니까.

“아니, 생각을 해 보란 말이여. 아니, 말이 그 수풀을 다 뜯어묵으니 어뚷게 잘 살 수 있냐고.”

아, 그래서 그 부락에서 그 마씨를 마가 그 가족을 어디로 내 보낼란디 그게 안 됐거든. 아주 성근허게 말이여. 부지런히 잘 와서 잘 살고 있는데. 인제 쫓긴단건 우리가 뭐 안 되니까 그냥 괜히 이 사람 핑계를 대고.

못 되믄 조상 탓이라고. 아 이래 이거 어뜧게 해서 쫓겨보내까 하고 또 물었던 모양이여. 물으니까 "그럼 마가는 어디로 가야 잘 살 것인가?" 마가는 말이니까 구시동으로 가야 잘 산다고. 짐승이 먹는 구시. 구유. 거그 가야 막 잘 주믄 막 배불리 묵으니까 구시동으로 가야 잘 산다고. (조사자 : 진짜 말 되네요.)

일본말을 몰라 일본인과 싸운 할아버지와 할머니

자료코드 : 06_12_FOT_20100819_LKY_PGJ_0012

조사장소 : 전라남도 여수시 삼산면 초도리 진막마을 박갑재 씨 댁

조사일시 : 2010.8.19

조 사 자 : 이옥희, 임세경

제 보 자 : 박갑재, 남, 85세

구연상황 : 앞선 이야기가 끝나자, 옆에 있던 할머니가 옛날에는 남편의 이야기를 들으러 동네 청년들이 집으로 많이 왔었다고 자랑을 하였다. 이에 제보자가 자신이 옛날에는 마을 훈장으로서 상도 많이 받았다고 하자, 다시 할머니가 제보자인 남편에 대한 자랑을 하였다. 한참을 제보자 부부의 인생관과 가치관에 대해서 이야기를 듣다가, 조사자가 다시 옛날이야기 하나만 들려달라고 부탁하자 제보자가 일제강점기 때의 이야기를 들려주었다.

줄 거 리 : 일제강점기 때 한 할아버지와 할머니가 아들을 따라서 일본에 가서 살게 되었다고 한다. 일본에 가서 산 지 한 달 정도밖에 되지 않은 할아버지 내외는 아는 일본말이 하나도 없었는데 딱 두 마디만 알고 있었다. 하나는 초등학교 운동회에서 '흰 편아 이겨라, 붉은 편아 이겨'와 같은 뜻의 '아까가시요니, 스로가시요니'라는 말이었고, 다른 하나는 놀러갔다가 배운 '에쿠소쿠노 바가따리'라는 일본 말이었는데, 그 뜻은 '에라 이 똥같은 놈', '이 멍텅구리'와 같은 욕이었다. 그런데 어느 날 일본인이 집에 세금을 받으러 왔는데 일본말로 뭐라고 하니까 전혀 알아듣지를 못하는 할아버지가 욕인 줄도 모르고 그냥 자기가 아는 일본 말인 "에쿠소쿠노 바가따리"라고 그 일본인에게 하자, 그 일본인이 화가 나서 욕을 하고 할아버지와 싸우게 되었다. 그때 옆에 있던 할머니가 "아까가시요니, 스로가시요니"라고 해서 그때 싸움을 구경하러 온 한

국사람들이 모두 웃었다고 한다. 일본말을 몰라서 싸우게 된 우스운 이야기라고 한다.

아주 옛날 우리나라 인자 36년 동안 그 일본 속국이 돼서 우리나라가 그 압박을 받고 그 살아나왔잖아. 그 여러분들은 그거를 경험을 못했지만은 나는 인자 그 직접 당했던 일이니까. 인자 알고 있기 때문에 그 당시 왜정시대 때, 일본 그 강점시대 때 말이여. 그때도 인자 우리나라 사람들이 일본에 더리 가서 많이 살았던 모양이여. 그래서 인자 옛날에 할아버지, 할머니가 즈그 자식들 덕분에 에 일본에 가서 가게 돼서 살게 됐던 모양이여. 그래서 인자 산지가 한 몇 달, 한 달이나 됐는가, 두 달이나 됐는가 그란디. 거 일본 그니까 그 어떤 동사무소에서 왜 직원들이 나왔던가는 몰라도 그 할아버지 집에 와가지고 무슨 수도세라든가 무슨 뭐 세금을 받으러 왔던 모양이여.

그러기 전에 할아버지하고 할머니하고 지금 막 초등학교 운동회가 있었던 모양이여 학교에. 그래 인자 서로 인자 운동회 한데 구경하러 간다고 갔었는데. 하튼 뭐 재미나게 보고 왔든 모양이여. 그 막 뭐이냐. 우리말로서는 '흰 편아 이겨라. 붉은 편아 이겨라.' 하고 막 응원 하는 것이 아주 굉장히 보기 좋았던 모양이여. 그란디 그 일본말로 인자 '아까가 시요니, 스로가 시요니. 흰 편아 이겨라, 붉은 편아 이겨라.' '붉은 편아 이겨라'는 '아까가 시요니', '흰 편아 이겨라'는 '스로가 시요니' 허고 막 이거 막 응원하고 막 그거이 굉장히 보기 좋았던 모양이여.

일본말을 배운 것이 '아까가 시요니, 스로가 시요니' 그거 인자 배워갖고 왔거든. 그래 인자 그것만 일본에 가서 배왔던 것이 그거 뿐이여. 배왔는데 아이 그 어디 직원이 와서 뭐이라고 일본말로 하기 때문에 뭐 일본말 알 수가 있어야지. 그래서 (조사자 : 아까가 시요니.) 인자 그래갖고 또 인자. (조사자 : 수도세를 받으러 왔는데.)

아, 또 빼먹었구만. 또 하나 또 일본말 배운 것이 뭐이냐믄 어느 밤에 뭐 막 싸움을 하고 있었던 모양이여. 거그 또 구경 갔었던가 '에쿠소쿠노 바가따리' 하고 막. '에쿠소쿠노 빠가.' 이 말은 '에라 이 똥 같은 놈', '이 멍텅구리' 이 바가하고 에쿠소라는 말은 똥을 말하거든. '바가' 그믄 '멍충이'라 그래. '에쿠소쿠노 바가따리' 멍텅구리야 막. 인자 이 말을 배운 단 것이 '아까가 시요니, 스로가 시요니', '에쿠소쿠노 바가따리' 하고 인자 고것만 알고 있거든.

그래 인자 그거이 직원이 와서 뭐라 하니까. 당장 말하는 것이 인제 일본말 한다고, 뭔 말인지도 모르고. 인제 "에쿠소쿠노 바가따리" 그니까 일본놈이 화가 나거든. 아니 몇 번 일본말로 뭐라 그래봐야 알아들을 수가 있어야지. 그래 자꾸 막 "에쿠소쿠노 바가따리" 그니까 막 서로 막 싸움이 벌어져. 할아버지하고 그 직원하고. 그러니까 그 할머니는 막 [박수를 치며] "아까가 시요니, 스로가 시요니" 흰 편아 이겨라. 붉은 편아 이겨라. 일본말로 "아까가 시요니, 스로가 시요니" 막 그니까. 거그서 그 영감님은 "에쿠소쿠노 바가따리" 허고 막. 그래서 그 일본 사람이 "아리유쓰루뜨루까유" 어찌그여 암만 그 호통을 하고 막 그냥 그래서. 그 이웃집 그 마을 사람들 막 그냥 모도 와서 구경을 허고 말이여. 그래서 인자 거기 이웃집에도 그 한국사람이 우리나라 사람들이 살았든가. 쌈 말리면서 이제 온 첨으로 일본 들어와서 일본말 모르기 때문에 뭐이 욕인지 뭐인지 모르고 그냥 말 한단 것이 이렇게 되니까. 다 이해하시라고 인자. 그런 웃긴. (청중 : 그 얘기를 하면 너무너무 우스와가지고.) (조사자 : 진짜 웃기다. 진짜 웃기면서도 진짜 어떻게 보면 진짜 속이 시원한 것 같기도 한데요.)

삼호팔경

자료코드 : 06_12_FOT_20110125_LKY_LGS_0001
조사장소 : 전라남도 여수시 삼산면 서도리 장촌마을 거문도뱃노래전수관
조사일시 : 2011.1.25
조 사 자 : 이경엽, 한미옥, 송기태, 임세경
제 보 자 : 이귀순, 남, 75세
구연상황 : 거문도 뱃노래와 액막이 소리까지를 모두 들은 후, 이귀순 보존회장과 잠시 이야기를 들었다. 이귀순 회장이 말씀하기를 좋아하여 조사에 적극적으로 임해주었으며, 조사자가 서도의 전설에 대해서 묻자 거문도 팔경 전설에 대해서 이야기 해주었다. 이귀순 회장은 구연하는 중간 중간에 동작을 크게 해서 청중들의 흥미를 이끌었다.
줄 거 리 : 거문도의 역사적 인물 중에 두 명의 큰 유학자가 있다. 한 명은 장촌마을의 만해 선생이고 다른 한 명은 동도의 귤은 선생이다. 그 중에서 귤은 선생이 거문도의 아름다움을 노래한 '삼호팔경' 시를 지었다. 거문도의 여덟 가지 아름다움을 노래한 것으로 팔경 중에 세 가지가 장촌마을에 있다. 용연낙조(龍巒落照), 녹문노도(鹿門怒潮), 이곡명사(梨谷明沙) 등 세 가지다. 용연낙조는 깊이가 얼마나 깊은 지 깊이를 알 수 없을 정도인데, 이곳에서 줄을 넣으면 제주도 용두암에서 나온다고 한다. 녹문노도(녹문조조)는 거문도 서도의 녹산 끝 파도를 일컫는 것이다. 이곡명사는 이곡마을에 자연산 돌배가 많이 나고 모래사장이 아름답다는 뜻이다. 이외에 귤정추월(유정추월), 죽림야우, 성릉귀운, 백도기범, 홍국어화를 합해 삼호팔경을 지었다고 한다.

유일하게 우리 선친들, 거유의 두 분이 계셨어요. 유림. 우리 그 유학의 학자의. 그래 우리 마을에 유일한 그 만해 선생님이 계셨고 지금 동도에 기륭 선생님이 계셨는데. 기륭 선생님 보다는 만해 선생이 아홉 살 선배였었어요.

그때 당시 여기에 인제 그 김기옥 씨라는 고흥 현감의 손자. 홍양 현감의 손자가 여기를 와가지고 여기에 정착을 하면서 여그다 서당을 만들었어요. 서당을. 서당을 만들어서 거기에 인자 동몽교관이라는 국가에서 주는 지금 같드라믄은 초등학교 선생이죠. 그러나 그때 당시는 동몽교관이

큰 벼슬이었었어요. 그 지역에.

그래서 동몽교관을 하고 계셨을 때 기릉 선생은 아홉 살 후이니까 여기 와서 이 서당을 다니셨죠. 그래가지고 인자 그 뜻이 커가지고 장성의 그 저 장성 일목이 뭐 장안 만목을 거했다는 기정진 선생의 그 문하생이 됐죠. 그래가지고 거문도 문화가 이렇게 커졌죠.

(조사자 : 아까 용현에 얽힌 전설.) 예. 그래서 인제 그 분들이 삼호팔경(19세기 거문도 출신 문장가 김류가 거문도의 아름다움을 노래한 시.) 이라는 팔경을 만들었어요. 이거이 다 중국문화에서 오는 거이죠. 팔경이나 뭐 이런 게. 그런데 삼호팔경을 만들었어요. 그때 당시 거기에 용연낙조라는 말이 인제 우리 마을에 세 가지. 우리 장촌에 그 팔경 중에 세 가지가 있습니다.

용연낙조(龍巒落照). 연락선을 타고 들어오면서 그 등대하고 여그 봤죠. 거기가 등대 밑에 거그가 바로 에 농문노돕니다. 농문노도(鹿門怒潮). 그 다음 에 이쪽에 가믄 이곡명사(梨谷明沙). 이 이곡명사가 우리 마을 저 끝에 가는데 이곡명사. 우리 마을에 가지고 있는. 그때 당시 우리 선친들이 만들었던 팔경 중에 세 가지가 있죠.

그런데 용연낙조라는 저 전설은 어디까지나 전설이에요. 유일하게 이 섬에서 그야말로 바다에서 조금 올라오는 바위에 소위 담수가 저수지처럼 이렇게 바위를 만들어서 만들어 있는 이 연못은 이 섬에서는 있을 수가 없거든요. 그런데 유일하게 우리 마을에. 그 용연 거그에는 저거이 있어요. 그런데 그 깊이를 아무리 긴 막대기나 줄을 가지고 해도 한 없이 들어간다. 한 없이 들어가요. 그래서 거기다가 큰 돌을 채가지고 줄을 넣어요. 넣는데 줄이 한 없이 들어가. 그 줄이 끊어져브렀어. 줄이 끊어져브렀는데 제주도를 가서 제주 용암 알죠. 용두암. (청중 : 요리 들어가갖고 제주도 제주도까지 가브렀어.) 용두암에 가니까 우리 용연에서 빠져브렀던 돌이 용두암 용이 물고 있어. (조사자 : 그만큼 깊고 제주도까지 연결이 되네요.) 그렇죠. 그래서 한이 없는 거여. 옛날에 명주 한 타래라 그러믄 그 끝이. 고추 한나에서 천 메타가 나오죠. 그런데 그것을 모은 것이 명주 타래거든. 명주 타래를 한나를 다 여도 안 다. 그런데 더 넣을 명주가 실이 없어. 타래가 없어. 그래서 끊어졌어. 끊어졌는데 그 묶어뒀던 돌이 제주도 용두암을 가니까 용이 물고 있어. (청중 : [칠판에 그린 그림을 설명하며] 자, 그걸 종합해보믄은 여그 용이 지금 들어가서 바다 속으로 뚫어져서 백록담 타고 나와갖고 용두암이 됐다 그 말이여. 그런게 이 용. 이 백록담 용두암허고 용연. 서도리 용연하고 만난대요. 일 년에 한 번씩.) 그런 전설이 있어요. (청중 : 그런 전설이 있는 곳이다.) 그런데 그거는 참말인지 만들은 말인지는 모릅니다마는 아무튼 우리 선친들이나 우리는 그걸 믿고 있어요. (조사자 : 옛날부터 그렇게 내려왔고.) 그렇죠. 예.

(조사자 : 이곡명사는 아까.) 이곡명사(梨谷明沙)는 지금 이 마을 여기 그 뭔데. 이곡이라는 배. (청중 : 전설은 아니여. 전설은 아니고.) 배 이(梨)자. (청중 : 아름다움을 시로 이렇게.) 배 이(梨). 먹는 배 있죠. 이로울 이(利)자에다 나무 목(木)자. 그라고 고을 곡(谷)자. 그런데 처음에 거문도를 개발한 분이 보니까 거그가 똘배가 많아. 똘배. 그 자연산 그 저 똘배가 많아. 그래서 저그를 이곡이라 그랬어요. 그 앞에 펼쳐진 모래사장. 그래서 대한민국에서 제일 먼저 비행기가. 비행기가 내린 곳이 이곡명삽니다. (조사자 : 대한민국에 제일 처음에 비행기가.) 대한민국에서 제일 먼저 모래밭에 비행기가 상륙을 했어요. 그리고 영국 해군들이 왔을 때에는 인자 우리는 그거를 격구라 그랬는데 지금 같으믄 골프죠 골프. 그것도 이 명사에서 했고. 그러고 인제 뭐 당구나 정구는 인자 거문. 저그서 했고.

(조사자 : 삼호팔경에서 지금 용연낙조, 이곡명사.) 삼호팔경을 순서대로 얘기를 하자면요.

용연낙조(龍巒落照). 우리 서도 인자 장촌걸 먼저 아까 용연낙조 있죠. 그 다음에 이곡명사(梨谷明沙). 그 다음 에 녹문노도(鹿門怒潮). 노도. 파도

도자. 녹문노도. 그 다음 에 저 앞에 마을에 가믄 귤정추월(橘亭秋月)이라고도 하고 유정추월이라고도 합니다. 유촌이라는 마을이거든요. 근게 유정추월. 그 다음 그 옆에 마을에 죽림야우(竹林夜雨). 비 우(雨)자요. 그 다음 인제 이렇게 건너가믄 덕촌 쪽에 가서 석름기운(石凜歸雲). 일어날 기자, 구름 운자. 석름기운. 그 다음에 백도기범(白島歸帆). 그 다음 홍국어화(紅國漁化). 홍국. 나라 국(國)잡니다. 붉을 홍(紅)자. 나라 국(國)자. 어화. 고기 어(漁)자. 불 화(火)자. 그러믄 여덟 개 됩니까. 그래서 삼호팔경이고. 지금은 이름이 거문도로 바뀌었으니까 거문팔경.

(조사자 : 원래는 삼도라고 했구요.) 인제 거문도란 이름은 1887년에 생겼어요. 그 이전에는 삼도에요 여기가. 그러고 이 만을 삼호라 그랬어요. 물 호(湖)자. 호수같다 그래서 삼호. 삼호라 그랬어요. 그래서 이 팔경이 생긴 것은 삼호 때 생겼습니다. 그래서 삼호팔경. 그 다음 이름이 바뀌니까 거문팔경.

거문도 명칭 유래

자료코드 : 06_12_FOT_20110125_LKY_LGS_0002
조사장소 : 전라남도 여수시 삼산면 서도리 장촌마을 거문도뱃노래전수관
조사일시 : 2011.1.25
조 사 자 : 이경엽, 한미옥, 송기태, 임세경
제 보 자 : 이귀순, 남, 75세
구연상황 : 거문팔경에 이어서 거문도와 정여창과의 관련담을 이야기해주었다. 이야기를 쉬지 않고 곧바로 이어가서 마치 하나의 이야기로 얽혀진 듯한 인상을 주었다.
줄 거 리 : 1885년에 영국해군이 거문도를 무단 점거했을 때 청나라 정여창 제독이 거문도로 와서 영국군들이 어떤 행패를 부렸는지 조사하였다. 정여창 제독이 거문도 장촌 마을의 촌장과 필담을 했는데, 묻는 말에 대답도 훌륭하고 달필이며 명필이었다. 그래서 정여창이 한양으로 돌아가서 고종에게 상신을 하여 섬의

이름을 '클 거(巨)자, 글 문(文)자, 섬 도(島)자'를 쓴 거문도(巨文島)로 정하였다고 한다.

거문팔경은 1885년 영국 애들이 여기 무단 점거를 하고 철거를 하면서 정여창 제독이, 중국에 정여창. 청나라에 정여창 제독이 와가지고 우리 마을에서 필담을 했어요. 중국이 종주국 아닙니까. 그런데 우리 촌장하고 필담을 했어요. 그러믄 영국 사람들이 여그 와서 어떤 행패를 했냐하고 사전 조사를 하러 온 거여 정여창이.

이홍장이 그때는 이제 그 뭡니까, 해군 그 외무부 장관. 청나라에. 그래서 이홍장이 정여창이 보고 "당신이 가가지고 그걸 확실한걸 알아야 될 거 아니냐." 그래서 인자 보냈어요. 그래서 정여창이 여기를 와가지고 히어링이 안 되니까 필담을 하는 거이죠. 필담을. 한자로.

그런데 그때 당시 청나라의 입장에서는 우리 조선도 우습게 여길 때야. 속국 아닙니까. 그런데 거기서도 제일 떨어진 파리똥만한 이 섬에 '과연 내 글을 알것냐?'는 정도겠죠. 그래서 우리 마을에 와가지고. 그때 당시는 여그가 면소재지에요. 그래서 기라성 같은 우리 저 그 선배들이 이렇게 계시고 우리 이장하고 필담을 하게 됐죠.

필담을 딱 하게 됐는데 우선 본론에 들어가기 전에 정여창이 '귀하하세야(貴下何歲也)' 하고 물었어. 귀하하세야. '당신은 지금 몇 살 입니까?'라고 그때는 인생 칠십이 고래희 때야. 그러니까 사십이믄 벌써 노인이야. 그래서 우리 촌장이 딱 보니까 '너 몇 살이냐?'는 말이거든. 그래서 '아세사십야(我歲四十也)'라고 썼으면 거문도란 이름이 안 생겨. 그런데 '아세초초사십야(我歲怊怊四十也)라' 하고 썼어. 슬플 초(怊)자. '슬프고 슬프게도 내가 벌써 사십이 돼 있습니다.'라고 그랬어.

그런데 정여창의 필체보다는 우리 촌장의 필체가 더 달필이야. 거기서 정여창이가 깜짝 놀랐어. 우리 조선도 무시를 하고 왔는데 이 적은 섬에 일개 마을의 촌장이 자기 글보다 달필이고 명필이여. 그런데다가 묻는 말에 문학적인 뉘앙스. 이거 나가 뭐 뉘앙스는 잘 모른 말인디. 더러 그라드라고. 거 함축돼 있는 그 뜻이. 이거는 자기로서는 상상도 못하는 거여. 그래서 클 거(巨)자, 글 문(文)자, 섬 도(島)를. 거문도란 이름은 정여창이가 고종에게 상신을 해가지고 거문도란 이름이 생겼지 우리가 만든 이름이 아니에요.

거문도에서 만든 어유(魚油)

자료코드 : 06_12_FOT_20110125_LKY_LGS_0003
조사장소 : 전라남도 여수시 삼산면 서도리 장촌마을 거문도뱃노래전수관
조사일시 : 2011.1.25
조 사 자 : 이경엽, 한미옥, 송기태, 임세경
제 보 자 : 이귀순, 남, 75세
구연상황 : 앞서 정여창 제독과 거문도 촌장의 필담을 통해서 거문도라는 이름이 유래했다는 이야기에 이어서, 거문도 어유(魚油) 이야기를 이어갔다.
줄 거 리 : 거문도에서 내세울만한 것으로 어유(魚油)가 있다고 한다. 어유는 석유에 의한 조명이 나오기 전에 기름으로 불을 켰을 때 사용했던 것으로, 저 멀리 강경까지 싣고 가서 사용했다고 한다. 당시는 들기름이나 참기름으로 불을 켜서 사용하던 시절이었는데, 그것은 무제한으로 싣고 다니면서 쓸 수 있는 것이 아니었다. 그래서 독(항아리)에 어유를 싣고 다니면서 팔면 선주들이 값을 달라는 대로 해서 사갔고, 덕분에 거문도 사람들이 상당한 부를 축적할 수 있었다고 한다. 그러한 부를 기반으로 거문도 사람들이 일본이나 서울로 유학을 많이 갔는데, 유학생 대부분이 좌익과 관련되어 힘든 시절을 겪게 되었다고 한다.

인제 저희부락에 또 우리 총무가 얘기하는데 또 하나 내세울 것은요. 뭐냐 그라믄. 우리가 그 신문화가 들어오기 전에 어떤 기름. 화학적인 석유라든지 이런 것이 들어오기 전에는 조명이라는 것이 순 곡식에서 나오

는 농산물에서 나오는 그 기름을 가지고 우리가 조명을 해결을 했어요. 물론 맛도 거 했지만은. 거기에다 들기름이라든지 참기름이라든지. 한지로 이렇게 심지를 만들어서 거그다 이렇게 담가놓고 불을 켜서. 초라는 것도 인제 이 양이나 염소가 우리나라에 들어오기 전에는, 초라는 양초라는, 그래서 양초라 그러잖아요. 그전에는 이거이 오직 이 농산물에서 나오는 기름을 가지고 우리가 조명을 했거든요.

그런데 우리 거문도가 울릉도를 개척했던 게 뭐냐. 어유. 생선에서 기름을 가지고 조명을 해결했던 이게 우리나라에 큰 부가가치. 요걸 창출했던 거이죠. 울릉도 가믄 물개, 물사자. 이게 지천으로 널리고 사람을 봐도 안 놀랬어. 그래 그놈을 잡아서 고는 거야. 그라믄 거그서 기름이 나와. 기름이 나믄 그때는 뭔 드럼통이 없으니까 독을 싣고 다녔어. 독에다 이러게 싣고 어딜 가냐. 마포, 강경, 영산강. (조사자 : 전국을 갔네요?) 그렇죠. 진남포까지 갔어요.

가가지고 거그는 농산지대 아니에요? 그러니까 이 사람들은 쌀은 많은데. 이거는 지금은 그 상식으로 생각하믄 이해가 안 돼. 그 어유가, 그 기름이 조명을 해결할 수 있는 기름은 자기들은 해봐야 참기름 아니믄 들기름으로 조끔 거 한디. 참기름, 들기름도 무제한으로 있는거 아니잖아요. 그러니까 쌀은 많고 농사는 많지만은 양반들이랄지, 이 양반들이 그래도 뭐 한량이라도 이렇게 거 할라믄 조명이 있어야 된단 말이여. 또 낮에 하는 공연하고 밤에 하는 공연이 달라. 그러잖아요? 기생을 다리고 놀드라도 밤에 다리고 놀아야 이거이 홍취가 나는 거이지. 대낮에 이거 안 맞는 거야. 그래서 조명이라는 게 그러게 중요해.

그런데 이걸 무제한으로 독으로 싣고 가서 마포, 강경. 그 농산지에 가니까. 우리 선친들이 싣고 간 어유, 그 선주가 원하는 대로 줘브러. 이거 한 됫박이믄 쌀 한 말, 한 섬. 오케이. 즈그 쌀 한 섬은 문제가 아니여. 이거 한 됫박은 얼마를 쓸 거여. 일 년을 쓸라믄 쓰고.

이래서 우리 거문도에 치부가 됐고. 그래서 일제 말엽에 그야말로 그 외지에 유학이 여수시의 유학생 사각모자보다도 우리 마을에 사각모자가 더 많았어. 뭐 조도전 와세다 같은 거는 아조 못난 사람들이 다녔고. 동경제대, 일본제대, 경도제대 출신들이 더 많았어요. 그분들이 아이러니하게도 슬프게도 전부 빨갱이들이여. 그때 문화가 어떤 그 사상적인 뭐에서 그런 문화를 받아들였을란지는 모르지마는 그래서 지금 우리 마을이 완전히, 그 기라성 같은 선배들이 그 공산주의에, 막스의 공산주의에, 스탈린 공산주의가 아닙니다. 막스의 공산주의에. 또 그때 마침 우리나라가 일본에 36년간 얽매여 있다가 그거 아니면 일본을 갈 수가 없는. 중국이나 소련을 업지 않으면 독립운동도 못 했잖아요. 그러한 어떤 배경들 때문에 그분들이 전부 애국심에서 그거를 믿었었는데 이승만 정권이 딱 오면서 미국 경찰이 딱 들어오면서 이거는 데모크라시가 딱 들어와서 코메, 코모니즘을 간 거이죠. 정말 나는 지금도 그걸 생각을 해요. 나는 많이는 모릅니다마는 코모니즘이 레닌이 주장했던 그거는 정말 우리에게 그때 당시 입장으로 봐서는 정말 처음 이상주의. (청중 : 회장님 쪼금 줄여주십시오.) 오케이. 응 그랬던 것 아니냐. 그래서 우리 마을의 그 어떤 그 뭐를 결과적으로는 슬프게 끝납니다마는.

영국군이 주고 간 선물

자료코드 : 06_12_FOT_20110125_LKY_LGS_0004
조사장소 : 전라남도 여수시 삼산면 서도리 장촌마을 거문도뱃노래전수관
조사일시 : 2011.1.25
조 사 자 : 이경엽, 한미옥, 송기태, 임세경
제 보 자 : 이귀순, 남, 75세
구연상황 : 어유 덕분에 부자가 된 거문도 이야기가 끝나자, 조사자가 과거 영국 배가 거문도에 들어와서 행패를 부렸다는 이야기는 없는지 물었다. 그러자 제보자가

그런 이야기는 많이 있다면서 곧바로 이야기를 들려주었다.

줄 거 리 : 제보자의 증조부가 포켓 바이블을 가지고 있었는데, 그것은 당시 거문도에 주둔했던 영국군 함장이 준 것이라고 한다. 또한, 제보자의 고모할머니가 매우 예뻤는지, 당시 영국군이 풍금 하나를 주기도 했다고 한다.

근데 하나 또 얘기할 것은 저가 유일하게 가지고 있는 게, 그때 그 함장이 저희 증조부님에게 주는 선물이 포켓트북 바이블을 제가 지금 가지고 있어요. 포켓북. 인자 배기 때문에 이 스페이스가 좁거든요. 그러기 때문에 모든 걸 간소화 하거든. 그래서 바이블 하나를 그때 그 함장이 우리 조부한테 줬던 그것을 나가 지금 소장을 하고 있어요. 이거는 우리 거문도에서 다 모릅니다. 우리 총무는 알아요.

그리고 또 하나는 그때 당시 저희 조모, 고모뻘 되는 분이 예뻤던가봐요. 그래서 저희 그 할아버지 댁에 오셔가지고 그 풍금 하나를. 풍금 하나를 주고 가신 그런 그 흔적들이 있어요.

거문도를 지킨 신직개

자료코드 : 06_12_FOT_20110125_LKY_LGS_0005

조사장소 : 전라남도 여수시 삼산면 서도리 장촌마을 거문도뱃노래전수관

조사일시 : 2011.1.25

조 사 자 : 이경엽, 한미옥, 송기태, 임세경

제 보 자 : 이귀순, 남, 75세

구연상황 : 어유(魚油) 이야기를 하다가 다른 데로 흘렀다고 하면서, 거문도의 전통과 내세울만한 자랑거리에 대해 스스로 이야기를 이어갔다.

줄 거 리 : 영국군이 거문도에 주둔할 당시 이곳에는 바다표범이 매우 많았다고 한다. 바다표범이 거문도 사람들에게 증조를 남겼는데, 날씨가 궂거나 태풍이 불려고 하면 특별한 행위를 했다고 하며, 그것이 바로 거문도 사람들에게 남긴 증조라고 한다. 그래서 바다표범을 '신이 보내서 고장을 지켜주는 개'라는 뜻의 '신직개'라고 불렀다고 한다.

그때만 하더라 여기에 바다표범 물개들이 많았어요. 그런데 바다표범들이 우리 그 도서민들에게 아주 좋은 그 증조를 남겼어요. 날씨가 궂을라믄 어떤 행위를 했고, 큰 바람이 올라면. 그때는 뭐 기상관측이라는 거이 없었으니까. 큰 태풍이 올라믄 어떤 행위를 했던 걸 긴 세월 우리 선친들은 그걸 보고 알았어요. 그래서 그걸 보고 신직개라 그랬어. 신직개. 그래서 신직개 공원을 지금 만들었어요.

(조사자 : 신직개라는 뜻일 뭘까요, 어르신.) 신직개라는 것은 그게 뭐이냐믄. 물개가 됐든지 물사잔데, 우리 지역을 지키는 개는 갠데 직, 지킨다는 직. 그런게 신이 '우리를 지켜주는 개다.' 신이 보내서 우리 고장을 지켜주는 개라는 뜻에서 신직개. 그래서 이 공원을 했는데.

공원을 만들면서 공원을 만드는 과정에서 그거이 저 프린트가 잘 못 들어가지고 지금도 가서 프린트를 보믄은 알지만 신직께라고 이게 지금 만들어져브렀어. 그래가지고 그것도 발안을 저가 했습니다마는. 처음부터 이 공원 자체도 그걸 했습니다마는 인제 나이를 먹다보니깐 매일 내가 이 간섭도 못 하고, 돈들은 나라에서 주는 돈인디 내가 뭐 이래라 저래라 할 수도 없고 그래서 그런 아쉬운 점은 있습니다.

고도리 영감

자료코드 : 06_12_FOT_20110125_LKY_LGS_0006
조사장소 : 전라남도 여수시 삼산면 서도리 장촌마을 거문도뱃노래전수관
조사일시 : 2011.1.25
조 사 자 : 이경엽, 한미옥, 송기태, 임세경
제 보 자 : 이귀순, 남, 75세
구연상황 : 거문도를 지켜주는 바다표범 '신직개' 이야기에 이어서, 조사자가 거문도에 전해오는 '고도리 영감' 이야기가 어떤 것이냐고 묻자, 제보자가 곧바로 이야기를 들려주었다.

줄 거 리 : 고도리 영감제는 거문도 전체의 풍어제에 관련된 이야기다. 과거부터 거문도에는 물에 뜨는 돌인 '썩돌(거품이 응고되어서 만들어진 돌)'이 있었다고 한다. 그런데 어느 해인가 한 영감이 그 썩돌을 모셔놓고 '어장 나게 해달라(풍어가 들게 해달라)'고 빌었는데, 그 영향인지 그 해부터 고등어가 풍년이 들게 되었다고 한다. 그래서 그 때부터 그 영감을 '고도리 영감'이라고 불렀고, 지금까지 내장도(안노루섬)에 고도리 영감 돌을 모셔놓고 제를 지내고 있다.

고도리 영감은 우리 도민 전체의. 아까까지의 얘기는 우리 마을의 얘기고. 고도리 영감제는 우리 거문도 전체의 풍어제. 풍어제의 얘깁니다. 고도리 영감이 그 양반이 우리 거문도의 풍어가 왔어요. 왔을 때 그 고도리 영감이 유일하게 마을.

거품이 응고돼가지고 헌걸 여기서는 썩돌이라 그랍니다. 부상하는 돌. 물에 뜨는 돌. 그거이 있어요. 그거이 거품이 응고 돼가지고. 티끌이 모여가지고 물에 뜬 돌이 있습니다. 그게 물려가지고 그걸 주워다가 '왜 돌이 물에 뜨까? 이건 신의 조화가 아니면 안 되겠다.' 그래가지고 그 돌을 갖다가 모셔놓고 막 빌었어요. 어장 나게 해달라고. 그랬더니 그 해부터 고등어가 나고 막 풍어. 그래서 그 영감이 고두리 영감이여.

그래서 지금 인자 내일 우리 총무하고 저기를 가시면 알겠지만은 그 내장도라는 섬이 있을 거요. 안노루섬. 노루 장(獐) 아닙니까? 노루 장. 그런게 내장도. 그거이 우리 순수한 우리 말로는 안 저 노루섬. 안노루섬. 거기에 가믄 지금도 그 고도리 영감의 그 돌하고를 모셔놓고 있습니다.

(조사자 : 그러면 그 돌을 주으셨던 분이 고두리 영감입니까?) 그 영감이 고두리가 나니까 인자 고두리 영감이 된 거야. 그분의 그 썩돌을 갖다가 이렇게 정성을 들였던 돌로서 고등어가 그렇게 나니까 그 영감의 별명이 고두리 영감이 된 거여. (조사자 : 그 그거는 뭐 어느 마을에서 지내신 것이 아니라 한꺼번에 지내셨던 모양이죠?) 그러죠. 지금은 그 일 년에 한 번씩 우리 막내가.

장촌마을 표지석 유래

자료코드 : 06_12_FOT_20110125_LKY_LGS_0007
조사장소 : 전라남도 여수시 삼산면 서도리 장촌마을 거문도뱃노래전수관
조사일시 : 2011.1.25
조 사 자 : 이경엽, 한미옥, 송기태, 임세경
제 보 자 : 이귀순, 남, 75세
구연상황 : 보존회관에서 이야기를 이어가던 제보자가 자신이 잃어버릴 뻔한 장촌마을의 옛 다리를 찾아서 지금의 자리에 표지석으로 세웠다며 이야기를 들려주었다. 보존회관 입구에 세워져 있는 장촌마을 표지석 앞에 서서 그 유래에 대한 이야기를 들려주었다.
줄 거 리 : 본래 장촌마을은 면소재지가 있는 거문도의 중심 마을이었다. 그런데 일제강점기를 거치면서 무인도였던 고도가 거문도의 중심이 되었다. 일제강점기가 되면서 일본사람들이 서도의 장촌마을 일대에 와서 살려고 했으나, 당시 마을에 살고 있던 명치대 법대 출신의 김상순 선생이 일본사람들을 물리치며 무인도인 고도를 개척하여 살라고 하였다. 이후 고도가 커지면서 어업전진기지를 만들고 그곳으로 면사무소를 옮겨갔다고 한다. 또한, 장촌마을 표지석으로 세워놓은 돌이 본래는 장촌과 이웃마을을 연결해주는 다리였다. 1988년도에 제보자가 외국에서 고향으로 돌아와 보니 마을길은 이미 시멘트로 포장되어 있고, 당시의 다리였던 표지석 돌이 보이지 않았기에 찾아보니 시멘트 길 밑에 깔려있었다. 그래서 제보자가 마을 사람들에게 이 돌이 간직한 마을의 역사를 호소하면서 3년간 마을사람들을 설득하여 지금의 마을 표지석으로 세웠다.

장촌이 우리 본 이름이에요. 일본놈들이 서도리라고 했죠. 그때 당시 면소재지가 지금 저쪽입니다. 면소재지가 저긴데 일본 애들이 들어와가지고 여기서 안주를 할라고 하니까. 우리 세력이 낮았으믄 일본 애들이 이 마을에 안주를 했을 거에요. 그러지 않아요? 지금 어떤 형태를 보더래도 여기가 사람이 살 곳이죠. 근데 김상순 선생이 명대 법대를 나왔으믄 그때 당시 일본 사람들도 명대 법대를 나온 사람을. (조사자 : 그렇죠. 받들어 주죠.) 예. 그런데 하물며 고기를 잡으러 여기를 침범을 했던 사람들은 '명대 법대를 나왔다.' 그러면 법에 대해서는 국제법이나 모든 걸로 안

돼. 그래서 "정 그런다 그러면 니그는 저 무인도에 가서 개척을 해라." (조사자 : 지금 거문리 자리가.) 그렇죠. 그렇죠. 그래가지고 일본 사람들이 저기다가 어업 전진기지를 만들고 하면서 점점 세력이 커지니까 여기에 있는 면사무소를 가져간 거여.

그래서 그거이 중요한 게 아니고, 이 돌이 지금 시멘트가 나오기 전에 여기는 참 자갈밭이에요. 근데 유일하게 이 돌이 이쪽하고 이쪽하고 건너다니는 다리에요. (조사자 : 아, 이것이 다리였습니까?) 예. 다리. 어떤 계곡에 걸쳐논 다리. 그것이 이쪽 마을하고 이쪽 마을을 연결해 주는 유일한 다리였었어요. (조사자 : 이 다리가 그럼 이 자리였었습니까? 바로.) 그렇죠. 바로 이 자리죠. 지금 요 꼬랑 있지 않습니까.

이걸 근데 저가 88년도에 아까 얘기 했죠. 88년도에 34년 동안 외국을 돌아다니다가 여그를 딱 오니까 이 돌이 안 보이는 거에요. 여게 시멘트로 돼블고 안 보여. 벌써 길은 이렇게 돼브렀어. 그런데 나는 '그때 당시 건너 다녔던 이 돌은 어데 갔는가?' 하고 찾았어요. 찾으니까 여기에 세멘트. 시멘트 밑에 깔려 있드라고. 그래서 부락민들한테 나의 맘만 가지고는 안 되잖아요. 그거이 3년 걸렸습니다. 우리 부락민들을 이해를 시키기 위해서.

"이 돌을 밟지 않은 거문도 사람은 없다. 여가 더군다나 면소재지고 그런데 아무리 무명의 숨을 안 쉬고 있는 돌이지만은 이 돌이 400년 동안 6·25사변, 일제시대 일본놈들 다 겪어가는 것을 이 돌은 알고 있다. 말은 안 하지만은. 그런데 이 돌을 시멘트로 덮어버린다는 것은 너무 허망한 이야기다. 그래서 이 돌을 캐내서 하는데 동조를 해 주시오." 그래서 나가 3년 걸렸어요. 우리 리민들한테.

그래가지고 88년도에 내가 와가지고 이장을 하면서 이놈을 깨서 여기에 묻은 시멘트를 나 손수 전부 깼습니다. 깨서 이 자리에다가 이것도 이방파제를 할라고 온 사람들한테 적선을 했어요. "돌 한나 주세요." 그래서 이 돌을 여그다가 세웠습니다.

(조사자 : 우리는 모르고 그냥 지나칠 뻔 했는데 그런 사연이 있네요.)

그래서 그 나의 마음을. 내가 이 돌이라는 생각에서 이 글이 저가 3년 동안 닦은 글입니다.

"희비의 세월을 세월은 사리쳐다." 이 놈이 엎드려져 있을 때 사리쳐다가 돌려다가.

"가슴에 묻고 엎드려" 이 돌이 엎드려 있잖아요.

"엎드려 장촌인의 발 아래 등을 내 맡긴지 어언 400년." 사백년 동안.

"문명이란 편리로 덮어버리기엔 너무 무상하여"

"여기 이 돌을 세워 영원히 기념하노라."

이거이 나가, 서울을 가믄 석촌동이라는 돌 마을이 석촌동이라는 마을이 있어요. 롯데그룹하고 저 석촌호수 석촌동. 석촌동에 가서 나가 힌트를 얻은 겁니다. 나가 학교를 다닐 때 돌마을이. 돌마을이라는 거거든. 근데 그때는 돌만 이렇게 싸졌어. 그래서 돌마을이라고 했는데. 지금 가믄 석촌동이 노른자 아닙니까. 그래서 거그서 나가 힌트를 얻어서 이걸 3년 동안 나가 이거 닦은 글이에요. 그래서 여그다가 해설을 풀이를 나가 여그다 했어요.

"옛날에는 여기가 자갈밭이었어요." 이건 초등학생들도 읽게끔 인자 만들라고.

"옛날에는 여기가 자갈밭이었어요." 자갈이라는 잔돌. 자갈밭이었어요.

"태풍이 오고 장마 홍수가 지면 골이 생겼지요." 여가 골이 생겼지요.

"조상님들은 이 돌을." 저 유림 해수욕장. 이 돌이 유림 해수욕장 돌입니다.

(조사자 : 거기서 가져왔군요.)

“유림 해수욕장에서 뗏목에 매달아 운반하여다가 다리를 놓았더랍니다.” 나는 그런, 이 얘기를 들은거니까 그럴 수밖에 없죠.

“이후 아주 편리하게 400년을 지냈지요.”

“또한 이 다리를 밟지 않은 삼도 사람은 없었다네요.” 이 다리를 밟지 않은 사람은 삼도 사람이 아니었었어.

“호안을 쌓고 돌가루.” 시멘트를 돌가루라 하잖아요 우리말로.

“시멘트로 여기를 덮어 길을 만들었지요.”

“그러자 이 돌다리는 이렇게 말했지요.” 돌이 뭔 말 했겠습니까. 이건 나 말입니다. 내가 돌로 돌아갔을 때 얼마나 답답했겠어요. 아무리 숨을 안 쉬고 무생물이지만은 우리가 수석을 뭐할라 합니까. 자연은 뭐 할라고 사랑을 합니까. 우리가 그 경지로 돌아가야 돼줘야죠. 인자 그런 뜻에서 이렇게 말했지요.

“답답하고 숨 막힌다고.” 우선 뭐 다른 건 놔두고 우선 답답하고 숨 막힌다고. 이 두 마디에는 많은 생각을 담아 있는 말입니다.

“그리고 무정하다고.” 끝으로 너무 하지 않냐 이 말입니다. 너무 하잖아요.

“그래서 온 마을 사람들이 이 돌을 다시 파내어 이름을 붙이고”

“높게 세워 숨을 쉬게 하였습니다.”

“이제는 이 자리에 오래도록 서 있게 되었습니다.”

(조사자 : 진짜 멋지네요. 2009년 6월.) 인제 이게 저 (조사자 : 선생님 호고.) 홉니다. (조사자 : 도석.) 섬 돌. (조사자 : 정말로 기가 막힙니다. 이렇게 멋진 비문과 비풀이는 본적이 없습니다.) 아니죠. (조사자 : 정말 그렇습니다.) 그래서 나의 혼신이 우리 전수관도 있지만은 더군다나 우리 전수관은 이거 맞잖아요. 또 우리 이. (조사자 : 그러죠.) 그래서 내가 이 돌이 엎졌던 자리에 그대로 내가 이렇게 세웠어요.

이거 하나하나 시멘트에 붙어있는 걸 2년 동안 나가 하나하나 조샀어요. 우리 동네 사람들 전부 나보고 미친놈이라 그랬어. 그래서 우리 이건 하나의 우리 동명비. 요즘 저 농촌에 이렇게 가믄 길에서 진입로에다가 뭐 무슨 마을, 무슨 마을 그런 돌이 아니에요. (조사자 : 그건 어디 석공소에서 그냥 막 만들어 온 것이니까 그건 다르죠. 이건 사연이 있고 내력이 있는데.) 그러죠.

그래서 하나 인제 이 장촌이란 글이 이거이 예섭니다. 이 글이 나 성질 같아서는 초서로, 나 성질대로 장촌이라고 막 쓸라 했는데 이 석질이 초서를 못 해. 초서를 할 수가 없어. 이 석질이 물러서. 그래서 할 수 없이 예서로 이걸 했어.

그래서 지금 행정적으로 서도리라는 마을, 우리 마을을 서도리라고 그러죠. 한글로 내가 쪼그만하게 했거든. 언젠가는 우리 이거 장촌이라는 마을 이름을 찾아야 돼. 나는 찾을 겁니다. (조사자 : 아주 멋집니다.)

거문도뱃노래전수관 현판 유래

자료코드 : 06_12_FOT_20110125_LKY_LGS_0008
조사장소 : 전라남도 여수시 삼산면 서도리 장촌마을 거문도뱃노래전수관
조사일시 : 2011.1.25
조 사 자 : 이경엽, 한미옥, 송기태, 임세경
제 보 자 : 이귀순, 남, 75세
구연상황 : 마을 표지석 등에 대해 이야기하고 거문도뱃노래 보존회관으로 들어와서 이야기를 이어갔다. 사라호 태풍 때 쓰러진 향나무로 만든 지금의 전수관 현판 유래에 대해서 이야기 했다.
줄 거 리 : 제보자의 아버지가 생전에 향나무를 심어놓았는데, 사라호 태풍 때 쓰러져서 제보자가 향나무를 잘라서 보관해놓았다. 이후 제보자는 30여 년 동안의 외국생활을 하였다. 외국 생활을 마치고 고향에 돌아와서 보존회 전수관 현판을 만들 때 선친의 얼이 담긴 향나무로 정성을 들여 전수관 현판을 만들었다고

한다.

고조부 영산에 우리 선친이 우리 아버지가 세배를 가면서 심었던 향나무에요. 향나문데 사라호 태풍 때, 나 군대에 있을 때가 사라호 태풍이여. 사라호 태풍 때 오니까 그 향나무가. 지금 거 두 번째 밑둥거립니다. 그 밑하고 정상은 저희 집에 옷걸이를 제가 만들어갖고 있어요. 그 나무가 넘어졌어. 그래서 아버님이 항상 나의 기념식수다 라고 얘기를 하셨어. 그래서 아버지는 돌아가시고 없지마는 사라호 태풍 때 오니까 저 나무가 우리 영산에 이렇게 넘어져 있드라고. '그래서 이건 나가 할 것이 아니다.' 아까 목대를 나온 우리 큰 놈하고 다리고 가서 저놈을 ○○○○○

그래서 그 나무를 저가 소장을 해놓고 외국을 갔어요. 30년 동안 갔다 오니까 저 한 등거리만 남아있고 나머지는 전부 유실되고 없드라고. 그래서 그 나무를 제재를 해다가 거문도 뱃노래 전수관 현판을 보잘 것 없는 거이지마는 나의 얼이 우리 선친의 얼이 맺혀 있는 현판입니다.

그리고 그 나무뿌리. 이 태풍에 넘어졌으니까 뿌리가 이렇게 됐을 거 아닙니까. 그놈 자르고 그놈 소장하고. 제일 정상의 이거 그놈 자르고 해서 지금 저희 집에 가믄은요. 그 밑뿌리는 이렇게 커요. 거기다가 젤 정상을 세워서 저의 거실에 옷걸이를 만들어 놓고 있어요. (조사자 : 저 현판이 그냥 보통 나무가 아니라.) 그라죠.

거문도와 울릉도의 교류

자료코드 : 06_12_FOT_20110125_LKY_LGS_0009
조사장소 : 전라남도 여수시 삼산면 서도리 장촌마을 거문도뱃노래전수관
조사일시 : 2011.1.25
조 사 자 : 이경엽, 한미옥, 송기태, 임세경
제 보 자 : 이귀순, 남, 75세

구연상황 : 조사자가 거문도 사람들이 울릉도에 진출해서 활동했던 이야기를 해달라고 부탁하였다. 그러자 제보자가 마침 생각났다는 듯이 "아!" 소리와 함께 곧바로 이야기를 이어주었다.

줄 거 리 : 임진왜란 이전에 일본 사람들이나 한국사람들 모두 울릉도 독도에 자유롭게 다녔다고 한다. 당시에 국가에서 전혀 관여를 하지 않았기 때문에 거문도 사람들이 울릉도 독도를 다니면서 어유를 팔면서 부를 축적했다. 당시 울릉도 나무로 만든 홍두깨를 소장하고 있었는데, 울릉도 귀목나무는 목질이 단단해서 몇 백 년이 지난 지금도 썩지 않은 상태로 보존되고 있다고 한다. 지금은 그 홍두깨를 독도박물관에 기증하였다고 한다.

(조사자 : 회장님. 거문도 분들이 울릉도 진출해서 활동하던 이야기 좀 해주십시오.) 울릉도와 거문도의 그 유래는 임진왜란 이전에 그러니까 일본 사람들이 다께시마라고 해가지고, 물론 한국 사람들도 갔고 일본 사람들도 가고 했겠죠. 그때 버려진 섬이 거문도하고, 거문도보다도 먼저 그 독도나 울릉도는 우리나라 정부에서 관여를 안 했어요. 그거까지 생각을 안 했던 때 우리 거문도 분들이 거그를 다니면서 치부를 했어요.

아까도 말했지마는 우리가 섬에서 해조류. 처음에는 해조류 미역이나 김이나 이런 걸 가지고 육지 사람들하고 거래를 해서 돈을 벌다 보니까 아까도 말 했지마는 그것보다도 중요한 것이 어유. 조명을 해결하기 위한 이 어유. 이놈을 찾다 보니까 자꾸 진출을 했죠.

그래가지고 지금도 독도박물관에 울릉도를 가믄, 독도 박물관에 가믄 이기순 거문도 뱃노래 회장이 기증하는 물품이 있습니다. 저의 그 조상들이 썼던 홍두깨. 울릉도 나무로 그 만들어둔 홍두깨 있잖아요 그 따듬이. 그 홍두깨를 내가 지금까지 소장을 하다가 작년 재작년에 거그서 박물관을 거 한다 그러니까 내가 주진 않았아요. "전시를 해달라." 그래서 거그서 지금 많은 그 감사패라든지. (조사자 : 그니까 울릉도에 있는 나무로 만든 홍두깨가 거문도 사람들이 만들어 사용했다는 얘기네요.) 그렇죠. 저희 집에 제가 유일하게 소장을 하고 있다가 이번에 전시를 한다 그래서 나가 저 기증을 했어요.

그런데 울릉도하고 거문도의 그 유래를 이렇게 보믄 얼른 말해서 하나의 그 해조류 외에 그러한 욕심 때문에, 섬사람들이기 때문에 육지 사람들은 감히 그걸 생각을 못 했는데, 선박의 이용 이런 것이 물론 장보고도 여기를 스쳐갔고 했던 이런 뭐에서 원양이라든지 먼 곳을 항해할 수 있는 기술을 우리 섬 그때는 삼도죠. 삼도 분들은 그것을 먼저 터득 했다는 거죠. 그러니까 경상도 지나서 울릉도까지를 가게 됐던 거죠.

거기를 가면 지금도 울릉도 나무로 그 집을 지었던 흔적들을, 지금 내 일이라도 내가 얘길 해준다 그러믄 내가 소장, 소장한 게 아니고 했던 거이제. (조사자 : 울릉도 나무로 지은 집이 있어요?) 그렇죠. 있었죠. 많았죠 여기. (조사자 : 장촌에요?) 어 그럼요. 그런디 울릉도 나무는 귀목이에요. 여기 소나무나 수나무가 아니야. 귀목이여. 그런게는 몇 백 년이 흘러도 그대로 간직하고 있는 그 저 그 뭡니까. 내구성을 가지고 있는 그런 나무였었거든요. 그래서 지금도 내가 찾을라 그믄 찾을 수가 있어요. 한때는 그 완전한 그 울릉도 나무로 집을 지었던 그 집을 나가 이장을 통해가지고 그 집을 팔고 이렇게 갔을 때 "이건 우리 보물이니까." 이장 보고 그대로 해체를 해가지고 보관을 하라고 했는데 갔다 오니까 해체돼서 말아브렀는데.

(조사자 : 거리상으로 보면은 거문도에서 차라리 고흥이나 흥양이나 경상도 어디나 이런 데가 훨씬 더 가까울 건데. 거리가 훨씬 먼 울릉도까지 가서 가져온 나무로 집도 짓고 홍두깨도 만들고 그랬네요.) 다듬이돌. 홍두깨. 근게 그거는 아까 그 인자 목질이 달랐다는 거. 여기서도 장흥이나 고흥이나 이런 데서 그 소나무를 갖다가 진 집은 많지마는 그거는 오래 수하지는 못했죠. 그런데 저기를 가믄 그 귀목이라는 그 지금 같으라믄은 그 상당히 오래가는 나무에요. 그런게 겉으로는 썩어 들어가지만 안으로는 빤하니 지금도 남아 있어요. 지금도 몇 백 년이 흐른 지금도. 그래서

그 내구성이 강했다는 거. 그래서 그때 당시는 우리 거문도 우리 그 선친들은 우선 그 어유도 해오지마는 무진장으로 있는 나무, 심지어는 거그서 배를 무어 왔어요.

그런게 6개월 동안 거그서 살면서 어유 구하고 집 질 나무. 배를 지어 가지고 그 배에다가 그 나무를 집을 질 수 있는 목재를 싣고. 그러고 인제 미역, 김. 그거이 아까 말했던 어유 이런걸 싣고 와서 목재는 여그다 풀어두고 이쪽으로 인자 서해안 쪽으로 올라가는 거이죠. 그래갖고 진남포, 이북. 진남포에서부터 팔고 이렇게 내려오믄 마포, 마포 돌아오믄 인자 금강, 금강 내려오믄 목포.

장촌마을 제삿날이 같은 이유

자료코드 : 06_12_FOT_20110125_LKY_LGS_0010
조사장소 : 전라남도 여수시 삼산면 서도리 장촌마을 거문도뱃노래전수관
조사일시 : 2011.1.25
조 사 자 : 이경엽, 한미옥, 송기태, 임세경
제 보 자 : 이귀순, 남, 75세
구연상황 : 거문도와 울릉도의 교류와 관련된 이야기에 이어서, 장촌마을 사람들이 왜 제삿날이 거의 같은 가에 대해서 그 이유를 설명해주었다.
줄 거 리 : 장촌마을에서 같은 날 제사가 많은 이유는, 과거에는 배가 풍선이기 때문에 밀물과 썰물을 기다려 이동했다. 특히 진도 울돌목에서 물이 돌아오기를 기다렸다고 한다. 그런데 동학란 때 관군에 밀린 동학군이 자꾸만 밀려서 울돌목까지 밀려와서 물때를 기다리고 있는 배를 공격하여 쌀을 탕란질했다고 한다. 그 바람에 정박중이던 거문도 사람들이 많이 죽었다고 구전으로 전한다.

제사는 한 날 많애요. (조사자 : 같은 날이요?) 우리 동네에 많아요. 그건 뭐이냐 그러믄, 옛날에는 동력선이 아니고 풍선이기 때문에 그놈은 이제 싹 쌀하고 바꿔가지고 싣고 내려오다가 민물이 되믄 울돌목으로 해서

물을 거슬러 풍선이기 때문에 못 오잖아요. 그러믄 거그서 물이 돌아오도록 기다리잖아요. 그래서 주로 그때가 동학란. 그 이전에도 그런 뭣이 있었겠지만 동학란 때 그야말로 저기 저 '새야 새야 파랑새야 녹두밭에 앉지마라.' 하는. 청군이 이렇게 들어와 가지고 합세를 함으로 인해서 우리 정부군으로서는 안 되니까 고부 땅에서 발생을 했던 이 동학란이 점점 쫓겨 온 거죠. 그때 당시는. 지금 와서는 그 그것이 민주화지마는. 그때 당시는 우선 나라에 반기를 드는 행사기 때문에 그거는 역적이었거든. 그래서 동학란 때 밀렸잖아요.

밀리니까 산이고 어디고 육지에서 밀리니까 자꾸 밀려온 거이지. 그래서 섬 끝으로 섬 끝으로 동학군이 온 거지. 동학군들이 밀려가지고 먹을 것 없죠. 육지에 가믄 그 사람들 쌀도 없다 그러믄 그 사람이 역적이 되니까 안 주죠. 그러니까 밀리고 밀리고 밀리고 밀려서 섬 끝으로 섬 끝으로 밀려 왔을 때 울돌목 거그서 그 사람들 뭐라그라까 조총이라도 있으니까 물때 기다리고 있는 쌀을 싣고 있는 그 배에 가가지고 탕탕 탕란질을 한 거이죠. 그거이 탕란질이죠. 그것은 살기 위한. 그래서 전부 죽이고 그 쌀을 자기들이 가져가서 연명을 하고. (조사자 : 그럼 그 동학 그 군대가 거문도 사람들을 그렇게 죽였어요?) 많이 죽였죠.

(조사자 : 그런 것은 어떤 것으로 구전으로 들은 이야긴가요?) 그러죠. 인자 거기서 그 화장, 밥을 짓는 사람이 화장이에요. 화장들이 인제 살아남기 위해서 급하니까 물통 속으로 들어갔어. 그런 사람들이 살아 나와서 전해지는 말. 그래서 우리 마을에는 주로 울릉도를 개척했던 사람들이 우리 마을 사람들이에요.

(조사자 : 그럼 아까 거기 울둘목에서 그렇게 한꺼번에 죽은 사람들이 제사가 같은 사람들이 여기 장촌 사람들이었어요?) 많아요. 한 날이여, 한 날. (조사자 : 바다에 배사고 나서 한꺼번에 죽어븐 것이 아니라.) 아니라. 요 탕란. (조사자 : 탕란 때문에요.) 예. 해적들. 얼른 말해서. 그때는 또 그

아까도 애기 했지만은 동학란이 아니라도 동학란이 아니드라도 그런 일은 있을 수가 있어요. 그때의 시대상으로 봐서. 그렇게 막 많은 그 쌀을 싣고 이렇게 거했을 때에는 그 지역에서 봤을 때는 그 배가 뭣을 저렇게 싣고 이런다 했을 때는 얼른 말허믄 젊은 사람들이. 지금 상식하고 법이 이렇게 정해져 있는 거하고 다르잖아요.

그런데 주로 지금 생각을 해. 구전으로 전해온걸 종합해 놓고 보믄 동학란 때 그런 거이 많았고. 동학란 때 우리 거문도는 침략을 못 했어요. 그런데 우리 마을 할머니들도 그 동학란 애기는 저가 어렸을 때 애기지마는 많이 들었어요.

솔거섬과 치섬

자료코드 : 06_12_FOT_20100821_LKY_LMJ_0008
조사장소 : 전라남도 여수시 삼산면 초도리 대동마을 모정
조사일시 : 2010.8.21
조 사 자 : 이옥희, 임세경
제 보 자 : 이만조, 남, 66세
구연상황 : 의성리 마을 자랑을 계속해서 이어가는 도중에 조사자가 음료수를 권하면서 초도 마을 지도를 펼쳐보였다. 그러자 제보자가 지도 속에 표기된 '솔거섬'과 '치섬' 등의 지명 유래담을 들려주었다.
줄 거 리 : 초도에 있는 솔거섬은 솔개가 많이 살아서 솔거섬이라고 했다고 한다. 그리고 치섬은 옛날에 섬에 칡이 많아서 사람들이 그 칡뿌리를 캐서 먹고 살았는데, 그래서 칡섬이라고 부르다가 오늘에 와서는 치섬이라고 부르게 된 것이라고 한다.

솔거섬. 아까 섬에 있던 솔개섬. 거기서 솔개가 많이 살았다고 해서 솔거섬. 섬 쪽으로 이름을 대 주신다면 여기가 치섬. 치섬이 그 칡이 옛날에 많았었어요. 그래 가난한 사람들이 가서 인자 칡뿌리를 캐가지고 가리(가

루)로 해서 먹고 살았을 때거든요. 긍께 칡이 많았는데 그 칡이라는 그것을 못해가지고 취섬이라고 그렇게 지었고.

궁무섬

자료코드 : 06_12_FOT_20100821_LKY_LMJ_0009
조사장소 : 전라남도 여수시 삼산면 초도리 의성마을 마을회관
조사일시 : 2010.8.21
조 사 자 : 이옥희, 임세경
제 보 자 : 이만조, 남, 66세
구연상황 : 초도 마을 지도를 보면서 앞서의 솔거섬과 치섬 관련 유래담에 이어서 궁무섬에 관한 유래담을 계속해서 들려주었다.
줄 거 리 : 초도 주변에 있는 구멍섬은 본래 궁무섬이었다. 섬에 구멍도 없는데 구멍섬이라고 이름을 잘못 지은 것이다. 궁무섬이라고 불리게 된 내력은, 궁무라고 하는 원추리와 모양이 비슷한 식물이 있는데, 그것이 봄이 되면 섬을 온통 뒤덮어서 그렇게 부르게 된 것이라고 한다. 현재 궁무라는 식물은 멸종되어버리고 없다.

그리고 여기는 원래는 궁무섬인데 구멍섬이라 해놨거든요. 여기 구멍도 없는데 구멍섬이라 해논 거죠. 옛날에 거 지금 그 식물 이름을 대면 뭘 댈까? 궁무라고 하는 봄이 되면은 원초리 식으로 똑 비슷한데 그것이 온 섬을 덮어. 꽃이. 그 꽃 이름이 궁무여. 그래서 노인네들이 근께 궁무 서 식지제. 근데 지금은 멸종이 돼불었어요. 보존할지를 몰라서 그렇게 된 거제.

진내섬, 동글섬, 녹항

자료코드 : 06_12_FOT_20100821_LKY_LMJ_0010

조사장소 : 전라남도 여수시 삼산면 초도리 의성마을 마을회관
조사일시 : 2010.8.21
조 사 자 : 이옥희, 임세경
제 보 자 : 이만조, 남, 66세
구연상황 : 앞의 궁무섬 이야기에 이어서 진내섬과 동글섬, 녹항 관련 지명유래담을 계속 해서 쉬지 않고 구연해주었다. 제보자는 지도를 보면서 계속해서 지명유래담에 대해서 짤막한 이야기를 이어갔다.
줄 거 리 : 초도 주변에 있는 진내섬은 길다랗게 생겨서 진내섬이라고 하며, 동글섬은 섬이 동그랗게 생겼다고 해서 붙여진 이름이다. 그리고 녹항은 사슴 녹항인데, 큰목항 소목항으로 나누어져 있으며, 과거에는 녹항의 산 중턱에 노루 모양을 한 바위가 있었는데, 그 바위이름을 따서 녹항이라고 붙여지게 된 것이라고 한다. 그러나 지금 그 바위는 남아있지 않단다.

인제 진내섬은 길다랗다고 해서 진내섬이고, 동글섬은 똥그랗다고 해서 동글섬이고. 인자 여기는 녹항인데 사슴 녹항. 큰목항 소목항 그랬는데. 인자 그때는 우리가 한국말로 그때는 사슴 목인데 옛날에는 노루가 살았냐고 알아보니까 노루가 산 것은 없는데, 그 산몰랑에서 저 중간쯤 내려가다 보니까 지금은 그 바위가 없어져 불었답니다. 지금 가본제가 상당히 오래되었습니다만은 그 바위가 딱 노루가 튀는 모습으로 되어 있었어요. 그래도 인자 지방사람들이 거추장스럽다고 해갖고 없애 불었다는 이야기를 들었거든요. 바위이름을 따갖고 사슴목이다 녹항이다 지었던 거고.

예미, 납떼기, 수리망태, 동태샘 지명유래

자료코드 : 06_12_FOT_20100821_LKY_LMJ_0011
조사장소 : 전라남도 여수시 삼산면 초도리 의성마을 마을회관
조사일시 : 2010.8.21
조 사 자 : 이옥희, 임세경
제 보 자 : 이만조, 남, 66세
구연상황 : 앞의 궁무섬 이야기에 이어서 제보자가 지도를 보고 짚어가면서 섬 관련 지

명유래담을 계속해서 이어나갔다.

줄 거 리 : 초도의 예미 마을은 본래 애미라고 불렀다. 초도에는 크게 대동리, 진막리, 의성리 세 개의 마을이 있는데, 대동리는 가장 큰 마을이라고 해서 대동리라고 붙였고, 진막리는 섬의 골짜기라고 해서 진막리라고 했다. 그리고 의성리는 지금은 옳을 의자를 쓰지만 옛날에는 의리 의자를 써서 의리가 깊은 마을이라고 해서 의성리라고 부르게 되었다고 한다. 예미는 옛날에 대동리로 시집을 와서 살던 한 여자가 소박을 맞아서 쫓겨가서 살게 된 곳이 예미인데, 아이들이 엄마가 보고 싶어 그곳을 가면 사람들이 '애미 만나러 가느냐'고 해서 '애미'라고 불렀다가 지금은 예의 예자를 써서 예미라고 부르게 된 것이라고 한다. 그리고 목섬은 나무가 많아서 목섬이라고 불렀으며, 과거에는 초도의 나무와 울릉도의 나무를 가져와서 부자들이 이 섬에 기와집을 짓고 살았다. 납떼기는 섬이 납작하다고 해서 붙여진 이름이고, 동태샘은 동태라는 사람이 그 약수로 몸이 나았다고 해서 동태샘이라고 부르게 된 것이라고 한다.

그 담에 예미. 이것은 인자 마을. 이것은 애미여 애미. 옛날에는 시골 엄마를 보고 애미라 했잖아요. 엄마들이 이 큰동네하고 대동리가 원래 큰 동네고 의성리가 인자 의성기미고 진막리가 진막골이라. 이름이 그렇게 돼 있었어요. 즉 꼴창이다(골짜기라고) 해갖고 진막골이 되었고 진막리가 되었고, 대동은 큰 마을이다 해갖고 그래갖고 대동리.

그리고 인자 의성은 의성기미인데 그 옳을 의(義)자가 아니고 의리 의(義)자였었어요. 옛날에는 의리 의(義)자였거든요. 앞에 갓머리 붙었던 의리 의(뜻 의(意)자와 혼동함)자를 썼는데 뒤에 걍 옳을 의자로 돌렸제. 의리가 깊었던 마을이라 그래갖고 그렇게 이름을 붙였는데

지금으로 봐서는 의리가 어디 있습니까?

(조사자 : 예미는?) 예미는 인자 대동 큰마을이라 그래갖고 큰마을에서 그 저 결혼을 해갖고 살다가 소박 맞아갖고 쫓겨간 것이 이리 간 거여. 여 산너메 거기 가서 아낙네가 가서 정착을 하고 있는데, 이 거기에 후손들이 엄마를 찾아서 거기를 갈라고 하믄 못 가게 해. 그 저 시가에서. 쫓겨났거든 그리. 쫓아내갖고 소박맞아서 쫓아냈는데 거기서 인자 살고 있

는데, 애들이 엄마 애미 보고 싶고 넘어가고 싶은데 애미 만나러 가느냐 해서 애미리라고 했는데 지금은 예의 예(禮)자를 쓴 거죠. 지조를 지키고 정조를 지켰다 해갖고 그렇게 된 겁니다.

그리고 인자 여기로 돌아가자면 수리망태고 금성리고 그런 것은 여기 안 나와 있고. 그리고 인자 목섬, 안목섬, 밖목섬 그랬는디 이 목섬은 글자 그래도 나무가 많았어. 그라고 또 여기 그 옛날 기와집들이 다 없어져 부렀습니다마는 기와집들을 지을 때 이 목섬에서 나무를 비어오고 저 울릉도 가서 나무를 가져와갖고 집을 지었어요. 이 근방 부자들한테 사는디. 그래서 글자 그대로 목섬이라고 하고. 지금도 가면 아름드리나무들이 많이 있죠. 그래서 목섬이라고 돼 있고.

여기 납떼기는 여가 납작하다고 해갖고, 섬이 납작하다고 해갖고 납떼기라고 지어졌고. 인자 재미있는 그 이야기들은, 저 없어져부른 수리망태. 인자 멀리 떠난 남편을 애기를 업고 기다리다가 망부석이 됐다고 하는. 그래서 수리망태. 물 수(水)자, 바랄 망(望)자 그렇게 해서 수리망태라고 이름을 지어졌고. 아까 여기 있을 때 저 섬에 상실바위는 인자 그렇고. 그러고 또 인자 다태샘은 동태란 사람이 거기서 약수로 몸을 나았다고 해서 그렇고. 하기야 한 20년 전후만 해도 이렇게 피부병 가진 애들, 모기에 물렸다든지 벌레 물려 피부병 가진 애들 막 이렇고 긁어가지고 진물도 나고 막 하면 저기 가서 목욕 삼사 일 하면 나아부러요. 그 물이 그리 좋아.

용섬

자료코드 : 06_12_FOT_20100821_LKY_LMJ_0012
조사장소 : 전라남도 여수시 삼산면 초도리 의성마을 마을회관
조사일시 : 2010.8.21
조 사 자 : 이옥희, 임세경

제 보 자 : 이만조, 남, 66세

구연상황 : 제보자가 지도에 표기된 각 지명을 짚어가면서 계속해서 이야기를 이어나가는 도중에 조사자가 용골 이야기는 들어보셨냐고 물어보았다. 그러자 제보자가 음료수를 한 모금 마신 후, 용섬에 관한 이야기를 시작하였다.

줄 거 리 : 초도 인근 용섬에 가면 용두와 용미라는 바위가 있다. 용섬은 나로도 쪽에서 배를 타고 오다가 보면 용이 딱 버티고 있는 식으로 있는 섬이어서 용섬이라고 이름 붙여졌단다. 그리고 용섬에서 송일도 쪽을 바라보고 있는 바위가 용두이고, 완도 쪽을 바라보고 있는 바위가 용미라고 한단다.

용섬에 가면 용두가 있고 용미가 있어. 용두는 머리 용미는 꼬리. 용섬은 나로도 쪽에서 배를 타고 오다가 보면 용이 딱 빼티어 있는 식으로 보여요. 이쪽에서 보면은 그래 안 그러는데 저쪽에서 바라보면 그렇게 보여요. 그래서 용섬인데, 인자 생일도를 바라보는 쪽이 용두,

인자 완도를 바라보고 있는 쪽이 용미. 이라고 인자 그 앞에가 둔절도라고 합니다. 중절도라고 나와 있어요.

바람재

자료코드 : 06_12_FOT_20100821_LKY_LMJ_0013

조사장소 : 전라남도 여수시 삼산면 초도리 의성마을 마을회관

조사일시 : 2010.8.21

조 사 자 : 이옥희, 임세경

제 보 자 : 이만조, 남, 66세

구연상황 : 제보자가 과거에 '전설따라 삼천리'라는 라디오 프로그램에 소개된 마을의 전설에 대해서 간단히 이야기를 마치자, 조사자가 다른 이야기를 듣기 위해 화제를 돌리려고 했다. 하지만 여전히 마을자랑을 계속하자 조사자가 제보자의 간단한 생애를 묻는 것으로 화제를 돌렸다. 다시 조사자가 화제를 돌리기 위해 '바람재'에 대해서 묻자, 제보자가 바람재에 대한 이야기를 들려주었다.

줄 거 리 : 초도에서 큰마을은 대동리인데 부촌은 의성리였다. 의성리는 안강망 어선이 30여 척에 이를 정도로 부유한 편이었다. 대동리 사람들이 바람재를 통해 '대

동리의 복이 의성리로 빠져나간다'고 생각하여 바람재에 돌담을 쌓았다. 그런데 돌담을 쌓은 후부터 대동리 사람들에게 액운이 닥쳐 고기 잡으러 갔다가 죽거나 젊은 사람들이 죽어나갔다. 상황이 이렇게 되자 돌담을 다시 허물자는 의견이 대두되었으나 의견이 분분하여 해결하지 못하고 있었다. 그러던 중에 두 마을 이장이 협의하여 초도 순환도로를 놓으면서 돌담을 허물게 되었다.

(조사자 : 어르신. 예전에는 바람재에다가 성을 쌓아가지고) 바람재? (조사자 : 예. 그 이야기 좀 듣고 싶은데요.) 잘 알고 다니십니다. (조사자 : 예, 그냥 토막토막 쪼끔씩 들은 거에요.) 거 그 바람재라고 하는 데가 의성리하고 대동리 넘어가는 길이거든요. 산언덕인데 그 바람이 일년 내내 바람이 끊일 날이 없어. 바람이 잘 통해. 계곡 비스름해갖고 언덕이 되놔노니까. 그래서 바람재라고 이름이 붙여졌는데.

왜 거기다가 성을 쌓게 되었느냐. 갑부촌이 의성이라. 마을은 대동리가 큰디. 그때는 풍선이지마는 지금은 안강망 어선 큰 그 대형 중선배라고 그러지 중선배. 그 대형 안강망 어선이 우리 마을에는 삼십 그때 몇 척이 돼. 그러고 대동리는 두 척 여뿐이 안돼요. 그리고 잘사는 동네가 이 동네라. 인자 지금은 바까자부렀지만. 그러고 여가 정치망도 여기 대형 정치망이 그 왜정 때 일본 시대 때부터 여가 정치망이 있었고. 인력 보충을 못하니까 외지에서 찾으러 오고 그랬거든요.

(조사자 : 제일 많이 살았을 때는 몇 가구나 살았었나요?) 젤 많이 살았을 때가 172호가 살았어요. 그랬는데 인자 당시 172호가 살 때 내가 인자 젊은 이장을 했었지요. 그때 인자 전국적으로 최연소자였제. 그렇고 나가 국무총리 표창장도 받았고 그랬어. 새마을운동 막 일어날 때 박정희 대통령 당시에. 일어날 때. 그게다 선배님들 은사님들 뜻을 따라서 했던 것이제.

아무튼 인자 여기가. 그래가지고 인자 질투가 생겨. (조사자 : 아, 대동리에서?) 예. 그러고 '육지에서 몰아쳐 내려오는 복이 저 바람재를 통과해서 의성으로 가부렀다.' 그래갖고 이 마을 노인네들이 '저기 바람재를 막자.' 그때 당시에 나는 이장을 하다가 그냥 군으로 발령받아서 나간 다음에 다음 이장이 할 때고. 인자 대동리는 대동리를 부촌으로 만들어 놨던 박○○ 씨라고 그 분이 이장을 할 때 박○○씨가 와서 보고 그랬습니다. 대동리하고 의성리하고 원수 맺어진다고 못하게. 그란디 그 당시에 박○○씨도 젊은 사람이었기 때문에 우에 인자 수상들이 노인네들이 주장을 하고 나오니 뭐 어특합니까 이장이? 그래서 인자 부역을, 전부 부역이제. 예. 국가 돈을 가져다가 공사한 것이 아니고. 전부 우리 마을 앞길 전부 부역으로 해놓은 겁니다. 지금 인자 요즘에 와서 저 방파제 인자 국가 보조를 받아서 그렇게 하제. 옛날에는 이 지방 사람들이 등짐지고 여나르고 그렇게 해서 한 거에요.

그런디 그래갖고 그 바람재를 막아놨는데. 막아논 그 다음 해에 대동리에 큰 사건들이 많이 놔부러. 저 멀리 고기 잡으러 갔다가 인자 없어져 불고 인자 사람도 죽고 어짜고 하니까, 그라고 인자 새삼스럽게 젊은 애들이 크면서 그 노인네들은 돌아가시고 하니까, '저것 무너버리자.' 그래갖고 무너버리자고 할라고 하니까 그래도 몇몇 살아있는 노인네들이 극구 반대를 하고 있으니까, '그러면 우리 순환도로를 만들자.' 초도 이런 쩍에 순환도로를 만들자 해갖고 인자 몇 년 안됐어요. 순환도로 인자 도로 만든다는 핑계치고 그 성을 쌓던 것을 여기 주민들 참 고생 많이 했제. 그 성을 아름드리 막 돌맹이 갖다가 성을 쌓았으니. 이쪽 산꼭다리 따라서 이쪽 산꼭다리까지 이렇게 쌓아놨으니 그 얼마나 많은 양이었겠습니까. 그런디 전부 그걸 싹.

상실바위의 혈서

자료코드 : 06_12_FOT_20100821_LKY_LMJ_0014
조사장소 : 전라남도 여수시 삼산면 초도리 의성마을 마을회관
조사일시 : 2010.8.21
조 사 자 : 이옥희, 임세경
제 보 자 : 이만조, 남, 66세
구연상황 : 제보자의 생애 이야기를 듣다가 조사자가 화제를 전환하기 위해서 앞서의 이야기처럼 지명뿐만 아니라 알고 있는 옛날이야기를 들려달라고 하였다. 이에 제보자가 전설은 잘 모른다고 하면서 과거 황남춘 씨가 살았을 당시의 이야기를 이어나갔다.
줄 거 리 : 초도에 전해지는 전설은 과거 황남춘 씨가 '전설따라 삼천리'라는 라디오 프로그램에 초도를 소개시키기 위해 정리한 자료가 대부분이다. 그리고 그 자료들은 당시에 섬 노인들에게 설로 들었던 것들을 이야기 거리로 만들었던 것이다. 상실바위의 혈서 이야기도 '전설따라 삼천리'에 나왔지만 바위의 혈서도 옛날에는 진짜인 줄을 알았을 정도로, 태풍에도 지워지지 않고 지금까지 남아있다고 한다.

아, 여기 전설된 이야기는 인자 그때 당시에 깊은 이야기는 잘 모르니까들. 그 황남춘 씨께서도 잘 모르고 그냥 한물풀이로 설명했던 것이제. 그때 전설따라 삼천리에 냈던 그 자료를 뒤에 그 초등학교 이선생한테서 그 양반이 자기가 한번 만들어 볼란다고 해서 그래서 내가 그 자료를 다 그리로 냉겨줘부렀어요. 근디 그때 우리가 한문하고 여기 주민들한테 설 듣는 것으로 이야기 거리를 만들었던 것이지. 인자 그것뿐이지. 실제적으로 진실된 것은 없어요. 예. 왜 그러냐하면, 아까도 이야기했지만은 그때 당시에 나가 여기서 조사할 때 그 상실바위 혈서도 진짜 혈서인지 알았었어. 그랬는디 인자 거기 전설따라 삼천리 나온 후에 그때 인자 MBC에서 나왔으까 KBS에서 나왔으까. 우리 현장 한번 가보자 그래갖고 나는 그때 못 올라갔지마는 그 산에서 줄을 메고 내려가서 갔다 왔는디 그때 그 양반들 이야기가 이끼라 이거여. 근데 그 이끼가 태풍에도 지워지지도 않고.

정 한 번 보고 싶으믄 이따가 해져 갈 무렵에 우리 배로 한번 나갔다 건너다 봐. 바로 여근께.

이승만섬

자료코드 : 06_12_FOT_20100821_LKY_LMJ_0015
조사장소 : 전라남도 여수시 삼산면 초도리 의성마을 마을회관
조사일시 : 2010.8.21
조 사 자 : 이옥희, 임세경
제 보 자 : 이만조, 남, 66세
구연상황 : 앞서의 '전설따라 삼천리' 이야기에 이어서 '이승만 머리'라고 하는 '다라지' 섬에 대해서 이야기를 연이어 들려주었다. 제보자는 간단하지만 끊임없이 지명에 관한 이야기를 이어나갔다.
줄 거 리 : 초도에는 '다라지'라는 작은 섬 세 개가 있는데, 마치 거북이가 남쪽을 바라보고 있는 것처럼 보이는 섬이라고 한다. 그 머리 쪽을 멀리서 보면 마치 이승만 전 대통령의 대머리처럼 보여서, 그때부터 그 섬을 '이승만 머리', '이승만 대가리' 이렇게 불렀다고 한다.

그라고 또 저 '이승만 머리'라고 하는 '다라지'라 하는데, 작은 섬이 세 개가 되어있는데, 거북이가 이렇게 저 남쪽으로 바라보고 있는 것처럼 보여요. 그란데 머리 쪽에가 멀리서 보면은 이대통령님 대머리 있잖아요. 딱 그렇게 그처럼 보여요. 그래서 거그를 이승만 대가리 대가리 그래쌌제.

풍어제 금기

자료코드 : 06_12_FOT_20100821_LKY_LMJ_0016
조사장소 : 전라남도 여수시 삼산면 초도리 의성마을 마을회관
조사일시 : 2010.8.21
조 사 자 : 이옥희, 임세경

제 보 자 : 이만조, 남, 66세

구연상황 : 지명유래담에 이어서 조사자가 옛날부터 배에서 무엇을 하면 고기가 많이 잡힌다고 하는 이야기가 전해지지 않냐고 물었다. 그러자 제보자가 주저하지 않고 곧바로 옛날 배에서 고사를 모신 이야기를 들려주었다.

줄 거 리 : 옛날에는 배가 있는 사람들은 풍어제라고 해서 고사를 많이 지냈다. 풍어제 고사를 지낼 때는 여자들은 밖으로 나오지도 못하고, 남자들도 새벽에 찬물로 목욕하고 배에 와서 고사를 모셨다고 한다. 그리고 고사를 모시다가도 구덕(화장실)에 볼 일을 보기 위해 여자들이 나왔다가 그것을 남자들이 봤다 치면 그때부터 고사를 지내지 않고 다음 날 다시 지냈을 정도로 엄격하게 모셨다. 그러나 지금은 세상이 개방되어서 부부끼리 제를 모시기도 하고, 아예 고사 자체를 모시지 않는 경우도 많아지게 되었다.

옛날에 저 고사들 많이 모셨잖아요? (조사자 : 예. 고사요?) 고사. 예. 고사를 그 풍어제라고 해갖고. 지금은 풍어제라고 하지만 옛날에는 고사를 많이 모셨죠. 그런디 옛날이야기를 할라믄 풍어제 고사를 모신다고 다 여자들은 나오지도 못하고 남자들이 새벽에 나와서 찬물 받아서 목욕하고 그러고 인자 배에 와서 고사를 모셔.

그런데 인자 고사 모시고 나오다가 혹시 화장실, 지금은 실내에가 화장실이 있지만은 옛날에는 구덕이라고 해갖고 밖에가 화장실이 있어. 그래 그 화장실을 보러 아낙네들이 나오다가 보였다라고 하믄 그라믄 그 날 그 배는 고사를 안 모셔. 출어를 안 해. 그러고 낚시를 하러 나가도 안 했고. 그란데 지금은 전부 개방이 돼갖고 전부 부부끼리 다 나가고 그러잖아. 고사라는 제도도 없어져 부렀고. 인자 그런 것이 있는데. (조사자 : 왜 여자들이 보면 안 돼요?) 재수없다 그래갖고 그런 거여. 그래갖고 했는데 전해내려 오는 거겠죠.

바다에서 건진 해골 안 묻어주고 죽은 어부

자료코드 : 06_12_FOT_20100821_LKY_LMJ_0017

조사장소 : 전라남도 여수시 삼산면 초도리 의성마을 마을회관

조사일시 : 2010.8.21

조 사 자 : 이옥희, 임세경

제 보 자 : 이만조, 남, 66세

구연상황 : 조사자가 앞의 이야기에 이어서 바다에서 고기를 많이 잡는 방법에 대해서 묻자, 제보자가 그런 것은 없다고 하면서 과거의 경험에 대해서 이야기를 들려주었다.

줄 거 리 : 바다에서 어장을 할 때 간혹 해골이 걸리는 경우가 있다고 한다. 그런데 그 해골에는 간혹 낙지나 문어 같은 것이 들어있기도 하는데, 과거에 젊은 사람들이 그 해골에서 낙지와 문어 같은 것만 빼고는 버려버렸단다. 헌데 그런 다음날이면 그 젊은 사람들 배가 없어져 버렸단다. 이런 것은 모두 설마에 불과한 이야기일 것이라고 한다.

옛날 그 저 해골을 어장에서 어장을 하다보니까 시체는 부패돼불고 해골이 걸려 온 경우가 있었어. 그런디 그때 당시에 해골을 건진 사람이 젊은 사람이라놔서 그 해골 같은 것 갖다가 묻어주고 어짜고 그런 것은 걍 모르고 그 안에 해골 안에 들어있는 낙자문어 있은게 그것을 빼먹어서 그냥 해먹어불고 해골은 버려불었거든요. 그런데 그 뒷날 가서 배가 없어져 불었어. (조사자 : 배가 없어졌어요?) 사람조차 배조차 없어져 불었어. 여그 와서 자랑하고 그 이틀날. 그런 경우는 있는디 그것은 설마에 불과하고 다른 것은 말쟁이들이나 하는 소리제.

도깨비배

자료코드 : 06_12_FOT_20100821_LKY_LMJ_0018

조사장소 : 전라남도 여수시 삼산면 초도리 의성마을 마을회관

조사일시 : 2010.8.21

조 사 자 : 이옥희, 임세경

제 보 자 : 이만조, 남, 66세

구연상황 : 앞의 이야기가 끝난 후 조사자가 도깨비불을 보면 고기가 많이 잡힌다던가 하는 이야기는 없냐고 묻자, 옛날 어르신한테 들었다는 도깨비불에 대해서 이야기를 들려주었다.

줄 거 리 : 옛날 풍선배를 타고 다니던 시절에 도깨비선이(도깨비배 - 도깨비불) 간혹 나타나기도 했다고 한다. 초도 지역에서는 그런 일이 없었는데, 목포나 여서도 앞바다에서 풍선배를 타고 고기를 잡다보면 밤에 도깨비불이 나타나기도 하였단다. 그런데 그 불이 배 앞에 나오면 사고가 나고, 뒤에서 따라오면 사고가 나지 않았다고 한다.

옛날 노인네들은 그 풍선 들일 때 도깨비선이라 했거든. 이 도깨비선이라 했거든. 도깨비선이라고 했는디. 우리 지역에서 일어난 것이 아니라 저쪽 웃녘으로, 인자 저 목포 앞바다에 또 서해안 앞바다로 가갖고 여서도까지 다니면서 고기잡으로 다니는데 앞에 배 도깨비불 따라서 배를 항해하고 가믄 사고가 나고, 뒤에서 도깨비불이 따라오믄 안내하는 배고, 인자 그런 전설되는 이야기가 있는디. "그것이 사실입니까? 실제입니까?" 하믄 확실히 대답을 못해.

공동묘지 도깨비불

자료코드 : 06_12_FOT_20100821_LKY_LMJ_0019

조사장소 : 전라남도 여수시 삼산면 초도리 의성마을 마을회관

조사일시 : 2010.8.21

조 사 자 : 이옥희, 임세경

제 보 자 : 이만조, 남, 66세

구연상황 : 제보자가 앞서의 도깨비배 이야기에 이어서 어린 시절에 보았다던 도깨비불에 대해서 이야기를 이어갔다. 조사자의 개입이 없이 제보자 혼자서 이야기를 구연해나갔다.

줄 거 리 : 의성리 공동묘지에서 옛날에는 인불이 많이 났다고 한다. 인불이 도깨비불이

되는데, 어린 시절에는 자주 봤다고 한다. 그 도깨비불은 공동묘지 쪽에서 맞은 편 산모랑이까지의 거리가 거의 1km 정도가 되는데도 몇 초 안에 왔다갔다 하였단다. 그리고 처음에는 큰 불이 하나였다가 나중에는 불꽃놀이 식으로 수북하게 불이 나와서 켜진다고 한다. 또한 옛날에는 어른들이 도깨비불을 보면 날이 궂을 것으로 예측하기도 하였단다.

여그 공동묘지에서 옛날에는 인불이 많이 났어. 도깨비불이라 그래갖고. 그란디 저도 실제로 봤습니다만은 인자 지금은 뭐 과학적 분석이 돼부니까 그라제 그때 당시는 우리 어릴 때 보믄은 저 도깨비불이 공동묘지 이쪽 도로 있는데서 저쪽 산몰랑이까지가 거의 1킬로 정도는 될 겁니다. 그 거리를 넘어오는데, 아마 몇 초 안에 이 불이 여리로 가불어. 그것이 도깨비불이라.

그리고 하나가 처음에는 큰놈이 나왔다가 나중에 불꽃놀이 식으로 쫙 수북하니 막 이렇게 불이 켜져. 지금은 인자 과학적으로 봐갖고 인불이라 하는데 그것을 도깨비불이라 그랬어. 그런 도깨비불이 나도 어짜고 해본들 날 궂은 것도 없고. 옛날 어른들 말은 '아이고 내일부터는 날이 궂을 것이다. 파도 칠 것이다. '한디 그런 것 없어. 그란께 그런 것은 이야기거리로 낼 수가 없고.

효자비

자료코드 : 06_12_FOT_20100821_LKY_LMJ_0020
조사장소 : 전라남도 여수시 삼산면 초도리 의성마을 마을회관
조사일시 : 2010.8.21
조 사 자 : 이옥희, 임세경
제 보 자 : 이만조, 남, 66세
구연상황 : 제보자가 어린 시절에 보았다는 도깨비불 이야기에 이어서 조사자가 마을에 이름난 효자나 열녀에 관한 이야기를 들려달라고 하였다. 그러자 제보자가 곧바로 의성리에 세워진 효자비에 대해서 이야기를 들려주었다. 제보자는 양 손

을 이용해서 이야기 속에 나오는 거리감이나 형태 등을 연출해가면서 쉬지 않고 이야기를 구연하였다.

줄 거 리 : 의성리 마을회관에서 조금만 올라가면 효자비가 있다고 한다. 그 효자비의 주인공은 이씨집안 총각으로, 부모가 삼년치성을 드려서 늦둥이로 아들을 본 것이란다. 그런데 그 부모가 걸음을 걷지 못했는데, 이씨총각이 아버지는 자신의 뒷허리를 잡게 하고 어머니는 업고 다니면서 동냥을 해서 구순이 넘도록 봉양을 했다고 한다. 그래서 효자비가 세워지게 된 것이란다.

여그 쫌 올라가믄 효자비가 있어요. (조사자 : 아, 그래요?) 예. 효자비가 있는데. 인자 그것이 일찍 효자된 사람이 총각 때 돌아가셨어요. 이씨 집안인데 효자비가 있어요. 그 엄마가, 아빠 엄마가 그 늦둥이로 났는데 지금 같으믄 늦둥이제. 옛날 같으믄 늦둥이가 아니죠. 한 오십까지도 애들 났은께. 그란데 막내로 늦둥이를 났는디 집안에 귀한 손이라. 그란께 뭐 인자 그때 노인네들 말로는 '삼년 치성공 들여갖고 아들을 낳았다.'고 그래. 그 효자인데.

그란데 그 사람이 두 양친이 걸음마를 못해. 그러고 가난하고. 그러니까 인자 '그 아버지는 뒷허리를 잡고 걷고 그 엄마는 업고 그러고 동냥 다니면서 인자 먹여 살렸다.' 그래갖고 인자 구순 넘도록 그렇게 했다. 거기 비석 문구를 보믄 한문을 아시면 딱 보믄 다 나와요. 예.

지금 우리 지방에서 한문을 알 사람은 없어요. 별로 없는데, 없어요.

초도 입향조

자료코드 : 06_12_FOT_20100821_LKY_LMJ_0021
조사장소 : 전라남도 여수시 삼산면 초도리 의성마을 마을회관
조사일시 : 2010.8.21
조 사 자 : 이옥희, 임세경
제 보 자 : 이만조, 남, 66세
구연상황 : 앞서의 의성리에 세워진 효자비에 이어서 조사자가 초도 입도조에 대한 이야

기를 들려달라고 하였다. 이에 제보자가 주저하지 않고 초도 마을 지도를 보면서 이야기를 이어나갔다.

줄 거 리 : 초도에 맨 처음 들어온 성씨는 염씨이며, 맨 처음 정착한 마을이라고 해서 정착리라고 붙였다고 한다. 염씨 다음으로 강씨, 다음에 김씨, 이후 방씨, 양씨, 이씨가 들어와 살게 되면서 현재에 이르고 있다. 그리고 녹항에는 강씨가 맨 처음 들어와 살게 되었고, 예미는 소박을 맞아서 쫓겨난 여자가 정착을 해서 살게 되면서 예미라고 붙여지게 된 것이라고 한다.

(조사자 : 초도에는 어떤 성씨가 제일 먼저 들어 왔나요?) 제일 처음 여그들어올 때 염씨가 들어왔어요 염씨. 여그가 인자 정찬리인데 글씨로는 정찬인데 원래 정착했다해서 정찬리라. 염씨가 들어와갖고. 엄씨가 아니라 염씨. 염씨가 들어와갖고 여그와서 정착을 했어. 여가 제일 첨에 정착을 했다 그래갖고 정착리. 지금도 정착리라 그러거든요. 염씨가 들어와서 있고 그 뒤에 인자 거슥 강씨가 들어왔어. 그 다음에 강씨가 들어왔고, 그 뒤에 인자 김씨가 들어왔죠. 그 뒤로는 방씨건 양씨건 그란디. '그 뒤에 이씨가 들어왔다.' 그란데 김씨는 김씨 집안 사람들이 잘 알겠지만은 이씨는 제가 이씨라놔서.

그 장흥군 저희 할아버지가 원을 했어요. 원을 했는데 연산군 때 인자 모함을 당해서. 강진이 우리 본토거든요 이성계 후손으로. 모함을 해서 우리 할아버지는 인자 잡혀들어가고 할머니가 아들 둘을 데꼬 뗏목을 지어가지고는 뗏목에다 아들들 데꼬 바람 따라서 물 따라서 흘러내려온 거여. 아들들을 살리기 위해서. 그래갖고 큰아들은 여가 정착을 했고 인자 둘째는 손죽도로 간 거여. 인자 아들, 둘째가 그란께 손죽도 사람들이 촌수가 우리보다 높아. 우리 집안인데. 손죽도 인자 조상이 바로 여그 이씨 도산이라. 그래갖고 그 할머니가 들어와서 이씨가 들어온 거여. 이씨가 들어온지가 지금으로 근 한 사백년 정도 되어요. (조사자 : 전주이씨시죠?) 응 전주이씨. (조사자 : 그 할머니 이름을 알 수 있을까요?) 족보를 봐야 알 수 있죠.

녹항은 원래 녹항이 강씨가 들어와서 녹항에 주둔했고. 여기는 염씨고. 대동도 골창이라, 진목도 골창이고. 여그가 남풍 남동풍이 불믄 태풍이거든. 그란께 태풍피해서 가는 것이 대동마을이라서 여그서 정착을 한 거제. 애미는 여기서 소박맞아서 쫓겨난 아줌마가 정착을 했고, 녹항은 강씨들이 들어와서 인자 정착을 했고, 진막은 박씨들이 들어와서 시조가 박씨에요. 박씨가 정씨보다 뒤에 들어왔다 그랬거든. 집안내력은 그 성씨들네이 잘 알죠.

(조사자 : 장흥에서 오셨다구요?) 예. 장흥 할아버지가 원을 했어. 그래갖고 장흥가 그 도산 할아버지 산소가 있어요. 할머니 산소는 여가 있고. 10월 시제 때는 그리 모두다 모이죠.

상산봉 봉화터

자료코드 : 06_12_FOT_20100821_LKY_LMJ_0022
조사장소 : 전라남도 여수시 삼산면 초도리 의성마을 마을회관
조사일시 : 2010.8.21
조 사 자 : 이옥희, 임세경
제 보 자 : 이만조, 남, 66세
구연상황 : 초도마을 입향조에 대한 이야기를 마친 후, 조사자가 잠시 주변을 정리하는 동안 잠깐 동안의 침묵이 흘렀다. 다시 조사자가 이곳에 혹시 절터는 없었냐고 묻자, 절터는 없었고 봉화불은 있었다고 하면서 그와 관련된 이야기를 들려주었다.
줄 거 리 : 초도 상산봉에 옛날부터 성같이 쌓아진 봉화대가 있다고 한다. 그 봉화대에는 지금도 굴 껍질 같은 것이 붙어 있는데, 실제로 가보면 굴 껍질은 아니지만 꼭 그것처럼 보인단다. 그런데 옛날 조상들이 그곳에 봉화대를 만들기 위해서 그 바위를 가지고 상산봉 꼭대기까지 올라가서 만들어진 것이라고 한다.

절터는 없고 절터란 것은 없고. 저 상산봉 몰랑에 올라가믄 성같이 쌓아졌어 돌맹이가. 그것이 뭔 성이냐 하믄 옛날 조선시대 때 봉화불 있죠.

손죽도 거문도 요리 봉화를 하기 위해서 쌓은 것이라. 그란데 거기를 가믄은 갯바위에 굴 그 굴껍질이 붙어 있다고. 바위가 바위 옆에가. 실제 가서 보면은 만져보고 보면은 굴 껍질이 아니에요. 그것도 이끼가 꼭 영락없이 굴껍질이 붙어있는 것같애. 그래갖고 한때는 '바다에서 조상들이 봉화터를 만들기 위해서 그 바위를 가지고 올라갔다.' 그란데 그것은 이치에 안 맞는 이야기에요. 그 집채만한 바위를 어떻게 거기까지 가지고 올라갈 거요? 자연석인데 그렇게 이끼가 붙어있어요. 거그도 봉화성턴데. 인자 자세한 과정이야기는 누가 아는 사람이 없어요.

당제를 지내고 아들을 얻은 사람

자료코드 : 06_12_FOT_20100820_LKY_LHY_0001
조사장소 : 전라남도 여수시 삼산면 초도리 대동마을 모정
조사일시 : 2010.8.20
조 사 자 : 이옥희, 임세경
제 보 자 : 이현엽, 여, 82세
구연상황 : 앞서의 대동마을 할아버지들과의 이야기를 끝내고, 조사장소를 옮겨 할머니들이 모여 있는 곳으로 갔다. 마을 모정에 할머니 네 분이 모여서 쉬고 있었는데 조사자가 도깨비불에 대해서 묻자, 옆에 있던 할머니가 자신이 본 도깨비불에 대해서 간단히 들려주었다. 그러자 가만히 듣고만 있던 제보자가 당제를 모시고 아들 낳은 이야기를 시작했다.
줄 거 리 : 옛날에 대동에 딸만 내리 낳고 아들을 못 낳은 사람이 당에 공을 들여서 결국 아들을 낳았다고 한다. 당에 공을 들일 때는 머리목욕을 하고 제물을 장만해서 드린다. 당제를 모실 때 웃당에서 아랫당으로 가는데, 꼬리가 달린 파란불이 아랫당인 할아버지 당에까지 따라왔다고 한다. 그리고 바로 임신을 해서 그 해에 아들을 낳았다고 한다.

옛날에 그 집서 아들 못 낳고 딸만 딸만 낳은게 함씨가 아들 낳을라 근다고 당에다 공을 들였어. 당지(당제) 모신 디다가 인자 머리 목욕하고 머

리 감고 콩너물 길어. 그 콩너물 길 때마다 머리 목욕하고 정성을 들였어. 당지 모신디. 저 웃당에서 지내고 아랫당으로 간디. 우리 함씨 전에 이야그 하등만. 양제서, 양제 다 보고 있었다 그래.

그란디 파란 불이 이만 헌게 꼬리를 달고 따라 가드래. 할아버지 당에까장. 그래서 그 함씨가 그 아들을 낳았어. 아까 여기 비개 짊어지고 간 그 사람 낳고, 그 밑으로 동상을 낳았어. 그라고 인자 또 딸을 낳았어. 시백이 낳음시로 그랬단게. 시백이가 아들로 첫 아들 아니요. 낳은디 공을 들여서 낳았다 그 말이여. 당지 모셔갖고. (조사자 : 정성 들여가지고.) 당지 모셔갖고 애기를 낳은디 저 웃당 할아버지 당이 있어. 저 욱에. 거기서 인자 지내고 아랫당 할매당으로 인자 새북에 인자 날 새가지고 지낸 데로 가. 이고 막 그라고 지내러 간디 그 뒤따라 불이 이렇게 하나고 당에까장 같이, 사람하고 같이 들어갔다고 글등만. 그랬는디 딱 그 해에 애기가 있어서 낳았는디 아들 낳았다고 그래. 딸 일곱인가? 여섯 낳아놓고 아들을 낳았어.

도깨비불

자료코드 : 06_12_FOT_20100820_LKY_LHY_0002
조사장소 : 전라남도 여수시 삼산면 초도리 대동마을 모정
조사일시 : 2010.8.20
조 사 자 : 이옥희, 임세경
제 보 자 : 이현엽, 여, 82세
구연상황 : 조사자가 도깨비불이 보이는 곳에서 고기가 많이 잡힌다는 소리는 못들었냐고 묻자, 제보자가 도깨비불에 얽힌 이야기를 들려주었다. 이야기를 연행하는 동안 제보자는 두 손을 흔들기도 하는 등 이야기의 상황을 구체적으로 전달해주기 위해 노력하는 모습을 보여주었다.
줄 거 리 : 중선배들이 고기를 잡으러 바다에 가면 날이 궂거나 비가 오려고 구름이 끼면 도깨비불이 켜지면서 마치 배와 같은 시늉을 하면서 따라온다고 한다. 옛

날에 마을주민 중 한 사람이 중선배를 타고 가는데, 청산 바다로 올라가는데 평일도 있는 곳에서부터 도깨비불이 켜져서 자신들의 배를 따라오더라는 것이다. 그래서 옆 선원에게 쌀을 꺼내 그 불을 향해 세 번 뿌리고 술을 뿌리라고 하였다. 그렇게 한 뒤에 신기하게도 도깨비불이 사라졌다고 한다. 날이 궂으려고 하면 배 모양을 한 도깨비불이 사람들의 배를 따라온다고 한다.

우리 막 배들이 중선배들이 고기 잡으러 저 바다를 가고 그라믄은 날이나 궂을라믄, 비나 올라고 막 구름이나 찌고 그라믄, ○○○○라 있거든. 저기서 도깨비불 써갖고 막 이상 배 시늉을 하고 막 따러온다네 배로. 그래 전에 저 금심이 즈그 아부지가 중선배를 헌디 문필이가 그 사공을 갔든가. 아니 저 화장을 갔든가 본디 저그 저 청산 바닥으로 올라간디 이상 평일도 있는 디서 막 불을 써고 막 휘두르고 오드라네. 배에서 도깨비불 써고 뒤따라 오드라네. 그란게 치를 잡고 가다가

"문필아! 문필아!"

"예" 그란게.

"저 쌀통에서 쌀 잠 집어다 저 찌끄러브러라." 그라드라네.

그 키 잡은 아자씨가. 그래서 쌀 집어다가 이렇게 시 번 이렇게 찌끄리고. 뭔 술을 찌그라다드냐. 어쨌다드냐. 그란데 딱 없어지드라네. 없어지드라네.

(조사자 : 그니까 가짜 배가. 진짜 배 말고 어떤 배가 이렇게 따라 온다는 거네요.) 음. 막 도깨비가 인자. 그거이 도깨비제 말허자믄. 막 배를 타고 오고 막 불을 쓰고 막 같이 이렇게 배들이 막 따라온디, 뭔 소리를 하고. (조사자 : 그러믄 태풍이 분다고요?) 아니, 비가 올라믄. 날이 궂을라믄 그런 일이 더러 있다 그래. 한 번 그래 봤다고 전에. 우리 아저씨가 그런 이야기를 하대. 도깨비불이여. 그거이. (청중 : 인자 잡것이 날라믄 인자. 날이 궂을라믄 잡것이 난다고.)

메밀범벅을 싫어하는 도깨비

자료코드 : 06_12_FOT_20100820_LKY_LHY_0003
조사장소 : 전라남도 여수시 삼산면 초도리 대동마을 모정
조사일시 : 2010.8.20
조 사 자 : 이옥희, 임세경
제 보 자 : 이현엽, 여, 82세
구연상황 : 도깨비불에 대한 이야기를 계속 이어가기 위해서 조사자가 도깨비가 싫어하는 것이 무엇이냐고 묻자, 제보자가 메밀이라고 하면서 이야기를 이어갔다. 이야기 도중, 메밀묵을 쒀서 귀신을 쫓을 때는 여기저기에 뿌린다고 할 때는 실제로 묵을 떼어서 뿌리는 시늉을 하면서 이야기를 들려주었다.
줄 거 리 : 도깨비는 메밀묵을 싫어한다고 한다. 그래서 설이나 보름과 같은 명절에는 도깨비나 잡귀를 쫓아내기 위해서 메밀 범벅을 해서 집 여기저기에 뿌리고 다니는 것이라고 한다.

(조사자 : 도깨비가 그럼 싫어한 것은 뭐데요. 메밀을 싫어한데요?) 메물묵. 메물묵 해서 범벅을 해서 막 찌끄러블믄 쩌리 가브러. 없어져브러. 잡귀가 다 쩌리 가브러. (조사자 : 잡귀가?) 응. 잡귀제 인자 다. 도깨비불 난 그것이 잡귀여. 그란게 잡귀 쫓추기 위해서 막 메물 범벅을 해서 막 찌끌고 댕기믄 싹 없어져브러.

(조사자 : 언제 그거를 뿌려요, 그러면. 보름날?) (청중 : 설에나 보름에나 인자. 지슥 있는 사람네는 인자 젊은 사람네도 글고. 지슥 있는 사람네는 메밀묵을 사갖고 와서 인자 밥 해 노믄 인자 막 그냥 히서 그냥 오만데다 다 그냥 찌글등만. 다 그냥 해서 막. 귀신 쫓을라고. 귀신 묵으라고 다 찌글등만. 딸네 본게.) 메밀묵을 해서 찌그리믄, 범벅을 찌그리믄 귀신 쫓은다 그래서 그것을 헌닥 해. 옛날에.

고두리 영감제 유래

자료코드 : 06_12_FOT_20110126_LKY_CYH_0001
조사장소 : 전라남도 여수시 삼산면 거문리
조사일시 : 2011.1.26
조 사 자 : 이경엽, 한미옥, 송기태, 임세경
제 보 자 : 정용현, 남, 62세

구연상황 : 거문도 뱃노래 보존회 부회장님 댁에서 민박을 하고, 아침 일찍 일어나 정용현 씨의 안내로 거문도 이곳저곳을 둘러보았다. 정용현 씨는 이곳 장촌마을 사람으로 거문도 뱃노래 총무를 맡고 있고, 거문도의 문화해설사 역할을 자처하고 있다. 조사자들은 정용현 씨의 안내로 안노루섬과 영국군 묘지 등을 둘러보았다. 먼저 고두리 영감제와 관련이 있는 안노루섬이 바라보이는 곳에 서서 그에 얽힌 이야기를 들려주었다.

줄 거 리 : 내장도(안노루섬은)은 본래 '안쪽 너리섬'이라고 불렀다. 그러다가 차차 '안너리'가 '안노루'가 되어 지금에 이르게 되었다고 한다. 본래 고두리 영감제의 유래는 다음과 같다. 과거부터 거문도는 고등어가 잘 잡히는 곳이었는데 어느 해에 고등어가 잡히지 않았다고 한다. 그러던 어느 날 덕촌마을 사람이 해안가를 걷고 있는데 물에 둥둥 뜨는 돌이 있어서 그것이 신기해서 가지고 왔단다. 그리고 마을 사람들과 상의해서 돌이 물에 뜨는 것이 신기하다고하여 그것을 모셔놓고 제를 모셨는데 그때부터 다시 고등어가 잘 잡히게 되었다고 한다. 그래서 이후 그 돌을 고두리 영감이라고 불렀고, 음력 4월 15일에 풍어제로 고두리 영감제를 모시게 되었다고 한다.

근데 사실은 노루같이 생기질 않았잖아요. 전혀 노루하고는 틀려요. 이거이 왜 변형이 되는 뜻을 말씀 드리겠습니다. 여기가 저 그 안쪽 너리섬이여. 너리란 것은 큰 바위를 말하는 거거든. 우리 순우리말입니다. 순우리말 너리. 그래 안 너리섬을 안너리, 안너리, 안노루가 돼브린 거야. 그래서 노루 장(獐)자를 써가지고. 한문으로 멋지게 표기를 한다고 또 노루 장(獐)자를 써 이 섬을. 그래 이거 인자 바로 잡을 겁니다 우리가.

그래서 어제 고두리 영감이 등장을 하지요. 근데 어제 그 기순이 회장님께서는(이귀순 거문도뱃노래 보존회장) 고두리 영감이 덕촌 저 마을에 사신 사람이다 그렇게 말씀하신데. 그게 아니고 고등어가 이 섬에 많이 잡혀서 주 어종이 고등어로 먹고 사는 섬인데 어느 때 갑자기 고등어가 고갈이 되는 거야. 어장이. 그래서 인제 뭔 궁리끝에 벨 뭐 제사를 지내고 용왕제도 지내도 이게 막 고등어가 안 나는 거야.

그러던 어느 날 덕촌마을 그 주민이 해안가를 걷고 있는데 큰 돌이 하나 둥둥 떠서 오드래요. 바닷가로. 그래 돌이란게 가라앉아야 맞는데 뜨잖아요. 그 이상하다 싶어서 그 돌을 주워다 놓고 동네 마을 인제 어르신들하고 의논을 한 거에요. “아 이것이 신기하다. 아 이럴 수가 있나. 돌이 뜰 수가 있나. 이것은 분명히 아마 그 용왕의 어떤 계시가 있어서 이 돌이 우리 고장에 이렇게 밀려 온 것이다. 우리가 이것을 성시 여겨서 우리가 제사를 한 번 올리자.” 그래서 인자 배에다 싣고 저 섬에 올라가서 저기다가 이제 그 그 떠밀려 오는 그 바위를 얹져 놓고 제사를 지냈더니. 그 해에 고등어가 갑자기 막 많이 잡히는 거에요. “아 이거이. 이거이 바로 그 저 이 계시구나. 신령님이 아마 우리 이 주민 섬사람들 살리기 위해서 이렇게 보냈구나. 그래 이걸 성시 해서 우리 앞으로 계속 잘 모시자.” 해가지고 그 뒤부터 인제 에 고등어가 많이 잽히게 했다는 그 뜻으로 그 돌을 영감이라고 부르게 된 거여. 영감.

영감. 우리가 뭐 인자 높으신들 보고 영감님, 영감님 한 식으로. 그래서 고등어를 많이 잡히게 해 준 그 돌을 영감으로 상징하고 고두리 영감이라고 이름을 지어서 지금까지 제를 모셔오고 있거든요. 그래서 어제 그 회장님께서 설명한 부분에서 잘못된 부분은 ‘덕촌마을에 고두리 영감이라는 사람이 있었는데 그 영감이 돌을 발견해 갖다 줏어논 것을 고두리 영감이다.’ 이렇게 해가 쪼금 그 저 잘 못됐을 겁니다.

그래서 음력으로 4월 15일 날 풍어제 때 제일 먼저 가서 제사를 모시는 곳이 고두리 영감제. 그 다음에 고두리 영감제 제사를 모시고 다음에 용왕제를 모시러 저 백도 바다까지 갑니다. 거기서 또 마치고 와서 서도

마을에서 거북제라고 있어요. 서도마을에는 어제 그 설명을 안 하시든데. 그 거북이가 인자 바닷가에 산채로 밀려와가지고 보낼라믄, 보내노믄 또 들어오고 보내노믄 또 들어오고 그래서 '아, 이거이 뭔 우리 마을에 뭔가 좀 암시를 해 준 거이 아니냐.' 그래서 거북이를 모셔놓고 술도 먹이고 막 갖은 안주 뭐 보호를 해서 배를 태워서 막 멀리 보냈드랍니다. 그 해에 또 인자 서도마을에는 그냥 삼치, 멸치, 갈치가 막 나와브렀대. 그래서 거기는 또 거북제사를 또 모시고 있어요. 그 부분은 어저께 그 회장님이 설명을 안 하시더라고.

(조사자 : 그러면 시기가 언제쯤이라고 한답니까?) 그때 4월 15일. (조사자 : 아니. 몇 년 전이라고 이렇게 전한답니까?) 뭐 한 거문도를 사백년 그러거든요. 거문도에 사람들이 거주하는 그 기록의 역사는 400년. 그 앞에는 기록이 없으니까. 몇 백 년이다 뭐 저 여기 말하믄 고인돌도 뭐 발견되고 했다 그러면은 거 엄청난 뭐. (조사자 : 여기 고두리 영감 모시게 된 것이 몇 년 전 이야기에요?) 여기는 바로 해방 그 이전에. 그러니까 약 한 200년. 그 고두리 영감제를 일시 중단했던 때가 있어요. 일제강점기 때는 강제로 못하게 하는 거에요 제사를. 그래 인자 멈췄다가 다시 제를 지낸 것은 해방 이후고. 고두리 영감 그 제사를 모시게 된 처음은 약 한 200년 된다 그럽니다. (조사자 : 거북이 제사 모신 것은?) 거북 제사도 마치 그 해에. 그러니까 아마 이런 것들이 그 마을에 하나씩 어떤 그 신앙적인 것을 하나 그 표상을 하기 위해서 경쟁적으로 이렇게 인자 만들어 내기도 하고 그랬다 그래요. 실제로 뭐 있는 것도 있지마는 뭐 이래 만들어서 이렇게 전설화 해 한 것도 있고 그랬습니다. 그래서 요즘은 그런 것들이 다 뒷전에 밀리고 또 그걸 기록으로 남기고 계속 보존 이렇게 할라는 그런 것도 의식이 없어요. 희박해져. 그래 좀 안타까워요. 그런게 현실이거든요. 근데 거북제하고 고두리 영감제하고 거북제는 매년 끊임없이 잘 하고 있습니다.

영국 해군들이 사용했던 시설

자료코드 : 06_12_FOT_20110126_LKY_CYH_0002
조사장소 : 전라남도 여수시 삼산면 거문리
조사일시 : 2011.1.26
조 사 자 : 이경엽, 한미옥, 송기태, 임세경
제 보 자 : 정용현, 남, 62세
구연상황 : 제보자가 거문도에 대해 소개하고 영국 해군이 주둔했던 당시에 대해 설명하였다. 덕촌 마을 앞에 있는 농협자리를 가리키면서 당시의 역사적 사실을 들려주고 당시의 사진자료들을 보여주었다.
줄 거 리 : 거문도 덕촌마을에 있는 농협 자리는 과거 영국군이 주둔했을 때 군수물자 창고로 사용했던 곳이다. 당시 군수물자 창고를 짓는 과정에서 덕촌과 장촌마을 사람들이 모두 동원돼서 석축을 쌓고 도로공사를 했다.

저 자리 있죠 농협. [사진을 보여주며] 농협 자리가 그때 영국 해군들이 들어와서 군수물자 창고를 지금 신축하고 있는 장면이에요. 이렇게. 여기에다 인자 동원된 인력이 이 덕촌마을 앞에 마을 주민들. 아까 여그 장촌, 서도 주민들 이렇게 동원해서 석축을 쌓는 거야. 요 호안 도로공사. 쭉 이렇게 해서 그 다음에 여그가 그 테니스장이여 테니스장. 이 사람들이 이렇게 와서도 여유있게 테니스장을 만들아갖고. 그 당시 배가 한 20명, 30명 가까이 된 그때도 테니스를 즐겼던 사람들이 이 사람들이에요. 묘한 사람들이여. 그렇게 해서 여그가 이 위에가 무선 통신시설이 있던 곳. 테니스장이 이 시설이 있던.

영국 해군의 병영

자료코드 : 06_12_FOT_20110126_LKY_CYH_0003
조사장소 : 전라남도 여수시 삼산면 거문리
조사일시 : 2011.1.26
조 사 자 : 이경엽, 한미옥, 송기태, 임세경

제 보 자 : 정용현, 남, 62세
구연상황 : 제보자가 거문도에 대해 소개하고 영국 해군이 주둔했던 당시에 대해 설명하였다. 영국군 묘지로 이동하면서 거문초등학교에 들러서 당시의 역사적 사건을 이야기 해주었다.
줄 거 리 : 지금의 거문초등학교 자리는 과거 거문도에 주둔했던 영국해군들의 병원이었던 곳이다. 운동장은 당시 연병장이었고, 교사는 사관들의 숙소로 사용되었다. 현재는 병원으로 사용했던 교사만 남아 있는 상태다.

자 여기를 우리가 왜 올랐는가 보여드리겠습니다. [사진을 보여주며] 여기가 당시 영국 해군들의 병영입니다. [초등학교를 가리키며] 여기 위치가 이 위치에요. 지금 현재 그 교사가 있는 부분이 사관들 숙소. 다음에 윗부분이. 여기 보면은 다 설명이 돼 있습니다. 제일 상단부 건물 여그가 장교 숙소, 식당, 그 다음에 옆에 작은 건물이 병사들이 임시 시체안시소였답니다. 지금은 그 흔적만 있지 건물은 없습니다마는. 그 다음에 중단부 건물. 지금 교사가 있는 부분은 해병대원의 숙소, 식당, 매점, 의무실로 돼 있고, 또 하단부에 있었는데 그거는 경보병대의 포병 막사였다 그래요. [운동장을 가리키며] 그럼 여그는 인자 연병장. 훈련장으로 사용을 했다고 합니다.

영국군 묘지

자료코드 : 06_12_FOT_20110126_LKY_CYH_0004
조사장소 : 전라남도 여수시 삼산면 거문리
조사일시 : 2011.1.26
조 사 자 : 이경엽, 한미옥, 송기태, 임세경
제 보 자 : 정용현, 남, 62세
구연상황 : 제보자의 안내로 영국군 묘지를 보러 올라갔다. 영국 해군이 주둔했던 당시의 상황과 영국군 묘지의 유래에 대해 설명하였다.
줄 거 리 : 영국군 묘지는 규모가 작다. 매년 영국대사관에서 참배를 하고 간다. 영국군

이 1885년도부터 2년 동안 거문도에 주둔하면서 각종 사건 사고로 9명의 수병이 사망을 했다. 그 아홉 명을 모두 이곳에 안장을 해놨다가 거문도를 철수하면서 2구만 남기도 7구는 본국인 영국으로 이송을 했다. 하지만 그에 대한 기록은 없고, 단지 구전으로만 전해지고 있다.

자 이렇게 보시다시피 오시면은 외래객들은 굉장히 기대를 많이 하고 옵니다. '영국군 묘지' 그러니까 굉장히 크고 막 저 부산 유엔군 묘지를 상상을 하고 오신데, 오셔서 보시고는 좀 실망을 하기는 합니다. "이 역사의 흔적이라고 생각을 하십시오." 그러면은 그거를 인정을 하죠. 뭐 크고 작고가 어디가 있습니까. 그래서 총 1885년도부터 2년 여 동안 여기 머물러 있는 동안에 총기 사고, 익사사고, 각종 여러 가지 사고로 인해서 아홉 사람이 9명의 수병이 사망을 했습니다. 그래서 그 9명을 다 이곳에 안장을 해놨다가 철수허면서 2구만 남기고 7구는 본국으로 이송을 보냈다고 그럽니다.

그래 그 이야기가 전해지지 기록이 없어요. 지금 현재 2구가 지금 묻혀 있는 것이냐 아니냐. 누가 알 길이 없습니다. 영국 대사관에서도 매년 와서 참배를 하고 저렇게 꽃을 걸어 놓고 가기도 합니다마는. 그분들한테 물어봐도 지금 여그 매장이 돼 있는지 이송을 했는지는 알 길이 없다고 얘기를 허거든요.

여기가 인제 그런 역사 현장이니까. 또 '남의 나라 그 묘를 우리가 이렇게 관리하고 해야 될 이유가 뭐 있냐?' 그러지마는 그거이 아닙니다. 그래서 '우리가 거문도에 그 역사를 우리가 관리하기 위해서는 뭔가 그 조성을 좀 해야 되겄다.' 이렇게 좀 터가 협소했던 부분을 시에서 이렇게 지금 저 조경사업까지 해서 지금 사업을 하고 있습니다.

거문도뱃노래 / 고사소리

자료코드 : 06_12_FOS_20110125_LKY_JKY_0001
조사장소 : 전라남도 여수시 삼산면 서도리 죽촌마을 거문도뱃노래전수관
조사일시 : 2011.1.25
조 사 자 : 이경엽, 한미옥, 송기태, 임세경
제 보 자 : 정경용, 남, 64세(거문도뱃노래 예능보유자) 외 14인
구연상황 : 거문도 뱃노래보존회 회원들을 만나서 뱃노래를 들었다. 거문도 뱃노래는 첫배로 잡던 멸치잡이 소리다. 보존회장이 지휘하고 정경용 보유자의 선창으로 뱃노래가 순서대로 연행되었다. 노래를 부르는 중간에 미리 준비해둔 술과 안주를 먹기도 하였고, 꽹과리와 북으로 박자를 맞추었다. '고사소리'를 시작으로 뱃노래를 순서대로 연행하였다.

서천국 사마세계 해동조선
전라좌도 관은 여천군 면은 삼산면
앉은 관은 서도리 정경용 선왕께
구축발언은 다름이 아니오라
악살 회살 모진 놈의 관제구설
해담욕설 우환자작 근심수를
일시에 소멸시켜 주옵시고
돛대위에 봉기 꽂고
봉기위에 연화 받게
점지하여주옵소서
헌원씨 배를 모아
이지불통 허연후에
후생이 본을 받어

다 각기 위업허니
막대한 공이 아니냐
하우씨 구년지수
배를 타고 나서
오당으로 돌아들어
우선 대지 건네주고
동남풍 비를 내어
조조의 백만 대병
중류로 화공하니
배 아니면 부지헐꼬
주요요일 경양허니
도연명의 귀거래
해활허니 고범주라
장한의 강동거요
임술지 추칠월의
소동파 놀아있고
지국총총 어사허니
어부의 즐거움이요
타고 발선허여보니
어선이 아니냐
우리선원 십팔명이
어부로 위업허니
경세후경연
표백서란을 다니더니
오늘날 이 바다에
고사를 지내오니

동에서 청룡이며
남에서 적룡이며
서에서 백룡이며
북에서 흑룡이
중앙에 황룡이
천왕지장과 건네주니
하감하야주옵소서

거문도뱃노래 / 놋소리(1)

자료코드 : 06_12_FOS_20110125_LKY_JKY_0002
조사장소 : 전라남도 여수시 삼산면 서도리 죽촌마을 거문도뱃노래전수관
조사일시 : 2011.1.25
조 사 자 : 이경엽, 한미옥, 송기태, 임세경
제 보 자 : 정경용, 남, 64세(거문도뱃노래 예능보유자) 외 14인
구연상황 : 거문도 뱃노래보존회 회원들을 만나서 뱃노래를 들었다. 거문도 뱃노래는 챗배로 잡던 멸치잡이 소리다. 보존회장이 지휘하고 정경용 보유자의 선창으로 뱃노래가 순서대로 연행되었다. 노래를 부르는 중간에 미리 준비해둔 술과 안주를 먹기도 하였고, 꽹과리와 북으로 박자를 맞추었다. 고사소리에 이어서 곧바로 '에야뒤야'로 놋소리를 불렀다. "에야 뒤야"는 후렴으로 여러 사람이 함께 부르는 소리다.

에야 뒤야
에야 뒤야

어기영차 어서들 가세
에야 뒤야

가자가자 어서가세

에야 뒤야

어장터로 어서들 가세
에야 뒤야

어기여라 뒤여라
어기여 뒤여

앞산은 점점 가까워지고
에야 뒤야

뒷산은 점점 멀어만 가네
에야 뒤야

여보소 어간노 힘차게 젓소
에야 뒤야

오늘은 데리물이 너무나 많으네
에야 뒤야

어기여라 뒤여라
어기여 뒤여

배추밭끝(해안가 지명)에가 꿀이 실 터이니(물이 셀 터이니)
에야 뒤야

무진개끝(해안가 지명)은 언제나 갈거나
에야 뒤야

우리 노꾼들 힘차게 젓소

에야 뒤야

어기여라 뒤여라
어기여 뒤여

썰물 때도 다 되어가네
에야 뒤야

어서 한 바지 떠보세
에야 뒤야

어기여차차 지화자 좋네
에야 뒤야

어기여 뒤여
어기여 뒤여

에야 뒤야
에야 뒤야

에야 뒤야
에야 뒤야

밀물고기 썰물고기
에야 뒤야

이 고물에 다 들어오소
에야 뒤야

우리배가 만선되면

에야 뒤야

술도 묵고 노래도 부르고
에야 뒤야

춤도 추고 거드렁 거리세
에야 뒤야

여기여 뒤여
어기여 뒤여

에야 뒤야
에야 뒤야

멸이야 자
자자

거문도뱃노래 / 월래소리(1)

자료코드 : 06_12_FOS_20110125_LKY_JKY_0003
조사장소 : 전라남도 여수시 삼산면 서도리 죽촌마을 거문도뱃노래전수관
조사일시 : 2011.1.25
조 사 자 : 이경엽, 한미옥, 송기태, 임세경
제 보 자 : 정경용, 남, 64세(거문도뱃노래 예능보유자) 외 14인
구연상황 : 거문도 뱃노래보존회 회원들을 만나서 뱃노래를 들었다. 거문도 뱃노래는 챗배로 잡던 멸치잡이 소리다. 보존회장이 지휘하고 정경용 보유자의 선창으로 뱃노래가 순서대로 연행되었다. 노래를 부르는 중간에 미리 준비해둔 술과 안주를 먹기도 하였고, 꽹과리와 북으로 박자를 맞추었다. 고사소리와 놋소리에 이어 곧바로 '월래소리'를 불렀다. 노래를 하는 동안 회원들은 손뼉을 치면서 박자도 맞추고 보존회장은 어깨춤도 추면서 분위기를 한껏 띄웠다. "월래보

자"는 후렴으로 여러 사람이 함께 부르는 소리다.

월래보자
월래보자

이 고물을 당겨주소
월래보자

이 고물 안 헝클어지게 어서 당그소
월래보자

헝클어지면은 어장을 못하네
월래보자

뒤에 사람은 그물을 챙기고
월래보자

이물 사람은 천천히 당그소
월래보자

팔을 뻗쳐서 힘차게 당그소
월래보자

동에는 청제용왕신
월래보자

남에는 적제용왕신
월래보자

서에는 백제용왕신
월래보자

북에는 흑제용왕신
월래보자

중앙에는 황제요왕신
월래보자

화이동심을 허옵시면
월래보자

우리 배가 만선만 되면은
월래보자

돛대 위에다 봉기를 꽂고
월래보자

봉기 우에다 연화를 받어
월래보자

부모처자식 공양을 허세
월래보자

버끔이 뿌걱뿌걱 난 것을 보니
월래보자

우리배 만선은 되겄구나
월래보자

힘차게 모두들 당겨를 주소
월래보자

월래보자
월래보자

거문도뱃노래 / 가래소리(1)

자료코드 : 06_12_FOS_20110125_LKY_JKY_0004
조사장소 : 전라남도 여수시 삼산면 서도리 죽촌마을 거문도뱃노래전수관
조사일시 : 2011.1.25
조 사 자 : 이경엽, 한미옥, 송기태, 임세경
제 보 자 : 정경용, 남, 64세(거문도뱃노래 예능보유자) 외 14인
구연상황 : 거문도 뱃노래보존회 회원들을 만나서 뱃노래를 들었다. 거문도 뱃노래는 첫배로 잡던 멸치잡이 소리다. 보존회장이 지휘하고 정경용 보유자의 선창으로 뱃노래가 순서대로 연행되었다. 노래를 부르는 중간에 미리 준비해둔 술과 안주를 먹기도 하였고, 꽹과리와 북으로 박자를 맞추었다. 고사소리, 놋소리, 월래소리에 이어서 가래소리를 불렀다. 노래를 하는 동안 회원들은 손뼉을 치면서 박자도 맞추고 보존회장은 어깨춤도 추면서 분위기를 한껏 띄웠다. "어랑성 가래야"는 후렴으로 여러 사람이 함께 부르는 소리다.

어랑성 가래야
어랑성 가래야

여기도 펴 실고 저기도 펴 실고
어랑성 가래야

이 가래가 뉘 가랜고
어랑성 가래야

이 가래는 우리 가래로세
어랑성 가래야

우리 뱃사람들 잘도 허네
어랑성 가래야

쪽바느질도 잘도 허고
어랑성 가래야

딱가래질도 잘도 허구나
어랑성 가래야

우리배에 다 못 실으면
어랑성 가래야

이 칸 저 칸이 모두 차거든
어랑성 가래야

그물을 옆구리에 차고 건너가세
어랑성 가래야

어기영 차차 가래로세
어랑성 가래야

저 산의 저 별을 바라보니
어랑성 가래야

조깐 있으믄 동이 트겄네
어랑성 가래야

동트기 전에 퍼 실어보세
어랑성 가래야

어기영 차차 가래로구나
어랑성 가래야

우리배가 가만 다면은
어랑성 가래야

술도 있고 안주도 있다네
어랑성 가래야

한잔씩 먹고 놀아들 보세
어랑성 가래야

어랑성 가래야
어랑성 가래야

거문도뱃노래 / 썰소리, 어영차소리(1)

자료코드 : 06_12_FOS_20110125_LKY_JKY_0005
조사장소 : 전라남도 여수시 삼산면 서도리 죽촌마을 거문도뱃노래전수관
조사일시 : 2011.1.25
조 사 자 : 이경엽, 한미옥, 송기태, 임세경
제 보 자 : 정경용, 남, 64세(거문도뱃노래 예능보유자) 외 14인
구연상황 : 거문도 뱃노래보존회 회원들을 만나서 뱃노래를 들었다. 거문도 뱃노래는 챗배로 잡던 멸치잡이 소리다. 보존회장이 지휘하고 정경용 보유자의 선창으로 뱃노래가 순서대로 연행되었다. 노래를 부르는 중간에 미리 준비해둔 술과 안주를 먹기도 하였고, 꽹과리와 북으로 박자를 맞추었다. 고사소리, 놋소리, 월래소리, 가래소리에 이어서 썰소리를 불렀다. '어랑성 가래야' 소리가 끝나자마자 갑자기 느린 박자로 "에헤 어기요" 소리로 시작되는 '썰소리'가 이어졌다. 그때까지 일어서서 어깨춤으로 흥을 돋우던 보존회장도 주저앉아서 구슬픈 정조의 모습을 보여주었다. 그러다가 노래 중간부분인 "어영차소리"부터

다시 일어나 어깨춤을 추는 등 시종일관 소리판의 분위기를 이끌어갔다. '썰소리'에서 "에헤 어기요"와 "에헤"가 후렴이고, '어영차소리'에서는 "어영차"가 후렴이다.

〈썰소리〉

에헤 어기요
에헤 어기요

멸치잡어 보리폴고
에헤

쌀을폴아 자식들 묵고
에헤

우리집에웃음꽃 피네
에헤 어기요

에헤 어기요
에헤 어기요

어기요 다들어오네
에

궁창맞어 소리맞소
에

에헤 어기요
에헤 어기요

〈어영차소리〉

어영차
어영차

어영차
어야디야차

만선이다 만선이다
어영차

만선이 되았으니
어영차

이웃집 마누래
어영차

궁둥이 추며
줜네 마누래

어영차
궁둥이 춤춘다

어영차
어영차

줜네 마누래
어영차

열두폭 치매

어영차

주섬주섬
어영차

줏어 안고
어영차

복전 달고
어영차

마중 나온다
어영차

어영차
어영차

일락서산
어영차

해떨어지고
어영차

월출봉에
어영차

달 솟는다
어영차

갓만 다면

어영차

술도 먹고
어영차

노래도 부르고
어영차

춤도 춰보세
어영차

어영차
어영차

거문도뱃노래 / 술비소리

자료코드 : 06_12_FOS_20110125_LKY_JKY_0006
조사장소 : 전라남도 여수시 삼산면 서도리 죽촌마을 거문도뱃노래전수관
조사일시 : 2011.1.25
조 사 자 : 이경엽, 한미옥, 송기태, 임세경
제 보 자 : 정경용, 남, 64세(거문도뱃노래 예능보유자) 외 14인
구연상황 : 거문도 뱃노래보존회 회원들을 만나서 뱃노래를 들었다. 거문도 뱃노래는 챗배로 잡던 멸치잡이 소리다. 보존회장이 지휘하고 정경용 보유자의 선창으로 뱃노래가 순서대로 연행되었다. 노래를 부르는 중간에 미리 준비해둔 술과 안주를 먹기도 하였고, 꽹과리와 북으로 박자를 맞추었다. 먼저 고사소리, 놋소리, 월래소리, 가래소리, 썰소리 등을 연이어 불렀다. 잠시 술과 안주를 마시면서 휴식을 취하고 다시 "시작하겠습니다." 소리와 함께 꽹과리와 북을 치면서 '술비소리'가 연행되었다. '에야라 술비야'는 늦은소리의 후렴이고, '에야라 술비'는 잦은소리의 후렴이다.

에야라 술비야

에야라 술비야

어기영차 술비로세
에야라 술비야

술비소리를 잘 받고 보이면
에야라 술비야

팔십 명 기생이 수청을 드네
에야라 술비야

술비여
헤헤에 술비여
어야 에헤에 술비여
에야라 술비야 에야디야라 술비야

놀다가소 놀다가소
에야라 술비야

소녀방에 놀다가소
에야라 술비야

놀다가면은 득실인가
에야라 술비야

잠을 자야 득실이지
에야라 술비야

술비여
에야라 술비야

어야 에헤에야 술비여
에야라 술비야 에야디야라 술비야

백구야 훨훨 날지마라
에야라 술비야

널 잡을 내 아니로다
에야라 술비야

성산이 가지시니
에야라 술비야

너를 쫓아 여기 왔다
에야라 술비야

술비여
헤에 술비여 어야
에헤에라 술비여
에야라 술비야 에야디야라 술비야

간다 간다 나는 간다
에야라 술비야

울릉도로 나는 간다
에야라 술비야

오도록만 기다리소
에야라 술비야

이번 맞고 같이 노세

에야라 술비야

술비여 헤
헤에에헤 술비여
어야 에헤에 술비여
에야라 술비야 에야디야라 술비야

에헤야 술비
에야라 술비

골골마다 돈부 심어
에야라 술비

앉은 돈부 늦은 돈부
에야라 술비

쓰리좋다 새 돈부야
에야라 술비

돈부 잎에가 연헤올라
에야라 술비

연의 위에다 단장 싸서
에야라 술비

단장 우에다 집을 짓고
에야라 술비

오순도순 살겠더니
에야라 술비

노름빚에다 집을 잽헤
에야라 술비

어여쁜 내집이야
에야라 술비

이내동동 실어갔다
에야라 술비

어느 산이 산팔러
에야라 술비

머리 깍고 송낙 쓰고
에야라 술비

절에 올라 중 되러가자
에야라 술비

이산저산 다 뒤어서
에야라 술비

큰산어디 비오더라
에야라 술비

어형비고 다형비고
에야라 술비

이지성중 곱게 키워
에야라 술비

선창 안에 물들어 오면
에야라 술비

낚시 챙겨 후려 들고
에야라 술비

낚어 내자 낚어 내자
에야라 술비

낭자청재 낚어 내자
에야라 술비

낚어 못내면 상사가 되고
에야라 술비

낚어내면 능사 되고
에야라 술비

이몸상사 보름맞이
에야라 술비

○○○○○ 나도록
에야라 술비

너랑너랑 살어봅세
에야라 술비

에헤야 술비
에헤야 술비

충청도 정방석이는
에헤야 술비

추절가지가 열리었고
에헤야 술비

장흥남산 당각쟁이는
에헤야 술비

아그장 아그장 달렸구나
에헤야 술비

임아임아 서방님아
에헤야 술비

요내 가슴을 맨저나 주소
에헤야 술비

동지섣달 긴긴밤에
에헤야 술비

의지 없이 몰라진 이몸
인생가지 한정이로세

에헤야 술비
에헤야 술비

거문도뱃노래 / 놋소리(2)

자료코드 : 06_12_FOS_20110125_LKY_JKY_0007
조사장소 : 전라남도 여수시 삼산면 서도리 죽촌마을 거문도뱃노래전수관
조사일시 : 2011.1.25
조 사 자 : 이경엽, 한미옥, 송기태, 임세경
제 보 자 : 정경용, 남, 64세(거문도뱃노래 예능보유자) 외 14인
구연상황 : 거문도 뱃노래보존회 회원들을 만나서 뱃노래를 들었다. 거문도 뱃노래는 챗배로 잡던 멸치잡이 소리다. 보존회장이 지휘하고 정경용 보유자의 선창으로 뱃노래가 순서대로 연행되었다. 먼저 고사소리, 놋소리, 월래소리, 가래소리, 썰소리 등을 연이어 불렀고, 잠시 휴식을 취하고 술비소리를 불렀다. 다시 휴식을 취한 후 꽹과리와 장구 북 등의 사물악기를 빼고 실제 배에서 일을 하면서 노래를 하듯이 해보자고 제안을 했다. 보존회에서 미리 준비한 지게자세를 하나씩 회원들에게 나눠준 뒤 그것으로 박자를 맞추면서 노래를 불러달라고 주문하였고, 그에 맞춰서 보존회원들이 노래를 불렀다. 노래는 놋소리로 시작하였다. 모두들 손에 든 자세로 바닥의 나무를 치면서 박자를 맞춰가면서 노래를 불렀다. '에야 뒤야'는 후렴이다.

에야 뒤야
에야 뒤야

어기영차 어서들 가세
에야 뒤야

가자가자 어서가세
에야 뒤야

어장터로 어서들 가세
에야 뒤야

어기여라 뒤여라
어기여 뒤여

앞산은 점점 가까와지고
에야 뒤야

뒷산은 점점 멀어만 가네
에야 뒤야

여보소 어간노 힘차게 젓소
에야 뒤야

오늘은 데리물이 너무나 많으네
에야 뒤야

어기여라 뒤여라
어기여 뒤여

배추밭 끝에가 꿀이 실 터이니
에야 뒤야

무진개 끝은 언제나 갈거나
에야 뒤야

우리 노꾼들 힘차게 젓소 [후렴꾼들 : 좋다!]
에야 뒤야

어기여라 뒤여라
어기여 뒤여

썰물 때도 다 되어가네
에야 뒤야

어서 한 바지 떠보세
에야 뒤야

어기여차차 지화자 좋네
에야 뒤야

어기여라 뒤여
어기여 뒤여

에야 뒤야
에야 뒤야

에야 뒤야
에야 뒤야

밀물고기 썰물고기
에야 뒤야

이 고물에 다 들어오소
에야 뒤야

우리배가 만선되면
에야 뒤야

술도 묵고 노래도 부르고
에야 뒤야

춤도 추고 거드렁 거리세
에야 뒤야

어기여 뒤여
어기여 뒤여

에야 뒤야
에야 뒤야

멸이야자
자자

[청중들 박소를 치면서 자자 소리를 함]

거문도뱃노래 / 월래소리(2)

자료코드 : 06_12_FOS_20110125_LKY_JKY_0008
조사장소 : 전라남도 여수시 삼산면 서도리 죽촌마을 거문도뱃노래전수관
조사일시 : 2011.1.25
조 사 자 : 이경엽, 한미옥, 송기태, 임세경
제 보 자 : 정경용, 남, 64세(거문도뱃노래 예능보유자) 외 14인
구연상황 : 거문도 뱃노래보존회 회원들을 만나서 뱃노래를 들었다. 거문도 뱃노래는 쳇배로 잡던 멸치잡이 소리다. 보존회장이 지휘하고 정경용 보유자의 선창으로 뱃노래가 순서대로 연행되었다. 먼저 고사소리, 놋소리, 월래소리, 가래소리, 썰소리 등을 연이어 불렀고, 잠시 휴식을 취하고 술비소리를 불렀다. 다시 휴식을 취한 후 꽹과리와 장구 북 등의 사물악기를 빼고 실제 배에서 일을 하면서 노래를 하듯이 해보자고 제안을 했다. 보존회에서 미리 준비한 지게자세를 하나씩 회원들에게 나눠준 뒤 그것으로 박자를 맞추면서 노래를 불러달라고 주문하였고, 그에 맞춰서 보존회원들이 노래를 불렀다. 놋소리에 이어 월래소리를 불렀다. 모두들 손에 든 자세로 바닥의 나무를 치면서 박자를 맞춰가면서 노래를 불렀다. '월래보자'는 후렴이다.

월래보자
월래보자

이 그물을 당겨주소
월래보자

이 그물 안 헝클어지게 어서 당그소
월래보자

헝클어지면은 어장을 못하네
월래보자

뒤에 사람은 그물을 챙기고
월래보자

이물 사람은 천천히 당그소
월래보자

팔을 뻗쳐서 힘차게 당그소
월래보자

동에는 청제용왕신
월래보자

남에는 적제용왕신
월래보자

서에는 백제용왕신
월래보자

북에는 흑제용왕신
월래보자

중앙에는 황제용왕신
월래보자

화이동심을 허옵시면
월래보자

우리 배가 만선만 되면은
월래보자

돛대 위에다 봉기를 꽂고
월래보자

봉기 우에다 연화를 받어
월래보자

부모처자식 공양을 허세
월래보자

가자가자 어서가세
월래보자

우리고장을 어서를 가세
월래보자

부모처자식 기다린다네
월래보자

버끔이 뿌걱뿌걱 난 것을 보니
월래보자

우리배 만선은 되겄구나
월래보자

힘차게 모두들 당겨를 주소
월래보자

월래보자
월래보자

거문도뱃노래 / 가래소리(2)

자료코드 : 06_12_FOS_20110125_LKY_JKY_0009
조사장소 : 전라남도 여수시 삼산면 서도리 죽촌마을 거문도뱃노래전수관
조사일시 : 2011.1.25
조 사 자 : 이경엽, 한미옥, 송기태, 임세경
제 보 자 : 정경용, 남, 64세(거문도뱃노래 예능보유자) 외 14인
구연상황 : 거문도 뱃노래보존회 회원들을 만나서 뱃노래를 들었다. 거문도 뱃노래는 첫 배로 잡던 멸치잡이 소리다. 보존회장이 지휘하고 정경용 보유자의 선창으로 뱃노래가 순서대로 연행되었다. 먼저 고사소리, 놋소리, 월래소리, 가래소리, 썰소리 등을 연이어 불렀고, 잠시 휴식을 취하고 술비소리를 불렀다. 다시 휴식을 취한 후 꽹과리와 장구 북 등의 사물악기를 빼고 실제 배에서 일을 하면서 노래를 하듯이 해보자고 제안을 했다. 보존회에서 미리 준비한 지게자세를 하나씩 회원들에게 나눠준 뒤 그것으로 박자를 맞추면서 노래를 불러달라고 주문하였고, 그에 맞춰서 보존회원들이 노래를 불렀다. 놋소리, 월래소리에 이어 가래소리를 불렀다. 가래소리는 고기를 퍼 올리면서 부르는 소리다. 모두들 손에 든 자세로 바닥의 나무를 치면서 박자를 맞춰가면서 노래를 불렀다. '어랑성 가래야'는 후렴이다.

어랑성 가래야
어랑성 가래야

여기도 펴 실고 저기도 펴 실고
어랑성 가래야

이 가래가 눠 가랜고
어랑성 가래야

이 가래는 우리 가래로세
어랑성 가래야

우리 뱃사람들 잘도 허네
어랑성 가래야

쪽바느질도 잘도 허고
어랑성 가래야

딱가래질도 잘도 허구나
어랑성 가래야

우리배에 다 못 실으면
어랑성 가래야

이 칸 저 칸이 모두 차거든
어랑성 가래야

그물을 옆으로 차고 건너가세
어랑성 가래야

어기영 차차 가래로세
어랑성 가래야

저산의 저별을 바라보니
어랑성 가래야

조깐 있으믄 동이 트겄네
어랑성 가래야

동트기 전에 퍼 실어보세
어랑성 가래야

어기영 차차 가래로구나
어랑성 가래야

어랑성 가래로세
어랑성 가래야

거문도뱃노래 / 썰소리, 어영차소리(2)

자료코드 : 06_12_FOS_20110125_LKY_JKY_0010
조사장소 : 전라남도 여수시 삼산면 서도리 죽촌마을 거문도뱃노래전수관
조사일시 : 2011.1.25
조 사 자 : 이경엽, 한미옥, 송기태, 임세경
제 보 자 : 정경용, 남, 64세(거문도뱃노래 예능보유자) 외 14인
구연상황 : 거문도 뱃노래보존회 회원들을 만나서 뱃노래를 들었다. 거문도 뱃노래는 챗배로 잡던 멸치잡이 소리다. 보존회장이 지휘하고 정경용 보유자의 선창으로 뱃노래가 순서대로 연행되었다. 먼저 고사소리, 놋소리, 월래소리, 가래소리, 썰소리 등을 연이어 불렀고, 잠시 휴식을 취하고 술비소리를 불렀다. 다시 휴식을 취한 후 꽹과리와 장구 북 등의 사물악기를 빼고 실제 배에서 일을 하면서 노래를 하듯이 해보자고 제안을 했다. 보존회에서 미리 준비한 지게자세를 하나씩 회원들에게 나눠준 뒤 그것으로 박자를 맞추면서 노래를 불러달라고 주문하였고, 그에 맞춰서 보존회원들이 노래를 불렀다. 놋소리, 월래소리,

가래소리에 이어 썰소리와 어영차소리를 불렀다. 썰소리는 지쳐서 쉴 때 부르는 노래이고, 어영차소리는 다시 힘을 내서 노를 젓는 소리다. 모두들 손에 든 자세로 바닥의 나무를 치면서 박자를 맞춰가면서 노래를 불렀다. 썰소리의 '에헤 어기요'와 어영차소리의 '어영차'는 후렴이다. 노래가 모두 끝난 후 보존회장이 거문도 뱃노래에는 거문도 뱃사람들의 애환이 녹아들어있으니 그 점을 유념해서 들어달라는 부탁의 말도 하였다.

〈썰소리〉

에헤 어기요
에헤 어기요

우리집에 마누래가
에헤

궁둥이질 친다
에헤

에헤 어기요
에헤 어기요

멸치잡어 보리 폴고
에헤

쌀을 폴아 자식들 묵고
에헤

우리집에 웃음꽃 피네
에헤

에헤 어기요

에헤 어기요

돌아온다 봉기시라 (봉기 세워라)
궁창 맞어 소리 맞소
에헤

에헤 어기요
에헤 어기요

〈어영차소리〉

어영차
어영차

어야디야차
어영차

만선이다 만선이다
어영차

만선이 되았으니
어영차

이웃집 마누래
어영차

궁둥이 추며
어영차

쥔네 마누래

어영차

궁둥이 춤춘다
어영차

어영차
어영차

어영차
어영차

쥔네 마누래
어영차

열두폭 치매
어영차

주섬주섬
어영차

줏어 안고
어영차

복전 달고
어영차

마중 나온다
어영차

어영차

어영차

일락서산
어영차

해떨어지고
어영차

월출봉에
어영차

달 솟는다
어영차

어영차
어영차

갓만 다면
어영차

술도 먹고
어영차

노래도 부르고
어영차

춤도 춰보세
어영차

어영차

어영차

어영차

어영차

거문도뱃노래 / 액막이소리

자료코드 : 06_12_FOS_20110125_LKY_JKY_0011

조사장소 : 전라남도 여수시 삼산면 서도리 죽촌마을 거문도뱃노래전수관

조사일시 : 2011.1.25

조 사 자 : 이경엽, 한미옥, 송기태, 임세경

제 보 자 : 정경용, 남, 64세(거문도뱃노래 예능보유자) 외 14인

구연상황 : 거문도 뱃노래보존회 회원들을 만나서 뱃노래를 들었다. 거문도 뱃노래는 챗배로 잡던 멸치잡이 소리다. 보존회장이 지휘하고 정경용 보유자의 선창으로 뱃노래가 순서대로 연행되었다. 먼저 고사소리, 놋소리, 월래소리, 가래소리, 썰소리 등을 연이어 불렀고, 잠시 휴식을 취하고 술비소리를 불렀다. 다시 휴식을 취한 후 꽹과리와 장구 북 등의 사물악기를 빼고 실제 배에서 일을 하면서 노래를 하듯이 해보자고 제안을 했다. 보존회에서 미리 준비한 지게자세를 하나씩 회원들에게 나눠준 뒤 그것으로 박자를 맞추면서 노래를 불러달라고 주문하였고, 그에 맞춰서 보존회원들이 노래를 불렀다. 놋소리, 월래소리, 가래소리에 이어 썰소리와 어영차소리까지 마치고 거문도 뱃노래에 대한 감상을 이야기하였다. 이후, 조사자가 마지막으로 민요 하나만 들려달라고 하자, 정경용 씨가 여기에서 전해오는 모든 민요를 다 부를 수는 없고 '액막이소리' 하나만 해주겠다고 하면서 노래를 들려주었다. 액막이소리는 본래 섣달그믐날 새해의 시작과 함께 액막음을 하겠다는 의미로 하는 것인데, 현재는 정월에 마당밟이를 하면서 부르는 소리가 되었다고 한다.

어 어루 액이야

어 어루 액이야

어라 중천 액이로구나

동에는 청제장군
청막게 청활량
철갑을 쓰고 철갑을 입고
청할 화살을 이겨내고
공중을 떨어놓고는
땅에 소살 막고 예방을 하리요
어 어루 액이야
어 어루 액이야
어라중천 액이로구나

남에는 적제장군
적막게 적활량
적갑을 쓰고 적갑을 입고
공중에서 떨거놓고는
땅에서 살막고 예방을 하리요
어 어루 액이야
어 어루 액이야
어라 중천 액이로구나

서에는 백제장군
백막게 백활량
백갑을 쓰고 백갑을 입고
백활 화살을 빗겨 놓고는
공중 떨거놓고는
땅에서 살막고 예방을 하리요
어 어루 액이야

어 어루 액이야
어라 중천 액이로구나

북에는 흑제장군
흑막게 흑활량
흑갑을 쓰고서 흑갑을 입고
흑활 화살을 빗겨내고
공중에서 떨거내고는
땅에서 살막고 예방을 하리요
어 어루 액이야
어 어루 액이야
어라 중천 액이로구나

중에는 황제장군
황막게 흑활장군
황갑을 쓰고 황갑을 입고
황활 화살을 빗겨내고
공중에서 떨거내고는
땅에서 살막고 예방을 허리요
어 어루 액이야
어 어루 액이야
어라 중천 액이로구나

어 어루 액이야
어 어루 액이야
어기영차 액이로구나

정월 이월에 드는 액은 삼월 사월에 막고
삼월 사월에 드는 액은 오월 단오에 다 막아낸다
어 어루 액이야
어 어루 액이야
어기영차 액이로구나

오월 유월에 드는 액은 칠월 팔월에 막고
칠월 팔월에 드는 액은 구월 귀일에 다 막아 낸다
어 어루 액이야
어 어루 액이야
어기영차 액이로구나

구월 귀일에 드는 액은 시월 모날에 막고
시월 모날에 드는 액은 동지 섣달에 다 막아 낸다
어 어루 액이야
어 어루 액이야
어기영차 액이로구나

정칠월 이팔월 삼구월 사시월
오동지 육섣달 내내 돌아가더라도
일 년 허고도 열두 달 만복은 백성에게
잡귀잡신은 물알로 만전 위전을 비오니
어 어루 액이야
어 어루 액이야
어기영차 액이로구나

좋다
좋다

거문도 노래(창가)

자료코드 : 06_12_MFS_20110126_LKY_CGD_0001
조사장소 : 전라남도 여수시 삼산면 서도리 장촌마을 최귀덕 씨 댁
조사일시 : 2011.1.26
조 사 자 : 이경엽, 한미옥, 송기태, 임세경
제 보 자 : 최귀덕, 여, 93세
구연상황 : 마을에서 가장 연장자인 최귀덕 할머니 댁을 방문했다. 할머니께 옛날 노래를 하나 청했더니 '거문도 노래'라고 하는 창가(쇼우까)를 불러주었다. 이 노래는 거문도에서 박사라고 불렸던 '재열이' 어른이 지었다고 한다. 재열이 어른은 일본에서 유학을 한 사람으로 제보자의 오빠와 함께 이 노래를 지어 부르다가, 어린 최귀덕을 불러서 노래를 가르쳐주었다고 한다. 당시에는 한국어로 말이나 노래를 부르면 잡혀가던 시절이어서 이 노래를 부른다는 것은 위험한 일이었다. 그래서 일본사람들 앞에서는 절대로 부르지 말라고 단속을 하면서 가르쳐주었다고 한다.

전라남도 거문도 경치 좋은데
바닷간데 솟아 있난 저기 저 산아
보기 좋다 보기 좋다 이 거문도야
아무리 일본 대판이 좋다한벌로
우리의 거문도 같을 소냐
일본 사람아 총칼 찼다고 자랑 말어라
우리 조선 독립이 되믄 느그는 간단다
만세를 불어라 힘나게 불어라

3. 소라면

▌조사마을

전라남도 여수시 소라면 관기리 상관마을

조사일시 : 2011.1.24

조 사 자 : 이경엽, 한미옥, 송기태, 임세경

전라남도 여수시 소라면 관기리 상관마을회관

소라면 관기리는 조선시대에는 조라포면의 관기리였으며, 1900년에는 신설된 덕안면에 소속되었다. 1914년 행정구역 개편 시에 소라면으로 소속이 바뀌었으며, 1925년 관기간척지가 완공되면서 남해촌이 생겨나고 확장되었으며, 전라남도 여수시 소라면 관기리로 현재에 이르고 있다.

상관마을과 하관마을을 포함한 관기리(館基里)는 '관 터'라고 부르던 마을 이름을 한자로 고쳐 부르는 이름으로, 화양면 지역에 있던 '곡화목장'

으로 드나들던 사람들이 묵어가던 여관이 있어서 관(館) 터라 하였다는 설이 유력하며, 옛날부터 관리들이 살았던 터이기 때문에 관(官) 터라 하였다는 설도 있다.

2008년 현재 관기리의 면적은 3.538km^{2}이며, 총 354가구에 762명의 주민이 거주하고 있으며, 소라면 지역 중 가장 남쪽에 있는 관기리 지역에는 상관(上館)·하관(下館)·성본(城本)마을이 있다. 북쪽은 소라면 죽림리, 남쪽은 화양면 창무리와 접하고 있으며, 동쪽에는 안심산이 솟아 있고, 서쪽으로는 걸망개라고 부르는 관기간척지가 넓게 펼쳐진 전형적인 농촌마을이다. 따라서 주민 대부분이 농업에 종사하고 있으며, 하관마을에는 관기초등학교가 들어서 있다. 관기간척지의 들을 돌아서 관기초등학교에 이르는 농로는 건강달리기를 하는 마라토너들에게 인기가 좋은 길이다.

관기리 지역 주변을 살펴볼 때, 성본마을과 화양면 창무리 사이에 있는 사또방천이라는 지명이 전해오고 있고, 정확히 알려지지 않은 조라부곡의 위치 등을 고려하면 실제 관청이 자리하였던 지역으로 보고 관(官) 터에서 유래를 찾기도 한다. 참고로 1900년부터 1914년까지 있었던 덕안면은 소재지를 관기마을에 두었으며, 1914년 구산면 일부와 함께 소라면으로 통합 되어서도 초기 면사무소를 관기리 지역에 두었다가 현재의 소재지인 덕양리로 옮겨갔다.

관기리 상관마을에는 현재 김해김씨가 가장 많이 살고 있으며, 광산김씨가 그 다음으로 많이 거주하고 있다. 그러나 본래 관기리는 각성받이 마을이다. 현재 가구수는 80여 호로 기록되어 있지만, 빈집을 빼고 나면 75호 정도만이 남아 있다.

상관마을은 과거부터 다양한 민속이 전승되어 오고 있는 곳이다. 옛날부터 전승되어 오던 당산제와 칠월 칠석제를 지금도 마을 가운데에 있는 사장터에서 모시고 있으며, 비록 지금은 그 전승이 단절되었지만, 유월

유둣날에는 유두제를 성대히 모시고 노는 등 민속이 살아있는 마을이다. 당산제는 정월 보름 안에 날을 받아서(대개는 3일 혹은 5일) 모시며, 칠석제는 칠월 칠석에 모신다.

상관마을의 마을 조직으로는 삼월 삼짇날 놀러가는 계와 오월 단옷날에 놀러가는 계, 그리고 자녀들 혼사계가 있다. 이 중, 혼삿계에서는 계원들의 자녀들이 혼인을 할 때는 반지 60돈을 부조한다고 한다.

마을의 경제 형태는 논농사 중심이며, 기타 밭농사로 고추와 콩, 양파 등을 소량으로 재배하면서 생활한다. 현재 75호의 가구에 살고 있는 마을 분들이 대체로 70~80대의 노인들이라 앞으로 마을 인구는 점점 더 줄어들 것으로 보인다.

전라남도 여수시 소라면 덕양리

조사일시 : 2011.1.24
조 사 자 : 이경엽, 한미옥, 송기태, 임세경

여수시 소라면은, 한자로 부를 소(召)와 비단 라(羅)로 표기하여 지금은 소라라고 하지만 한자 소는 '조'라고 읽기도 하며, 일제강점기 이전까지도 오늘날의 소라면과 화양면 지역을 합쳐서 조라포면이라고 하였다. 1409년(태종 9) 조라포부곡이 조라포면으로 개편되었다. 그래서 일부 노인들은 1950년대 이후에도 '조라포면'이라고 불렀었다고 한다. '율촌'이 '밤 골'을 뜻 옮김한 이름이라면 '조라포'는 '조랏개'를 소리 나는 대로 옮겨 적은 땅이름인 것이다.

덕양리는 소라면사무소 소재지로 북쪽은 소라면 대포리, 남쪽은 소라면 죽림리와 화장동, 동쪽은 해산동, 서쪽은 현천리와 복산리가 접하고 있다. 국도 17호선이 마을 북쪽으로 지나고 있으며, 동쪽으로는 여천동과의 경계에 덕양천이 흐르며, 북동쪽으로 덕양들이 있다. 또한 소라초등학교와 여양중학교, 여양고등학교가 모두 덕양리에 있어서 소라면의 중심지역할을 하고 있다. 1897년 여수군이 신설되면서 덕안면과 구산면으로 분리되어 덕양1구에서 덕양6구까지 각각의 마을 이름으로 불리다가, 1914년 행정구역 개편 시에 덕양리라는 법정리로 통합되어 현재에 이르고 있다.

전라남도 여수시 소라면 덕양리 보성식당 내 조사현장 모습

덕양리 지역에는 덕양1구에서 덕양6구까지 여섯 개의 행정리가 있다. 덕양1구로 불리는 상세동마을은 하세동과 더불어 바다로 이어지는 가늘고 긴 골짜기가 있어서 가는 골이라 부르던 마을 이름을 한자로 고쳐 적어서 세동이라 하였다. 1921년 소라공립보통학교와 1925년의 대포 간척지 등이 조성되면서 지금과 같은 마을의 형태를 이루었으며, 1933년 4월에 소라면사무소가 관기에서 세동으로 옮겨왔다고 한다.

예부터 세동마을은 금계포란지형이라 하여 암탉이 알을 품은 지세라고 하였는데 마을 북쪽으로 솟은 맷돌산의 한자 이름인 마석산(磨石山)에 맷돌바위가 있어 맷돌에서 빻은 곡식을 산 아래의 주민들이 먹고사는 형국이라 풍족하게 먹고살 지세라고 하였다. 소라면사무소와 여양중학교, 여양고등학교가 있는 삼거리는 여수시와 화양면 방향으로 통하는 세거리의 갈림길이 있어서 삼거리라고 부르던 이름이 지금은 마을 이름이 되었다. 삼거리마을은 1970년대까지만 하여도 많은 사람이 살지 않았지만, 1981년 남해화학이 있던 낙포마을에서 이주민 70여 호가 들어오고 면사무소의 이전과 학교의 영향으로 지금은 150여 호가 되어 덕양리 지역에서 가장 큰 마을이 되었다.

덕양4구 마을에는 통천(桶泉), 성재(星才), 가장(佳長)이란 이름의 작은 마을이 있는데, 통천은 본래 통새미라고 부르던 곳으로 마을에 있는 공동우물 주변을 통나무로 우물 벽을 만들었기에 붙여진 이름으로 여러 지역에서 볼 수 있는 마을 이름이다.

성재마을은 정확한 유래는 알 수가 없으나 마을에 전해지는 이야기로는 마을에 공자를 모시던 모성제라는 사당에서 유래하여 뛰어난 인재가 많이 배출되라는 뜻으로 성재(聖才)로 표기하다가 지금의 이름이 되었다고 전해온다. 가장마을의 한자 표기는 아름다울 가(佳)와 길 장(長)으로 아름다운 마을이란 뜻이다.

덕양5구에는 내기(內基)·흑산(黑山)·가산(佳山)·덕곡(德谷)마을이 있다. 내기(內基)란 마을 이름은 덕양역원이 있던 안골이란 지명을 한자로 바꾼 이름이다. 내기마을 건너편의 흑산(黑山)마을은 우리말 이름인 검뫼를 한자로 고쳐서 흑산이 되었다. 산에 나무가 우거져 산이 검게 보여서 검뫼라는 이름으로 불렸다.

가산마을은 내기마을 남동쪽에 있는 마을로 아름다울가(佳)와 뫼산(山)자로 표기되어 있어 마을의 전경이 아름다워서 이름 지어졌다는 이야기만 전해져온다. 덕곡(德谷)마을은 마을이 들어서기 전에, 역이 있는 고개란 뜻으로 역 고개라고 부르던 곳에 하나 둘씩 민가가 들어서자 음이 비슷한 덕곡으로 부르게 되었다고 한다.

덕양6구 마을인 중승골은 하세동의 일부로 속해 있었으나, 엘지정유 공장부지의 이주민과 최근 아파트의 건축으로 주민이 늘어나자 1997년에야 행정리가 되었다. 중승골에는 임진왜란 당시 충무공 이순신이 옷을 갈아입었다는 전설의 역의암(易衣岩)과 신성포에 있던 왜장을 피하여 절개를 지키려고 목숨을 버렸다는 여기암(女妓岩)의 전설이 깃든 바위가 있다. 또한, 마을의 유래를 과거에 중승암이라는 절이 있어 절의 이름에서 유래하였다고 보는 견해도 있다.

'덕양'이라는 이름은, 조선시대 덕양역원이 있던 지역으로 역참의 이름에서 마을 이름이 유래하였다. 덕양역은 성생원과 무상원 등과 함께 여수 지방에 있던 역참으로 조선 후기 전라도의 오수도찰방에 소속되었다는 기록이 전해진다. 인근에 여수산업단지 이주택지가 들어서면서 마을이 크게 확장되었고, 남쪽 지역으로 무선마을과 화장동으로 넓은 도로가 개설되면서 도심과의 교통도 편리해졌다. 2008년 현재 덕양리의 면적은 5.737km^{2}이며, 1,169가구에 3,044명의 주민이 거주하고 있다.

전라남도 여수시 소라면 현천리1구

조사일시 : 2011.4.16

조 사 자 : 이경엽, 한미옥, 송기태, 임세경

여수시 소라면 현천리는 여수군 설립시 덕안면 지역에 속했고, 1914년 행정구역 통폐합에 따라 현천·마륜·오룡·가사리를 병합, 소라면에 편입하면서 법정리인 현천리가 되었다. 1949년 8월 15일 여수시로 승격, 분리되면서 여천군 소라면이 되었으나, 1998년 4월 1일 삼여통합에 따라 여수시 소라면이 되었다. 행정리인 마륜·단계·오룡을 포함하고 있다.

전라남도 여수시 소라면 현천리1구 마을전경

쌍둥이 마을과 소동패 놀이로 잘 알려진 소라면 현천리1구에는 선천 · 중촌 · 오룡이라는 작은 마을로 이루어져 있다. '현천'이라는 마을 이름은 본래 이름이었던 '가무내'를 한자로 바꿔 적은 이름으로, '가무내'라는 마을 이름의 뜻은 구전에 의하면 마을 앞으로 흐르는 개천에 물이 적어서 가물어 있다는 뜻이라고 한다.

1789년의 『호구총수』의 기록을 보면, 지금의 '선천 · 중촌 · 오룡'이 '현천 · 중촌(中村) · 오룡정(五龍亭)'으로 기록되어 있어, 처음 현천마을은 오늘날의 선천마을을 이르는 것이었음을 알 수 있다. 현천으로도 부르는 중촌마을은 『호구총수』에서는 중촌으로 등장하지만, 1897년의 여수군 설립 시의 기록이나 1914년 일제의 기록에 모두 현천으로 기록되어 있다. 오래전부터 마을의 풍수가 '연화부수지(蓮花浮水地)'여서 부자가 많이 난다고 전해왔다. 특히 이 마을의 정씨 가문은 조선 후기에 만석꾼 부자로 이어져왔으며, 일제강점기에는 이 가문의 후손이었던 정충조가 일제에 항거하며 여수 지방의 노동운동과 사회운동을 이끌기도 하였다. 오룡마을은 마을을 둘러싼 산의 모양이 다섯 마리의 용의 형상이라 하여 지어진 이름이다. 현천2구 마을인 마륜(馬輪)마을은 외지라는 이름으로 불리던 곳으로, 『호구총수』에서는 기와를 굽던 곳의 뜻을 가진 '와지(瓦旨)마을'이란 기록으로 전해온다.

쌍둥이마을로 더 잘 알려진 현천리는 1970년대 말 방송을 통하여 쌍둥이가 많이 태어나는 곳으로 알려지면서 화제가 되기도 했다. 전라남도 여수시 소라면 현천1구 중촌마을은 일명 쌍둥이마을로 오룡과 선천 중간 지점에 있는 마을이다. 전체 75가구가 살고 있으며 35가구에서 37쌍의 쌍둥이가 태어난 마을로 1989년 기네스북에 올랐다. 이후 풍수지리를 비롯해서 수많은 종류의 쌍둥이 탄생과 관련된 조사가 이루어졌으나, 특별한 이유를 찾지는 못했다. 현천리의 자랑거리 중 하나인 소동패 놀이는 최근에 마을에 전수회관이 지어져 후세에 전해주게 되었다. 2007년 12월 현재 261가구에 687명(남 358, 여 329)이 살고 있다.

현천리 구비문학 제보자들의 증언에 의하면, 현천리는 처음 선촌마을에서부터 터가 시작되었으며, 고려 때 구례에서 온 개성 왕씨가 이 마을에 들어와 처음으로 터를 잡았다고 한다. 이후 달성서씨, 연일정씨, 경주정씨 등이 차례로 들어와 살다가, 지금은 왕씨들은 모두 나가고 총 네 가구만 남아있으며, 경주정씨가 가장 세를 크게 이루며 살고 있다.

전라남도 문형문화재 제7호로 지정돼 있는 현천리 소동패 놀이는, 소동패 활동을 둘러싸고 연행되던 들노래와 민속놀이를 지칭하는 것으로, 소동패 활동은 이른 시기에 중단되었지만 마지막 소동패의 주역이던 정순원(당시 85세), 정양수(당시 83세), 김복개(당시 84세), 김용조(당시 80세) 등에 의해 1978년에 재현되었다. 1980년 남도문화재에 출연하여 종합 최우수상을 수상하였고, 1981년 전국민속예술경연대회에 전라남도 대표로 출연하여 대통령상을 수상했다. 그리고 1982년 전라남도지정 무형문화재로 지정되었고, 정홍수, 정순원, 정양수 등 세사람이 기능보유자로 지정되었다.

소동패는 어른들의 대동패와 구분되는 모임으로, 현대식으로 표현하면 마을의 소년단이나 청년단에 해당하는 단체이다. 하지만 현재 소동패 놀이의 재현에는 60~70대 고령들만 참여하여 안타깝다.

현천리에는 이처럼 문화재로 지정된 소동패 놀이 외에도, 정월에 집집마다 마당밟이를 하거나 삼짇날 화전놀이를 가는 등 전통민속이 풍부하게 연행되던 공간이었다. 시대와 가치관의 변화에 따라 민속자료들이 사라져 가고 있지만, “여수의 모든 교육문화 여술 등은 현천리에서 시작되었다.”는 제보자들의 말처럼, 아직도 현천리 사람들의 의식 속에는 과거의 전통생활 풍속이 생생하게 남아있음을 확인할 수 있다.

▌제보자

김삼덕, 여, 1933년생

주 소 지 : 전라남도 여수시 소라면 관기리 상관마을
제보일시 : 2011.1.24
조 사 자 : 이경엽, 한미옥, 송기태, 임세경

김삼덕 제보자는 1933년 화양면 창무에서 출생하였다. 이곳 소라면 관기리 상관마을로 혼인을 와서 슬하에 2남 3녀의 자녀를 두었다. 평생 농사만 짓고 살았으며, 관기리를 한 번도 떠난 적이 없다고 한다. 제보자가 들려준 강강술래는 대개 처녀 적 친정마을인 창무에서 했던 것으로, 시집 와서는 강강술래를 해본 적이 없다고 한다.

제공 자료 목록
06_12_FOT_20110124_LKY_KSD_0001 콩밭에서 본 도깨비 귀신 이야기
06_12_FOS_20110124_LKY_KSD_0001 거무야 거무야
06_12_FOS_20110124_LKY_KSD_0002 무쇠야 자쇠야
06_12_FOS_20110124_LKY_KSD_0003 저 건너 갈미봉에(모심을 때 부르는 노래)
06_12_FOS_20110124_LKY_KSD_0004 손새우소(모심을 때 부르는 노래)
06_12_FOS_20110124_LKY_KSD_0005 에야디야 소리
06_12_FOS_20110124_LKY_KSD_0006 청춘가
06_12_FOS_20110124_LKY_KSD_0007 바람아 광풍아
06_12_FOS_20110124_LKY_KSD_0008 어매어매(발 맬 때 부르는 소리)

김주봉, 남, 1930년생

주 소 지 : 전라남도 여수시 소라면 관기리 상관마을
제보일시 : 2011.1.24
조 사 자 : 이경엽, 한미옥, 송기태, 임세경

김주봉 제보자는 관기리 상관마을 이장으로, 1930년에 상관마을에서 태어난 이 마을 토박이다. 고등학교까지 졸업한 고학력자로, 초등학교 2학년 때 해방이 되어서, 일본말을 알아듣기는 하지만 말은 못한다고 하였다. 군대에 다녀온 일 외에는 타지에서 살아본 적이 없는 진정한 상관 토박이로, 학교를 졸업한 후 다른 직업을 갖지 않고 선친의 농사를 이어받아 평생 농사를 지으면서 살고 있다.

제공 자료 목록
06_12_FOT_20110124_LKY_KJB_0001 거북선 조선소 선소마을
06_12_FOT_20110124_LKY_KJB_0002 관기리 지명 유래
06_12_FOT_20110124_LKY_KJB_0003 관터 유래
06_12_FOT_20110124_LKY_KJB_0004 빈대 때문에 망한 절
06_12_FOT_20110124_LKY_KJB_0005 제사상 맨 앞에 밤 대추를 놓는 이유

김주진, 남, 1917년생

주 소 지 : 전라남도 여수시 소라면 관기리 상관마을
제보일시 : 2011.1.24
조 사 자 : 이경엽, 한미옥, 송기태, 임세경

김주진 제보자는 1917년생으로, 이곳 관기리 상관마을 토박이다. 소라초등학교 8회 졸업생이며, 중학교는 당시 가정형편상 진학하지 못했다.

당시에 소라초등학교 졸업생들이 현재까지 면장이나 각급 기관장을 두루 역임하고 있어서, 김주진 제보자도 중학교만 나왔다면 기관장 하나는 했을 것인데 면서기로 만족해야만 했던 자신의 인생을 아쉬워했다. 일제강점기 대동아 전쟁 때 당시 징용자들의 인솔자로서 잠시 일본에 다녀온 적을 빼고는 단 한 번도 외지에 나가 산 적이 없다. 평생 농사를 지으면서 살아온 김주진 제보자는, 지금은 인근은 물론 여수 시내에서 명지관으로 이름이 나 있다. 지관일은 52세 때 한 선생에게서 배웠으며, 주로 '천기대요'라는 책에 의거해서 묘자리와 각종 택일을 봐 준다. 인근 마을 사람들과 멀리 여수시내에서도 제보자에게 택일과 묘자리 등을 봐달라고 오며, 또한 제보자도 다른 지역으로 출장도 간다고 한다. 제보자가 지관일은 하지만 그러나 마을의 역사나 전설 등에 대해서는 잘 알지 못하였다.

제공 자료 목록
06_12_FOT_20110124_LKY_KJJ_0001 상관마을의 형국
06_12_FOT_20110124_LKY_KJJ_0002 남사고
06_12_FOT_20110124_LKY_KJJ_0003 역의암

류경남, 여, 1939년생

주 소 지 : 전라남도 여수시 소라면 관기리 상관마을
제보일시 : 2011.1.24
조 사 자 : 이경엽, 한미옥, 송기태, 임세경

류경남 제보자는 1939년에 여수 율촌면에서 출생하였다. 택호는 율촌댁이다. 17세

에 결혼을 하였고, 이후 19세에 이곳 관기리 상관마을로 들어와서 지금까지 살고 있다. 슬하에 1남 1녀의 자녀를 두었다.

제공 자료 목록

06_12_FOT_20110124_LKY_RKN_0001 도랑을 넘자 없어진 도깨비이야기

박경만, 남, 1949년생

주 소 지 : 전라남도 여수시 소라면 현천리1구

제보일시 : 2011.4.16

조 사 자 : 이경엽, 한미옥, 송기태, 임세경

제보자 박경만은 1949년 소라면 현천리 선촌마을에서 출생하였다. 혼인 후 2남 2녀의 자녀를 놓고 살다가, 중년 무렵에 여천으로 나가서 잠시 장사를 하기도 하였다. 그러나 몇 년 못가 다시 고향인 현천리로 돌아와 현재까지 농사를 지으면서 생활하고 있다.

박경만은 현재 소동패 놀이의 총무이다. 소동패 놀이팀에는 1980년대에 어른들의 권유로 처음으로 들어가 활동하기 시작했으며 총무는 2008년부터 맡아 지금까지 일을 수행하고 있다. 소동패 놀이팀에서는 비교적 젊은 축에 속하기 때문에, 소리가 아주 무르익거나 능숙하지는 않지만 소동패 놀이에 대한 보존의지와 자부심만은 여느 소리꾼 못지않게 강하다.

제공 자료 목록

06_12_FOS_20110416_LKY_PKM_0001 김 매는 소리

06_12_FOS_20110416_LKY_PKM_0002 모 찌는 소리(방아타령)

06_12_FOS_20110416_LKY_PKM_0003 화전놀이 노래

박문규, 남, 1932년생

주 소 지 : 전라남도 여수시 소라면 관기리 상관마을
제보일시 : 2011.1.24
조 사 자 : 이경엽, 한미옥, 송기태, 임세경

박문규 제보자는 1932년 여천의 상정마을에서 태어났다. 고향인 상정마을에서 학교를 마치고, 혼인을 한 후에는 순천으로 이주해서 살았다. 이곳 소라면 관기리 상관마을로 와서 살게 된 것은 20여 년 전이라고 한다. 그러나 상관마을 토박이는 아니지만, 누구보다도 마을의 역사와 전통에 대해 관심이 깊었고, 여수지역 관련 역사와 민속에 대해 많이 알고 있었다.

제공 자료 목록
06_12_FOT_20110124_LKY_PMY_0001 관기마을 명칭 유래
06_12_FOT_20110124_LKY_PMY_0002 안심산과 장등 명칭 유래
06_12_FOT_20110124_LKY_PMY_0003 쌍봉의 정장군 묘
06_12_FOT_20110124_LKY_PMY_0004 갈마음수 묘자리와 아기장수
06_12_FOT_20110124_LKY_PMY_0005 홍국사 절터에서 진례로 옮긴 묘자리
06_12_FOT_20110124_LKY_PMY_0006 진세 유래
06_12_FOT_20110124_LKY_PMY_0007 도깨비불
06_12_FOT_20110124_LKY_PMY_0008 도깨비와의 씨름
06_12_FOT_20110124_LKY_PMY_0009 도깨비가 좋아하는 메밀묵

박선애, 여, 1941년생

주 소 지 : 전라남도 여수시 소라면 관기리 상관마을
제보일시 : 2011.1.24
조 사 자 : 이경엽, 한미옥, 송기태, 임세경

박선애 제보자는 화양면 옥적에서 1941년에 출생하였다. 이후 20세에 이곳 소라면 관기리 상관마을로 시집을 와서 평생 농사를 지으며 살아왔다. 택호는 풍골댁으로, 슬하에 1남 4녀의 자녀를 두었다.

제공 자료 목록

06_12_FOT_20110124_LKY_PSA_0001 도깨비가 따라온 이야기

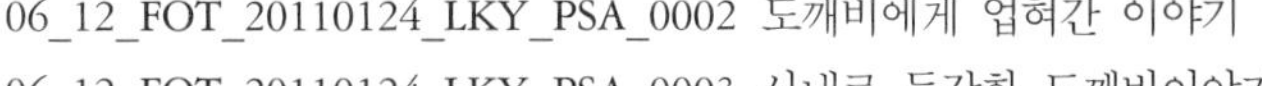

06_12_FOT_20110124_LKY_PSA_0002 도깨비에게 업혀간 이야기

06_12_FOT_20110124_LKY_PSA_0003 사내로 둔갑한 도깨비이야기

06_12_FOS_20110124_LKY_PSA_0001 우리 논에 일꾼들아(모심을 때 부르는 노래)

06_12_FOS_20110124_LKY_PSA_0002 저 건너 갈미봉에

06_12_FOS_20110124_LKY_PSA_0003 아리랑 타령

06_12_FOS_20110124_LKY_PSA_0004 에야디야(모심을 때 부르는 노래)

06_12_FOS_20110124_LKY_PSA_0005 손새우소

06_12_FOS_20110124_LKY_PSA_0006 다리세기 노래

박정자, 여, 1941년생

주 소 지 : 전라남도 여수시 소라면 관기리 상관마을

제보일시 : 2011.1.24

조 사 자 : 이경엽, 한미옥, 송기태, 임세경

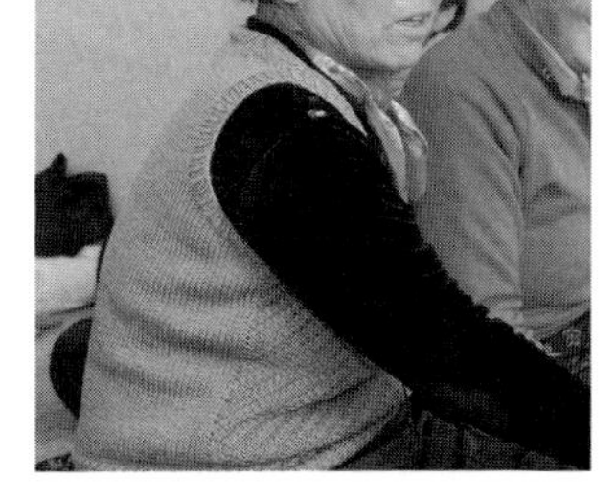

박정자 제보자는 1941년에 구 여천시 새벽동에서 출생하였다. 19세에 이곳 소라면 상관마을로 시집을 와서 단 한 번도 마을을 떠나지 않고 살고 있다. 주로 논농사와 약간의 밭농사를 짓고 있으며, 슬하에 2남 3녀의 자녀를 두었다. 택호는 쇠벽동댁이다.

제공 자료 목록
06_12_FOS_20110124_LKY_PJJ_0001 다리세기 노래

서훈자, 여, 1932년생

주 소 지 : 전라남도 여수시 소라면 관기리 상관마을
제보일시 : 2011.1.24
조 사 자 : 이경엽, 한미옥, 송기태, 임세경

서훈자 제보자는 1932년에 출생하였으며, 이곳 소라면 관기리 상관마을로 시집와서 2남 2녀의 자녀를 두었다.

제공 자료 목록
06_12_FOT_20110124_LKY_SHJ_0001 선생님의 재미난 쥐 이야기
06_12_FOT_20110124_LKY_SHJ_0002 도깨비불 이야기
06_12_FOS_20110124_LKY_SHJ_0001 가자가자 밤나무야
06_12_FOS_20110124_LKY_SHJ_0002 자장가

정오균, 남, 1938년생

주 소 지 : 전라남도 여수시 소라면 현천리1구
제보일시 : 2011.4.16
조 사 자 : 이경엽, 한미옥, 송기태, 임세경

제보자 정오균은 1938년 소라면 현천리 중촌마을 태생으로 토박이다. 초등학교까지는 고향인 현천리에서 다녔고, 순천에서 중학교를 졸업하였다. 이후 고향으로 돌아와 농사를 짓고 살다가, 역시 고향에서 결혼하여 지금까지 농사를 지으면서 살고 있다. 2

남 1녀의 자녀를 둔 제보자는, 중간에 자녀들이 교육을 위해서 외지를 왔다 갔다 하기는 하였지만 마을을 떠난 적은 없다. 자녀들은 모두 성장하여 외지에서 살고 있지만, 제보자는 부인과 함께 고향을 지키며 살고 있는 것이다.

정오균 제보자는 처음 소동패 놀이를 발굴하던 당시부터 정홍채 회장과 함께 놀이의 재연과 공연을 함께 했기 때문에 소동패 놀이에 대한 애정이 누구보다 강하다. 제보자는 조사자들에게 소동패 놀이에 관한 이야기뿐만 아니라, 현천리와 인근 마을에 대한 다양한 전설을 들려주었는데, 그가 들려준 이야기들은 대개 어린 시절 어른들에게서 들었거나 자신이 직접 보고 들은 것에 대한 기억이라고 한다.

제공 자료 목록
06_12_FOT_20110416_LKY_JOG_0001 연화부수
06_12_FOT_20110416_LKY_JOG_0002 등구암

정종권, 남, 1935년생

주 소 지 : 전라남도 여수시 소라면 현천리1구
제보일시 : 2011.4.16
조 사 자 : 이경엽, 한미옥, 송기태, 임세경

정종권 제보자는 현천리 중촌마을 출신으로, 고향에서 고등학교를 마치고 20세 무렵이던 1960년대에 도시로 나가서 여러 가지 직업을 전전하며 생활했었다고 한다. 주로 건축일이나 목욕탕 운영 등을 하다가, 40대 초반이던 1970년대 후반에 다시 고향인 현천리로 들어와서 농사를 지으면서 지금까지

살고 있다.

본래 전통적인 소동패 놀이의 구성은 두모(소동패를 총지휘하는 사람), 부두모, 맷도시 등으로 조직화되어 있는데, 1980년대부터 소동패 놀이 보존회원으로 활동하고 있는 정종권 제보자는, 1981년 민속예술경연대회에 참가할 당시에는 '두모'를 맡아 소동패를 총괄하였다. 그리고 2001년까지 소동패 활동을 하면서 직접 노래를 부르기도 하였으며, 현재는 '부두모' 역할을 맡아서 하고 있다.

조사자들에게 가장 많은 이야기를 들려주신 분이 바로 정종권 제보자인데, 그가 들려주었던 이야기들은 주로 읍지나 여러 관련 기록을 통해서 습득한 지식들이라고 하였다. 1남 1녀의 자녀를 두었으며, 자녀들은 모두 외지에서 살고 현재 부인과 함께 생활하고 있다.

제공 자료 목록

06_12_FOT_20110416_LKY_JJG_0001 현천마을 유래
06_12_FOT_20110416_LKY_JJG_0002 쌍둥이 마을
06_12_FOT_20110416_LKY_JJG_0003 주동천
06_12_FOT_20110416_LKY_JJG_0004 등구암의 금불상
06_12_FOT_20110416_LKY_JJG_0005 장수마을
06_12_FOT_20110416_LKY_JJG_0006 쌀 나오는 바위와 빈대절터
06_12_FOT_20110416_LKY_JJG_0007 연일 정씨 집안의 장수
06_12_FOT_20110416_LKY_JJG_0008 선산 앞의 돌을 깨서 망한 이씨
06_12_FOS_20110416_LKY_JJG_0001 모 찌는 소리
06_12_FOS_20110416_LKY_JJG_0002 모 찌는 소리(동화로구나)
06_12_FOS_20110416_LKY_JJG_0003 모 찌는 소리(방아타령)
06_12_FOS_20110416_LKY_JJG_0004 개고리 타령(1)
06_12_FOS_20110416_LKY_JJG_0005 개고리 타령(2)
06_12_FOS_20110416_LKY_JJG_0006 산타령
06_12_FOS_20110416_LKY_JJG_0007 개고리 타령(3)
06_12_FOS_20110416_LKY_JJG_0008 초벌 논매는 소리
06_12_FOS_20110416_LKY_JJG_0009 중벌 논매는 소리

06_12_FOS_20110416_LKY_JJG_0010 맘논 매는 소리
06_12_FOS_20110416_LKY_JJG_0011 허러렁 타령
06_12_FOS_20110416_LKY_JJG_0012 화전 노래

최은남, 여, 1936년생

주 소 지 : 전라남도 여수시 소라면 덕양리 보성식당
제보일시 : 2011.1.25
조 사 자 : 이경엽, 한미옥, 송기태, 임세경

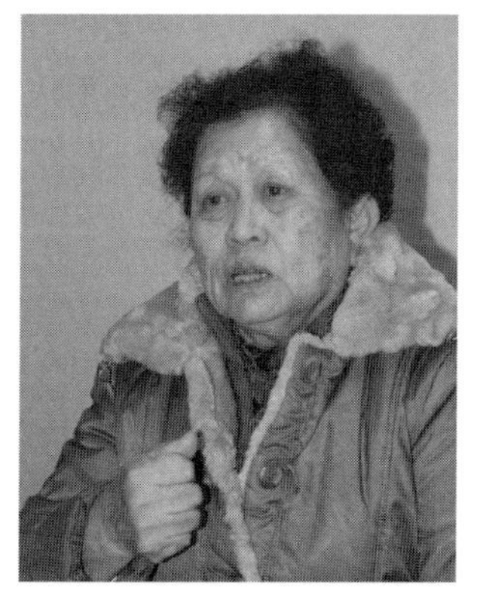

최은남 제보자는 1936년에 구례에서 출생했다. 부친이 일제강점기 때 공부를 많이 한 덕에 당시에 도로공사 직원으로 비교적 유복하게 성장했다. 당시 도로공사에는 대부분이 일본인 직원이었으며, 조선인은 몇 명 안 되었다고 한다. 최은남 제보자의 이야기 속에 자주 등장하는 지리산 관련 이야기는 이처럼 지리산 밑에서 유년시절을 보냈던 제보자의 경험에 의한 것으로 추측해볼 수 있다.

이후 아버지가 순천으로 발령을 받게 되면서, 제보자의 외가인 현천리와 가까운 덕양리로 이사를 와서 살게 되면서부터 지금까지 덕양리를 떠나지 않고 살게 되었다고 한다. 20세 때 덕양리 남자와 혼인을 하여 4남 1녀의 자녀를 두었다. 제보자는 자신의 집 마당에 '북바위'를 두고 여기에 매번 공을 들인다고 하며, 덕분에 5남매의 자녀가 모두 잘 되었다고 한다. 남편과는 일찍 사별하여, 아이들이 자라는 동안 최은남 제보자가 생계를 꾸려가야만 했고 아이들이 학교를 다니는 동안 교육 때문에 몇 년간은 순천으로 이사를 하여 살기도 하였다. 그러나 생애 대부분은 모두 이곳 덕양리에서 보냈다.

최은남 제보자는 유복한 어린 시절을 보냈고, 친정어머니 또한 유식해서 어렸을 때부터 어머니로부터 다양한 이야기를 들으며 자랐다고 한다. 특히 외가인 소라면과 현천리에 대한 이야기를 많이 들었다고 하며, 그것이 지금의 최은남 제보자를 유식한 이야기꾼으로 만든 원동력이 되었다고 제보자는 여기고 있다. 제보자는 역사관련 이야기를 해주고 나면 꼭 "그것은 사실인 것 같애"와 같은 말로 자신의 느낌을 이야기하곤 했으며, 자신이 이야기하는 전설도 완전한 허구가 아니라 진실에 가까운 이야기임을 강조하는 등의 이야기 구연상의 특징을 보인다.

제공 자료 목록
06_12_FOT_20110124_LKY_CEN_0001 여기암 바위
06_12_FOT_20110124_LKY_CEN_0002 소라면의 유명한 벚꽃길
06_12_FOT_20110124_LKY_CEN_0003 구슬 바다
06_12_FOT_20110124_LKY_CEN_0004 소라면 염밭논
06_12_FOT_20110124_LKY_CEN_0005 소라면 오룡
06_12_FOT_20110124_LKY_CEN_0006 현천리 쌍둥이 마을
06_12_FOT_20110124_LKY_CEN_0007 현천리 쌀 나오는 바위
06_12_FOT_20110124_LKY_CEN_0008 일본 사람들의 명산에 철 말뚝 박기
06_12_FOT_20110124_LKY_CEN_0009 빈대 때문에 망한 절
06_12_FOT_20110124_LKY_CEN_0010 말 머리로 도깨비를 쫓아버린 여자
06_12_FOT_20110124_LKY_CEN_0011 구례의 코 큰 놈 때문에 여수에서 놀란 어머니
06_12_FOT_20110124_LKY_CEN_0012 호식 당하는 팔자
06_12_FOT_20110124_LKY_CEN_0013 정몽주를 위해 쑤어 주는 동지의 동지죽
06_12_FOT_20110124_LKY_CEN_0014 한양에 터를 잡은 무학대사
06_12_FOT_20110124_LKY_CEN_0015 구례의 아기 장수
06_12_FOT_20110124_LKY_CEN_0016 에밀레종을 만든 사연
06_12_FOT_20110124_LKY_CEN_0017 복바위의 유래
06_12_FOT_20110124_LKY_CEN_0018 제주도가 생긴 유래
06_12_FOT_20110124_LKY_CEN_0019 거문도로 처음 들어온 영국 배
06_12_FOT_20110124_LKY_CEN_0020 처녀 교육시키기
06_12_FOT_20110124_LKY_CEN_0021 다른 사람의 운명으로 저승에 다녀온 사람

06_12_FOT_20110124_LKY_CEN_0022 짚신을 만드는 부자
06_12_FOT_20110124_LKY_CEN_0023 은혜 갚은 호랑이
06_12_FOT_20110124_LKY_CEN_0024 니 오는 길에는 맹감도 없더냐
06_12_FOT_20110124_LKY_CEN_0025 귀신의 원한을 풀어준 원님
06_12_FOT_20110124_LKY_CEN_0026 함흥차사의 유래
06_12_FOT_20110124_LKY_CEN_0027 하룻밤에도 만리장성을 쌓는다
06_12_FOT_20110124_LKY_CEN_0028 상사병으로 뱀이 된 총각
06_12_FOT_20110124_LKY_CEN_0029 말 안 듣는 청개구리

콩밭에서 본 도깨비 귀신 이야기

자료코드 : 06_12_FOT_20110124_LKY_KSD_0001
조사장소 : 전라남도 여수시 소라면 관기리 상관마을 관기 1구 경로당
조사일시 : 2011.1.24
조 사 자 : 이경엽, 한미옥, 송기태, 임세경
제 보 자 : 김삼덕, 여, 78세
구연상황 : 앞서의 도깨비 이야기가 끝날 무렵에 김삼덕 할머니가 자신도 여러 번 도깨비를 만났다고 추임새를 넣었다. 이에 조사자가 어떻게 만났냐고 묻자 귀신 이야기를 이어주었다.
줄 거 리 : 제보자가 젊은 시절에 콩밭에서 콩을 따고 있는데, 오후 다섯 시쯤 돼서 하얀 두루마기를 입은 한 남자가 산 속에서 자꾸만 자신을 쳐다보았단다. 그러면서 큰 소리로 "왝" 하는 소리는 세 번씩 질렀는데, 처음에는 제보자가 그 소리를 인식하지 못했는데, 나중에 보니 흰 두루마기를 입은 한 남자가 그렇게 소리를 지르면서 못밥을 얻어먹고 산 위로 올라가던 것이었다. 그것을 알고는 놀래서 내려왔는데, 그 밭이 예전에 총각도 많이 묻었던 자리라고 하고 귀신이 예전부터 잘 나온다고 해서 그 이후로 그 밭은 묵혀버리고 사용하지 않았다고 한다.

(조사자 : 구신을 어떻게 만났어요?) 그때가 다섯시나 되었는디. 온 들에 모를 숭급디다(심습디다). 그래서 인자 나는 인자, 날이 양 궂었는가 그랬는디. 나는 산 밑에서 요리 폴콩을 땄어요. 얼른 따가꼬 집으로 올란께는 뭣이 나 옆에서. 막 산 밑이라.

[손으로 산모양을 만들어 보이며] 요리 막, 요리 산속에서 요리 날 쳐다봄서. 흑허니(하얗게) 두루마기를 입고, 중절 모자를 이리 쓰고, [갑자기 큰소리로] "왝~" 막 고함을 칩디다. 세 자리로. 그래서 나는 인자 거그는 생각도 안하고 인자 여기 큰 질로 차가 안왔냐 싶어서 인자 쳐다보고 쳐

다보고 있는디. 또 그래 악을 씁디다. 사람 같으면 뭘라고 사람이 건들라고 강탈을 할라게도 글 안허요? 그 구신을 나 여러 번 만났어. 구신이 여러 번 만나집디다.

"확" 고래 같은 악을 씁디다. 그래서 '뭔 사람이 늙어도 나를 건들라고 그런다냐.' 하고 쳐다봐도 암 것도 없고, 또 악을 써. 세 자루 악을 씁디다 막. 온 떠나가게. 그래서 뭣이 그러냐고. [고개를 앞으로 내밀며 쳐다보는 시늉을 하며] 산 속을 요리요리 잎삭새로 들여다 본께. 큰 남자입디다. 힉헌(하얀) 옷을 입고, 두루마기 같은 것을 입고 중절모자를 쓰고 그렇게 악을 씁디다. 호맹이 다 내불고 신을 벗어 던져 불고 집으로 다막질치고 옴서, 내 청허면서 사람들 보고 "오메오메 나는 구신을 만나가꼬, 간이 몇 번 떨어질 뻔 봤다" 한께로.

"뭐 구신이 많냐고" 그 밑에 동네 남자가 한나 그리 올라 가더라고. 그 남자가 그랬지. "뭐 놀래라" 그랬지.

"뭔 구신이 있어냐고?"

"아니, 틀림없이 구신이요."

그런디 그 남자는 보승보승 요리 올라갑디다, 모 밥을 얻어먹고. 근디 구신이단 말이요! 어떻게 무서워서 그 밭은 인자 안 해 먹었어요 인자. 통 안 해, 묵화(묵혀) 먹어 버렸어요. 묵혀 버렸어요.아이 거그 밭갓에다가 막 총각귀신을 많이 묻어놨다고 인자.

[청중 중에 할머니를 가리키며] 저 집 영감이. 인자 거기 해묵지 마라 그럽디다. 거기 해묵지 마라, 자꾸 머이 총각구신도 묻고, 거기 구신이 잘 난다고 해묵지 마라고 그래서 그 뒤로 또 무사서(무서워서) 안 해묵고 놔두다가, 거기서 해묵는디 구신을 만났어요. 그래서 인자, 안 해 먹어 부렀어요.

거북선 조선소 선소마을

자료코드 : 06_12_FOT_20110124_LKY_KJB_0001
조사장소 : 전라남도 여수시 소라면 관기리 상관마을 관기1구 경로당
조사일시 : 2011.1.24
조 사 자 : 이경엽, 한미옥, 송기태, 임세경
제 보 자 : 김주봉, 남, 82세
구연상황 : 쌍봉에 있는 정장군 이야기에 이어서, 조사자가 이순신 장군이 임진왜란 당시에 어떻게 싸웠다 하는 이야기가 있냐고 묻자, 김주봉 할아버지가 바로 이순신 장군의 사당에 관한 이야기를 들려주었다.
줄 거 리 : 관기리 마을 너머에 가면 임진왜란 때 이순신이 타던 거북선을 만들던 선소가 있고, 그 너머에 보면 이순신 장군의 부인을 모신 사당이 있다고 한다.

이순신 장군이 지금, 이 너메 가믄. 이순신 장군이, 그, 뭐야, (청중 : 사당.)

[명칭이 생각이 안 나 머뭇거리다가]

이순신이 타고 다니던 배. (청중 : 아, 거북선.) 거북선! 그 조선소가 여그 선소거든, 선소. 그래갖고 개방을 못허고 있잖아, 시방. 그 이순신 장군이 거북선, 조선소가 바로 선소가 있어요. (청중 : 선소가 거그가 있고, 저짝에 가므는 이순신이 부인을 모신 사당이 또 거기에 있다고.)

관기리 지명 유래

자료코드 : 06_12_FOT_20110124_LKY_KJB_0002
조사장소 : 전라남도 여수시 소라면 관기리 상관마을 관기1구 경로당
조사일시 : 2011.1.24
조 사 자 : 이경엽, 한미옥, 송기태, 임세경
제 보 자 : 김주봉, 남, 82세
구연상황 : 마을 유래에 대해서 묻는 조사자에게, 김주봉 제보자가 옛날 마을 어른들이 그런 얘기를 해주지 않고 돌아가셔서 잘 모르지만 아는 대로 일러주신다면서

마을의 매봉과 전실봉 등에 관한 명칭 유래담을 들려주었다.

줄 거 리 : 마을 뒷산인 안심산 외에, 맞은 편에 '매봉'이 있는데, 매봉은 꿩 잡는 매가 그 산에서 많이 살았기 때문에 매봉이라고 이름이 붙었다. 또한 안심산에는 '전실봉'이라는 봉우리가 있다. 또, 관기리 마을회관 앞에 있는 '사등(사장)'은 과거에 그곳이 활을 쏘던 사장터였기 때문에 사등이라고 하며, 마을 뒤에 서당골은 옛날에 그곳에 서재가 많이 있어서 서당골이라고 불렀다고 한다.

우리 면지 낼 때 ○○○○○○면지 낼 때, 이 안심산 있고, 전실봉. 매봉. 이러고 산이 있어. 매봉은 옛날 꿩 잡는 거 매라 해갖고, 매가 그 산에서 많이 살았다고 해갖고, 매봉이 있고. 전실봉은 우에, 저 안산에 있잖아. 이쪽에 전실봉 있고.

[옆에 앉은 청중들에게 물어보면] 뒤쪽 산은 뭔 산이야? 전실봉, 저짝에 뒷산. (조사자 : 전실봉은 왜 전실봉이라고 붙여졌으까요? 매봉은 뭐 꿩 잡는 매가 많이 산다 해서 매봉이고.) 전실봉은 인자, 그, 옛날, 거 몰라. 몰라, 옛날 뭔 서적이 있어야, 우리도 안단마제, 뭐 옛날에 이거 뭐 서당골이라 허므는 옛날 서재가 많이 있다고 서당골이고. 사등이라는 거는 활 쏘는 사장이라고, 사등이고, 그런 유래가 있어. 근디, 뭐, 문서상으로 사발 뭐가 없으니 인자, 그 구두로 들은게, 젊은 사람들이 알 수가 없제. 사등은 바로 여기라. 여 사장, 활 쏘는 자리고. 바로 여그, 저짝에. (청중 : 나무, 나무 밑이 바로.) 서당골이란은 인제, 여 뒤에 서당골이 있어 시방도. 거그는 옛날 서당. 옛날 말로 허믄. 서당. 옛날에는 서당, 구학문 배운데가 서당이었잖아. 서당골이 있고. 그런디 그런게 많에 여기가.

관터 유래

자료코드 : 06_12_FOT_20110124_LKY_KJB_0003
조사장소 : 전라남도 여수시 소라면 관기리 상관마을 관기1구 경로당
조사일시 : 2011.1.24

조 사 자 : 이경엽, 한미옥, 송기태, 임세경
제 보 자 : 김주봉, 남, 82세
구연상황 : 조사자가 마을 앞에 있는 사장나무에서 혹시 당산제를 모셨냐고 하니 옛날부터 당산제를 지냈다고 하면서, 자연스럽게 어린 시절에 들었다는 '관터' 지명 유래담에 대해서 들려주었다.
줄 거 리 : 관기리 마을의 본 이름은 '관터'로, 옛날에는 이곳에 물이 많아서 관터라고 했다. 또 일설로는 벼슬을 한 사람들이 많이 살았다고 해서 '대감 관'자 '터 기'자를 써서 관터라고 했다고도 한다.

우리가 들을 때는 여그 관터가 왜 관터라 했냐 허믄. 지금도 옛날에 농사 짓다 보니까, 옛날에는 여가 관이 물이 많애서 관턴디. 지금도 인자 농사 짓다가 ○○○○○○○○ 막, 옛날에 기왓장이 논에서 나온다 어쩐다, 이그 물이 들어 나온디가 관. 그래서 관터라고 그래, 관자. 벼슬 헌 사람들이 많이 살았다 해서 관터라 그랬다 그래요. (청중 : 관터. 터 기자여. 터기. 관기리니까. 대감 관자고.)

빈대 때문에 망한 절

자료코드 : 06_12_FOT_20110124_LKY_KJB_0004
조사장소 : 전라남도 여수시 소라면 관기리 상관마을 관기1구 경로당
조사일시 : 2011.1.24
조 사 자 : 이경엽, 한미옥, 송기태, 임세경
제 보 자 : 김주봉, 남, 82세
구연상황 : 조사자가 인근에 쌀 나오는 바위 이야기와 비슷한 이야기가 있냐고 묻자, 옆에 있던 김주봉 할아버지께서 빈대 때문에 망한 절 이야기를 간단히 들려주었다.
줄 거 리 : 마을 위쪽 안심산 밑에 옛날부터 절터가 있었는데, 빈대 때문에 망했다고 한다. 그 절에는 우물도 있었는데, 절이 망하자 중도 떠나고 말았다고 한다.

옛날 저 우에 절터가 뭐 몰라도, 빈대 땀에 망했다고 허드만. 저 욱에 있어요. 바로 안산 밑에. 옛날에 들어보믄 뭐 절터. 지금 절터 말고, 저,

○○○ 말이요. (조사자 : 근데 빈대 때문에 망했어요?) [제보자가 고개를 끄덕인다.]

(청중 : 옛날 전설이 어디든 절은 빈대 나서 망했다 그래.) 터는 지금 저, 보존이 되야 있어요. 보존이. 우물도 있고. (청중 : 떠나블고 인자 없고.) 지금 있는 중은 사찰이 있었지. 그 자리가 아니고. (조사자 : 지금 있는 사찰은 그 밑으로 내려와서.)

제사상 맨 앞에 밤 대추를 놓는 이유

자료코드 : 06_12_FOT_20110124_LKY_KJB_0005
조사장소 : 전라남도 여수시 소라면 관기리 상관마을 관기1구 경로당
조사일시 : 2011.1.24
조 사 자 : 이경엽, 한미옥, 송기태, 임세경
제 보 자 : 김주봉, 남, 82세
구연상황 : 김주진 할아버지의 역의암 이야기에 이어서 조사자가 자손이 잘 되는 묘자리가 어떤 것인지를 물었다. 이에 김주진 할아버지가 책에 나와 있는 좋은 묘자리에 대한 조건을 이야기 하는 동안, 옆에서 듣고 있던 김주봉 할아버지가 묘자리가 좋아서 자손들이 잘 되는 것은 아니라고 하면서 이야기를 들려주었다.
줄 거 리 : 묘자리가 좋아서 자손들이 잘 사는 것이 아니다. 제사 때 제사음식을 진설하면서 대추와 밤을 잘 놔야 자손이 많고 좋다고 하며, 반드시 제사 음식의 맨 앞에 밤과 대추를 놓아야 자손이 퍼지고 좋다고 한다.

묫자리 갖고 자손이 잘 사, 뭐 그 자리가 좋아서 그런 것이 아니라, 그 진설 헐 때 대추 조자허고 밤 율자에 그거를 놔야 자손이 많다 그러던디. 그래서 대추 밤을 앞에다 논다 그래. 자손 많으라고. 나가 듣기로는. 저 ○○○○○ 앞에 진설 헐 때. 조율이시라고 오과 놀 때 나 물은게. 밤 대추를 놔야 자손이, 그 집안이 팍 퍼진다 그러드란게. 참말인가 그른가 몰라도. 그래서 대추 밤을 앞에 놓는 것이라 그래.

상관마을의 형국

자료코드 : 06_12_FOT_20110124_LKY_KJJ_0001
조사장소 : 전라남도 여수시 소라면 관기리 상관마을 관기1구 경로당
조사일시 : 2011.1.24
조 사 자 : 이경엽, 한미옥, 송기태, 임세경
제 보 자 : 김주진, 남, 95세
구연상황 : 마을분들과의 이야기 중에 출타 중이셨던 김주진 지관 할아버지가 회관에 들어오셨다. 이에 조사자가 마을의 풍수 형국이나 기타 풍수지리에 관한 이야기를 묻자, 관기리 마을 풍수에 대해 간단히 들려주었다.
줄 거 리 : 관기리 마을은 풍수적으로, 앞에 높은 산인 안심산이 있고, 그 옆으로 내려앉은 좌청룡, 우백호가 있는 형국이다. 또한 마을이 안심산 속에 폭 들어앉아 있어서 터가 좋다고 한다.

(조사자 : 지금 그 혹시 여기 이 마을이 풍수적으로 어떤 형국인가요, 이 마을은.) 풍수? 형국이, 높은 산이 있어. 안심산. 안심산이 있어갖고, 내려앉은 좌청룡, 우백호가 있어. 우백호가 있고.

전경, 후경이 있어갖고, 광경을 말해 논 것이여. 풍수가 그거를 말허는 것이여. (조사자 : 그래서 요 마을은 이렇게 좀 속에 이렇게 들어앉어 있어서 터가 좋다 그 말씀이신가요?) 응. 그러지 인자 좋은 거를, 그거를 평을 허는 거여.

남사고

자료코드 : 06_12_FOT_20110124_LKY_KJJ_0002
조사장소 : 전라남도 여수시 소라면 관기리 상관마을 관기1구 경로당
조사일시 : 2011.1.24
조 사 자 : 이경엽, 한미옥, 송기태, 임세경
제 보 자 : 김주진, 남, 95세
구연상황 : 조사자가 우연히 묘자리를 잡아 발복한 이야기 등을 들려달라고 하자, 김주진

할아버지가 "그런 이야기가 있지." 하면서도 더 이상 이야기를 진행하지 못하였다. 이에 다시 조사자가 남사고라는 유명한 지관을 아냐고 하니, 자신에게도 남사고에 관한 책이 있다면서 남사고 이야기를 들려주었다.

줄 거 리 : 남사고는 옛날 이태조 때 이성계가 풍수로 썼던 사람이다. 이태조가 생전에 자기의 선산, 즉 서울 시내를 한강을 전후로 돌아다니면서 남사고에게 보이고, 자기 집안의 선산 자리를 잡게 했다고 한다.

남사고, 남사고 책 있어. 남사고, 옛날 이태조 때 남사고를 풍수로 썼어. 이태조가. 이성계. 남사고를 풍수로 잡아 썼어. 근게, 풍수지리 했지. 묫자리 잡고. (조사자 : 그러면 남사고가 어떻게 해서 죽게 됐나요?) 나도 모르제, 책에만 남사고라 그랬지. (조사자 : 그러믄 그 관련 이야기를 잘 모르세요?) 아 몰라. 남사고가 풍수, 일생에 태조님이 불러다가 즈그 선산, 쭉 서울 시내, 그 한강 전후를 돌아댕김시로 그걸 뵈였어. 그래서 남사고를. 이성계가 이용은 했지. (조사자 : 이용을. 그러면 한양 터 잡는 데는.) 아니 인자 그건 몰라.

역의암

자료코드 : 06_12_FOT_20110124_LKY_KJJ_0003
조사장소 : 전라남도 여수시 소라면 관기리 상관마을 관기1구 경로당
조사일시 : 2011.1.24
조 사 자 : 이경엽, 한미옥, 송기태, 임세경
제 보 자 : 김주진, 남, 95세

구연상황 : 김주진 할아버지는 마을에서 유명한 지관이다. 조사자가 이야기를 하시던 박문규 할아버지에게 역의암에 관해 아냐고 묻자, 옆에서 듣고 계시던 김주진 할아버지가 조사자의 말을 받아서 역의암에 관한 이야기를 들려주었다. 이야기를 시작하면서 기침을 심하게 하셨다.

줄 거 리 : 여수시 덕양면에 역의암이라는 바위가 있다. 이 바위는 바꿀 역 자, 옷 의 자, 바위 암 자를 쓰는데, 옛날 임진왜란 때 왜적의 숫자가 많아 불리하게 되자, 이순신 장군이 아군의 숫자를 많아보이게 하기 위해서 병사에게 노랑, 빨강,

파랑색 옷을 주고 자주 바꿔 입고 나가게 했다고 한다. 그래서 그때부터 역의암이라는 이름이 붙여지게 되었다고 한다.

역의암. ○○○○, 바꿀 역자. 옷의 자. 바구 암자. 옷을 바꽈서 입은 그 바구 할 때. 왜정 때 왜놈들이 저그 율촌서. 그 무신, 충의사라냐. 왜놈들이 거 마침 그래갖고 인자 덕양을 보고 아군, 우리 아군은 덕양에 있고. 그래도 저쪽에는 왜놈들이 양이 많고, 이쪽에는 수가 적거든. 근게 요쪽 장군이 꾀를 냈어. 옷을 뻘건 놈, 파랑 놈, 노랑 놈, 많이 맹글아 놔. 그래갖고 군인한테 줘, 그거. 그래 한 번 입고 돌아오믄 또 그 다음 사람이 또 입고 돌아오고. 노상 그 사람이 옷을 바꽈 입어. 그러니께 역의암이라 그래. 지금인게 덕양이라 허지, 그때는 여기바우.

지금은 인제 덕양이지. 옛날은 역의암이라 여기바우. 여기바우라 해서 저 순천서 내려오믄 거 가서 여기바우서 점심 먹고 여기 들어오고 그랬는데. (청중 : 지금은 인제 덕양으로 변했지.) 역의암이라 역의암. 바꿀 역자, 옷 의자, 바우 암자. 그 덕양서 내려가믄 은바구 삐랭이 많이 있잖아. 지금 거기 비석이 섰어요. 해룡면 거그서 보믄 거 뵈기거든, 삐딱허니. 그래가지고 그 적허고 왜놈들, 왜장, 왜놈들허고 싸울 때 그걸 역의암이라고 그러지. (청중 : 지금도 그 비석이 있지요?) 아 있어. 역의암인디. 인자 분석을 해갖고는 여기바우. 바꿀 역자, 옷 의자. 역의. 여그서 암자는 바우 암. 전에 노인들은 여기바우라 그랬지. 덕양이라 하믄 몰라. 저 여수지에도 다 나와 있어.

도랑을 넘자 없어진 도깨비이야기

자료코드 : 06_12_FOT_20110124_LKY_RKN_0001
조사장소 : 전라남도 여수시 소라면 관기리 상관마을 관기 1구 경로당
조사일시 : 2011.1.24

조 사 자 : 이경엽, 한미옥, 송기태, 임세경
제 보 자 : 류경남, 남, 73세
구연상황 : 경로당에 모인 할머니들이 서로 젊은 시절에 봤거나 들은 도깨비 이야기들로 이야기꽃을 피웠다. 서로 짧은 소리를 주고받다가, 한 할머니가 조사자들을 위해서 할머니들에게 "한마디 들려줘." 하였다. 이에 류경남 할머니가 자신이 직접 겪은 도깨비 이야기를 들려주었다.
줄 거 리 : 제보자인 류경남 할머니가 젊어서 겪은 이야기라고 한다. 어느 날 비가 온다고 해서 나락을 묶어놓고 오는데, 갑자기 키가 크고 패랭이를 쓴 사람이 중간에 오는데, 너무 무서워서 아이에게 얼릉 호롱불을 가지고 오라고 했단다. 그런데 그 남자가 듬벙등벙 앞서서 걸어가고 제보자가 그 뒤를 따라 가는데, 한참 가다가 도랑물을 건너자 그 남자가 없어져 버렸다고 한다. 본래 도깨비는 도랑물을 건너면 사라진다고 한다.

나락을 묶으고 인자 늦어서 저물어져 부러서 인자 우리 집 아범은 공직생활 한다고 댕기고 온께. 인자 나 혼자 가서. 인자 비가 온다고 해서 나락을 묶어. 그 나락을 묶고 오는디 크댄~헌(키가 큰) 패랭이 쓴 사람이 막 중간에 오는디 나타납디다. 이상하다, "저 뭐야." 무서워서. 인자 우리 애기 보고 등불을 써갔고 마중을 나오라 그랬단 말이요. 그래서 인자 등불을 써 갔고 저기서 오는디. 초롱불. 전에 초롱불을 써 가꼬 요렇게 오는디. [손을 뻗어 앞을 가리키며] 나는 저쪽에서 오고. 그러는데 앞에서 그대로 사람이 패랭이를 쓰고 앞에 걸어간단 말이요. 듬벙듬벙 걸어가. 걸어가서 인자 나는 뒤에서 나락을 그놈을 이고. 인자 요로고 오는디. 그런께 인자 무서운 정이 들대요. 그래서 인자 우리 딸 보고만 막 나가 뭐라고 함시롱.

"빨리 빨리 불을 갖고 오지." 인자 그렇게 늦게 있다고 우리 딸보고 뭐라고 했단 말이요.

[두 손으로 개울을 만들어 보이며] 그래갖고 인자 꼬랭이(도랑) 하나 있어요. 그래서 인자 그 꼬랑을 넘을라고 한께로. 졸래졸래 앞에 가던 사람이 꼬랑을 할딱 넘은께, 없어져블드래요. 그러고 딸은 인자 등불을 갖고

오고. 그래서 인자 나는 그쩍에 처음으로 도깨비를 봤단 말이요. 도깨비가 있는지 없는지도 그것도 몰랐는데 또 건넨게 없어진단 말이요. 꼬랑을 건너면 없어진단 말이요. 앞에 그렇게 크댄헌 사람이 절래절래 앞에 갔는디 그 꼬랑을 펄떡 넘은 께 없어져블드라요. (조사자 : 그 논도 개답이었어요?) 개답 아니여. 산밑에. 산밑에 째깐 다랑이 집이 그 밑에 다랑이. 거그가 귀신이 잘 납디다 잘나. 나락을 거기다 세워놓고.

관기마을 명칭 유래

자료코드 : 06_12_FOT_20110124_LKY_PMY_0001
조사장소 : 전라남도 여수시 소라면 관기리 상관마을 관기1구 경로당
조사일시 : 2011.1.24
조 사 자 : 이경엽, 한미옥, 송기태, 임세경
제 보 자 : 박문규, 남, 80세
구연상황 : 상관마을 경로당에 모인 할아버지 8~9명을 대상으로 마을 관련 이야기를 들려달라고 부탁하였다. 하지만 다들 장기를 두느라 조사자의 물음에 대답을 잘 해주지 않으셨는데, 옆에서 듣고 있던 박문규 할아버지가 안타까운지, 무엇을 조사하러 왔냐고 하면서 마을 유래 등에 대해서 들려주었다.
줄 거 리 : 관기리는 조선시대 임진왜란 당시에 군량미를 가져다 나르는 터가 있는 곳으로, 그 터에 군량미를 저장하는 집(창고)이 있어서 '관기'라는 이름을 갖게 되었다고 한다. 그리고 화양면 쪽이 과거에 군사적으로 중요한 요충지라 성이 있었다고 하며, 하지만 지금은 그 성의 이름은 잘 모른다고 한다.

마을 역사, 여 관기란디가. 전에 여기에가 옛날 이조, 조선시대 때 여기에가 뭐이라 그믄 임란 당시 여기가 그 군량을 갖다 나르고 허는 여그가 이 터가 있었어. 그런디 인자 이 좋은 집, 말허자므는 인자 그 군량 저장허고 허는 그런 집이 있어. 그래서 그것을 따가지고, 해가지고 지금 현재 관기라고 인자 그 이름, 동명을 지었어. 그거이 인자 어디냐 허믄 저 화양면 저쪽에 가믄 성이. 그 당시에 성이 나 있고 그래. 여기가 중요 군사 요

충지라. 여기가. 아 그 성 이름이 요 화양면에가, 화양면 저기 있는디. 나도 그 책을 봐야 알것구만. 다 잊어브렀네 예전엔 다 왔는디.

안심산과 장등 명칭 유래

자료코드 : 06_12_FOT_20110124_LKY_PMY_0002
조사장소 : 전라남도 여수시 소라면 관기리 상관마을 관기1구 경로당
조 사 자 : 이경엽, 한미옥, 송기태, 임세경
조사일시 : 2011.1.24
제 보 자 : 박문규, 남, 80세
구연상황 : 조사자가 마을의 풍수형국에 대해서 물어보자, 마을 뒤를 감싸고 있는 산 등에 얽힌 명칭유래담을 들려주었다.
줄 거 리 : 관기리 마을 뒤에 있는 산이 '안심산'인데, 본래는 봉황산으로 불렸다고 한다. 그런데 산 아래에 마을이 아늑하게 들어앉아 있게 되면서부터 안심산이라고 불리게 되었다고 한다. 그리고 그 오른편에 있는 산이 '장등'인데, 길다고 해서 붙여진 이름이다.

여그는 요 터라는 것보다도 이 욱에 이 산이 이 동네 산인디. 안심산. 음. 근데 이쪽은 장등. 길다고. 길다고 장등. 안심산이 인자 원 거석은 봉황산인디. 왜 안심산이라 그러냐므는 아늑허게, 여그 아늑허게 동네가 들어앉어 가지고, 그래서 당시에 안심산이라고 그런 명명을, 영감들이 그리 지어 논 모양이여.

쌍봉의 정장군 묘

자료코드 : 06_12_FOT_20110124_LKY_PMY_0003
조사장소 : 전라남도 여수시 소라면 관기리 상관마을 관기1구 경로당
조사일시 : 2011.1.24
조 사 자 : 이경엽, 한미옥, 송기태, 임세경

제 보 자 : 박문규, 남, 80세
구연상황 : 여수는 이순신 장군과 연관이 매우 깊은 곳이기에 그와 관련된 이야기가 있냐고 묻자, 제보자가 쌍봉에 있는 정장군 묘에 대해서 간단히 이야기 해 주었다.
줄 거 리 : 여수는 임진왜란 때 이순신 장군과 매우 관련이 깊은 곳이다. 쌍봉에 가면 이순신을 도와서 싸운 정장군의 묘소가 있는데, 여수 지방 사람이라고 한다.

지금 쌍봉에 가면은. 지금도 그 쌍봉 가면은 학동에 보므는 정장군이라고 임란 당시 이순신 도와서. 거 묘소가 아주 웅장해갖고 있어. 그 분이 계실 때 인자 이 지방 사람들이 입영으로, 말허자믄. 입영으로 인자 그리 거 장군이 뭐이라 그믄 뒤를 도와서, 가서 인자 서로 그튼 헌 사람이 있었든 모양이여. 그쪽 헌 사람은 있는 모양이야.

그런 정도는 알고 인자. (조사자 : 정장군이 이순신 장군 밑에 있는 사람이었어요?) 응. 이 지방 사람인게 옛날 영감들의 말에 의하믄 여그에도 그리, 거 임란 당시에 그 사람들 도와 가지고 여그서 인자 그리. 임란 당시에 인자, ○○ 허는 사람이 있단 그런 애기만 있지. 기록은 여그서 동네 사람 누가 그랬다는 기록은 없드라고, 찾아보믄.

갈마음수 묘자리와 아기장수

자료코드 : 06_12_FOT_20110124_LKY_PMY_0004
조사장소 : 전라남도 여수시 소라면 관기리 상관마을 관기1구 경로당
조사일시 : 2011.1.24
조 사 자 : 이경엽, 한미옥, 송기태, 임세경
제 보 자 : 박문규, 남, 80세
구연상황 : 조사자가 마을에 전하는 유명한 효자나 열녀 이야기를 들려달라고 하자, 다들 향교지를 보면 다 나와 있다고 하면서 이야기를 해주지 않았다. 이에 옆에서 가만히 듣고만 있던 박문규 할아버지가, 여기는 그런 이야기가 없고 삼일면에 가면 전설이 많이 있다고 하면서 갈마음수 형국의 이야기를 들려주었다.

줄 거 리 : 여수시 삼일면에 낙포라는 곳이 있는데, 그곳에 갈마음수 형국의 자리가 있다. 어느 날 그곳에 살던 사람이 애를 낳았는데, 아이가 태어난 지 일주일이 되자 겨드랑이에서 날개가 나와 벽을 날라다녔다고 한다. 그런데 그 사실을 안 중앙에서, 임금이 자기보다 뛰어나면 안되니까 사람을 시켜서 아이를 죽이게 했다. 중앙에서 온 사람들이 아이를 죽이기 위해 아이에게 맷돌 두 개를 짊어지게 해서 물에 빠뜨렸는데, 아이가 살기 위해 발버둥 칠 때마다 물 위로 올라왔다 가라앉았다 했다. 그때 갈마음수 형국의 터에서 용마가 하늘에서 내려와서 3일을 울다가 어디론가 사라져버렸는데, 그러자 아이도 결국 죽고 말았다고 한다. 그때부터 그곳의 지명이 '삼일'이 되었고, 그 아이가 떨어져 죽은 곳은 낙포라고 이름이 붙여지게 되었다고 한다.

거기 있는 데가 낙포라 거그 갈마음수라고 아까 영감님이 지리학을, 풍수지리학을 헌다 허니까 그런디, 거그에가 갈마음수라고 허는 거 좋은 묫자리가 있어. 거 낙포 박씨가 거그에 간재가(간지가) 약 삼백 한 몇 십 년 돼. 아주 고토인 여그에. 거그서 그 사람들이 거그다가 갈마음수 자리에다가 묘를 썼는데. 거그에서 장군이 나. 실지로. 장군이 나가지고 그 장군이. 거 이름이 그래서 낙포라 허제. 떨어질 락자 낙포라고. 포구에 포자허고. 대 포자허고. 낙포라고 지어 놨어. 그런디 인자 거 애를 낳았는디. 거 애기가 꼭 뭣 모양이냐 허므는. 거 한 일주일만에 산모가 겨우 잡고 나와서 보니까. 천장으로 붙었다가, 벼랑박으우(벽에) 붙었다가, 돌아댕기. 일주일 된 애기가. 본게 날개가. [자신의 팔을 가지고 설명하며] 여그가 손, 팔인디. 여기 날개가 돼갖고 있어, 날개가. 거 올라붙으고 댕기. 사실이고. 그러니까 인제 요것을. 중앙에다 그 당시 인자. 음 그것이 인자 고려 땐지. 고구려 땐데. 거 인자 거다가 안 알리 수가 없고, 알리니까. 거그서 나 사램이 그때 지금으로 말허믄, 여기에는 그 당시에는 뭐이냐, 뭐 군도 없고 뭐 아무 것도 없고 여기에는. 그 당시에는 여기 이 순천에가 뭣이 생겨 가지고, 내려와 있는디. 그 사람이 인자 중앙으로, 지금 겉으믄 인자 중앙으로 올리믄 그 당시 나라님헌티 보고를 해 놓으니까. 거 사람이 내려와. 와서 보니까 날개가 달려갖고 사램이. 실지로 날개가 달려갖고 이러니까. 그걸 보고 가서 그대로 올리니까 인자 임금이 그 당시에는 그런 사람은 살려 놓고 봐야 되는디. 자기를 능가할까 싶으니까. 아 기냥 데리고 올라가서 보고 와서는 와갖고는 기냥 죽이브려.

어찌 죽였나 그러믄. 거가 앞바다에다가 맷돌, 큰 맷돌을 두 개를 지와갖고 강에다 던져브리. 그러니까 기양 맷돌 그거 쭉지에다 달아노니까, 막 하늘로 올라갔다 내려왔다, 막 올라갔다 인자 막 그리 하는데. 그러자 그 갈마운수 자리에 거그에서 뭐이냐 하늘에서 용이 내려와가지고, 거그서 나려온 용이 와가지고 거기서 삼일을 울다가 그 장군 될 그 애기도 죽어블고 말도 어디로 가브렀고. 거 인제 삼일이라는 것이 그래서 삼일이 됐고. 낙포란 디가 그래서 떨어져서 죽었다는 그래서 그런 전설이 거기에가 있지. (조사자 : 삼일이 소라면 같은 관냅니까?) 아니. 저 삼일이라고. (청중 : 아니 저 공단 삼일면.) 공단. (청중 : 우리 지방허고는 거리가 아주 먼 마을이여.)

홍국사 절터에서 진례로 옮긴 묘자리

자료코드 : 06_12_FOT_20110124_LKY_PMY_0005
조사장소 : 전라남도 여수시 소라면 관기리 상관마을 관기1구 경로당
조사일시 : 2011.1.24
조 사 자 : 이경엽, 한미옥, 송기태, 임세경
제 보 자 : 박문규, 남, 80세
구연상황 : 갈마음수 이야기가 끝나자마자 바로 이어서 바로 홍국사와 진례에 있는 묘자리와 관련된 이야기를 들려주었다.
줄 거 리 : 홍국사라는 절이 있는데, 옛날에는 홍국사 절 내에 묘가 있었다고 한다. 그런데 어느 날 보조국사가 그것을 보고는 여기는 사람이 묻힐 곳이 아니라고 하면서, 종이학 세 마리를 접어 날렸는데, 그 학이 진례라는 곳에 내려앉았다고 한다. 그래서 홍국사 내 묘지의 자손들이 학이 내려앉은 진례라는 곳에 묘를

다시 썼는데, 이후 자손들이 번창했다고 한다.

그라고 진례라고 가므는 거그도 홍국사 절을 거그에, 묘를 홍국사 절에 써 놨는디. 거그서 그 당시에 먼 데 사는 사람이 와가지고 보고는 여그는 절터지 사램이 묻힐 데가 아니라 해갖고 학을 시마리를 접어갖고는 그것이. 진례라고 가믄 거그에 그 당시 학이 내려, 진례, 거 묘가 시방 ○○○○ 묘가 지금도 있다고. 거 전설이 많은 디여. 근디 요리 요리로는 나 마해(나이가 많해) 논게 잘 모르겄고. (조사자 : 진리라는 곳에 홍국사 절터가 있는데, 지금은 절이 있는게 아니고 절터가 있는거에요?) 아니. 지금 절 있어. 아 묘를 썼는데. 그러니까 보조국사가 뭔가 나려와갖고. 그 절터지 거석헐 자리가 아니다. 응. 아니다 그래갖고 거그서 뭐이냐, 학을 종이 학을 접어갖고 날린 것이 여그 날렸는디. 여가 요래갖고 진례가 와서 앉었는디. 거그다가 인자 묘를 써가지고 거 자손들이 번창하다는, 묘는 지금도 있어. 지금도 있어. 그 묘가. 학교 옆에 가믄 묘가 지금도 있지.

진세 유래

자료코드 : 06_12_FOT_20110124_LKY_PMY_0006
조사장소 : 전라남도 여수시 소라면 관기리 상관마을 관기1구 경로당
조사일시 : 2011.1.24
조 사 자 : 이경엽, 한미옥, 송기태, 임세경
제 보 자 : 박문규, 남, 80세
구연상황 : 조사자들이 마을에서 상여소리의 앞소리를 하시는 분께 상여소리를 좀 들려달라고 부탁하였지만 끝내 거절하였다. 이에 할 수 없이 조사자가 마을 풍속과 관련해서 칠석 날 진세놀이에 대해 묻자, 그에 대한 유래를 들려주었다. 또한 마을의 당산제와 같은 여러 풍속에 대해서도 함께 이야기 해주었다.
줄 거 리 : 옛날에는 아이를 낳으면 얼마 못살고 죽어버렸다. 그래서 몇 살을 먹으면 그 때까지 살아 있다는 신고를 동네에 하는 의미로 진세를 하게 되었다고 한다.

전에는 이 마을에서 그런 유래가 있어가지고 지금까지 인제 그 유래로 이 마을에서 지켜 나오는데. 인제 시에서 요즘은 닥쳐와서 인자 여기가 그렇에 오래 헌 것을 가지고 내려오니까, 존속을 허니까. 아이 시에서도 인자 거석해가지고 인자 시에서 거석을 해 주는 것이지요. 보조를 해 주는 것이지요. 사실상은 이 마을에 아주 옛날부터 그 진세라는 것이 얼른 우리가 그냥 그 글자도 모두 여러 가지 풀이가 있습니다마는 나는 간단히 한 번 이야기 허게요.

전에는 아이를 노믄 얼른 죽어삐리. 기냥 거 얼매 살도 못허고 죽어삐리고. 그러니까 인자 몇 살을 묵으므는 그때까지 생존을 지키고 거석허기 위해서 몇 살까지 살아 있을 때 거 살아 있다, 태어났다 해가지고 인자 동네서 신고를 헌단 말이여. 그걸 그래가지고 그러므는 이런 사람이 태어났으니까 동네서 나가 이렇게 해서 앞으로 잘 키워준다는 거석을 인자 거드리는, 공을 드리는 거여. 그러면서 그거이 유래가 인자 그것이 유래가 돼 가지고 지금까지 나오는 금방 인자 이 말씀을 헌 거야.

도깨비불

자료코드 : 06_12_FOT_20110124_LKY_PMY_0007
조사장소 : 전라남도 여수시 소라면 관기리 상관마을 관기1구 경로당
조사일시 : 2011.1.24
조 사 자 : 이경엽, 한미옥, 송기태, 임세경
제 보 자 : 박문규, 남, 80세
구연상황 : 8~9명의 할아버지들과 과거 마을의 풍속에 대해서 이야기를 나누다가, 조사자가 분위기를 바꾸기 위해서 상여소리를 하신다는 할아버지에게 장타령 하나 들려달라고 하였지만 역시 노래하는 것을 거부하셨다. 할 수 없이 조사자가 제보자들이 쉽게 이야기해줄 수 있는 도깨비 이야기나 하나 들려달라고 하자, 조사자들에게 마을의 풍속에 대해서 이야기를 들려주셨던 박문규 할아버지가 제일 먼저 도깨비 불에 대해서 들려주었다.

줄 거 리 : 어려서 도깨비 불을 봤는데, 도깨비 불은 퍼런 불이며 이리 저리 날라다녔다. 그런데 커서 보니, 그것이 사람의 죽은 뼈나 짐승의 뼈에서 파란 '인'이 나오는데 그것을 짐승이 물고 이리 저리 다니면 그처럼 도깨비 불로 보였던 것이다.

아, 우리 어려서 도깨비라는 거 봤지. 불을 봐. 불, 퍼런 불이 [두 손으로 크기를 가늠하며]

요만씀 이레 갖고는 요리 날라갔다가 저리 갔다가 어 많이 봤지. 사실은. 사람처럼 생긴거는 그런거는 인자 없고. 디든 요렇게 보므는 뭐이 후떡 요리, 뭐 요리 날아댕기거 보믄 불이 요리 가고 저리 가고 요러는 거이 그걸 보고 도깨비불이라 그랬는디.

사실은 인자 나중에 우리가 인자 거 깨달아서 알았지마는 새가, 그 사람 죽은 빼따구나 글 않으믄 짐승 빼따구 등의 요리 있으믄 그놈 물므는 거리 시거리가 나와. 시거리라고 파란 거, 찐이 나와갖고는 그런 거식이 나와. 그러믄 그놈을 물고, 짐승이 물고 이리 갔다가 저리 갔다가 허믄 그것이, 그거이 인자 불이 나오니까 그걸 보고 도깨비라.

예. 인자 그러기 때문에 헌거 같애. 그러고 인자 정신이 없으믄, 없다는데 도깨비 만난 사람도 있어. 만난 사람도. 그런디 정신이 없는 사람들이 만나지. 정신이 또록또록 헌 사람들이 만날리는 만무허고. 사실 만난 사람이 있고. 전에 우리 마을에도 그 도깨비를 만나 가지고 오다가다 거 약이, 그런 사람도 있고 그런디. 우리 마을에도. 근디 지금은 그런 것도 없고, 그게 다 전부 옛날 이야기고.

도깨비와의 씨름

자료코드 : 06_12_FOT_20110124_LKY_PMY_0008
조사장소 : 전라남도 여수시 소라면 관기리 상관마을 관기1구 경로당

조사일시 : 2011.1.24
조 사 자 : 이경엽, 한미옥, 송기태, 임세경
제 보 자 : 박문규, 남, 80세
구연상황 : 도깨비 불 이야기가 끝나고 조사자가 도깨비와 씨름한 이야기는 없냐고 하자, 그런 사람도 있다고 하면서 도깨비와 씨름한 이야기를 바로 이어서 들려주었다.
줄 거 리 : 옛날에는 술을 많이 먹었다든지 해서 정신이 없어지면 꼭 도깨비를 만났다고 한다. 도깨비를 만나면 사람 옆에 와서 엉뚱한 소리를 하기도 하며, 도깨비와 씨름을 했을 때 쓰러져서 일어나지 못하면 잘 못하면 죽기도 한다고 한다.

아 그런 사람은 있어. 그런 사람은 있었는디. 옛날에 도깨비를 만내가지고 산 정신이 있는거에요. 가다가 인자 헛걸 뵈인 거이지. 말허자믄 술을 많이 묵었다든지 이래갖고는 인자 정신이 없는 디에서 거 인자 그런걸 만낸단 말이여. 만내므는 옆에 요 사람이 원래는 그 사람 저쪽으로 가면서 엄은 소리를 딱 허고 기양 야단이란 말이여. 근게 인제 그 정신이 없어가지고. 그런 사람이 인자 없잖에, 사실은 있었고. 씨름을 해가지고 인자 그 짜빠지므는 일어나도 못 허고, 잘 못 허믄 죽고. 사램이 죽제. 근게 헛걸 보이게 그러다가 보믄 사램이 죽고. 옛날에는 그런 거이 있고.

도깨비가 좋아하는 메밀묵

자료코드 : 06_12_FOT_20110124_LKY_PMY_0009
조사장소 : 전라남도 여수시 소라면 관기리 상관마을 관기1구 경로당
조사일시 : 2011.1.24
조 사 자 : 이경엽, 한미옥, 송기태, 임세경
제 보 자 : 박문규, 남, 80세
구연상황 : 도깨비 불 이야기에 이어서 조사자가 도깨비가 묵을 좋아한다고 하니, 박문규 할아버지가 바로 이어서 도깨비가 메밀묵을 좋아한다는 이야기를 들려주었다.
줄 거 리 : 도깨비는 메밀묵을 좋아한다고 한다. 그래서 과거부터 잔치를 하면 일부러 메밀묵을 써서 집 밖에다 놓아두고, 도깨비에게 많이 먹고 가라고 하는 풍습이 있다. 또한 도깨비를 방지하기 위해 동짓날 팥죽을 뿌렸다고 한다.

그래 인자 옛날에 그래서 그 옛날 할머니들은 그것을 인자 무신 집에서 뭔 잔치나 있다든지 뭣을 헌다든지 이러면은 역부러 메밀묵을 쒀. 사실 우리집, 우리집이도 할머니랑 울 어머니랑 나 허는 걸 봤는데. 메밀묵을 쒀 가지고. 메밀묵을 쒀 가지고 뭐이냐 그러믄 저 밖에다가 많이 묵고 가라 그러면서 막 요리 찌리고. 옛날에는 그 인자 우리 그 조상 문화 옛날 허면 그런 거이 있었던 모냥이여. 그러니까 어느 부락을 막론허고 다 있을거요. 아마 그런 거는. 어느 부락은 물론허고.

도깨비가 싫어하는 것은 그 도깨비가 싫어하는 것인지 잘 모르는디. 주로 그 이녁 집에서 우리가 이제 동지죽 팥죽을 안쑨다고? 붉은 것. 팥죽을 씌면 인자 옛날에는 팥죽을 인자 쑤면서, 쒀가지고 사방 뭐이야 그러믄 집 뒷 방에다 찍 뿌리고. 그 붉은 요걸 뿌리면 인자 귀신, 잡귀가 안붙는다고 허드래. 그래갖고 그걸 뿌리는 예가 있었고.

도깨비가 따라온 이야기

자료코드 : 06_12_FOT_20110124_LKY_PSA_0001
조사장소 : 전라남도 여수시 소라면 관기리 상관마을 관기 1구 경로당
조사일시 : 2011.1.24
조 사 자 : 이경엽, 한미옥, 송기태, 임세경
제 보 자 : 박선애, 여, 76세
구연상황 : 앞서의 도깨비를 본 경험담에 바로 이어서, 박선애 할머니가 자신의 친정아버지가 겪었던 도깨비에 관한 이야기를 들려주었다.
줄 거 리 : 제보자의 친정아버지가 부조를 하고 오는데, 어느 재에서 영감에 자꾸 뒤를 따라 오기에 친정아버지가 그 영감에게 앞서 가시라고 하였단다. 그런데 그 영감이 친정아버지에게 먼저 가라고 하더니, 어디 만큼 걷다가 보니 그 영감이 친정아버지의 장도리를 잡더란다. 그래서 왜 이러냐고 하면서 친정아버지가 영감을 잡아서 배허리끈으로 솔나무에 묶어놓고 왔는데, 뒷날 아침에 보니 그것이 영감이 아니라 빗자루였다고 하였다.

궁께 우리친정아버지도 ○○네를 가서 부조를 물고 오는디. 머그네 재에서 자꾸 영감이 뒤따라 오드라여 달밤에. 그래서 인자 "예, 어르신 앞에 가라"고, "어르신 앞에 가라"고 그러니까. 앞에 가라드라네 울 아버지를 보고. 그래서 인자 어디만큼 오는디. 뒤 장도리를 탁 잡드라네 그 영감이. 그래서 인자 왜 이러냐고 돌아 본께로, 딱 놔불드라여. 또 어디 만큼 온께 또 잡드라여. 그래서, "왜 그러냐여!" 안 되겄다, 이 영감을 놔둬서는 영감을 탁 잡어 갖고, 꽉 옛날의 허리끈 배허리끈에 그 놈을 매가꼬, 막 동쳤다네. 동쳐가지고 인자, 솔나무에다 꽉꽉 묶어 놓고 왔는디, 뒷날 아직에(아침에) 이 영감이 어찌됐냐 하고 가서 본께로. 딱 빗찌락이 서 갖고 있더래여. 그것이 도깨비래여 도깨비.

도깨비에게 업혀간 이야기

자료코드 : 06_12_FOT_20110124_LKY_PSA_0002
조사장소 : 전라남도 여수시 소라면 관기리 상관마을 관기 1구 경로당
조사일시 : 2011.1.24
조 사 자 : 이경엽, 한미옥, 송기태, 임세경
제 보 자 : 박선애, 여, 76세
구연상황 : 앞서 도깨비 이야기에 이어서 계속해서 도깨비 이야기가 이어졌다.
줄 거 리 : 동네 아주머니가 계를 갔다 오는 길에 도깨비를 만났다고 한다. 도깨비가 영감이었는데, 도깨비 영감이 아줌마에게 자신의 등에 업히라고 하였다. 아줌마를 등에 업은 도깨비 영감이 마을 가운데 저수지를 건너서 아줌마의 집 장꼬방 밑 치자나무 밑에 앉혀놓고 일주일 동안 먹을 것을 가져다 주었다고 한다. 그런데 이상하게도 아줌마는 가족들이 잘 보이는데 가족들은 치자나무 밑에 놓여있는 아줌마를 보지 못한 채 이리저리 찾고 다니느라고 난리가 났다고 한다. 결국 일주일 후에 도깨비가 아줌마를 놔주어서 살아났는데, 과거에는 이렇게 도깨비가 실제로 있었다고 한다.

그랬고 또 우리 동네 아줌마는 계를 갖다 오는디. 계를 갖다 오는디.

또 영감이 한나 "업히라" 더래, "업히라" 그래.

업히라 그래서 인자 안 업힐라고 그런께 꼭 업히라 그러드라여. 그래 그런디 갯바구니를 들었는디 업어가꼬. 재를 넘어서 온께로 큰 요 저수지가 있어요. 우리 마을에. 그런데 그 저수지로 한 가운데 떡 감시로 "니 닿냐 안닿냐" 글드라여. 요리 물에다 탁 적심서(적시면서) "닿냐 안닿냐" 그러고. 탁 찍음서 "닿냐 안닿냐" 그러고. 그렇게 세 번을 적시드마는. 지그 집에를 디꼬 가가꼬 딱 치자나무가 밑에다가, 장꼬방 밑에 치자나무가 옛날에 있었어요. 딱 요리 앉혀 놓드래요 그 사람이.

근디 인자 부모들이 자식들이 인자 부모가 개가한 사람이 안온께로 천지로 찾고 난리가 나고 도깨비가 데꼬 갔는 갑다 그러고는. 나 눈에는 한없이 보이더래요 자식들이. 그런디 일주일을 앉혀나 거그다가 도깨비가. 일주일을 안쳐가지고 어디서 떡도 갖다 주고 "아나 묵어라." 하고 그러면서 갖다 주고, 고기도 "아나 먹어라" 하고 갖다 주고 그러드만. (청중 : 그러면 얼른 와불지.)

절대로 앉어 가지고 꼼짝을 안헌디. 있는디 자식들은 다 보이고 그러드라고 보이더라 그러드라요. 자식들이 안보이고 그래서 메구를 치고 그랬어요. 동네에서. 그래가꼬 인자 일주일이 넘으니까 그만 앉졌고 가라드라여. 딱 오드라 그러드라여. 그래서 일어 선께로 자식들이 딱 눈에가 보여불드래요. 그런께 도깨비란 것이 있다고 꼭 생각해 옛날에. 우리 우리 친정아버지가 피했다고 너희들 언제라도 조심해라.

사내로 둔갑한 도깨비이야기

자료코드 : 06_12_FOT_20110124_LKY_PSA_0003
조사장소 : 전라남도 여수시 소라면 관기리 상관마을 관기 1구 경로당
조사일시 : 2011.1.24

조 사 자 : 이경엽, 한미옥, 송기태, 임세경

제 보 자 : 박선애, 여, 76세

구연상황 : 박선애 할머니가 친정아버지가 겪은 도깨비 이야기를 한 후에, 다시 남편이 젊은 시절에 겪은 도깨비 이야기를 이어서 들려주었다. 이 이야기는 지금부터 42년 전에 들은 이야기라고 한다.

줄 거 리 : 제보자의 남편이 젊은 시절에 겪은 이야기다. 제보자의 남편이 비가 와서 논에서 물을 품고 있는데, 저 앞에 키가 큰 검은 사내가 떡하니 서있더란다. 그래서 가만히 안놔둔다고 쫓아가니, 다시 그 사내가 성큼성큼 지나가버렸다고 한다. 그래서 얼른 다시 쫓아가면 역시 또 그 사내는 성큼 성큼 지나가서 저만치에 서서 쳐다보더란다. 그래서 놀란 마음에 바가지도 던져버리고 집에 왔는데, 제보자인 아내에게 평소에 귀신이나 도깨비가 없다고 했지만, 실제로 도깨비를 보니 남편이 그때부터 도깨비가 진짜로 있다고 믿게 되었단다.

우리 애기 지아부지도 논에 가서 비가 와서 물을 푸고 있는디. 인자 평생 그 안에는 도깨비가 없다 그랬어. 우리 애기 아버지가 그랬는디. 논에 가서 물을 푸고 있는디 뭐 큰 검은 사내가 논에 앞에 와서 서드래여. 신체가 볼수록 커지더래. 그래서 막 누구냐고 가만 안 놔둔다고 그런께로. 그래 홀딱 일어난께. 저그 저 구석지로 성큼성큼 걸어 가블드라요. 그래 갖고 또 거기서 또 그렇게 크댕허니 꺼매 갖고 보이더래요. 그래갖고 또 쫓아 갔대요. 우리 집 아범이 인자 애기들 지아버지가 또 쫓아간께로,

[손으로 저쪽을 가리키면서] 아 저그서 가서 딱 서 불드래요. 그래서 '아이 안되겄다' 그러고 왔다고. 물바가지 던져 불고 집으로 막 씻도 안하고 뻘을 범벅을 해가지고 왔습디다. "왜 이래갖고 오요?" 그런께로. "내가 이러이러고 했네." 그래서 "당신 보이댜, 도깨비 없다고 평생에 날보고 구신 없다고 그러더만은 그런 구신이 당신 눈에 어이 보였소!"

나가 그런 적도 있었어요. 그러니까 옛날에는 도깨비가 있었어요.

선생님의 재미난 쥐 이야기

자료코드 : 06_12_FOT_20110124_LKY_SHJ_0001
조사장소 : 전라남도 여수시 소라면 관기리 상관마을 관기 1구 경로당
조사일시 : 2011.1.24
조 사 자 : 이경엽, 한미옥, 송기태, 임세경
제 보 자 : 서훈자, 여, 80세
구연상황 : 한참 동안 민요를 부른 뒤라 제보자들이 노래 부르기에 흥미가 조금 떨어진 듯 보여, 조사자가 노래 말고 옛날이야기를 들려달라고 하였다. 그러자 서훈자 할머니가 바로 조용하게 이야기를 시작하였다. 이야기 도중에 자꾸 잊어버렸다고 하면서 웃으셨다.
줄 거 리 : 서당 선생님에게 학생들이 자꾸만 옛날이야기를 해달라고 하자, 서당 선생님이 이야기를 하는데, '부잣집 곳간에 큰 쥐가 있는데 그 큰 쥐가 나락을 물어다 놓고 물어다 놓고….'를 30분 동안이나 반복해서 하자 학생들이 웃었다는 이야기다.

부잣집의 곳간 쌀이 나락이 많이 쟁여져 있는디. 인자 선생님이 이야기 헌다는 소리가 부잣집의 곳간에 쌀이 나락이 많이 쟁여져 있는디. 인자 선생님이 이야를 혼내는 거이. 많이 쟁여져 있는디. 큰 쥐란 놈이 한 마리, 그놈의 나락을 물어다 놓고 또 물어다 놓고 또 물어다 놓고. 30분이나 그러고 있단 말이네. 그래갖고 그냥 아들이 죽겄단다고 웃는다는 게 끝이라.

[웃으면서] 선생님보고 이야기를 해라고 했싼게 곳간에 나락을 쥐란 놈이. 또 물어다 놓고 또 와서 또 물어다 놓고. [하하하 웃으면서] 이야기를 해라고 했싼게 그걸 30분을 한단 말이여. 아이고 웃고 난리를 헌께 인자 그것이 끝이요.

도깨비불 이야기

자료코드 : 06_12_FOT_20110124_LKY_SHJ_0002
조사장소 : 전라남도 여수시 소라면 관기리 상관마을 관기 1구 경로당
조사일시 : 2011.1.24
조 사 자 : 이경엽, 한미옥, 송기태, 임세경
제 보 자 : 서훈자, 여, 80세
구연상황 : 서훈자 할머니의 이야기가 끝난 뒤, 조사자가 도깨비 이야기를 해달라고 하였다. 이에 제보자가 옛날에는 날이 궂을라고 하면 논에서 도깨비 불이 번뜩번뜩했다고 하면서 도깨비 이야기를 시작해주었다.
줄 거 리 : 과거에는 날이 궂으려고 하면 논에서 도깨비 불이 번뜩번뜩했고, 비가 올까봐 보리를 덮어놓고 가면 손에 든 등불의 불을 도깨비가 꺼버렸다고 한다. 또 도깨비가 휘파람도 불었는데, 지금은 귀신도 도깨비도 없다고 한다.

옛날에는 저그 저 뭐이냐 논에 있는데가 도깨비 불이 막 그냥 날이 구질라면 펀득 펀득 하고 비가 올라 해서 보리 베 놓고 밤에 그 보리 덮으로 가면 그냥 등불을 갖고 가면 등불을 딱 따가꼬 달아나고 휘파람을 획 붐시러 그랬지. 그런데 시방은 어디가 구신이 있어 도깨비가 있어 뭐가 있어.

연화부수

자료코드 : 06_12_FOT_20110416_LKY_JOG_0001
조사장소 : 전라남도 여수시 소라면 현천리 박경만 씨 댁
조사일시 : 2011.4.16
조 사 자 : 이경엽, 한미옥, 송기태, 임세경
제 보 자 : 정오균, 남, 73세
구연상황 : 노래가 끝난 후 '결망개들'이라는 앞들에 대한 지명이야기를 간단히 나눈 후, 가사는 기억나지 않지만 가마 매는 소리와 그 소리를 잘했던 분들에 대한 이야기도 나누었다. 이후 마을의 전통적인 생활풍습에 대해서 이야기를 한동안 나누다가, 조사자와 정오균 씨가 마당으로 나가서 마을 앞을 쳐다보면서 다시

한 번 연화부수 이야기를 나누었다.

줄 거 리 : 현천리가 풍수상으로 연꽃이 물 위에 떠 있는 '연화부수' 형국이라고 한다. 그래서 국사봉 산 뒤로 뺑 둘러서 바닷물이 들어와서 마을 앞에까지 출렁거렸단다. 그런데 일제시대 때 일본사람들이 둑을 막아서 간척 농경지를 만들어 버렸고, 그 덕분에 현천리에서 수천 석 부자가 나왔다고 하며, 과거부터 워낙 부촌이라 다른 마을에서는 귀한 한지에 붓글씨를 쓰고 살았다고 한다.

이 마을이 원래 이 그 모양학상으로. 저희는 잘 모릅니다마는 들은 바에 의하면은 이 연화부수라 그래요. 연꽃이 물 위에 떴다고 그래서 뜰 부자. 그래서 이 산 뒤로 뺑 바다가 바닷물이 들어와서 마을 앞에까지 출렁출렁 했어요. 했었다 그러고 배를 매고 그랬다고 했었는디. 일제시대에 뒤에도 둑을 막아서 간척지를 막아서 이 말허자믄 농지를 만들어 브렀고. 이 마을 앞에까지도 들어오는 그 바닷물도 화양면하고 이렇게 해서 둑을 연결해서 막아서 그 논을 만들어 브렀어요. 인자 그런 후라서 그랬는지 어쨌는지 그 후로는. 그 이전에는 이 오룡, 중촌, 저 선천. 그 선천에도 수천석 하는 마을 그 전사를 지내셨던 양반 댁이 수천석을 했고. 인자 중촌에 인자 우리 원종가. 금방 그 종손이 말한 거그도 수천석을 했고. 오룡에 거그서도 수천석을 했어요 다. 그랬는디 인자 그런 후라서. ○○○○○ 풍수지리학상으로 그래서 이 동네가 말허자믄 피폐해졌는가는 모르지마는. 아무튼 그런 후로 그 이전에 바닷물이 마을 앞에까지 철썩거릴 때는 아주 다 그 잘 부유하고 잘 살았고. 또 우리 같은 마을에 그렇게 부자로 잘 산게. 옛날에는 순전히 한문, 붓글씨. 이런 것도 붓글씨 쓸라고. 다른 사람들은 참 휴지조각도 없어서 가난헌 집이서는 못했었는디. 세 부잣집에서는 저 남원인가 전주까진가 뭐 가가지고 인부를 데리고 가서 창호지를 두 짐, 석 짐을 일 년 쓸 것을 사갖고 짊어지고 사흘이고 나흘이고 와서 여기다 내려다 놓고 인자 거슥을 헌게 학자도 많이 나고 그랬어요. 그 초대 유수 그 국회의원 출마를 해서 인자 당선은 안 됐지마는 그러신 분들도 여기서 있었고.

등구암

자료코드 : 06_12_FOT_20110416_LKY_JOG_0002
조사장소 : 전라남도 여수시 소라면 현천리 박경만 씨 댁
조사일시 : 2011.4.16
조 사 자 : 이경엽, 한미옥, 송기태, 임세경
제 보 자 : 정오균, 남, 73세
구연상황 : 앞서의 연화부수 이야기와 마찬가지로, 조사자와 정오균 제보자가 박경만 총무님 댁 집 마당에 서서 이야기를 이어나갔다. 조사자가 마당에서 바라다 보이는 국사암을 가리키면서 등구암 관련 이야기를 다시 물었고 이에 제보자가 다시 한 번 등구암과 애기부처 이야기를 해주었다.
줄 거 리 : 등구암은 국사봉 밑에 있는 바위 이름이다. 옛날에 등구암 밑에 작은 애기부처와 같은 것이 있었고, 그 옆에 작은 망아지 모양을 한 단상 두 개를 모셔다 놓았다고 한다. 제보자가 어렸을 때 그곳으로 소를 먹이러 다니면서 장난을 치기도 했단다. 옛날부터 이 마을에서는 부처나 절에 있는 것을 모시면 큰 부정을 타서 집안이 망한다고 해서, 여기 사는 사람들은 등구암에 있는 부처와 망아지에 관심을 두지 않았다고 한다. 그런데 어떤 사람이 그것을 가지고 가서 벼락부자가 됐다고 하며, 당시에 마을의 어떤 사람이 그 벼락부자의 도움으로 부자가 된 사람이 있기는 했지만 금방 망해버리고 말았다고 한다.

등구암은 저기 저 국사봉 밑에 가서 보면은 바위가 형체가 지금 있습니다. 그 등구암 밑에가 원래 요새말로 우리가 말했을 때 쪼그막한 그 애기부처겉은 것이 있었고. 거기가 인자 그 망아지. 망아지가 잘잘한게 두 마리가 거그다 있어서 이렇게 저 뭐이냐 이 단상을 대충 해가지고 거그다가 모셔놨었어요. 근디 우리가 어렸을 때 소를 멕이러 댕김시로 장난을 해갖고 그놈을 보듬고 궁글아져갖고 막 깨껴서 무릎에 피가 나고 그래도 피가 나도 약도 못 해요. 흙을 이러게 찍어서 발라서 그러믄 그냥 오래되믄 딱쟁이가 져서 이놈이 인자 그냥 낫고 인자 그랬는데. 그랬는디 그 뒤

에 얼마가 된게 그런 것도 없고 또 없어도 부락에서 관심이 없어. 그때도 그런걸 알았냐 우리가 헐지라도 그걸 갖다가 부자가 될라고 욕심을 가진 사람도 있었지마는. 옛날에는 부처라든지 뭐 절에 저런 것을 모시믄 큰 부정 타갖고 말허자믄 지금인게 인제 좋은 말로 그러지마는 집이 거석헌다믄 집구석이 망한다 그러거든. 집구석이 망한다. 옛날로 막 말허자믄. 그런게 옛날 사람들 말도 지금 철학보담도 더 깊은 철학이 있었어요. 근게 그런거 조심 때문에 여기 사람들은 거 손을 안 댔었는디. 인자 중간에 들으면은 뭐 어디 사람 누구가 그걸 가져가가지고 벼락 부자가 됐어요. 돼. 근데 일부 그 사람 덕을 봐갖고 이 동네가 이 동네 있든 놈을 많이 가지고 있든 사람이 얼마 못 가서 금방 탕진 나서 해버리등만.

현천마을 유래

자료코드 : 06_12_FOT_20110416_LKY_JJG_0001

조사장소 : 전라남도 여수시 소라면 현천리 박경만 씨 댁

조사일시 : 2011.4.16

조 사 자 : 이경엽, 한미옥, 송기태, 임세경

제 보 자 : 정종권, 남, 76세

구연상황 : 정정권 씨와 박경만 씨의 모 찌는 소리가 끝난 후, 조사가가 현천마을에서 과거부터 이루어졌던 모심기와 모찌는 관행에 대해서 간간한 조사가 이루어졌다. 이후 현천리 소동패 놀이에 대해서 서로 이야기를 나눈 후, 조사자가 노래 가사를 기억할 동안 옛날부터 전해오는 마을의 전설에 대해서 들려달라고 하였다. 이에 정정권 씨가 마을의 형국과 관련한 역사와 기록에 대해서 말씀을 해주었다.

줄 거 리 : 현천리는 풍수상으로 '연화부수'라고 한다. 산의 모양이 외팔경 내팔경으로 그 이름까지 기록이 돼 있단다. 그런데 약 100년 전에 일본사람들이 앞 뒤를 딱 막아서 농토를 만들어버린 뒤로 현천리가 완전히 고립돼버렸다고 한다. 그리고 마을 앞까지 바닷물이 들어와서 연화부수 형국으로 여수에서 제일가는 부자들이 이 마을에서다 나왔지만, 일본인들이 막아서 농토를 만들어버린 뒤

로 현천리가 완전히 폐쇄되어 버렸다고 한다. 또한 과거 잘 살던 시절에 농사일을 현천리 사람들은 거의 하지 않고 하인들이 했기 때문에 농사일이나 그와 관련된 노래는 잘 몰랐을 것이라고 한다.

우리 부락의 유래라고 그러까. 그 전해 오는 유래로 본다믄요. 이 저 현천리란 데가 에 그 연화부수라고 돼 있었습니다. 연화부수요. 요 현천리가. 그런데 그 산형이 말입니다. 외 외팔. 내팔경 외팔경이라 산이 또 다 요렇게 그 저렇게 외혈포 그 다 그 기록이 돼 가지고 이름까지 다 기재돼 있는데. 그 유래를 다 몰라가지고 그것을 해석을 못하지 다 기재가 돼 있어. 그랬는디 인자 하 저기 백년 전에 그 일본 사람들이 저 너메하고 저그하고 딱 막아브니까. 막아브니까 농사. 농토를 만들아브니까 여가 완전히 그냥 고립이 돼 브렀던 거에요. 근데 그 전에는 여그 쪼그막 헌디 저 요 한가운데 입수요. 입술목이요. 여그만 요러게 댕겼고.

저 너메도 바다고 요그도 바다고 요 앞에까지 물이 들어왔거든요. 그래서 연화부수라 했는디. 그때는 여그에서. 여수에서는 제일가는 부자가 여가 있었어요. 그래 여그서 그 뭐 참 지역에서 보므는 저희 집도 어 한 구대 이상 그 구대까지 제가 큰집입니다마는 우리집이가 유명한 그 기록이 우리집에가 다 있는데. 여그서 저그 앉어서 순천, 곡성, 구례까지 이렇게 그 논이 있어가지고 술을 받아 들이는 기록이 남아 있습니다 지금. 그래서 이 내가 알지 글 않으믄 알 수가 없고. 그래서. 그런 문서가 있는디 그것이 인자 그 바다를 막아브니까 여가 육지가 돼 브렀잖아요.

그래 인자 ○○○○○○○○○ 우리 부락은 아주 쇠퇴해가지고 못 살아요. 저 너메가 바단디. 요리 쭉 돌아와가지고 요 앞에 여까지 물이 출렁출렁 했어요. 아 인자 여 부락이라믄. 요 너메 요 삼면이 요러게 바다에요. 여까지. 요리 여까지 바단데. 여기를 막아븐 거이고. 또 여기서 요리 들어오믄 여그가 바단디. 바다가 여까지 왔었는디 여글 막아쁘니까 완전히 여가 육지가 되브린 거지요. 지도가 배껴브렀죠. 그래서 여그가 말허자믄 지금은 완전히 폐쇄 돼 가지고 아주 빈촌입니다. 우리 여그가. 그래가지고 그때에 에 참 부자들도 있었고. 그때 뭐 그때는 또 여가 여러 성씨가 살았지만, 여그 살았지만 벼슬길도 했고 그랬기 때문에 여기는 참. 지금 그 참 상상도 못 할 그런 하. 지금으로 말허자믄 인자 그 경비원 맹이로 그 그러지마는 하인들. 예전으로 말허자믄 그 노인들을 많이 데리고 있었어요. 그랬기 때문에 농사일은 그 노비들이 했지. 안 했어요. 그랬기 때문에 이 여자들이 모를 심었고 남자들은 안 했다는 그 그래서 그 유래가 그렇게 됐습니다. 그래서 그 딴 데는 남자들이 심고 그렇지마는 여그는 여자들이 허는 것이. 하인들이나 여자들이 들일을 했지. 남자들은 누가 그 양반들이라 해가지고 뭔 일을 했겠습니까. 그래서 그런 유래가 된 것 같고.

저희 집에 그 기록에 의하면은 에 하여튼 어찌된 거는 모르겠어요. 지금 요 여그는 여기가 저 덕암면이라고 돼 있다고 중년에 인자 저 다시 명칭을 또 그거를 바까서 소라면이라고 했지마는. 그 그때 그 예산. 그 예산 편성이라든지 이런 것이 다 기록에 남아 있고요. 여수에서는 교육 문화, 예술 문화. 모든 그 문화나 에 이런 것이 여기서부터 시작했답니다. 그 화양 뭐, 율촌 뭐, 쌍봉 뭐, 삼일. 요런 디서 살아도 그 그런 데를 무시해서 그런 것이 아니고. 기록에 남아 있어요. 여기에서부터서 모든 그 교육 문화 뭐 예술 문화같은 것이 전부 전파가 됐다고 그런 것이 기록에 남아 있어요.

쌍둥이 마을

자료코드 : 06_12_FOT_20110416_LKY_JJG_0002
조사장소 : 전라남도 여수시 소라면 현천리 박경만 씨 댁
조사일시 : 2011.4.16

조 사 자 : 이경엽, 한미옥, 송기태, 임세경

제 보 자 : 정종권, 남, 76세

구연상황 : 연화부수 형국의 현천리의 유래에 대해서 설명을 듣고, 김매기 관행에 대해서 이야기를 서로 나눈 후, 정정권 씨가 현천리가 쌍둥이가 많이 태어나는 것으로 유명한 것에 대해서 이야기를 들려주었다.

줄 거 리 : 현천리는 대략 백 년 전부터 쌍둥이가 많이 태어나기로 유명한 마을이 되었다. 그래서 전국에서 유명한 학자들과 교수들이 와서 조사를 하기도 했지만, 쌍둥이가 태어나는 원인을 밝히지 못했다고 한다. 그런데 어떤 학자들이 이곳에 쌍둥이가 많이 나는 이유는 산세 때문에 그렇다고 하였단다. 즉, 바닷물이 동그랗게 쌍산으로 들어오고, 용맥이 두 개로 쌍맥으로 들어오고, 마을 앞에도 역시 쌍산으로 들어오기 때문에 쌍둥이가 많이 태어난다고 이곳 지형을 조사한 학자가 이야기를 했다고 하지만 역시 확실한 것은 아니란다. 그러나 지금은 마을에 젊은 사람들이 거의 살지 않기 때문에 최근에는 쌍둥이가 태어나지 않고 있다고 한다.

그 인자 어뜨게 돼서 그런지는 잘 저희들은 몰라요. 그러나 한 백년 된. 백년 요럴 때에 에 후로 쌍둥이가 많이 났는데. 쌍둥이가 또 난 것이 여기가. 여기를 선천이라 그러거든요. 여기가 면사무소고 동네가 여가서 시작을 했기 때문에 선천이라 그러는데. 여그 선천이나 오룡은 쌍둥이를 낳지 않했어요. 한 사람도 없었습니다. 근디 해필이면 큰 동네만 요렇게 쌍둥이가 한 백명 남짓 이짝 저짝. 백 명. 저희들이 알기로는 백년. 백살 정도 된 분들이니까.

그 후로 해서 쌍둥이를 이렇게 많이 탄생을 했는데. 그것을 중년에 인자 그 팔십년대에 그것을 발굴해가지고 재현해가지고. 뭐 일본 뭐에서도 왔고 서울대학 교수들도 여그를 왔, 오셨습니다. 어떤 일행이. 그 교수 단체가. 그래서 그것을 밝히기 위해서 전 우리 부락 주민의 피 검사 뭐 물 검사 뭐 별 짓 다 해도 그 신비를 못 밝혀냈어요. 그랬는디 인자 그 학자들은 또 애기가 달르거든요. 뭐 산세로 해서 이것이 났다 인자 그런 얘기는 허고. 그러고 있습니다. 산세는 인자 그 분 저분들 말씀은 에 의학계에서는 유전이나 에 뭐에 물 관계 요런걿 해서 인자 허는디 그걸 못 풀었거든요. 근디 인자 어떤 분들은 산세로 의해서 낳다 인자 그런디 그것도 확실치 않은 근거에요.

그런디 인자 우리가 보므는 어째서 그러냐고 그러므는, 에 아까 그 바다로 돼가지고 똥그라미 돼가지고 이 수원지 그 입수맥이 쌍. 쌍산이 쌍맥으로 들어와. 여그 쌍산으로 들어와가지고 부락도 이 자체도 용맥이 용이. 저기 두 개로 쌍날에. 두 개로 내려왔기 때문에 우리 부락 만이. 그라고 앞에 저그 앞산도 쌍산이 있어요. 저 건너 쌍봉 그 쌍산이 두 갠디 요렇게 앞에 가믄 요렇에 쌍산이 있습니다. 그래서 그런 걸로 해서 쌍둥이가 낳은다. 그런디 그것도 확실히 모른디 알든 못하는 거죠. (조사자 : 쌍둥이가 얼마나 많았습니까?) 많앴죠. 우리 한 칠십 호 남짓허믄 한 삼십이상 낳았으니까. 그 팔십 몇 년도에 그 저 기네스북에 올라가지고 그 나온거이 나 우리집에 그거 갖다 논거 있는데. 우리집에 갖다 논거 있어요. 삼십칠 쌍인가, 삼십팔 쌍 그 정도 낳았으니까. 뭐 에지간허믄 다 쌍둥이를 낳았아요. 나 부친도 쌍둥이 두 쌍을 낳았고 한 쌍은 나 동생 죽고 한 쌍은 지금 커서 인자 있지만. 최후 마지막 그.

그러고는 애기를 안 낳아브니까. 그 후로 안 낳아브니까 지금은 없고. 예. 뭐 애기 난지도 뭐. 최후로 헌 사람이 지금 서창에서 일하고 있는디. 인제 그분 쌍둥이가 아직 결혼은 안 허고 있을 것이요. 하나는 안 했을거여. 그분이 하나만 마지막으로 지금 남아 있고. 또 우리 부락에서 저 타지에 나가가지고 쌍둥이를 낳은 사람이 드문 드문 그런 사람이 또 있어요. 우리 부락에서 살다가. 그러니. 그래서 참 그것이 우리들 생각에 인제 대차 산세로 그런 건가 그런 생각이 들어가데요. 글고 인자 저희들이 아쉬운 것은 에 중년에 여기다가 쌍둥이 마을 전시관을 참 허라고 했었는디. 그 뭐 빈촌에서 뭐 예산이 있어야 뭐 그런 것을 허죠. 그래서 지금 못 허고 있습니다. 지금 소원이 그거인디. 정부 뭐 지원 사업으로 해서 인제 그런 거이라도 해 줬으믄 좋것는디. 그것이 잘 안 되데요. 그 부락에. 그래서 그 동안에 그 교수들 뭐 그걸 밝힐라고 수십명이 매일같이 들어왔어요. 귀찮을 정도로. 그러나 그것을 쉬이 그것을 못 풀었어요. 아직까지 그거 해결을 못 보고. 이렇게 했다는 것을 확증을 못 했습니다 아직. (조사자 : 쌍둥이가 많은 이유를 그런 산세와 지맥이나 여러 가지로 설명을.) 그렇게 말허자믄 말 허고 있어요.

주동천

자료코드 : 06_12_FOT_20110416_LKY_JJG_0003
조사장소 : 전라남도 여수시 소라면 현천리 박경만 씨 댁
조사일시 : 2011.4.16
조 사 자 : 이경엽, 한미옥, 송기태, 임세경
제 보 자 : 정종권, 남, 76세
구연상황 : 쌍둥이 마을로 유명해진 이야기와 산세 등을 이야기한 후, 곧바로 정정권 씨가 기록에 남아있는 마을 관련 이야기를 이어갔다.
줄 거 리 : 기록에 이 마을에 주동천이라는 샘이 있었는데, 물이 굉장히 좋아서 피부병을 앓고 있는 사람도 그 물을 쓰면 다 나았다고 한다. 옛날 여수의 서창현감이 여기까지 와서 물을 길러갔다고 한다.

에 또 그러고 그 여기가 또 한 가지 또 유명허고 남아 있는 것은. 기록에 남아 있는 것이 뭐이냐므는. 저 암자가 지금은 인제 옛날에는 여기가 큰 절이 있었던 모양이에요. 그런데 주동천이라고요. 주동천. 주동천이란 샘이 있었습니다. 여기가. 그랬는데 그 참 지금은 요렇게 칠해버려 가지고 조사를 해 보믄 알겄지만은. 그때는 어떻게 알았는고 몰라도. 그 물을 먹으믄, 먹으므는 피부병. 지금은 약이 쎘으니가 그러들 안 허죠. 피부병도 낫고 그런다 해가지고 여수에 현감. 서창 현감이 여기까지 물을 길러다 묵었다는 그런 그 기록이 읍지에가 남아 있어요. 그래서 그 주동천이

라 그믄 유명하고.

등구암의 금불상

자료코드 : 06_12_FOT_20110416_LKY_JJG_0004
조사장소 : 전라남도 여수시 소라면 현천리 박경만 씨 댁
조사일시 : 2011.4.16
조 사 자 : 이경엽, 한미옥, 송기태, 임세경
제 보 자 : 정종권, 남, 76세
구연상황 : 제보자가 주동천 이야기에 이어서, 곧바로 등구암과 관련된 이야기를 들려주었다.
줄 거 리 : 국사봉이라는 산 위에 등구암이라는 큰 바위가 있는데, 그 바위는 거북이가 기어 올라가는 형상으로 되어 있다고 한다. 그런데 그 밑에 금불상이 있어서 그 불상 밑에서 기도를 많이 드렸다고 한다. 그런데 과거에는 여기가 산중이라 호식을 많이 당했는데, 당시에 도승이 와서 보고 이 마을에서는 장수가 많이 날 형국이라고 하면서, 금불상과 망아지 두 마리를 만들어 놨더니 호식을 더 이상 당하지 않게 되었단다. 그 호랑이는 팔영산에서 건너온 호랑이었는데, 도승의 능력으로 그 뒤로는 호식이 더 이상 일어나지 않았다고 한다. 그런데 일제시대 때 도굴꾼들이 훔쳐가 버려서 지금은 없다고 한다.

또 저 우에 가믄 등구암이. 말허자믄 등구암이라는 국사봉이라는 산에가 둥구암이라는 그 저 암이 있습니다. 큰 바위가요. 그런데 거기를 가므는 거북이가 이렇게 기어 올라가는 형상이 돼 있어요. 거북이가 틀림없이 거북이가 기어올라가. 그러므는 그 밑에가 인자 그 옛날에 그 불상을 나가지고 기도를 드렸는디. 그 불상이 금불상인디. 해방 전에까지는 봤었습니다. 많이 봤었고 또 저 우에 몬당에 가서 그 호식을 많이 당했답니다. 옛날에는. 여기가 산중이라. 그랬는데 도승이 오셔가지고 불상을 요렇게 만들아 가지고 저 몬당에 가믄 있었데요. 그래가지고 크기가 요만치 큰 불상. 큰 불상인디. 우리가 어려서는 그거이 봐서 보고 그랬는디. 해방과

동시에 그냥 무관심했등만 도굴꾼들이 돌라가브러가지고 지금 흔적만 있지. 그런 불상이 없어요. 기록에는 남아 있드만요. 여가 말야 금불상이 있었다는 것이 남아 있등만. 그래서. 그 호식을 막을라고 삼 군데다가 부처하고 망아지 두 마리하고 딱 접시하고 놔 뒀어요. 그래 그 후로는 호식을 안 해갔다는. 안 해가고 인제 팔영. 고흥 팔영산에서 건너 왔다고 그러드니.

장수마을

자료코드 : 06_12_FOT_20110416_LKY_JJG_0005
조사장소 : 전라남도 여수시 소라면 현천리 박경만 씨 댁
조사일시 : 2011.4.16
조 사 자 : 이경엽, 한미옥, 송기태, 임세경
제 보 자 : 정종권, 남, 76세
구연상황 : 등구암과 도승 관련 이야기를 조사자가 다시 한 번 정리해서 해달라고 하니, 제보자가 앞서 이야기를 다시 요약해서 들려주시고는, 마을이 예전부터 장수마을로 유명했다는 내용의 이야기를 덧붙여서 해주었다.
줄 거 리 : 도승이 등구암에 금불상과 망아지 두 마리를 모셔놓으니, 이 마을에 더 이상 호식이 발생하지 않았다고 한다. 그 도승이 말하기를, 이 마을은 장수가 많이 나올 형국이라고 하였다는데, 당시만 해도 마을에 60대 이상가는 노인들이 거의 없었다고 한다. 그런데 이후 이 부락에서만 70, 80대 노인들이 나왔는데, 현천리 일대에서 장수가 많이 나왔다는 기록이 읍지에도 나와 있다고 한다.

그 도승이 여기를 와서 보고는 그 등구암으로 해서 아마 여기가 장수가 날 거이다 허고 예언을 했답니다. 그 도승이. 그래서 여기를 보니까 그 참 그때는 인자 막 산중이 되니까 그 또 옴싹하니(옴팡하니) 요렇게 되니까 범이 호식을 많이 해가요. 그래서 그 도승이 그 산에 올라가서 고흥 팔영산에서 이 범이 건너왔답니다. 그래서 그 범을 막기 위해서 부처 한

분을 모시고 망아지를 두 마리 만들고 접시 같은 거를 만들아서 요 몬당에 가믄 돌 밑에 그런디가 딱 모셔 놨었어요. 예. 그랬는디 인자 그 그걸 다 돌라가브러가지고 지금은 없는데. 그 후로는 호식이 없었답니다.

그래가지고 에 그때만 해도 여기 나이가 한 육십 세 이상 된 분들이 이 근방에 없었어요. 지금은 인자 뭐 다 수술도 하고 뭐 다 팔십, 구십 된 분들이 꽉. 많이 찼기 때문에 지금은 그런디. 옛날에는 육십 세 이상 산 분들이 없었습니다. 이 여수에 잘 없었었는데. 에 우리 부락만이 환갑 넘기고 그런 분들이 많이 살았었어요. 에 그래서 여기가 장수마을이라고 했어요. 그 등구암 따문에 그런다고 그 예언 헌 것이 기록에 남아 있습니다. 군읍지에가. 십여 년 전에 어떤 읍지에가. 읍지에가 있어요. 그래서 여가저 장수마을로 이름이 나 있어요. 지금이야 뭐 의학이 발달해가지고 수술해 버리고 뭐. 바윈디. 바위가 요렇게 거북이가 돼가지고 있어요. 거북이 같이 생긴 것이 바로 거북이여. 그래가지고 요렇게 기어 올라가요. 그러드니 거북이가 올라간다 그래서. 그 밑에가 요 바위가 있어가지고 굴이. 조그마한 굴이 있습니다. 그거 지금은 인제 그 조그마한 요렇게 그 다시 인자 뭐 보살을 모셔노고 있지마는. 흔적만 있지. 돌라가브렀는디 뭐. 등구암. 거북이가 기어올라간다. 예. 거북이가 이렇게 올라가는 형상이라 그래서 여그 주동천 물 먹고 등구암이기 때문에 앞으로 장수 헐 것이다 하는 것을 예언해 논 것이 있습니다. 옛날에. 우리 그 유래는 그것뿐이에요.

쌀 나오는 바위와 빈대절터

자료코드 : 06_12_FOT_20110416_LKY_JJG_0006
조사장소 : 전라남도 여수시 소라면 현천리 박경만 씨 댁
조사일시 : 2011.4.16
조 사 자 : 이경엽, 한미옥, 송기태, 임세경

제 보 자 : 정종권, 남, 76세

구연상황 : 등구암과 마을형세 등에 대해서 이야기를 나눈 후, 조사자가 또 다른 마을 관련 전설을 들려달라고 하였다. 이에 정정권 제보자가 쌀 나오는 굴에 대해서 이야기를 이어주었다.

줄 거 리 : 옛날에 국사봉이라는 산에 절이 하나 있었다고 한다. 그런데 그 산 꼭대기에는 멧돼지 형국으로 생긴 바위가 있었는데 그 바위에서 매일 쌀이 조금씩 나왔다고 한다. 그래서 절에서는 그 쌀로 절을 운영을 했는데, 어느 날 주지스님이 상좌스님에게 "절대로 허욕을 부리지 말라."는 유언을 남기고 죽었다고 한다. 그런데 이 상좌스님이 매일 쌀을 가지러 가기 귀찮아서 어느 날 죽창으로 바위를 찔러버렸단다. 그 이후로 절에 빈대가 많이 생겨서 절이 망해버렸다고 한다. 그래서 지금도 그 절터에 가면 부처가 많이 있어서 뒹굴러 다녔다고 하지만 지금은 모두 훔쳐가서 남아있지 않다고 하며, 지금은 그 자리에 '용국사'라는 암자가 생겨 있다고 한다. 그리고 과거부터 그곳이 절터였는지, 서적골, 작은절골 등 여러 가지 절과 관련된 지명이 남아있단다.

그런데 전설에 의하믄. 전설이라고 그라믄 뭐 확실치 않지마는. 그기에서 그 스님이 인제 여기서 가서 죽창으로 요렇게 허므는 쌀을. 쌀이 나왔답니다. 그래서 그걸로 가지고 이 절이 운영이 됐는데. 그 인자 절이. 스님이 인자 돌아가실 때 상좌 스님 보고 가끔 이렇게 그 허욕을 부리지 말라고. 매일 아침에 가서 허든지 허욕을 부리지 말라고 해서 타일르고 돌아가셨는데.

그 상좌 스님이 인자 가만히 생각하니까. 올라갔다 내려왔다 귀찮으지 않아요. 그러니까 그거를 가서 계속 요러게 찔르다 본게 죽창이 부러지고. 스님이 나와가지고 말을 일러, 일렀는디 그랬다 그래가지고 그 너는 멧돼지 같은 놈이다 그래가지고 멧돼지 바우라고 바우가 변신이 돼갖고 있는 바우가 또 있어요. 저는 여기 산게. 지금은 갈 수가 없어요. 산이 있어가지고. 우리가 많이 저 거그서 놀았는디. 그런게 있고. 이 절은 인제 그 스님이 너무 많이 빼가지고 욕심을 부렸기 때문에 빈대가 일었답니다. 여가 절터 전체가요. 그래서 빈대가 일어가지고 그 절은 망했다는데. 중년대까지도 그 저 빈터에서. 저희들이 확인했어요. 빈터에서 빈대 껍질이 붙어 갖고. 우리가 확인했습니다. 오래가 몇 백년 전인디. 그런 그 전설이 남아 있어요.

그 절 이름은 인자 그것이 여가 무슨 절이라고 그랬든가 몰라도 여그서 이전 해가지고 저 흥국사로 나가가지고 지금 흥국사라는 절이 저그 저 산에 있습니다. 흥국사라고 있어요. 그 절이 고려 때에 여그서 그리 망해 갖고 나갔답니다. 그래가지고 그 부처같은걸 지금같으믄 가져가지마는 인제 옛날에는 안 가져간게. 우리 어렸을 때도 그랬지만 어른들께서도 이 부처가 많이 있고 그랬는디 어디로 가버리고 간수 안 헌게 돌라가블고 그래갖고 (조사자 : 그 말씀하신 데가 마을 어디 쪽에 있습니까?) 저쪽에 저. 지금은 인자 조그막한 암자를 해가지고 지금 운영을 허고 있는 분이 또 있어요. 지금은 인제 국사암이라 근디 지금은 용천. (청중 : 용국사.) 용국사라고 지금 하고 있습니다.

(조사자 : 지금 그 용국사란 암자가 있는 자리가 어르신이 말씀하셨던 쌀 나오는 구멍도 있고.) 에 이 근방이 여가 전부 절턴갑어(절터인가봐). 뭐 서적골, 뭐 장자골, 뭐. 서절굴이라고 절골. 작은절골. 뭐 성적골. 뭐 요런 그 유래가 많이 남아 있어요. 지명이 말허자믄 기록이 돼 있어요. 그러다 보니까 전부가 이 근방에 절이 있었는데 근 흔적으로 봐선 절터에서에 그 기와. 기와가 우리 어렸을 때만 해도 그 우리 산이 있기 때문에, 인자 그것을 해가지고, 그 뭐이냐, 그 집을 짓고 좁은 집에 수양하는 그 저 정강사를 짓고 있었어요. 그래서 봤는데 기와가 순전히 기와고. 기와가 속에 묻혀 있고. 또 그 절터에는 그 빈대 껍질 묻은 그런 흔적이 있고 그래가지고 절터라는 거이 그런디. 지금은 인자 많이 묻혀버리고 없어요. 그런게. 돌에 붙어 있어요. 빈대. 빈대 껍닥. 옛날에는 딱 눌러서 안 죽였습니까. 껍닥이 붙어 있어. 그런 거이 있고.

연일 정씨 집안의 장수

자료코드 : 06_12_FOT_20110416_LKY_JJG_0007
조사장소 : 전라남도 여수시 소라면 현천리 박경만 씨 댁
조사일시 : 2011.4.16
조 사 자 : 이경엽, 한미옥, 송기태, 임세경
제 보 자 : 정종권, 남, 76세
구연상황 : 국사봉 속에 있었다는 여러 가지 절터와 관련된 이야기가 끝난 후, 조사자가 산 중턱의 바위에 남아있는 말 발자국 흔적에 대해서 그 말은 누가 탄 것이냐고 묻자, 그건 잘 모른다고 하였다. 이에 조사자가 힘센 장수가 태어났다는 이야기는 들어본 적이 있냐고 묻자, 제보자가 경주 정씨 집안에서 태어났다는 장수이야기를 들려주었다. 제보자 정정권 씨는 이야기 내내 앉은 자세를 풀지 않고 간간히 손짓 정도만 하는 정도로 이야기를 구연하였다.
줄 거 리 : 나라정씨 집안에서 중간에 연일정씨가 갈려나왔단다. 현천리 마을 형성 초기에 이 마을에 연일정씨가 들어왔고, 연일정씨 집안에서 정란이라는 장군이 태어났다고 한다. 이 장군이 얼마나 힘이 세고 위엄이 있었던지, 동네 개도 정란 장군을 바라보지 못하고 똥을 싸버리고, 사람들도 그 장군을 제대로 쳐다보지 못하였다고 한다.

아 장사가 태어난 것은 지금으로 하면 정씬데요, 나라 정씬데. 우리는 인제 경주. 어째 경주가 큰집이다고 해서 경주라고 허지마는. 우리 경주 그 촌에서 중년에 갈려간 연일 정가라고 있었습니다. 연일 정씨. 그분들이 첨에 와서 여그서 살았든 거에요. 그런디 그 정란이라는 그런 장군은 아니고 아무 것도 아닌디 정란이란 사람이. 특출한 사람이 있는디. 그것이 어찌 이 기록에 남아 있어요. 근디 키도 크고 원체 이 거인이고 그런데 개 같은 것도 요렇게 지나가. 바로 똑바로 쳐다보믄 쌩똥을 싸븐답니다. 사람도 요렇게 지나가다 그 사람을 쳐다보믄 그 자리에서 그냥 쓰러져븐답니다. 그마만큼 그렇게 그 유명한 사람이 나 있었어요. 있었답니다.

그래 그 묘가 저기 지금 있는디. 연일 정가들이 저 강진에 중년에 가서 지금 그 사람들이 인자 나가고 그때 인자 우리 그랬는디. 그때는 인자 그 밑에 들어왔지마는. 그분 산소가 저기 있어요. 그래서 사람을 똑바로 못

쳐다본답니다. 그 사람을 쳐다보므는 그 그냥 그 참 똥 싸븐다는. 싸고 그냥 넘어져븐다는 그런. 개도 지나가다가 똑바로 쳐다보믄 쌩똥을 팍 싸븐단디. 그런 일이 있었답니다.

선산 앞의 돌을 깨서 망한 이씨

자료코드 : 06_12_FOT_20110416_LKY_JJG_0008
조사장소 : 전라남도 여수시 소라면 현천리 박경만 씨 댁
조사일시 : 2011.4.16
조 사 자 : 이경엽, 한미옥, 송기태, 임세경
제 보 자 : 정종권, 남, 76세
구연상황 : 조사자가 아기장수 이야기에 대해서 들은 바가 없냐고 묻자, 제보자는 그런 이야기는 기록에도 없고 전혀 근거가 없는 이야기라 가치가 없다고 하였다. 이에 조사자가 다시 장자못 관련 이야기를 묻자, 제보자가 중얼거리듯이 이야기를 시작하였다. 이야기를 마친 제보자는 모두 기록에 있는 이야기라고 하면서 자신이 한 말의 신빙성을 재차 강조하였다.
줄 거 리 : 삼산면에 율촌이라는 마을에, 전주이씨 왕족들이 내려와 터를 잡고 살면서 부촌이 되었단다. 그 마을 위에 절이 있었는데 마을 사람들이 절의 스님들을 매번 괴롭혔는데, 스님의 머리에 콩자루를 묶고 물을 붓는 등의 방법으로 괴롭혔다고 한다. 어느 날 그 마을 종가집에 고승이 시주를 청하자, 그 집에서 시주는 하지 않고 고승에게 똥물을 끼얹어서 쫓아버렸단다. 이에 고승이 지나가면서 혼자말로 "아깝다, 선산 앞에 있는 바위를 깨면 큰 부자 될 것인디..."라고 말하였다. 그 말을 들은 종가집에서 얼른 선산 앞에 있는 큰 바위를 깨버렸는데, 그 바위를 깨자 바위 속에서 핏물이 쏟아져 나왔다고 한다. 이후 그 마을이 망해버렸다고 한다.

여그. 여그에서 한 오키로 쯤 떨어진 그 삼산이란 마을이 있습니다. 삼산. 율촌면 삼산이란 마을이 있는데. 그 이씨들이 왕족 아닙니까. 전주 이씨들요. 저 뭐야 방원이 손이 그 이씨들인데. 여기 내려와 터를 잡았는디. 하도 인자 잘 살았는디. 그 우에가 절터가 있드만요. 근디 중들을 못 살게

굴어요. 그러니까 인자 그 공양을 얻으러 오므는 그냥 맨날 막 똥바가지를 찌그러브리고 그냥 못 살게 굴고 또 팔장사가 나가지고. 팔장사요. 났답니다. 그래가지고 중들을 대틀을 메우고. 대틀이라는 거는 코를 요렇게 해갖고 저 멱을 씌워 노믄 코를 막, 골이 벌어지고 막 그런 것을 대틀이라 그러거든요. 여그서도 옛날에 그랬답니다마는 근데 그건 모르고.

하도 성을 가시고 동네가 안 좋으니까 고승이 와가지고 역시 그 종가집에 가서 허니까 그 종가집에서 그냥 막 똥물을 퍼 찌그리고 그랬답니다. 여기 요 부락에 그런 부락이 있어요. 그래가지고 중이 인자 가면서 한참 막 한 ○○○○○ 아 아무 댁이 그 선산 앞에 돌을 깨블므는 참 더 크게 되고 허거인디. 글 안 한다고. 인자 이러게 혼잣말로 궁시렁거리니까. 인자 쫓아나와갖고 그 중을 보고 인자 다 달랬는 갑디다. 어쩌는 허고 쓰겄냐고 근게. 그 중이 그 바위만 깨블므는 더 부자가 더 되고 더 좋다 그러니까 인자 그걸 바위를 깼다요. 깨니까 피가 쏟아지드랍니다.

그래서 지금 쌓아논 디가 있어요. 요게 깨갖고 그걸 뭘라 다시 쌓아놀겁니까. 근디 그걸 다시 붙여갖고 쌓아, 싸난 돌이 있어요. 저 저기 꼬랑에 가믄 있어요. 있습니다 그런디 그런 그 바위를 깨니 피가 쏟아진게 그냥 놀래가지고 막 사람들이 그래갖고 혼비백산 해가지고. 그 후로 완전히 그 부락이 망해브렀어요. 그런 유래는 있습니다. 그 어디 지금 가서 보므는 그 묘가 저 산 위지마는 저기 꼬랑에 가서 보므는 아 이렇게 깨가지고 쌓아갖고 하는 있어요 지금도 가믄. 그런 유래는 있습니다마는 그건 우리 부락 얘기가 아니고요.

여기암 바위

자료코드 : 06_12_FOT_20110124_LKY_CEN_0001

조사장소 : 전라남도 여수시 소라면 덕양리 1224-1번지 보성식당

조사일시 : 2011.1.24

조 사 자 : 이경엽, 한미옥, 송기태, 임세경

제 보 자 : 최은남, 여, 76세

구연상황 : 소라면 관기리에서 조사를 마치고, 덕양리로 이동하였다. 점심 식사를 위해 덕양초등학교 앞에 위치한 보성식당이라는 곳에 들어갔는데, 그곳 주인으로부터 동네에서 이야기를 매우 잘하는 할머니 한 분이 있다는 소개를 받았다. 주인에게 그 할머니를 오후에 식당에서 만나볼 수 있도록 부탁을 하여, 그에 따라 조사자들과 최은남 할머니와의 만남이 성사되었다. 최은남 할머니는 이야기를 매우 많이 알고 있는 분으로, 주로 역사담에 강한 모습을 보였다. 맨 먼저 조사자가 역의암에 대해 물어보자 곧바로 제보자가 알고 있는 이야기를 막힘없이 늘어놓으셨다. 제보자가 해주신 대부분의 이야기는 어린 시절에 들었던 것으로, 주변 사람들에게는 아주 유식한 할머니로 통했다.

줄 거 리 : 이순신 장군이 임진왜란 때 왜군보다 아군의 병사 숫자가 너무 적자 역의암 바위를 이용해서 왜군들을 이겼다고 한다. 즉, 이순신 장군이 병사들에게 역의암 바위의 높은 산을 한 바퀴씩 돌게 했는데, 돌 때마다 병사들에게 파란 색, 빨간 색, 하얀 색의 옷으로 바꿔 입게 한 후 돌게 하였단다. 그러자 그 너머에 주둔해있던 일본군들이 조선군이 매우 많은 줄 알고 놀라서 동해바다로 후퇴해갔다고 한다.

뭣을 말씀해 드려야 되까. 여기암 바위? 예. 여기암 바위라고 여기가 있는데. 이순신 장군이 여기암 바위를. 군대를 숫자가 적으니까. 인자 여기암 바위에서 인자 말허자믄 여기에 그 전설이 있거든요. 그래갖고 그 비석도 있고 이렇게 했었는데. 저 여기암 바위, 그 높은 산을 한 바꾸 돌면서 파란 옷을 입고. 또 그 군대가 또 한 바꾸 돌면서 빨간 옷을 입고 하얀 옷을 입고. 요 전설이 있어요.

그런께로 일본 사램이 여게가 저 덕양역. 역 너메가 우리가 요래 옛날에 갯것헌 거, 조개가 많이 났답니다. 예. 그래서 우리 소라면 전체에서 조개가 많이 나가지고. 거게가 바다거든요. 근디 일본 사람이 지금 철길을 만든 제가 백년이 넘었습니다. 일세기가 넘었지요. 예에. 그래서 인자 이순신 장군이 여기를 오시고 헐 직에. 일본 사람들이 신성포라는 데가

있어요. 해룡면 신성포. 예. 거기를 점령을 허고. 이순신 장군은 여기에서 헐직에. 한 바쿠 오십명 군대라 허므는. 한 바쿠를 돌 직에는 빨간 옷. 한 바쿠를 돌 직에는 파란 옷. 한 바퀴를 돌 직에는 하얀 옷. 이렇게 자꾸 자꾸 바꿨답니다. 그러니까 일본 사람이 여기 하치 바다 앞을 와가지고. "아따, 한국 군대는 많애 가지고 우리가 접근을 못 허것다." 그래갖고 인자 저 인자 동해 바다로 후퇴를 갔답니다. 그래서 여기에가 아주 유명헌, 그 여기암 바위를 보통 알아서는 안 되고. 우리 전설에서 아주 유명한 거기가 지역이다. 이것을 많이 들었고요.

소라면의 유명한 벚꽃길

자료코드 : 06_12_FOT_20110124_LKY_CEN_0002
조사장소 : 여수시 소라면 덕양리 1224-1번지 보성식당
조사일시 : 2011.1.24
조 사 자 : 이경엽, 한미옥, 송기태, 임세경
제 보 자 : 최은남, 여, 76세
구연상황 : 역의암 이야기가 끝나자마자 곧바로 이어서, 역의암 주변의 유명한 벚꽃길과 소라면에 대해서 이야기를 들려주었다.
줄 거 리 : 지금의 여수시가 여수군이었던 백 년 전에 돌산에 벚꽃이 굉장히 아름답게 피었다고 한다. 당시에는 하동 쌍계사가 지금처럼 벚꽃이 있을 때가 아니었던 지라, 벚꽃을 구경하러 다들 여기 돌산으로 왔다고 한다. 그래서 지금은 낙후 돼버렸지만 당시만 해도 매우 번화했던 것인데, 일본 꽃이라고 해서 벚꽃을 모두 베어버린 후에는 별 볼 일이 없는 곳이 되고 말았다고 한다.

옛날에는 인자 여기에가 또 인자 우리 여수 군이. 여수군이라 그랬어요, 여천군이 아니고. 클 때는. 돌산에가 첨 인제 있다가. 백년 전에 돌산에가 있다가. 그 지역이 자꾸 자꾸 쫍아지고 섬이고 이러다가 보니까. 가기가 상당히 힘이 든다. 그래가지고는 여수로 옮겨갖고 여수 군이었었어

요. 시가 아니고. 그거 인자 시가 된 것은 우리가 생각 헐 디게, 아마 삼십년이나 사십년이나, 그렇게 된 걸로 알고 있거든요.

그래 인자 그래서 그때는 여기가 뭣을 했었냐 그러면은. 저 거시기 여기 여기암 바위 있는데가 벚꽃이 많았어요. 벚꽃이. 그것을 우리가 알고 있어요. 우리 어려서. 우리 클 때. 근디 여기에가 해가지고. 우리 저 갱남가믄 하동 쌩계사 가는데 있죠. 그렇게 됐었거든요. 근디 쌩계사는 오히려 그런 것이 없었습니다. 그때는. 여기 해가지고는 저기에가 놀이턴디. 우리 여수군에서는 전부다 요리 놀러를 왔어요. 지금 우리가 지금 쌩계사를 가데끼. 이래가지고는 요 가운데로 해서 글 때 차도 귀하고 헐 직에. 택시 같은거 없었거든요. 버스도 없었고. 우리 클 때는 오로지 기차 백에 없었어요. 이래서 인자 우리가 그것을 요렇게 해가지고 거시기 인자 대놓고 있으면은 이 밑으로 사램이 갈 때, 여기 덕양역 삼거리부터서 저기 그 여기암 바위 가는데끄장은(가는데까지는) 전부 꽃으로 말허자므는 하동 쌩계사 올라 간디 같이 그렇게 됐었다. 이런 전설이 있어요.

근디 그 전설이 그것은 우리가 봤어요. 우리 어렸을 때게. 근디 우리가 지금 말허자므는 삼십 육년 생이라도. 저 생일이 늦게 실려가지고 삼십 육년 생으로 돼갖고 있었어. 예. 본래 나이는 삼십 사년 생이나 삼십 삼년 생인가, 사년 생인가 그렇게 됐습니다. 그런디 덜 실어졌어요. 옛날에는 요 위에 인자 형제간이 크다가 인제 어찌 잘 못 돼서, 되므는 다시 이름은 안 짓고 그 자식 호적에다 실으믄 그걸로 갔었어요. 예. 그런 것이 있었어요. 예. 그래가지고 여기에가 유명한 관광지가 그때는 됐었고.

지금에 와서 인자 우리 여수시 소라면이 이렇게 인자 낙후가 되고, 9개면에서 젤로 인자 이렇게 낙후가 돼서 지금은 보잘 것 없지마는. 그때는 요리 놀러를 왔어요. 글고 여기 소라면이 구개면에서 젤로 일등으로 가는, 여가 면이였었습니다. 그래가지고 그랬는디. 자꾸 자꾸 허고 인자 일본 사람이 들어가고, 여기 인자 나무를 전부 벚꽃나무를 비어쁘렀어요. 일본

꽃이라 해갖고. 일본 국화꽃이다. 그래가지고 인자 그 전부 비어뿔고 인자 없어요. 그러고 인자 길가에 다 인자 비어뿔고 인자 없고 인자 여기가 인자 관광지가 인자 소모가 많이 돼 뻐렀지요. 예. 그렇게 된 것은 우리 알고 있습니다마는.

구슬 바다

자료코드 : 06_12_FOT_20110124_LKY_CEN_0003
조사장소 : 전라남도 여수시 소라면 덕양리 1224-1번지 보성식당
조사일시 : 2011.1.24
조 사 자 : 이경엽, 한미옥, 송기태, 임세경
제 보 자 : 최은남, 여, 76세
구연상황 : 최은남 제보자가 소라면 일대에 관한 이야기를 워낙 빠른 말로 마치자, 조사자가 이야기의 내용을 확인하기 위해 다시 한 번 이야기 내용을 요약하였다. 그러자 중간에 조사자의 말을 끊고, 제보자가 곧바로 구슬바다에 관한 이야기를 시작하였다.
줄 거 리 : 지금 덕양면의 바다는 구슬이 나오는 바다, 즉 구슬바다라고 한다. 제보자의 친정어머니가 과거에 어린 제보자를 데리고 이곳으로 바다구경을 왔는데, 당시에 어머니가 바다를 가리키면서 저기가 구슬바다라고 했다고 한다. 그런데 나중에 일본 사람들이 덕양에 역을 만들어서 이 지역으로 돈이 많이 들어왔으니 구슬바다라고 했던 것이 맞았다고 한다. 그리고 덕양에는 오룡이 있어서 구슬바다에서 나오는 구슬을 서로 차지하려고 구슬바다를 쳐다보고 있다고 한다.

예. 그러는데 한 가지 전설은 뭣이냐 글믄은. 바다가 요렇게 있을 직에 저기에는 틀림없이 구슬바다다. 구슬. 그 구슬이 나오는 바다다. 그렇게 했드랍니다. 우리 어머니가 지금 살아계시므는 백 다섯이거든요. 예. 이러는디. 우리 어머니가 거기에서 여기 바다 구경을 오싰답니다. 그러니까 여 철길이 없고 그럴 직에는, 일본 사람이 와서 철길을 놓는다고 거기를

조까 허물고 이런 것은 봤는디. 저기가 구슬바위다라고 글더랍니다. 내 그것이 뭣인고 허고, 해명에 답이 안 나왔었는디. 난중에 일본 사람이 거그다가 역을 만들아 가지고. 거기에가 엄청난 돈이. 해서 그 구슬바다라는게 맞어뻐렀고.

덕양이 또 오룡이 있어요. 예. 이거 오룡 지구에요. 오룡. 용이 다섯 마리 다고 해가지고. 근디 그 용이 다섯 마린데. 그 말허자므는 역에 그 바다를 보고 있었답니다.그 구슬을 차지할라고. 구슬을 차지할라고. 바다가 그렇게 돼갖고 있었는디.

그기에가 뭣이 될 거인고 했더마는. 그기를 일본 사람이 돋아가지고 바다를 만들아 가지고 역이 되가지고는. 여기에서 다 저 도서 지방이고, 여그 육지로 해서는 우리 저 소라 여기가 젤로 역이 먼저 생겼습니다. 예. 일세기가 넘은 일이니까. 이래가지고는 그기가 역시 서서 그기가 돈이 많해서 구슬이다. 돈이라는 것은 역시 구슬은 돈이구나. 그러게 했더랍니다. 그래가지고 인자 여기 와서 다 인자 우리 여천 사람들이 도서이고 인자 ○○○○○○ 여수 아니믄 여그 와서 차를 타고 많이 서울도 가지고 이런 걸로 알고 있어요. 우리가 전설로 듣자고 보므는.

소라면 염밭논

자료코드 : 06_12_FOT_20110124_LKY_CEN_0004
조사장소 : 전라남도 여수시 소라면 덕양리 1224-1번지 보성식당
조사일시 : 2011.1.24
조 사 자 : 이경엽, 한미옥, 송기태, 임세경
제 보 자 : 최은남, 여, 76세
구연상황 : 앞서의 이야기가 끝나면 쉬지 않고 곧바로 다음 이야기로 넘어갔다. 제보자가 워낙 말의 속도가 빨라서, 조사자도 주의 깊게 듣지 않으면 이야기가 금방 다른 이야기로 넘어가버리고 말아서 긴장을 해야만 했다. 구슬바다 이야기에 이

어서, 바로 옛날에 소라면에 있는 염밭논에 대해서 이야기를 이어갔다.

줄 거 리 : 소라면 덕양 앞바다는 과거 7~80년 년 전에는 전부 소금을 만드는 염밭이었다. 그러나 지금은 그 흔적을 찾아보기 힘들어져서 젊은 사람들은 그곳이 염밭이었던 것을 모를 것이다.

그래갖고 요 밑에 여그 바다. 여기 있는디 여기에가 전부 염밭이였었습니다. 옛날에. 소금을 만드는 염밭. 예. 그래서 요 밑에 논을 보고 염밭논이라고 했어요. 지금 여기를 지금 다 지금 돋아가지고, 뭐 칠성사이다 저것도 들어오고 복지회관도 들어오고 저런 데가 전부 저 거시기 염밭이였었습니다. 지금. 이것은 아마 백년은 다 못 됐고, 염밭 끄장 헌 것은 한 칠십년 된 걸로 그렇게 알고 있어요. (조사자 : 그럼 아까 그 구슬바다가 염밭이란 말씀이 아니고.) 아니요. 그것은 역이고. 역이 와 브렀고. 염밭, 염밭논이라고 그렇게 해요. 여기에서. 그런게 지금 젊은 사람들은 염밭논이 뭣인가 이것을 잘 모르거든요.

소라면 오룡

자료코드 : 06_12_FOT_20110124_LKY_CEN_0005

조사장소 : 전라남도 여수시 소라면 덕양리 1224-1번지 보성식당

조사일시 : 2011.1.24

조 사 자 : 이경엽, 한미옥, 송기태, 임세경

제 보 자 : 최은남, 여, 76세

구연상황 : 제보자가 잠시 숨을 돌릴 수 있게 제보자의 생애조사를 간단히 하였는데, 자신에 관한 물음이 부담스러웠는지 제보자가 곧바로 이야기 구연으로 화제를 돌려버렸다. 그러면서 조금 전까지 이야기를 나눴던 소라면 일대의 이야기를 다시 이어갔다.

줄 거 리 : 이 지역은 다섯 마리의 용이 있는 오룡이라는 곳이다. 그런데 지금은 모두 개발돼서 망가지고 한 마리만 남아있다고 한다. 본래는 주의원 집 뒤에 한 마리, 삼거리 쪽에서 덕양역 쪽을 바라보고 있는 한 마리, 오룡산에서 역을 쳐

다보고 있는 용 한 마리, 또 해산에서 덕양을 보고 있는 한 마리, 역의암 있는 곳에 있는 용 한 마리가 바로 그것이다. 그런데 이제 모두 개발돼서 죽어버리고 용 한 마리만 남아있다고 한다.

근디 인자 오룡이 많이 인자 여그 지역이 오룡인디. 모도 인자 산을 이렇게 인자 거석허게 허물어서 거석을 허고 허니까 인자, 여 용 다섯 마리가 많이 망가지고 한 마리만 남았다 그래요. 지금. 여기에가. 우리 여 주의원 집 뒤에서 한 마리. 여기에서 또 삼거리 쪽에서 또 역을 보고 쳐다보는 것이 한 마리. 여그 오룡산에서 또 역에 구슬을 보고 허는 것이. 근게 역에 구슬을 보고 집중을 헌 거에요. 또 저쪽에 또 산이 있거든요. 해산에서 요리. 덕양을 보는데. 거기가 한 마리. 또 저그에서 아까 저 그 이순신 장군 그 옷 갈아입고. 여기암 있는데 거그에서 또 한 마리. 예. 그렇게 됐다고 우리가 그렇게 알고 있습니다.

근데 다 없어져 버리고 죽어블고. 그니까 다 인제 개발되서. 인자 요리개발 되고 인자 산을 짤라 내고 허물아쁘니까, 한 마리만 살았다 그래요 지금. 여기에서 저리 인자 치보고 있는 데가 한 마리가 산 거에요. (조사자 : 거기도 언제 또 개발되고 그럴지 모르는데요.) 예. 그것은 인자 잘 모르겠고요. 인자 그것도 또 지금 도로가 나지 않습니까. 신도로가. 그랬으니까 인자 그것도 망가졌다고 많이 봐야지요. 도로가 딱 가려쁘니까.

현천리 쌍둥이 마을

자료코드 : 06_12_FOT_20110124_LKY_CEN_0006
조사장소 : 전라남도 여수시 소라면 덕양리 1224-1번지 보성식당
조사일시 : 2011.1.24
조 사 자 : 이경엽, 한미옥, 송기태, 임세경
제 보 자 : 최은남, 여, 76세
구연상황 : 조사자가 제보자의 외가인 현천리 쌍둥이 마을에 대해서 묻자, 제보자가 그에

관한 이야기를 빠르게 들려주었다. 영업하는 식당 방에 앉아서 조사를 진행하다보니, 제보자는 거의 제스처를 취하지 않고 양손을 가지런히 모은 채 말로만 구연하였다.

줄 거 리 : 현천리 쌍둥이 마을이 제보자의 외가이다. 거기서 쌍둥이가 많이 나는 이유는, 그 마을에 쌍봉이 있는데 그 쌍봉에 쌍산이 비쳐서 쌍둥이가 많이 태어난다고 한다. 지금까지 그 마을에서 쌍둥이가 서른여덟 쌍이 나왔고, 희한하게도 아들딸이 섞인 쌍둥이가 아닌 아들 쌍둥이 딸 쌍둥이 식으로 같은 성으로만 태어났다고 한다. 그런데 개발이 되면서 쌍산이 무너져 버렸고 그 이후로 쌍둥이가 태어나지 않고 있다고 한다.

(조사자 : 거기는 왜 그렇게 쌍둥이가 많이 났을까요?) 왜 그냐믄 또 그것은 또 말허자므는 전설 아닌 전설겉은 애기가 있어요. 그건 다름이 아니고. 저 쌍봉에가 쌍산이 비쳤어요. 예. 여천에가. 여천을 보고 쌍봉이라 그랬어요. 우리가 자랄 때는. 그래갖고 거가 도시 개발이 안 됐습니까. 근디 쌍산이 요래갖고 우리 외갓집을 바로 보고 비치는 거라. 예. 근게 그기에서 쌍산이 있어가지고 서른여덟 쌍이 나왔어요. 그래도 아들만 되므는 아들만 된 쌍둥이고, 딸만 되믄 딸만 된 쌍둥이지. 딸허고 아들허고 섞인 거가 안 나와요. 예. 그것이 인자 우리 행님들이 인자, 인자 올케 행님들이 인자 여러 집이서 다 해서 서른 여달 쌍이 나왔다고 그렇게 해서 세계적으로도 이것이 참 글땍에(그때에) 이액이(이야기가) 있었고. 그 서른여덟 쌍이 나온 쌍둥이 마을은 없답니다. 여기 우리 한국에 여수에 현천 거기 마을이 있데. (청중 : 쌍봉산이 있다 그래서 쌍둥이.) 예. 쌍둥이 마을이라 근디.

인자 왜 그냐. 지금은 쌍둥이가 안 나와요. 딱 인자 요래 이렇게 인자 선을 그려쁘렀어. 쌍봉에 도시 계획이 되면서 쌍산이 무너져 쁘렀어. 한나만 있고 인자 없답니다. 근게 인자 그 다음에는 인자 쌍산이, 쌍봉산이 없어지면서 쌍둥이가 안 생겨. 예. 글고 또 시골은 젊은 사람이 많이 인자 안 살아요. 다 인자 도시로 가서 직장 따라서 가고 이랬기 땜에. 뭐 남아는 참 어르신들만 계시기 때문에, 그 쌍둥이가 그래서 거석헌가는 몰라도. 산이, 쌍봉산 없어지고. 쌍둥이가 인자 안 생긴다. 요런 전설같은 그런 얘기가 있어요.

아 실지로도 그래요. 예. 근데 팔십 프로는 실질적으로 있다고 그렇게 인자 하지요. 인자 예를 들므는 인자 쌍둥이를 낳았다 글므는 딸허고 아들허고 한 명쓱 나온 쌍둥이가 많이 있거든요, 딴데 보므는. 근디 거그는 어쩐지 아들만 둘이 나오고. 또 딸만 둘이 또 나오고. 그렇게 해요. 예. 딸허고 아들허고는 안 나와요.

현천리 쌀 나오는 바위

자료코드 : 06_12_FOT_20110124_LKY_CEN_0007
조사장소 : 전라남도 여수시 소라면 덕양리 1224-1번지 보성식당
조사일시 : 2011.1.24
조 사 자 : 이경엽, 한미옥, 송기태, 임세경
제 보 자 : 최은남, 여, 76세
구연상황 : 현천리 쌍둥이 이야기가 나온 김에 조사자가 거기에 쌀 나오는 바위가 있냐고 하자, 제보자가 현천리에 있는 절에서 쌀이 나왔다는 이야기를 들려주었다. 이야기를 하는 내내 옆에서 한 젊은 남자가 큰 소리로 이야기판에 자꾸만 끼어들어서 조사자와 제보자가 서로 이야기에 집중하는 것을 방해하였다.
줄 거 리 : 현천리에 절이 하나 있는데, 옛날에 그 절에 있는 바위에서 쌀이 나왔다고 한다. 그런데 어느 날 쌀이 많이 나오라고 그 바위 구멍을 찔러버렸는데, 그때부터 쌀이 나오지 않게 되었다고 한다.

쌀 나오는 바위. 그것이 인자 뭐이라까. 그거를 절이 있거든요. 현천 절이 있어요. 예. 그 옆에가 나왔다고 그래요. 우리는 못 봤습니다. 근디 나왔다는 전설이 있는디. 그것을 인자 많이 나오게 거석을 해뿔라고 해가지고는 그것이 미사져뿔고 오히려 안 나왔다, 이런 말이 있었거든요.

옛날에 인자 그런 것이 쌀이 나왔다고 그래요. 거기 옛날에. 그런 말을 좀 들었어요. 그랬는디 살다가 본게로, 아니 인자 많이 나오라고 자꾸 자꾸 그 구녁을 많이 키우고 이렇게 허니까. 그것도 안 나와쁘렀다. 요런 말이 있어요. 거기 사는 사람들이 그랬것지요. 옛날에. 예. (조사자 : 그게 현천에 있어요?) (청중 : 현천에 있어요. 절 욱에 올라가면은.) 예. 현천에. 절이 있어요, 절. 절이 있어요.

일본 사람들의 명산에 철 말뚝 박기

자료코드 : 06_12_FOT_20110124_LKY_CEN_0008
조사장소 : 전라남도 여수시 소라면 덕양리 1224-1번지 보성식당
조사일시 : 2011.1.24
조 사 자 : 이경엽, 한미옥, 송기태, 임세경
제 보 자 : 최은남, 여, 76세
구연상황 : 현천리 쌀 나오는 바위 이야기에 이어, 조사자가 문헌에 조사된 기록을 보면서 현천리에 '철 말뚝'이라는 것이 있냐고 묻자, 그런 것은 없다고 하면서 일본사람들이 과거에 명산에 철 말뚝을 박은 전설은 있다고 하면서 이야기를 이어나갔다.
줄 거 리 : 일제시대 때 일본사람들이 지리산이나 무등산과 같은 유명한 산에다 한국에서 유능한 인재가 나지 못하도록 철말뚝을 박았다고 한다. 그러나 이곳 소라면이나 현천리 일대에서 철말뚝을 박았다는 소리는 듣지 못했단다.

(조사자 : 그러면 현천에 철 말뚝이라고 있어요?) 뭔 말뚝이요? (조사자 : 철 말뚝.) (청중 : 절 우에 가믄 있어요.) 철 말뚝이요? 철 말뚝은 여그 아니고. 인자 일본 사람들이 와서 저그 유명헌 인자 여기는 글 안 했고. 유명헌 인자 지리산이랄지, 무등산이랄지. 이런 데를 인자 우리 한국에 유능한 인재를, 말허자므는 배출을 못 허게. 거기를 인자 철 말뚝을 박아 갖고는 그렇게 많이 거석을 해서 나왔다는 그런 전설은 들었어요. 근게

일본 사램이 우리 한국 사람을 못 거석허게 명산마다 그렇게 철 말뚝을 박았다. 여기서 박은 것은 없어요. (조사자 : 그냥 일본 사람들이 명산에 돌아다니면서 박았다고.) 예. 그러죠, 그러죠.

빈대 때문에 망한 절

자료코드 : 06_12_FOT_20110124_LKY_CEN_0009
조사장소 : 전라남도 여수시 소라면 덕양리 1224-1번지 보성식당
조사일시 : 2011.1.24
조 사 자 : 이경엽, 한미옥, 송기태, 임세경
제 보 자 : 최은남, 여, 76세
구연상황 : 여수지역의 지명에 관해 제보자와 이야기를 나누다가, 화제를 바꿔 민요를 좀 들어볼 요량으로 제보자에게 베 짜면서 부르는 노래를 아시냐고 물었다. 그런데 제보자는 공무원이었던 아버지 덕분에 경제적으로 별 어려움이 없이 자라서 베를 한 번도 짜본 적이 없다고 하였다. 그러면서 홍국사와 관련된 이야기를 이어가시자 다시 조사자가 빈대 때문에 망한 절 이야기를 아냐고 묻자, 옛날에 중심골에 있었다는 절 이야기를 들려주었다.
줄 거 리 : 옛날에 중이 산다고 해서 중심골이라는 곳에 절이 하나 있었는데, 그곳에 빈대가 너무 많아서 할 수 없이 스님들이 그 절을 없애고 떠나버렸다고 한다.

하도 빈대가 많이 끓어 싸서. 예. 그래서 그 절을 없애고 스님들이 다 떠났다고. 그런 여가 전설이 있어요. (청중 : 중심골.) 예. 중심골이요. 예. 그래서 그 절이 말허자므는 중이 많이 산다 해서 중심골이라고 했는디. 그기 와서 인자 일세기를 넘기고 요렇게 인자 절이 있다가 인자 하도 빈대가 끓고 못 살게 돼서. 그 스님들이 인자 거그를 떴다고 그래요. 절을 없애 쁘리고. 그래서 중심골이라는 이름은 있어요.

말 머리로 도깨비를 쫓아버린 여자

자료코드 : 06_12_FOT_20110124_LKY_CEN_0010

조사장소 : 전라남도 여수시 소라면 덕양리 1224-1번지 보성식당

조사일시 : 2011.1.24

조 사 자 : 이경엽, 한미옥, 송기태, 임세경

제 보 자 : 최은남, 여, 76세

구연상황 : 최은남 제보자는 이야기 내내 두 손을 다리 위에 올려놓은 채 조용조용히 이야기를 이어갔다. 하지만 말의 속도는 매우 빨랐으며, 이야기의 내용을 비교적 정확히 기억하고 계셨다. 조사자가 도깨비로 부자 된 사람에 관한 이야기를 하나 들려드리자, 제보자가 그와 관련한 이야기라며 웃으면서 이야기를 시작하였다.

줄 거 리 : 도깨비가 혼자 사는 여자 집에 항상 와서 무엇인가를 주고 갔다고 한다. 덕분에 그 혼자 사는 여자는 부자가 되었는데, 도깨비가 하도 찾아오니 아주 귀찮은 마음이 들었다고 한다. 그래서 어느 날 도깨비에게 "무엇을 젤로 무서워하느냐?"고 물었더니, 도깨비가 "말 대가기가 제일 무섭다."고 대답을 했단다. 그래, 그 여자가 다음 날 말 대가리를 구해서 방문 앞에 딱 걸어놓으니, 도깨비가 와서 보고 놀라서 "저렇게 독한 여자는 처음 본다."고 하면서 다시는 찾아오지 않았다고 한다.

뭐이냐 글므는. 도깨비가 갖다 줘서 인자 혼자 사는 분 집에 도깨비가 항시 와가지고는 뭣을 갖다 주고 또 뭣이 귀하다. 그러므는 뭣이 인자 좋다. 그러므는 또 어디서 구허든지 구해다가 갖다 주고 인자 그랬는디. 그 집 부자가 됐드랍니다. 인자 혼자 사는 분이. 그래서 인자 하도 도깨비가 찾아왔싸서 아주 귀찮은 맘이 있어서. 요거는 인자 이얘기요. 예. 이얘기. 귀찮은 생각이 있어. 혼자 사는 분이. 이래서 인자 도깨비를 보고 물어 봤답니다. "아이 뭣을 젤로 무서라 하냐." 그런께로.

"아이, 내가 어느 집이를 갔드마는 그기에다가 그냥 말 대가리를 떠다놔갖고 그냥 말 대가리를 보고는 그냥 질겁을 해서 그냥 나가갖고 그 집을 다시 못 간다고." 이래서. 이 아주머니가 인자 말 대가리를 구해갖고. 말 머리를. 인자 옛날에 인자 말을 보고 말 대가리라 그랬답니다. 그래서

인자 말 머리를 구해갖고 인자 딱 인자 귀찮으니까. 방문 앞에다 딱 걸어 놨데요. 그런께 다시는 안 옴서. "아이고 저렇게 독헌 여자는 생전에 또 첨 봤다고." 아주 그냥 그럼서 가가지고는 도깨비를 인자 띠어브렀답니다. 인자 그런 전설은 있어요.

구례의 코 큰 놈 때문에 여수에서 놀란 어머니

자료코드 : 06_12_FOT_20110124_LKY_CEN_0011
조사장소 : 전라남도 여수시 소라면 덕양리 1224-1번지 보성식당
조사일시 : 2011.1.24
조 사 자 : 이경엽, 한미옥, 송기태, 임세경
제 보 자 : 최은남, 여, 76세
구연상황 : 도깨비 덕에 부자 되고 귀찮은 도깨비를 떼어낸 이야기에 이어서, 어린 시절 친정어머니에게서 들었던 '지리산에 사는 코 큰 놈' 이야기를 바로 해주었다. 제보자의 말이 매우 빨라서 이야기의 시작과 끝을 알기 위해서 주의 깊게 들어야만 했다.
줄 거 리 : 친정어머니가 현천리 태생인데, 지금으로부터 약 90여 년 전에 시집을 구례로 갔다고 한다. 그런데 가서 보니 집집마다 마루에 간짓대(긴 막대기) 하나씩을 걸쳐놓더란다. 그래서 이상하게 생각한 친정어머니가 시댁 형님에게 물어보니, "코 큰 놈이 잘 오니 간짓대를 걸쳐놓는다."고 대답하였다. 그래서 다시 물어보면 나중에 알게 될 것이라고 하면서 자세한 이야기를 해주지 않았다고 한다. 그 해 가을에 제보자의 친정어머니가 택시를 타고 집으로 오는 길에, 섬진강 가를 보니 택시의 헤트라이트 불빛 같은 것이 강가를 왔다갔다 해서, 시어른들에게 물어보니 그것이 호랑이가 내려와서 강가를 어슬렁거린 것이라고 하고, 그 불빛은 바로 호랑이 눈빛이라고 하였다. 그리고 집밖에서 무슨 소리가 나면 호랑이가 온 것이라고 생각하고 사람들이 각자 마루에 세워놓은 간짓대를 들고 메구를 쳐서 호랑이를 산으로 쫓아내는 것이라고 하였다. 시간이 흘러 친정어머니가 남편의 발령을 따라 분가해서 사는데, 어느 가을날 저녁에 바깥에서 막 호랑이가 춤을 추는데, 친정아버지가 부인에게 절대로 문을 열지 말라고 하더란다. 그래서 왜 그러냐고 묻자, 코 큰 놈이 다녀간 모양이라고 하면서 조심하라고 했단다. 그 옛날에는 호랑이라는 말을 절대로 쓰지

않고 호랑이를 코 큰 놈이라고 불러서 조심을 했다고 한다.

우리 엄니가 구례로 시집을 갔드래요. 옛날에. 그런게 인자 지금으로부터 결혼 허신 제가 인자 한 구십년이나 인자 된 것 같애요. 열 몇 살에 시집을 가셨으니까. 그러는디. 아이 저녁이므는 요 문이 요렇게 거석 헌 것이 없고 싸리문을 다 해서 달아놓고 살드랍니다. 그 마을이. 그러는디 진(긴) 간짓대를 두 개씩 걸치놓드랍니다. 마루에다가. 우리 엄니가 겪어본 애긴디. 그래서 저 간짓대를 어찌 저렇게 저다가 저렇게 집집마동 두 개쓱을 걸치놓는고. 그래서 인자 물었답니다. 우리 인자 큰어머님 백부님 인자 백모님을 보고 인자 물었어요. 거시기를. "아이 형님 어째서 집집마둥 이 간짓대를 걸쳐놓는 그 뜻은 뭣이냐." 인자 물었답니다. 그랬더마는. 우리 인자 백모님이 허신 말씸이

"저거이 아니고 여그는 코 큰 놈이 잘 왔싼게."

"코 큰 놈이 잘 왔싸니까. 간짓대를 걸치 놓네."

그래서. "코 큰 놈이 또 뭣입니까?" 그런께로. "인자 알 수가 있네." 여기 살다 보므는. 그래서 인자 했는디. 얼마나 됐는디. 가을에 인자 깊은 가을이 됐는디. 그 저 섬진강이 있어요. 구례가. 섬진강이 요러고 있어요. 그러믄 옛날에는 모래가 겁나게 많았아요. 거기가. 지금은 인자 말허자므는 이 육사가 비싸니까 인자 많이 가져가쁠고 인자

또 그 세멘으로 인자 거슥을 만들고 이러니까 인자 해사보담 육사가 비싼거 아닙니까. 근게 인자 지금은 많이 없는디. 그때는 그냥 요렇게 푸근 푸근 허니 많이 있어가지고 발이 빠질 정도로. 배를 타므는. 그 땟마배를 타고 줄을 잡고 인자 건너가야지만 저짝 마을을 가 인자. 섬진강을 건네갖고. 이러므는 인자 사공이 있어갖고 그걸 줄을 잡고 인자 태와다 주고 했었는디. 거기에서 인자 뭣이 인자 자동차 헤트라이트 같은 불을 쓰고 왔다 갔다 해쌌는디. 그때는 택시가 없었잖애요. 이래서 인자 우리

어머니가 시집 갈 적에. 그때는 인자 잘 살고 헌 사람이 택시를 불러갖고 시집을 갔드랍니다. 그래갖고 택시를 해갖고 대절을 해갖고 가고, 이런 시댄디. 극히나 귀헌디. 그때 그 택시 불 같은 것이 왔다 갔다 그 막 섬진강 가세를 그래서. 아이 저것은 뭣이냐고 그랬드만, 묻지 마라 글드랍니다. 인자 어르신들이. "그 물으믄 안 된다. 인제 난중에 얘기가 있을 때게 살짝이 해줄 것인게. 묻지 마라." 글드랍니다. 그래서 인자 그 뭔 뜻인고 싶어갖고 궁금해서 인자 우리 어머니가 인제. 우리 모친님께서 인자 궁금해가지고 인자 우리 인자 백모님을 보고 인자 물었답니다.

"형님. 그 거슥을 모르것는디. 간짓대 논 것 허고, 저그 저 거시기 바닷가세 모래 우에 바로 달음박질 친 것 허고는 뭣이냐." 그랬드마는. "코 큰 놈이 나와서 그러네." 그래서. "아이 그것이 뭣입니까." 그러고 물었더니만. 지리산에서 호랭이가 내려와가지고. 호랭이 눈이 그렇게 헤트라이로 보이드랍니다. 그것이 그렇게 담박질을 치고 다니는 것이여. 저녁이믄 내려와서. 그러니까 거기에서 무서워라 허는 것이 뭣이냐. 호랭이가. 뭔 소리만 배깥에서 나므는, 칵, 간짓대 두 개를 갖고 그냥 긋을 치고. 또 깽맥이 친걸 젤로 무서라 헌다네요. 사램이 동네 마을에 어디 산에 올라가서 사램이 안 내려오므는 이 매구를 치고 올라가. 예. 그 호랭이가 젤로 무서라 허니까. 근데 호랭이라 글므는 그 집을 찾아온게. 코 큰 놈이다고 해. 호랭이가 질로 코가 크답니다. 그래서 인자 코 큰 놈이라고. 그래가지고 해서.

'아, 그렇구나.' 그러고 인자 '저녁이믄 나가지 말소. 밖에는. 어. 밖에는 나가지 말소.' 그랬는디. 인자 어느 날 아부지 직장 따라서 인자 분가를 해갖고 여기 와서 인자 살게 됐어요. 살게 돼서 인자 했는디. 어느 가을 날인디. 아 그 막 앞에서 막 호랭이 발 맹키로 막 춤을 췄쌌트라네요. 뭣이. 그래 인자 우리 어머니가 놀래서. 그래서 인자 몇 년을 시집살이를 허다가 인자 오셨는디. 놀래갖고 우리 아부지를 보고 찔벅거려갖고. [소근

거리는 목소리로] "당신이 쪼까 일어나라고. 좀 일어나 보라고. 아마 일이 생긴 것 같다."고. 문은 절대 열지 말고 일어만 나라, 그랬답니다. 이제 우리 인자 아버님이 인자 "아이 뭔 일이 나서 그러냐."

인자 그래서 인자 본게. [소근거리는 목소리로] "코 큰 놈이 온 것 같다고." 여가. 우리 어머니가 와서 보니까. 여그 산이. 중심골 산이 꼬사리를 꺾으러 갔는디. 중심골 산이 솔이 쪽쪽 곧은 것이 딱 거슥 해갖고 있드랍니다. 이런디 그 솔 세이로(사이로) 다녔는디.

'아, 이것도 구례 오산 절 못지 않은 산이구나.' 지금은 사성암 있는 데가 오산 절이. 그때는 오산 절이라 그래요. 사성, 지금 사성암을 보고. 이름이 바뀌었더라고요. 내가 작년에 가서 우리 아버지가 그 사성암에서 공부를 많이 허셔갖고 공직에 합격을 했어요. 그래서 저그를 어떻게 올라가야 되는가 허고 그것이 그리워서 사성암을 올라갔습니다. 거기를. 오산 절이란 데를. 옛날에 아버님이 계실 때는 오산 절이에요. 그 사성암이라고 해서 그리워서 "저그를 좀 올라가자. 택시가 저 거슥헌 데로 올라가겄냐?" 그런게로. 택시가 좋아서 올라가진다고 헙디다. 그래서 "그러믄 내가 저그를 죽기 전에 꼭 내가 한 번 가서 꼭 봐야겄다." 근게로. 우리 저그저 거시기 아들이 허는 말이 "어머니가 그렇게 가기를 소원을 허신다 글므는 무신 뜻인가는 모르지마는 가 봅시다. 사성암을. 지금은 저그를 사성암이라고 바꿨습니다." 인자 우리 큰 아들이 그래요. "그러므는 가보자. 내가 꼭 살아 생전에 한 번 꼭 봐야 될 절이다." 이래갖고 인자 여그 여수 와서 사니까 인자 그기 오산 절을 못 갔는디. 그리워요. 아버지가 거그서 공부를 많이 허셨다고 허니까. 그래서 좀 가보자. 이래갖고 인자 다리가 인자 아파서 인자 걸어는 못 가겄고. 가자 그래갖고 인자 갔어요. 거기를.

가서 보니까 옛날 그 모습이 그대로 가만히 있어요. 이래서 그것을 인자 가만히 보고 참 시름에 많이 옛날 잠긴거. 돼갖고 있은게. 우리 아들이 그래요. 저 보고 허는 말이. "어머니 여기에가 뭣이 그렇게 어머니가 생각을 이래 많고 여기를 오실 것이 뭣이 있어서 여기를 왔는디. 그렇게 시름에 잠긴 것 맹키로 그렇게 고심헙니까." 그래서. "여기는 우리 아버지가 옛날에. 지금 돌아가신 제가. 내가 칠십년이 다 되었는디. 우리 아버지 돌아가신 제가. 음. 네 살 먹어서 이 고장을 왔어요. 그 돌아가셨는디. 우리 아버지, 그래도 요런 데가 손때가 묻었을 것이다. 근게 내가 여그 그리워서 가보자 했는디. 소원이 없다. 여그를 와서 보니까. 느그 하나부지가 여그서. 일본서 공부를 허고 나오셔갖고."

약국 아들이에요. 우리 아부지가 아주 좋은 집안에서 인자 그렇게 해가지고. 옛날에 한의사. 그니까 한의사는 이렇게 양의사가 없었기 때문에 겁나게 잘 살았어요. 그럴띠게. 이래서 인자 아버지를 일본 끄장 학교도 보내고. 또 나오셔갖고 절에서 공부를 많이 허시고. 이렇게 했는디. 그것이 그리워서 만져보고 인자 사반 데를 만져보고. 또 물도 떠서 먹어보고. "아야 하나버지가(할아버지가) 여그 와서 계셨을 적에 요 물도 잡솼을 것 아니냐. 근게로 그립다. 내가 인자 죽어도 소원이 없것다. 여그를 와서 봐서 내가." 이렇게 됐었어요 인자. 그래갖고 했었는디. 인자 우리 인자 아부지가 그렇게 공부를 해가지고 인자 들어가신 것이 지금 인자 토지공사. 그리해서 했어요. 이래갖고는 인자. 참 지금도 인자 어머니, 아버지 그 산소가 거기에 계십니다 지금.

(조사자 : 아까 그 코 큰 놈이 왔잖아요.) 예. 그것이 어찌 됐냐. 말이 인자 딴 데로 돌아가서 인자 그랬는디. "코 큰 놈이 온 것 같다." 인자 구례서는 인자 호랭이를 보고 코 큰 놈이라고 근답니다. 호랭이란 소리를 절대 안 해. 그래서 인자 갔어. "근게 당신이 짚이 잠을 자지 말고 문을 열지 마시오." 이렇게 헌게. 우리 아버지가 가서 거울을 가고. 거울을. 문으로 내다 보시드마는. 코 큰 놈이 여그는 없다. 없는디 뭐이냐 그므는 나무가 있어갖고 가을에. 근게 달빛에 그것이 인자 춤을 친거여. 문에 와서.

문, 문 빛에. 그렇게 해갖고 내가 느그 아부지한테 그 소리 듣고. 아이 뒷날 저녁에 본게로 그것이 나뭇가지가 흔들린 것을 내가 느그 아부지한테 그렇게 했다. 추억담을 허시는 거에요. 인자 어머니가. 그래갖고 했는디.

"어머니 그 나무가 그렇게 해서 그렇게 헌게 문에가 그렇게 비칩디가." 그런게로. "그렇게 했다." 그래서 구례서 그 거식이 해서 코 큰 놈 내려온다는 그것이. 에, 머리 속에가 항시 들어갖고 그렇게 했다고 그렇게 합, 했어요.

호식 당하는 팔자

자료코드 : 06_12_FOT_20110124_LKY_CEN_0012
조사장소 : 전라남도 여수시 소라면 덕양리 1224-1번지 보성식당
조사일시 : 2011.1.24
조 사 자 : 이경엽, 한미옥, 송기태, 임세경
제 보 자 : 최은남, 여, 76세
구연상황 : 제보자가 지리산에 사는 코 큰 놈 이야기를 하면서, 그곳 구례 사성암에서 공부를 많이 하셨다는 친정아버지 생각에 잠시 감정에 빠지셨다. 잠시 후 조사자가 지리산 산신이 호랑이냐고 묻자, 이내 역시 구례에서 살던 어린 시절에 친정어머니에게서 들었다는 호랑이 관련 이야기를 이어서 해주었다.
줄 거 리 : 옛날 지리산에는 호랑이가 많이 살아서 호식을 당한 사람들이 많았다고 한다. 그런데 호식은 아무나 당하는 것이 아니고, 호식을 당하는 집안이 따로 있어서 그런 집안과는 결혼하기 전에도 가려서 했다고 한다. 그래서 호랑이는 사람들을 만나도 호식을 안할 사람 앞에서는 딱 엎드려있고 절대로 잡아먹지 않는다고 한다.

근게 산에 가도 호랑이가 아무나 호식을 안 해갖고 가요. 예. 안 해갖고 가. 왜 그냐 그믄. 그 집안에 유래가 있어갖고 호식을 헌 집안에서 호식을 당허지. 아무나 그렇게 호랭이가 호식을 해서 잡아먹는 거 아니에요. 근게 인자 옛날에는 결혼을 헐 직에 뭣을 질로 거슥을 허냐 글므는. 그

집에 호식해갖고 있는 집이 있는가. 이래서 인자 사람을 사갖고 인자 결혼을 혈직에는 보내요. 예. 거그를. 호식을 했냐. 목을 달아 메서 거슥을 했냐. 이렇게 악사를 헌 집안에는 혼사를 안 해요. 우리들 때에는.

(조사자 : 호식 한, 호식 당하는 집안은 계속 당한다는 얘기잖아요.) 당허지요. 예. (조사자 : 그럼 호랑이가 그런걸 알고.) 예. 아, 안대요. 그것을. 그래갖고, 아, 이렇게 사람이 여럿이 가도 호식 안 헌 사람은 호랭이가 딱 엎져서 잠자고 있지. 절대 안 나온답니다. 근게 그것이 유래가 있어요. 예. 우리들 왜 지금 저 집안에서 그 안 좋은. 몸이 안 좋아갖고 허므는. 그 거석을 받아가지고 또 그 대를 물리는 거시기 있다. 이런거 있잖에요. 호식은 그런답니다. 인자 그런 얘기를 들었어요. 우리가.

정몽주를 위해 쑤어 주는 동지의 동지죽

자료코드 : 06_12_FOT_20110124_LKY_CEN_0013
조사장소 : 전라남도 여수시 소라면 덕양리 1224-1번지 보성식당
조사일시 : 2011.1.24
조 사 자 : 이경엽, 한미옥, 송기태, 임세경
제 보 자 : 최은남, 여, 76세
구연상황 : 지리산 이야기를 이어가기 위해서 조사자가 조선을 개국한 이성계와 지리산 관련 이야기를 아느냐고 물었다. 그러자 제보자가 이성계를 듣기는 들었지만 아주 오래전 역사라 직접 보지는 못하지 않았냐고 하면서, 고려 말에 고려왕조에 대한 절개를 지키다가 죽어간 정몽주 이야기를 들려주었다.
줄 거 리 : 정몽주는 고려 왕의 스승으로, 유명한 학자이다. 그런데 고려가 망해가자 두 임금을 섬길 수가 없다고 해서, 난폭한 이방원이 정몽주를 죽여야만 자신이 왕이 될 수가 있다고 해서 정몽주를 죽여버렸다고 한다. 정몽주가 선죽교에서 죽임을 당했는데, 지금 동지팥죽을 쒀서 뿌리는 것은 바로 그 선죽교에서 죽어간 정몽주를 추모하기 위한 것이라고 한다.

거시기 정몽주. 정몽주 선생님이 저 고려 왕 스승이었잖앴습니까. 그래

갖고 유명헌 학자지요. 예. 저 율곡. 율곡 선생같이 유명헌 학자였었지요. 그러는디. 글직에 자기는 두 임금을 섬길 수가 없다. 이렇게 해가지고는 인자 나는 한 임금만 섬겨야지 그럴 수가 없다 해갖고 말을 안 들어 줬지 않습니까. 근게 인제 방원이가 그 저 팔형젠가 된 아들 중에서 방원이, 아들이 젤로 좀 그기서 난폭했지 않습니까. 근게 우리가 저 정몽주. 말허자므는 왕사를 안 죽이므는 고것이 아버지가 임금이 될 수가 없고 우리가 거슥을 헐 수가 없다. 이래가지고는 인자 저 선죽교에서 정몽주 선생을 거기에서 인자 안 없애브렀습니까. 근데 선죽교 피가 지금도 많이 있고 우리가 동지 죽을 쑬 직에는 선죽교 말허자므는 정몽주 그 왕사 선생님을 학자, 학자라고 해야지요. 그 학자 분을 우리가 추모해주는 뜻 아닙니까. 그 동지죽이 의미가 없는 거 아니에요. 동지에 우리가 그 피를 거석을 같이 거석을 체감을 해준다. 그런 말허자므는 우리나라의 유명헌 정몽주 선생님이 계셨으니까. 한 임금만 섬긴다. 이래갖고는 방원이한테 맞어서 그 분이 가셨잖습니까. 선죽교에서. 개성 선죽교에서. 이랬기 때문에 인자 우리가 그것을 말허자믄 추모해 준다는 뜻에서. 정몽주 선생 추모해주는 뜻에서 동지죽을 해요.

그렇기 땜에 우리는 저 혼자 있고 이렇게 해도. 내가 혼자 살고 이렇게 해도 동지만이는 안 빠집니다. 그걸 추모 해주는 뜻에서. (조사자 : 동지죽을 이렇게 뿌리잖아요.) 뿌리 주지요. 예. 추모 해주는 것이지요. 이런 유명헌 학자가 계셨다. 그 뜻이에요 지금. 우리가 동지죽을 쑤는 것은. 그 의미가 없는거 아닙니다. 예. 예. 근게 이런 명절이 돌아온다든지 이렇게 해서 어떤 사람들은 지금 신식으로 해서 다 개명을 씨갖고 안 허지마는. 우리는 그것을 어 십분의. 말허자므는 백분의 칠십 프로는 이행을 허고 있어요. 그 역사를. 예. 예. 이것이 헛된 일은 아니겠지 하고 많이 그게 거식해서 바치고 있어요.

한양에 터를 잡은 무학대사

자료코드 : 06_12_FOT_20110124_LKY_CEN_0014
조사장소 : 전라남도 여수시 소라면 덕양리 1224-1번지 보성식당
조사일시 : 2011.1.24
조 사 자 : 이경엽, 한미옥, 송기태, 임세경
제 보 자 : 최은남, 여, 76세
구연상황 : 이성계 관련 이야기에 이어서 조사자가 묘자리를 잘 잡았다는 남사고 이야기를 아냐고 물었다. 그러자 제보자가 "남사고 선생보다도 우리나라에서 유명한 대사 아냐?"고 하면서 '무학대사' 이야기를 대신 들려주었다.
줄 거 리 : 무학대사는 조선시대에 유명한 대사이다. 이성계가 고려왕조를 차지하고 조선을 개국할 때 서울을 어디로 잡을 것인가로 고민할 때, 정도전과 무학대사가 당시 고려의 왕궁이 있던 개성에다 잡지 말고 한양으로 결정하게 하였다고 하며, 그래서 지금 북한산이 바라보이는 곳에 경복궁을 짓고 궁궐로 삼은 것이라고 한다.

우리나라에 유명헌 그 대사 안 있습니까. 우리나라에서 유명한 대사. 그 말허자므는 우리 사찰에서 유명헌 분을 보고 대사라고 해요. 그 분이 계셨지요. 인자 옛날에. 그 분이 유명한 대사가.

조선조에. 조선조에 그 분이 말허자므는 이성계가 나라를 차지허고 개국을 헐 직에 그 분이 서울에. 무학대사. 유명한 대사 아닙니까. 우리나라에서는. 무학대사가 인자 말허자므는 저그 저 이성계. 그 분을 많이 거석을 해가지고는 정도전씨 하고 그 분허고 둘이 해갖고 서울에다가 인자 거석을 안 했습니까. 말허자믄. 개성에다가 왕도를 세우는 것보다도 서울 북악산 밑이나 어디나 거석을 헌다 해갖고 무학대사가 그 자리를 잡아준 것 아닙니까. 정도전씨 하고 둘이. 그래갖고 지금 서울로 이주시. 이조시대 때 이씨 조선이 서울로 온 것이 그것입니다. 우리 개성에가 있었거든요. 왜그냐 그므는 우리가 말허자믄 우리나라 도성을 우리가 책에서 읽어보므는 도성을 옮겨야 된다. 말허자므는 이 정권이 배꼈으니까. 무학대사하고 정도전씨하고 그래갖고 그러므는 서울에다가 우리 말허자므는 어

나라를 세울라므는 고려에다가 허므는 안 되고. 거그 말허자므는 도읍지를 옮기자. 그래가지고 북악산 밑이 좋다. 남산을 바라보고 북악산 밑에서 허니까 좋다. 이렇게 해갖고 지금 서울에 지금 우리가 지금 뭐이냐 경복궁으로 온 것 아닙니까 지금. 지금은 그것이 경복궁이 지금 옛날로 허므는 지금 십분의 이도 없는 것이지요. 다 일본 사람들이 그 집을 헐아쁘리고 지금 지어서 그렇지. 근게 이번에 우리가 광화문을 안 세웠습니까. 그것이 원문이거든요. 일본 사람들이 그기에다가 일본 그 거석을 세워, 저쪽에 저 거시기 후문에다가 그 문을 세웠어요. 그래서 우리가 지금 이것을 올바로 헐라 글므는 광화문을 다시 헌다.

그래갖고 또 이것이 또 틀어졌다 해가지고 이번에 또 다시 또 골르고 해가지고 허는 그것이 원문입니다. 경복궁 들어가는 문이. 예. 그래서 그 유명헌 문이에요 지금 그것이. 여기에서 해야지만 당신이 정권을 잡았으니까. 이성계를 보고. 여그가 당신이 여그서 허믄 안 되고. 저기는 개성은 고려왕. 공민왕 그 사람들 터고. 여기 서울 북악산 밑이나 서울로 옮긴 것은 당신 터다. 그래야지 역사를 오래 오래 진보 헐 수가 있다. 이렇게 해가지고 그러믄 잡아 봐라 해가지고 옮긴 것이 북안산 밑에 경복궁을 잡은 거에요 지금 그것이. 예. 예.

구례의 아기 장수

자료코드 : 06_12_FOT_20110124_LKY_CEN_0015
조사장소 : 전라남도 여수시 소라면 덕양리 1224-1번지 보성식당
조사일시 : 2011.1.24
조 사 자 : 이경엽, 한미옥, 송기태, 임세경
제 보 자 : 최은남, 여, 76세
구연상황 : 무학대사 이야기에 이어서, 조사자가 어린 시절에 들은 이야기 중에 아기장수 관련 이야기는 들은 바가 없냐고 하자, 어린 시절에 친정어머니에게서 들었다

고 하면서 아기장수 이야기를 해주었다.

줄 거 리 : 친정어머니한테 어려서 들은 이야기로, 구례 지리산 밑에서 아기장수가 태어났다고 한다. 그런데 아이가 열 달이 아닌 열두 달 만에 태어났는데, 엄마 배로 태어나지 않고 옆구리를 트고 태어났다고 한다. 당시 엄마의 옆구리는 솔잎사귀를 약으로 해서 붙이니 깨끗이 나았단다. 이 아이는 태어나자마자 곧바로 걸어다녔는데, 어느 날 엄마도 모르는 사이에 집을 나가 장수가 되었다고 한다.

예. 그런 말이 있지요. 구례 지리산 밑에서 났다고. 우리 어머니한테 들은 애기에요. 그 애기가 배에서 나올 직에 옆구리를 트고 나왔답니다. 그런게로 왜 옆구리를 트고 나왔는가. 해갖고 했는디. 애기가 클 때부터 걸어다녀뿔드랍니다. 그래갖고 자기 어머니도 모르게 나가뿐거에요(나가버린 것이에요). 그 사램이 장수가 됐다고 그러거든요. 우리 전라도 장수가 됐다고. 어느 장순가는 몰라도 그런 전례는 있어요.

인자 근게 그거이 옛날에 말허자믄 이얘긴가 인자 사실인가는 몰라도 그런 말을 많이 해 줬어요. 이얘기라고 인자 이얘기 해주라 글므는 그게 아니고 전라도 구례서. 구례 지리산 밑에서 어떤 아 어떤 분이 애기를 뱄는디. 애기가 열 두 달이 되도 안 나오니까. 왜 애기가 안 나오냐. 안 나오냐. 그러고 있는디. 어느 날 옆구리를 트고 나와쁘러 가지고. 여그다가 솔잎삭을 갖고 약을 해갖고 붙이준게. 여그는 나샀고. 그 장수는 떠브렀답니다. 그 애기는. 그래갖고 그 애기가 어디로 갔는고 했더마는. 구례 지리산 거기를 가가지고 그기에서 장수 공부를 해갖고 장수가 됐다. 이런 말을 들었다. 내가 시집가서. 요런 얘기는 들었어요.

우리나라를 개국을 헌디 그 장수가 말허자므는 큰 힘을 베풀었다. 이성계가 나라를 세울 직에 도읍지를 옮겨가지고. 근게 말허자므는 원래 개성이거든요. 고려 왕국이. 근데 거기서는 안 되고. 여기로 옮겨야지 당신이 오래 오래 헐 수가 있고 이씨 조선을 오래 오래 유지를 헐 수가 있소. 이래가지고 헌 것이 우리 무학대사하고 정도전씨하고 헌 것이에요. 그것이.

그것은 사실이에요. 역사에 나올 때. 요건 떠도는 얘기가 아니여.

에밀레종을 만든 사연

자료코드 : 06_12_FOT_20110124_LKY_CEN_0016

조사장소 : 전라남도 여수시 소라면 덕양리 1224-1번지 보성식당

조사일시 : 2011.1.24

조 사 자 : 이경엽, 한미옥, 송기태, 임세경

제 보 자 : 최은남, 여, 76세

구연상황 : 이성계와 아기장수 관련 이야기에 이어서, 조사자가 시주를 온 중을 박대한 이야기는 없냐고 하자, 제보자가 "그 얘기를 해줄게." 하시면서 역시 막힘없이 곧바로 이야기를 해주었다. 어린 시절 친정 할머니에게서 들었던 이야기라고 한다.

줄 거 리 : 옛날에 어느 마을 부잣집에서 귀한 아들을 하나 봤더란다. 한 절의 스님이 그 집으로 시주를 갔는데, 시주를 하면서 그 집 사람이 "아이고 뭣을 줄거나, 우리 귀한 아들을 줄거나 쌀을 줄거나." 하는 말을 하면서 쌀을 시주했단다. 그 말을 듣고 스님은 다시 절로 왔는데, 당시 절에서는 에밀레 종을 만들고 있었다고 한다. 그런데 항상 마지막에 종이 완성되지 못하고 무너져 버렸는데, 스님의 꿈에 에밀레 종에 애기를 갖다 넣어야 만들어진다고 선몽을 하였단다. 그래서 예전에 시주를 갔다가 들은 "우리 귀한 아들을 줄거나..." 했던 말이 생각난 스님이 그 집에 가서 결국은 아들을 시주 받아 그 아이를 바쳐서 에밀레 종을 완성했다고 한다. 결국 말은 절대로 함부로 해서는 안된다는 교훈을 주는 이야기란다.

어느 스님이 거슥을 허러 갔더랍니다. 인제. 아 시주를 받으로 갔어. 왜 그냐. 에밀레종을 만들어야 되니까. 에밀레종을 만들어야 되니까. 여러 집을 시주를 해다 여야 된답니다. 이 말허자믄 사찰에가 돈이 없어서 그런 것이 아니고. 여러 집서 시주 헌걸 갖고 해야지만 이 종이 유명하다. 해가지고 했다 그래요. 근게 인자 우리 말허자므는 할무니가 허시는 얘기에요 그것은. 우리 할무니가 지금 생존해 계시므는 아마 백삼사십 살 되셨어요.

우리 인자 원 조모님이 허시는 얘기에요.

“할머니 좋은 얘기 있으면 해 주세요.” 그러믄 인자 그 얘기를 해요. 근디 인자 스님이 와서 뭣을 잠 주라고 인제 여기에서 천수경을 외워서 인자 그것을 거슥을 인자 뚜든 것이여. 그런게 인자 그 집이서 귀헌 아들이 하나 태어났든 갑습디다. 글적에. 그러는디 인제 암말도 안 허고 인제 요 시주를 쌀 한 말이고 드려뻐렸어야 되는데. 인자 허시는 얘기가 “아이고 어쩌끄나. 뭣을 주끄나. 우리 아들을 주끄나. 그 시주를 해서 쌀을 주끄나.” 이랬답니다. 이래갖고 인자 갔어. 가서 종을 그렇게 시주를 해서 전국을 메갖고는 좋은 에밀레종을 만들어도 이것이 안 돼. 소리가 안 나. 이것이 도대체가 어째서 이러까 했는디. 그 스님이 꿈을 꿨더랍니다. 그 도사님이 인제. 꿈을 꾼께로 요것은 그 애기를 갖다 여야 된다. 인자 그랬답니다. 인자. 그런께로 그 애. ‘우리 애기를 주꾸나 어쨌구나.’ 인자 요 얘기를 했다 그거여. 그런게 아 인자 그런 데가 있었을 것이다. 인자 이렇게 꿈에 헌게. 그 도사님이 생각 헐 때 그 소리를 들은 적이 인자 있었어. 어느 집이 인자 이거 인자 시주를 받으러 가서. 그러니까 스님이 오시므는 맘에가 있으므는 쌀을 한 말이고 닷 되고 드려도 딴 이애기는 절대 허지 말고 드리면서 절만 공손허니 잘 허시라고. 이렇게 해가지고는 해야지. 자식을 들먹이므는 큰 일이 생긴다. 그래갖고는 결과적으로 그 애기를 갖다가 여니까 종소리가 났다. 이리기든요. 근게 말은 함부로 허지 마라고 이렇게 허는 것이니까. 스님이 와서 허시던지 어느 도사가 오셨을 직에는 이리 좋은 말이라도 농담으로는 허지 말고 진심을 갖고 요렇게 시주를 해 드려야 되지. 딴 말은 절대 허믄 안 된다. 그러니까 인자 그것이 안 되고 안 되고 허니까 결과적으로 인제 이것이 나라에서 영을 내릴 때 그 애기를 갖다가 줘라. 그래갖고 그 종에다가 애기를 갖다 연게로. 만든데 애기를 갖다 연게 그 종이 잘 됐다. 이런 전설에는 있거든요.

그런게 말을 함부로 허지 말고. 우리 도사님들 허는 것은 보통 일이 아니니까 항시 조심을 해라. 말은 조심을 해야 되고. 어디 가서 이렇게 개인적으로 뭣은 해도. 이 말은 함부로 허는 것이 아니다. 요러게 헌다고 해요. 인자 그런 얘기가 전설로 떠도는 얘긴가는 몰라도 그런 말이 있었어요. 근게 우리 할머니가 "항시 니네들도 자식들을 나서 키우므는. 부처님 앞에 가므는 항시 부처님 앞에 우리 자식 거슥을 잘 해 주시라고 잘 좋은 사람이 되게 잘 길러주시라고 그 말만 허지. 딴 여러 가지 얘기를 안 해도 이 부처님은 다 알아 들으신다." 이런 얘기를 해요. 근게 함부로 말 허믄 안 된다. 인자 이런 얘기 헌 것은 많이 들었어요. 근디 인자 그런 얘기는 우리 조모님이 허셨제. 인자 어머니헌테 들은 얘기다. 우리 조모님이 항시 그렇게 말조심을 해야 된다는 뜻으로 해서 그렇게 했어요.

복바위의 유래

자료코드 : 06_12_FOT_20110124_LKY_CEN_0017

조사장소 : 전라남도 여수시 소라면 덕양리 1224-1번지 보성식당

조사일시 : 2011.1.24

조 사 자 : 이경엽, 한미옥, 송기태, 임세경

제 보 자 : 최은남, 여, 76세

구연상황 : 중 관련 이야기에 이어서 장자못 관련 전설은 아느냐고 묻자 제보자는 그런 이야기는 잘 모른다고 하였다. 다시 조사자가 산이 움직인 이야기는 들은 바가 있느냐고 하자, 여기 소라면이 그랬다고 하면서 복바위 이야기를 들려주었는데, 자신의 집에도 복바위가 있어서 항상 그곳에 공을 들인다고 하였다.

줄 거 리 : 여기 소라면 덕양에는 옛날부터 집집마다 바위가 많았다고 한다. 그것을 복바우라고 하는데, 옛날에 어떤 도사가 임진왜란이 일어나자 이순신 장군이 있는 여수에다가 성을 쌓아야 하니 돌들에게 어서 가자가자 해서 여수로 돌을 몰아서 가는 길이었다고 한다. 그런데 가는 도중에 이순신 장군이 순절하고 임진왜란이 끝나버리자 더 이상 성을 쌓을 필요가 없어져서 돌들이 가는 길에 그만 딱 멈춰버리고 말았다고 한다. 그래서 지금 덕양 길에 돌들이 그렇게 많아지게 된 것이란다.

(조사자 : 산이 움직인 이야기 혹시 들어보신 적 있으신지요.) 여기가 그랬지요. 아 우리 여그 소라면 덕양이 그랬지요. 왜 그냐 글므는 이렇게 바위가 집집마둥 많애요. 굵은 바위가. 우리집도 지금 하나 있어요. 예. 근디 그것이 복바우라 해갖고. 복바우라 해갖고 손을 안 대요. 우리가. 우리집이도 있어요. 그것이. 복바우가. 이러는디 저기에서보터서 이렇게 오고. 또 딴 집에 오고. 또 딴 집에 오고. 우리집에 오고. 또 여그 쭉 해서 돌을 딱 놔갖고 있어요. 그것이. 몰라도. 요렇게 사람 앉대끼. 요렇게. 옛날부터 있는 바위여. 그것이. 근디 요 바위가 왜 덕양에가 이렇게 길을 놔서 있다냐. 이것을 했드마는. 옛날에 도사님이 요 바위를. 바위가 걸어왔답니다.

"가자. 지금 어디가 지금 큰 성을 쌓게 되니까. 그리 니네들이 걸어가자." 그러고 도사님이 애기를 해갖고. 이것이 걸어 가다가. 우리 임진왜란 전쟁이 끝났다 그러거든요. 글직에. 그런게 여그서 딱 멈춰 서브렀답니다. 왜 그냐 글므는 여수로 가는 것이여. 여수로 지금. 여 전쟁헌데 가서 쓸라고 요것을 헌게.

"가자." 도사님이 영을 내려 논게. 이 바위가 줄을 서갖고 졸랑 졸랑 졸랑 졸랑 그 큰 바위가 가다가. 임진왜란이. 이순신 장군이 거석 해갖고 끝이 나브렀다. 돌아가시고 끝이 나브렀다. 이런게 지금 남해바다에서 안 돌아가셨는가요. 우리 이순신 장군이. 그런게는 돌아가시고 끝이 났다 근게. 바위가 놀래갖고 딱 슨 것이 그 자리에 가 섰브렀다. 요것이 지금 사실인가 전설인가는 몰라도 전설적인 말이 있어요. 여기에가 막 다 왔어요. 요렇게 바위가.

근디 우리집이는 딴 집이는 다 땅을 파서 묻어블고. 집을 허면서 묻어블고 거석허고 근디. 어느 스님이 와서 보시드마는 우리집이 와서 뭣을 우리가 시주를 좀 받으러 왔다고 그래서. 그 분이 스님이든지 아이든지 주므는 우리는 죄가 없잖에요. 그 사람이 거짓말을 허고 받아가는 스님이 죄가 되는 거지. 근게 우리는 와서 스님이 오시믄 말 안 허고 줘요. 그걸.

드려요. 말허자믄 땡땡이 스님이 와도 우리는 드리는 거에요. 그믄 나는 공이 되거든요. 근디 그 죄를 지므는 스님이 짓는거 아니에요. 지금. 우리가 생각 헐 때. 그런게 우리는 믿고 요걸 드려브는디. 그 인자 좀 후허게 드렸어요. 스님이 오므는 그 스님 말을 팔십 프로를 믿고 살아요. 그러기 때문에 스님이 인자 오시므는 서운찮게 드려. 서운찮게. 요 바랑에도 허므는. 담아 주시오 글믄. 넘은 바가치에다 쪼까 떠다 주믄. 나는 요렇게 함지에다가 많이 갖다가 부어 드려. 근디 요새는 시주를 잘 안 와요. 절에도 경제적인 여유가 많기 때문에 안 와요. 왜그냐 글므는 인자 세상 물정을 알으라고 탁발을 보내므는 그걸 공부를 해. 이 사회에. 말허자므는 공부 헐라고 나오시는 거이지. 글 않으믄 인자 안 오세. 뭐 절에 갖다가 소득을 볼라고 전에는 왔는디. 스님을 인자 조금 이렇게 맘이 인자 흐뭇허니 드렸드니마는. 그 스님이 인자 우리집을 빵빵 돌아보시데요. 보시드마는. 아, 이 바위가 언제부터 있냐고 그래요. 이 바위가 언제부터 있는가는 몰라도, 우리가 여그 와서 살기 전에부터 있었던 걸로 안다고. 이렇게 했는디. 옛날 살던 사람은 그 바위에다가 명절이믄 밥을 해다 놨다 그래요. 공손허니 갖다가 놨다 그러거든요. 근게 우리집 터에서 부자가 돼갖고 나가고 또 더 부자가 되고 더 부자가 되고 그랬다 그래요. 그래서 인자 그런 인자 말을 듣고 인자 우리도 인자 그거 인자 바위를 이렇게 인자 명절이 돌아오믄 딱 깨끗허니 목욕을 시켜요. 깨끗허니. 낙엽이 있다든지. 뭣이 먼지가 뜬다든지 그믄 막 깨끗허니 목욕을 시켜요. 그래갖고는 항시 따둑기래요(다독거려요). 근디 그것을 딴 집이는 다 묻어쁘렀어도 우리는 안 묻었는디. 요것을 놔 두믄 자식들도 잘 된다 그래. 그 바위. 요걸 절대 묻어뺄든지 파뺄믄 안 된다 그래서 쫍은 것도 불구허고 거다가 놔둬요. 우리는. 우리는 그 복바우로 생각을 허고 있어요.

제주도가 생긴 유래

자료코드 : 06_12_FOT_20110124_LKY_CEN_0018
조사장소 : 전라남도 여수시 소라면 덕양리 1224-1번지 보성식당
조사일시 : 2011.1.24
조 사 자 : 이경엽, 한미옥, 송기태, 임세경
제 보 자 : 최은남, 여, 76세
구연상황 : 잠시 제보자의 자녀들 이야기가 이어진 뒤, 조사자가 제주도가 생긴 내력담에 대해서 아느냐고 묻자, 역시 아는 이야기인지 곧바로 제주도가 생긴 내력에 대해 막힘없이 이야기를 들려주었다.
줄 거 리 : 제주도가 어떻게 생겼는냐 하면, 어떤 힘이 센 여자가 치마폭에 돌을 많이 싸서 그것을 하나하나 바다에 빠뜨려서 제주도가 생겼다고 한다. 그리고 바다에 빠진 돌 중에 큰 것은 바위가 되었다고 한다.

인자 제주도는 뭐이냐 글므는. 여자가 치마폭에다가. 제주도가 왜 생겼냐 글므는. 그것은 인자 제주도 생겼지마는. 그것은 인자 말허자므는 옛날 전설 유언비어것지요. 여자가 치마에다가 독을 많이 싸갖고 갔는데. 그거이 한나 한나 바다에가 빠지드랍니다. 빠지므는 그것이 큰 바위가 되고. 또 그것이 큰 바위가 되드랍니다. 독을 찍은 것이 허므는 거기에서 커버린 거에요. 독이. 인자 그런 전설을 우리가 들었어요. 그래서 제주도 가서 결과적으로. 제주도 가서 마지막 부서 놓고 본게로 제주가 생겼다. 요런 애기를 허거든요. 아이고 뭐 그러므는 그거이 뭐 저 유언비어지. 그거이 뭐 참말이드냐고.

거문도로 처음 들어온 영국 배

자료코드 : 06_12_FOT_20110124_LKY_CEN_0019
조사장소 : 전라남도 여수시 소라면 덕양리 1224-1번지 보성식당
조사일시 : 2011.1.24
조 사 자 : 이경엽, 한미옥, 송기태, 임세경

제 보 자 : 최은남, 여, 76세

구연상황 : 제주도가 생긴 내력담에 이어서, 이 근방에서는 그와 유사한 장수 이야기는 없냐고 물었지만 자세한 이야기는 해주지 않았다. 이어서 조사자가 거문도가 어떻게 생겼는지 유래담을 아느냐고 묻자, 거문도에 주둔했다는 영국 배에 관한 이야기를 들려주었다. 이 이야기는 시집와서 사는 동안 여수에서 유명한 학자들에게서 들었다고 한다.

줄 거 리 : 옛날에 고종황제 시절에 강화도에 일본 배가 많이 들어왔다고 한다. 그런 시절에 거문도에 영국군 배가 처음 들어와서 거문도를 키웠다고 하며, 어린 시절 아버지와 학자들한테 들었는데 사실이라고 한다.

거문도가 어찌게 생겼다 거식헌 것은 없구요. 옛날에는 인자 거문도에서 우리 저그저 거시기 우리 명성왕후가 글때게 정권을 많이 잡고 있고 또 고종황제를 죄어놓고 그럴직에. 인자 말허자므는 저그 뭐이냐 강화도도 그랬지마는 강화도로 인자 일본 배가 많이 들어오고 그럴 때. 젤로 첨에 들어온 데가 거문도로 들어왔다. 영국 배가. 그렇게 알고 있거든요.

근디 그것은 사실인갑어요(사실인가봐요). 예. 거문도에 말허자므는 주둔을 해갖고 거그를. 거문도를 키운 것은 영국 함정이 들어와갖고 키웠다. 그러거든요. 근디 그것은 사실인 것 같애. 예. 그건 사실이다.

(조사자 : 거문도에 영국 배가 들어와갖고 거문도를 키운 이야기는 아버님한테 어렸을 때 들어셨나요?) 아니요. 우리 여수 학자들헌테 들었지요. 여수 유명헌. 말허자므는 학자분들헌테 들었지요. 질로 첨 인제 말허자므는 인자 저기 강화도로 안 들어 왔습니까. 외국 배가. 또 딴 나라 또 뭐이냐 영국 배도 들어오고 그랬는디. 인자 거문도를 그럴 직에 젤로 먼첨 들어온 디는 거문도다. 근게 그것은 우리 역사상으로 사실이고요. 거문도로 먼첨 외국 배가 들어왔다는 것은. 응. 요거이 전설이 아니여.

처녀 교육시키기

자료코드 : 06_12_FOT_20110124_LKY_CEN_0020
조사장소 : 전라남도 여수시 소라면 덕양리 1224-1번지 보성식당
조사일시 : 2011.1.24
조 사 자 : 이경엽, 한미옥, 송기태, 임세경
제 보 자 : 최은남, 여, 76세
구연상황 : 제보자의 여러 가지 전설 이야기에 이어서 조사자가 방귀 뀐 며느리 이야기를 해주면서, 그런 우스운 이야기를 좀 해달라고 하자, 제보자가 주저하지 않고 곧바로 우스운 옛 이야기를 들려주었다.
줄 거 리 : 옛날부터 여자가 시집을 가면 방에 앉을 때도 구석에 가서 앉아있고, 호롱불을 쓰고 살던 시대이기 때문에 시아버지 앞을 지나갈 때도 항상 몸의 움직임에 호롱불이 꺼지지 않도록 조심스럽게 지나가야 한다. 그런데 어느 때인가 돌산에서 여수로 시집온 여자가 시아버지 앞에서 호롱불도 쏟아버리고 방귀도 막 뀌고 그랬단다. 그래서 그 시아버지가 말씀하시길, "니가 섬 처녀는 참말로 맞긴 맞는갑다." 하면서 한심해 했단다. 옛날이나 지금이나 여자는 몸가짐을 잘해야 한단다.

옛날에 시집갈 적에 우리 인자 어머니가 허시는 말씀이 그래. 시집 가므는 새댁들은 실수를 많이 허니까. 방 앉짐 앉짐을 해도 방 구석에가 앉고 그래야지. 이렇게 옛날에 초롱불을 썼거든요. 전기가 들어간게 아니고. 지금이고 근게로 도서 지방에 전기가 다 들어갔지. 우리 젊어서 결혼 헐때만 해도 호롱불을 썼어요. 우리도 시집갔을 때 호롱불을 많이 쓴 것을 봤어요. 이래갖고 했었는디. 저 거시기 이 호롱불을 쓰다가 보므는. 며느리가 팔랑 허고 시아버지 앞에 지내 간다든지. 호롱불 옆을 지내가므는. 그거를 떨어뜨릴 수도 있고. 불이 꺼질 수도 있고. 이러니까 항시 저런 구녁데기로 해서 벽을 타고 가서 앉짐 앉짐을 해도 조심을 해야 되고. 또 시아버지 말허자므는 상을 갖다 놔도 조심히 갖다 놔야지. 그기에서 그런 실수가 있다든지 이럴 경우는 큰 일인게 그렇게 해라 해갖고. 그 조심을, 교육을 많이 갖은 교육을 많이 받고 시집을 가요.

예. 그러면서 옛날에 돌산으로 시집 간 사램이. 아 인자 조심을 안 하고 그냥 돌산에 처녀가 시집을 여수로 왔는디. 아 그냥 함부로 허다가 등잔불도 다 그냥 쏟아뿌리고. 시아버지 앞에서 그냥 방귀도 뀌고. 이렇게 헌게로. "니가 섬 처녀는 참마로 맞기는 맞다. 섬 사람이. 그렇게 교양이 없이 배와갖고 왔냐." 이런 말을 헌게. 그런 말을 안 듣도록 조심을 해야 헌다. 요렇게 얘기가 있었어요. 그런 것은 사실인 것 같애요. 예. 어른들이 그렇게 얘기를 해요. 항시 앉짐 앉짐을 해도 조심을 해라. 어. 그렇게 해서.

다른 사람의 운명으로 저승에 다녀온 사람

자료코드 : 06_12_FOT_20110124_LKY_CEN_0021
조사장소 : 전라남도 여수시 소라면 덕양리 1224-1번지 보성식당
조사일시 : 2011.1.24
조 사 자 : 이경엽, 한미옥, 송기태, 임세경
제 보 자 : 최은남, 여, 76세
구연상황 : 조사자가 '독아지에 숨어도 운명은 피하지 못한다'는 내용의 이야기를 아냐고 묻자, 어린 시절 친정어머니에게서 들었다는 이야기를 해주었다. 뒤이어 자신의 이모가 겪었다는 그와 관련된 이야기도 역시 첨가해서 들려주었다.
줄 거 리 : 사람이 죽을 때, 이름이 같으면 혹시 다른 사람이 실수로 죽을 수도 있다고 한다. 그래서 사람이 죽으면 저승차사가 "너는 저 세상에서 얼마나 공을 많이 들이고 잘 하고 왔냐"고 하면서 저승에서 가장 높은 어른한테로 데리고 간단다. 그리고는 저승 어른이 "너는 어디에서 왔느냐" 하고 물으면 "덕양에서 왔습니다" 하고 대답을 하면, 저승차사에게 "아니, 왜 화양사람을 데리고 와야지, 덕양사람을 잡아왔냐"고 하면서 얼른 개를 따라서 내려보내라고 한단다. 그러면 개가 사람보다 앞서서 꼬리를 흔들고 가고, 사람이 따라오지 않으면 개가 뒤를 돌아보고는 꼬리를 흔들면서 따라오도록 하는데, 가다가 다리가 나오면 개가 먼저 다리를 건너면서 사람에게 그 다리를 건너도록 유도를 한다고 한다. 그런데 사람이 다리를 건너지 않으면 재차 개가 다리를 건너면서 반

> 드시 사람에게 그 다리를 건너게 하는데, 사람이 그 다리를 건너면 갑자기 다리가 폭삭 무너져버리고 사람이 물 속에 빠지게 돼버린다고 한다. 그러면 다시 죽은 사람이 이승으로 살아오게 된단다.

아니. 이렇게 잡아가므는. 이름이 같으므는 딴 사람이 데려가는 수가 있답니다. 예. 있어. 그러믄 인자 저승차사가 "니는 얼마나 저 세상에서 공을 많이 들이고 잘 허고 왔냐." 이래갖고 인자 허므는 거그서 젤로 인자 높은 어른헌티로 인자 그 사람을 데리고 간답니다. 가믄, 가므는. "니는 어느 고을에서 왔냐." 그러므는. 가서 말허자믄 "나는 덕양에서 왔다." 글므는. 딴 사람은 화양면에서 왔어. 그러므는. "아이 이 자슥아 어찌 화양면 사람 잡아갖고 오란게, 덕양 사람을 잡아갖고 왔냐." 근게 "이름이 같아서 잡아갖고 왔습니다." 그러므는

"그거이 아니지 않냐. 아무데 사는 아무 뭐시기를 잡아갖고 오라 했지. 누가 덕양 사는 아무 뭐시기를 잡아 갖고 오라 했냐. 이 사람을 빨리 갖다가 저 개를 따라서 보내라." 그믄 인자 개를 한 마리 주므는 개 할랑 할랑 할랑 꽁댕이를 치고 인자. 멍멍이 개가. 쪼그만헌 개가. 요렇게 공댕이를 치면서 인자 앞에 간답니다. 그 사람이 안 오므는 뒤를 쳐다 봐. 또 따라 오라고. 그래갖고 인자 어느 다리가 있으므는 이렇게 간들 간들 헌 다리가 있으믄 다리로 인자 지가 폴떡 넘어가뻐러. 개는. 근디 이 사람은 못 가고 인자 바라보고 있데요 인자 그것을. 섬진강 겉은 다리에서. 그러믄 인자 개가 또 폴딱 넘어와가지고. 왜 안 오냐고 또 꽁댕이를 흔들면서 또 따라오라고 허믄 인자. 두 번 세 번 그러믄 인자 안 따라가믄 안 돼. 아무도 없고. 따라가야 것다 글고 인자 따라가믄 퐁당 빠져뻔대. 그 다리가 약허니까. 그러고 본게로 이 세상이드라.

"근디 왜 그것을 어머니. 그런 얘, 그런 말이 있으까요." 근게. "그거이 아니라 니네 이모님이 돌아가셔갖고는. 아침에 돌아가셨는디 저녁에 살어났다." 그러거든요. 인자 그거이 참고여 인제. 그것이 인제 전설이 아니여.

그래서 가서 본게. 친정어머니도 계시고, 아버지도 계신디. 똑 이 세상에서 허는 일을 허드랍니다. 이 세상에서. 이 세상에서 농사 많이 진 사람은 농사짓고. 베를 잘 짜는 사람은 잘 짜고. 호시호강 해서 잘 먹고 산 사람은 똑 그렇게 고대공실 집에 들어가서 잘 살고 있드라네요. 인자 우리 이모님 목격이라 그것이, 말허자믄. 거를 가서 본게. 근디 인자 우리 할머니가 허시는 말씀이 "니가 왜 왔냐. 응? 안 올 것인디. 니가 왜 여그를 왔냐. 빨리 가그라." 그래서 "여가 어딘디 니가 왔냐." 이렇게 했다 그래요. 근게 인자 우리 인자 이모님이 "어떻게 갈 거이냐." 그런게로. "이따가 뭐이 오므는 따라서 빨리 나가거라. 니가." 이런디 아부지도 있고 어머니도 있고 다 있고. 하나부지 할머니도 계신게. 안 나오고 싶어갖고 머뭇거리고 했드마는. "니는 여그가 딴 사람 이름으로 왔지. 여그가 니가 올 디가 아닌디 왔냐." 이래가지고 인자 눈을 뜨고 보니까 인자 다 울어쌌고 있는거여 인제. 말허자믄 처녀 때. 울어쌌고 있어. 인제 사람들이. "왜 울어쌌냐." 헌게로. 니가 아침에 죽었는디. 안 살아난게 인자 다 인자 울고 있다이거여. 인자 죽은걸로 알고. 이렇게 했는디. 그거이 아니라 간게로. 거가 저승인디 간게로 저승인갑다고. 개를 따라서 빨리 가그라. 개를 따라서 빨리 가야지. 니가 시간을 넘기는 안 된다. 이렇게 해서 개를 따라서 갔데요. 우리 이모님이. 그래갖고 헌게로 다리로 폴딱 뛰갖다가 인자 폴딱 왔다가 허는디. 개가 안 온다고 또 와서 또 요 옷자락을 물고 또 가고 그런게로 마지못해서 따라간게로. 아이 퍼런 물 속으로 팍 했드마는. 눈을 떠본게 이렇게 울고 있다 그랬는디. 우리 이모님이 팔십꺼장 살다 가세. 팔십까장 살다 가세. 팔십도 아마 넘었을 것이요. 그래갖고 살다가 아이튼 영화를 누리고 잘 살다가 가셨어요. 우리 이모님이 우리집을 오시믄 그런 이애기를 해 줬어요. 넘의 운명으로도 갈 수가 있다. 그런 얘기를 해주고 그랬어요.

짚신을 만드는 부자

자료코드 : 06_12_FOT_20110124_LKY_CEN_0022
조사장소 : 전라남도 여수시 소라면 덕양리 1224-1번지 보성식당
조사일시 : 2011.1.24
조 사 자 : 이경엽, 한미옥, 송기태, 임세경
제 보 자 : 최은남, 여, 76세
구연상황 : 운명 관련 이야기를 듣고 조사자가 분위기를 좀 바꾸기 위해서 우스개 이야기를 다시 해달라고 하자, 제보자가 즉시 짚신을 만드는 부자 이야기를 해주었다.
줄 거 리 : 옛날에 아들하고 아버지하고 짚신을 삼아서 살았더란다. 그런데 시장에 짚신을 내다팔면 매번 아들이 삼은 것은 팔리지 않고 아버지가 삼은 것만 팔렸단다. 그래서 아들이 아버지에게 짚신 삼는 법을 가르쳐달라고 하니, 아버지가 "니 기술대로만 삼으면 된다."고 하면서 가르쳐 주지를 않았는데, 어느 날 아버지가 그만 죽고 말았다고 한다. 그때 아버지가 유언으로, 짚신의 털을 곱게 다듬으라는 의미로 "털털털털털털털털." 하고 죽었는데, 아들이 그 말을 가만히 분석하기를, "아하 털을 곱게 다듬으라는 말이구나." 하고는, 그때부터 털을 곱게 다듬어서 짚신을 삼았단다. 그랬더니 장에 가서 내다 놓기가 무섭게 짚신이 잘 팔렸다고 한다.

옛날에 아부지허고 아들허고 짚신을 삼았드랍니다. 옛날에 이조시대 때. 짚신을 삼았어. 명성왕후 그 무렵에 짚신을 삼았어. 그러는디 아부지가. 옛날 사람들이 요 기술을 안 갤차주고 가신데요.

"아부지 어째서 아부지. 이렇게 짚신을 해 논 것은 장에다 갖다 팔므는 잘 팔리는디. 내가 한 것은 이렇게 안 팔리요?" 그런게로.

"그냥 니 기술대로만 그냥 니 솜씨대로만 만들어서 폴믄 되고. 나는 나 솜씨대로만 만들믄 된다." 이렇게 했대요. 근게

"이것이 뭣인디요."

그랬드마는. 돌아가신디 미처 못 가르쳐 줘갖고. 아부지가

"털털털털털털털털."

글드랍니다. 털털털털. 털을 곱게 따듬으라고. 그 말인갑드라네요. 이

아부지가 그 기술을 갈쳐주라 해도 아들과 아버지가 서로 돈을 벌라고 안 갈쳐 주는 것이다. 안 갈쳐줘. 근게 아부지는 가믄 그날 장에서 다 팔아뻔다. 아들 신은 못 다 파는 거여. 근디 아부지 어째서 내 신은 이렇게 안 나가고 거슥헌가 모르것다고 이렇게 했드마는. 아이 아부지가 허시는 말씀이 그걸 미처 못 갈쳐 줘갖고 돌아가실라고 임종 시에 털털털털털털털 근게 아들이 가만히 분석을 해 봤어. "아이, 털이, 털이란게 뭣이까. 아하 털을 곱게 따듬으라는 말이구나."그래갖고 가서 인자 털을 곱게 따듬았답니다. 아부지 돌아가셔뻔 뒤에. 근게 그 신이 기양 스무커리고 열커리고 해갖고 가믄 그냥 다 팔려쁘는 거여. 털을 잘 따듬어 갖고. "아하 우리 아버지가 요거이 특기가 있었구나." 그래서 그건 사실이여 또.

어. 아부지허고 아들허고 똑같이 신을 맞촤갖고 가므는 아들 신은 안 팔려. 아부지 신만 팔려. 곱게. 옛날에 부잣집이나 운동화를 신고 고무신을 신으까. 딴 사람들은 짚새기 소리를 신었어요. 다. 근게 과거를 갈 직에도 요 등에다가 신을 세 커리쓱 갖고 가. 가다가 짚신이 걸어가자믄 떨어져쁜게. 그러, 그런 일이 있었어요. 그건 사실이여. 과거를 가므는. 거 전설 아니에요. 그건 사실이여.

은혜 갚은 호랑이

자료코드 : 06_12_FOT_20110124_LKY_CEN_0023
조사장소 : 전라남도 여수시 소라면 덕양리 1224-1번지 보성식당
조사일시 : 2011.1.24
조 사 자 : 이경엽, 한미옥, 송기태, 임세경
제 보 자 : 최은남, 여, 76세
구연상황 : 짚신 삼는 부자 이야기에 이어서, 조사자가 은혜 갚은 호랑이와 같은 이야기를 들려주니, 제보자가 "응, 그랬지 그랬지." 하면서 그와 관련된 이야기를 바로 들려주었다.

줄 거 리 : 옛날에 어떤 사람이 산에 산채를 캐러 갔다가 호랑이를 만났다고 한다. 그런데 그 호랑이는 앞서 여자를 하나 잡아먹었는데 하필 비녀가 목구멍에 걸려버려서 괴로워하고 있었단다. 그런데 그 사실을 모르는 그 사람이, 호랑이가 입을 떡하니 벌리고는 한 번 봐주라는 모양새로 자신에게 다가오자, '어차피 죽을 목숨인데 호랑이 입에 손을 넣어서 한 번 보자' 하고 손을 쑥 넣었다고 한다. 그런데 호랑이 목구멍 속에 손을 넣고 보니 파란 비녀가 하나 걸려있어서 그것을 빼 주자, 호랑이가 절을 수십 번 하면서 그 사람을 등에 태우고 집으로 데려다 주었다고 한다.

산을, 산채를 캐는데. 응. 그거 사실이여 또. 산채를 캤는데. 여자를 한나 잡아 묵었어. 호랑이가. 호식 헌 집안인가 어쩐가 여자가 앵겨갖고 여자를 잡아 먹었는디. 이 비녀를 못 씹어 먹어갖고 비녀가 딱 가로 막혀갖고. 호랑이가 입을 딱 벌리고 있은게. 어떤 사램이 지내가다가 저 호랭이가 그냥 나를 잡아먹을라고 지금. 아까 저 여자 잡아먹은거 생각도 못 허고. '나를 잡아 먹을라고 저 입을 저렇게 벌려갖고 날 보고 요렇게 허는갑다.' 인제 그랬데요. 근게로 놀래갖고 못 간게로. 호랑이가 아양을 떨면서 그냥 입을 벌리고 그냥 막 고개를 흔들어 싼게. '아이 그게 아니고 날 잡아 먹을라고 헌 것이 아니고 저 호랑이가 사연이 있구나.' 인자 옆에를 갔어. 가서 인자 봤어.

호랑이 입이 크잖아요. 한참 들여다 봤어 인자. 어차피 어차피 잡혀 묵으믄 죽을 요랑 잡고 인자 들여다 본게. 퍼런 옥비녀가 딱 찔려 갖고 있어. 그런게로 요 사램이 손 뱀에 더 잡아 묵것냐. 짤라 묵것냐. 응. 짤라 묵으믄 싶어갖고 손을 요리 여갖고는 비녀를 흔들어갖고 빼 줬어. 비녀를. 비녀를. 그런게로 호랑이가 살아났어 인자 입이 인자 오므라져 글 때부터. 오므라져갖고는 절을 수 백자리를 허고. 그 집이 동네 앞에꺼정 델다주고 갔어. 호랑이가. 어 은혜 갚느라고. 그 호랑이가 그 집이 동네, 그 집 앞에까지 데려다주고 갔다고요. 근게 그 무서운 호랑이도 은혜 갚을 줄을 안다. 하물면은 인간이 넘한테 은혜 갚을 줄을 모르고 해를 지므는 벌을 받는다. 호랭이도 그렇게 은혜를 갚는디. 그런게 자꾸 입을 벌리고 막 고개를 도시고 막 돌리고 글드라네요. 그 인제 호랭이가 인자 이 사램이 어차피 인제 잡어 묵을라므는 잽혀 묵게 되쁘렀어. 그 산중을. 옛날에는 차가 없은게. 산 중 그 질로 소리질로 다녀요. 그런게 인자 그래싼게. '아이 기왕에 나 손을 짤라 묵든지 말든지 내가 가 봐야 것다. 저 호랭이 옆에를 가서 좀 들여다 봐야 것다. 목 속에가 뭣이 있는가.' 그러고 인자 해갖고 인자 고개를 인자 속을 많이 벌려줘갖고 고개를 요리 해갖고 본게. 옥 비녀가 딱 요리 가로지기로 있는 거여. 근게 못 허고 인자 요것을 입을 벌리고 있어. 사람 오기만 기다리고 있는 거여 지금. 요걸 빼라고. 그런께로 요놈 요러고 딱 해갖고. 손을 딱 여갖고. 딱 그걸 해갖고 딱 잡아 댕긴게 빠졌어. 비녀가. 그러니까 인자 호랭이가 인자 아 절은 몇 자리를 허는 거여 인자. 살아서. 지도 살았어. 그래갖고는 인자 요 사람이 간게로 뒤를 따라와갖고 인자 즈그 앞에 즈그 집 앞에까장 델다 줬다. 요런 말이 있어.

그것은 아마 이조시대 때. 이조선 말기 경에 사실이요. 그것은. 그 때는 이씨 조선 말기 고종황제 때는 호랑이가 쎄쁘러. 호랭이가 많아.

니 오는 길에는 맹감도 없더냐

자료코드 : 06_12_FOT_20110124_LKY_CEN_0024
조사장소 : 전라남도 여수시 소라면 덕양리 1224-1번지 보성식당
조사일시 : 2011.1.24
조 사 자 : 이경엽, 한미옥, 송기태, 임세경
제 보 자 : 최은남, 여, 76세
구연상황 : 은혜 갚은 호랑이 이야기에 이어서, 팔죽을 좋아해서 사돈 집에서 망신당한 친정아버지 이야기와 같은 우스개 소리가 있냐고 묻자, "그런 것은 없고." 하면서 그와 유사한 이야기를 대신 들려주었다.

줄 거 리 : 가난한 집 딸이 친정을 다녀왔는데, 하도 가난해서 시집에 아무 것도 가져가지 못하고 빈손으로 왔다고 한다. 그러자 시어머니가 며느리에게 "아니, 오는 길에는 맹감도 없더냐? 맹감이라도 좀 따오지."라고 했다고 한다.

가난헌 집이 딸이. 말허자므는 인자 친정을 갔다 오는디. 친정을 갔다 온디 암것도 없은게 빈손으로 가는 거여. 간게. 인자 시어머니가 가만히 본게 빈 손으로 들어왔어. 하도 곤란타가 보니까. 그런게 인자 시어머니가 인자 "아이 니 오는 길에는 맹감도 없드냐. 응. 맹감이라도 좀 따갖고 오제." 맹감. 맹감. 맹감. 예. 맹감. 그런게로 맹감도 없드냐. 그랬다는 말은 있어. 가난헌 집이 처녀가 해갈 거이 없은게. 빈 손으로 온 거이여. 시가집이서 가져갈 때는 뭣을 가져갔었는디. 근게는 인자 맹감도 없드냐. 그 말이 있어요. 맹감.

(조사자 : 맹감은 뭐에요?) 맹감이라고 산에 가므는. 그 파란 때 허고. 익으믄 빨가고. 까서 요렇게 먹으믄 단 것이 있어. 짤짤헌거. 요새는. 지금 요새 지금 산천을 왜 못 가냐 그믄 맹감 나무 땜시 못 가요. 까시 전체 나무. 요렇게 해갖고 들어 가믄 얼른 못 빠져 나와. 그거이 열매가 열어. 그래갖고 헌디. 그것도 없드냐고. 니 오는 길에는 그거도 없드냐고. 그런 말이 있고. 인자 그랬지.

귀신의 원한을 풀어준 원님

자료코드 : 06_12_FOT_20110124_LKY_CEN_0025
조사장소 : 전라남도 여수시 소라면 덕양리 1224-1번지 보성식당
조사일시 : 2011.1.24
조 사 자 : 이경엽, 한미옥, 송기태, 임세경
제 보 자 : 최은남, 여, 76세
구연상황 : 조사자가 옛날이야기 중에 억울하게 죽은 처녀의 원혼을 풀어준 원님과 같은 이야기는 없냐고 하자, 제보자가 역시 곧바로 그와 관련된 이야기를 술술 풀

어내주었다.

줄 거 리 : 옛날에 어느 고을에 원님이 부임만 하면 첫날을 못넘기고 자꾸만 죽고 말았다. 그런데 알고 보니 그 고을에서 억울한 사연으로 죽은 사람이 있었는데, 그 귀신이 원님에게 사연을 이야기하려고 나타나기만 하면 원님이 놀라서 죽고 마는 것이었다. 그래서 세 번째로 부임한 원님이 그 사연을 듣고 배포가 매우 큰 사람이라, 그 원귀가 나타나자 억울하게 죽은 사연이 무엇이냐 해서 그 한을 풀어주었고, 그때부터 고을 원님들이 죽지 않게 되었다고 한다.

그것이 우리가 인자 전설적으로 얘기를 듣자 글므는. 인자 억울헌 사연으로 죽은 것이여. 요 사램이. 근디 원님이 와갖고도 원을 못 풀어줘. 모르니까. 그런게 인자 원님이 와도 못 풀어주니까 인자 그 원님이 오신 분마동 인자 이 여자 구신이 나와갖고는 그 원님마동 거슥헌거요. 근디 난중에는 인자 꿈에 선몽을 해갖고 저 원님도 가서 원님이 세 분이나 돌아가셨는디. 저 원님도 못 살아 나오것다. 저그 가서. 근게 거그를 가기를 상당히 꺼러워와 안 간다 했대요. 부임이 인자 요리 되믄 인자 함흥차사 맹키로. 함흥차사를 인자 자꾸 자꾸 보내므는. 저 이성계가 방원이허고 싸운게. 아 그 식이라고. 가서 말허자므는. 인제 그렇게 된 것이여. 가서 말허자므는. 그런게 인자 원님이 인자 와가지고 또 인자 몰라. 인자 구신이 나가지고 구신이 목을 졸라서 죽여쁘러. 그믄 인자 뒷날 가보면 원님이 돌아가셔갖고는 있어요. 방에가. 그 사연을 몰라 인자. 어째서 원님이 돌아가셨는고 허고 인자 다음 분이 부임을 해갖고 또 오시므는. 그 원님이 몇 일 있다가 또 돌아가셔쁘러. 그믄 또 사연을 몰라. 그믄 인자 또 그 다음에 또 원님이 돌아가세. 이것을 모르는디. 근데 어떤 원님은 인자 마지막에 인자 세 번 네 번차 인자 오신 원님이. 가만히 있어 본게 인자 한을 맺힌 구신이 나왔어. 원님이 주무시는디. 그런게로 "어째서 이렇게 해서 자는데 이렇게 나왔냐?" 인자 아주 대단헌 인자 원님이었던갑서. 인자 배포가 상당히 있으신 원님이라. "근게 그러므는 억울헌 사연을 이얘기 해주라. 내가 그 분을 풀어줄란다." 그런게로 인자 옳은 원님이 오셨다고.

인자 이래가지고는 어째서 그렇게 돌아가시게 됐냐. 다 이렇게 돌아가셨냐. 근게. 딴 사람은 허므는 그 자기 말을 안 들어 준다 그 말이여. 그 억울허게. 말허자므는 동네서 나쁜 일을 해갖고 했다 해갖고. 이 원님이 인자 델다가 인자 요 벌을 줘갖고 그 여자가 죽은 것이여. 말허자믄 억울허게 죽은거여. 근게 그것이 자기는 억울헌디. 억울헌 분풀이를 못 해준다는 뜻에서 그 구신이 나왔다 그러거든요. 근게 그 사램이 "그믄 내가 분을 풀어줄란다. 사연만 얘기 해주라." 근게로. 그 사램이 "나가 사가 이만 이만 허고 이만 이만 했는디. 이 원님들이 안 된게. 내가 목을 졸라서 다 없애쁘렀다. 근게 당신은 해 준단게. 살려놓고 내가 갈란게. 내 원한을 풀어주라." 그래갖고. 원한을 풀어갖고 헌 원님이 우리나라에서 말허자믄 유명헌 그 어느 원님이. 유명헌 원님이여. 그 분이 그 사람 한을 풀어주고. 살아서 했는디.

아 저 분이 돌아가셨는 줄 알았등만, 살아갖고 계신거여. 살아갖고 거그서 나오신 거여. 근게 옛날에는 그 죄를 잘 못 가리므는 억울허게 간 사람들도 꽤 있어요. 그렇게 해갖고 그랬단 말이 있어.

함홍차사의 유래

자료코드 : 06_12_FOT_20110124_LKY_CEN_0026
조사장소 : 전라남도 여수시 소라면 덕양리 1224-1번지 보성식당
조사일시 : 2011.1.24
조 사 자 : 이경엽, 한미옥, 송기태, 임세경
제 보 자 : 최은남, 여, 76세
구연상황 : 앞서의 귀신의 한을 풀어준 원님 이야기를 하는 도중에 '함홍차사'라는 말이 나왔는데, 그것을 기억해둔 제보자가 이와 관련된 이야기를 들려주었다. 제보자가 아는 역사 이야기는 대부분 책에서 본 것이라고 하며, 함홍차사 이야기 역시 책에서 본 것이라고 한다.

줄 거 리 : 함흥차사라는 말이 있다. 옛날 조선시대 때 이방원이 이성계에게 불효를 해서 이성계가 고향인 함흥으로 내려가 버렸다고 한다. 그래서 이방원이 성왕을 모셔오려고 맨날 사람을 보냈는데, 7번째까지 함흥에 차사를 보냈지만 그 사람들을 모두 이성계가 죽여버렸다고 한다. 결국은 마지막에 무학대사를 보냈더니 그제서야 이성계가 한양으로 올라왔다고 한다. 그때부터 함흥차사라는 말이 나왔다고 한다.

함흥차사가 왜 함흥차사가 생겼는고. 허고 그것을 내가 많이 읽어보거든요. 그러므는 방원이가 불효를 해갖고. 이성계가 나가갖고 몇 년을 거석허므는. 그 옥쇄 때문에 방원이가 말허자므는 저 이성계를 모시고 와야 되지요. 성왕으로 모셔야 된게. 근디 안 오세. 왜 그냐 그믄 강씨부인 조차 거그서 난 자식들꺼자 다 이방원이가 말허자므는 몰살을 시켜브렀기 땀에 그 감정이라. 그러므는 말허자므는 이성계는 그 저 방원이 어머니를 사랑했던 것이 아니고 강씨부인을 사랑했고. 말허자므는 방원이 어머니는 이성계가 왕이 안 돼서 돌아가신 분이고. 강씨부인은 인자 우리나라에 이씨 조선 인자 젤로 인자 일대 왕. 말허자믄 왕비라. 강씨부인이.

그래서 인자 그렇게 다 인자 없애쁘러논게. 그 감정으로 함흥. 고향이 함흥이거든요. 근게 거그를 가서 안 오셔쁘러. 그러믄 인자 사신을 보내. 그러믄 거그서 죽여쁘러. 안 보내 절대. 그믄 그 다음에 또 함흥차사가 가. 그믄 함흥차사가 세갖고. 함흥차사가 일곱인가 돌아가셔갖고는 그 다음에 인자 무학대사를 보냈어. 그래갖고 모시고 왔거든요. 근게 방원이는 무학대사를 말허자므는 그 거석으로 모셔야 돼. 정도전이든. 그래갖고 나중에 정도전이도 인자 몰살을 했지요. 강씨부인 자식을 세자로 책봉을 했기 땀시. 그래갖고 인자 정도전도 모시게 맨들아 뿔고 인자 그래갖고 인자 무학대사가 인자 거석을 했고. 그 다음에 인자 또 한명회가 등장을 해갖고. 딸내들은 인자 두 분이나 왕비로 인자 또 했는디. 또 그것도 또 왕비 거석이 안 됐는가 어쨌는가 팔자 소관인가. 그 인자 가서 왕비 노릇을 오래 못 허고 인자 안 갔어요. 지금.

하룻밤에도 만리장성을 쌓는다

자료코드 : 06_12_FOT_20110124_LKY_CEN_0027

조사장소 : 전라남도 여수시 소라면 덕양리 1224-1번지 보성식당

조사일시 : 2011.1.24

조 사 자 : 이경엽, 한미옥, 송기태, 임세경

제 보 자 : 최은남, 여, 76세

구연상황 : 함흥차사 이야기에 이어서 조사자가 '하룻밤에도 만리장성을 쌓는다'는 이야기를 아냐고 하자, 제보자가 곧바로 그와 관련한 이야기를 들려주었다.

줄 거 리 : 옛날에 중국 왕이 만리장성을 쌓을 적에, 중국에서 가장 예쁜 여자가 있었다고 한다. 그런데 그 왕이 그 여자와 자고는 하룻밤만에 만리장성을 싸주었다고 한다. 그래서 우리 전설에 '하룻밤을 자고도 만리장성을 싸준 사람도 있는데, 나를 괄세를 하느냐'라는 이야기가 내려오고 있다고 한다.

중국에. 중국 왕이 만리장성을 쌓을 적에. 우리 중국에서 젤로 이쁜, 젤로 이쁜 여자가 있었어. 그 사람이 이름이 뭣인디 또. 그 사람을 만리장성을 쌓아 줬어요. 하룻밤을 자고 만리장성을 쌓아줬다고 그래. 하룻밤을 자고. 중국에 뭔 유명헌 왕이여. 어 근디 천하의 일색이라. 그 왕비가. 예. 그래갖고는 만리장성을 싸 줬대요. 근게 하룻밤을 자고도 만리장성을 싸 준 사람도 있는디. 에, 요렇게 그냥 잘 해줬는디 괄세를 허냐. 요런 말이 우리 전설에 내려오고 있거든요. 근게 중국 임금이 그랬어. 그것은. 중국에 만리장성을 싸 준 임금이 있어.

상사병으로 뱀이 된 총각

자료코드 : 06_12_FOT_20110124_LKY_CEN_0028

조사장소 : 전라남도 여수시 소라면 덕양리 1224-1번지 보성식당

조사일시 : 2011.1.24

조 사 자 : 이경엽, 한미옥, 송기태, 임세경

제 보 자 : 최은남, 여, 76세

구연상황 : 만리장성 이야기에 이어서 조사자가 상사병으로 뱀이 된 이야기를 아냐고 묻자, 곧바로 제보자가 여자를 많이 연모한 총각이 뱀으로 변한 이야기를 들려주었다. 최은남 제보자는 거의 모든 이야기를 조사자의 물음에 즉시 답하는 형태로 이야기를 구연했다.

줄 거 리 : 옛날에 한 총각이 여자를 많이 연모했다고 한다. 그래서 상사병이 났는데, 결국 죽고 말았다고 한다. 그런데 그 총각이 죽어서 뱀으로 환생을 해서, 그 여자 옆에 있으면서 다른 사람들의 접근을 막았다고 한다. 그런데 그 여자는 그 뱀이 절대로 뱀으로 보이지 않고 사람으로 보였다고 하며, 결국 그 처녀도 죽었다고 한다. 그래서 사랑하는 두 사람은 반드시 맺어줘야 한다고 한다.

아니 그거 말허자므는 그 여자를 많이 연모를 했는디. 총각이. 아 처녀 집에서 마다 해갖고 안 했어. 못 했어. 근게 요 사람이 상한 병이 나서. 말허자믄 옛날에는 상한 병이 많이 나. 그래갖고 상한 병이라 그래 인자. 무슨 병인가는 몰라도. 그거를 많이 나갖고 인자 그 사람. 총각이 인자 죽었어. 죽었는디 인자 뱀으로 인자 요거이 환상을 했는디. 그 처녀를 볼 직에는 뱀으로 안 비게. 옆에 사람이 볼 직에는 뱀으로 해. 그 처녀를 너무 사랑허고 갔기 때문에. 그 뱀이 옆에 사람이 접근을 못 허게. 그 처녀가 시집을 못 가고 죽었어요. 접근을 못 허게 뱀으로 뵈게뿔고. 말허자므는 그 처녀한테는 총각으로 보이고. 이렇게 해갖고 결과적으로 그 처녀가 죽었다. 이런게 옛날에는 서로 사랑을 허므는 서로 해줘야 허는데. 너무 부모들이 고집을 세게 해갖고 그런 일이 있다. 그런 말이 있어. 인자 말허자므는 경험담으로. 예. 경험담으로.

그것은 인자 우리 인자 할머니한테. 조모님한테 들은 얘기죠. 그런게 왜 그냐 허므는. 그 사랑을 허므는 혼사를 시키줘야 된다. 그래갖고는 저 죽은 사램이 있다. 음. 결과적으로 처녀가 시집을 못 가. 뱀이 항시 안 떨

어지고 그 처녀를 감고 있은게 못 가. 딴 데로 시집을. 그런 일이 있었단다. 헌게 즈그가 사랑을 허므는 부모가 쪼깜 한 발 거석을 뒤로 물러 서야 헌다. 요런 말이 있었어.

말 안 듣는 청개구리

자료코드 : 06_12_FOT_20110124_LKY_CEN_0029
조사장소 : 전라남도 여수시 소라면 덕양리 1224-1번지 보성식당
조사일시 : 2011.1.24
조 사 자 : 이경엽, 한미옥, 송기태, 임세경
제 보 자 : 최은남, 여, 76세
구연상황 : 조사자가 가난한 총각이 죽은 어머니의 시신을 지게에 짊어지고 다니다가 넘어진 자리의 땅에다 묻어서 발복했다는 내용의 이야기를 아냐고 물었다. 그러자 제보자가 그와 관련된 이야기가 아닌 말 안듣는 청개구리 이야기를 이어서 들려주었다.
줄 거 리 : 옛날부터 말을 잘 안들으면 청개구리 자식이라고 하였다. 즉, 말을 지독히도 안듣는 청개구리가 있었는데, 자기 어머니가 바다로 가라고 하면 산으로 가고, 또 산으로 가라고 하면 바다로 가고 그랬단다. 그래서 하도 말을 안들으니 어머니가 "내가 죽으면 바다 가운데다 묻어라"라고 했단다. 그래야만 산에다 묻을 것이라고 생각했기 때문이었다. 그런데 진짜 어머니가 죽자, 청개구리가 "아하, 내가 우리 어머니한테 너무 불효를 했구나. 우리 어머니 말대로 바닷가에 묻어드려야겠다" 하고는 진짜로 바닷가에 묻어드렸다고 한다.

청개구리가. 청개구리가. 근게 지금도 말을 잘 안 들으믄 청개구리 자식 맹키라고 그래. 내 자식이 말을 안 들으믄 청개구리 자식인갑다고 그래. 왜 그냐므는 청개구리가 얼마나 말을 안 듣는지. 자기 어머니가 바다로 가라 그믄 산으로 가고. 또 산으로 올라가라믄 바다로 가뻘고. 요런 일이 있어갖고는. 하도 말을 안 들은게. 인자 청개구리 어머니가 "내가 죽을 직에는 바다 가운데다 갖다가 묻어주라. 이 바닷가세다가." 그런게. 그때

그렇게 얘기를 했어요.

근게로 청개구리가 "아하 나가 우리 어머니한테 너무 불효를 했구나. 살아서. 우리 어머니를 바닷가에 갖다가 따독 따독 묻어드려야것다." 이러고 인자 바닷가에 갖다가 묻었어. 왜 그냐그믄 말을 안 들은게. 산에 갖다 묻어주라. 이 말이여. 근데 인자 딱 인자 바닷가에 갖다 묻어 줬든, 준게. 큰 비가 왔어. 큰 비가 왔는게 즈그 어머니가 둥둥 떠 댕기는 거여. '아하 산에다 갖다 묻어. 하도 내가 말을 안 들은게. 산에다 갖다 묻어주란 거인디. 저렇게 됐구나.' 그랬드래요.

근게로 말을 안 들으믄. "아이 저 자식을 똑 청개구리 자식 맹키로 어찌 저리게 말을 안 듣는가 모리것다고. 청개구리 닮었는갑다고. 이 다음에 내가 죽으므는 저 냇꼬랑에 갖다가 묻어놀 놈이라고." 그래. 그래서. 그거이, 그거이 인자 말허자므는 전설에서 내려온 말이여.

거무야 거무야

자료코드 : 06_12_FOS_20110124_LKY_KSD_0001

조사장소 : 전라남도 여수시 소라면 관기리 상관마을 관기 1구 경로당

조사일시 : 2011.1.24

조 사 자 : 이경엽, 한미옥, 송기태, 임세경

제 보 자 : 김삼덕, 여, 78세

구연상황 : 제보자들에게 조사자가 조사의 취지를 설명하자 마을에 상여소리를 잘 하는 분이 계신다고 하였다. 이장님이 상여소리의 앞소리를 잘 하시는 어르신을 모시러 간 사이에, 조사자가 할머니들에게 옛날에 부르던 강강술래와 같은 노래를 아시냐고 하면서 불러달라고 하자, 김삼덕 할머니가 먼저 "거무야 거무야 왕거무야" 하면서 한 소절을 부르자, 옆에 있던 할머니들이 다들 김삼덕 할머니에게 노래를 불러주라고 하였다. 김삼덕 할머니가 부끄러워하면서 무식한 노래라고 하자, 조사자가 괜찮다고 하고, 옆에 있던 할머니들이 손뼉을 치면서 흥을 돋궈주자 김삼덕 할머니가 노래를 시작하였다. 제보자가 노래를 하는 내내 할머니들이 리듬에 맞춰 박수를 쳐주었다. 이 소리는 뒤에 조사자의 요청에 의해 다시 리듬 없이 사설만 들려주었다. 이 노래는 미영을 잣으면서 불렀던 노래라고 한다.

거무야 거무야
왕거무야
줄에 덩실
새거무야
니줄은 어따 두고
나줄을 집어 타고
아냥게 저냥게
동북리 동백꽃

충청도 새밀도
강원도 꾀꼬리
놀기 좋다고
달맞이 갈거나
에라만세

무쇠야 자쇠야

자료코드 : 06_12_FOS_20110124_LKY_KSD_0002
조사장소 : 전라남도 여수시 소라면 관기리 상관마을 관기 1구 경로당
조사일시 : 2011.1.24
조 사 자 : 이경엽, 한미옥, 송기태, 임세경
제 보 자 : 김삼덕, 여, 78세
구연상황 : 김삼덕 할머니가 '거무야 거무야 왕거무야' 노래를 끝내자, 옆에 있던 할머니들이 '물레야 자세야' 노래를 불러달라고 청하였다. 역시 김삼덕 할머니가 노래를 하는 내내 옆에 있던 할머니들이 박수를 치면서 리듬을 맞춰주고 흥을 돋워주었고, 후렴은 옆에 있던 여러 명의 할머니들이 함께 동참해주었다.

무쇠야 자쇠야
오뱅뱅 돌아라
너무집 귀동자
밤이슬 맞는다
아리 아리랑 스리 스리랑
아라리가 났네
아리랑 음음음
아라리가 났네

청천 하늘에 잔별도 많고

와다실 가슴에는 수심도 많네
아리 아리랑 스리 스리랑
아라리가 났네
아리랑 음음음
아라리가 났네

저 건너 갈미봉에(모심을 때 부르는 노래)

자료코드 : 06_12_FOS_20110124_LKY_KSD_0003
조사장소 : 전라남도 여수시 소라면 관기리 상관마을 관기 1구 경로당
조사일시 : 2011.1.24
제 보 자 : 김삼덕, 여, 78세
조 사 자 : 이경엽, 한미옥, 송기태, 임세경
구연상황 : 조사자가 모심을 때 부르는 노래는 없냐고 하자, 김삼덕 할머니가 "또 모심을 때 노래 있어요." 하였다. 이에 조사자가 모를 좀 심어보자고 하자, 이에 김삼덕 할머니가 모심는 노래를 불러주었다. 노래를 부르는 중간에 멈추자, 옆에 있던 박선애 할머니가 소리를 이어 받자, 다시 김삼덕 할머니가 소리를 이어서 계속 해주었다.

저건네 갈미봉에
비가 묻어서 돌아오니
유장헌 허리에다 낫 둘러라
논에 지심을 매자

우리 논에 일꾼들아
한몸 한뜻으로

손새우소 손새우소
한몸 한뜻으로

손새우소

손새우소(모심을 때 부르는 노래)

자료코드 : 06_12_FOS_20110124_LKY_KSD_0004
조사장소 : 전라남도 여수시 소라면 관기리 상관마을 관기 1구 경로당
조사일시 : 2011.1.24
조 사 자 : 이경엽, 한미옥, 송기태, 임세경
제 보 자 : 김삼덕, 여, 78세
구연상황 : 조사자가 "저 건네 갈미봉에를 하다가 또 이렇게 아리랑도 부르냐"고 물으니, 김삼덕 할머니가 "아무거나 일할 때 허리 아프니 부르는 노래"라고 하였다. 다시 조사자가 '아까 일꾼들 손새우소' 하는 소리를 다시 한 번 불러달라고 하니, 박선애 할머니가 선창으로 노래를 시작해주었다. 이에 옆에 있던 김삼덕 할머니도 함께 소리를 다시 불러주었다.

손새우소
손새우소
우리논에 일꾼들아
한몸 한뜻으로만
손새우소

에야디야 소리

자료코드 : 06_12_FOS_20110124_LKY_KSD_0005
조사장소 : 전라남도 여수시 소라면 관기리 상관마을 관기 1구 경로당
조사일시 : 2011.1.24
조 사 자 : 이경엽, 한미옥, 송기태, 임세경
제 보 자 : 김삼덕, 여, 78세
구연상황 : 조사자의 '에야 디야' 소리를 돌아가면서 하자고 한 후, 박선애 할머니가 먼

저 ‘손새우소’ 소리를 하였고, 그 뒤를 이어서 김삼덕 할머니가 ‘울너메’ 소리를 받아주었다. 이후, 김삼덕 할머니가 선소리를 하고, 나머지 할머니들이 뒷소리를 받아주면서 소리판이 한결 흥겨워졌다.

울너메 담너메
얄미운 총각
눈치만 있으믄
떡받어 묵소
에야디야 나의리에야
에야디어디어루 사나이로구나

산너메 기러기는
산을 잃고 울고
우리집 서방님은
나를 잃고 운다
에야디야 나의에야
에야디어디어루 사나이로구나

저건네 큰질가에
가실끼리(택시)가 놀고
가실끼리 안에는
신랑신부가 논다
에야디야 나의에야
에야디어디어루 사나이로구나

저건네 큰질가에
가실끼리가 놀고
가실끼리 안에는

신랑신부가 논다
에야디야 나의에야
에야디어디어루 사나이로구나

까막섬 바닥에
배 띠어 놓고
집안생각 허는 놈이
시러부 잡놈이네
에야디야 나의에야
에야디어디어루 사나이로구나

나떠난다고 씰던정 말고
새사람 얻어가지고
새정들어서 사소
아리랑 아리랑
아라리가 났네
아리랑 음음음
아라리가 났네

까막섬 바닥에 배 띠어 놓고
집안생각 허는 놈이 시러부 잡놈이네
아리랑 아리랑
아라리가 났네
아리랑 음음음
아라리가 났네

일락 서산에 해떨어지고

월중동산에 달이무사 오르네
아리랑 아리랑
아라리가 났네
아리랑 음음음
아라리가 났네

청춘가

자료코드 : 06_12_FOS_20110124_LKY_KSD_0006
조사장소 : 전라남도 여수시 소라면 관기리 상관마을 관기 1구 경로당
조사일시 : 2011.1.24
조 사 자 : 이경엽, 한미옥, 송기태, 임세경
제 보 자 : 김삼덕, 여, 78세
구연상황 : 조사자가 앞서 불렀던 '거무야 거무야' 노래를 다시 불러달라고 하자, 김삼덕 할머니가 가락 없이 사설을 다시 불러주었다. 이에 조사자가 다시 시집살이 노래 좀 불러달라고 하자, '진주남강'으로 시작하는 청춘가 한 토막을 들려주었다. 이런 청춘가 노래는 놀면서 심심하면 부르는 노래라고 한다.

진주남강 흐르는 물에
빨래하는 저 아가씨
눈주라고 돌떤지지
니(너)마지라고(맞으라고) 돌떤지냐
훌짝훌짝 우는 소리
질가는 대선배가 질못간다

바람아 광풍아

자료코드 : 06_12_FOS_20110124_LKY_KSD_0007
조사장소 : 전라남도 여수시 소라면 관기리 상관마을 관기 1구 경로당
조사일시 : 2011.1.24
조 사 자 : 이경엽, 한미옥, 송기태, 임세경
제 보 자 : 김삼덕, 여, 78세
구연상황 : 조사자가 다른 노래도 좀 불러달라고 하자, 노래는 꽉 찼지만 생각이 안난다고 하였다. 이에 옆에서 다른 할머니들이 재촉 하면서 '바람아 광풍아' 노래를 부르라고 하였다. 이에 김삼덕 할머니가 그 노래를 들으면서 "노래도 암껏도 아니구만 부르라고 한다."고 하면서 "옛날에 다 미영 잡으면서 부르던 노래구만" 하면서 소리를 불러주었다. 노래를 다 부른 후 할머니는, 이 노래는 여자가 샛서방을 얻었는지 어쩐지는 모르지만 본서방 죽으라고 부른 노래라고 해석해주었다.

바람아 강풍아
석달열흘만 불어라
우리집의 서방님이
명태잽이로 갔네

어매어매(밭 맬 때 부르는 소리)

자료코드 : 06_12_FOS_20110124_LKY_KSD_0008
조사장소 : 전라남도 여수시 소라면 관기리 상관마을 관기 1구 경로당
조사일시 : 2011.1.24
조 사 자 : 이경엽, 한미옥, 송기태, 임세경
제 보 자 : 김삼덕, 여, 78세
구연상황 : 어린 시절 불렀던 노래가 끝나자, 이제 노래도 재미없다고 하였다. 그러자 조사자가 '어매 어매 뭣헐라고 날 낳았는가' 소리를 불러달라고 하자, 김삼덕 할머니가 '어매 어매'로 소리를 시작하다가, 갑자기 그것이 참 슬픈 노래라고 하면서 노래를 이어서 불러주었다. 슬픈 노래이기 때문에 밭 매면서 울면서

많이 불렀다고 한다.

어매 어매
뭣헐라고 날낳는가
날머드러 날낳는가
잘날라믄 잘났든가
못날라믄 못났든가
어정에 파정에 날나가꼬
날고상을(고생을)시기시오

잠아잠아오지마라
잠이란거이 마니(많이) 오면
시어머니 눈에나믄
임의눈에도 절로나믄

김 매는 소리

자료코드 : 06_12_FOS_20110416_LKY_PKM_0001
조사장소 : 전라남도 여수시 소라면 현천리 박경만 씨 댁
조사일시 : 2011.4.16
조 사 자 : 이경엽, 한미옥, 송기태, 임세경
제 보 자 : 박경만, 남, 62세
구연상황 : 현천리 소동패 놀이가 전수되고 있는 마을에 들어가서, 현재 소동패 놀이 총무님인 박경남 씨 댁에 가서 조사를 하였다. 소동패 놀이 회원들 5명이 참여한 가운데 조사를 시행하였고, 조사의 취지를 간단히 설명 드린 다음, 첫 소리로 모를 심은 다음 20일에서 1달 사이에 실시되는 김매기 소리를 들려주었다. 현천리에서는 김을 보통 네 번을 맨다고 한다. 먼저 박경만 총무님의 앞소리로 김매기 소리가 시작되었는데, 오전 시간이고 제대로 된 소리판의 분위기가 형성이 덜 된 때문인지 뒷소리를 받는 분들의 소리가 힘이 없고 자신

없는 목소리로 불렀다.

에이야 디야 디야 에헤헤이야
에야 디여루 산아지로구나

밀어라 당거라 지심을 밀어라
나락폭 상헐라 조심히 밀어라

이 지심 밀어서 풍년이 들어야
선영 앞에 제사를 걸게 걸게 지내지

에이야 디야 디야 에헤이야
에야 디여루 산아지로구나

모 찌는 소리(방아타령)

자료코드 : 06_12_FOS_20110416_LKY_PKM_0002
조사장소 : 전라남도 여수시 소라면 현천리 박경만 씨 댁
조사일시 : 2011.4.16
조 사 자 : 이경엽, 한미옥, 송기태, 임세경
제 보 자 : 박경만, 남, 62세
구연상황 : 모 찌는 소리로 정정권 씨가 방아타령을 불렀지만 가사를 잊어버려 주춤하자, 박경만 씨가 옆에서 기억나는 가사를 읊어주었다. 이에 조사자가 다시 박경만 씨에게 방아타령을 불러달라고 부탁하자, 이번에는 앞소리를 박경만 씨가 매기고 뒷소리를 다른 분들이 받아주었다.

에에헤에에야 흘흘흘 거리고 방애 홍애로구나
에에헤에에야 흘흘흘 거리고 방애 홍애로구나

반달같은

[제보자가 가사를 잊어 다른 가사를 부른다.]

언덕 밑에 김서방네 거머리 물려 다 죽어 간다
에에헤에에야 흘흘흘 거리고 방애 홍애로구나

떴다 떴다 똥덩이 떳다 과부댁 요강에 똥덩이 떴다
에에헤에에야 흘흘흘 거리고 방애 홍애로구나

산에 올라 옥을 캐니 이름이 좋아서 산옥이로구나

화전놀이 노래

자료코드 : 06_12_FOS_20110416_LKY_PKM_0003
조사장소 : 전라남도 여수시 소라면 현천리 박경만 씨 댁
조사일시 : 2011.4.16
조 사 자 : 이경엽, 한미옥, 송기태, 임세경
제 보 자 : 박경만, 남, 62세
구연상황 : 허로롱 타령까지 모두 부른 뒤에, 가사가 참 많이 있는데 갑자기 불러달라고 하니 다 잊어버리고 없다고 하면서 웃으셨다. 잠시 음료수를 마시면서 목을 축이면서 소동패 놀이에 대해서 이야기를 나누었다. 이후 조사자가 옛날 이 마을에도 화전놀이를 했냐고 물으니, 제보자들이 과거에 마을에서 행해졌던 화전놀이에 대해서 이야기를 들려주었다. 그런 뒤에 조사자가 화전놀이 노래를 불러달라고 부탁하자 박경만 총무님의 앞소리로 화전놀이 노래가 시작되었다. 박경만 제보자는 사설이 적힌 노트를 보면서 불렀다.

제화 제화 제화 제화 좀도 좋네
명년 춘삼월에 화전놀이를 가세

제화 제화 제화 제화 좀도 좋네
명년 춘삼월에 화전놀이를 가세

봄이 오면 매산에는 진달래가 만개로세
제화 제화 제화 제화 좀도 좋네
명년 춘삼월에 화전놀이를 가세

여름 오면 녹음방초 반월산이 청풍일세
제화 제화 제화 제화 좀도 좋네
명년 춘삼월에 화전놀이를 가세

가을 오면 붉은 단풍 천마산이 화산일세
제화 제화 제화 제화 좀도 좋네
명년 춘삼월에 화전놀이를 가세

동지 선달 설한풍에 백설 동구가 장수하네
제화 제화 제화 제화 좀도 좋네
명년 춘삼월에 화전놀이를 가세

가세 가세 국사봉 가세 약수 먹고 연명장수
제화 제화 제화 제화 좀도 좋네
명년 춘삼월에 화전놀이를 가세

걸만개 넓은 들 황금에 물결 내 가슴 속 임에 생각
제화 제화 제화 제화 좀도 좋네
명년 춘삼월에 화전놀이를 가세

우리 논에 일꾼들아(모심을 때 부르는 노래)

자료코드 : 06_12_FOS_20110124_LKY_PSA_0001
조사장소 : 전라남도 여수시 소라면 관기리 상관마을 관기 1구 경로당

조사일시 : 2011.1.24
조 사 자 : 이경엽, 한미옥, 송기태, 임세경
제 보 자 : 박선애, 여, 76세
구연상황 : 김삼덕 할머니의 소리가 끝나고 다시 박선애 제보자가 '손새우소' 소리를 바로 이어서 불러주었다.

손새우소 손새우소
우리논에 일꾼들아
한몸 한뜻으로
손새우소

저 건너 갈미봉에

자료코드 : 06_12_FOS_20110124_LKY_PSA_0002
조사장소 : 전라남도 여수시 소라면 관기리 상관마을 관기 1구 경로당
조사일시 : 2011.1.24
조 사 자 : 이경엽, 한미옥, 송기태, 임세경
제 보 자 : 박선애, 여, 76세
구연상황 : 김삼덕 할머니의 모심기 소리에 이어서, 박선애 할머니가 '손새우소' 소리를 잠깐 끼어서 하신 후, 조사자가 박선애 할머니에게 '저 건네 갈미봉에' 소리를 다시 해달라고 하자, 웃으면서 다시 해주셨다. 노래를 하시면서 손을 유연하게 움직이면서 흥을 맞추셨다.

저건네 갈미봉에
비가 묻어서 돌아오네
유장을 허리에다 낭창둘러라
논에 지심을 매자

아리랑 타령

자료코드 : 06_12_FOS_20110124_LKY_PSA_0003
조사장소 : 전라남도 여수시 소라면 관기리 상관마을 관기 1구 경로당
조사일시 : 2011.1.24
조 사 자 : 이경엽, 한미옥, 송기태, 임세경
제 보 자 : 박선애, 여, 76세
구연상황 : '저 건네 갈미봉' 소리에 바로 이어서 아리랑타령을 김삼덕 할머니와 함께 들려주었다. 노래를 하면서 두 분 창자 모두 흥겨운 어깨춤을 절로 추면서 소리를 하셨다.

아리랑 아리랑
아라리가 났네
아리랑 음음음
아라리가 났네
놀다가 가세
놀다가 가세
저달이 떴다지도록
놀다나 가세
아리랑 아리랑 쓰리쓰리랑
아리리가 났네
아리랑 음음음
아라리가 났네

에야디야(모심을 때 부르는 노래)

자료코드 : 06_12_FOS_20110124_LKY_PSA_0004
조사장소 : 전라남도 여수시 소라면 관기리 상관마을 관기 1구 경로당
조사일시 : 2011.1.24

조 사 자 : 이경엽, 한미옥, 송기태, 임세경

제 보 자 : 박선애, 여, 76세

구연상황 : 노래가 끝나자 "안나오는 노래를 하라고 하니~" 하면서 웃으셨다. 그러면서 다른 노래도 있지만 늙어서 노래가 잘 안나온다고 하였다. 조사자가 관기리 모심기 관행에 대해서 물어보자, 관기리에서는 과거부터 모를 심을 때 남자들은 못줄만 잡고 여자들이 모를 심었다고 하며, 모를 심을 때 노래를 못부르면 남자들이 들고 있던 못줄을 여자들 등에 탁 놓으면서 장난을 쳤다고 한다. 기계모는 약 10년 전부터 심었으며, 제보자들이 조금 전에 부른 '못새우소'와 같은 노래는 모두 40여 년 전부터 손모를 심으면서 불렀다고 한다. 과거에는 밭을 매면서도 노래를 불렀다고 하며, 조사자가 미영밭을 매면서 부른 노래를 불러달라고 하자, "노상 그런 노래"를 불렀다고 하였다. 조사자가 다시 '에야디야~' 소리 좀 불러달라고 하자, 그 노래는 모 심을 때 부르는 노래라고 하면서 불러주었다.

에야디야 나헤 에야
에야 디어루
산아지로구나
저건네 큰질가세(큰길가에) 이슬이 빤짝
울올압새(울 오라버니) 홀무에는(허리에는) 금시계가 빤짝
아리랑 아리랑 쓰리쓰리랑
아리리가 났네
아리랑 음음음
아라리가 났네

손새우소

자료코드 : 06_12_FOS_20110124_LKY_PSA_0005

조사장소 : 전라남도 여수시 소라면 관기리 상관마을 관기 1구 경로당

조사일시 : 2011.1.24

조 사 자 : 이경엽, 한미옥, 송기태, 임세경
제 보 자 : 박선애, 여, 76세
구연상황 : 박선애 할머니의 소리가 끝난 뒤에 조사자가 '에야 디야' 소리를 모두 돌아가면서 한 자리씩 불러보자고 하자, 박선애 할머니가 먼저 소리를 한 자리 시작하였다. 후렴구인 '에야디야' 소리에는 모든 사람들이 손바닥으로 무릎을 치면서 박자를 맞추면서 불렀다.

손새우소
손새우소
우리논에 일꾼들아
한몸 한뜻으로만
손새우소
에야디야 나의에야
에야디어디어루
사나이로구나

다리세기 노래

자료코드 : 06_12_FOS_20110124_LKY_PSA_0006
조사장소 : 전라남도 여수시 소라면 관기리 상관마을 관기 1구 경로당
조사일시 : 2011.1.24
조 사 자 : 이경엽, 한미옥, 송기태, 임세경
제 보 자 : 박선애, 여, 76세
구연상황 : 제보자들의 친정 이야기를 하다가, 조사자가 할머니들에게 다리세기 놀이를 할 줄 아냐고 물었다. 그러면서 할머니들에게 직접 시범을 보여달라고 하니, 김삼덕과 박선애 할머니 두 분이 서로 다리를 교차해서 쭉 뻗은 채 다리를 하나하나 때리면서 '이거리 저거리 깍거리' 소리를 해주었다. 중간에 마지막 한 소절을 기억을 못해서 여러 번 반복해서 하면서 사설을 완성해나갔다. 가사의 의미는 애기 적에 했던 것이라 잘 모른다고 한다.

이거리 저거리 깍거리
천자만자 애만자
짝발로 건데 줄
정지에디가 묵을 걸러
뚤뚤몰아 장두칼

다리세기 노래

자료코드 : 06_12_FOS_20110124_LKY_PJJ_0001
조사장소 : 전라남도 여수시 소라면 관기리 상관마을 관기 1구 경로당
조사일시 : 2011.1.24
조 사 자 : 이경엽, 한미옥, 송기태, 임세경
제 보 자 : 박정자, 여, 74세
구연상황 : 박선애 할머니의 다리세기 노래인 '이거리 저거리' 소리가 끝나고, 조사자가 옆에 있던 박정자 할머니에게 친청인 여천에서는 어떻게 했냐고 묻자, 박정자 할머니가 자신이 친정마을에서 어렸을 때 했던 다리세기 노래를 불러주었다.

한 나 만나 두 만나
애두 갱개 딸딸
두 마리 좆

가자가자 밤나무야

자료코드 : 06_12_FOS_20110124_LKY_SHJ_0001
조사장소 : 전라남도 여수시 소라면 관기리 상관마을 관기 1구 경로당
조사일시 : 2011.1.24
조 사 자 : 이경엽, 한미옥, 송기태, 임세경
제 보 자 : 서훈자, 여, 80세

구연상황 : 다리세기 노래가 끝난 후, 조사자가 어린 시절에 부른 다른 노래는 없냐고 하자 내내 청중으로만 있던 서훈자 할머니가 감나무에 얽힌 노래를 불러주었다.

가자 가자 감나무야
오자 오자 옻나무야
물에 빠진 뽕나무야
건져 줄게 울지 마라

자장가

자료코드 : 06_12_FOS_20110124_LKY_SHJ_0002
조사장소 : 전라남도 여수시 소라면 관기리 상관마을 관기 1구 경로당
조사일시 : 2011.1.24
조 사 자 : 이경엽, 한미옥, 송기태, 임세경
제 보 자 : 서훈자, 여, 80세
구연상황 : 조사자가 서훈자 할머니에게 어렸을 때 부른 또 다른 노래가 없냐고 묻자, 일제 때라 기억이 잘 나지 않는다고 하였다. 다시 조사자가 자장가 좀 불러달라고 하자, 옆에 있던 할머니들이 '자장 자장 자장가'라고 하면서 서훈자 할머니에게 자장가를 부르라고 분위기를 만들어주었다. 이에 서훈자 할머니가 '달캉' 소리로 자장가를 불러주었는데, 이 노래는 큰어머니한테 어렸을 때 배웠는데 다 잊어버리고 짧게만 기억이 난다고 하였다.

달캉 서울캉
서울 가서 밤 한나(하나)
밤 한톨 줘다가(주어서)
등잔 밑에 두었다가
니 한 나 나 한 나
니 한 쪽 나 한 쪽
딱 갈라 먹었다

자장자장 우리아기

잘도 잔다

모 찌는 소리

자료코드 : 06_12_FOS_20110416_LKY_JJG_0001
조사장소 : 전라남도 여수시 소라면 현천리 박경만 씨 댁
조사일시 : 2011.4.16
조 사 자 : 이경엽, 한미옥, 송기태, 임세경
제 보 자 : 정종권, 남, 76세
구연상황 : 조사자가 현천리 모 찌는 소리에 대해서 들려달라고 하자, 정정권 씨가 모 찔 때 부르는 소리는 방아타령과 같은 소리로 부르며, 모를 찌면서 피로를 잊기 위해서 부르기 때문에 홍겹게 부른다고 설명해주었다. 이에 조사자가 재차 모 찌는 소리를 불러달라고 부탁하자, 마을에서 예전부터 내려오던 것이기에 잘은 못한다고 하면서 자신 없어 하면서 웃으면서 소리를 조금 들려주었다.

나헤 에헤에에 동화로구나아

잠자리가 논다 잠자리가 논다

아랫골 메물밭에서 고추 잠자리가 노온다

나헤 에헤에에 동화로구나아정

모 찌는 소리(동화로구나)

자료코드 : 06_12_FOS_20110416_LKY_JJG_0002
조사장소 : 전라남도 여수시 소라면 현천리 박경만 씨 댁
조사일시 : 2011.4.16
조 사 자 : 이경엽, 한미옥, 송기태, 임세경
제 보 자 : 정종권, 남, 76세

구연상황 : 앞서의 모찌는 소리를 짧게 불러준 후, 그런 노래도 있고, 또 모를 찔 때 '홍아야 방아야' 소리도 있다면서 마치 예를 들어주듯이 아주 짧게 불러주었다. 그래서 조사자가 다시 한 번 좀 길게 불러달라고 재차 부탁하자, 제보자가 웃으면서 다시 모 찌는 소리를 들려주었다.

나헤 에헤에에 동화로구나아 에헤
나헤 에헤에에 동화로구나아 아하

붕어가 논다 붕어가 논다
아랫놀 물꼬 밑에서 싸디 싼 붕어가 논다
나헤 에헤에에 동화로구나아 아하

개가 짖네 개가 짖네
건너 돌담 밑에서 검둥개가 지있네
나헤 에헤에에 동화로구나아 에헤

모 찌는 소리(방아타령)

자료코드 : 06_12_FOS_20110416_LKY_JJG_0003
조사장소 : 전라남도 여수시 소라면 현천리 박경만 씨 댁
조사일시 : 2011.4.16
조 사 자 : 이경엽, 한미옥, 송기태, 임세경
제 보 자 : 정종권, 남, 76세
구연상황 : 제보자가 모 찔 때 부르는 '동화로구나' 소리를 부른 뒤, 제보자가 모 찔 때 방아타령도 있다고 하니 조사자가 그 소리도 한 번 불러주라고 하였다. 이에 제보자는 웃으면서 자신 없어 하는 얼굴로 조사자의 부탁을 들어주었다.

에에헤에에야 흘흘흘 떨어지고 방아 홍아로구나
에에헤에에야 흘흘흘 거리고 방애 홍애로구나

언덕 밑에 김서방네 거머리 물려서 다 죽는다

에에헤에에야 흘흘흘 거리고 방애 홍애로구나

개고리 타령(1)

자료코드 : 06_12_FOS_20110416_LKY_JJG_0004
조사장소 : 전라남도 여수시 소라면 현천리 박경만 씨 댁
조사일시 : 2011.4.16
조 사 자 : 이경엽, 한미옥, 송기태, 임세경
제 보 자 : 정종권, 남, 76세
구연상황 : 마을 관련 전설에 대해서 이야기를 마친 후, 조사자가 마을 어르신들에게 "이제 모 한 번 심어보자"고 하면서 모여앉기를 권하였다. 이에 정정권 제보자가 모심을 때는 북반주 없이 산타령, 개고리 타령을 많이 했다고 하였다. 조사자가 그 노래를 들려줄 것을 부탁하니, 정정권 제보자가 웃으면서 짧게 노래를 들려주었다.

에야 데야 나헤야 에에 어기야

개골아 개골아 두리 덩실 허니 네 발이 돋친 개골아

개고리 타령(2)

자료코드 : 06_12_FOS_20110416_LKY_JJG_0005
조사장소 : 전라남도 여수시 소라면 현천리 박경만 씨 댁
조사일시 : 2011.4.16
조 사 자 : 이경엽, 한미옥, 송기태, 임세경
제 보 자 : 정종권, 남, 76세
구연상황 : 앞의 개구리 타령을 워낙 짧게 중얼거리듯이 노래를 부르자, 조사자가 다시 한 번만 더 불러달라고 부탁하였다. 이에 제보자가 부끄럽다는 듯이 노래는 불러주지 않고 가사에 대한 해설만 해주고 있자, 옆에 있던 박춘식 어르신이 자신이 옛날의 가사를 적어놓은 노트가 있다면서 그 노트를 찾아왔다. 노트를

앞에 놓고 조사자와 제보자들 간에 약간의 이야기를 한 후 조사자가 가사를 보면서 생각나는 대로 노래를 불러달라고 하자, 정종권 제보자가 노트를 보지 않고 자신이 기억하는 개구리 타령을 불러주었다.

개골아 개골아 두눈이 덩실허니
네 발이 돋친 개골아
개고리 집을 찾을라거든
돈 닷돈 받고

삼시 먹고 돈 닷돈 받고
○○○○○○○
미나리깡으로 더터라

산타령

자료코드 : 06_12_FOS_20110416_LKY_JJG_0006
조사장소 : 전라남도 여수시 소라면 현천리 박경만 씨 댁
조사일시 : 2011.4.16
조 사 자 : 이경엽, 한미옥, 송기태, 임세경
제 보 자 : 정종권, 남, 76세
구연상황 : 정종권 제보자가 개구리 타령을 기억나는 대로 부르자, 조사자가 방금 한 노래를 말을 섞지 말고 이어서 불러달라고 부탁하였다. 옆에서 다른 어르신들이 책을 보고 부르라고 하자, 정종권 제보자가 돋보기 안경을 쓰고 노트를 앞으로 끄집어 당긴 후 사설을 보면서 불러주었다. 산타령은 모 심을 때나 김 맬 때 자주 불렀다고 한다.

에헤 에헤 헤헤 헤여야
어허 뒤여로 산아지로구나

삼산은 발락 청천이요

이수 중부는 백노루로구나
에헤 에헤 헤헤 헤여야
어허 뒤여로 산아지로구나

남문을 열고 바라를 치니
개명 산천이 밝아 온다
에헤 에헤 헤헤 헤여야
어허 뒤여로 산아지로구나

남문을 열고 바라를 치니
개명 산천이 밝아 온다
에헤 에헤 헤헤 헤여야
어허 뒤여로 산아지로구나

남산 봉황은 죽씨를 물고
오동 숲속을 넘놀아 난다
에헤 에헤 헤헤 헤여야
어허 뒤여로 산아지로구나

에야 뒤야 에헤야 에에헤 어기야

산골 큰애기 삼 삼아 이고
날만 보면은 옆걸음 친다
에야 뒤야 에헤야 에에헤 어기야

저놈의 큰애기 눈매를 보소
겉눈은 감고서 속눈만 떴네
에야 뒤야 에헤야 에에헤 어기야

홍갑사 댕기는 붉어야 좋고
큰애기 속곳은 넓어야 좋다
에야 뒤야 에헤야 에에헤 어기야

울너머 담너머 꼴비는 총각
눈치만 있으믄 떡 받아 먹소
에야 뒤야 에헤야 에에헤 어기야

총각이 떠다준 청초사 댕기
고웁다 했더니 사성이 왔네
에야 뒤야 에헤야 에에헤 어기야

에야디야 어허야 에헤 어기야
에야디야 어허야 에헤 어기야

물 콩콩 솟아난데 가자집을 지었네
에야디야 어허야 에헤 어기야

이일 저일 생각허니 속에 울화가 훨훨
에야디야 어허야 에헤 어기야

어사부중에 잠들었다 울고가는 까마귀
에야디야 어허야 에헤 어기야

개고리 타령(3)

자료코드 : 06_12_FOS_20110416_LKY_JJG_0007
조사장소 : 전라남도 여수시 소라면 현천리 박경만 씨 댁
조사일시 : 2011.4.16

조 사 자 : 이경엽, 한미옥, 송기태, 임세경
제 보 자 : 정종권, 남, 76세
구연상황 : 정종권 씨가 노트를 보고 산타령을 부른 후에, 옆에 있던 소동패놀이 보존회원 어르신들과 함께 다음 소리 '개고리 타령'을 이어 불렀다. 정종권 제보자에 의하면, 개구리 타령은 모심을 때나 김맬 때 부르지 않고 '한량겨루기'를 할 때 불렀다고 한다. 현천리에는 과거부터 소동패와 대동패가 있어서 아침에 논에서 작업을 마친 뒤에 소동패와 대동패의 두 패가 길에서 마주치면, 서로 길을 비키라고 하면서 세 번에 걸쳐 서로 겨루기를 했다고 한다. 세 번의 겨루기는 '힘겨루기' '앞겨루기' '한량겨루기'로, 한량겨루기는 양 패에서 한명씩 나와 노래를 불러 못부른 쪽이 지는 것이라고 한다. 개구리타령은 이 한량겨루기를 할 때 부르던 소리라고 하였다.

에야 뒤야 나헤야 에에에 어기야
에야 뒤야 나헤야 에에에 어기야

개골아 개골아 두눈이 덩실허니
네 발이 돋친 개골아
에야 디야 나헤야 에에에 어기야

개고리 집을 찾을라거든
삼시 먹고 돈 닷돈 받고
두 다리 훨씬 거리고
미나리깡으로 더터라
에야 디야 나헤야 에에에 어기야

개골 개골 청개구리는 뛴 맛으로 산다
에야 디야 나헤야 어렁 어렁 어기야

이일 저일 생각허니 속에 울화가 훨훨
에야 디야 나헤야 어렁 허렁 어기야

뒷동산 고목나무에 앵매기 집을 지었네
에야 디야 나헤야 어렁 어렁 어기야

일락 서산에 해 떨어지고 월출 동동에 달 솟아 오네
에야 디야 나헤야 어렁 어렁 어기야

초벌 논매는 소리

자료코드 : 06_12_FOS_20110416_LKY_JJG_0008
조사장소 : 전라남도 여수시 소라면 현천리 박경만 씨 댁
조사일시 : 2011.4.16
조 사 자 : 이경엽, 한미옥, 송기태, 임세경
제 보 자 : 정종권, 남, 76세
구연상황 : 조사자가 논매기 할 때마다 노래가 달라지냐고 묻자 청중들이 모두 노래가 같다고 하였다. 이에 조사자가 논에서 초벌을 맨다고 생각하고 초벌매기 소리 좀 들려달라고 하자, 정종권 씨가 노트를 보면서 앞소리를 시작하였다.

에야 뒤야 뒤야 에헤야
에야 뒤어라 산아지로구나

밀어라 당거라 지심을 밀어라
나락폭 상헐라 조심히 밀어라

이 지심 밀어서 풍년이 들어야
선영 앞에 제사를 걸게 걸게 지내제
에야 뒤야 뒤야 에헤야
에야 뒤어루 산아지로구나

불볕을 등에 지고 이 농사를 지어서

누구하고 먹자서라
에야 뒤야 뒤야 에헤야
에야 뒤어루 산아지로구나

산천이 높아야 언덕이 깊고
자그만 아낙마을 얼마나 깊을고
에야 뒤야 뒤야 에헤야
에야 뒤어루 산아지로구나
밀어라 당거라 지심을 밀어라
나락폭 상헐라 조심히 밀어라

깊은 산골에 꾀꼬리 울고
아랫논 언덕 우에 송아지가 운다
에야 뒤야 뒤야 에헤야
에야 뒤어루 산아지로구나
밀어라 당거라 지심을 밀어라
나락폭 상헐라 조심히 밀어라

중벌 논매는 소리

자료코드 : 06_12_FOS_20110416_LKY_JJG_0009
조사장소 : 전라남도 여수시 소라면 현천리 박경만 씨 댁
조사일시 : 2011.4.16
조 사 자 : 이경엽, 한미옥, 송기태, 임세경
제 보 자 : 정종권, 남, 76세
구연상황 : 초벌 김매기 소리를 마치고 조사자가 중벌(두벌) 맬 때 소리를 좀 해달라고 부탁하였다. 이에 옆에 있던 어르신이 "초벌 맸으니 맘까지(세벌, 마지막) 매야지." 하고 받아주었고, 곧바로 정종권 제보자가 중벌 매기 소리의 앞소리를

부르면서 노래가 시작되었다.

에야 뒤야 어혜야 에헤헤 어기야
에야 뒤야 어혜야 에헤헤 어기야

먼데 사람은 듣기도 좋게 북장구 장단에 논을 매자
에야 뒤야 어혜야 에헤헤 어기야

한일자로 늘어 서서 입구자로 논을 매자
에야 뒤야 어혜야 에헤헤 어기야

한나절을 매고 나니 배가 고파서 등에가 붙네
에야 뒤야 어혜야 에헤헤 어기야

맘논 매는 소리

자료코드 : 06_12_FOS_20110416_LKY_JJG_0010
조사장소 : 전라남도 여수시 소라면 현천리 박경만 씨 댁
조사일시 : 2011.4.16
조 사 자 : 이경엽, 한미옥, 송기태, 임세경
제 보 자 : 정종권, 남, 76세
구연상황 : 중벌 매기에 대해서 조사자와 제보자들 간에 잠깐 이야기를 나눈 후, 조사자가 맘논 맬 때(마지막 김매기, 세벌 김매기)는 어떻게 하냐고 하자 정종권 씨가 "아까 말했던 바와 같이 자진모리로 해요"라고 하시면서 앞소리를 부르기 시작하였다.

에야 뒤야 에혜야 에에헤 어기야
에야 뒤야 에혜야 에에헤 어기야

물 콩콩 솟아 난데 가자집을 지었네

에야 뒤야 에헤야 에에헤 어기야

뒷동산 꼬목나무에 앵매기 집을 지었네
에야 뒤야 에헤야 에에헤 어기야

간다더니 왜 왔나 ○○○○ 갈 바에는 하롯밤이나 자고 가
에야 뒤야 에헤야 에에헤 어기야

어사부중에 잠들었다 울고 가는 가마귀
에야 뒤야 에헤야 에에헤 어기야

이일 저일 생각허니 속에 울화가 훨훨
에야 뒤야 에헤야 에에헤 어기야

다 되었네 다 되었네 논매기가 다 되었네
에야 뒤야 에헤야 에에헤 어기야

허러렁 타령

자료코드 : 06_12_FOS_20110416_LKY_JJG_0011
조사장소 : 전라남도 여수시 소라면 현천리 박경만 씨 댁
조사일시 : 2011.4.16
조 사 자 : 이경엽, 한미옥, 송기태, 임세경
제 보 자 : 정종권, 남, 76세
구연상황 : 세벌 김매기까지 모두 부른 뒤에 조사자가 소타고 들어올 때는 무슨 노래를 불렀냐고 묻자, 정종권 제보자가 소타고 들어올 때 부른 소리가 있었는데 잊어버렸다고 하였다. 이에 다시 조사자가 '허로롱 타령'은 무슨 일에 부르는 소리였냐고 하자, 소동패와 대동패가 서로 겨루기를 한 후 '화합굿'을 치고 들어오면서 놀 때 부른 소리라고 하였다. 조사자가 허로롱 타령을 불러달라고 하자, 이내 노래를 시작하였다.

허렁 허렁 허러리야 허리랑
헐씨구 허러리가 났네
허렁 허렁 허러리야 허리랑
헐씨구 허러리가 났네

저 달은 떠서 대달이 되고
견우 직녀는 후구니로구나
허렁 허렁 허러리야 허리랑
헐씨구 허러리가 났네

새는 울어도 눈물이 없고
꽃은 웃어도 소리가 없네
허렁 허렁 허러리야 허리랑
헐씨구 허러리가 났네

화전 노래

자료코드 : 06_12_FOS_20110416_LKY_JJG_0012
조사장소 : 전라남도 여수시 소라면 현천리 박경만 씨 댁
조사일시 : 2011.4.16
조 사 자 : 이경엽, 한미옥, 송기태, 임세경
제 보 자 : 정종권, 남, 76세
구연상황 : 박경만 총무님의 앞소리에 맞춘 화전놀이 노래가 끝나자, 조사자가 정종권 제보자의 앞소리로 다시 한번 화전놀이 노래를 불러달라고 부탁하였다. 이에 정종권 제보자는 웃으면서 똑같다고 하면서도 다시 노래를 불러주었다.

제화 제화 제화 제화 좀도 좋네
명년 춘삼월에 화전놀이를 가세

개화 개화 개화 개화 좀도 좋네
명년 춘삼월에 화전놀이를 가세

봄이 오면 매산에는 진달래가 만개로세
개화 개화 개화 개화 좀도 좋네
명년 춘삼월에 화전놀이를 가세

여름 오면 녹음방초 반월산이 청풍일세
개화 개화 개화 개화 좀도 좋네
명년 춘삼월에 화전놀이를 가세

가을 오면 붉은 단풍 천마산이 화산일세
개화 개화 개화 개화 좀도 좋네
명년 춘삼월에 화전놀이를 가세

동지 섣달 설한풍에 백설 동구가 장수하네
개화 개화 개화 개화 좀도 좋네
명년 춘삼월에 화전놀이를 가세

가세 가세 국사봉 가세 약수 먹고 수명장수
개화 개화 개화 개화 좀도 좋네
명년 춘삼월에 화전놀이를 가세

걸만개 넓은 들 황금에 물결 내 가슴 속 임의 생각
개화 개화 개화 개화 좀도 좋네
명년 춘삼월에 화전놀이를 가세

4. 쌍봉동

▌조사마을

전라남도 여수시 쌍봉동

조사일시 : 2011.1.24
조 사 자 : 이경엽, 한미옥, 송기태, 임세경

전라남도 여수시 쌍봉동 안양 경로당 모습

여수시 쌍봉동은 현재 소호, 안산, 학용의 3개 법정동을 통합한 행정동의 명칭이다. 쌍봉(雙鳳)의 유래는 1902년 여수면이 쌍봉면(雙鳳面)으로 개칭되면서 이 지역에 이름있는 전봉산(戰鳳山)과 비봉산(飛鳳山)의 두 개의 봉(鳳)자를 따서 쌍봉면이라 하였다. 당시의 면사무소는 석창에 위치하고 있었으나, 1905년 쌍봉면을 현내면과 쌍봉면으로 분할하고 1914년 행정구역이 개편되면서 쌍봉면사무소는 학동으로 옮기고 11개 리동으로 조정되었다. 쌍봉동의 관할구역은 소호, 안산, 학용지역인데, 면사무소는 현재 학동 34-8번지로 오래된 기와집 1동만이 현존하고 있다. 1949년 여수군에서 여천군으로 바뀌었고, 1976년 여천지구출장소로 바뀌었으며, 1986년 여천시 승격으로 여천시 쌍봉동으로 개칭되었다가 1998년 여수시 쌍봉동이 되었다.

안산동은 쌍봉동이 관할하는 3개 법정동 가운데 하나이다. 안산동이라는 이름은 서쪽에 있는 안심산에서 유래된 지명으로, 안심산의 동쪽과 북쪽 산자락에 세 곳이 마을을 이루고 점차적으로 시가지로 조성되었다. 동쪽 장성마을 앞으로는 가막만이 펼쳐지고, 여수마을과 심곡마을 앞에는 무선산과의 사이에 형성된 평지가 들을 이루고 있다.

1914년 일제의 행정구역 개편에 따라 현재의 장성마을, 여수마을, 심곡마을과 통합되어 여수군 쌍봉면 안산리가 되었다. 이후 1986년 여천시 쌍봉동 관할의 법정동인 안산동으로 바뀌었고, 1998년 여천시·여천군·여수시가 여수시로 삼여통합됨에 따라 여수시 쌍봉동으로 통합되었다.

본래 산과 들이었던 안산동에 맨 처음 들어온 이주민들은 본래 삼일면 묘도에 살던 사람들로서, 묘도에 공단이 들어서면서 안산동으로 집단 이주를 해서 현재에 이르고 있다고 한다. 또한 공단조성으로 인한 집단이주민들 외에, 호남정유가 생기면서 삼일면 정양리 일대에 거주하고 있던 주민들이 또한 일부 안산동으로 들어와 살면서 현재의 안산동을 구성하고 있다고 한다.

▌제보자

쌍봉댁, 여, 19○○생

주 소 지 : 전라남도 여수시 쌍봉동 안양 경로당
제보일시 : 2011.1.24
조 사 자 : 이경엽, 한미옥, 송기태, 임세경

쌍봉댁에 대한 자세한 정보는 제보자 본인의 거부로 수록하지 못하였다.

제공 자료 목록
06_12_FOS_20110124_LKY_SBD_0001 모심기 소리(1)
06_12_FOS_20110124_LKY_SBD_0002 모심기 소리(2)

한생심, 여, 1933년생

주 소 지 : 전라남도 여수시 쌍봉동 안양 경로당
제보일시 : 2011.1.24
조 사 자 : 이경엽, 한미옥, 송기태, 임세경

한생심은 1933년 여수시 소라면 현천리 오룡마을에서 출생했다. 이후 18세에 당시 순천 별량에서 살던 26세의 성창수씨를 만나 혼인하였다. 처음 혼인을 한 후에 몇 년간은 시댁마을인 별량 하삼에서 살았지만, 얼마 뒤에 친정인 현천리로 돌아와서 살았다. 남편 성창수씨 집안은 국악으로 유명한 집안이며, 국악인 성창순과는 사촌지간이다. 그래서 그런지 남편도 인근에서는 농악의 상쇠로도, 소리명창으로도 인정을 받았다고 한다. 그러나 평생 한량으로 집에는 거의 들어오지 않고 밖으로만 떠돌며 살았던 남편은 1남 4녀의 자식만 남겨놓고, 37세라는 젊은 나이에 먼저 세상을 떠나고 말았다. 이후 한생심은 40세가 되면서 먹고 살기 위해서 밖에 나가 굿도 하고 소리도 하면서 살게 되었다고 한다. 물론, 소리는 그 전에 순천 국악원에 다니면서 배웠지만, 다른 사람 앞에서 소리를 하면서 살게 될 줄은 꿈에도 몰랐다고 한다. 특별히 굿판에서의 오구풀이 무가는 과거에 여수시내 단골이었던 박원엽 씨에게서 배웠으며, 오구풀이 하나를 다 배우는데 총 4년이라는 긴 시간이 필요했을 정도로 꼼꼼하게 배웠다고 한다.

한생심은 소라면 현천리 2구에서 굿도 하고 소리도 하고 농사도 지으면서 살다가, 5년 전에 이곳 여수시 안산동으로 이사를 와 아들과 함께 거주하고 있다.

제공 자료 목록

06_12_FOS_20110124_LKY_HSS_0001 논맬 때 부르는 소리(1)
06_12_FOS_20110124_LKY_HSS_0002 모심기 소리
06_12_FOS_20110124_LKY_HSS_0003 농부가
06_12_FOS_20110124_LKY_HSS_0004 시집살이 노래
06_12_FOS_20110124_LKY_HSS_0005 방아소리
06_12_FOS_20110124_LKY_HSS_0006 무정한 세월아
06_12_FOS_20110124_LKY_HSS_0007 아리랑 타령(1)
06_12_FOS_20110124_LKY_HSS_0008 아리랑 타령(2)
06_12_FOS_20110124_LKY_HSS_0009 천연두로 죽은 젊은 마누라를 생각하며
06_12_FOS_20110124_LKY_HSS_0010 긴 농부가
06_12_FOS_20110124_LKY_HSS_0011 잦은 농부가(모 심는 소리)
06_12_FOS_20110124_LKY_HSS_0012 논맬 때 부르는 소리(2)
06_12_FOS_20110124_LKY_HSS_0013 밭 맬 때 부르는 소리
06_12_FOS_20110124_LKY_HSS_0014 놀면서 부르는 노래
06_12_FOS_20110124_LKY_HSS_0015 아리랑 타령(3)
06_12_FOS_20110124_LKY_HSS_0016 아리랑 타령(4)

06_12_FOS_20110124_LKY_HSS_0017 저 건너 갈미봉에
06_12_FOS_20110124_LKY_HSS_0018 화전놀이 뒷소리(1)
06_12_FOS_20110124_LKY_HSS_0019 화전놀이 뒷소리(2)
06_12_FOS_20110124_LKY_HSS_0020 방아소리
06_12_FOS_20110124_LKY_HSS_0021 물레 소리
06_12_FOS_20110124_LKY_HSS_0022 에야 디야
06_12_FOS_20110124_LKY_HSS_0023 샛서방을 얻어가서
06_12_FOS_20110124_LKY_HSS_0024 샛서방을 얻어가서(옛 형식)
06_12_FOS_20110124_LKY_HSS_0025 춘향가
06_12_FOS_20110124_LKY_HSS_0026 사위타령
06_12_FOS_20110124_LKY_HSS_0027 비둘기가 새끼 보존해준 인간에게 감사하면서 부른 노래(1)
06_12_FOS_20110124_LKY_HSS_0028 비둘기가 새끼 보존해준 인간에게 감사하면서 부른 노래(2)
06_12_FOS_20110124_LKY_HSS_0029 베틀노래
06_12_FOS_20110124_LKY_HSS_0030 한탄가
06_12_MFS_20110124_LKY_HSS_0001 거 뉘가 날 찾나
06_12_MFS_20110124_LKY_HSS_0002 육자배기(1)
06_12_MFS_20110124_LKY_HSS_0003 육자배기(2)
06_12_MFS_20110124_LKY_HSS_0004 육자배기(3)
06_12_MFS_20110124_LKY_HSS_0005 아리랑 타령
06_12_MFS_20110124_LKY_HSS_0006 청춘가(1)
06_12_MFS_20110124_LKY_HSS_0007 장타령
06_12_MFS_20110124_LKY_HSS_0008 청춘가(2)
06_12_MFS_20110124_LKY_HSS_0009 신세 타령
06_12_MFS_20110124_LKY_HSS_0010 상가(喪家)에서 부르는 소리
06_12_SRS_20110124_LKY_HSS_0001 오구풀이(1)
06_12_SRS_20110124_LKY_HSS_0001 오구풀이(2)
06_12_SRS_20110124_LKY_HSS_0003 오구실 당기기
06_12_SRS_20110124_LKY_HSS_0004 명두풀이

모심기 소리(1)

자료코드 : 06_12_FOS_20110124_LKY_SBD_0001
조사장소 : 전라남도 여수시 안산동 쌍봉동 29통 (마을회관)
조사일시 : 2011.1.24
조 사 자 : 이경엽, 한미옥, 송기태, 임세경
제 보 자 : 쌍봉댁, 여
구연상황 : 한생심 할머니가 잠깐 쉬는 동안 조사자가 한 청중에게 소리 하나만 들려달라고 하자, 모심는 소리라고 하면서 들려주었다.

꾸정 물 위에는
율무 고동이 놀고
이내나 손새에는 모폭 씨가 논다

모심기 소리(2)

자료코드 : 06_12_FOS_20110124_LKY_SBD_0002
조사장소 : 전라남도 여수시 안산동 쌍봉동 29통 (마을회관)
조사일시 : 2011.1.24
조 사 자 : 이경엽, 한미옥, 송기태, 임세경
제 보 자 : 쌍봉댁, 여
구연상황 : 앞서 부른 모심는 소리에 이어서, 제보자가 사설에 대한 설명을 이어간 후 "다시 한 번 불러줄까?" 하시면서 앞서의 소리에 후렴구를 덧붙여서 소리를 다시 들려주었다.

꾸정물 우에는
율무 고동이 놀고

이내나 손에는
모폭씨가 논다
아리아리랑 스리스리랑
아라리가 났네
아리랑 음음음
아라리가 났네

논맬 때 부르는 소리(1)

자료코드 : 06_12_FOS_20110124_LKY_HSS_0001
조사장소 : 전라남도 여수시 안산동 쌍봉동 29통 (마을회관)
조사일시 : 2011.1.24
조 사 자 : 이경엽, 한미옥, 송기태, 임세경
제 보 자 : 한생심, 여, 78세
구연상황 : 제보자 한생심은 본래 여수 현천리에서 살았는데, 그곳은 현천소동패놀이로 유명한 곳이다. 과거 현천소동패놀이가 민속예술경연대회에서 대통령상을 받았을 당시에 제보자는 뒤에 따라다니는 거사를 했었다고 한다. 이에 조사자가 옛날 소동패놀이에서 불렀던 모심기 소리를 불러달라고 하자, 제보자가 "그것도 다 잊어버렸지." 하면서 모심을 때 부르는 소리를 짧게 불러주었다.

밀어라 당가라
기심을 밀어라
나락폭 상할라
조심히 밀어라
에야뒤야 나헤에 야
에야 뒤여루 산아지로구나

모심기 소리

자료코드 : 06_12_FOS_20110124_LKY_HSS_0002
조사장소 : 전라남도 여수시 안산동 쌍봉동 29통 (마을회관)
조사일시 : 2011.1.24
조 사 자 : 이경엽, 한미옥, 송기태, 임세경
제 보 자 : 한생심, 여, 78세
구연상황 : 앞서 논맬 때 부르는 소리를 마친 뒤에 조사자가 모를 찧을 때 소리는 어떻게 하냐고 하니, 현천리에서는 옛날부터 모를 찧을 때는 소리를 부르지 않았다고 하였다. 이에 조사자가 그러면 모를 심으면서 부르는 소리를 들려달라고 부탁하자, 제보자가 들려준 소리이다.

에야뒤야 나헤에 야
에야 뒤여루 산아지로구나
이논에 모를 심어
우리나라에 충성을 하세

[앞소리하는 사람이 있다고 하고 뒤에]

에야뒤야 나헤에 야
에야 뒤여루 산아지로구나

농부가

자료코드 : 06_12_FOS_20110124_LKY_HSS_0003
조사장소 : 전라남도 여수시 안산동 쌍봉동 29통 (마을회관)
조사일시 : 2011.1.24
조 사 자 : 이경엽, 한미옥, 송기태, 임세경
제 보 자 : 한생심, 여, 78세
구연상황 : 앞선 노래가 끝나자 조사자가 어떻게 이리 소리를 잘하는 사람이 지금까지 노래를 안부르고 살았냐고 하자, 제보자는 조금 전과 마찬가지로 "다 잊어버

렸다."고 하면서 웃으셨다. 이에 조사자가 '저 건네 갈미봉이'로 시작하는 소리를 불러달라고 하자, 제보자가 자신의 무릎을 탁탁 치면서 농부가 소리 한 도막을 불러주었다.

여보시오 농부님들
이네 한말 들어보소
아난 농부에 말을
피랭이 꽂기다가
매화를 꺽고서
마후래기 춤이나
춤어보세
여허여허루 상사뒤여

시집살이 노래

자료코드 : 06_12_FOS_20110124_LKY_HSS_0004
조사장소 : 전라남도 여수시 안산동 쌍봉동 29통 (마을회관)
조사일시 : 2011.1.24
조 사 자 : 이경엽, 한미옥, 송기태, 임세경
제 보 자 : 한생심, 여, 78세
구연상황 : 육자배기 소리가 끝난 후, 숨이 차기 때문에 자신이 부르기 쉽게 박자와 사설을 짧게 만들어 부른다고 하였다. 그러면서, "또 옛날 노래가 있다."고 하면서 이어서 부른 노래가 시집살이 관련 노래였다. 제보자는 노래를 부르는 동안에는 자신의 무릎을 치는 것으로 박자 맞추는 것을 대신하였다. 노래가 끝난 후 조사자가 이 노래는 어디서 배웠냐고 하니, 현천리에 살았던 '옛날 이씨 할머니'한테 배웠다고 하였다.

시집간 선달 만에
임은 서울로 과게 가고

불과 같이 나는 볕에
냇가 같이 긴밭을
한줄 메고 두줄을 메고
삼 세줄을 매어노니
점심때가 다 되었네
집이라고 들어가니 씨어머님 거동보소
콩죽을 쒀서 웃국 뜨고
팥죽을 쒀서 웃국 떠서
치자나무 통 선반에
이리 밀침 저리 밀침 밀쳐놔서
그 죽 먹을라고 내려놓고
건네 안산은 한숨 삼고
정재문을 임을 삼아 먹을까 마까 하는 중에
이웃집 노인이 오시더니
이웃집노인이 오시더니
그 죽 먹고 살것는가
삼단 같은 머리깍고 중놀이나 가거서라

요내 방에를 들어가서
열두폭 큰 치메를 내어 놓고
한폭은 뜯어서 고깔을 짓고
두폭은 뜯어서 전대짓고
세폭 갖고 바랑을 짓고
당의 여섯폭 남은 것은 중의 장삼을 지어입고
경주산 절을 가니
늙은 중은 신을 삼고 젊은 중은 잠을 자네

중아 중아 젊은 신중은
요내 머리나 깍어주소
머리 깍기는 어렵 잖으나
어느 골에 누의 자부가 되시는가
근본이나 알고 깍세 근본 알아
뭣헐랑가 깍아주라면 깍아주지
내의 근본을 알라거든
시집간 석달 만에 임의 서울로 과거를 가서
이삼년이 되다 되어도 편지 일장이 돈절하니
그 근본으로만 깍어주소
한쪽 머리를 깍고 나니
없던 설움이 나더니마는
두쪽 머리를 마져 깍고 나니
참 설움이 싸고드네
중의 공부를 하여 갖고
아홉 상제를 거느리고
중놀이를 나가
가는디 어디만치 가니라케로 열다섯군사가
모를 타고 엉그렁정 그렁하는디 올려몬께 저그 님이라
아홉 상좌야 저기 오는 저 선비에게 인사 드리라
인자 아홉상좌가 절을 해 그러니 마루에 앉아 있는 선비가
아홉 중은 다 절을 하는디
중 하나가 절을 안한디
중이라고 다 절을 헐까
님을 보고도 절을 헐까
아홉 상좌가 다 절을 허는디

중 하나가 절 안허네
중이라고 다 절을 헐까
님을 보고도 절을 허까

방아소리

자료코드 : 06_12_FOS_20110124_LKY_HSS_0005
조사장소 : 전라남도 여수시 안산동 쌍봉동 29통 (마을회관)
조사일시 : 2011.1.24
조 사 자 : 이경엽, 한미옥, 송기태, 임세경
제 보 자 : 한생심, 여, 78세
구연상황 : 시집살이 노래를 부른 후, 청중이 떠다준 물 한잔을 마신 후 제보자 자신은 옛날에 농악대 뒤에서 거사노릇을 하면서 춤을 추면서 따라다녔다고 하였다. 그리고는 문득 생각이 난 듯 방아타령을 짧게 불러주었다.

허유아 방아야
허유아 방아야
이 방아가 누 방안가
강태공의 조작의 방애
허유아 방아야

무정한 세월아

자료코드 : 06_12_FOS_20110124_LKY_HSS_0006
조사장소 : 전라남도 여수시 안산동 쌍봉동 29통 (마을회관)
조사일시 : 2011.1.24
조 사 자 : 이경엽, 한미옥, 송기태, 임세경
제 보 자 : 한생심, 여, 78세

구연상황 : 앞서의 시집살이 노래와 관련해 조사자와 이런 저런 이야기를 하는 도중에, 청중들이 "노래는 하나도 거짓이 없다."고 추임새를 넣어주었다. 그러자 제보자가 노래는 거짓이 하나도 없다고 하면서 방바닥을 치는 것으로 박자를 맞추면서 '무정한 세월아' 소리를 짧게 불러주었다.

무정한 세월아
세월이 가면은
세월만 가지
아까운 내 청춘을
다 끌어가서
박쪼가리란 말이
웬말이냐

아리랑 타령(1)

자료코드 : 06_12_FOS_20110124_LKY_HSS_0007
조사장소 : 전라남도 여수시 안산동 쌍봉동 29통 (마을회관)
조사일시 : 2011.1.24
조 사 자 : 이경엽, 한미옥, 송기태, 임세경
제 보 자 : 한생심, 여, 78세
구연상황 : 조사자가 조금 전의 시집살이 노래와 관련해서 '시어머니 죽었다'고 하는 소리가 있지 않냐고 묻자 그것은 '아리랑 타령'이라고 하면서 소리를 이어주었다.

시어머마니 죽었다고
춤췄다니
보리방애 물 골라 논게
시어매 생각나네
아리 아리랑 스리 스리랑

아라리가 났네
아리랑 음음음
아라리가 났네

아리랑 타령(2)

자료코드 : 06_12_FOS_20110124_LKY_HSS_0008
조사장소 : 전라남도 여수시 안산동 쌍봉동 29통 (마을회관)
조사일시 : 2011.1.24
조 사 자 : 이경엽, 한미옥, 송기태, 임세경
제 보 자 : 한생심, 여, 78세
구연상황 : 앞서의 아리랑 타령이 끝난 후, 조사자가 제보자의 소리에 감탄하자 제보자가 곧바로 또 다른 사설의 아리랑 타령을 이어갔다.

하늘의 난 별은 가실수가 있어도
내그 심중에 있는 말은 따을수가 없네
아리 아리랑 스리 스리랑
아라리가 났네
아리랑 음음음
아라리가 났네

천연두로 죽은 젊은 마누라를 생각하며

자료코드 : 06_12_FOS_20110124_LKY_HSS_0009
조사장소 : 전라남도 여수시 안산동 쌍봉동 29통 (마을회관)
조사일시 : 2011.1.24
조 사 자 : 이경엽, 한미옥, 송기태, 임세경
제 보 자 : 한생심, 여, 78세

구연상황 : 앞서의 즉흥 자작곡 육자배기 소리가 끝난 후, 청중들과 제보자가 이런 저런 이야기로 웃음꽃을 피웠다. 이후 청중과 조사자간에 약간의 대화가 이어지고 있는 사이에 제보자가 갑자기 노래를 불러주었다. 소리를 끝낸 후 제보자가 사설에 대한 해설을 간단히 들려주었다.

진주 땅 안다리 우에
이월에 피는 월복송꽃을
하 어리고 하 고와서
손 한번을 안댔더니
지나가든 대릴손님이
꺾어버리고 가고 없네

긴 농부가

자료코드 : 06_12_FOS_20110124_LKY_HSS_0010
조사장소 : 전라남도 여수시 안산동 쌍봉동 29통 (마을회관)
조사일시 : 2011.1.24
조 사 자 : 이경엽, 한미옥, 송기태, 임세경
제 보 자 : 한생심, 여, 78세
구연상황 : 앞서 오전의 조사를 마친 후, 저녁 무렵에 다시 한생심 제보자를 찾아서 쌍봉동 마을회관으로 갔다. 이에 제보자가 무슨 소리를 자꾸 하라고 하냐면서 "말씀만 해봐요."라는 식의 사설로 조사자들에게 무슨 노래를 부를 것인지를 소리로 채근하였다. 이에 조사자가 모심을 때 소리 하나 들려달라고 하자, "농부가?" 하면서 소리를 불러주었다.

여보시오 농부님들
이내한말 들어보소
어허 농부님 내 말을 들어봐
이 논에다 모를 심어서

장잎이 펄펄 영화로구나
에헤에헤 여허로우 상사뒤여

이 논에다가 모를 심어서
장잎이 펄펄 영화로구나
에헤에헤 여허로우 상사뒤여

다되었네 다되었네
서마지기 논배미가 다되었네
에헤에헤 여허로우 상사뒤여

먼 뒤에 사람은 보기도 좋고
가까운디 사람은 듣기도 좋게
다물다물 다물심어 모심
에헤에헤 여허로우 상사뒤여

떠들어오네 떠들어오네
점심 바구리가 떠들어오네
에헤에헤 여허로우 상사뒤여

다되었네 다되었네
모숨기가 다되었네
에헤에헤 여허로우 상사뒤여

잦은 농부가(모 심는 소리)

자료코드 : 06_12_FOS_20110124_LKY_HSS_0011
조사장소 : 전라남도 여수시 안산동 쌍봉동 29통 (마을회관)

조사일시 : 2011.1.24

조 사 자 : 이경엽, 한미옥, 송기태, 임세경

제 보 자 : 한생심, 여, 78세

구연상황 : 앞서의 농부가를 부른 후, 잦은 농부가도 있다고 하면서 곧바로 빠른 박자의 농부가를 아주 짧게 들려주었다. 이에 조사자가 다시 한 번 불러달라고 하자, 물 한 잔을 마신 후 "노상 자진박으로 넘어간다."고 하면서 다시 불러주었다. 이 노래들은 소동패놀이팀이 공연 할 때 불렀던 것이 아니고, 실제로 과거에 모심기를 하면서 불렀던 소리라고 한다.

여보여로 상사뒤여
다되었네 다되었네
모숨기가 다되었네
에헤에헤 여허로우 상사뒤여

논맬 때 부르는 소리(2)

자료코드 : 06_12_FOS_20110124_LKY_HSS_0012

조사장소 : 전라남도 여수시 안산동 쌍봉동 29통 (마을회관)

조사일시 : 2011.1.24

조 사 자 : 이경엽, 한미옥, 송기태, 임세경

제 보 자 : 한생심, 여, 78세

구연상황 : 조사자가 모를 심었으니 논 한 번 매보자고 하자, 제보자가 웃으면서 모를 심는 손동작을 곁들이면서 소리를 불러주었다.

밀어라 당가라 기심을 밀어라
나락폭 상할라 조심히 밀어라
허리렁 허리렁 허러리아
허리랑 얼씨고 허러리가 났네

밭 맬 때 부르는 소리

자료코드 : 06_12_FOS_20110124_LKY_HSS_0013
조사장소 : 전라남도 여수시 안산동 쌍봉동 29통 (마을회관)
조사일시 : 2011.1.24
조 사 자 : 이경엽, 한미옥, 송기태, 임세경
제 보 자 : 한생심, 여, 78세
구연상황 : 앞서의 노래가 끝난 후, 조사자가 그러면 밭 맬 때는 어떤 소리를 불렀냐고 묻자, 이에 제보자가 대답으로 소리를 불러주었다.

둘러주소 둘러주소
사래질고 청천밭을
보모리만 둘러주소
불과 같이 내린 빛에
냇가 같이 긴 밭을
한줄 메고 두줄 메고
점심이나 먹고 쉬세
보모리만 둘러주소

놀면서 부르는 노래

자료코드 : 06_12_FOS_20110124_LKY_HSS_0014
조사장소 : 전라남도 여수시 안산동 쌍봉동 29통 (마을회관)
조사일시 : 2011.1.24
조 사 자 : 이경엽, 한미옥, 송기태, 임세경
제 보 자 : 한생심, 여, 78세
구연상황 : 앞서의 청춘가 소리가 끝난 후 청중들이 박수를 치면서 원래 잘하는 사람들이 자꾸 뺀다고 하자, 제보자가 "아니여 다 잊어부렀다."고 대답하였다. 그러면서도 곧바로 또 다른 노래 하나를 불러주었는데, 이 노래는 놀면서 그냥 부르는 소리라고 한다.

에헤헤히여

가노라 간다

내가 돌아간다

청실로 벌을 따라서

내가 돌아간다

아리랑 타령(3)

자료코드 : 06_12_FOS_20110124_LKY_HSS_0015
조사장소 : 전라남도 여수시 안산동 쌍봉동 29통 (마을회관)
조사일시 : 2011.1.24
조 사 자 : 이경엽, 한미옥, 송기태, 임세경
제 보 자 : 한생심, 여, 78세
구연상황 : 앞서의 소리와 마찬가지로 놀면서 부르는 소리라고 하면서 들려준 아리랑 타령이다.

무정한 세월아

가고 오지를 말아라

아까운 청춘들이

다 늙어진다

아리 아리랑 스리 스리랑

아라리가 났네

아리랑 음음음

아라리가 났네

가면은 가고서

말면은 말지

너잡놈 따라서

내가 돌아 간다

아리랑 타령(4)

자료코드 : 06_12_FOS_20110124_LKY_HSS_0016
조사장소 : 전라남도 여수시 안산동 쌍봉동 29통 (마을회관)
조사일시 : 2011.1.24
조 사 자 : 이경엽, 한미옥, 송기태, 임세경
제 보 자 : 한생심, 여, 78세
구연상황 : 앞서의 아리랑 타령을 짧게 부른 후, 제보자가 웃으면서 "내가 우스운 소리 하나 할까?" 하시면서 아리랑 타령을 길게 이어 불렀다.

우리 딸 연애는 솔방울 연앤가
바람만 불어도 뚝 떨어지네
아리 아리랑 스리 스리랑
아라리가 났네
아리랑 음음음
아라리가 났네

우리딸 연애는 옹낙수 연앤가
달두에 잡놈들을 다 낚아드네
아리 아리랑 스리 스리랑
아라리가 났네
아리랑 음음음
아라리가 났네

나를 버리고 가시는 님은
십리도 못가서 발병이 난다

아리 아리랑 스리 스리랑
아라리가 났네
아리랑 음음음
아라리가 났네

죽었던 이모까지
아리랑 고개까지 초막집을 지어 놓고
님이 오도록만 기다려보니
오시자는 님은 아니나 오고
달두에 쉬포리만 다 날아든다
아리 아리랑 스리 스리랑
아라리가 났네
아리랑 음음음
아라리가 났네

십오야 밝은 달은 구름 속에서 놀고
하중선이 이중선이는 장구품에서 노네
아리 아리랑 스리 스리랑
아라리가 났네
아리랑 음음음
아라리가 났네

칠보야 갈보야 몸단장 말어라
돈 없는 건달들이 몸 달든다
아리 아리랑 스리 스리랑
아라리가 났네
아리랑 음음음

아라리가 났네

알뜰이 살뜰이 정을 들여 놓고
이별이 찾아서 내가 못 살겄네
아리 아리랑 스리 스리랑
아라리가 났네
아리랑 음음음
아라리가 났네

술이라고 생길라면 매일 장주로 생기던지
님이라고 만나거든 이 없이 만나 주지
이별 별자 뜻 정자
글자 두자를 내 논 사람은
날과 백년의 원수로구나
아리 아리랑 스리 스리랑
아라리가 났네
아리랑 음음음
아라리가 났네

신작로 가상에다가
포뿌라 나무를 줄줄이 심었는디
세상을 따라서 전부 단발을 했네
아리 아리랑 스리 스리랑
아라리가 났네
아리랑 음음음
아라리가 났네

청천하늘에는 잔별도 많고
내의 가슴속에는 희맹이 많네
아리 아리랑 스리 스리랑
아라리가 났네

우리날 연애는 솔방울연애
옹낚수 연애
술이라고 생길라면
임이라고 만나거든
이별 없이만
아리 아리랑 스리스리랑
아라리가 났네
아리랑 음음음
아라리가 났네

신작로 가상에다가
포푸라 나무를 줄줄이 심었는디
세상을 따라서 전부단발을 했네
아리 아리랑 스리 스리랑
아라리가 났네
아리랑 음음음
아라리가 났네
청천하늘에는 잔별도 많고
내의 가슴속에는 희맹이 많네
아리 아리랑 스리 스리랑

저 건너 갈미봉에

자료코드 : 06_12_FOS_20110124_LKY_HSS_0017
조사장소 : 전라남도 여수시 안산동 쌍봉동 29통 (마을회관)
조사일시 : 2011.1.24
조 사 자 : 이경엽, 한미옥, 송기태, 임세경
제 보 자 : 한생심, 여, 78세
구연상황 : 앞서 노래를 불렀던 쌍봉댁 할머니의 소리가 끝난 뒤에 더 이상 이어지는 노래가 없어서 소리판이 잠시 동안 조용해졌다. 그때 갑자기 한생심 제보자가 '저 건네 갈미봉에' 소리로 판의 분위기를 이어주었다. 이 소리도 역시 모를 심으면서 불렀던 소리라고 한다.

저건네 갈미봉에
우둔 것이 미안인가
오장을 허리다 두리고
논에 기심을 맬고나
에-

화전놀이 뒷소리(1)

자료코드 : 06_12_FOS_20110124_LKY_HSS_0018
조사장소 : 전라남도 여수시 안산동 쌍봉동 29통 (마을회관)
조사일시 : 2011.1.24
조 사 자 : 이경엽, 한미옥, 송기태, 임세경
제 보 자 : 한생심, 여, 78세
구연상황 : 앞서의 소리가 끝난 후 제보자가 "소리가 속에 많이 들었는데 다 잊었다."고 하시면서도 곰곰이 다음 소리를 머릿속으로 헤아리는 듯 한 모습을 보여주었다. 그러면서 화전놀이도 다 잊어버렸다고 하자, 조사자가 화전놀이는 또 어떻게 하는 것이냐고 묻자, 이에 소리로 답해주었다. 소리를 마친 후 제보자는 항상 놀이패에서 뒤의 후렴만 따라 불렀기 때문에 자세한 사설은 잘 모른다고 하였다.

지화자 지화

지와지와

[구음으로 풀며]

얼씨구나

좀더 좋네

화전놀이 뒷소리(2)

자료코드 : 06_12_FOS_20110124_LKY_HSS_0019
조사장소 : 전라남도 여수시 안산동 쌍봉동 29통 (마을회관)
조사일시 : 2011.1.24
조 사 자 : 이경엽, 한미옥, 송기태, 임세경
제 보 자 : 한생심, 여, 78세
구연상황 : 제보자는 "화전놀이 뒷소리만 해봤기 때문에 앞소리는 잘 모른다."고 하면서 역시 다시 한 번 화전놀이 뒷소리를 들려주었다.

기화 기화

기화 자자

좀더 좋네

얼씨구나

좀더 좋다

[앞소리를 구음으로]

꽃이 무슨 산에게 피웠네

내년 춘삼월에 화전놀이 가세

방아소리

자료코드 : 06_12_FOS_20110124_LKY_HSS_0020
조사장소 : 전라남도 여수시 안산동 쌍봉동 29통 (마을회관)
조사일시 : 2011.1.24
조 사 자 : 이경엽, 한미옥, 송기태, 임세경
제 보 자 : 한생심, 여, 78세
구연상황 : 제보자가 앞서의 소리를 마친 후, 방아타령도 자진모리가 있고 진모리가 따로 있다고 하면서 방아소리를 들려주었다. 이 소리도 민속경연대회와 같은 대회에 나가서 불렀던 소리라고 한다.

허유아 방아요
허유아 방아야
허유아 방아요
이 방아가 뉘 방안가
강태공의 조작방애라
허유아 방아요
이 방아를 만들라고
낙락장송 소를 비어서
이방아를 만들았네
허유아 방아요
꽁당꽁당 잘도 찧는다
허유아 방아요
찐득찐득 찰떡방아
허유아 방아요
꼬수름 허다 깨목방아
허유아 방아요
호호 맵다 고추방아
허유아 방아요

사박사박 율무방아

허유아 방아요

물레 소리

자료코드 : 06_12_FOS_20110124_LKY_HSS_0021
조사장소 : 전라남도 여수시 안산동 쌍봉동 29통 (마을회관)
조사일시 : 2011.1.24
조 사 자 : 이경엽, 한미옥, 송기태, 임세경
제 보 자 : 한생심, 여, 78세
구연상황 : 조사자가 과거에 물레 돌리면서 불렀던 소리는 어떻게 하냐고 묻자, 제보자가 곧바로 미영 잣는 시늉을 하면서 물레소리를 들려주었다.

물레야 갈아라

어 빙빙 돌아라

넘의 집 귀동자

밤이슬 맞는다

에야 디야

자료코드 : 06_12_FOS_20110124_LKY_HSS_0022
조사장소 : 전라남도 여수시 안산동 쌍봉동 29통 (마을회관)
조사일시 : 2011.1.24
조 사 자 : 이경엽, 한미옥, 송기태, 임세경
제 보 자 : 한생심, 여, 78세
구연상황 : 물레 소리가 끝난 후, 옆에 있던 청중이 그 소리가 무슨 소리냐고 하면서 잠깐 이야기를 주고받았다. 이에 제보자가 흥이 난 듯, "산골 큰애기가"라는 사설로 시작하는 에야 디야 소리를 불러주었다.

산골 큰 애기가
삼을 삼아 이고
날 보면은
옆걸음을 치네
니를 보고만
옆걸음 치느냐
바람에 부쳐서
옆걸음을 친다
에야 디야
나의 에야
나의 에야 디어로
산아지로 구 나

날 보면은
옆걸음을 치네
니를 보고서
옆걸음 치느냐
바람에 부쳐서
옆걸음을 친다

샛서방을 얻어가서

자료코드 : 06_12_FOS_20110124_LKY_HSS_0023
조사장소 : 전라남도 여수시 안산동 쌍봉동 29통 (마을회관)
조사일시 : 2011.1.24
조 사 자 : 이경엽, 한미옥, 송기태, 임세경
제 보 자 : 한생심, 여, 78세

구연상황 : 에야 디야 소리에 이어서, 제보자가 곧바로 샛서방 얻은 노래를 들려주었다. 사설이 매우 해학적이어서 그런지 제보자와 청중 모두 웃음으로 소리를 들었다. 소리가 끝난 후 제보자가 사설을 하나씩 말로 설명해주었다.

씨암닭 어쨌냐 그믄
씰가지가(살쾡이가) 물어갔다 그지(그렇지)
찬나락 씬나락 어쨌냐 그믄
쥐가 다 묵었다 그지
꽁닥꽁닥 쪄 가꼬

이골에는 나물 없네
저골에로 가자서라

샛서방을 얻어가서(옛 형식)

자료코드 : 06_12_FOS_20110124_LKY_HSS_0024
조사장소 : 전라남도 여수시 안산동 쌍봉동 29통 (마을회관)
조사일시 : 2011.1.24
조 사 자 : 이경엽, 한미옥, 송기태, 임세경
제 보 자 : 한생심, 여, 78세
구연상황 : 제보자가 앞서의 샛서방 얻은 노래의 의미를 해석해주면서 흥에 겨운 듯 또 다시 그 소리를 옛날 방식으로 불러주었다. 소리를 마친 후, 제보자의 요즘 세태에 대한 비판이 이어졌다.

씰가지가 물어 갔다 그지
찬나락 씬나락 어쨌냐 그믄
쥐가 다 묵었다 그지

춘향가

자료코드 : 06_12_FOS_20110124_LKY_HSS_0025
조사장소 : 전라남도 여수시 안산동 쌍봉동 29통 (마을회관)
조사일시 : 2011.1.24
조 사 자 : 이경엽, 한미옥, 송기태, 임세경
제 보 자 : 한생심, 여, 78세
구연상황 : 장타령이 끝난 후 제보자와 청중들이 함께 웃으면서 흥겨운 분위기가 이어졌다. 이때 한 청중이 춘향가 한 대목 불러달라고 하자, 제보자가 웃으면서 곧바로 본인이 알고 있는 춘향가를 이어갔다.

오냐 춘냥아 우지마라
원수가 원수가 아니라
양반 행실이 원수로구나

사위 타령

자료코드 : 06_12_FOS_20110124_LKY_HSS_0026
조사장소 : 전라남도 여수시 안산동 쌍봉동 29통 (마을회관)
조사일시 : 2011.1.24
조 사 자 : 이경엽, 한미옥, 송기태, 임세경
제 보 자 : 한생심, 여, 78세
구연상황 : 앞의 춘향가 소리가 아주 짧게 끝나자, 주위 청중들이 "맛만 뵈이구만." 하면서 아쉬워하였다. 이에 조사자가 앞서의 장타령을 좀 더 길게 해달라고 하자 그 소리밖에 모른다면서 역시 앞서의 장타령을 반복해서 노래한 뒤 사설에 대한 간단한 해석을 해주었다. 이후 조사자가 장모타령은 모르냐고 하자, 그것은 재담 있는 사람이 하지 자신은 그런 것을 안들어봐서 모른다고 하면서, 장모의 사위사랑에 대한 노래를 말로 들려주었다.

사우가 왔는디 처갓집으로
장모가 수제비를 써갔고

수제비 건데기는 사우를 다주고 국은 사우를 다주니
사가랑비가
장모님 자라고 잔비가 옵니다

[구연가사를 설명한 후]

엄벙덤벙 수제비 건더기
사우 상에 다 올리고
훌렁훌렁 멀강(말간) 국은
영감 상으로 다 올랐네
영감 영감
장이 단게 국도 맛나네
많이 국이나 잡수시소

비둘기가 새끼 보존해준 인간에게 감사하면서 부른 노래(1)

자료코드 : 06_12_FOS_20110124_LKY_HSS_0027
조사장소 : 전라남도 여수시 안산동 쌍봉동 29통 (마을회관)
조사일시 : 2011.1.24
조 사 자 : 이경엽, 한미옥, 송기태, 임세경
제 보 자 : 한생심, 여, 78세
구연상황 : 조사자가 제보자에게 과거에 집에서 혼자 노래연습 많이 하셨냐고 묻자, 제보자가 일어서서 두 팔을 흔들면서 옛날 혼자서 노래 연습하던 모습을 재연했다. 이때 옆에 있던 청중 한 분이 아까 낮에 부른 노래 좀 부르라고 하자, 아까 다 들었는데 또 하냐고 하면서도 낮에 불렀다던 소리를 불러주었다.

서울이라 김판사댁이 왕대밭에는
비둘기가 알 한쌍을 놔 놨는데
지나가는 행인들이

들고 보고 놓고 보고 허시기에
들고 갈까 하였더니
놓고 가는 저 행인은 아들을 낳시거든
효자 충신을 낳으시고
여식 아기를 낳시거든
전라 감사를 사위삼소
그 아들 이름은 지실라면은
산이라고 지어 주고
딸 애기 이름을 지실 적엔
물이라고 지어 주소
고년지소 장마가 든다고
만첩청산이 무너지면
칠년대한 가물음이 든다고
대천 바다에서 근해 날까
얼씨구 절씨구 지화자 좋구나
아니 노지는 못 허리로다

비둘기가 새끼 보존해준 인간에게 감사하면서 부른 노래(2)

자료코드 : 06_12_FOS_20110124_LKY_HSS_0028
조사장소 : 전라남도 여수시 안산동 쌍봉동 29통 (마을회관)
조사일시 : 2011.1.24
조 사 자 : 이경엽, 한미옥, 송기태, 임세경
제 보 자 : 한생심, 여, 78세
구연상황 : 제보자가 앞의 노래가 끝난 후 '비둘기가 새끼보존해준 인간에게 감사하면서 부른 노래'를 평소에는 자신의 방식으로 두 줄로 짧게 해서 부른다고 했다. 이에 조사자가 그 방식으로 다시 불러달라고 하니, 짧은 형식의 노래로 다시

불러주었다. 짧게 부르는 이유는 늙어서 숨이 차기 때문이라고 하였다.

서울이라 김판사댁이 왕대밭에는
비둘기가 알 한쌍을 놔 놨는데

베틀노래

자료코드 : 06_12_FOS_20110124_LKY_HSS_0029
조사장소 : 전라남도 여수시 안산동 쌍봉동 29통 (마을회관)
조사일시 : 2011.1.24
조 사 자 : 이경엽, 한미옥, 송기태, 임세경
제 보 자 : 한생심, 여, 78세
구연상황 : 앞의 비둘기 관련 노래에 이어서, 제보자가 젊어서 담양이나 영암 등을 다니면서 베짜는 노래 등을 불렀다고 하자, 청중이 그러면 베짜는 소리나 한번 해보라고 권하였다. 이에 제보자가 답하는 형식으로 베틀노래를 불러주었는데, 소리가 끝난 후 베틀 노래의 사설에 대한 해석을 제보자 나름대로 해주었다.

들고 땅땅
놓고 땅땅
들고 땅땅
놓고 땅땅
헝그렁 정그렁
짜는 베는
우리 딸은
잘살란가
못 맬 말뚝
쇠 맬 말뚝
울렁 줄렁

베 가에가 딸렸는디

미늘애기

짜는 베는

못살란가

베 가에가 칼날 같네

한탄가

자료코드 : 06_12_FOS_20110124_LKY_HSS_0030
조사장소 : 전라남도 여수시 안산동 쌍봉동 29통 (마을회관)
조사일시 : 2011.1.24
조 사 자 : 이경엽, 한미옥, 송기태, 임세경
제 보 자 : 한생심, 여, 78세
구연상황 : 앞선 노래가 끝난 후, 제보자가 '자신은 손에 낫을 들고 하루 종일 그 낫을 찾으러 다니는 사람'이라고 하면서, 그런 사람이 무엇을 알겠냐고 더 이상 소리를 알지 못한다고 하였다. 그러면서 늙어서 자꾸만 줄어드는 기억력에 대한 한탄을 직접 지은 사설에 가락을 붙여서 노래로 불러갔다.

사낙꾸(새끼줄) 백발은

쓸데가 있어도

인생 늙은 것은

쓸데가 없네

거 뉘가 날 찾나

자료코드 : 06_12_MFS_20110124_LKY_HSS_0001
조사장소 : 전라남도 여수시 안산동 쌍봉동 29통 (마을회관)
조사일시 : 2011.1.24
조 사 자 : 이경엽, 한미옥, 송기태, 임세경
제 보 자 : 한생심, 여, 78세
구연상황 : 제보자가 현천소동패놀이에 대해서 한참 자랑을 하시다가, 갑자기 '거 뉘가 내 찾나' 소리를 불렀다. 신세한탄에 대한 사설로 이루어 있는 노래로, 조사자가 자신을 찾아와 자꾸 노래를 불러달라고 하자 그 대답으로 이 노래를 부른 것이다.

거 뉘가 내 찾나
거 뉘가 내 찾나
거 뉘가 내 찾아
내 찾아 의리가 없건마는
거 뉘가 내 찾아
여수 여천 고을에서
내의 소문을 못들었나
사십 전에 서방님을 이별 허고
어린 자식들을 근근히 길러놓고
구십이 다 되도록 이모냥 이꼴로 사는 내를
뭘 허자고 내찾아

육자배기(1)

자료코드 : 06_12_MFS_20110124_LKY_HSS_0002
조사장소 : 전라남도 여수시 안산동 쌍봉동 29통 (마을회관)
조사일시 : 2011.1.24
조 사 자 : 이경엽, 한미옥, 송기태, 임세경
제 보 자 : 한생심, 여, 78세
구연상황 : '거 뉘가 날 찾나' 소리가 끝나자 청중들이 다들 웃으면서 박수를 쳐주었다. 조사자가 "어떻게 그렇게 금방 사설을 지어서 노래를 부를 수 있냐?"고 칭찬하면서 육자배기나 흥타령을 불러달라고 부탁하였다. 이에 제보자가 육자배기는 숨이 짧아서 못한다고 하면서, 숨이 짧은 자신이 부르기 쉽게 만든 육자배기를 즉석에서 불러주었다.

주야 장창
밤도 기네
남도는 이리
밤이 길까

육자배기(2)

자료코드 : 06_12_MFS_20110124_LKY_HSS_0003
조사장소 : 전라남도 여수시 안산동 쌍봉동 29통 (마을회관)
조사일시 : 2011.1.24
조 사 자 : 이경엽, 한미옥, 송기태, 임세경
제 보 자 : 한생심, 여, 78세
구연상황 : 조사자가 앞서의 짧은 육자배기 소리에 이어서 또 다른 육자배기를 불러달라고 부탁하자, 이에 웃으면서 소리 한 자리를 더 이어 불러주었다. 제보자는 노래가 끝난 후 사설에 대한 해설도 곁들여 주었다.

서울이라 김판사댁이 왕대밭에는
비둘기가 알 한쌍을 놔 놨는데

지나가는 행인들이
들고 보고 놓고 보고 허시기에
들고 갈까 하였더니
놓고 가는 저 행인은
아들을 나시거든
효자 충신을 낳으시고
여식 아기를 나시거든
전라 감사를 사위삼소
그 아들 이름은 지실적은
산이라고 지어 주고
딸 애기 이름을 지실 적엔
물이라고 지어 주소
구년취수 장마가 진다고
만첩청산이 무너지면
칠년대한 가물음이 든다고
대천바다에서 근이 날까
얼씨구 절씨구 지화자 좋구나
아니 노지는

육자배기(3)

자료코드 : 06_12_MFS_20110124_LKY_HSS_0004
조사장소 : 전라남도 여수시 안산동 쌍봉동 29통 (마을회관)
조사일시 : 2011.1.24
조 사 자 : 이경엽, 한미옥, 송기태, 임세경
제 보 자 : 한생심, 여, 78세

구연상황 : 앞서의 육자배기 소리가 끝난 후, 제보자가 가사도 다 잊어버리고 늙어서 숨도 차서 잘 못부른다고 하였다. 그러면서 늙은 자신이 부르기 쉽게 박자를 바꿔서 부르는 육자배기가 있다고 하면서 들려준 노래이다.

주야 장창 밤도 기네
남도는 이리 밤이 길까
내만 홀로 밤이 길까
밤이야 길까마는
임이 없는 탓이로다
언제나 언제나
알뜰한 님을 만나
긴 밤자리를 새볼거나

아리랑 타령

자료코드 : 06_12_MFS_20110124_LKY_HSS_0005
조사장소 : 전라남도 여수시 안산동 쌍봉동 29통 (마을회관)
조사일시 : 2011.1.24
조 사 자 : 이경엽, 한미옥, 송기태, 임세경
제 보 자 : 한생심, 여, 78세
구연상황 : 아리랑 타령이 끝난 후, 제보자가 곧바로 자신의 자작곡 아리랑 타령을 이어갔다.

요 모냥 요 꼴이
되야가꼬 있는데
무엇을 허자고
내를 찾아와요

청춘가(1)

자료코드 : 06_12_MFS_20110124_LKY_HSS_0006

조사장소 : 전라남도 여수시 안산동 쌍봉동 29통 (마을회관)

조사일시 : 2011.1.24

조 사 자 : 이경엽, 한미옥, 송기태, 임세경

제 보 자 : 한생심, 여, 78세

구연상황 : 앞서의 밭 맬 때 부르는 소리가 끝난 후, 제보자가 "요즘은 이런 구식노래가 어디가 있냐."고 하면서 요즘 젊은 사람들의 노래와 풍속에 대해서 불만을 토로하셨다. 또한 자신이 부르는 오구풀이와 같은 소리를 조사해 가봤자 어디 가서 쓸 데도 없다고 하시면서 요즘 세태에 대해서 역시 비판을 하였다. 이에 화제를 바꾸기 위해서 조사자가 웃으면서 옛날에 시집 살면서 불렀던 소리 좀 들려달라고 하자, 제보자가 소리를 안 한지 20년도 넘었다고 하면서 더 이상 소리를 하지 않겠다고 하였다. 다시 조사자가 청춘가 좀 불러달라고 하자, "청춘가가 뭐인고" 하시면서도 주저하지 않고 곧바로 소리를 이어주었다.

아니 아니노지는 못허리라
시들시들 봄배추는
밤이슬 오기만 기다리고
옥중에 갇힌 춘양이는
이도령 오기만 기다린다
얼씨구 절씨구 지화자 좋네
아니노지는 못허리라
백설같은 흰 나비도
부모청산을 입었는가
소복단장 헛개허고
장다리 밭으로만 날아든다
얼씨구 절씨구 지화자 좋구나
아니노지는 못허리라
물귀밑에 송사리란 놈들은

큰비가 올까도 수심이요
삼자독자 외아들은
병이 들까도 수심이네
얼씨구 절씨구 지화자 좋구나
아니 노지는 못허 리로 다

장타령

자료코드 : 06_12_MFS_20110124_LKY_HSS_0007
조사장소 : 전라남도 여수시 안산동 쌍봉동 29통 (마을회관)
조사일시 : 2011.1.24
조 사 자 : 이경엽, 한미옥, 송기태, 임세경
제 보 자 : 한생심, 여, 78세
구연상황 : 조사자가 "오늘 노래하신 김에 장타령 하나 불러달라."고 하자, "아이고 그것도 다 잊어뿔고."라고 겸손해 하시면서도 웃으면서 곧바로 장타령 하나를 이어주었다.

헤헤 품바품바 요래 헌다
이 자식이 요래도
올깃 논에다가 시워놓은 벼
허세비가 분명해
품품 품바가 나온다

이 자식에 요래도
하룻장을 못보면
기집에 자식이 다 굶어
품품 품바가 나온다

청춘가(2)

자료코드 : 06_12_MFS_20110124_LKY_HSS_0008
조사장소 : 전라남도 여수시 안산동 쌍봉동 29통 (마을회관)
조사일시 : 2011.1.24
조 사 자 : 이경엽, 한미옥, 송기태, 임세경
제 보 자 : 한생심, 여, 78세
구연상황 : 자신의 늙음에 대한 한탄소리가 끝나자, 청중들이 그러면서도 저리 소리를 잘 한다고 칭찬하였다. 이에 제보자가 멋쩍은 듯 웃으면서도 이내 청춘가 한 자리를 불러주었다.

바람이 불어서
넘어진 나무가
눈비가 온다고
일어나면
님이 괴로워서
남병사가
약을 쓴다고
일어났다
얼씨구나 좋네
정말로 좋아요
아니노지는 못하리로다

신세 타령

자료코드 : 06_12_MFS_20110124_LKY_HSS_0009
조사장소 : 전라남도 여수시 안산동 쌍봉동 29통 (마을회관)
조사일시 : 2011.1.24
조 사 자 : 이경엽, 한미옥, 송기태, 임세경

제 보 자 : 한생심, 여, 78세

구연상황 : 앞서의 소리가 끝난 후 청중들이 소리가 참 좋다면서 칭찬을 하자, 제보자가 신세한탄조의 소리 한자리를 더 이어갔다. 늙고 병든 자신의 신세를 한탄하는 사설이 이어질 때는 가슴을 치기도 하고, 양 손을 흔들면서 소리를 불러 주었다.

무정한 세월이
어찌 나를 다 끌어가버려서
낯바닥은
다 쪼그라진 박 쪼가리가 돼 버리고
머리는 희서 모시 깡그리가 돼 버리고
동해 같은 요네 몸은
뻬만 남아서 철골이 되고
눈 어둡고 귀 어둡고
지신 없고 허리 꼬그라지고
갈디 백게(죽는 것 밖에) 더 있는가만은
오늘이라도 가고 싶어도
안데려 간께로 못가겄네

상가(喪家)에서 부르는 소리

자료코드 : 06_12_MFS_20110124_LKY_HSS_0010

조사장소 : 여수시 안산동 쌍봉동 29통 (마을회관)

조사일시 : 2011.1.24

조 사 자 : 이경엽, 한미옥, 송기태, 임세경

제 보 자 : 한생심, 여, 78세

구연상황 : 앞의 신세한탄 소리가 끝난 후 청중들이 제보자를 보면서 눈에 눈물이 고였다고 하자, 제보자 자신은 눈물이 잘 안나는 사람이라고 하였다. 그러면서 자신은 우는 대신 그 감정을 노래로 만들어 불렀는데, 예전에 자신이 초상집에

가서 노래를 부르면 생인(喪人)들도 울고 문상 온 사람들도 노래값으로 돈을 주면서 같이 울었다고 하면서, 당시에 불렀던 노래를 이어주었다. 노래를 하는 동안 청중 몇 분은 눈물을 흘리면서 소리에 공감하는 모습을 보였다.

어매 어매 인제 가면
언제나 올란가
올날이나 일러주소
동백아기 춘풍시절에
꽃 피고 잎 피면 올란가
병풍에 기른 닭이
두둑귀를 ○○들고
꼬끼오 울면 오말란가
조약돌이 광석되면 오말란가
엄마 엄마 누도 오고
누도 왔네
왜 잠만 자고 있는가
일어나소

오구풀이(1)

자료코드 : 06_12_SRS_20110124_LKY_HSS_0001
조사장소 : 전라남도 여수시 안산동 쌍봉동 29통 (마을회관)
조사일시 : 2011.1.24
조 사 자 : 이경엽, 한미옥, 송기태, 임세경
제 보 자 : 한생심, 여, 78세
구연상황 : 앞서의 소리가 끝난 후 제보자가 "아들 밥하러 가야한다."고 하면서 그만 소리판을 끝내주기를 바라셨다. 이에 조사자가 저녁에 다시 한 번 들러서 노래를 들어보고 싶다고 하면서 마지막으로 오구풀이 하나만 해달라고 부탁하였다. 이에 제보자가 자신이 죽고 살기로 배워서 부른 소리를 어디 가서 풀어먹을라고 해달라고 하냐면서도, 역시 마다하지 않고 오구풀이를 불러주었다. 오구풀이는 과거에 여수시내에서 단골활동을 했던 '박원엽'이라는 분에게서 배웠다고 하며 그분한테서 씻김굿도 배웠다고 한다.

천지개벽지초 단종대왕이 삼기
삼기시고 근본은 게 어디신가
태백산치국이요 고려왕이 삼기시고
또 한산이 삼기실제
삼각산은 안태놓고 뜰아래 장유수는 동지수는 막아있고
오구수양님을 본을 받세
오구수양님 본은 겨 대가 오구수양님 본이시던가
오구수양님 본은 황안골 골윤산이
오구수양님이 본이시더라
청학백학은 쌍쌍이 날아들고
옥경선관 선유할제

만고충신 제신들은
오구수양님을 위로하야
맛좋은 광화주면
각색안주를 갖자(갖추어)들고 약주삼잔 권헌 후에 만고충신 제신들은
이러한 좋은 잔치에 오셨다가 무삼 이름이나 얻고 가세
일구여출이라
일구여출은 오구수양님을
결혼을 시길라고(시키려고)
서필에 문안드리시니
반부담 하시는구나
두 번 물으시니 반허락이 지고
시 번을 물으시니 허혼을 받으실제
그제난(그제야) 오구수양님 연세는 몇이며
오구부인이 되실 분은 연세가 몇이라 하시던구나
오구수양님은 열에 일곱 살을 잡수시고
오구부인은 열에 다섯 살이라 허시든구나
그제난 첫 필에난, 성을 쓰고
두 자필에는 이름을 쓰고
삼 필에, 백년기약 맺어 놓고
그제난 삼월삼진날로 사성을 봉하시고
사월초파일로 택일을 가려
당상하고 공론의 조정의 필론하야
만고충신 제신들은 잔치를 붙여 쳐려(차려) 놓고
신행길을 차리는데
어떠한 행차가 안인 밤의 청독기를 그렸난디

청기한쌍 홍기한쌍의, 영기두쌍, 세명한쌍, 순시한쌍
주장 남동강, 남서강, 홍초 나문한 쌍의, 징한 쌍, 지한 쌍, 새납고동 바래한 쌍
좌우청장 권매장은 천지에 진동할제
중충단발 갖은 안장을 지어타고
대명국을 들어갈제 무수한 충신들은
헌원씨 본을 받아 이제 불통하였난데 노수강의 배를 놓고
조선치국을 들어가 동정여화 추파하고
삼문전을 들어가서 주점을 허시는데
오구부인 되실분은 인도몸을 단장하고
백설 같은 고운 얼굴에다가 분세수 정히씻겨
봉두용화 큰 봉채는 맵씨 있게 찌르시고
양월사 갓저고리 맹자고름을 달아 입히고
송금단 대사초마
말만 잡어 떨쳐입고 화초평풍은 좌우로 둘러치고
두베바지 채일 밑에 선인 같은 세배동은
좌우로 옹위하야 납채를 드리시고 행여를 갖춘 후에
내당에 들어가 천상부부가 되았구나
국토민안 좋을시고
억조창생 만민들도 격양가를 일삼더라
녹음방초 승화시에 황금유련 꾀꼬리리난
한우성을 깨쳤난 듯, 춘광을 다 지내고 광음이 돌아와
오구부인이 태기가 있었더구나
한 두달에는 이슬보고 석 달에는 입덧이 나고
넉 달에는 인형이 생겨 다섯 달은 반짐 실고
여섯 달은 육정 일곱 달은 칠귀열어 사만팔천 털이 나고

야둽 달에 팔전, 아홉 달은 구구문 받아, 열 달이 찬 연후에 해복기가 있었던구나

석부정 부정 활부정불식 이천이불지 음석목불색이색이라

금광문 연지문 구하문 하탈문 아홉 대문 모살문을 열어

탄생을 하여 놓고 보니, 과년한 딸애기로구나

딸인들 바릴손가 한 단장에다가 매를 깽껴 장탕의 가려놓고

월해동 갓비게에 금성용운 천사비단 이불 밑에

새벽지 방 안에다가 유모정해서 분닷 되, 연지닷 되 주어, 내쳐놓고

그 아기 이름은 초공주라고 지어놓고

오구부인은 한 탯줄에다가 이 공주, 삼 공주, 사 공주, 오 공주, 육 공주를, 낳으놓고

오구부인이 하시는 말쌈이 여보시오 오구수양님

옛날 공자님도 명산에 가서 공을 들여서 공자 같은 대세인을 낳었다고 하시는데

부유 같은 우리 인생이 공이 없이 아들을 바래리까

오구부인은 오구수양님과 의논하야

명산에 가서 각각 공을 드려노니

공든탑이 무너지면 심든 낭귀가 끊어지리요

오구부인이 하룻밤에 난, 몽사가 있던지라

내난 뉜고니(누군데) 난 서왕모의 딸일러니

반도진상 가난 길에 옥진비자를 잠깐 만나

수의 수작을 하옵다가 시가 조금 어기였네

상죄께 득죄하야 인간은 내 쳐 갈바를 몰라

태상노군 후토부인 지불보살

석가여래 귀댁으로 지시하야

명을 받아 왔사오니 어여삐 여기소서

깜짝놀라 깨어노니 남가일몽 꿈이로구나
오구부인이 그 달부터 태기 있어
태기 있어, 한 두달에 이슬을 보고 석 달에는 입덧나도
넉 달에 인연이 생겨 다섯 달에 반짐싣고
여섯 달은, 육정 일곱 달은 칠귀열어
사만팔천 털이 나고, 야듧 달은 팔전, 아홉 달은 구구문 받아, 열 달이 찬 연후에
해복기가 있었던구나
석부정 부정 활부정불식 이천이불지 음석목불색이색이라
금광문 연지문 구하문 하탈문 아홉 대문 모살문을 열어
순산을 하여 놓고 보니 그도 또한 일곱째도 딸이로구나
오구부인이 기가 맥혀
여봐라, 별궁녀야
오구수양님을 보시거든 아기 낳았단 말을 마라
남도 부끄롭고 존귀부천 원수로다
여봐라 별궁녀야 이 아기를 집자리채 걷어다가
저건너 계명쑥대밭 속에다가 던져 놓고 오랴므냐
별궁녀가 거역할 수 없어 아기를 집자리 채 걷어다가
쑥대 밭 속에다가 던져놓고 왔습네다
오구부인이 이삼일이 넘어가니 부모천륜 인자지정이라
여봐라 별궁녀야 계명쑥대밭 속에 가서 아기를 잠깐 보고 오너라
별궁녀가 아기를 보랴하고 쑥대밭 속으로 건너 가노라니
하날에서 백학이 한 쌍 나려오더니마는
한쭉지는 깔아주고 또 한 쭉지는 덮어 주다가
궁녀가 가오니 학은 훨훨 날아가 버리고
아기만 누웠던구나

오구부인 보위하야 별궁녀를 따라가니
과연 학은 훨훨 날아가고 아기만 터덕터덕 누웠던구나
오구부인이 기가 막혀 거의 식음을 전폐하니
오구수양님이 하귀하사
이제난 아기도 당산이요
명산에 가서 공을 들여 낳은 자식이 딸이라고 하옵시니
우리 산운이 그러한가 둘이 팔자를 못 속여
딸 일곱 낳자하니 원통하기가 피차일반이라
너무 심여 마옵소서
식음으로 지내다가 오구수양님이 딸 일곱 낳으시고
심의화로 병이 났던지라
오구부인 겁을 내어 좋다하는 약을 다 써봐도
약에도 백약이 무효로구나
오구부인이 장안에 일객과 관상을 불러 들여 놓고 문복을 솟아보니
관상이 원정팔팔 육십팔괘를 붙여 놓고 여짜오데
오약도 쓸데없고 침파도 쓸데없고
수양산 큰 바우 밑에 환생초 불사약 비상물을 길어다가 잡수시면
만병을 회춘원하오리다
관상이 가려주고 간 연후에 오구부인이 여봐라 초공주야
너그 부친 느그 일곱 낳으시고 심의화로 병이 나서
죽을 새가 적실한데
수양산 큰 바우밑에
환생초 불사약이 이상물을 길어다가 잡수시면
만병회춘을 한다 하오니
초공주야 너 갈라느냐
초공주가 여짜오데

하날 생기고 땅이 생겨 이수인간 마련할제
진시와 유려이도 수양산 못길어다가 잡수셨난데
내가 수양산이 어데라고 가오리까
이공주 니 갈라느냐
이공주가 여짜오데
영웅절사 호걸남자라도 가기가 어려운데
산외 산상인상부진회요 노중단이는 뇌중이라
이삼천리 되난 길을 내가 어데라고 가오리까
삼공주야, 사공주야. 오공주, 육공주를 모여 불러 들여 놓고
느그 부친은 느그 일곱을 낳으시고
심의화로 병이 나서 죽을시가 적실한데
수양산 큰바구 밑에 환생초 불사약
이상물을 길어다가 잡수시면은
만병회춘을 한다 하오니
느구 수양산 약물 길러 갈라느냐
부모천륜 인자지 도리로서
듣고 보기는 미안하오나
이왕점 몬형들 못 가난길을
우리가 어데라고 가오리까
오구부인 기가막혀 거기서 벌떡 주저앉아 방성통곡 울음을 우는데
계명 쑥대밭 속에다가 던져 불었던 비리데기가 불원천리 달려와서
여보시오 어머니
옛날 임승상님이 수양산 큰 바우밑에 환생초 불사약 이상물을 길어다가
부친의 급한 사병을 구환 하옵고
불효여식죄를 면하라 하옵네다

오구부인이 듣고 기가막혀
너를 낳아서 계명쑥대밭 속에다가 던져놓고 키우던 정을 생각하면
부끄럽기가 어이없다마는
딸입곱 낳자허니 자연이 그리 되던구나
비리데기가 여짜오데
어머님 그게 무삼 말씀이오
아버님이 없고 어머님이 없었다면
내가 어데서 생기리까 그런말씀 마옵소서
거기서 어머님을 하직하고 수양산 약물 길러 가는 곳을 적막공산 좁은 길로
수일을 가노라니 약물공산 깊은 밤에 설양은 슬피울고
오작은 왕래하야 비리데기 놀래어 가만히 죽수하고
백학은 들어가 흉학한 짐승을 만났사오니 영주산 신령님이 하관하와
비리데기 소원을 이루게 하옵소서 죽수하고 돌아서니
어디서 난 없난 옥체소리가 들리거난 그곳을 눈을 들어 바라보니
일후선관이 머리우에난 백우산을 꽂고 몸에는 육행삼을 입고
손에는 백두선을 쥐고 나오면서 저기오난 저 낭자가 오구수양님 딸 비리데기 아니신가
내난 뉘고 난 청태영주산 신령님이옵더니
비리데기 효성이 지극하다 하여 기다리고 바래노라
비리데기 반가와서 거기서 수양산 약물길러 가는 곳을 낱낱이 물으시니
청산을 넘어 화산을 들어가 봉래산에 들어가면
청태 영주산 삼십산천이 십일봉이라
거기서 머지아니하니 속속히 다 가서 빌여가랴

와서 채색운내를 쫒아들어가니
무삼십이봉은 구름밖에 멀어있고
시옥청룡은 하택하난데
칠십층 높은 탑만 하늘에다 넣였더라
칠만구암자 팔만대장경을 외난소리
비리데기 놀래어 덕택금지 용마대로 돌아드니
지불지 보살이 하시는 말쌈이
줄전대히 비리데리가 불연천리 올터이니 기다리고 바래노라
서산대사 새명당과 육관대사 팔선녀
보조국사 달마존자 위역국사 아야존자
팔만삼십의 보살이 옹위하야
태일진은 학을 타고 적송자는 구름타고
안기생은 말을 타고 팔선용은 사자타고
청의동자 황의동자가 쌍쌍이 늘어서니
좌우를 치우고 비리데기를 앉혀 놓고
먹을 상을 들여노니 세상에는 못보던 음식이로구나
그 음슥을 먹고 거기서 약을 지어같고
선관선녀 덕택이요 약물을 길어갖고
적막공산 좁은길로 오던길로 돌아돌아 가니
한무랭이를 돌아서니 어디서 난데없는 상부소리가 들리는구나
그곳을 눈을 들어 바라보니
늘여진 양유간의 보석단이 물생애에
서리같은 열두대게군들이 명정공포를
앞에다가 띄워놓고 상부소리를 허며 나가는구나
에에헌 에허님
질로만 아주돌아 가네

어허후

저기 가는 열두 유대군들

거기 가는 대메군들 거기 잠깐 머물르오

내 한말쌈 듣고 가오

수양산이 멀고 멀어서 부모살릴 환생초 불사약 이상물을

길어올락허니 자연히

인제 놓고 가. 가서, 속매 일곱매를 불러놓고

○○○○ 이상물을 길어 뿌려노니

잠든 사람 일어난 듯 소리쳐 일어나면서

말씀을 하시난구나

오구풀이(2)

자료코드 : 06_12_SRS_20110124_LKY_HSS_0002

조사장소 : 전라남도 여수시 안산동 쌍봉동 29통 (마을회관)

조사일시 : 2011.1.24

조 사 자 : 이경엽, 한미옥, 송기태, 임세경

제 보 자 : 한생심, 여, 78세

구연상황 : 청춘가 소리가 끝나자 청중 한 분이 아까 낮에 불렀던 오구풀이나 다시 한 번 불러달라고 부탁하였다. 이에 제보자가 그 노래를 다시 하려면 장단도 맞아야 하고 목도 말라서 못부른다고 하면서 더 이상 부르는 것이 힘들다고 하였다. 이때 조사자가 "천지개벽지초 부터 시작하지요?" 하고 낮에 부른 오구풀이의 첫 사설을 던지자, 제보자가 "예" 하고 대답하시면서 곧바로 오구풀이를 시작하였다.

천지개벽지초 단종대왕이 삼기시고

근본은 게 어디신가

태백산치국이요 고려왕이 삼기시고 근본은 게 어디신가

또 한산이 삼기실적이

삼각산은 안태 놓고 뜰 아래수는 장유수는 동지수는 막아있고

오구수양님을 위로하야

맛 좋은 광화주면 각색 안주를 받자들고

약주삼 잔 권헌 후에 만고충신 제신들은

이러한 좋은 잔치에 오셨다가

무삼 이름이나 얻고 가세

일구여출이라 오구수양님의 연혼이나 불러보세

춘광호절 지화절의 정조의 입을 열어

오구수양님 본을 받세

오구수양님 본은 황안골 골윤산이

오구수양님이 본이시더라

청학백학은 쌍쌍이 날아 들고

옥경선관 선유할제

만고충신 제신들은 오구수양님을 위로하야

맛좋은 광화주면 각색안주를 갖자들고 약주삼잔 권헌후에

만고충신 제신들은 이러한 좋은 잔치에 오셨다가 무삼 이름이나 얻고 가세

일구여출이라 오구수양님 결혼을 시킬라고

첩본연혼 말씀을 뿌리치는구나

두 번 물으시니 반허락이 지고

세 번을 물으시니 허혼을 받드실제 그제난 오구수양님은 연세가 몇이며

오구부인은 연세가 몇이라 하시던구나

오구수양님은 열에 일곱 살을 잡수시고 오구부인은 열에 다섯살이라 허시든구나

그제난 한 서필에난 성을 쓰고 두 자필에는 이름을 쓰고
삼 필에는 백년기약을 맺어 놓고
그제난 삼월삼짇날로 사성을 봉하시고
사월초파일로 택일을 가려 당상의 공론하고 조정의 필론하야
만고충신제신들은 잔치를 붙여 놓고
오구수양님 신행길을 차리는데
어떠한 행차가 아닌 밤에 청독기를 그렸난디
청기한 쌍 홍기한 쌍의 영기두 쌍, 세 명한 쌍, 순시한 쌍
주강 남동강, 남서강, 홍초 나문한쌍의, 징 한 쌍, 지 한 쌍, 새납 고동 바래 한 쌍
좌우청장 권매장의 천지에 진동할제
중충단발 갖은 안장을 지어타고 대명국을 들어갈제
무수한 충신들은 헌원씨 본을 받아 이제 불통하였난데
노수강의 배를 놓고 조선치국을 들어가
동정여화 추파하고 삼문전을 들어가서 주점을 허시는데
오구부인 되실 분은 백설 같은 고운 얼굴에다가, 분세수 정히 씻겨 봉두용화 근봉채는
맵씨 있게 찌르시고, 양월사 갓저고리 맹자고름을 달아 입히고
송금단 대사초마는 말만 잡어 떨쳐 입혀 화초평풍은 좌우로 둘러치고
두데바지 채일 밑에 선인 같은 세배동은 좌우로 옹위하야
납채를 드리시고 행여를 갖춘 후에
내당에 들어가서 천상부부가 되았구나
국토민안 좋을시고 억조창생만민들도 격양가를 일삼더라
녹음방초 성화시에 황금유련 꾀꼬리 난, 한 우성을 깨쳤난 듯
춘광을 다 지내고 광음이 돌아와서 오구부인이 태기가 있었더구나

한 두달에는 이슬보고 석 달에는 입덧이 나고
넉 달에는 인형이 생겨 다섯 달은 반짐 실고
여섯 달은 육정 일곱 달은 칠귀 열어
사만팔천 털이 나고, 야듧 달에 팔전, 아홉달은 구구문 바쳐
열 달이 찬 연후에 해복기가 있었던구나
석부정 부정 활부정 불식 이천이불지 음석목불색이색이라
금광문 연지문 구하문 아탈문 아홉 대문 허고
살문을 열어 탄생을 하여 놓고 보니
과년한 딸애기로다
딸애긴들 바릴 손가! 한 단장에 매를 깽껴 장탕의 가려놓고
우러해동 갓비게에 금성용운 전사비단 이불 밑에 새벽지 방안에다가
육모정해서 분 닷되 연지 닷되 주어 내쳐 놓고
그 아기 이름은 초공주라고 지어놓고
오구부인이 한 탯줄에다가 이공주, 삼공주, 사공주, 오공주야, 육공주를
한 탯줄에 낳의 놓고
오구부인이 하시는 말씀이
여보시오 오구수양님
옛날 공자님도 이구산에 공을 드려서 공자 같은 대세인을 낳였다고 하시는데
부유 같은 우리 인생이 공이 없이 아들을 바래리까
공이나 한 번 드려봅시다
명산을 찾아가서
각각 공을 들여노니
공든 탑이 무너지면 심든 낭귀 끊어지리요

오구부인이 하룻밤에 난 몽사가 있던지라
내난 뉜고니 난 서왕모의 딸일러니
반도진상 가난 길에 옥진비자를 잠깐 만나
수의 수작을 하옵다가 시가 조금 어기였네
상죄께 득죄하야 인간은 내 쳐 갈바를 몰라
태상노군 후토부인 지불보살 석가여래 귀댁으로 지시하야
명을 받아 왔사오니 어여삐 여기주소서
깜짝놀라 깨오노니 남가일몽 꿈이로구나
오구부인이 그 달부터 태기 있어
한 두달에 이슬을 보고 석 달에는 입덧이 나니
명산에 가서 공을 들여 태인 자식이라
입덧에도 달이 들구나
시름시름 개살구나
여주복숭이나 능금다래나 먹고지나 허고
밥에서는 뭍내나고, 물에서는 해금내면
장에서는 날이장내, 술에 녹내 온갖 잡내를 다 품더니
넉달이 돌아와 인형이 생기고 다섯 달에 반짐실고
여섯달은 육정, 일곱달은 칠귀 열어서
사만팔천 털이 나고, 야둛 달은 팔정
아홉 달은 젖줄은 물고, 열 달이 찬 연후에
해복기가 있었던구나
석부정부정 활부정불식 이천이불청 목불색액색
금광문 연지문 구하문 하탈문에
아홉 대문의 모살문을 열어
순산하여 놓고 보니
일곱차도 딸 애기로구나

오구부인이 기가 맥혀
여봐라 별궁녀야
오구수양님을 보시거든 아기 낳았단 말을 마라
남도 부끄럽고 존귀부천 원수로구나
여봐라 별궁녀야 이 아기를 집자리 채 걷어다가
저건너 개명쑥대밭에다가 던져 놓고 오랴므냐
별궁녀가 거역할 수 없어
아기를 집 자리채 걷어다가
계명쑥대 밭속에 던져 놓고 왔습네다
오구부인이 이삼일이 넘어가니 부모천륜 인자지정이라
여봐라 별궁녀야 쑥대밭 속에 가서 아기를 잠깐 보고 오너라
별궁녀가 아기를 보랴하고 쑥대밭 속으로 건너가노라니
하날에서 백학이 한 쌍 나려오더니
한 쭉지는 깔아 주고 또 한 쭉지 덮어 주다가
궁녀가 가오니 학은 훨훨 날아가 버리고
아기만 터덕터덕 누웠던게라
오구부인 보위하야 별궁녀를 따라가 보니
과연 학은 날아가고 아기만 터덕터덕 누웠던구나
오구부인 기가 막혀 거기서 식음을 전폐하니
오구수양님이 하귀하사
이제난 아기도 당산이요
명산에 가서 공을 들여 낳은 자식이 딸이라 하옵시니
우리 산운이 그러한가! 둘이 팔자를 못 속여 딸 일곱 낳자하니
원통하기가 피차 일반이라 너무 심려 마옵소서
그렁저렁 지내다가 오구수양님이 딸 일곱을 낳으시고
심의화로 병이 났던지라

오구부인 겁을 내어 좋다하는 약을 써도
약에도 백약이 무효로구나
오구부인이 장안에 인객과 관상을 불러 들여 놓고 문복을 솟아보니
관상이 원정팔팔 육십팔괘를 붙여 놓고 여짜오데
오약도 쓸데 없고, 침파도 쓸데없고
수양산 큰 바구 밑에 환생초 불사약 이상물을 길어다가 잡수시면 만병회춘을 하오리다
관상이 가려주고 간 연후에 오구부인이
여봐라 초공주야
너그 부친 느그 일곱 낳으시고 심의화로 병이 나서
죽을 때가 적시란데
수양산 큰 바우 밑에
환생초 불사약 비상물을 길어다가 잡수시면
만병회춘을 한다 하오니
수양산 약물 길러 너 갈라느냐?"
초공주가 여짜오데
하날 생기고 땅이 생겨 이수인간 마련할제
진시와 유렴이도 수양산 못 길어다가 잡수셨난데
내가 수양산이 어데라고 가오리까
이 공주 니 갈라느냐
이 공주가 여짜오데
영웅절사 호걸 남자라도 가기가 어려운데
산외 산상인상부진회요 노중단이는 뇌중이라
이삼천리 되난길을 내가 어데라고 가오리까
삼공주야 사공주, 오공주, 육공주를 모여 불러들여 놓고
느그 부친이 느그 일곱을 낳으시고

심의화로 병이 나서
죽을시가 적시란데
수양산 큰 바구밑에 환생초 불사약
이상물을 길어다가 잡수시면은
만병회춘을 한다 하오니
느그 수양산 약물 길러 갈라느냐
삼공주는 사공주, 오공주야 육공주가 모여서 여짜오데
부모천륜 인자지 도리로서
듣고 보기는 미안하오나
이왕점 몬형들 못 가난길을
우리가 어데라고 가오리까
오구부인 기가 막혀 거기서 벌떡 주저앉아
방성통곡 우는데
쑥대밭 속에다가 던져 불었던 비리데기가 불원천리 달려와서
어머니 옛날 임승상님이 하시는 말씀이
수양산 큰바우 밑에 환생초 불사약 이상물을 길어다가
부친의 급한 사병을 구환 아옵고 불효 여식의 죄를 면하라 하옵네다
오구부인이 듣고 허허
귀하고도 반갑구나만은
너를 낳아서 쑥대밭 속에다가 던져버리고 키우던 정을 생각하면
부끄럽기가 어이없다마는 딸 입곱 낳자허니 자연이 그리던는구나
비리데기가 여짜오데
아버님이 없사옵고, 어머님이 없었다면
내가 어데서 생기리까 그런 말씀 마옵소서
거기서 수양산 약물 길러 가는 곳을 적막공산 좁은 길로

수일수일 가노라니 어디서 난데 없난 상부소리가 들리거난
그곳을 눈을 들어 바라보니
늘여진 양유간의 보석단이 풀생애에
서리 같은 열두대메군들이 명정공포를
앞에다가 띄워놓고 상부소리를 허며 나가는구나
비리데기가 열두대군을 바라보고
저기가는 대여군들 내 한 말씀 듣고가오
수양산이 멀고 멀어
부모살릴 환생초 불사약을 길어오자고 보니
자연히 늦어 실수 되얏으나 거기 잠깐 머물르오
열두대메군들이 상부를 석불산에다가 모셔노니
비리데기가 불원천리 달려가서
팔만구암자 팔만대장경을 외야 놓고
불경제배를 드리시고
겉매도 일곱매요 속매도 일곱매라
겉매 일곱매를 끌러놓고 속매에 일곱매를 끌러
환생초 불사약 이상물을 뿌려노니
잠든 사람이 일어난 듯 소리쳐 말씀을 허시는구나
내으 공주를 일곱 낳고 심의화로 병이 나서
아주 죽어가고 여영 죽어 가는대를
그 뉘기가 내 살렸느냐
좌우지신이 연고를 고하오니
허허
아들을 준들 바꾸리요 금을 준들 바꾸리요 오
비리데기가 나를 살리다니
비리데기는 낱낱이 유전하고

비리데기는 어진 가문 취환하야
제일의 금관대왕 봉하시고
오구수양님은 비리데기가 살렸는디
어쳤거나

오구실 당기기

자료코드 : 06_12_SRS_20110124_LKY_HSS_0003
조사장소 : 전라남도 여수시 안산동 쌍봉동 29통 (마을회관)
조사일시 : 2011.1.24
조 사 자 : 이경엽, 한미옥, 송기태, 임세경
제 보 자 : 한생심, 여, 78세
구연상황 : 오구풀이 무가를 다 부른 후, 제보자가 자신의 오구풀이는 문장이 많이 들어 있어서 듣는 사람만 듣지 어지간한 사람들은 잘 못듣는다고 하면서 자신의 오구풀이에 대한 자부심을 드러냈다. 그러면서 곧바로 오구실을 당기면서 부르는 노래를 이어갔다.

명줄이나 명이 짤라서 죽었는가
복이 없어서 죽었는가
명줄복줄을 담가보세
명줄복줄을 담가보니
부모에나 공방의 혼인이별
형제에 난 영혼이별
부부공방이별
자식에 난 사해이별
이별별자나 뜻정자
이두글자를 내는 사람은
날과 백년의 원수로구나

명두풀이

자료코드 : 06_12_SRS_20110124_LKY_HSS_0004
조사장소 : 전라남도 여수시 안산동 쌍봉동 29통 (마을회관)
조사일시 : 2011.1.24
조 사 자 : 이경엽, 한미옥, 송기태, 임세경
제 보 자 : 한생심, 여, 78세
구연상황 : 제보자가 오구풀이와 오구실 당기기 무가가 끝난 후, 물 한 모금을 마시면서 조금 전에 노래를 부르면서 빼먹은 한 대목이 생각난다면서 그 대목에 대한 사설을 말로 이어주었다. 그러면서 자신이 오구풀이를 4년을 배웠으며, 여수 영당풍어굿에서도 이 오구풀이와 고풀이를 한다고 하였다. 이에 조사자가 고풀이는 어떻게 하냐고 하자 제보자가 곧바로 고풀이 때 부르는 무가를 불러 주었다.

명두장자 절 받고 명두 장자 본을 받시
명두장자님 죄목을 보랴기면
적은말로 장려 놓고 큰 말로 받난 것도 죄목이요
지부대왕께서 크도 안책을 치부하고
안의장자 죄목을 보랴기면
흰쌀에 난 백모래 썪은 뒤, 쌀에는 왕모래 썪어
돈도 사고, 품도 주난 것도 죄목이요
지부대왕께서 그도 안책을 치부하고
명두장자님 며늘애기면 채전(菜田) 밭에 들어가서
전잎 뜯어 남 주난 것도 죄목이요
지부대왕께서 안채 같이 치부하고
명두장자님 딸 죄목을 보랴기면
구름같이 허튼 머리 어리 설설이 빗겨내어
멀크락 부엌에다가 던져두었더니
팔만사천 대조왕님이 마다하야

그도 죄목이라 그도 안책에 치부하고

명두장자 군속들이
밤이면 노적가래 쥐가 먹는다고
쇠그물로 덮어놓고
낮이로난 새가 먹는 다고
목로 맺어 놓난 것도 죄목이요
그도 지부대왕께서 안책을 치부하고
명두장자 죄목이 지중하야
명두장자님을 죽일 하고 하루난 병을 주던지라
명두장자님 하난 말이
에고 배야 에고 가삼이야 에고 팔다리야
사대육대 만발고통으로 기한이 없이 앓는구나
명두장자가 겁을 내어
생금 서대를 싸가지고
심봉사 관상 집으로 문복을 가노라니
관상이 여짜오되저 관의장자가 올지를 내가 알았으나
무삼연권가 명두장자가 사면이라 문복이나 허산이다
저관상 거동보소 의관을 정비하고 산통 빼어들고
절컥절컥 괘를 빼어보시더니
하시는 말쌈이
아이고 내난 이거 못하겠소
어이하야 못하겠소
살려지다 살려지다 명두장자만 살려주면
평생 살 재물을 줄터이니
명두장자만 살려지다

저 관상 거동보소
산통을 높이 들고
무수히 괘를 다시 풀어보시더니
명두장자를 살릴라믄
의복도 세 벌, 신도 세 컬리, 밥도 석상, 술 석잔
노자 삼천 냥 장만하냐
월진궁 다리 우에다가 차려 놓고
몸을 숨켜 있사오면
혹간 알 동절이 있사오리다
집을 급히 도착하야
만단진수 그대로 장만해 가꼬
월진궁 다리우에다가 차려놓고
몸을 숨켜 있사오니
사자 삼분이 오시는구나
사자 삼분이 오시면서
허어 날도 차고 배고 고프고
목도 마를 때 어떠한 인간이내
밥 한상보다 물, 술 과자만 주거드면
죽을 목숨을 살려 주련만은
어떠한 인간이 알쏘냐
허고 허는데
또 사자 한 분이 썩 나서서
여보소 그게 무삼 말쌈인가
조금만 가거드면 명두장자도 잡아오고
옷도 입고 밥도 먹고 노자 타 갖고 올 것인디
신기 밤말은 쥐가 듣고 낮말은 새가 듣는단디

그게 무삼 말쌈인가
그렁저렁 월진궁 다리를 다다르니
난데없는 만단진수가 있어
사자 한 분이
이 밥 묵고 이 옷 입고 이 노자 갖고 가세
사자 한 분이 또 나서서
이거 우리 묵고 가도
필경을 무산 연고나 알고 먹고 가세
허는 정에 장자님 큰아들이
급히 난데없이 기 나와서
살려지다 살려지다
소인 부친만 살려지다
내 연이 비난 말쌈에
명두장자는 그만두고
저 건너 저 건너
심서방을 집어
심서방은 비싸게 헐테 신을 삼아 갖고
비싸게 팔아먹는 신장사로
대신으로 잡아가세
신장사를 나가서 대신으로
아까본 문병 왔던 신장사 입에서
곡소리가 낭자허구나

5. 화정면

▌조사마을

전라남도 여수시 화정면 적금도

조사일시 : 2011.2.17

조 사 자 : 이경엽, 한미옥, 송기태, 임세경

전라남도 여수시 화정면 적금도 전경

화정면 적금리는 화정면 소재지에서 서북쪽으로 18.5km 떨어진 곳에 위치하고 있는 섬이다. 1896년(고종 33) 돌산군 설립 당시 옥정면 적금도였으며, 1914년 행정구역 개편으로 화정면 적금리가 되었다. 면적은 0.97km^2, 인구는 187명, 80세대의 주민이 살고 있다. 경지 면적은 논이 0.01km^2, 밭이 0.55km^2, 임야는 0.11km^{2}로 되어 있다.

섬 안에 있는 산 최고봉은 61m이며, 남북으로 길게 뻗은 섬으로 섬의 동쪽에 규모가 큰 만과 넓은 간석지가 발달하였다. 지질은 중생대 백악기 중성화산암류와 퇴적암이 대부분을 차지하며, 토양은 신생대 제4기 과거 고온 다습한 기후 환경에서 만들어진 적색토가 넓게 분포한다. 기후는 대체로 온화하고 비가 많이 내린다.

조선시대 초기에는 '적포' 또는 '적호'라고 불렀다고 전해지며, 적포(赤浦)라는 이름은 섬 주변에 바위들이 노을에 물들어 붉은 색을 띠기 때문에 붙여진 이름이라고 한다. 임진왜란 당시 고령 신씨가 낙안군에서 입도한 후 전주이씨, 고령신씨, 함안조씨, 진주강씨, 밀양박씨가 살고 있다. 주민의 대부분이 농업과 어업을 겸하며, 주요 농산물로는 벼・콩・고구마・마늘・보리 등이 재배되고 있다. 연근해에서는 주로 멸치・조기・민어・장어・도미 등이 잡히며, 김과 굴피조개 등이 양식된다.

전력은 공급되나 상수도는 공급되지 않아 주민 대다수가 우물을 식수로 이용하고 있으며, 교통은 도선으로 낭도나 여수로 연결되고 있다. 2005년부터 전라남도 고흥군 영남면과 연륙교 공사가 진행 중에 있는데, 영남면 쪽에서는 진입도로 공사가 80%의 공정률을 보이고 있다. 교통은 매일 3회 벌가항에서 정기 여객선이 운항되고 있다.

적금도의 마을은 대동과 소동 2개이다. 대동에는 여수 경찰서 화정면 파출소 출장소가 있고, 그 옆에 수백 년 된 팽나무가 있다. 마을 뒤편에도 궁터(사장등)에 400년이 넘는 5그루의 오래된 팽나무가 넓은 그늘을 이루고 있다. 이 궁터는 고흥의 여도만호 초병들의 활터로 사용되었다.

대동과 소동은 육계사주에 의해서 연결된 마을이다. 그러나 오래전에 마을 뒷산인 요막산이 크게 무너져 대동마을과 소동마을이 연결되었다고 전해진다. 배로 섬의 뒤편으로 돌아가면 고흥 영남과 연륙교 공사가 한창이다. 이 연륙교부터 시작되어 둔병도와 조발도를 이어 화양면까지 연결되면 여수와 고흥이 더욱 가까워질 것이다.

파래나 미역 등 해조류가 많이 생산되었던 '개미빌', 산모가 아이를 분만한 뒤 태를 묻었던 '안태골(안투골)', 초분이 있었던 '가장골 초빈(가빈, 초장)'이 있다.

벼락을 자주 맞는 '바락봐', 검은 색 자갈밭인 '몰락금', 섬 자체가 보름달처럼 생겼다는 '만월도(약섬)', 육계사주로 연결되면 작은 집처럼 보이는 '소당도' 등 적금도 사람들의 생활이나 생김새와 관련된 다양한 땅이름이 많다. 그 외에도 적금도 324번지에는 우리의 옛집을 연구할 수 있는 홍성표 가옥이 있기도 하다. 홍성표 가옥은 19세기 후반에 지어진 것으로 추정되는데, 2009년에 여수시의 보조금으로 새롭게 보수하여 현재에 이르고 있다.

적금도에는 일제강점기에 금광발굴이 이루어졌던 곳이기도 하다. 일제강점기에 우리나라 사람들에 의해 적금도에서 금광을 개발하기 위한 노력이 있었으나 실패한 것으로 알려졌다. 일제 말기에는 일본 사람들이 채광을 시도하여 금맥을 발견했지만 많은 양을 생산하지 못했으며, 채광한 굴은 현재까지 4군데가 남아 있다. 금광이 있다 하여 쌓을 적(積)자, 쇠금(金)자를 써서 적금리로 부르고 있다. 마을에서 가까운 포구 오른쪽 끝에 있는 굴은 여름에도 시원함을 느낄 수 있었으며, 주민들에 의하면 황금박쥐가 서식한 것 같다고 전한다.

적금도는 화양면과 둔병, 낭도, 과도로 둘러싸여 바다가 마치 거대한 호수처럼 보인다. 이 호수같은 바다가 황금어장인 것이다. 둔병도와 적금도는 여름 내내 이 문전옥답과 같은 바다에서 문어잡이와 어패류로 높은 소득을 올리고 있다. 특히 적금도 부녀자들은 바지락을 캐서 일년 내내 수익을 올리고 있다.

적금리에 맨 처음 입도한 성씨는 밀양박씨로 알려져 있으며, 이후 고령신씨가 들어와서 마을이 제대로 형성되었다고 전해지고 있다. 그러나 지금은 밀양박씨 후손은 단 2가구만 남아있고, 60호 중에 40호 이상이 고령신씨일 정도로 적금리에서는 가장 많은 세를 형성하고 있다.

▍제보자

김넉단, 여, 1927년생

주 소 지 : 전라남도 여수시 화정면 적금도
제보일시 : 2011.2.17
조 사 자 : 이경엽, 한미옥, 송기태, 임세경

김넉단 제보자는 고흥에서 1927년에 출생하였다. 이후 18세 때 이곳 여수 적금도로 시집을 와서 줄곧 이곳에서 농사를 지으면서 생활하였고, 바닷일은 하지 않았다고 한다. 슬하에 3남 3녀의 자녀를 두었으며, 모두 출가하여 외지에 살고 있다.

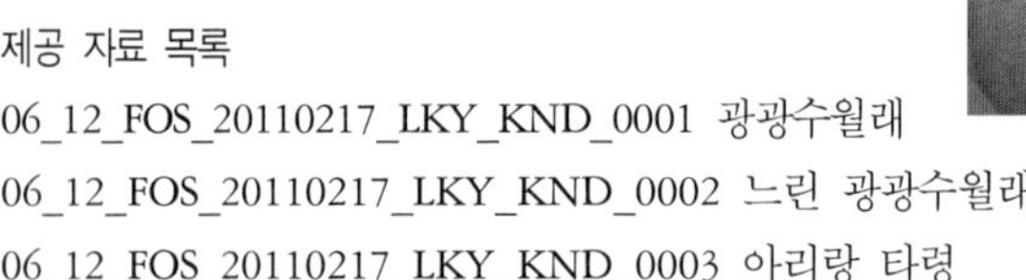

제공 자료 목록
06_12_FOS_20110217_LKY_KND_0001 광광수월래
06_12_FOS_20110217_LKY_KND_0002 느린 광광수월래
06_12_FOS_20110217_LKY_KND_0003 아리랑 타령

김순덕, 여, 1936년생

주 소 지 : 전라남도 여수시 화정면 적금도
제보일시 : 2011.2.17
조 사 자 : 이경엽, 한미옥, 송기태, 임세경

김순덕(가명) 제보자는 이곳 적금리에서 출생한 적금리 토박이다. 19세 때 역시 적금리로 시집을 왔으며, 2남 4녀의 자녀를 두었다. 줄곧 밭농사만 짓다가, 최근에는 바다에 나가 바지락도 캐는 등 바닷일도 조금씩 하고 있다고 한다.

제공 자료 목록
06_12_FOS_20110217_LKY_KSD_0001 아리랑 타령(1)
06_12_FOS_20110217_LKY_KSD_0002 아리랑 타령(2)

김종엽, 여, 1940년생

주 소 지 : 전라남도 여수시 화정면 적금도
제보일시 : 2011.2.17
조 사 자 : 이경엽, 한미옥, 송기태, 임세경

김종엽 제보자는 1940년에 여수 낭도에서 출생하였다. 19세에 이곳 적금도로 시집을 와서 2남 3녀의 자녀를 두었으며, 그 중 아들 쌍둥이도 있다. 주로 밭농사를 짓고 살고 있으며, 과거에는 갯가에 나가서 바지락도 캤지만 지금은 하지 않는다고 한다.

제공 자료 목록
06_12_FOS_20110217_LKY_KJY_0001 에야디야(1)
06_12_FOS_20110217_LKY_KJY_0002 아리랑
06_12_FOS_20110217_LKY_KJY_0003 아리랑 타령(1)
06_12_FOS_20110217_LKY_KJY_0004 에야디야(2)
06_12_FOS_20110217_LKY_KJY_0005 아리랑 타령(2)
06_12_FOS_20110217_LKY_KJY_0006 아리랑 타령(3)
06_12_FOS_20110217_LKY_KJY_0007 오다가다 만난 님
06_12_FOS_20110217_LKY_KJY_0008 청춘가
06_12_FOS_20110217_LKY_KJY_0009 노들강변

김형님, 여, 1936년생

주 소 지 : 전라남도 여수시 화정면 적금도

제보일시 : 2011.2.17
조 사 자 : 이경엽, 한미옥, 송기태, 임세경

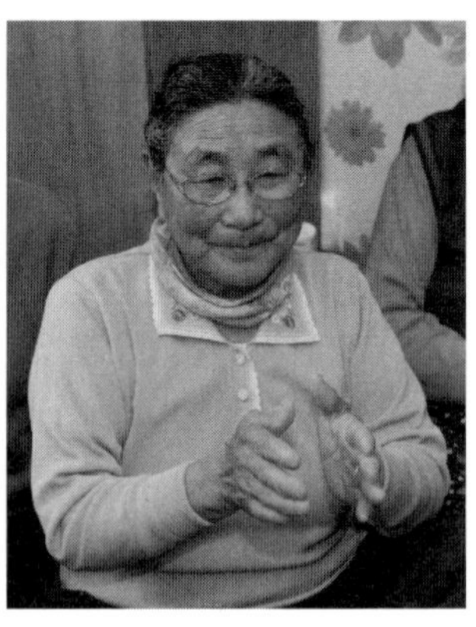

김형님 제보자의 자세한 생애이력은 조사하지 못했다. 이날 적금도 민요판에서 많은 할머니들이 흥겹게 노래를 불렀지만, 조사자가 제보자의 생애조사가 시작되기 전에 소리판을 떠나신 김형님 제보자와 같은 분들은 제대로 이력조사가 이루어지지 못했다.

제공 자료 목록
06_12_FOS_20110217_LKY_KHN_0001 광광수월래(1)
06_12_FOS_20110217_LKY_KHN_0002 광광수월래(2)
06_12_FOS_20110217_LKY_KHN_0003 아리랑 타령(1)
06_12_FOS_20110217_LKY_KHN_0004 아리랑
06_12_FOS_20110217_LKY_KHN_0005 아리랑 타령(2)
06_12_FOS_20110217_LKY_KHN_0006 아리랑 타령(3)
06_12_FOS_20110217_LKY_KHN_0007 아리랑 타령(4)
06_12_FOS_20110217_LKY_KHN_0008 연애노래

마정님, 여, 1925년생

주 소 지 : 전라남도 여수시 화정면 적금도
제보일시 : 2011.2.17
조 사 자 : 이경엽, 한미옥, 송기태, 임세경

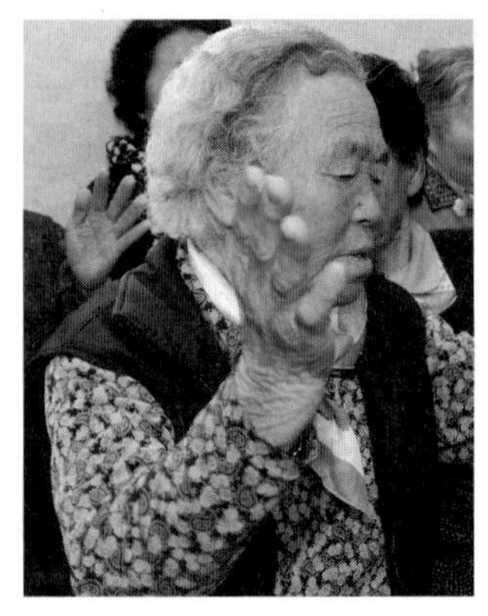

마정님 제보자는 열아홉 살에 이곳 적금도로 시집을 왔다. 9남매의 자녀를 두었으며, 평생을 밭일을 하면서 살았다. 이곳 적금도에서는 과거부터 바닷일은 남자들의 일이라고 여겨서 여자들은 바닷일을 하지 않

았으며, 다만 최근에 들어서 젊은 여자들은 갯벌에서 바지락을 캐는 것으로 돈을 벌지만 마정님 제보자는 고령이어서 그것도 하지 않고 있다고 한다.

제공 자료 목록

06_12_FOS_20110217_LKY_MJN_0001 광광수월래(1)
06_12_FOS_20110217_LKY_MJN_0002 광광수월래(2)
06_12_FOS_20110217_LKY_MJN_0003 광광수월래(3)
06_12_FOS_20110217_LKY_MJN_0004 느린 광광수월래
06_12_FOS_20110217_LKY_MJN_0005 광광수월래(4)
06_12_FOS_20110217_LKY_MJN_0006 아리랑 타령(1)
06_12_FOS_20110217_LKY_MJN_0007 아리랑 타령(2)
06_12_FOS_20110217_LKY_MJN_0008 흥글소리
06_12_FOS_20110217_LKY_MJN_0009 밭 맬 때 부르는 소리
06_12_FOS_20110217_LKY_MJN_0010 칭이나 칭칭나네(1)
06_12_FOS_20110217_LKY_MJN_0011 칭이나 칭칭나네(2)
06_12_FOS_20110217_LKY_MJN_0012 에야디야
06_12_FOS_20110217_LKY_MJN_0013 모심기 소리
06_12_FOS_20110217_LKY_MJN_0014 잠아잠아 오지마라
06_12_FOS_20110217_LKY_MJN_0015 다리세기 노래
06_12_FOS_20110217_LKY_MJN_0016 새 쫓는 소리
06_12_FOS_20110217_LKY_MJN_0017 밭갈이 가자
06_12_FOS_20110217_LKY_MJN_0018 칭이나 칭칭나네(3)

박동심, 여, 1946년생

주 소 지 : 전라남도 여수시 화정면 적금도
제보일시 : 2011.2.17
조 사 자 : 이경엽, 한미옥, 송기태, 임세경

박동심 제보자는 이곳 화정면 적금리에서 태어나 적금도로 시집을 온 적금도 토박이

다. 평생 바닷일은 해보지 않았다고 하며, 다만 밭농사를 지으면서 생활해오고 있다. 슬하에 1남 2녀의 자녀를 두었으며, 모두 혼인하여 출가하였고 아들만이 아직 미혼이다.

제공 자료 목록

06_12_FOS_20110217_LKY_PDS_0001 물동우 이어다가
06_12_FOS_20110217_LKY_PDS_0002 아리랑 타령(1)
06_12_FOS_20110217_LKY_PDS_0003 아리랑 타령(2)
06_12_FOS_20110217_LKY_PDS_0004 아리랑 타령(3)
06_12_FOS_20110217_LKY_PDS_0005 아리랑 타령(4)

박말자, 여, 1938년생

주 소 지 : 전라남도 여수시 화정면 적금도
제보일시 : 2011.2.17
조 사 자 : 이경엽, 한미옥, 송기태, 임세경

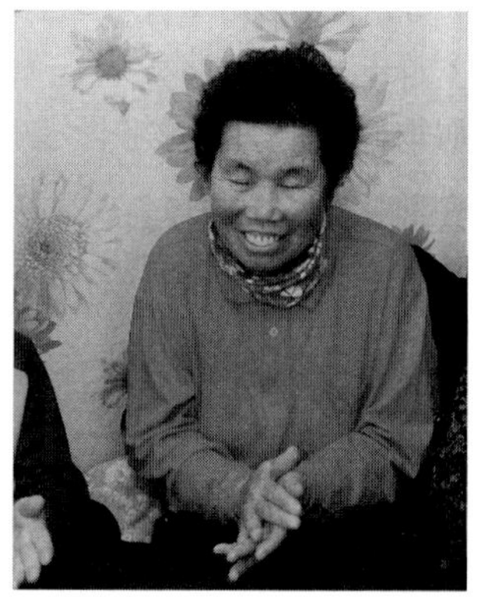

박말자 제보자는 적금도에서 출생하여 적금도로 시집을 간 적금도 토박이다. 젊은 시절에는 바닷일도 하면서 돈을 벌었지만, 지금은 밭농사와 함께 간간히 갯벌에서 바지락을 캐는 것으로 생활하고 있다. 슬하에 2남 3녀의 자녀를 두었다.

제공 자료 목록

06_12_FOS_20110217_LKY_PMJ_0001 느린 광광수월래
06_12_FOS_20110217_LKY_PMJ_0002 광광수월래
06_12_FOS_20110217_LKY_PMJ_0003 아리랑 타령(1)
06_12_FOS_20110217_LKY_PMJ_0004 아리랑 타령(2)
06_12_FOS_20110217_LKY_PMJ_0005 다리세기 노래(1)
06_12_FOS_20110217_LKY_PMJ_0006 다리세기 노래(2)

박춘김, 여, 1930년생

주 소 지 : 전라남도 여수시 화정면 적금도
제보일시 : 2011.2.17
조 사 자 : 이경엽, 한미옥, 송기태, 임세경

박춘김 제보자는 적금도에서 출생하여 적금도로 시집을 온 적금도 토박이다. 18세 때 혼인을 하여 2남 4녀의 자녀를 두고 있으며, 바닷일은 남편이 하고 자신은 밭농사만 짓고 살았다. 오래 전에 남편과 사별하고 혼자서 살고 있다.

제공 자료 목록
06_12_FOS_20110217_LKY_PCG_0001 광광수월래(1)
06_12_FOS_20110217_LKY_PCG_0002 느린 광광수월래
06_12_FOS_20110217_LKY_PCG_0003 광광수월래(2)
06_12_FOS_20110217_LKY_PCG_0004 물레소리
06_12_FOS_20110217_LKY_PCG_0005 아리랑 타령

신순애, 여, 1928년생

주 소 지 : 전라남도 여수시 화정면 적금도
제보일시 : 2011.2.17
조 사 자 : 이경엽, 한미옥, 송기태, 임세경

신순애 제보자는 1928년에 이곳 적금리에서 출생한 적금리 투박이다. 17세 때 역시 고향인 적금리로 시집을 와서 1남 4녀의 자녀를 두었다. 젊어서는 일을 많이 했지만, 지금은 나이도 많고 몸이 아파서 일은 전혀

하지 않고 있다고 한다.

제공 자료 목록
06_12_FOS_20110217_LKY_SSA_0001 징용보국대에서 배운 노래
06_12_FOS_20110217_LKY_SSA_0002 임 생각

신정엽, 여, 1924년생

주 소 지 : 전라남도 여수시 화정면 적금도
제보일시 : 2011.2.17
조 사 자 : 이경엽, 한미옥, 송기태, 임세경

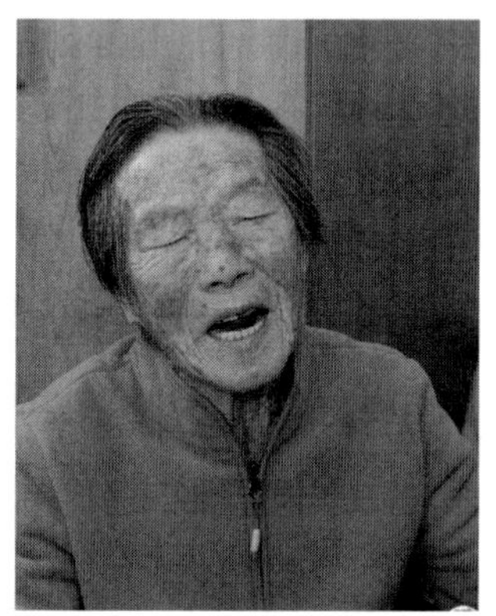

신정엽 제보자는 고흥 섬오리에서 1924년에 출생하였다. 이후 이곳 여수 적금도로 시집와서 농사를 지으면서 살아왔다. 지금은 나이가 많이 든 탓에 일은 하지 않고 회관에 나와 사람들과 담소를 나누는 것으로 소일하고 있다.

제공 자료 목록
06_12_MFS_20110217_LKY_SJY_0001 꿈아꿈아 무정한 꿈아

심정심, 여, 1935년생

주 소 지 : 전라남도 여수시 화정면 적금도
제보일시 : 2011.2.17
조 사 자 : 이경엽, 한미옥, 송기태, 임세경

마을 당제가 끝난 후 흥에 겨운 심정심 할머니가 어수선한 분위기에서 노래를 불러 주셨다.

제공 자료 목록
06_12_FOS_20110217_LKY_SJS_0001 논매는 소리

윤정심, 여, 1939년생

주 소 지 : 전라남도 여수시 화정면 적금도
제보일시 : 2011.2.17
조 사 자 : 이경엽, 한미옥, 송기태, 임세경

윤정심 제보자는 1939년 여수 낭도에서 출생하였다. 당시로서는 매우 늦은 나이인 27세에 이곳 적금도로 시집을 왔다. 줄곧 농사와 바닷일을 하면서 생활해왔으며, 슬하에 5녀1남의 자녀를 두었다.

제공 자료 목록
06_12_FOS_20110217_LKY_YJS_0001 광광수월래
06_12_FOS_20110217_LKY_YJS_0002 아리랑

이순심, 여, 출생년도 미상

주 소 지 : 전라남도 여수시 화정면 적금도
제보일시 : 2011.2.17
조 사 자 : 이경엽, 한미옥, 송기태, 임세경

마을 당제가 끝난 후 흥에 겨운 이순심(가명) 할머니가 어수선한 분위기에서 노래를 불러 주셨다.

제공 자료 목록
06_12_FOS_20110217_LKY_LSS_0001 광광수월래

06_12_FOS_20110217_LKY_LSS_0002 아리랑 타령

임미덕, 여, 1936년생

주 소 지 : 전라남도 여수시 화정면 적금도
제보일시 : 2011.2.17
조 사 자 : 이경엽, 한미옥, 송기태, 임세경

임미덕은 1936년에 고흥에서 출생하였다. 이후 19세 때 이곳 여수 적금도로 시집을 왔다고 한다. 젊은 시절에는 바닷일도 하였지만 지금은 하지 않고 있으며, 아들이 현재 면장을 하고 있다고 한다.

제공 자료 목록
06_12_FOS_20110217_LKY_YMD_0001 다리세기 노래

제송용, 남, 1937년생

주 소 지 : 전라남도 여수시 화정면 적금도
제보일시 : 2011.2.17
조 사 자 : 이경엽, 한미옥, 송기태, 임세경

제송용 제보자는 1937년에 이곳 적금도에서 출생한 적금도 토박이다. 본래 제송용의 부모는 보성군 율어면 금천리 사람인데, 중년에 적금도로 이주하여 제송용은 적금도에서 2남 2녀 중 장남으로 태어났다고 한다. 어업으로 생계를 유지해왔으며, 과거에는 조기와 갈치, 문어 등을 잡았으며 이중 문어가 가장 많이 잡힌다고 하였다. 제송용이 23세 때, 여수 낭도의 19세 처녀 유순자와 결혼하여 슬하에 2남 2녀의

자녀를 두었다.

제공 자료 목록
6_12_FOT_20110217_LKY_JSY_0001 적금리 입향조
6_12_FOT_20110217_LKY_JSY_0002 도깨비 이야기
6_12_FOT_20110217_LKY_JSY_0003 도깨비와 만선
6_12_FOT_20110217_LKY_JSY_0004 만학도 섬의 유래

최경환, 남, 1946년생

주 소 지 : 전라남도 여수시 화정면 적금도
제보일시 : 2011.2.17
조 사 자 : 이경엽, 한미옥, 송기태, 임세경

최경환(가명) 제보자는 이곳 적금도 토박이로, 한 번도 적금도를 떠나서 산 적이 없다고 한다. 슬하에 2남 4녀의 자녀를 두었으며, 아직 아들 두 명이 결혼을 하지 않아서 걱정이 많다고 하였다. 평생 어업으로 생계를 꾸려왔으며, 적금도의 당제와 도깨비 관련 이야기를 많이 알고 계셨다.

제공 자료 목록
06_12_MPN_20110217_LKY_CGH_0001 도깨비불이 보이면 비가 온다(1)
06_12_MPN_20110217_LKY_CGH_0002 도깨비를 만났을 때 하늘을 보면 안된다
06_12_MPN_20110217_LKY_CGH_0003 도깨비가 만들어준 논
06_12_MPN_20110217_LKY_CGH_0004 도깨비불이 보이면 비가 온다(2)
06_12_MPN_20110217_LKY_CGH_0005 도깨비가 물장군 타고 마을에 온 이야기

적금리 입향조

자료코드 : 6_12_FOT_20110217_LKY_JSY_0001
조사장소 : 전라남도 여수시 화정면 적금리 노인회관
조사일시 : 2011.2.17
조 사 자 : 이경엽, 한미옥, 송기태, 임세경
제 보 자 : 제송용, 남, 76세
구연상황 : 소리판이 떠들썩하게 이어지고 있는 동안, 회관의 다른 방에서 제송용 제보자와 함께 마을에 관한 여러 가지 이야기를 물어보았다. 먼저 조사자가 마을의 입향조에 관해서 묻자, 제보자가 마을의 역사에 관해서 이야기를 들려주었다.
줄 거 리 : 적금리에는 맨 처음 밀양박씨가 들어와서 살게 되었다고 한다. 그리고 본래 여수군, 여천군으로 되기 전에는 고흥군 흥양면이었으며, 당시에 마을에 사장등이 있어서 사람들이 그곳에서 활을 쐈다고 한다. 또한 현재 적금리에서 가장 가구 수가 많은 성씨는 신씨이며, 적금리 마을 당제는 몇 백 년 동안 끊어지지 않고 지금까지 이어지고 있을 정도로 뼈대가 있고 유서가 깊은 마을이다.

우리 마을에 가장 앞에 들어온 사람들이 박씨. 박씨 영감이 제일 앞에 들어와서 이 마을에 자리를 잡았던. 그라고 인자 그 다음에는 인자, 신씨군이 들어오고. 그 앞전까지는 모르겄는데, 우리가 알기로는. 그래가지고는 인자, 우리 마을이 이렇게 홍성이, 마을로 거시기 됐지.

그리고 이 우리 마을이 본래, 여수군 여천군이 아니었었고, [손위로 위쪽을 가리키며]요 흥향! 거 고흥! 흥향군이었었어. 그라고 인자, 연도수는 잘 모르겄는디. 여수군으로 베꼈다가 인자, 그 ○○갖고 지금까지 오고 있는디. 근께, [무언가를 생각하며 손으로 입을 만지작거리고, 손으로 위쪽을 가리키며] 요 아까, 굿을 치고 내려오다가 뭔 나무가 [두 손을 크게 펼쳐보이며] 훤하고 많이 있드라고. 그것이 거 사장등이라고. 우리마을에서 사장등이라고만 부르고 있는 디, 왜 사장등이라 하냐 하면은.

그때 홍향군으로 있을 때, 그래 참, 고흥! 지금은 고흥이지만은. 그 건달을 그런 분들이 활을 갖고 서울 올 때. 거기서 인자, 활을 쏜 자리였었어. 여섯 달에 우리가 듣든 거로는 저 뭐로 활을 쏘고. 그래서 인자. 사장등이라 부른 줄 알고 있고. 그래서 인자, 중간에 여수군으로 베꼈다고(바뀌었다고). 여수군으로 베꼈다가 이제 여천군으로, 여러 가지로 베꼈지.

그런데 인자 그래갖고 옥정. 홍향수 요리 편입이 될 때, 우리 면이 옥정면이었어. 그 앞전에는 여가 홍향군이었응께, 여가 면소지 였는디 요리(여기로) 합방이 되면서 요짝으로(이쪽으로) 여천이 가깝게 요짝으로 붙으면서. 인자, 화정면 적금리였었는디. 인자 늘 베껴(이름이 바뀌어) 내려오다가. 인자, 여수? 여천군이었다가 여수시로 편입이 안 됐드라고.

그래갖고 쑥 인자, 유래가 미루어 있었는디. 원래 우리 마을은 참, 뼈대가 있었던 모양이여.

지금은 다 막 이렇게 나무고석 다 평균허게 되어서 살고 있지만은. 그러게.

(조사자 : 현 주민 중에서 가장 댓수가 많이 사는 성씨가 어떤 성씨예요?) 신씨가 지금 많지. (조사자 : 여기 몇 대 째까지 살고 있는거에요?) 고것까지는 잘모르겄구만. 신씨가 지금 들어온 지가 몇 년 된지는. 벌써, 임진왜란 때, 그 신씨들이 여기 들어왔다고 그랬었는데. (조사자 : 아! 그 신씨는 어디 신씨에요?) 고령. 박씨는 밀양 박씨.

(조사자 : 밀양 박 씨고. 밀양 박씨 후손이 지금 살고 있나요?) 그렇지. 인자, 살고 있지. 정리 해, 다 가고. 두 가구 살고 있지. 신씨는 자자일촌. 원래 우리 마을이 신씨였었어. 지금은 인자, 다 또 이리저리 객지로 가고. 그래가지고 지금 신씨가 좀 많이 줄었지만. 그래도 지금도, 우리 마을이 65면은 한 45호는 신씨가 차지하고 있어.

(조사자 : 아까, 사장등 유래도 말씀 해주셨는데, 그것처럼 마을의 어디

를 무어라고 부르는데, 그것은 왜! 이러이래 부른단다 하는 지명에 대해 알려주십시오.) 그러게 거그 사장등은. 왜 사장등이라 그랬냐믄. 인자 참. 고흥건달들이 전체와 갖고 활을. 활 쏜 자리라 해갖고 사장등이라. 그 뒤로는 고흥군이. 근게 인자 여천군으로 베꼈거든. 베껴갖고. 원래 이 마을이 옥정면사무소 옥정면사무소였었어. 인자 화정면으로 베끼면서 우리 마을은 인제, 면소재지가 아니고, 지금 인자 화정면 적금리라고 부르고 있지.

인자, 전설 같은 것이 특별한 것은 없는디. 원래 사장등은 활쏜자리라 해 가지고 사장등이라 그랬었고. 인자, 그분들이 여기 와서 살 때, 섬에 살기 땀세(때문에) 당제를 모셨거든. 그런데 이짝(이쪽)에가 [오른손을 들어 오른쪽을 가리키며] 큰 마을 큰 당산이었었고. 인자, 요짝에는 [왼쪽손을 들어 왼쪽을 가리키며] 작은 마을, 작은 당산이었었고. 인자, 큰 마을에서 당제를 모신께. 인자, 그때는 서로 인자, 막 큰 마을, 작은 마을 가려서 할 때.

"아! 우리도 그러믄 당을 하나 만들자"

요 마을 분들이. 그러가지고 저 당이 생겨가지고 양 당을 지금까지 모시고 우리가 알기로는 그런지 알고 있고. 특별한 것은 우리도 잘 모르지! 우리도 지금 나이가 인자, 칠십 여섯인디. 그 전에 몇 백년을 흘러버렸지! 우리 마을이.

도깨비 이야기

자료코드 : 06_12_FOT_20110217_LKY_JSY_0002
조사장소 : 전라남도 여수시 화정면 적금리 노인회관
조사일시 : 2011.2.17
조 사 자 : 이경엽, 한미옥, 송기태, 임세경

제 보 자 : 제송용, 남, 76세

구연상황 : 마을의 입향조와 역사 이야기에 이어서, 조사자가 도깨비 이야기를 들려달라고 부탁하였다. 이에 제보자가 잠시 생각을 정리하는 듯이 자세를 가다듬더니 도깨비 관련 이야기를 시작하였다.

줄 거 리 : 적금리 마을 한 쪽으로 우물이 있어서 옛날부터 새벽이면 남자들이 그곳으로 물을 길러 갔단다. 그런데 물을 뜨러 가다가 간혹 도깨비를 만나서 씨름을 하는 경우가 있는데, 이상하게도 다음 날 아침에 보면 도깨비가 아닌 빗자루였다고 한다. 또 어떤 사람은 배를 태워주고 배 삯을 받고 다음 날 살펴보면 돈이 아니라 조새(조개)였고, 그것이 바로 사람이 아닌 도깨비가 장난친 것이란다.

도채비를 만난 이야기를 들었었는데. 인자, 옛적에는. 주로 이 우리마을에 저 딴데로(다른 곳으로) 우물을 길러 다녔던 모양이여. 새복으로(새벽에) 장물을 갖고, 남자들이 물을 질러(길러) 가요. 그러면 도채비를 만나가지고 씨름도 했다는 그런 전설이 많이 있어.

거 씨름을 하면, 뭐 허리띠를 끌러갖고 창창 묶어갖고. 아침에 가보면 빗지락(빗자루) 몽댕이드라. 거시기한 말이 많이 있었지. 그리고 특별한 거시기 없었고. 그 뒤로 우리가 섬에 살기 땀새, 고기나 잡아먹고 산다는 것이 여태껏...

(조사자 : 또 배를 태워줬더니 배 삯을 뭣으로 줘가지고. 나중에 보니까...) 어 그런 거. 그러니까. 쩌 지금 말하자면 본인이

"저 건너를 태워다 주라."

인자, 딴 마을에서 요리(여기) 올랄 때(오려고 할 때).

"좀 실어다 주라." 한께.

인자 돈 주고 가면서 배 삯이라고. 그래갖고 아침에 자고 일어나서 본께. 조새가 있었었고. 그러면 도채비가 타고 내려왔던 모양이여. 근게 돈이 아니고 아침에 자고 일어나서 본께, 조새가 있었고. 어떤 대는, 밤길을 걷다 큰 장병군이 와 갖고.

"씨름을 허자."

이러면은 인자, 어짤 수 없이 씨름을 허고, 그놈을 이겨갖고 탁 묶으고(묶어두고) 와서는, 놔두고. 뒤에, '도대체 어떤 사람이 와서 나보고 씨름을 허자그냐(하자고 하느냐)' 하고 가서 보면, 빗지락 몽댕이였다는 전설이 있어! 우리도 잘 모르지. 나가 원래 여기서 태어났지만은 옛적 이야기는 들어서 알고 글지. 우리도 모르지 그 때도.

도깨비와 만선

자료코드 : 06_12_FOT_20110217_LKY_JSY_0003
조사장소 : 전라남도 여수시 화정면 적금리 노인회관
조사일시 : 2011.2.17
조 사 자 : 이경엽, 한미옥, 송기태, 임세경
제 보 자 : 제송용, 남, 76세
구연상황 : 앞의 도깨비 이야기에 이어서, 조사자가 바다에서 고기를 잡을 때 도깨비불을 보면 고기가 많이 잡힌다는 말도 있지 않냐고 묻자, 제보자가 그런 말도 들어서 알고 있다면서 그와 관련된 이야기를 들려주었다.
줄 거 리 : 옛날에는 바다에 고기를 잡으러 갔을 때, 밤에 도깨비 불을 보고 따라가는 경우가 있단다. 그런데 간혹 그 불빛 덕분에 만선이 되기도 하지만, 모두 조상들 세대의 이야기로 지금은 잘 모른단다.

(조사자 : 옛날에 도채비 불 나온 데를 보러 가면, 뭐 고기를 많이 잡게 된다느니, 그런 말도 있습니까?) 엉, 그런 말이 우리도 들어서 알지. 바다를 고기를 잡으러 가면, 그 바다에[양손을 쫙 펼쳐 보이면서], 인자 큰 화초밭이 돼갔고. 그것이 실제가 다 우리, 어부들인지 알고 가서 보면은. 뒤에 가서 보면은 그것이 도채비인가! 거기서 불을 많이 피워 갖고 있던디. 그러고 뭐 어떤 도채비 배를 따라가면, 고기도 만선해 갖고. 그런 전설이 있어. 근게 우리도 잘 모르지.

뭐, 우리 욱으로(윗 조상으로) 및 대가 살다 돌아가셨은께. 우리 우리도 옥정리까지밖에 모르지. 우리가 적금면소재지가 될 때는, 옥정면이었던 만이여라(옥정면이었다). 지금은 화정면 때도. 아조 인자, 화정면이 생기도 안했어. 화정면이 생겼었지. 여천군 화정면.

만학도 섬의 유래

자료코드 : 06_12_FOT_20110217_LKY_JSY_0004
조사장소 : 전라남도 여수시 화정면 적금리 노인회관
조사일시 : 2011.2.17
조 사 자 : 이경엽, 한미옥, 송기태, 임세경
제 보 자 : 제송용, 남, 76세
구연상황 : 도깨비 이야기에 이어서 조사자가 적금도가 섬이기 때문에 그러한 섬들과 관련된 지명유래담에 대해서 이야기해주길 부탁하였다. 그러자 제보자가 특별히 그런 류의 이야기는 잘 모른다고 하면서도, 자신이 알고 있는 만학도 섬의 유래에 대해서 간단하지만 대답해주었다.
줄 거 리 : 만학도는 적금도 옆에 있는 섬이다. 그런데 아주 옛날에 섬이 둥글둥글하게 떠들어오는데, 어떤 사람에 의해 섬이 그 자리에 주저앉아 버려서 지금의 만학도가 생겨났다고 한다. 아주 오래 전 노인들에게서 들은 이야기라 정확히 기억나지는 않는다.

이 섬이 다, 이름은 있지만은 다 유배가 있지만은. 저 딴 섬이, 근데 인제 실제가 그랬는가는 모른디. 또 만학도 같은 섬은. 섬이 둥글둥글 떠돌아 온께. 인자, 옛적 노인들이 말을 한께. 그 섬이 누가 주저 앉어갖고 섬이 되었다. 그런 전설이 있지.

우리도 똑똑이 잘 몰라. 우리도 몇 십 대부터 여기에 살었는디. 우리가 쪼금 놀다가 노인들한테 들은 말이지. 잘 몰라. 나는 인자. 칠십이 넘었는디. 그 앞전에 노인들이 노인들이 몇 대가 여기에 살고 있었는디...

도깨비불이 보이면 비가 온다(1)

자료코드 : 06_12_MPN_20110217_LKY_CGH_0001
조사장소 : 전라남도 여수시 화정면 적금리 노인회관
조사일시 : 2011.2.17
조 사 자 : 이경엽, 한미옥, 송기태, 임세경
제 보 자 : 최경환, 남, 66세
구연상황 : 소리판이 노래방 기계에 의한 잔치판으로 바뀌자, 조사자들은 회관 밖으로 나와 마을 주변을 돌아다녔다. 그때 바닷가에 위치한 바위에 앉아서 쉬고 있던 제보자를 만나 마을의 역사에 관해 이것저것 묻다가, 옛날에 들었던 도깨비 이야기 좀 들려달라고 하자 제보자가 들려준 이야기다.
줄 거 리 : 적금리 마을이 오십 년 전에는 약 230여 호가 될 정도로 큰 곳이었다. 당시 제보자의 나이가 20세 정도였는데, 그 때는 날이 궂고 비가 오려고 하면 갯바닥에 도깨비불이 많이 피었다고 한다. 그리고 그때 어떤 사람이 화양에서 배를 타고 적금으로 들어왔는데, 배 삯으로 받은 것이 다음날 보니 돈이 아니라 사금파리였다고 한다. 그것이 바로 도깨비에 홀린 것이란다.

지금으로부터 한 한 오십 년 전, 그러믄 까마득한 옛날 아닙니까? 옛날에 우리 적금리가 한, 230호 됐습니다. 홋수가. 그런데 인자, 그때 저 나이가 한 스무 살 때나 됐을 꺼요. 한 스무 살 못 묵었을꺼요. 인자, 그때는 인자, 날이 궂은 날이면은. ○촉매 하는데 비가 온다든가 바람이 불라면은, 요 [앞 바다 뻘을 가리키며] 앞 바닥에가(갯벌에) 불이 화촉 하니 돼. 요 바닥에. 그게 뭔 불이야! 도깨비가 불어서 나오는 거여. 그라고 인자, 우리주민들한테.

"이놈들아 비가오고 바람 분다. 빨리 빚을 그려라."

그런 뜻으로 도깨비가 [도깨비가 있다는 듯이 손으로 시늉을 하며 가리키며] 불을 화 하니 그런 거여. 그러면 주민들은 그것을 보고,

"와 날 궂구나."

그때는 기상통보가 없었거던. 텔레비도 없고, 라디오도 없고. 그자믄 인자 막, 빛을 걷을라믄 과연 비거 와르르 쏟아지던, 그런 옛날시댄데. 그러다보니까 도깨비가 엄청 많았지. 나는 실지로 그걸 못 느꼈는데. 인자, 하신 말씀들이 저런 화양이나 고흥 가서 올 때. 어떤 손님이

"아이 적금에 들어 가야것다."

배 좀 태워주라고 하드라고. 사람이 배 좀 태와 주라고 배를 [손으로 올리는 시늉을 하며]뿌어 오른단 말여. 그래, 할아버지가

"아 그래 가자."고.

오면은 이런 선창가에다 대주면 돈을 주고와. 오면은 인자, 놔두라 해도 돈을 주고. 그 분이 간 뒤에 거 돈 받은 할아버지를 보면은. 돈이 아니라 어떤 사금파리. 사금파리라면 잘 알지요? (조사자 : 네.) 그놈을 주고 가고. 뭐 인자, 등등으로 인자. 그런 사건이 상당히 많았어요.

도깨비를 만났을 때 하늘을 보면 안된다

자료코드 : 06_12_MPN_20110217_LKY_CGH_0002
조사장소 : 전라남도 여수시 화정면 적금리 노인회관
조사일시 : 2011.2.17
조 사 자 : 이경엽, 한미옥, 송기태, 임세경
제 보 자 : 최경환, 남, 66세
구연상황 : 도깨비가 배 삯으로 사금파리를 주었다는 이야기에 이어서, 곧바로 도깨비를 만나면 조심해야 할 것으로 하늘을 쳐다보면 안된다는 이야기를 해주었다. 조사자의 개입 없이 제보자 스스로 이야기를 이어나갔다.
줄 거 리 : 제보자는 도깨비를 한 번도 만난 적은 없지만, 옛날부터 어른들이 도깨비를 조심하라고 그랬단다. 그리고 도깨비를 만나면 하늘을 쳐다보면 안되고 땅을 쳐다봐야 한다고 들었단다. 즉, 사람이 도깨비를 만났을 때 하늘을 쳐다보면 도깨비가 한 없이 커져버리고, 땅을 쳐다보면 작아지기 때문이라고 한다. 그

리고 옛날부터 도깨비는 빗자루가 변해서 되기 때문에 여자들에게 부엌 아궁이에서 빗자루를 깔고 앉지 말라고 했단다.

그런 할아버지 이야그는 "도깨비를 조심해라." 항시 그라는데. 나는 도깨비를 한 번도 못 만났습니다. 나야, 젊은 사람인디...

(조사자 : 도깨비를 조심하라고 그랬어요?) 아, 도깨비를 조심하라고 그랬어요. 근디, 도깨비 할 때는 하늘을 쳐다보면 안 돼. 도깨비를 만나면 [하늘로 고개를 들었다가 땅으로 고개를 숙여 보이면서] 하늘을 쳐다보면 안돼. 땅을 해야돼. 하늘을 쳐다보면 한정 없이 [손을 높이 올려보면서] 높아 이놈의 것이. 근께 [고개를 숙여 땅을 쳐다보면서] 땅을 쳐다 봐야제, 하늘을 쳐다보면 어따(어디다) 갖다 꼴아 박아 불고. 인자, 도깨비하고 만나갖고. 씨름을 인자, 허자고 허면은 자빨쳐갖고(넘어뜨려가지고). [본인의 윗옷을 걷어 올리고 허리띠를 잡아 빼는 시늉을 하면서] 끌러 갖고 매놓고, 아침에 가믄 빗자루던가. 빗자루! 그러니까 할아버지 할머니가 하는 말씀이, 빗자루.

"볏자루! 깔지 말라." 그래요.

그게 주로 여자들이 그, 인자 우리가 이런 말 하면 상서럽지만. 피가 멘스가 묻었다 할 때는 꼭 도깨비여. 그러니까 빗지락을 깔지 말란. 깔고 앉지 말라는 것. [깔고 앉는 시늉을 해보이면서] 부엌에 옛날은 다 짚풀이었고, 다 나무였잖아. 지금같이 다 가스에 밥한게 아니라, 산에서 나무를 해다가 싹 보리떼 짚풀허믄. [깔고 앉는 시늉을 하며] 허리 아픈게 다 깔고 앉지! 나맨키로(나처럼) 요러게(이렇게). 거기에 여자 그 뭐이냐 멘스가 묻으면 도깨비가 되는 거여! 그래서 노인들이 빗자루 깔지 말란 유래가 있어요.

거 저그, 나이가 낼모레 이렇게 70 이지만은. 유래를 잘 모릅니다. 이정도로.

(조사자 : 도깨비를 보고 하늘을 쳐다보지 말란 것은 왜 그런답니까?) 한정 없이 키가 커. 도깨비란 것이. 땅을 쳐다보면 도깨비가 키가 작아져 버리고. 근게 들고 가 버리지. 근께 땅을 쳐다봐야지. 도깨비가 키가 작아지고. 이게 하나의 미신이요. 그런 유래가 있고. 인자 등등으로 많습니다만, 나도 다 잊어 부렀어.

도깨비가 만들어준 논

자료코드 : 06_12_MPN_20110217_LKY_CGH_0003
조사장소 : 전라남도 여수시 화정면 적금리 노인회관
조사일시 : 2011.2.17
조 사 자 : 이경엽, 한미옥, 송기태, 임세경
제 보 자 : 최경환, 남, 66세
구연상황 : 조사자가 앞의 이야기에 이어서, 도깨비가 밭을 만들어준 그런 이야기는 없냐면서 물어보았다. 이에 제보자가 곧바로 "아!" 하면서 생각났다는 듯이 그와 관련된 이야기를 이어주었다. 이야기 중간중간 제보자는 양손을 움직여서 논과 같은 형태를 구현해내기 위해 애를 쓰는 모습도 보여주었다.
줄 거 리 : 화정면 낭도에서 살았던 지금은 고인이 되신 할아버지의 경험담이라고 한다. 그 할아버지가 젊었을 때, 둑을 막아놓고 밤낮으로 일을 열심히 했단다. 그래 하루저녁에는 가서 보니까, 도깨비들 열한 명이 와서 자기들끼리 열심히 돌을 가져다가 담을 쌓고 있더란다. 그렇게 해서 도깨비들이 흙을 곱게 일궈서 좋은 논을 만들어주었고, 이후 할아버지와 그 자손들에 이어지도록 그 논에서 농사를 지어 먹고 살고 있단다.

(조사자 : 도깨비가 밭 만들어주고 그런다는 이야기는?) 그건, 우리가 적금에서 헌것이 아니라, 우리 같은 마을, 화정면 낭도에서. 그분이 지금 살어계시면... 한! [곰곰이 생각해 보며] 한... 구십, 백 살 같이 될꺼요.

그래 인자 요런 [뚝을 세워 놓는 모양을 손으로 해 보이며] 뚝을 막어 갖고. 인자, 그 할아버지가 일을 하는데. 밤낮으로 하지 인자. 하루저녁에는 가보니까, 이놈의 것이. [손으로 쌓인 정도를 나타내며] 달이 많이 쌓였지. 요렇게. 인자. 어쩐 일이요...

일을 허고 뒷날 저녁에는, '내가 잡어야 하겄다' 하고 가보니까. 그놈들이 한 열한 명 와서, 지그들이(도깨비들이) 돌을 가져다 담을 쌓고 있드래. 그래가지고 [손으로 한 장소를 가리키며] 저 저그 선 난거(선이 있는). 그 밑에가 논이 있는데. 크게 채운 것이 도깨비가 쳐 논, 논이 있어요. (조사자 : 도깨비가 쳐 논, 논이 있어요?) 네. 논이. 우리 사람의 힘으로는 못 헌디. 도깨비가 돌을 갖다가 흙을 이래갖고 논을 좋게 만들어 놨어요. 그래갖고 인자 그분이 농사를 짓다가. 자기는 세상 고인이 되고. 젊은 야 자녀들이 저기서 논을 해묵고 있어요.

그런디. 그것이 참 말인가! 거짓말인가는 모른디. 그 노인이 그런 말씀을 해요. 나는 인자 믿고 있지. 그 할아버지가 그러니까 참말이겠죠! 근데 인자, 지금 세대에서 젊은 사람들은 그걸 믿질 않습니다. 젊은 사람들은 믿지 않죠! 당연히 믿을 수 가 없죠! 못 믿어요.

(조사자 : 논 쳐준 그 집은 어떤 인연이어서 그렇게 해 주었답니까?) 그건 잘 모르지요. 뭐 어떤, 좋은 운대가 와갖고 도깨비가 도와 준거죠!

도깨비불이 보이면 비가 온다(2)

자료코드 : 06_12_MPN_20110217_LKY_CGH_0004
조사장소 : 전라남도 여수시 화정면 적금리 노인회관
조사일시 : 2011.2.17
조 사 자 : 이경엽, 한미옥, 송기태, 임세경
제 보 자 : 최경환, 남, 66세
구연상황 : 조사자가 도깨비는 어떤 인연으로 사람에게 잘 되게 해주는 것 같냐고 묻자, 제보자가 그런 것은 잘 모르겠다고 하면서 자신이 젊은 시절에 직접 보았다는 도깨비 관련 이야기를 이어갔다.

줄 거 리 : 적금리에서 당산 할아버지에게 제를 모신 지 약 45, 6년 정도 되었단다. 그런데 제보자가 초등학교에 다닐 때 겪었던 이야기로, 당시에는 마을사람들이 전부 놀러를 가면 그 밤에 꼭 귀신(도깨비)이 나와서 북을 치고 꽹과리를 쳤단다. 그때는 그런 광경을 처음 봐서 무서웠고, 그 뒤로는 한 번도 그런 경험을 한 적이 없었단다. 그리고 가장골에서 도깨비불이 반짝반짝하면 반드시 그 다음날에는 비가 왔다고 한다.

뭐 우리 적금리에서 저가 실지로 겪은 것인데. 저가(제가) 십 이 당산할아버지를 섬기는 지가… 한, 사십 오 육년 됐습니다. 그때는 한 스무 살 먹었을 땐데. 그때는 한… 스무 살, 열 몇 살 묵을 때. 초등학교 대닐 때 보면은. 우리가 인자, 간포 갖고 전부 놀러를 다니고 그래. 그리고 인자, 날씨가 보면은 저… 자, 그 밤으로 구신이 나와갖고. 북을 치고 꽹과리를 치고 그래요. 처음 보니까 무수라하고(무서워라 하고) 집으로 와불지. 인자 도깨비를 많이 안 만나 봤어요. 그런디. 인자, 신이 이런 엄청난…

(조사자 : 그런 꽹과리를 치면서 귀신들이 와요?) 어, 우리는 무서와서 쫓아와요. 허, 우리는 어린애들이니까. 한 초등학교 삼사 학년 그때니까, 무서워서 쫓겨와버리지.

(조사자 : 그 다음날 비가 와요?) 분명히 비가와! [손을 들어 말하는 사실을 강조하듯이] 기상통보 보다 더 정확한 거야. 요즘 기상청은 눈 온다고 안오고, 바람도 안 불지. 그건 틀림없는 거여. 그것은 백에서 1밀리도 안 틀리고 비가 딱 오지. 우리 요거 [손으로 가리키며] 가장골이라는데. [일어서서 손으로 가리키며] 요 넘에가 가장골이여. 저기서 밤으로 초저녁으로. 비가 올라믄, 불빛이 여기서 삐딱 저기서 삐딱. 도깨비놈들이 그냥 춤을 추는 거여. 그럼 그 다음날 딱 비가와.

도깨비가 물장군 타고 마을에 온 이야기

자료코드 : 06_12_MPN_20110217_LKY_CGH_0005
조사장소 : 전라남도 여수시 화정면 적금리 노인회관
조사일시 : 2011.2.17
조 사 자 : 이경엽, 한미옥, 송기태, 임세경
제 보 자 : 최경환, 남, 66세
구연상황 : 앞의 도깨비에 이어서 제보자가 쉬지 않고 들려주신 도깨비 이야기다.
줄 거 리 : 적금리에 도내기샘이 있다고 한다. 그런데 옛날 노인들은 장군을 지고 다니면서 물을 질렀는데, 물을 지고 오는 길에 초동골이라는 곳에 와서 잠시 쉬게 된단다. 그런데 그곳에는 도깨비 부부가 살고 있어서, 거기에 오면 꼭 "아이 캉" 하면서 동네까지 따라오고, 동네에 와서는 "나 못따라 가겄다"고 하면서 돌아간다고 한단다. 옛날에는 밤에는 도깨비와 함께 살았지만 지금은 그런 도깨비도 없단다.

저기 들어가면 샘이 있을 것이요. [손으로 가리키며] 저기 도내기가. 도내기. 도내기라고 그거 [자신의 손 위에 도내기 글자를 적어보이며] 도내기샘이 있는데. 거기서 노인들이 그, 그때는 장군을 지고 댕게(다녀). 물을 지러. 그라고 오면, 저 초동골이 있는데. 초동골에 못 올만하믄 쉬거든. 쉬면은 딱 도깨비가 올라오거든. 바로 우에(위에) 장군 욱으로 올라오믄 부부가 있어. 거기서 딱 내려오면,

"아이 캉"

하고 내려가. 동네로 오니까, 인자 도깨비가 내려 온거여. 그니까 인자

"나 못 따라 가겄다."고.

인자, 그런 유래도 있고. 우리는 도깨비하고 밤 살았어요. 근데 요즘은 없드라고.

광광수월래

자료코드 : 06_12_FOS_20110217_LKY_KND_0001
조사장소 : 전라남도 여수시 화정면 적금리 노인회관
조사일시 : 2011.2.17
조 사 자 : 이경엽, 한미옥, 송기태, 임세경
제 보 자 : 김넉단, 여, 85세
구연상황 : 앞서의 마정님 제보자의 강강술래 앞소리가 끝나자, 이번에는 김넉단 할머니가 앞소리를 이어받아 강강술래를 불러주었다. 역시 청중들은 박수를 치면서 따라불렀다.

달아 달아 밝은 달아
광광수월래
이태백이 놀던 달아
광광수월래
저그저그 누 달속에
광광수월래
계수나무 백혔구나
광광수월래
옥도끼로 찍어내어
광광수월래
금도끼로 다듬어서
광광수월래
초가삼간 집을 짓고
광광수월래

양천 품으로 모셔다가
광광수월래
천년만년 살고 지나
광광수월래
광광수월래

느린 광광수월래

자료코드 : 06_12_FOS_20110217_LKY_KND_0002
조사장소 : 전라남도 여수시 화정면 적금리 노인회관
조사일시 : 2011.2.17
조 사 자 : 이경엽, 한미옥, 송기태, 임세경
제 보 자 : 김넉단, 여, 85세
구연상황 : 역시 앞소리꾼의 소리가 끝나자 곧바로 김넉단 제보자가 청중들에게 뒷소리를 좀 느리게 받으라면서, 먼저 느린 가락으로 강강술래를 부르기 시작하였다. 앞선 마정님, 박춘김 제보자에 이어서 김넉단 제보자도 강강술래의 앞소리꾼으로 여러 번 소리를 이어 불러주었다.

광광수울래
광광수울래

하늘에는 베틀 놓고
광광수울래
구름 잡어 잉에 걸고
광광수울래
덜그덕 철 그 닥베로 짠디
광광수울래
부음이 부음이 왔네

광광수월래

아리랑 타령

자료코드 : 06_12_FOS_20110217_LKY_KND_0003
조사장소 : 전라남도 여수시 화정면 적금리 노인회관
조사일시 : 2011.2.17
조 사 자 : 이경엽, 한미옥, 송기태, 임세경
제 보 자 : 김넉단, 여, 85세
구연상황 : 누가 앞소리꾼이고 누가 뒷소리꾼인지 구분이 안될 정도로, 계속해서 아리랑 타령이 이어져갔다. 역시 앞선 소리꾼의 아리랑 타령이 끝나면, 곧바로 다음 소리꾼이 앞소리를 이어갔다.

놀다 가세
놀다나 가세
저그 저 달이
떴다 지도록
놀다가 가세

아리랑 타령(1)

자료코드 : 06_12_FOS_20110217_LKY_KSD_0001
조사장소 : 전라남도 여수시 화정면 적금리 노인회관
조사일시 : 2011.2.17
조 사 자 : 이경엽, 한미옥, 송기태, 임세경
제 보 자 : 김순덕, 여, 76세
구연상황 : 박동심, 김종엽 제보자의 소리에 이어서, 김순덕 제보자의 소리가 계속 이어졌다. 역시 제보자가 소리를 하는 동안, 청중들도 박수를 치면서 따라 불렀고 소리판의 흥겨움도 한껏 무르익어갔다.

니 봐라 날 봐라
나가 니 따러 살랴
연분이 좋은 걸로
나가 니 따러 산다

아리랑 타령(2)

자료코드 : 06_12_FOS_20110217_LKY_KSD_0002
조사장소 : 전라남도 여수시 화정면 적금리 노인회관
조사일시 : 2011.2.17
조 사 자 : 이경엽, 한미옥, 송기태, 임세경
제 보 자 : 김순덕, 여, 76세
구연상황 : 박동심과 김종엽 제보자가 잠깐 앞소리를 쉬는 동안, 김순덕 제보자가 앞소리를 하면서 흥겨운 소리판의 분위기를 이어나갔다. 역시 청중들은 박수를 치면서 소리를 따라 불렀고, 몇몇은 일어서서 춤을 추기도 하는 등 역동적인 소리판의 모습이 연출되었다.

따라라 따라라
온갖 잡놈 따라라
○○○○○절 심하여도
온갖 잡것만 따라라

에야디야(1)

자료코드 : 06_12_FOS_20110217_LKY_KJY_0001
조사장소 : 전라남도 여수시 화정면 적금리 노인회관
조사일시 : 2011.2.17
조 사 자 : 이경엽, 한미옥, 송기태, 임세경

제 보 자 : 김종엽, 여, 72세

구연상황 : 88세 신정엽 할머니가 노래를 하는 동안에 거실에서 젊은 아줌마들 10여명이 모여서 '에야디야 산아지로구나' 하면서 한바탕 신명나는 소리판이 벌어지고 있었다. 김종엽 제보자가 앞소리를 메기는 동안 다른 사람들은 뒷소리를 받기도 하고, 몇몇은 거실을 가로지르면서 춤을 추기도 하는 등 무척 흥겨운 판이 이어졌다.

십오야 밝은 달은
구름 속에 놀고
이십 안짝 새 처녀 내기는
내품 안에 논다
헤야디야 헤야디야
나헤에야 헤야 뒤여로
산아지로구나

아리랑

자료코드 : 06_12_FOS_20110217_LKY_KJY_0002
조사장소 : 전라남도 여수시 화정면 적금리 노인회관
조사일시 : 2011.2.17
조 사 자 : 이경엽, 한미옥, 송기태, 임세경
제 보 자 : 김종엽, 여, 72세

구연상황 : 회관 거실에서 젊은 아주머니들이 흥겨운 소리판이 벌어질 때, 방안에서 다시 김종엽 제보자의 소리가 이어져 나왔다. 방과 거실에서 서로 소리를 주거니 받거니 하면서 한동안 신명나는 소리판이 계속해서 이어졌다.

울 너메 산 너메
님 시와 놓고
호박 넝쿨 너울 너울

임은 못 본다네
아리 아리랑 스리 스리랑
아라리가 났네
아리랑 어정에 세월로
잘도 넘어간다

아리랑 타령(1)

자료코드 : 06_12_FOS_20110217_LKY_KJY_0003
조사장소 : 전라남도 여수시 화정면 적금리 노인회관
조사일시 : 2011.2.17
조 사 자 : 이경엽, 한미옥, 송기태, 임세경
제 보 자 : 김종엽, 여, 72세
구연상황 : 거실 소리판이 계속해서 이어졌다. 앞서의 제보자 소리가 끝나면 곧바로 옆에 있던 다른 소리꾼이 또 다시 앞소리를 받아 소리는 끊임없이 이어져 갔다.

간다 못간다
얼마나 울었냐
정거장 마당에
한강수가 됐네

에야디야(2)

자료코드 : 06_12_FOS_20110217_LKY_KJY_0004
조사장소 : 전라남도 여수시 화정면 적금리 노인회관
조사일시 : 2011.2.17
조 사 자 : 이경엽, 한미옥, 송기태, 임세경
제 보 자 : 김종엽, 여, 72세

구연상황 : 박동심 제보자의 소리에 이어서 다시 김종엽 제보자의 소리가 이어졌다. 소리판은 점점 더욱 홍겨워지고, 사람들의 노래소리는 여기저기서 흘러나왔다.

바닷물 품어서
놈의 님을 보이면
○○픈 심정이
내가 절로 난 다
○○풍 판에
소 때운 양반
님의 정 떨어지면
때울 수가 없네
님의 정 떨어지면
금 전저로 잇고
전깃줄 떨어진디는
철사줄로 잇네
에헤야디야 에헤야디야
나에헤디야 헤야 디어루
산아지로구나

아리랑 타령(2)

자료코드 : 06_12_FOS_20110217_LKY_KJY_0005
조사장소 : 전라남도 여수시 화정면 적금리 노인회관
조사일시 : 2011.2.17
조 사 자 : 이경엽, 한미옥, 송기태, 임세경
제 보 자 : 김종엽, 여, 72세
구연상황 : 아리랑의 앞소리를 다시 김종엽 제보자가 이어갔다. 역시 제보자가 소리를 하는 동안 다른 사람들도 모두 박수를 치면서 함께 따라 부르면서 홍겨움을 이

어갔다.

오늘 갈지 내일 갈지
모르는 년이
호박 밑구녁 깔짝 깔짝
정성애를 준다

아리랑 타령(3)

자료코드 : 06_12_FOS_20110217_LKY_KJY_0006
조사장소 : 전라남도 여수시 화정면 적금리 노인회관
조사일시 : 2011.2.17
조 사 자 : 이경엽, 한미옥, 송기태, 임세경
제 보 자 : 김종엽, 여, 72세
구연상황 : 역시 앞서의 박동심 제보자에 이어서 곧바로 김종엽 제보자의 아리랑 앞소리가 이어졌다. 두 제보자의 소리에 맞춰 청중들이 함께 따라 부르면서 소리판의 분위기는 점점 고조되어갔다.

니가 잘나
내가 잘나
거 뉘가 잘났나
○○○ 거두오소
환장속 이를구나
에헤야디야 에헤야디야
나이 작은
저 잡놈은
나이가 차야
좋네

광주 무등산에
물 길러 놓고
제주나 한라산으로
물이나 갈러 가세

오다가다 만난 님

자료코드 : 06_12_FOS_20110217_LKY_KJY_0007
조사장소 : 전라남도 여수시 화정면 적금리 노인회관
조사일시 : 2011.2.17
조 사 자 : 이경엽, 한미옥, 송기태, 임세경
제 보 자 : 김종엽, 여, 72세
구연상황 : 박동심 제보자의 소리에 이어서 다시 김종엽 제보자가 소리를 이어받았다. 적금리 노인회관에서 벌어진 흥겨운 소리판은 끝이 날 줄 모르고 이어졌다.

오다가 가다가
만나는 님은
성에 성에를 몰라서
내가 못살건네

청춘가

자료코드 : 06_12_FOS_20110217_LKY_KJY_0008
조사장소 : 전라남도 여수시 화정면 적금리 노인회관
조사일시 : 2011.2.17
조 사 자 : 이경엽, 한미옥, 송기태, 임세경
제 보 자 : 김종엽, 여, 72세
구연상황 : 앞선 소리가 끝나자, 김종엽 제보자가 술을 한 잔 먹어야 소리가 더 잘 나온

다면서 한 잔을 마신 후 곧바로 청춘가 가락에 얹은 소리 하나를 풀어놓았다. 이에 청중들은 뒷소리를 따라 부르면서 소리판의 흥겨움을 이어갔다.

강원도라 금강산은
돌아돌아 갈수록
경치 좋고
너와 나와 단둘이는
살아 살아 갈수록
정 만든다
절씨구나 저절씨구
아니 노지는 못하리라
푸른 푸른 봄 배추는
밤 이슬 오기를 기다리고
옥방○에 춘향이는
이도령 오기를 기다린다
얼씨구나 저절씨고
아니 노지는 못하리라

노들강변

자료코드 : 06_12_FOS_20110217_LKY_KJY_0009
조사장소 : 전라남도 여수시 화정면 적금리 노인회관
조사일시 : 2011.2.17
조 사 자 : 이경엽, 한미옥, 송기태, 임세경
제 보 자 : 김종엽, 여, 72세
구연상황 : 김종엽과 마을사람들과의 청춘가에 이어서, 김종엽이 신민요 '노들강변'을 선창하였다. 이에 다시 청중들도 함께 소리를 부르면서 흥겨운 판의 분위기를 이어갔다.

노들강변에 봄볕은
이미 늘어진 가지에다가
무정세월 다
칭칭에 돌려서 매어나볼까
헤헤요 봄 처녀들도
못잊을 이로다
허허 저리 저 물만
흘러 흘러서 가노라
노들강변에 뱃사공

광광수월래(1)

자료코드 : 06_12_FOS_20110217_LKY_KHN_0001
조사장소 : 전라남도 여수시 화정면 적금리 노인회관
조사일시 : 2011.2.17
조 사 자 : 이경엽, 한미옥, 송기태, 임세경
제 보 자 : 김형님, 여, 76세
구연상황 : 소리판의 분위기가 고조되자, 조사자의 개입 없이도 제보자들 스스로가 앞소리를 이어받아갔다. 김형님 제보자 역시 앞선 제보자의 강강술래 앞소리가 끝이 나자 자연스럽게 앞소리를 이어받아 강강술래 소리를 불렀다.

님의 생각 다홍치매 광광수월래
영애 방에 놀러간께 광광수월래
영애 잡년 어디가고 광광수월래
영애 동생 영석이가 광광수월래
이내 손목 덥석 잡네 광광수월래
펄목이가 말이 없네 광광수월래

주먹이가 말을 하랴　　광광수월래
하늘 같은 부모 두고　　광광수월래
니 ○○말이 ○○기냐　　광광수월래

광광수월래(2)

자료코드 : 06_12_FOS_20110217_LKY_KHN_0002
조사장소 : 전라남도 여수시 화정면 적금리 노인회관
조사일시 : 2011.2.17
조 사 자 : 이경엽, 한미옥, 송기태, 임세경
제 보 자 : 김형님, 여, 76세
구연상황 : 김넉단 할머니의 느린 강강술래 소리에 이어서, 바로 김형님 제보자가 역시 느린 가락의 강강술래 앞소리를 이어갔다.

앞 문앞에 받어갖고　　광광수월래
뒷 문앞에 ○○본께　　광광수월래
부모 죽었단 부음이로시　　광광수월래
머리풀어 한발 허고　　광광수월래
생니 빼서 돈 부치고　　광광수월래
신 벗어서 손에 들고　　광광수월래
반 모탱이 넘고 난께　　광광수월래
상부소리 분명하시　　광광수월래
두 모탱이 넘고난께　　광광수월래
울음소리가 분명하시　　광광수월래
내랴 주소 내랴주소　　광광수월래
열둘이랴 지군들아　　광광수월래
우리 부모 주소　　광광수월래

에라 요년 요망한년 광광수월래
느그 부모 볼라거든 광광수월래
어제나 그제 못왔던가 광광수월래

아리랑 타령(1)

자료코드 : 06_12_FOS_20110217_LKY_KHN_0003
조사장소 : 전라남도 여수시 화정면 적금리 노인회관
조사일시 : 2011.2.17
조 사 자 : 이경엽, 한미옥, 송기태, 임세경
제 보 자 : 김형님, 여, 76세
구연상황 : 앞서 아리랑타령을 불렀던 박춘김 제보자가 소리가 끝난 후 "이제 고만 하지."라고 하면서 노래판을 끝내려하자, 곧바로 김형님 제보자가 아리랑 타령을 이어갔다. 김형님 할머니는 어깨춤을 추면서 소리를 불러주었다.

아 리랑 고개에
보리 단술 되었고
니 묵어라 나 묵어라
권잔주가 났네

아리랑

자료코드 : 06_12_FOS_20110217_LKY_KHN_0004
조사장소 : 전라남도 여수시 화정면 적금리 노인회관
조사일시 : 2011.2.17
조 사 자 : 이경엽, 한미옥, 송기태, 임세경
제 보 자 : 김형님, 여, 76세
구연상황 : 앞선 소리꾼의 아리랑 타령 앞소리가 끝나면, 곧바로 다음 소리꾼이 앞소리를 이어 부르면서 계속해서 아리랑 타령이 이어져 갔다.

○○ 굽은 것이
야둷폭 치매
아리 아리랑 끄집고
님 마중 나가세

아리랑 타령(2)

자료코드 : 06_12_FOS_20110217_LKY_KHN_0005
조사장소 : 전라남도 여수시 화정면 적금리 노인회관
조사일시 : 2011.2.17
조 사 자 : 이경엽, 한미옥, 송기태, 임세경
제 보 자 : 김형님, 여, 76세
구연상황 : 계속해서 아리랑 타령이 이어져갔다. 앞소리는 끊어지지 않고 제보자들끼리 서로 주고받으면서 부르고, 청중들도 박수를 치면서 뒷소리를 따라 불러주면서 소리판의 분위기는 점점 고조되어갔다.

아리랑 질이라 오세끄덩
하루밤이나 자고가 소
잠을 자고 말면은 마지
장모 품안에 잠잘 손가

아리랑 타령(3)

자료코드 : 06_12_FOS_20110217_LKY_KHN_0006
조사장소 : 전라남도 여수시 화정면 적금리 노인회관
조사일시 : 2011.2.17
조 사 자 : 이경엽, 한미옥, 송기태, 임세경
제 보 자 : 김형님, 여, 76세

구연상황 : 앞선 소리꾼에 이어서 이번에는 김형님 제보자가 아리랑의 앞소리를 이어 불렀다. 청중들과 함께 박수를 치면서 흥겨운 소리판을 이끌어갔다.

산 차지 물 차지
정 도보 차지
명도 비단 시골치매는
내 차지로고 나

아리랑 타령(4)

자료코드 : 06_12_FOS_20110217_LKY_KHN_0007
조사장소 : 전라남도 여수시 화정면 적금리 노인회관
조사일시 : 2011.2.17
조 사 자 : 이경엽, 한미옥, 송기태, 임세경
제 보 자 : 김형님, 여, 76세
구연상황 : 역시 앞선 사람의 아리랑 타령이 끝나자, 곧바로 다음 소리꾼이 받아서 앞소리를 메겨갔다. 김형님 제보자는 누구보다도 적극적으로 앞소리를 메기면서 아리랑 타령의 노래판을 이끌어갔다.

○○○○ 날 봤다고
나는 언제 니 봤다고
삼밭 끝은 요내 머리
꽂 간에 낭자가 ○○다
내라 주소 내라 주소
정단님아 내라 주소

연애노래

자료코드 : 06_12_FOS_20110217_LKY_KHN_0008
조사장소 : 전라남도 여수시 화정면 적금리 노인회관
조사일시 : 2011.2.17
조 사 자 : 이경엽, 한미옥, 송기태, 임세경
제 보 자 : 김형님, 여, 76세
구연상황 : 조사자가 한쪽에 조용히 앉아있는 제보자에게 '홍글소리'를 들려달라고 하자, 모른다고 하면서 소리 부르기를 거절하였다. 이에 조사자가 조금 전에 부른 "영애 동생" 하는 소리를 제대로 못들었다면서 다시 한 번 제대로 불러주기를 청하자, 제보자가 숨이 가빠서 부르기 힘들다고 하면서 가락을 빼고 사설만 이야기처럼 들려주었다.

○○○○ 다홍치마
열흘동안 손을 씻고
영이방에 놀러간께
영애잡놈 간데없고
영애동생 영식이가
이내펄목(팔목) 탐슥잡네
펄목이가 말을 헐래
주먹이가 말을 헐랴
하늘같은 부모 두고
너는 뭐 할말 있나

광광수월래(1)

자료코드 : 06_12_FOS_20110217_LKY_MJN_0001
조사장소 : 전라남도 여수시 화정면 적금리 노인회관
조사일시 : 2011.2.17

조 사 자 : 이경엽, 한미옥, 송기태, 임세경

제 보 자 : 마정님, 여, 87세

구연상황 : 앞선 소리가 끝난 후, 조사자가 할머니들 중 앞소리를 하실 세 분을 방 가운데로 나와서 앉아 있게 하였다. 그리고서 세 분의 할머니에게 옛날에 했던 강강술래를 듣고 싶다고 하면서 앞소리의 시작을 부탁했다. 이에 마정님 할머니가 맨 먼저 앞소리를 부르기 시작하였고, 곧이어 소리판의 분위기가 무르익자 역시 할머니 한 분이 일어서서 덩실덩실 어깨춤을 추었다.

달아 달아 밝은 달아
광광수월래
이태백이 놀던 달아
광광수월래
저그 저그 누 달인가
광광수월래
동네 방네 달이 돌시
광광수월래
노세 노세 젊어서 노세
광광수월래
광광수월래
늙어지면 못 놀으고
광광수월래
이팔 청춘 젊어놀세
광광수월래
동무들아 동무들아
광광수월래
박속 같은 동무들아
광광수월래
○꽃 것이 밀체 놓 고

광광수월래

매꽂 것이나 놀아나 보세

광광수월래

나도 했네 맞어 주소

광광수월래

맞어 주기가 ○○단가

광광수월래

광광수월래(2)

자료코드 : 06_12_FOS_20110217_LKY_MJN_0002
조사장소 : 전라남도 여수시 화정면 적금리 노인회관
조사일시 : 2011.2.17
조 사 자 : 이경엽, 한미옥, 송기태, 임세경
제 보 자 : 마정님, 여, 87세
구연상황 : 앞서의 강강술래 소리가 짧게 끝나고 잠시 멈췄다가, 다시 마정님 제보자가 같은 사설의 강강술래 앞소리를 조금 더 길게 메겨주었다. 청중들은 박수를 치면서 뒷소리는 물론 앞소리도 같이 따라 부르면서 흥겨운 판의 분위기를 고조시켜갔다.

꼬방 꼬방 장꼬방에

광광수월래

쥐치 닷말 숨겼드만

광광수월래

우리 동생 영애란 년

광광수월래

서당 선배를 문에다 걸고

광광수월래

쥐치 닷말을 다캐냈네

광광수월래

나도 했네 맞어 주소

광광수월래(3)

자료코드 : 06_12_FOS_20110217_LKY_MJN_0003
조사장소 : 전라남도 여수시 화정면 적금리 노인회관
조사일시 : 2011.2.17
조 사 자 : 이경엽, 한미옥, 송기태, 임세경
제 보 자 : 마정님, 여, 87세
구연상황 : 역시 앞선 김형님 제보자의 앞소리가 끝나자마자, 마정님 제보자가 앞소리를 이어받아 부르면서 강강술래 소리를 이어갔다.

달아 달아 밝은 달아

광광수월래

등산 가세 등산 가세

광광수월래

하나님 전으로 등산 가세

광광수월래

늙은 사람은 죽지 말고

광광수월래

젊은 사람은 늙지 말게

광광수월래

하나님 전으로 등산 가세

광광수월래

노세 노세 젊어 노세

광광수월래
늙어지면 못노르고
광광수월래
젊어 청청 놀아보세
광광수월래
광광수월래

느린 광광수월래

자료코드 : 06_12_FOS_20110217_LKY_MJN_0004
조사장소 : 전라남도 여수시 화정면 적금리 노인회관
조사일시 : 2011.2.17
조 사 자 : 이경엽, 한미옥, 송기태, 임세경
제 보 자 : 마정님, 여, 87세
구연상황 : 앞선 소리가 끝나고 조사자가 청중들을 향해 방금 했던 강강술래 소리를 좀 느리게 한 것은 없냐고 물었다. 그러자 마정님 제보자가 "느리게 한거?"라고 하시면서 느린 박자의 강강술래를 박수를 치면서 부르기 시작하였다.

당글 당글 당글 부채
광광수월래
쉰냥 주고 바꾼 부채
광광수월래
유월두 다해서
광광수월래
첩을 주고 바꿨더만
광광수월래
유월달이 다 넘어간께

광광수월래
첩생각이 절로 네
광광수월래

광광수월래(4)

자료코드 : 06_12_FOS_20110217_LKY_MJN_0005
조사장소 : 전라남도 여수시 화정면 적금리 노인회관
조사일시 : 2011.2.17
조 사 자 : 이경엽, 한미옥, 송기태, 임세경
제 보 자 : 마정님, 여, 87세
구연상황 : 앞사람 소리가 계속 이어지지 못하고 막히자, 마정님 제보자가 얼른 앞소리를 받아서 노래를 불렀다.

둔태 둔태가 둔태야
신을줄 모르면
거그나 둬라
둔태 둔태가 둔태야
곰버선 곰버선
외외강목에 곰버선
신을줄 모르면
거그나 둬라
둔태 둔태가 둔태야

아리랑 타령(1)

자료코드 : 06_12_FOS_20110217_LKY_MJN_0006

조사장소 : 전라남도 여수시 화정면 적금리 노인회관
조사일시 : 2011.2.17
조 사 자 : 이경엽, 한미옥, 송기태, 임세경
제 보 자 : 마정님, 여, 87세
구연상황 : 소리판의 할머니들이 계속해서 앞소리를 돌려가면서 아리랑을 이어 불러갔다. 이번에는 마정님 제보자가 아리랑의 앞소리를 매기고 다른 분들이 뒷소리를 받아주었다.

왜 왔든가
왜 와마든가
울고나 갈길을
왜 왔든가
내 딸 죽고
내 사우야
울고나 갈 길을
왜 왔든가
아리 아리랑

아리랑 타령(2)

자료코드 : 06_12_FOS_20110217_LKY_MJN_0007
조사장소 : 전라남도 여수시 화정면 적금리 노인회관
조사일시 : 2011.2.17
조 사 자 : 이경엽, 한미옥, 송기태, 임세경
제 보 자 : 마정님, 여, 87세
구연상황 : 다시 마정님 제보자가 앞소리를 받아 메기면서 아리랑 타령을 이어갔다. 청중들은 박수를 치고 웃으면서 앞소리와 뒷소리 모두 따라 불러주었다.

문경 세재는

왠 고개 개야

구부야 구부마다

눈물이로구나

아리 아리롱 스리 스리롱

아라리가 났네에

아리롱 어정에 시월로

잘도 넘어간다

홍글소리

자료코드 : 06_12_FOS_20110217_LKY_MJN_0008
조사장소 : 전라남도 여수시 화정면 적금리 노인회관
조사일시 : 2011.2.17
조 사 자 : 이경엽, 한미옥, 송기태, 임세경
제 보 자 : 마정님, 여, 87세
구연상황 : 아리랑 타령을 부르고 나서 다들 지치신 듯 술 한 잔을 드시면서 휴식을 취하였다. 이에 다시 조사자가 이번에는 홍글소리를 한 번 들려달라고 부탁하자, 마정님 할머니가 홍글소리를 불러주었다.

어매 어매 울 어매는

뭣헐라고 날 낳던가

중신 애비 신을 뺏어

신장을 해 신고

집에 대문에 꽃가루나 갈라네

어매 어매 뭣 헐라고 날 낳던가

밭 맬 때 부르는 소리

자료코드 : 06_12_FOS_20110217_LKY_MJN_0009
조사장소 : 전라남도 여수시 화정면 적금리 노인회관
조사일시 : 2011.2.17
조 사 자 : 이경엽, 한미옥, 송기태, 임세경
제 보 자 : 마정님, 여, 87세
구연상황 : 조사자가 옛날에 밭 매면서 불렀던 소리를 들려달라고 하자, 제보자가 젊은 시절에 밭일을 하면서 불렀던 노래를 간단히 들려주었다. 노래가 끝나자 옆에 있던 청중이 다시 한 번 더 들려달라고 하자 제보자가 기꺼이 다시 노래를 불러주었다.

갈 망태 옆에 끼고
이리야 어서 가자
밭갈이 가자
해 뜨는 저 발판에
이리야 어서 가자
밭갈이 가자

칭이나 칭칭나네(1)

자료코드 : 06_12_FOS_20110217_LKY_MJN_0010
조사장소 : 전라남도 여수시 화정면 적금리 노인회관
조사일시 : 2011.2.17
조 사 자 : 이경엽, 한미옥, 송기태, 임세경
제 보 자 : 마정님, 여, 87세
구연상황 : 밭 맬 때 부르는 소리에 이어서, 조사자가 '쾌지나 칭칭 나네' 소리는 모르냐고 물었다. 이제 제보자가 아주 짧게 소리를 불러주었는데, 그러자 옆에 있던 청중들이 제보자의 소리를 받아서 소리판의 분위기를 이어가고자 했지만 길게 완성되지는 못하고 중간에 노래가 끊어져 버렸다.

칭이나 칭칭 나네
우리 군사는 좀더 좋더라
칭이나 칭칭 나네
노세 노세 젊어서 노세
광광수

칭이나 칭칭나네(2)

자료코드 : 06_12_FOS_20110217_LKY_MJN_0011
조사장소 : 전라남도 여수시 화정면 적금리 노인회관
조사일시 : 2011.2.17
조 사 자 : 이경엽, 한미옥, 송기태, 임세경
제 보 자 : 마정님, 여, 87세
구연상황 : 앞서의 '칭이나 칭칭나네' 소리가 계속해서 이어지지 못하고 끊어져 버리자, 제보자가 잠시 뒤에 또 다시 그 소리를 불러주었다.

칭이나 칭칭 네
노세 노세 젊어서 노세
늙어지면 못 놀으고
강강술래

에야디야

자료코드 : 06_12_FOS_20110217_LKY_MJN_0012
조사장소 : 전라남도 여수시 화정면 적금리 노인회관
조사일시 : 2011.2.17
조 사 자 : 이경엽, 한미옥, 송기태, 임세경
제 보 자 : 마정님, 여, 87세

구연상황 : 앞의 소리가 끝나자, 조사자가 "에야 디야 소리는 하시는 것 같던데."라고 하였다. 이에 제보자가 곧바로 "바람에 불어라 석달여름만 불러라"라는 '에야디야 소리'를 불러주었다. 노래가 끝난 후, 제보자가 "바람이 불어야 명태가 많이 잡힌다."면서 그런 뜻에서 이 노래가 나온 것이라고 하였다.

바람아 불라믄
석달 열흘만 불어라
우리나 서방님
명태 잽이갔다

모심기 소리

자료코드 : 06_12_FOS_20110217_LKY_MJN_0013
조사장소 : 전라남도 여수시 화정면 적금리 노인회관
조사일시 : 2011.2.17
조 사 자 : 이경엽, 한미옥, 송기태, 임세경
제 보 자 : 마정님, 여, 87세
구연상황 : 앞선 소리에 이어서 곧바로 마정님 제보자가 소리를 불렀다. 제보자가 노래를 하는 동안 청중 한 분이 제보자에게 술 한 잔을 따라주었는데, 제보자는 술은 마시지 않은 채 한 손에 들고서 노래를 계속 이어갔다.

손 세우소 손 세우소
우리 논에 일꾼들아
한 몸 한 뜻으로만
손 세와주소
오늘 해가 넘어가네
떠들어온다 떠들어온다
점심 빠꾸리가 떠들어온다
가만히 저만히 ○보세

서마지기 논두렁이가
반달만치만 남았네
니가 무슨 반달이냐
저승달이가 반달이지
저승달이가 반달이지
에야 에야 에야 에야
에헤헤헤 에야

잠아잠아 오지마라

자료코드 : 06_12_FOS_20110217_LKY_MJN_0014
조사장소 : 전라남도 여수시 화정면 적금리 노인회관
조사일시 : 2011.2.17
조 사 자 : 이경엽, 한미옥, 송기태, 임세경
제 보 자 : 마정님, 여, 87세
구연상황 : 앞의 노래가 끝난 후 제보자에게 청중 한 분이 소리를 아주 잘한다고 하면서 '잠아잠아 오지마라' 소리 좀 불러보라고 권하였다. 이에 제보자가 술 한 모금을 마신 뒤에 그 노래를 불러주었다. 제보자의 소리가 끝나자 옆에 있던 할머니들이 젊은 사람들이 노래방 기계를 켜놓고 놀라고 하니 그만 조사를 끝내달라고 해서 할머니의 소리가 끝이 났다. 그리고 곧바로 회관 거실에서 노래방 기계를 동원한 젊은 사람들의 현대식 노래판이 벌어졌다.

잠아 잠아 오지 마라
님이 자꾸 잠 잘라믄
밤 중 새빌이 산 너머 간다
에야 에야 에야

다리세기 노래

자료코드 : 06_12_FOS_20110217_LKY_MJN_0015
조사장소 : 전라남도 여수시 화정면 적금리 노인회관
조사일시 : 2011.2.17
조 사 자 : 이경엽, 한미옥, 송기태, 임세경
제 보 자 : 마정님, 여, 87세
구연상황 : 앞서의 아리랑 타령이 모두 끝난 후 잠시 제보자 관련 사항을 조사하였다. 이어 조사자가 옆에서 쉬고 있던 마정님 할머니에게 어린 시절에 다리를 세면서 불렀던 노래를 기억하냐면서 불러달라고 부탁하였다. 이에 제보자가 자신의 양 다리를 쭉 뻗고 손으로 다리를 번갈아치면서 노래를 불러주었다.

이거리 저거리 갓거리
돌아간다 장두칼

새 쫓는 소리

자료코드 : 06_12_FOS_20110217_LKY_MJN_0016
조사장소 : 전라남도 여수시 화정면 적금리 노인회관
조사일시 : 2011.2.17
조 사 자 : 이경엽, 한미옥, 송기태, 임세경
제 보 자 : 마정님, 여, 87세
구연상황 : 조사자가 대보름날 밤에 밖에 나가서 새 쫓는 소리는 하지 않았냐고 하면서 묻자, 제보자가 옛날에 그런 놀이도 했다고 하면서 관련한 노래를 불러주었다. 옛날에는 농사가 다 익어갈 무렵 새가 와서 다 쪼아 먹어 버리므로, 정월 대보름날 밤에 새가 오지 말라는 의미로 밥을 걷어서 새로 차려놓고 이 노래를 불렀다고 한다.

욱녘새는 욱으로 가고
아랫녘새는 알로 가고
우리 논에 앉지마라

[새 쫓듯 손을 들어올리며]

우 여

밭갈이 가자

자료코드 : 06_12_FOS_20110217_LKY_MJN_0017
조사장소 : 전라남도 여수시 화정면 적금리 노인회관
조사일시 : 2011.2.17
조 사 자 : 이경엽, 한미옥, 송기태, 임세경
제 보 자 : 마정님, 여, 87세
구연상황 : 앞서 제보자가 불러준 '새 쫓는 노래'가 끝나고 그에 대한 해석을 잠시 해주었다. 그런 뒤에 제보자가 갑자기 '밭 갈러 가자' 소리를 불렀다. 제보자는 손에 물병을 들고서 그것을 흔들면서 박자를 맞추었다.

남자 할일을 못하느냐
갈망태 옆에 끼고
이리야 어서가자
밭갈이 가자
해 뜨는 저 벌판에
이리야 어서가자
밭갈이 가자

칭이나 칭칭나네(3)

자료코드 : 06_12_FOS_20110217_LKY_MJN_0018
조사장소 : 전라남도 여수시 화정면 적금리 노인회관
조사일시 : 2011.2.17

조 사 자 : 이경엽, 한미옥, 송기태, 임세경
제 보 자 : 마정님, 여, 87세
구연상황 : 조사자가 제보자에게 '칭이나 칭칭나네' 소리는 모르냐고 하자, '쾌이나 칭칭?'이라고 하시면서 곧바로 노래를 불러주었다. 노래가 다 끝나고 나서 제보자는 이런 노래는 놀 때 부르는 노래라고 하면서, 늘 노래의 마지막은 강강술래로 끝맺는다고 하였다.

칭이나 칭칭나네
우리 군사는 좀더 좋더라
칭이나 칭칭나네
노세 노세 젊어서 노세
칭이나 칭칭나네
노세 노세 젊어서 노세
늙어지면 못 노르고
강강도 술래

물동우 이어다가

자료코드 : 06_12_FOS_20110217_LKY_PDS_0001
조사장소 : 전라남도 여수시 화정면 적금리 노인회관
조사일시 : 2011.2.17
조 사 자 : 이경엽, 한미옥, 송기태, 임세경
제 보 자 : 박동심, 여, 66세
구연상황 : 앞서 김종엽 제보자의 '에야디야' 소리에 이어서 박동심 제보자가 곧바로 소리를 이어 받아 불렀다. 마을회관 거실에서 벌어진 젊은 아주머니들의 흥겨운 소리판이 계속 이어졌다.

물동우 이어다가
샘에 중천에 놓고

그 ○○ 산 보기가 ○○○시고나
물긷는 소리는
원강에 동강
날 오란 소리 길은
안들게 간들

아리랑 타령(1)

자료코드 : 06_12_FOS_20110217_LKY_PDS_0002
조사장소 : 전라남도 여수시 화정면 적금리 노인회관
조사일시 : 2011.2.17
조 사 자 : 이경엽, 한미옥, 송기태, 임세경
제 보 자 : 박동심, 여, 66세
구연상황 : 홍겨운 소리판이 계속해서 이어졌다. 김종엽 제보자의 소리가 끝나자, 다시 박동심 제보자가 소리를 이어받아 아리랑의 앞소리를 매겼다.

오다가 가다가
맘 변한 님을
속내 속내를 몰라서
내가 못살겄네

아리랑 타령(2)

자료코드 : 06_12_FOS_20110217_LKY_PDS_0003
조사장소 : 전라남도 여수시 화정면 적금리 노인회관
조사일시 : 2011.2.17
조 사 자 : 이경엽, 한미옥, 송기태, 임세경
제 보 자 : 박동심, 여, 66세

구연상황 : 김종엽 제보자와 박동심 제보자는 소리판의 주된 앞소리꾼이다. 앞서 김종엽 제보자의 소리가 끝나자마자 다시 이에 질세라 박동심 제보자가 아리랑의 앞소리를 받아 매겼다. 두 제보자가 서로 소리를 주거니 받거니 하면서 흥겨운 소리판의 분위기가 더욱 고조되었다.

청춘에 과부가
육자를 잃고
금강산 모둥이로
울고 돌아간다

아리랑 타령(3)

자료코드 : 06_12_FOS_20110217_LKY_PDS_0004
조사장소 : 전라남도 여수시 화정면 적금리 노인회관
조사일시 : 2011.2.17
조 사 자 : 이경엽, 한미옥, 송기태, 임세경
제 보 자 : 박동심, 여, 66세
구연상황 : 앞선 김종엽 제보자의 아리랑 앞소리가 끝나자마자 다시 박동심 제보자가 앞소리를 이어받았다. 역시 흥겹고 신명나는 소리판이 계속해서 이어졌다.

저 산에 지는 해는
지고 싶어서 졌냐
날 버리고 가신 님은
가고 싶어 갔냐

아리랑 타령(4)

자료코드 : 06_12_FOS_20110217_LKY_PDS_0005
조사장소 : 전라남도 여수시 화정면 적금리 노인회관

조사일시 : 2011.2.17
조 사 자 : 이경엽, 한미옥, 송기태, 임세경
제 보 자 : 박동심, 여, 66세
구연상황 : 잠시 쉬고 있던 박동심 제보자가 다시 앞소리를 매겼다. 아리랑 타령 가락에 얹은 사설이 끊임없이 이어지는 동안, 청중들은 신이 나서 춤을 추고 소리를 따라 불렀다.

신작로 질가에
옷가시 나고
자동차 바람에
단풍이 들었네
단풍이나 들면은
어찌 어찌 드느냐
노란옷짱 ○○○ 족족
새 단풍이 든다
아리 아리랑 스리 스리랑
아라리가 났네
아리랑 어정에 세월로
잘도 넘어 간다

느린 광광수월래

자료코드 : 06_12_FOS_20110217_LKY_PMJ_0001
조사장소 : 전라남도 여수시 화정면 적금리 노인회관
조사일시 : 2011.2.17
조 사 자 : 이경엽, 한미옥, 송기태, 임세경
제 보 자 : 박말자, 여, 74세
구연상황 : 박말자 제보자의 앞소리에 느린 강강술래 노래가 계속해서 이어졌다. 역시 청중들은 박수를 치면서 뒷소리를 받아주었다.

광광수월래
녹두밭에 앉지마라
광광수월래
녹두꽃이 떨어지면
광광수월래
창포 장수가 울고 간다
광광수월래

광광수월래

자료코드 : 06_12_FOS_20110217_LKY_PMJ_0002
조사장소 : 전라남도 여수시 화정면 적금리 노인회관
조사일시 : 2011.2.17
조 사 자 : 이경엽, 한미옥, 송기태, 임세경
제 보 자 : 박말자, 여, 74세
구연상황 : 앞서의 윤정심 제보자의 앞소리가 끝나자 곧바로 박말자 제보자가 강강술래 앞소리를 이어받아 불렀다. 하지만 길게 가지는 못하고 간단히 끝맺고는 "아이고 모르겄다." 하시면서 사설이 기억나지 않음을 내비쳤다.

동글동글 동글 부 채
광광수월래
녹두나 땀글 ○도 부채
광광수월래

아리랑 타령(1)

자료코드 : 06_12_FOS_20110217_LKY_PMJ_0003

조사장소 : 전라남도 여수시 화정면 적금리 노인회관
조사일시 : 2011.2.17
조 사 자 : 이경엽, 한미옥, 송기태, 임세경
제 보 자 : 박말자, 여, 74세
구연상황 : 역시 앞 사람의 아리랑타령에 이어서 곧바로 뒷사람이 앞소리를 받아 부르면서 아리랑 타령이 이어졌다.

바람아 강풍아
석달 열흘만 불어라
우리 님 서방님은
맹태 잽이를 갔다
아리 아리랑 스리 스리랑
아라리가 났네
아리랑 오정에 세월로
잘도 넘어간다

아리랑 타령(2)

자료코드 : 06_12_FOS_20110217_LKY_PMJ_0004
조사장소 : 전라남도 여수시 화정면 적금리 노인회관
조사일시 : 2011.2.17
조 사 자 : 이경엽, 한미옥, 송기태, 임세경
제 보 자 : 박말자, 여, 74세
구연상황 : 앞소리꾼의 아리랑에 이어서, 박말자 제보자의 아리랑 타령 앞소리가 이어졌다. 역시 청중들은 박수를 치면서 뒷소리를 맞춰주었다.

가지 많은 나무에는
바람 잘날 없고
자슥 많은 ○ 부모

속 졸날(속 좋은날) 없네
아리 아리랑 스리 스리랑
아라리가 났네
아리랑 오정에 세월로
잘도 넘어간다

다리세기 노래(1)

자료코드 : 06_12_FOS_20110217_LKY_PMJ_0005
조사장소 : 전라남도 여수시 화정면 적금리 노인회관
조사일시 : 2011.2.17
조 사 자 : 이경엽, 한미옥, 송기태, 임세경
제 보 자 : 박말자, 여, 74세
구연상황 : 앞선 구연자의 다리세기 노래에 이어서, 조사자가 또 다른 다리세기를 부탁하자 부탁하였다. 이에 박말자 제보자가 자신이 알고 있는 다리세기 노래를 역시 자신의 다리를 번갈아 때리면서 불러주었다.

이 다리 저 다리 합 다리
니 폴 나 폴 번대 폴
니 켓 나 켓 윤드 캣
니 좆 나 좆 오드레 좆
니 심 나 심 빈대 심
니 켓 나 켓 윤드 캣
니 다리 내 다리 합다리

다리세기 노래(2)

자료코드 : 06_12_FOS_20110217_LKY_PMJ_0006
조사장소 : 전라남도 여수시 화정면 적금리 노인회관
조사일시 : 2011.2.17
조 사 자 : 이경엽, 한미옥, 송기태, 임세경
제 보 자 : 박말자, 여, 74세
구연상황 : 박말자가 다리세기 노래를 부르자, 옆에 있던 청중들과 조사자가 무슨 말인지 전혀 알아듣지 못하겠다고 하였다. 그러면서 청중들이 그렇게 부르지 말고 다시 제대로 부르라고 하자 제보자가 "어떻게 하냐"고 하면서 웃어버리고 더 이상 노래를 부르지 않았다. 그리고는 유행가 한 대목을 불렀는데, 조사자가 아까 그 다리세기 노래가 더 좋다고 하면서 다시 불러달라고 하자, 이번에는 좀 천천히 가사를 알아먹을 수 있도록 불러주었다.

니 다리 저 다리 합다리
니 폴 내 폴 본디 폴
니 심 나 심 빈대 심
니 켓 나 켓 [본인의 코를 눌러 납작하게 만들면서] 윤드 캣[3)]
니 좆 나 좆 오드 레 좆
니 붕알 내 붕알 짝 붕알

광광수월래(1)

자료코드 : 06_12_FOS_20110217_LKY_PCG_0001
조사장소 : 전라남도 여수시 화정면 적금리 노인회관
조사일시 : 2011.2.17
조 사 자 : 이경엽, 한미옥, 송기태, 임세경
제 보 자 : 박춘김, 여, 82세

---

3) 제보자의 설명에 의하면, 윤드 캣은 다리미질 할 때 실수로 코를 지져 코가 납작해진 상태를 의미한다고 함.

구연상황 : 마을 당제를 지낸 후, 할머니들이 회관에 모두 모여서 강강술래 소리를 하였다. 박춘김 제보자는 앉아서 어깨춤을 추면서 앞소리를 이어가고, 청중들은 계속해서 박수를 치면서 뒷소리를 받아주었다. 소리하는 중간에 세 명의 할머니가 방 가운데로 나와 일어서서 춤을 추면서 소리판의 흥을 더욱 복돋아 주었다.

광광수월래
꼬방 꼬방 장꼬방에
광광수월래
천도 복숭을 숨겼더니
광광수월래
다 따낸다 다 따낸다
광광수월래
우리 동네 처녀들이
광광수월래
천도 복숭을 다 따낸다
광광수월래

느린 광광수월래

자료코드 : 06_12_FOS_20110217_LKY_PCG_0002
조사장소 : 전라남도 여수시 화정면 적금리 노인회관
조사일시 : 2011.2.17
조 사 자 : 이경엽, 한미옥, 송기태, 임세경
제 보 자 : 박춘김, 여, 82세
구연상황 : 앞서 조사자의 요구에 불러준 느린 강강술래 소리가 끝나자 노래판이 잠시 멈추어버렸다. 이에 한 할머니가, “뒷소리를 안해주니 앞소리가 얼릉얼릉 안 나온다.”고 불만을 이야기하자, 조사자가 청중들에게 뒷소리 좀 받아달라고 부탁을 하였고, 이에 다시 박춘김 제보자부터 강강술래 앞소리를 부르기 시작

하였다.

시들 사들 봄배추는
광광수월래
봄비가 오기를 기다리고
광광수월래
옥방 갇힌 춘향이는
광광수월래
도련님 오도록 기다린다
광광수월래
맞여 주소 맞여 주소
광광수월래
뒷소리를 맞여 주소
광광수월래

광광수월래(2)

자료코드 : 06_12_FOS_20110217_LKY_PCG_0003
조사장소 : 전라남도 여수시 화정면 적금리 노인회관
조사일시 : 2011.2.17
조 사 자 : 이경엽, 한미옥, 송기태, 임세경
제 보 자 : 박춘김, 여, 82세
구연상황 : 앞의 마정님 제보자의 앞소리가 끝나자 곧바로 박춘김 제보자가 앞소리를 이어받아 불렀다. 청중들은 계속해서 함께 박수를 치면서 앞소리를 하는 사람의 소리를 따라 불렀다.

곰버신 곰버신
외외광목 곰버신

신을 줄 모르면
거기 다 둬
신었다 벗었다
다 닳아진다
둔태 둔태가 둔태야

물레소리

자료코드 : 06_12_FOS_20110217_LKY_PCG_0004
조사장소 : 전라남도 여수시 화정면 적금리 노인회관
조사일시 : 2011.2.17
조 사 자 : 이경엽, 한미옥, 송기태, 임세경
제 보 자 : 박춘김, 여, 82세
구연상황 : 앞서의 강강술래 노래판이 끝나고 제보자들이 한숨 돌리며 쉬는 동안, 조사자가 '청어엮자 고사리껑자' 등의 소리도 아시면 불러달라고 부탁하였다. 하지만 그 소리는 잘 모른다고 하여, 다시 조사자가 물레 돌리면서 불렀던 소리를 불러달라고 하자, 박춘김 제보자가 불러준 노래이다.

물레야 술래야
어리 빙빙 돌아라
넘의 집 귀동자
밤이슬을 맞는다
각시야 잠자라
방시를 올려라
비게가(베게) 높고 낮으면
내 폴을(팔을) 비 어라

아리랑 타령

자료코드 : 06_12_FOS_20110217_LKY_PCG_0005
조사장소 : 전라남도 여수시 화정면 적금리 노인회관
조사일시 : 2011.2.17
조 사 자 : 이경엽, 한미옥, 송기태, 임세경
제 보 자 : 박춘김, 여, 82세
구연상황 : 물레소리가 끝난 후, 조사자가 제보자에게 "아리랑 타령은요?" 하고 묻자 곧 바로 박춘김 제보자가 아리랑 타령을 불러주었다.

아리 아리랑 스리 스리랑
아라리가 났네
아리랑 음음음
아라리가 났네

징용보국대에서 배운 노래

자료코드 : 06_12_FOS_20110217_LKY_SSA_0001
조사장소 : 전라남도 여수시 화정면 적금리 노인회관
조사일시 : 2011.2.17
조 사 자 : 이경엽, 한미옥, 송기태, 임세경
제 보 자 : 신순애, 여, 84세
구연상황 : 조사자가 할머니들에게 혹시 일제강점기 때 배운 노래는 없냐고 하자, 신순애 할머니가 곧바로 징용보국대에서 배웠다는 소리를 부르기 시작하였다. 이 노래는 남편이 젊은 시절에 징용보국대에 끌려가서 배웠으며 해방 후에 집에 와서 자신에게 가르쳐준 것이라고 한다. 일제강점기 때 징용보국대에 끌려가면 3년 동안 일을 하고 나와야 했다고도 덧붙여 설명해주었다.

징용 보급대 나가실 적에
다 못오실 줄은 았는는데
일천구백사십오 년

8월 15일 해방되야
이네 몸을 연락에 싣고
부산 항구를 건너가니
거리 거리 만세 소리
문전 문전 태극기라
서울 운동장 넓은 마당에
삼천만 동포가 타고 온다
남의 님은 다 오셨는디
우리 님은 못오신디
원자 폭탄을 맞아셨나
외국 나라로 구경갔나
강원도라 금강산 비루봉이
평지가 되거든 오실라요
병풍에 기린(그린) 닭이
두 날개 뚝 피믄(펴면) 오실라요
얼씨구 절씨구나 기화자 좋네
아니 노지는 못하리라

임 생각

자료코드 : 06_12_FOS_20110217_LKY_SSA_0002
조사장소 : 전라남도 여수시 화정면 적금리 노인회관
조사일시 : 2011.2.17
조 사 자 : 이경엽, 한미옥, 송기태, 임세경
제 보 자 : 신순애, 여, 84세
구연상황 : 앞의 노래가 제대로 완성되지 못하고 끝나버리자, 제보자가 갑자기 나서서 노래 한 토막을 들려주었다. 아마도 소리판의 흥이 이어지지 못하는 것에 대한

안타까움으로 노래를 부르신 듯 보였다.

다 못하고 성구헐시
한이 되어
못살것네 못살것네
이네 정살이 못살것네
언제넌 살자하고
언제넌 마다하고
님은 가고
봄은 온디
꽃만 피어도 이모(님의) 생각
생각 생각 이모 생각
생각만 하여도 못살겄네

논매는 소리

자료코드 : 06_12_FOS_20110217_LKY_SJS_0001
조사장소 : 전라남도 여수시 화정면 적금리 노인회관
조사일시 : 2011.2.17
조 사 자 : 이경엽, 한미옥, 송기태, 임세경
제 보 자 : 심정심, 여, 80세
구연상황 : 앞선 제보자가 노래를 끝내고 잠시 쉬는 동안, 심정심 제보자가 논에 지심을 매면서 부르던 노래를 짧게 들려주었다.

갈미봉에는 비가 묻어오나
오장을 허리다 낭창 둘러라
논에 잔지심을 매러가자
고나헤

광광수월래

자료코드 : 06_12_FOS_20110217_LKY_YJS_0001
조사장소 : 전라남도 여수시 화정면 적금리 노인회관
조사일시 : 2011.2.17
조 사 자 : 이경엽, 한미옥, 송기태, 임세경
제 보 자 : 윤정심, 여, 73세
구연상황 : 느리게 부르던 강강술래 소리에 이어, 윤정심 제보자부터 약간 자진가락의 강강술래 소리로 돌아갔다. 제보자는 앉아서 어깨춤을 덩실덩실 추면서 소리를 이어갔는데, 소리가 다 끝나자 부끄러운지 웃음으로 마무리를 지었다.

달아 달아 밝은 달아
광광수월래
이태백이 놀던 달아
광광수월래
저그 저그 저 달속에
광광수월래
계수나무 백혔으니
광광수월래
은 도쿠로 찍어내어
광광수월래
금 도쿠로 다듬어서
광광수월래
시간 삼칸집을 짓고
광광수월래
우리 막둥이 집을 지어
광광수월래
옆에 두고 천년만년 살고 싶네
광광수월래

광광수월래

아리랑

자료코드 : 06_12_FOS_20110217_LKY_YJS_0002
조사장소 : 전라남도 여수시 화정면 적금리 노인회관
조사일시 : 2011.2.17
조 사 자 : 이경엽, 한미옥, 송기태, 임세경
제 보 자 : 윤정심, 여, 73세
구연상황 : 앞의 김형님 제보자의 아리랑 앞소리에 이이서, 윤정심 제보자와 청중들이 함께 아리랑 타령을 계속해서 이어갔다.

○○사람 줄라고
수레이고 가다가
고개나 장단 맞추다가
파산이 됐네
아리 아리랑 스리 스리랑
아라리가 났네
아리랑 끙끙끙
아라리가 났네
산 너머 갈 떠
산 너머나 갈 떠
야밤중 새빌(새별)이 산 너머 갈 떠
아리 아리랑 스리 스리랑
아라리가 났네
아리랑 끙끙끙
아라리가 났네

광광수월래

자료코드 : 06_12_FOS_20110217_LKY_LSS_0001
조사장소 : 전라남도 여수시 화정면 적금리 노인회관
조사일시 : 2011.2.17
조 사 자 : 이경엽, 한미옥, 송기태, 임세경
제 보 자 : 이순심, 여, 69세
구연상황 : 박말자 제보자가 강강술래 앞소리가 생각이 안나서 짧게 끝나버리자, 곧바로 이순심 제보자가 소리를 이어받아 불렀다. 하지만 역시 사설이 기억나지 않은지 소리가 짧게 끝나버렸다. 제보자도 소리가 막히자 부끄러운 듯 웃음으로 마무리를 지어주었다.

감재(감자)순 감재순
가지 가지가 감재순

아리랑 타령

자료코드 : 06_12_FOS_20110217_LKY_LSS_0002
조사장소 : 전라남도 여수시 화정면 적금리 노인회관
조사일시 : 2011.2.17
조 사 자 : 이경엽, 한미옥, 송기태, 임세경
제 보 자 : 이순심, 여, 69세
구연상황 : 앞 사람의 소리가 끝난 후 이순심 제보자가 앞소리를 이어받았다. 소리판의 처음에 앞소리 한번 메기고 계속해서 뒷소리만 받았던 제보자가 오랜만에 적극적으로 아리랑의 앞소리를 이어간 것이다.

저 단에 모시밥은
콩이나 따야 좋고
날 잡은 저 잡놈은
나이야 나이야 좋네
아리 아리랑 스리 스리랑

아라리가 났네
아리랑 끙끙끙
아라리가 났네

다리세기 노래

자료코드 : 06_12_FOS_20110217_LKY_YMD_0001
조사장소 : 전라남도 여수시 화정면 적금리 노인회관
조사일시 : 2011.2.17
조 사 자 : 이경엽, 한미옥, 송기태, 임세경
제 보 자 : 임미덕, 여, 76세
구연상황 : 앞서의 일본말이 많이 섞인 다리세기 노래에 이어서, 임미덕 제보자가 자신이 알고 있는 또 다른 다리세기 노래를 불렀다. 역시 자신의 다리를 번갈아 치면서 노래를 연행했다.

진지 만지 두만지
한나 만나 두만나
이거리 저거리 갓거리

[제보자가 같이 하던 사람의 다리 빼며]

나 한나 들이고
한나 만나 두만나
이거리 저거리 갓거리
진지 만지 또만지

[상대방 발을 치면서]

한나 니 오므라(오무려라)

[발을 빼자 다시 시작]

진지 만지 또만지

꿈아꿈아 무정한 꿈아

자료코드 : 06_12_MFS_20110217_LKY_SJY_0001
조사장소 : 전라남도 여수시 화정면 적금리 노인회관
조사일시 : 2011.2.17
조 사 자 : 이경엽, 한미옥, 송기태, 임세경
제 보 자 : 신정엽, 여, 88세
구연상황 : 앞서의 새타령 노래가 끝난 후, 조사자가 "펑펑 장서방"이라고 하면서 부르는 노래는 모르냐고 하니 "그것은 아주 옛날노래"라고 하면서 그런 노래는 여기서 안부른다고 하였다. 그때 옆에 있던 88세 신정엽 할머니가 "내가 한자리 또 헐까?" 하면서 '꿈아꿈아 무정한 꿈아' 소리를 부르기 시작하였다.

꿈아 꿈아 무정한 꿈아
오늘 님을 보내지 말고
붙잡어라 아 좋제
아이구 괴롭고 못본님은
날가 백년 원수로다

▌엮은이 소개

이경엽 전남대학교 국어국문학과를 졸업하고 동 대학원에서 문학박사 학위를 받았다. 현재 목포대학교 국어국문학과 교수로 재직 중이다. 주요 저서와 논문으로는 『Korean Popular Beliefs』(JIMOONDANG, 2015), 『장흥고싸움줄당기기』(민속원, 2013), 「무형문화유산의 가치 재인식과 계승 방향」(『남도민속연구』 29집) 등이 있다.

한미옥 목포대학교를 졸업하고 전남대학교 대학원에서 문학박사 학위를 받았다. 현재 전남대학교 호남학연구원 학술연구교수로 재직 중이다. 주요 논문으로는 「설화의 정치성과 전승전략」(남도민속연구』 27집) 등이 있다.

송기태 목포대학교 국어국문학과 대학원에서 문학박사 학위를 받았다. 현재 목포대학교 도서문화연구원 HK교수로 재직 중이다. 주요 저서와 논문으로는 『농악 현장의 해석』(민속원, 2014), 「서남해 무레꾼 전통의 변화와 지속」(『실천민속학연구』 25집) 등이 있다.

임세경 전남대학교 대학원 국어국문학과 박사과정을 수료하였다. 현재 국립민속박물관 학예연구사로 재직 중이다. 주요 논문으로는 「마을신앙의 복원과 변화 양상」(『남도민속연구』 17집) 등이 있다.

증편 한국구비문학대계 6-16
전라남도 여수시

초판 인쇄 2016년 12월 21일
초판 발행 2016년 12월 28일

엮 은 이 이경엽 한미옥 송기태 임세경
엮 은 곳 한국학중앙연구원 어문생활사연구소
출판기획 유진아

펴 낸 이 이대현
펴 낸 곳 도서출판 역락
편 집 권분옥
디 자 인 이홍주

주 소 서울시 서초구 동광로46길 6-6(반포4동 577-25) 문창빌딩 2층
등 록 1999년 4월 19일 제303-2002-000014호
전 화 02-3409-2058, 2060
팩 스 02-3409-2059
이 메 일 youkrack@hanmail.net

값 47,000원

ISBN 979-11-5686-707-4 94810
978-89-5556-084-8(세트)

이 도서의 국립중앙도서관 출판예정도서목록(CIP)은 서지정보유통지원시스템 홈페이지(http://seoji.nl.go.kr)와 국가자료공동목록시스템(http://www.nl.go.kr/kolisnet)에서 이용하실 수 있습니다.(CIP제어번호: CIP2016029506)